LE CUISINIER
À LA BONNE FRANQUETTE

PAR

MIQUE GRANDCHAMP

MAITRE D'HÔTEL

> Chaque française, à ce que j'imagine.
> Sait bien, où mal faire un peu de cuisine.
> (Belle Arsène, acte III.)
> Le plaisir de la table est de tous les âges, de toutes les conditions, de tous les pays et de tous jours; il peut s'associer à tous les autres plaisirs, et reste le dernier pour nous consoler de leur perte.
> La table est le seul endroit où l'on ne s'ennuie jamais pendant la première heure.
> La découverte d'un mets nouveau fait plus pour le genre humain que la découverte d'une etoile.
> — BRILLAT-SAVARIN.

Vendre bon marché afin de vendre beaucoup les choses utiles et journalières.

1ʳᵉ ÉDITION

ANNECY

IMPRIMERIE J. DEPOLLIER ET Cⁱᵉ

1883

LE CUISINIER
A LA BONNE FRANQUETTE

LE CUISINIER

A LA BONNE FRANQUETTE

PAR

MIQUE GRANDCHAMP

MAITRE D'HOTEL

> Chaque française, à ce que j'imagine, sait, bien ou mal faire un peu de cuisine.
>
> (Belle Arsène, acte III)
>
> Le plaisir de la table est de tous les âges, de toutes les conditions, de tous les pays et de tous les jours ; il peut s'associer à tous les autres plaisirs, et reste le dernier pour nous consoler de leur perte.
>
> La table et le seul endroit où l'on ne s'ennuie jamais pendant la première heure.
>
> La découverte d'un mets nouveau fait plus pour le genre humain que la découverte d'une étoile.
>
> BRILLAT-SAVARIN.

Vendre bon marché afin de vendre beaucoup les choses utiles et journalières

—

1re ÉDITION

—

ANNECY

IMPRIMERIE J. DÉPOLLIER ET Cie.

1883

PRÉFACE

Le Cuisinier à la bonne franquette, praticien consciencieux par état et par goût, s'est efforcé de réunir dans ce traité de cuisine bourgeoise et d'office, les recettes pratiques et économiques, de les simplifier, en ayant soin d'écarter les préparations longues et souvent coûteuses qui n'ont aucune utilité réelle.

Ce *vade-mecum* écrit dans un langage ordinaire, compréhensible et très-expliqué, contient, au moins, mille recettes les plus en usage, l'art d'accommoder les restes, de telle sorte qu'avec la desserte des anciens plats, l'on puisse parvenir à refaire des mets nouveaux à s'y méprendre; les conserves de tomates, de champignons, de truffes, de légumes, de gibiers, de fruits au sirop et de leurs jus, etc., d'après la méthode d'Appert; la conservation des tomates entières aussi fraiches que si elles venaient d'être cueillies; la conservation des œufs, des cornichons, des poivrons, des raisins.

et des fruits ; la conservation du gibier dans ses plumes pendant deux mois au moins sans altération ; le procédé pour faire le vinaigre simple et à l'estragon ; la charcuterie et la pâtisserie de ménage ; les glaces sans le secours de la sorbétière afin qu'elles soient à la portée des cuisinières les moins initiées ; les gelées, les confitures, les compôtes, les marmelades, les sirops, les fruits à l'eau-de-vie, les liqueurs, le vin chaud, le punch, etc., etc.; plusieurs menus, le service de la table, l'art de découper. Une notice sur la cave et les vins, ainsi que le procédé de remettre les fûts moisis à bon goût et de les conserver indéfiniment dans cet état, par une opération garantie et peu coûteuse ; la méthode à suivre pour donner aux fourneaux économiques ainsi qu'aux cheminées un tirage forcé afin de les empêcher de fumer ; divers moyens et recettes d'économie domestique ; en un mot, tout ce qui concerne la tenue d'un ménage.

Le Cuisinier à la bonne franquette appelle l'attention des cuisinières à ne pas négliger de lire les articles renfermés dans les chapitres des généralités ménagères et des généralités culinaires, ainsi que les termes de cuisine et les notions qui sont placées à l'en-tête de chaque chapitre, afin qu'elles soient bien pénétrées dans leur ensemble, pour connaître à fond les ustensiles propices, les divers degrés de cuisson, pour chaque substance ; les assaisonnements, les achats des viandes et des comestibles qui conviennent à la composition de chaque mets; car il arrive que bien des cuisinières, se donnant beaucoup de peine, dépensent plus que d'autres et apprêtent des mets qui, quelquefois, laissent à désirer, pour le seul motif d'ignorer les préliminaires essentiels qui servent de base fondamentale à la préparation de la bonne cuisine.

Le Cuisinier à la bonne franquette a eu l'heureuse idée de trouver le moyen de faire cuire sans gril, sur les fourneaux à gaz ou sur les fourneaux économiques, consumant n'importe quel combustible, les viandes grillées, telles que : côtelettes, entrecôte, faux-filet, filet, château briand, etc.

Cette méthode nouvelle, aussi simple que peu coûteuse, offre l'avantage de faire cuire les viandes telles qu'elles sont achetées chez le boucher, et à la rigueur n'exigent que les mêmes assaisonnements des viandes qui sont mises sur le gril et leur sont parfaitement analogues, soit sous le rapport de la bonne mine, soit sous le rapport de la saveur et du goût.

Il est réservé, dans ce livre, un article spécial qui indique l'ustensile et la manière d'opérer la cuisson des viandes.

LE CUISINIER
A LA BONNE FRANQUETTE

GENERALITES MENAGÈRES

CHAPITRE Ier.

La Propreté.

Il en faut, pas trop n'en faut.
L'excès en tout est un défaut.

Cette judicieuse maxime qui peut être appliquée à toutes sortes de choses, y compris même la sagesse, ne peut être appliquée à la propreté qui est la moitié de la vie. En effet, propreté partout et toujours, telle est la maxime qui doit être adoptée par toute maison bien ordonnée. Cette maxime se fait surtout sentir d'une manière toute spéciale, relativement à trois choses qui ne peuvent supporter la médiocrité sous le rapport de l'excessive propreté, ce sont : la cuisine, les lits et les petits cabinets.

Cuisine et son mobilier.

Pour qu'une cuisine puisse être tenue dans un état constant de propreté, il importe que les ustensiles, les tables et les autres meubles qui en forment le mobilier, soient d'une grandeur raisonnée, surtout dans les cuisines petites où l'on est parfois obligé de laver la vaisselle.

L'évier doit être très-grand; c'est un véritable avantage. On en fabrique actuellement en fonte émaillée ou en ciment qui ont d'un côté un cornet, soit en ciment, soit en fonte émaillée, ayant une soupape très-large au fond, pour faciliter l'écoulement rapide des eaux. Ils sont, à notre avis, préférables à ceux en zing ou en ardoise, parce qu'ils sont moins chers d'abord, plus durables, plus commodes et présentent un plus joli aspect Au-dessous de cet évier, il sera facile de placer dans le vide deux portes qui formeront ensemble deux placards pour retirer le bois, le charbon et autres choses qui ne peuvent rester en vue.

La table sera, autant que possible, placée au milieu de la cuisine et sera, de préférence, faite en bois blanc, de hêtre, de tilleul, de peuplier, ou de toute autre espèce de bois de même nature, parce que ces bois conviennent mieux au coup d'œil et à la propreté d'une cuisine, et sont doux, c'est-à-dire qu'ils résistent moins sous le couteau ou le couperet et, par conséquent, ne sautent pas en écailles comme le noyer ou d'autres bois durs.

Le plateau de cette table, pour un ménage ordinaire, aura une dimension d'environ deux mètres de longueur, soixante-dix centimètres de largeur et six centimètres d'épaisseur, afin d'amoindrir le bruit qui se produit en coupant les viandes ou en les battant pour les rendre plus tendres.

Vous pouvez néanmoins avoir un billot pour tailler les côtelettes ou couper les grosses pièces de viande et épargner la table de cuisine.

Ce billot sera ratissé avec une raclette en fer aussitôt après que la viande aura été coupée. Au-dessous du plateau de la table pourront être placés pour utiliser l'espace, six ou huit petits tiroirs, dont trois ou quatre de chaque côté de la table et disposer dans le vide qui reste au-dessous des tiroirs, quatre armoires divisées et fermées avec des portes et même avec des serrures qui permettront d'y redresser les menus objets, c'est-à-dire une place pour chaque chose et chaque chose à sa place.

Par ce moyen, la cuisine sera parfaitement propre et en ordre, car il est à remarquer que dans les cuisines, petites ou grandes, avec les meubles d'une certaine dimension, la vaisselle qui doit être lavée tous les jours, se casse moins ; le travail et le service sont plus accélérés et se font avec plus d'aisance et de soins.

La table de cuisine sera lavée tous les soirs avec de l'eau bouillante, dans laquelle vous mettrez un peu de cristal de soude ou du savon noir ; versez très peu de cette eau à la fois sur la table, puis frottez avec la brosse en chiendent ; épongez aussitôt, afin d'éviter que l'eau ne coule dans les tiroirs ou sur le plancher ; continuez cette opération jusqu'à ce que la table soit entièrement lavée ; trempez ensuite un linge dans l'eau claire ; passez-le légèrement à la surface de la table pour faire disparaître le goût du savon qui pourrait être communiqué aux objets qui y seraient déposés le lendemain.

Tous les soirs et plusieurs fois dans la journée, la cuisine sera balayée et à chaque accident, l'évier et le fourneau seront nettoyés aussitôt.

La cuisine sera lavée une fois ou deux par semaine, ainsi que les vitres et les ustensiles dont on ne se sert pas habituellement. Ceux, au contraire, dont on fait usage plus souvent, seront récurés après chaque repas.

Les cuisines qui sont carrelées, seront frottées tous les jours, avec un mastic rouge composé à cet usage.

Tous les matins, les fenêtres seront ouvertes pour renouveler l'air.

Fourneau économique.

L'essentiel, dans un fourneau de cuisine, c'est qu'il ait un tirage forcé, parce que, avec la clef-registre qui sert à régler les conduits, il y a une sensible économie du combustible qui se consume entièrement, n'ayant aucun besoin de le toucher, si ce n'est de le gratter de temps en temps, avec la pointe du fourgon, au-dessous de la grille pour la dégager des cendres qui pourraient l'obstruer et empêcher le tirage.

Vous pouvez aussi, au moyen de la clef-registre,

précipiter ou ralentir le feu pour obtenir les différents degrés de chaleur qui convienent à la cuisson de chaque met. Le contraire arrive dans le fourneau qui n'a pas de tirage : il fume ; le charbon se perd, parce qu'il ne se consume pas entièrement ; la cuisson des substances est plus prolongée, sans compter la peine inutile et le mauvais sang que la cuisinière se fait pour aboutir à préparer une cuisine qui a langui, qui est peu appétissante et souvent immangeable.

Ce fourneau sera, autant que possible, placé au grand jour, parce qu'il offre l'immense avantage d'épargner et de fatiguer moins la vue et de contribuer à rendre les mets plus soignés et plus finis.

Le fourneau doit être confectionné de telle sorte que les grosses pièces de volailles et de boucherie puissent y être mises aisément, afin que les rôtis cuisent d'une manière égale et régulière, c'est-à-dire qu'ils ne soient pas brûlés d'un côté et à peine chauds de l'autre.

Dans tous les cas, on peut avoir une coquille avec une rôtissoire, dite cuisinière, ou une broche tournante.

Nous conseillons d'acheter le fourneau plutôt grand que trop petit, car un fourneau qui a une longueur de quatre-vingts centimètres, dépense autant de bois ou de charbon que celui qui a une longueur d'un mètre, et il n'en possède pas les mêmes avantages : d'abord parce que la bouillotte qui doit être constamment remplie d'eau, pour la préserver de la détérioration est plus petite et par conséquent d'une contenance moindre et que la main courante qui doit être confectionnée en cuivre jaune ou en acier poli, pour donner au fourneau de l'élégance et un joli aspect, aura moins de longeur pour faire sécher les linges.

Manière de donner le tirage aux fourneaux et aux cheminées qui fument.

Lorsque dans une cuisine il y a une soupente, il est de toute rigueur qu'elle soit hermétiquement fermée avec une plaque mobile en tôle et non pas en bois, à cause du feu, pour donner plus de tirage au fourneau.

Cette plaque qui peut être ôtée à volonté, sert pour ramoner la cheminée ou pour tout autre usage. Dans le cas où la cheminée fumerait, c'est-à-dire qu'elle n'aurait pas un tirage suffisant, il sera facile d'y remédier avec succès, à peu de frais, en introduisant dans la cheminée environ deux mètres de tuyau qui viendront rejoindre et s'adapter, au moyen d'un coude rond et non pas carré, aux tuyaux extérieurs du fourneau, afin que le tirage ait plus de force, en resserrant et conduisant l'air chaud dans la cheminée jusqu'à une certaine hauteur.

Si cette opération n'était pas suffisante, il faudrait absolument placer au sommet de la cheminée un tuyau de deux à trois mètres de longueur, ayant la forme d'un pain de sucre qui ne soit pas *surtout* couvert à son extrémité, ayant un orifice de quinze centimètres de diamètre environ, pour que la fumée soit plus resserrée, qu'elle ait une action plus directe et éviter, par ce moyen, qu'elle ne soit contrariée par l'ardeur du soleil ou par le vent qui refoulent ordinairement la colonne d'air chaud et empêchent le tirage.

Dans les appartements où les cheminées fument, il faut opérer de la même manière que pour le tirage du fourneau, avec cette différence qu'il faut placer intérieurement une enveloppe mobile qui prendrait naissance vers le marbre de la cheminée. Cette enveloppe, taillée exactement sur la dimension du manteau de la cheminée, fermerait entièrement les issues et aurait la forme d'un entonnoir au bout duquel seraient fixés un ou deux mètres de tuyau toujours confectionnés en forme d'un pain de sucre, pour rendre le tirage plus concentré et empêcher la pluie de pénétrer.

Les expériences faites en suivant cette méthode ont parfaitement réussi. Les cheminées tournantes, dites à girouettes, sont aussi d'un bon système, parce qu'elles évitent l'action des vents contraires. Il est assez d'usage de placer devant le manteau de la cheminée des plaques en tôle vernie, posées perpendiculairement les unes à côté des autres et formant une coulisse que l'on peut baisser ou lever à volonté, selon que l'on veut obtenir un feu plus ou moins spontané et bien allumé.

Si parfois la cheminée fumait au moment d'allumer le feu, il sera prudent de mettre simplement un peu de paille ou un chiffon de papier enflammé dans la cheminée ou dans le fourneau, en enlevant la petite porte qui se trouve au-dessous de celle du four, afin de chasser plus promptement la colonne d'air humide et y établir le courant d'air chaud.

Économie de combustible.

Aussitôt après le déjeuner, la vaisselle sera lavée et la cuisine mise en ordre ; vous pourrez, à l'aide d'un mélange de poussière de charbon, de cendres et d'eau, faire une pâtée épaisse, puis la mettre sur le charbon ardent qui reste dans le fourneau.

Cette manière de procéder, maintient le feu toute l'après-midi et convient très-bien à la gelée et au bouillon qui demandent, pour cuire, un feu doux et régulier ; mais il faut que la gelée et le bouillon aient été préalablement écumés et qu'ils soient en ébullition.

Cette même opération pourra être pratiquée pour maintenir le feu dans les appartements, soit encore avec des cendres seules ou bien avec des écorces de bois achetées chez les tanneurs.

Feu de cheminée.

Quand le *feu* prend dans la cheminée, il faut avoir, *sur le champ*, la précaution de fermer toutes les issues avec la clef-registre et placer au sommet de la cheminée une couverture mouillée afin de comprimer le feu par le manque d'air. Dans le cas où il n'y aurait pas de clef-registre, il sera urgent de faire brûler du soufre pour ralentir et anéantir l'activité du feu, ou, ce qui serait d'un effet plus prompt à exécuter, ce serait de tirer un coup de pistolet ou de fusil dans le canal de la cheminée, mais à la condition qu'elle soit construite avec solidité, pour qu'elle puisse résister à la force du contre-coup. Ce dernier moyen en fait détacher instantanément la suie enflammée.

Garde-manger.

Le garde-manger doit être placé à l'abri du soleil, dans un fort courant d'air ; parce que les viandes, pendant l'été, se conservent plus longtemps. Elles ne prennent pas aussi facilement, dans les temps humides, le goût désagréable de relan. Le garde-manger doit être entouré d'une toile métallique pour le préserver des mouches et autres insectes. Il doit aussi être garni de *rayons* et de crochets pour y déposer ou suspendre les viandes, les volailles, les gibiers ou autres choses. Le garde-manger et les rayons seront, comme la cuisine, lavés une ou deux fois par semaine. Toutes les marchandises qui demandent à être mises au frais, y seront soigneusement redressées.

En hiver, il est essentiel d'éviter que les viandes gèlent, parce qu'elles seraient coriaces, dures, noires, sèches, perdraient de leur poids et de leurs propriétés nutritives et de leur succulence, exigeraient une cuisson plus longue et donneraient un bouillon qui aurait un jour de plus que l'eau.

Quand le garde-manger est portatif, on peut le placer, l'été, en plein air et le suspendre aux feuillages d'un arbre touffu ou bien faire fabriquer un garde-manger de la manière ci-après : Mettez dans le manteau de la cheminée un cercle taillé exactement sur sa dimension, afin qu'il bouche parfaitement; enveloppez ce cercle d'une feuille de tôle ou de ferblanc en lui donnant la forme d'un pain de sucre allongé, au bout duquel on placera une toile métallique pour interdire l'accès aux mouches et aux insectes qui pourraient s'introduire dans le tuyau et sâlir les aliments. Ce bout de tuyau sera surmonté d'un chapiteau pour qu'aucune ordure ne puisse tomber et ce dernier sera assez éloigné du tuyau pour que l'air puisse y jouer librement ; puis vous placez plusieurs tablettes en bois sous le manteau de la cheminée ; vous fermez le devant avec un châssis formant deux portes recouvertes d'une toile métallique, chose essentielle, car autrement le garde-manger serait sans courant d'air. Ce garde-manger est excellent et peut être déplacé facilement pendant l'hiver, lorsque la cheminée est destinée à un autre usage.

Quand on ne peut établir aucun de ces garde-manger, il reste encore l'emploi des cloches en tissu métallique pour garantir les mets des souillures des mouches.

Casseroles et ustensiles ou batterie de cuisine.

Nous ne croyons pas nécessaire pour faire une bonne cuisine qu'il soit utile d'être pourvu de tous les ustensiles indiqués ci-après, quoique nous n'ayons énumérés que les plus en usage. La cuisinière saura choisir ceux qui lui conviennent le mieux et les plus indispensables.

On ne saurait apporter trop d'importance à ce

détail, car il arrive qu'un diner est bien plus coûteux et souvent est mal préparé, faute des ustensiles principaux.

Nous regardons aussi comme inutile de reproduire par gravure chaque ustensile, parce qu'on en confectionne chaque jour sur des modèles perfectionnés auxquels nous ne saur'ons accorder la préférence.

Couteau à abattre.

Le couteau à abattre est un gros couteau qui remplace avantageusement le couperet pour tailler les côtelettes, les parer et les aplatir, pour leur donner une forme régulière, afin qu'elles cuisent d'une manière égale. Le couteau à abattre est encore d'une grande utilité pour couper d'une manière nette et précise, sans briser les os des volailles, des lièvres, du gibier, etc.

Scie et couperet.

Le couperet est un instrument tranchant, ayant une lame épaisse d'une certaine dimension, avec un manche en bois ou en fer et sert à diviser les gros os que le couteau à abattre ne peut parvenir à séparer ; mais il est bien préférable de se servir d'une petite scie destinée à cet usage, qui coupe les gros os d'une façon régulière, sans esquille et sans abimer la viande, et surtout sans qu'il reste des débris adhérés sur le billot.

Demi-abat, tranche lard, couteau d'office
et couteau cannelé.

Le couteau demi-abat est un couteau qui sert à couper les différentes choses dans la cuisine, telles que les légumes, les pommes de terre, toutes espèces de viandes sans les os, les croûtes de pain, etc.

Le tranche-lard est un couteau à lame très-mince et pliante. Il n'est guère employé que pour couper le lard à piquer ou à barder les pièces de viande ou de gibier, ainsi qu'à couper d'une manière très-émincée les jambons, la charcuterie et les pâtés.

Le couteau d'office est un petit couteau qui sert pour déficeler les viandes ou pour tourner les légumes, les champignons, les fruits, et pour faire les choses délicates.

Le couteau cannelé est un petit couteau comme celui d'office, qui est cannelé jusqu'à moitié de la lame et sert pour décorer les carottes, les navets, les pommes de terre, les œufs durs et les autres substances employées comme garniture, pour donner aux mets plus d'apparat et de coup-d'œil, et les rendre plus finis.

Lardoires et aiguilles à brider.

Les lardoires peuvent être divisées en quatre catégories : 1° une grosse lardoire, pour larder la langue et le bœuf à la mode ou autres grosses pièces de viande ; 2° la lardoire ordinaire pour piquer le filet de bœuf, le gigot de mouton ou la noix de veau; 3° la lardoire moins grosse pour piquer les volailles et les gibiers; 4° la lardoire très-petite, pour piquer ou bigarer les filets de poissons, les ris de veau et autres choses délicates.

Inutile de dire que la cuisinière aura soin, quand elle piquera une pièce quelconqué de viande, volaille, gibier, poisson, etc., de se placer un linge très-propre sur la main qui est destinée à recevoir la pièce à larder.

L'aiguille à brider sera achetée aussi grosse que possible, parce qu'il y a avantage pour trousser avec élégance les petites aussi bien que les grosses pièces de volailles.

Hâtelet.

Les hâtelets sont des brochettes en fer étamé, avec un anneau au bout. Ceux qui sont longs servent pour embrocher les viandes rôties et les autres plus courts, sont propices pour les brochettes d'éperlans, de rognons, de foie de veau, de petit gibier, etc.

L'on nomme encore hâtelet celle en ruolz ou en argent qui représentent en relief la pièce de gibier ou de volaille, etc., sur lesquelles elles sont fixées pour orner et donner aux mets quand ils sont dressés un coup-d'œil princier.

Planche à hâcher, à découper, et tour à pâte.

Une planche est nécessaire pour hâcher les fines herbes, certaines farces, rouler les boulettes, les -

quenelles et autres choses. Celle à découper doit être d'une dimension plus petite que celle à hâcher. Elles doivent être toutes deux lavées minutieusement aussitôt après qu'elles ont servi.

Le *tour à pâte* est une planche quatre fois plus grande et moitié plus mince que la planche à hâcher, ayant un petit rebord tout autour. Le tour à pâte sert pour faire toutes espèces de pâtes, pâtés, tourtes, etc., et ne doit pas être lavé, mais seulement ratissé avec le couteau pour ôter les débris de pâte qui auraient pu y rester adhérents

Pochettes et spatules.

Les pochettes et spatules unies, en bois ou en fer étamé, à trous et à fourches, servent : celles en bois, à tourner les sauces, les crêmes et les légumes ; celles en fer à tourner les objets frits ou sautés.

Écumoires.

L'écumoire, en cuivre non étamé, sert pour écumer les sirops, les gelées, les confitures, etc.; celle en fer, sert pour écumer le bouillon, le jus, la gelée, les potages et autres choses.

Cuillères à pot et à ragoût.

Les cuillères à pot, servent pour tremper les potages ou pour tous autres usages; celles à ragoût,

qui ont une forme ovale, servent pour dresser les
entrées, les garnitures, les sauces, et celles en bois,
servent pour passer les purées, les farces, les salmis, etc., vous pouvez remplacer les cuillères en
bois par le pilon à purée.

Tamis.

Le tamis à bouillon étant sujet à rester sur le
fourneau, doit avoir son cercle en ferblanc recouvert d'une toile métallique très-fine et sert pour
passer le bouillon, le jus, les sauces et autres choses. Lorsque le tamis est d'une forme plus grande,
son cercle est en bois recouvert comme le tamis à
bouillon d'une toile en crin métallique ou en laiton
étamé, et sert pour passer les conserves de tomates,
les purées, les farces, les salmis, les quenelles de
poissons, etc.

Ce tamis doit être lavé très-proprement, avec
une brosse en chiendent, aussitôt après que vous
vous en serez servi, car autrement, si ce tamis est
en laiton, le vert-de-gris serait à craindre.

Enfin, un troisième tamis, appelé tamis de soie,
ou tambour, ce dernier sert pour passer la farine,
la fécule, le sucre en poudre, employés dans la confiserie et la pâtisserie.

Ce tamis de soie ne doit jamais être lavé.

L'on pourrait encore ajouter à ces tamis, celui
appelé *chinoise*, qui est un tamis de la forme d'un
entonnoir évasé, ayant au fond plusieurs cercles
mobiles, en toile métallique, en tissu de flanelle, ou

d'étamine, ou en ferblanc, percés de petits trous très-fins. Ce tamis sert à passer, selon le cercle que l'on emploie, les jus, les sauces, le lait, les infusions, etc.

Passoires.

Les passoires sont d'une grande utilité dans la cuisine ; elles épargnent les tamis et rendent comme ces derniers les mets plus finis. Les passoires peuvent être classées au nombre de trois : 1° une grande et forte passoire comme il est indiqué à l'article du mortier en pierre ; 2° une seconde passoire moins grande, à trous fins, pour passer la mie de pain, la panure, la chapelure et autres choses ; 3° une troisième passoire percée de trous très fins, pour passer les sirops, les jus des fruits et autres choses de même nature.

Marmites et chaudrons en cuivre, en terre et en fonte.

Les marmites et les chaudrons en cuivre ou en fer battu, étamés, servent à blanchir ou à cuire les légumes, la gelée de viande, le bouillon, les potages, les escargots, etc.; cependant les marmites en fonte, surtout celles qui sont émaillées ou celles en terre, sont préférables pour le bouillon et la gelée qui exigent une cuisson longue, aux marmites en cuivre ou en fer battu, parce que l'étain altère le goût des substances à cuire.

Poêles en tôle simple et étamée.

Les poêles en tôle servent pour les fritures à l'huile ou à la graisse et les mets au beurre noir; celles qui sont étamées, servent pour les fritures au beurre frais pour faire cuire les omelettes, poissons, cervelles, croûtes de pain dorées, etc.

Gril ordinaire et fumivore.

Le gril simple est confectionné en plusieurs genres; celui qui a les barreaux ronds, celui qui a les barreaux creux formant rigoles qui conduisent la graisse dans un récipient qui est à l'extrémité; celui où le charbon est placé sur un fin grillage et les viandes à griller mises au-dessous et celui fermé qui est un gril doublé, retenant les côtelettes ou les bifteck serrés dans le milieu.

Ce gril se place d'une manière perpendiculaire devant le feu et en reçoit l'action comme si c'était un rôti mis à la broche.

Vient ensuite le gril fumivore, qui est préférable à toutes les autres espèces de gril, parce qu'étant renfermé dans une cheminée en tôle, le tirage absorbe toute la fumée des viandes et que l'on peut obtenir par la braise qui est constamment allumée, un degré de chaleur plus égale et qui convient mieux aux substances à cuire.

Le fer battu peut aussi remplacer avantageusement le gril, quand il s'agit des viandes panées, mises dans le four chaud du fourneau, telles que les pieds de veau ou ceux de cochon, les pigeons à la crapaudine, les côtelettes, les cervelles, les ris de veau et les autres espèces de viandes de même nature, qui demandent à être bien cuites, c'est-à-dire à n'être pas mangées saignantes.

Ces viandes sont surprises de tous les côtés à la fois et sont moins sèches que si elles étaient mises sur le gril, parce que la marinade avec laquelle elles sont arrosées ne se perd pas.

Plats de fonte non émaillée et sautoirs en cuivre étamé.

Les plats de fonte non émaillée et les sautoirs en cuivre étamé servent pour les viandes et les légumes sautés à la minute.

Coquêlles et cloches en fonte non émaillée.

Les coquêlles et les cloches en fonte non émaillée, sont bien supérieures aux casseroles et braisières en cuivre, pour les ragoûts et les viandes qui doivent être cuits d'une façon régulière, mijotés et à l'étouffée.

Casseroles en fer battu, fonte et cuivre étamé, terrines en terre.

Tous ces ustensiles peuvent être employés pour les rôtis. Le fer battu, étamé ou émaillé, sert encore pour les œufs et pour une infinité d'autres choses, ainsi que pour les escargots à la bourguignonne.

Broche.

La broche est un ustensile dont les formes peuvent varier, c'est-à-dire qu'il existe des broches tournantes, à coquilles ou à rôtissoire.

La broche est la méthode la mieux choisie pour obtenir des rôtis irréprochables sous le rapport du goût, du croustillant et de la coloration.

Petits plats en fonte émaillée, en terre vernissée ou en argent.

Ces espèces de plats servent pour tous les mets gratinés comme : légumes, poissons, viandes, volailles, gibiers, etc., et doivent être servis sur la table.

Terrines en terre à pâtés.

Les terrines en terre à pâtés, ont une forme spéciale et servent pour les pâtés de foies gras ou ordinaires, ainsi que pour ceux à la gelée.

Casseroles en fonte émaillée et celles en cuivre étamé

Les casseroles en fonte émaillée et celles en cuivre étamé, servent pour les pâtes, en général, les légumes et les plats sucrés.

Casseroles à ragoût; bain-marie.

Ce sont des casseroles en cuivre étamé ou en fonte émaillée, très profondes et peu larges, dans lesquelles on met au bain-marie, les potages et les purées, que l'on veut tenir au chaud en les préservant de l'action directe du feu.

Moules cannelés en ferblanc.

Les moules cannelés, en ferblanc, sont destinés pour les pâtés, en général, et les plaques sur lesquelles ils doivent être enfournés, sont en tôle très-mince, semblables à celles dont on se sert pour la pâtisserie.

Chemin de fer.

On nomme ainsi une casserole formant un carré long avec un rebord droit peu élevé.

Cette casserole sert à faire rôtir, dans le four du fourneau, les grosses pièces de viande, de volaille ou de poisson.

Poissonnières.

Les poissonnières peuvent être indistinctement confectionnées en fer battu, en fonte émaillée ou en cuivre étamé; celles en fonte émaillée, sont préférables à celles en fer battu à et celles en cuivre, parce que la chaleur se communique plus promptement et qu'il n'y a pas besoin de sortir le poisson, aussitôt qu'il est refroidi, parce que le vert-de-gris n'est pas à craindre pour les premières, comme pour celles en cuivre. Il est indispensable aussi d'avoir une grille mobile ayant une poignée à chaque extrémité, de la grandeur de la poissonnière sur laquelle le poisson est placé pour empêcher qu'il ne s'attache à la poissonnière en cuisant et permette de le sortir sans le casser.

Tourtières, moules à gelées, à charlottes de pommes, crêmes et gâteaux.

Ces différentes espèces de moules sont propices pour les tourtes de fruits, frangipane ou croustades. Les moules unis sont pour les charlottes de fruits, plum-pudding, timbales, en général.

Les moules à gelées, cannelés avec ou sans cheminée, servent pour les gelées, les crêmes panachées, les bavaroises. Les moules à gâteaux sont plus grands et les cannelures ont une dimension plus prononcée. Toutes ces différentes espèces de moules doivent être de préférence en cuivre étamé, parce qu'ils se démoulent plus facilement que ceux en fer battu et ornent très-bien une cuisine.

Moules à bordures.

L'on peut ajouter à ces formes diverses des moules ci-dessus, ceux dits à bordures, qui sont des moules moins élevés que les autres, mais beaucoup plus larges, avec une cheminée, soit une grande ouverture au milieu, pour qu'on puisse placer différentes espèces de volaille, gibier, poisson, aspic, préparés avec de la gelée, du jambon, des truffes, etc. Ces mets qui sont toujours froids, sont très-bien accueillis dans les dîners, comme entrée ou, de préférence, dans les déjeuners et les soirées.

Emporte-pièces.

Les emporte-pièces sont des moules très-utiles dans le ménage ; ils sont ordinairement en fer-blanc, unis ou festonnés, ayant plusieurs dimensions ; ainsi les vide-pommes sont longs et ressemblent au goulot d'une cafetière ; les autres sont moins longs et sont plus larges, ils servent pour couper en forme ronde les petits pâtés, les bouchées, ou autres pâtisseries. D'autres, enfin, imitent toutes espèces de modèles et servent pour couper les pommes de terre frites ou soufflées ou pour décorer certains légumes, les truffes, les champignons, les œufs durs, la pâte, etc.,

Coupe-légumes.

Les coupe-légumes sont des moules qui servent pour activer et couper d'une façon régulière, et à plusieurs dessins les légumes pour les garnitures et les potages.

Sorbétières à la main et à la mécanique.

Les sorbétières à la main ou à la mécanique, ainsi que les moules à bombes, sont en étain et ceux à fromage glacé, sont en ferblanc cannelé, avec un couvercle qui ferme hermétiquement. Ils sont d'une forme très-haute.

Bassines en cuivre non étamé.

Les bassines en cuivre non étamé, sont de toutes rigueur pour faire les gelées, les confitures, les sirops, etc., ainsi que pour faire toutes les conserves au vinaigre, qui doivent garder leur verdeur et leur couleur naturelles, parce qu'il est très-difficile d'obtenir dans les ustensiles étamés, des gelées qui ne soient pas violacées et des conserves de poivrons et de cornichons, etc., qui aient une teinte verte.

NOTA. — Quand un plat ou une marmite en fonte, sont neufs, sans être émaillé ni étamé, il est de toute nécessité de l'affranchir pour faire disparaître le goût de fonte et la couleur noire qu'ils peuvent communiquer aux objets. Pour cela, frottez-les fortement en dehors et en dedans avec une couenne de lard, puis remplissez-les de coquilles de noix sèches ; joignez-y de la cendre et de l'eau ; laissez le plat ou la marmite un jour dans un four très chaud, ensuite lavez-les bien avec du sable fin.

Mortier en pierre et son pilon.

Le mortier est pour la cuisine, pour la pâtisserie et la confiserie d'une trop grande utilité et d'une trop grande économie, pour qu'on puisse se dispenser d'en faire l'acquisition. On s'en sert pour tirer parti des restes et pour une foule d'autres choses ;

il importe qu'il soit plutôt grand que petit, parce que les viandes sont plus vite et mieux pilées.

Pour éviter qu'un trop grand bruit se produise dans les appartements, quand on s'en sert, le mortier doit être scellé sur une pierre ou sur un billot. La tête du pilon doit ressembler à un boulet, de forme un peu allongée, avec un manche en bois, dont le bout est tenu libre dans une tringle en fer, placée à une certaine hauteur et que l'on peut ôter à volonté quand on veut le laver ; ou bien un autre pilon moins long, ayant deux têtes.

Il est également indispensable de se procurer une passoire ordinaire, forte, en fer ou en cuivre étamé, avec un manche d'un côté et une poignée de l'autre, de telle sorte qu'elle puisse entrer dans le mortier d'une façon libre et juste, ce qui permet d'activer et de faciliter à passer les quenelles, les farces, les légumes, tels que l'oseille, les épinards, les purées, etc.,

Manière de récurer le cuivre et le fer battu.

Mettez de côté deux ou trois blancs d'œufs ; mélangez-les avec de la cendre, du son ou, ce qui vaut mieux, du sable fin ; mouillez ce mélange avec du vinaigre et de l'eau ; frottez la casserole avec un peu de cette composition ; lavez-la ensuite à grande eau ; laissez-la sécher, sans l'essuyer, si vous le voulez, puis frottez l'extérieur avec du tripoli sec, avec un gant en peau ou bien avec la paume de la main, jusqu'à ce que le cuivre ait acquis une couleur dorée et brillante. Les blancs d'œufs ont la propriété de détacher à froid, sur le cuivre ou sur le fer battu, tous les corps gras qui y sont adhérés. On peut, néamoins, dégraisser auparavant la casserole avec de l'eau bouillante.

Cette préparation peut servir et se conserver pendant une semaine, et même plus, pour le récurage des casseroles et ustensiles d'un ménage ordinaire. Vous pouvez aussi nettoyer le cuivre en mettant trente grammes d'acide oxalique ou sel d'oseille, dissous dans un litre d'eau ; frottez le cuivre avec un linge imbibé ; lavez la casserole ; essuyez-la et passez le cuivre au tripoli sec. On peut ajouter à cette eau de cuivre, 50 à 60 grammes de terre pourrie.

L'eau de cuivre qui est un poison violent, ne doit pas être employée pour nettoyer l'intérieur de la casserole, à moins que celle-ci ne soit lavée sur le champ, à plusieurs eaux, et ensuite bien essuyée.

Lavage de la vaisselle.

Il est essentiel, pour bien laver la vaisselle, d'avoir deux sceaux d'eau bouillante, car autrement les assiettes ne sont jamais bien dégraissées.

Commencez par laver la vaisselle dans l'un des sceaux, puis trempez-la dans l'autre ; laissez-la égoutter un quart d'heure seulement, afin que les assiettes soient encore tièdes, pour les essuyer. Il est à remarquer que plus l'eau est bouillante, plus la vaisselle est promptement lavée, plus facile à essuyer, par conséquent plus brillante, et sans comparaison sous le rapport de la propreté.

Lavage de la verrerie et des glaces.

La verrerie se lave à l'eau tiède, avec ou sans cristal de soude et mise aussitôt à la renverse, pour la faire égoutter. Les carafons à vins se lavent avec des cendres mêlées aux coquilles d'œufs brisées, ou bien à l'eau de cristal de soude, ou encore avec de la lessive *(vulgo lissieux)*, puis rincés après à l'eau claire.

Les vitres et les glaces se lavent avec un peu de blanc d'Espagne délayé dans une goutte d'eau ordinaire ou de l'eau-de-vie ; frottez légèrement avec ce mélange les vitres, à l'aide d'une éponge, en ayant soin de ne pas causer de dégât ; essuyez ensuite lorsque le blanc d'Espagne est séché, avec un linge grossier, puis avec un autre plus fin et surtout veillez à ce que ce linge ne laisse pas de duvet sur les vitres ou sur les glaces.

Lavage de l'argenterie.

Prenez un peu de savon noir que vous faites dissoudre dans l'eau bouillante ; lavez l'argenterie à l'aide d'une brosse en crin très-doux ; retrempez-la ensuite dans une autre eau claire et bouillante ; essuyez-la toute brûlante, parce qu'elle est comme la vaisselle, plus brillante, puis passez-la à la peau de chamois.

Il est nécesaire, pour entretenir l'argenterie très-proprement et lui donner un brillant, de la frotter, au moins deux fois par mois, avec du blanc d'Espagne.

Lorsque quelques pièces d'argenterie ont été noircies par les œufs ou autres objets, il faudra les nettoyer avec de la suie employée seule ou délayée avec un peu d'eau-de-vie.

Poudre pour remettre l'argenterie à neuf.

Prenez 60 grammes de crême de tartre, autant de blanc d'Espagne et 20 grammes d'alun; réduisez le tout en poudre très-fine; délayez ce mélange avec très-peu d'eau et frottez l'argenterie avec un linge fin; lavez et essuyez avec soin, puis passez-la à la peau de chamois.

Couteaux.

Trempez les lames seules des couteaux aussitôt qu'ils ont servi, dans l'eau bouillante, en ayant la précaution de ne pas mouiller les manches, car le mastic qui est dans l'intérieur du manche serait chauffé et la lame serait séparée; essuyez aussitôt; frottez ensuite la lame pour la faire briller sur un cuir cloué sur une planchette, ou, ce qui serait plus commode, ce serait un polissoir à couteau. Ce dernier objet est formé d'une caisse dans laquelle se trouve une forte brosse, en crin très-dur, d'une forme ronde; vous placez une demi-douzaine de couteaux ensemble et dans un tour de main, les couteaux sont nettoyés très-proprement, pourvu que vous ayez mis sur la brosse ou sur le cuir de la planche à couteaux, une quantité suffisante de pierre anglaise pulvérisée, pour donner le brillant aux lames des couteaux ; ensuite, passez les manches de chaque couteau, s'ils sont en métal, à la peau de chamois, avec un peu de blanc d'Espagne.

Lavage des bouteilles.

Prenez un kilog de cristal de soude ; faites-le bouillir dans un chaudron plein d'eau, pour la quantité de cent cinquante bouteilles environ ; une fois que l'eau aura bouilli, laissez-la refroidir à l'état d'eau tiède ; placez ensuite le chaudron sur un feu très-doux, afin que l'eau conserve toujours la même température, car si elle était plus chauffée, les bouteilles se casseraient ; ensuite, lavez-les de sorte qu'elles soient très-claires et qu'il ne reste point de tartre ; à mesure qu'elles sont lavées, rincez-les dans un grand seau d'eau fraîche placé près de vous, puis mettez-les à égouter sur un *hérisson* en fer ou sur une planche à bouteille ou encore dans une grande corbeille, le goulot placé en bas et laissez-les dans cette position, jusqu'au moment de vous en servir. Si parfois vous étiez dépourvu de chaudron, le moyen le plus simple serait de faire bouillir dix litres d'eau avec un kilog de cristal de soude et de la mettre toute bouillante, à l'aide d'un petit entonnoir, dans chaque bouteille, de manière à ne couvrir que le fond seul, car autrement la bouteille sauterait. Il faut, pour cela, ne verser l'eau de cristal que par petites doses, en soulevant de temps en temps l'entonnoir pour que la vapeur s'en dégage ; laissez l'eau un petit instant, puis agitez fortement chaque bouteille jusqu'à ce que le tartre soit entièrement parti et que la bouteille soit très-claire ; rincez-les à l'eau propre et mettez-les à égoutter. Les bouteilles peuvent encore être lavées avec de la lessive.

Manière de remettre les tonneaux moisis à bon goût.

Mettez dans une marmite dix litres d'eau et deux poignées de gros sel ; laissez bouillir ; jetez ensuite cette eau bouillante, à l'aide d'un entonnoir, dans un fût de la contenance de deux cents litres environ ; ajoutez vivement un verre à bordeaux, plein d'acide sulfurique qui n'est autre chose que du vitriol ; ajoutez-y aussi pour dix centimes de bioxide de manganèse pulvérisé que vous achetez chez un droguiste, puis bouchez le fût hermétiquement aussitôt l'opération faite.

Il est important que la bonde soit très-fortement serrée, car la force de ce liquide et la vapeur la feraient partir, ce qui pourrait occasionner un accident à la personne qui serait chargée de cette opération ; ensuite agitez le fût en tout sens et versez ce liquide au bout d'une demi-heure ; rincez le fût une première fois avec de l'eau bouillante et ensuite avec de l'eau froide, parce que l'eau bouillante pourrait laisser au fût un mauvais goût ; laissez égoutter jusqu'au lendemain, puis assurez-le avec un demi-litre de cognac à bon goût et bouchez le fût dont vous pourrez vous servir dès lors sans aucune crainte.

Une autre manière de remettre les tonneaux à

bon goût c'est de défoncer le fût et de brûler intérieurement deux sarments, en faisant promener la
flamme dans tous les coins et recoins du fût, puis
le ratisser avec un fort balai en bouleau et le rincer
comme le précédent.

Manière de conserver les fûts à bon goût.

Si vous voulez conserver les fûts à bon goût un
certain temps, il faut, quand ils sont rincés, puis
bien séchés, mettre par pièce de vin, une demi-mè-
che que vous accrochez à une tringle assez longue
pour qu'elle puisse pénétrer jusqu'au milieu du fût
ayant d'un côté un gros bouchon en bois qui sert
de bonde pour boucher hermétiquement la pièce
jusqu'à ce que la mèche soit entièrement consumée
et pour empêcher que la fumée produite par la
mèche soufrée ne s'évapore pas, chose essentielle
pour la conservation de la pièce à bon goût.

Les fûts, ainsi préparés, se conservent indéfiniment, pourvu qu'au bout de trois à quatre mois
vous les mèchiez une seconde fois; puis, au moment
de vous en servir, vous n'avez qu'à les rincer à
l'eau bouillante puis après à l'eau froide.

Lavage des planchers.

Achetez un kilog de cristal de soude pour laver
une chambre de moyenne grandeur ; faites-le bouillir dans une marmite de la contenance de dix à
douze litres d'eau, avec quarante centimes de savon
ordinaire ou de savon noir qui dégraisse et blan-

chit davantage le bois ; vous vous mettez ensuite à genoux sur une planche comme si c'était pour laver la lessive ; ne versez, pas trop à la fois, de cette eau bouillante de cristal de soude ; frottez fortement avec une brosse à main en chiendent ; épongez aussitôt cette eau avec un linge grossier ou de préférence avec une grosse éponge ; rincez-la chaque fois dans un sceau d'eau claire placé près de vous et que vous remplacez quand elle est trouble ; continuez cette opération jusqu'à ce que le plancher soit entièrement lavé ; puis, quand il est partout bien essuyé, jetez en *pluie* si vous le jugez nécessaire, un peu de chlore qui donne au plancher une extrême blancheur ; son odeur est suffocante, mais il assainit l'appartement et lorsque les portes et les fenêtres sont ouvertes, cette suffocation disparaît un instant après que l'on a balayé ; on peut aussi se borner à mettre de la sciure de bois blanc ou simplement le laisser sécher.

Ce mode de lavage exige beaucoup moins de temps et moins d'eau, épargne les murs et les plafonds qui sont au-dessous et avec moins d'embarras et de peine, vous obtenez des planchers plus blancs. Vous pouvez encore le lendemain, quand le plancher est bien séché, couper par petites brises un morceau de savon ordinaire et frotter le plancher en vous servant de la galère qui est une grosse brosse en chiendent ou en crin, avec un manche à mains et une pierre placée au-dessus de la brosse pour la rendre plus lourde. Cette manière de procéder donne au plancher le brillant d'un parquet ciré.

COUPURES, BRULURES, GERÇURES, MAL BLANC
ET CORS AUX PIEDS.

Il arrive assez fréquemment, en faisant la cuisine, de se couper ou de se brûler les doigts, soit par faute d'attention, soit par le manque d'habitude et l'on se plaît à dire que c'est le métier qui commence à entrer ; nous nous permettrons d'indiquer ci-après les moyens les plus prompts et les plus actifs que l'on a sous la main, car il est très-désagréable qu'une cuisinière ait des compresses aux doigts pour faire la cuisine.

Coupures.

Pour une coupure, le moyen le plus simple est de la faire un peu saigner, puis de rejoindre les deux chairs d'une manière très-égale ; liez ensuite autour du doigt avec de la ficelle de cuisine ou une tresse de façon à cacher toute la coupure, sans cependant trop la serrer, car la circulation du sang serait arrêtée, ou tout simplement avec du sparadrap coupé en forme de bandelettes que vous collez sur la coupure et au bout de deux à trois jours à peine, si la coupure n'est pas trop profonde, les chairs sont reprises sans aucune souffrance. Si parfois la coupure était faite avec du verre, il serait de toute rigueur de s'assurer qu'il n'est pas resté dans la coupure la plus petite brisée de verre, ce qui causerait une inflammation dangereuse.

Brûlure.

Pour la brûlure quand elle est légère, la méthode la plus en usage employée dans les cuisines, est de présenter immédiatement les doigts au feu ; c'est assez douloureux, mais la durée n'est que de trois à quatre minutes. Si par malheur la brûlure était trop étendue, il faudrait dans un clin d'œil, avant que l'inflammation se soit déclarée, mettre la partie brûlée dans un grand sceau d'eau très-fraîche et qui sera souvent renouvellée, sans en sortir les parties atteintes et les y laisser jusqu'à ce que la douleur ait disparu ; ensuite passez doucement sur la brûlure de l'huile d'olive ou de choux-navet ; pliez la partie brûlée entourée de coton et laissez-la dans cet état jusqu'au lendemain.

D'autres personnes ont la précaution d'avoir de la chaux vive pulvérisée aussi fine que si c'était de la farine, ainsi qu'un grand vase d'huile d'olive ou de préférence celle de choux-navet qu'elles tiennent constamment en réserve ; versez, ou plutôt trempez toute la partie brûlée dans l'huile ; saupoudrez-la vivement avec de la chaux vive pulvérisée, puis entourez-la de compresses très-sèches ; le lendemain, la partie brûlée ressemble à une seconde peau de châtaigne qui disparaît peu à peu, comme si c'était des écailles de poisson, sans laisser de trace.

On peut aussi faire usage du collodion étendu sur la partie brûlée. Le collodion se vend chez tous les pharmaciens. Vous pouvez également employer de la gelée de groseilles étendue aussi sur la partie brûlée ou bien encore délayer promptement de la farine avec de l'eau froide pour en faire une bouillie un peu épaisse que vous appliquez immédiatement et que vous renouvelez après un certain temps.

L'expérience a démontré que tous ces remèdes sont appliqués avec succès, pourvu qu'ils soient faits sur le champ pour prévenir l'action de l'air, car autrement ils seraient sans efficacité.

Les autres moyens de guérir les brûlures avec des pommes de terre, des carottes rapées ou simplement du coton et de l'huile, ne sont pas suffisants parce qu'ils ne privent pas complètement de l'air la partie brûlée ce qui est une condition absolue.

Gerçure.

La gerçure est une crevasse dans les mains, très-douloureuse pendant l'hiver.

L'eau de vaisselle a beaucoup de propriétés pour adoucir la peau. La glycérine que vendent les pharmaciens, est d'un très-bon effet, mais ce qui est employé avec succès, c'est de faire cuire à blanc dans le feu ou sur la pelle rouge des coquilles d'escargots que vous réduisez en poudre, comme si c'était de la farine; vous délayez cette poudre avec de la bonne huile d'olive pour en faire un cold-cream ; vous frottez fortement la gerçure avec cette composition, le soir avant de vous coucher; puis vous entourez la main pliée dans de la flanelle.

Mal blanc.

Le mal blanc ou tour d'ongle se fait mûrir promptement avec plusieurs cataplasmes suivis et appliqués chauds sur le mal.

Ces cataplasmes sont composés avec de la farine de lin ou de la mie de pain fraîche délayée avec de l'eau ou du lait pour en faire une bouillie épaisse.

Un moyen aussi très-efficace, c'est d'entourer le mal d'une tranche émincée de veau cru avec une couche légère de graisse de cochon ou saindoux, légèrement chauffée, ainsi qu'une petite pincée d'oseille crue et hachée très-fin, le tout appliqué sur le tour d'ongle.

La viande de veau crue, qui est très-rafraîchissante, adoucit la douleur, combat le mal et peut être remplacée par une autre tranche de veau quand cette dernière a été chauffée par une trop forte inflammation.

S'il vous était survenu des glandes sous le bras, il faudrait user de la même opération que pour le doigt et lier la tranche de veau avec un linge pour bien la tenir serrée contre les glandes.

Cors aux pieds.

Le cor au pied se guérit en faisant tout simplement une espèce de torche en flanelle, que vous appliquez sur le cor, en ayant soin que le cor se trouve bien au milieu. Par cette méthode, le cor, pousse sans que la chaussure l'en empêche et au bout de huit jours vous l'extirpez sans aucune dou-leur jusqu'à la racine.

Il est bien entendu qu'en mettant votre bas vous teniez cette torche avec le doigt, afin qu'elle reste parfaitement fixée sur le cor. L'on peut aussi se servir de préférence et avec plus d'efficacité du *Corn Plaister* acheté chez les pharmaciens et qui est une espèce de torche qui reste collée sur le cor.

L'on peut encore prendre des bains de pieds avec de l'eau chaude, fortement salée avec du gros sel qui amollit le cor de façon qu'il puisse être arraché facilement avec l'ongle. L'on peut aussi se servir, comme bain de pieds, de l'eau provenant de la cuisson des premières châtaignes cueillies et dans laquelle on aura mis comme ci-dessus du gros sel.

Destruction des mouches, rats et punaises.

Les mouches, dans les cuisines, sont parfois en si grand nombre, qu'elles deviennent un véritable fléau.

Le meilleur procédé pour les empêcher de s'introduire dans les cuisines, c'est de placer à chaque fenêtre une toile métallique tenue par un chassis qui prendrait exactement la dimension de la fenêtre et même de la porte et que l'on pourrait ouvrir ou fermer à volonté.

Un autre procédé qui serait aussi efficace, ce serait de mettre dans un verre à boire ou dans autre chose, jusqu'à moitié de sa hauteur, de l'eau dans laquelle on a fait dissoudre du savon ; vous couvrez avec une feuille de papier ou une tranche de pain coupée très-mince, de façon qu'elle puisse boucher parfaitement le verre ; vous percez au milieu un petit trou évasé en entonnoir ; vous étendez sur la partie du papier ou de la tranche de pain qui est au-dessous du côté de l'eau savonneuse, des confitures, du miel, ou autre chose, pour attirer les mouches qui s'introduisent par le petit trou et qui ne peuvent plus sortir parce qu'elles y sont asphyxiées en un instant.

Dans les appartements, il est prudent de tenir les volets fermés, parce que les mouches ne se tiennent pas dans l'obscurité. Vous pouvez encore placer au plafond une tresse ou un cordage qui serait cloué aux quatre coins de la chambre ou de la cuisine et qui tiendrait suspendues de distance en distance, plusieurs petites branches de saule, passées à la glu très-claire et saupoudrées d'un peu de sucre en poudre. Par ce moyen la destruction des mouches serait complète.

Rats.

Cette recette pour détruire les rats, aussi simple que peu dangereuse, consiste à mettre dans une assiette un peu de chaux réduite en poudre, mêlée avec un tiers de farine et du fromage râpé très-fin ; vous placez à côté une autre assiette avec de l'eau ; les rats, après avoir mangé de ce mélange qui les altère, vont boire et l'eau qui dissout la chaux, les fait périr. Ce procédé s'applique surtout aux gros rats de cave et à ceux de grenier qui ne se laissent pas facilement prendre dans la trappe ;

quant aux petites souris qui sont dans les cuisines ou dans les appartements, les souricières suffisent grandement. Vous pouvez aussi boucher tous les trous ou les rats passent, avec du verre pilé, du ciment et de l'eau, le tout délayé ensemble et employé immédiatement.

Punaises.

C'est ordinairement dans les vieux meubles, tenus dans un état de malpropreté, les fentes des vieux murs et sous les tapisseries de la même date, que se réfugient ces bêtes immondes, exécrables.

Le moyen le plus sûr et qui, au fond, serait peu coûteux, étant comparé au résultat, ce serait de plâtrer les murs, pour les affranchir et les rendre plus uniformes, afin que les tapisseries fussent bien collées sans laisser aucun vide au-dessous, en ayant la précaution de passer auparavant sur le plâtre, à l'aide d'un pinceau, une couche d'essence de pétrole. Si cependant vous ne vouliez pas vous occasionner cette dépense, il suffirait de faire démonter le lit par un tapissier qui imbiberait soigneusement tous les joints, à l'aide d'un pinceau, de l'enduit ci-après composé : de vingt centimes d'onguent gris, soit une pommade de mercure double, délayée dans un demi-litre d'huile d'essence de térébenthine. Il sera aussi prudent de visiter minutieusement le sommier, de refaire les matelas et de laver la doublure.

L'essence de pétrole est encore un des meilleurs préservatifs économiques contre les punaises et autres insectes ; il suffira de procéder de la manière indiquée ci-dessus et de renouveler cette opération une ou deux fois par mois. L'essence de pétrole imbibée le matin dans les joints du lit, n'incommode pas le soir, parce que l'odeur à complètement disparu.

Achat des matelas.

Nous ne saurions trop recommander l'achat des matelas, en crin de bœuf, parce que les insectes s'y logent moins facilement, et qu'ils offrent cet avantage qu'ils sont plus frais pendant les chaleurs, surtout quand le crin est acheté en premier choix, c'est-à-dire quand il est très-long et bien purifié, ce qui le rend plus nerveux et plus élastique, car l'expérience a démontré que de bons matelas en crin, peuvent rester très-souples pendant plusieurs années ; le contraire arrive pour les matelas en laine et même pour ceux qui sont confectionnés moitié laine et moitié crin, parce qu'il est nécessaire qu'ils soient refaits au moins deux fois par an à cause de leur dureté et de la poussière qu'ils contiennent ; ce qui occasionne une dépense dont les matelas de crin sont dispensés.

Les matelas de crin ont encore l'avantage d'être plus économiques que ceux en laine, leur prix d'achat n'étant guère plus élevé que celui des matelas en laine, car dans le matelas en crin, il suffit de treize à quatorze kilogs de crin pour faire un bon matelas, même à deux places, au lieu que pour celui en laine il en faut mettre davantage.

Achat des linges en toile.

Les linges en toile, en coton et en calicot tels que draps, serviettes, tabliers, etc., seront achetés en bonne qualité et de préférence sans qu'ils aient été blanchis, c'est-à-dire que la toile, le coton et le calicot soient écrus, qu'ils aient la couleur naturelle du chanvre, parce qu'ils sont moins vite usés; car le linge est un des objets les plus importants du ménage. Les toiles camelotte que l'on vend à bas prix reviennent assurément à un prix plus élevé, parce qu'elles ont ordinairement beaucoup d'apprêt et font moins d'usage, et au bout de quelques lessives perdent de leur roideur et n'ont pas l'étoffée des toiles ménagères.

La cuisinière doit avoir un tablier de cuisine toujours très-blanc, ainsi qu'un torchon à son côté, pour épargner le tablier et pour s'en servir quand elle en aura besoin, soit pour changer sur le fourneau une casserole de place ou encore pour tout autre usage.

Lorsqu'elle sera occupée à un ouvrage plus grossier, il est nécessaire qu'elle ait au-dessus du tablier blanc un autre tablier en toile grise serrée et épaisse.

Les serviettes et les nappes ne doivent jamais paraître dans la cuisine, lorsqu'elles sont mises au sale; elles sont comme les torchons et les tabliers, suspendues sur un cordage, de sorte qu'elles soient à l'air jusqu'au moment de les lessiver.

La bonne lessive se prépare avec beaucoup de

cendres de bois achetées chez les boulangers, mêlées avec un peu de cristal de soude ; les autres ingrédients que l'on emploie pour blanchir les linges, afin d'obtenir une lessive plus vite faite et plus économique, les usent, surtout, quand la dose n'est pas mise avec modération.

Une bonne règle qui est adoptée dans quelques pays, c'est de mettre au bleu les serviettes, les nappes ainsi que les draps de lit pour leur enlever le blanc terne de la lessive. Ces linges ainsi apprêtés, puis passés au cylindre ou à défaut de cylindre, mis en presse, acquièrent une roideur qui leur donne, au toucher, un aspect de linges neufs et la teinte d'un blanc azuré.

Encaustique pour faire briller les parquets.

Prenez cinq litres d'eau, un demi-kilog de cire jaune ; faites bouillir ; lorsque la cire est fondue, retirez-la du feu et ajoutez un quart de litre d'essence de térébenthine, puis pour vingt centimes de crême de tartre et autant de savon et la même quantité de poix résine pour donner plus de brillant au parquet.

Il est essentiel de remuer sans quitter un seul instant, jusqu'à ce que la décoction soit refroidie, car autrement la cire et les autres mélanges se mettraient en grumeaux et l'encaustique serait manquée.

Cette proportion d'encaustique peut suffire pour un parquet de cinquante mètres carrés environ ; vous étendez cette composition sur le plancher avec un gros pinceau, en couche très mince, puis vous laissez sécher et vous frottez ensuite.

Le vernis siccatif brillant que l'on trouve en vente dans un grand nombre de dépôts pour la mise en couleur des parquets et du carrelage donne de très-bons résultats.

Encaustique pour faire briller les meubles et les devantures en bois dur.

Prenez soixante grammes d'essence de térébenthine et trente grammes de cire jaune; faites fondre la cire sur un feu doux avec l'essence; quand le tout est fondu, retirez-le du feu et agitez ce mélange, jusqu'à ce que l'encaustique soit refroidie; mettez-la dans un pot couvert hermétiquement; vous étendez cette composition très-légèrement sur le bois, avec un tampon de laine; vous frottez avec du drap ou de la flanelle, jusqu'à ce que le bois soit devenu poli et brillant. S'il y a sur le bois des taches qui soient difficiles à faire partir, il faut laver avec du lait très-chaud, ensuite vous frottez avec un linge sec puis avec un autre légèrement imbibé d'huile de noix ou d'olive, car le lait lustre le bois. On peut colorer l'encaustique avec de l'ocre rouge pulvérisée.

Mastic.

Réduisez en poudre du blanc d'Espagne que vous délayez avec un peu d'huile de lin, de manière à en faire une pâte assez ferme et un mélange parfait.

Ce mastic qui est le même que celui employé pour mastiquer les vitres, peut servir pour boucher les fentes dans le bois, comme dans des volets, des tables, des portes, des arrosoirs ou autres vases qui ne recoivent que de l'eau froide, etc.

Pour le conserver, il faut l'envelopper dans une toile cirée et le tenir au frais, parce que ce mastic durcit beaucoup. Vous pouvez, pour cacher les traces où ce mastic a été mis, l'enduire d'encaustique auquel vous donnerez la couleur du bois et que vous faites ensuite briller quand il est séché.

Colle liquide.

Délayez dans une casserole un peu de farine avec de l'eau froide et faites-la cuire assez de temps, soit environ vingt minutes en la remuant, sans la quitter un instant, de manière à en faire une bouillie pas trop épaisse. Si vous voulez l'obtenir plus forte pour recoller des fragments de meubles, moulures, ornements, etc., il faut la préparer dans la proportion de 60 grammes de gomme arabique et 20 grammes de farine dissous dans un petit verre d'eau froide et que vous faites cuire comme la précédente.

Manière de donner au bois blanc une couleur de bois de chêne ou de noyer.

Faites bouillir le brou de noix s'il est sec, ou s'il est frais, laissez-le simplement infuser dans l'eau froide, de façon qu'il baigne à peine, en y ajoutant un peu de potasse que vous laissez infuser pendant trois à quatre jours; ensuite pressez cette décoction dans un mauvais linge et servez-vous de cet extrait pour badigeonner avec un pinceau les bois blancs de sapin, etc., ainsi que les bois durs, d'une ou de plusieurs couches selon que vous voulez obtenir une teinte de bois plus ou moins foncée.

Vous pouvez imiter avec le pinceau ou une plaque dentelée, les nœuds et les veines des bois de chêne ou de noyer ou de toute autre espèce. Vous pouvez encore donner aux bois blancs une couleur de chêne et de noyer en employant pour 20 centimes de terre de Sienne et pour dix centimes de terre de Cologne, le tout cuit ensemble avec un peu de potasse, qui est un corps corrosif et mordant.

Le bois qui est enduit de ces compositions a non seulement un coup-d'œil plus riche, mais il ne devient pas vermoulu, parce qu'il est préservé des insectes et des intempéries du temps et fait, par conséquent, un long usage. Vous pouvez encore, pour rendre le bois plus brillant, le passer à l'encaustique ou vernis, au tampon, ce qui en ferait un bois qui pourrait être comparé avantageusement au bois véritable de noyer ou de chêne.

Manière de conserver les fourrures et les laines pendant l'été.

Lorsque la saison des fourrures et des vêtements de laine est passée, vous les secouez avec soin, puis vous les déposez dans une boîte en bois ou en carton. Vous collez une bande de papier assez large sur toutes les jointures, afin d'éviter l'introduction du moindre insecte. Cette précaution prise, il faut se garder de visiter les fourrures ou les étoffes de laine dans le courant de l'été et de les exposer à l'air, ce qui permettrait aux papillons d'y déposer leurs œufs.

Il sera également utile pour avoir plus de sécurité, de saupoudrer les fourrures ou les lainages avec un peu de poudre de pyrèthre ou pyrithe achetée chez le pharmacien. Cette poudre détruit à coup sûr et empêche les insectes de séjourner dans les vêtements qu'on ne peut pas enfermer dans la boîte, en les enveloppant dans un vieux drap qui les entoure plusieurs fois et qu'on attache avec soin, puis les entourer une seconde fois avec du papier dont vous collez toutes les jointures. Quelques personnes mettent du poivre ou du camphre, mais ce sont des préservatifs qui ne sont pas toujours suffisants pour y avoir confiance.

Désinfection des appartements.

Le meilleur moyen de désinfecter les appartements est d'ouvrir les portes et les fenêtres. Si la rigueur de la saison ou les circonstances ne permettent pas de recourir à ce moyen, il faut faire dans la cheminée, même en été, des feux clairs qui déterminent un grand courant d'air en ayant soin de laisser la porte ouverte pour fournir pendant ce temps un air nouveau et pur qui remplace l'air vicié qui est attiré par la flamme du feu. S'il n'y a pas de cheminée pour faire du feu, il faut verser du vinaigre ou brûler du sucre ou du genièvre sur une pelle rouge. Vous pouvez encore mettre une poignée de chlorure de chaux avec de l'eau dans plusieurs plats et aussitôt que vous sentez l'odeur du chlore se développer, le but est atteint.

Manière de nettoyer les tableaux.

Prenez tout simplement un gros oignon cru, partagez-le en deux et frottez les tableaux, les toiles et les tapisseries gommées et autres choses de même espèce, en ayant soin de couper, en effleurant, une tranche de l'oignon à mesure que les saletés y restent adhérées.

CHAPITRE II.

GENERALITES CULINAIRES

Devoirs d'une cuisinière.

Une judicieuse maxime a dit qu'un bon livre était un ami et que les bons maîtres faisaient les bons serviteurs. L'on pourra aussi convenir que les bons serviteurs font les bons maîtres. En effet, quand une cuisinière est toujours très-proprement vêtue, qu'elle est honnête, consciencieuse, prévenante et respectueuse envers ses maîtres, qu'elle a un caractère doux et affable, s'occupant de son travail et le faisant d'une façon leste et sans bruit, qu'elle possède, en outre, l'amour-propre de préparer les mets avec soin et économie, les maîtres passent comme l'on dit, sur bien de petites choses et sont au contraire, tout heureux et prédisposés à faire à cette cuisinière de temps en temps quelques petits cadeaux pour l'encourager comme preuve de leur attachement et de leur estime.

Observations préliminaires et soins à donner pour la préparation de la bonne cuisine.

La cuisine bien préparée n'est pas plus coûteuse que celle qui ne l'est pas. On peut même assurer qu'elle revient moins cher quand la cuisinière sait faire ses achats, tirer parti et utiliser les restes.

Pour cela, il faut que le beurre, qui est le secret de la bonne cuisine, soit extra-frais, car celui qui est fort prend à la gorge et la cuisine est immangeable et malsaine; mieux vaut le faire cuire que de le laisser rancir.

Vous pouvez le conserver assez frais pendant toute une semaine en le mettant dans l'eau froide changée deux fois par jour, pourvu qu'il soit bien pétri pour enlever le petit lait.

Dans certains pays, on se sert du beurre salé ou du beurre cuit ou fondu au bain-marie, mais à notre avis, la cuisine est moins fine et moins délicate; elle revient plus coûteuse, car le beurre cuit diminue beaucoup dans la cuisson ; il suffit d'en avoir une petite provision pour les fritures et autres choses, surtout actuellement où il est facile de faire des approvisionnements de beurre frais sur les marchés dans toutes les saisons de l'année.

Dans d'autres contrées, la cuisine se prépare à l'huile, à la graisse de cochon ou saindoux et à celle d'oie ou de canard; assurément cette cuisine est très-bonne; elle est même préférable à celle au beurre frais pour accommoder les mets qui demandent à être apprêtés d'un goût plus relevé.

Nous indiquerons les cas où il est utile de se servir de l'huile ou de la graisse.

Achats des graisses comestibles et viandes.

Le beurre, l'huile, la graisse, les comestibles et
les viandes doivent toujours être achetés en bonne
qualité; c'est une vraie et avantageuse économie
et les mets sont plus fins et meilleurs.

Cette économie est surtout sensible pour les viandes de choix, quoique leur prix en soit plus élevé,
parce que les os ne sont, en proportion réelle, pas
en aussi grande quantité dans les viandes charnues,
bien nourries que dans celles qui sont maigres; elles
rendent plus de graisse, épargnent par le fait le
beurre, font un jus plus corsé avec lequel on peut
apprêter d'excellents plats maigres. Elles sont, en
outre, plus nutritives et plus succulentes; elles sont
plus tendres, qualités nécessaires surtout pour
les viandes mises sur le gril ou rôties; enfin elles
diminuent beaucoup moins dans leur cuisson et ne
ressemblent pas, comme celles qui sont d'une qualité inférieure, à du caoutchouc.

Toutes les viandes doivent être mortifiées lorsqu'on veut les faire cuire, c'est-à-dire qu'il faut que
l'animal qui l'a fourni ait été tué depuis quelques
jours, les viandes sont ainsi plus tendres. Les viandes
fraichement saignées sont fermes; pour les attendrir, il faut les *battre* fortement avec le rouleau à
pâtisserie, afin de rompre les fibres et non avec le
couperet qui ne fait que les aplatir.

Chaque fois que la cuisinière, en préparant une

pièce de viande, aura à diviser les gros os, elle devra se servir de la scie et non du couperet qui brise les os et forme toujours des esquilles qu'il est très-désagréable de trouver sous la dent.

L'on ne saurait trop recommander de veiller avec soin à la cuisson des mets; c'est à cela que peut souvent s'attribuer la réussite d'un diner et la cuisinière doit toujours craindre qu'un mets ne soit pas très-bien préparé, faute de la cuisson qui lui convient particulièrement et que chaque plat ne soit pas dressé avec idée et bonne mine pour le rendre plus appétissant.

Le bon service, ainsi que la bonne cuisine, exigent encore que les assiettes soient chaudes en hiver et que les plats sur lesquels les mets sont dressés le soient toute l'année.

Dans ce cas, la cuisinière aura le devoir de placer à l'avance, dans l'étuve du fourneau de cuisine, les assiettes nécessaires pour les mets du repas, ou bien, ce qui est préférable, ce serait d'avoir dans la salle à manger un chauffe-assiette portatif, soit en tôle vernie avec une plaque de marbre au-dessus, ou celui d'un tout autre genre, car il arrive souvent qu'un met est complètement dénaturé quand il n'est pas servi bouillant.

OBSERVATIONS GÉNÉRALES ET SOINS A DONNER POUR LA CONSERVATION DES VIANDES, VOLAILLES, POISSONS ET LE GIBIER CONSERVÉ DANS SES PLUMES.

Le mode de conserver les substances servant à notre alimentation, consiste à détruire ou à préve-

nir les causes essentielles qui déterminent leur altération.

Ces causes essentielles sont :

1° L'humidité ; 2° l'air ; 3° la chaleur qui joue le
rôle le plus important.

La glace est, sans contredit, le meilleur moyen
pour conserver les viandes, les volailles, les
gibiers, les poissons et les comestibles à l'état de
fraîcheur. Le bœuf, le mouton et même l'agneau,
qui sont des viandes faites, se conservent plus
longtemps dans les chaleurs que les viandes blanches, telles que celles du veau, du porc frais, du
chevreau, du lapin domestique, de la volaille, du
poisson, etc.

Pour obtenir leur conservation plus prolongée,
il importe que le garde-manger soit construit dans
les conditions indiquées page 17 et que chaque pièce
de viande soit humectée d'un peu d'huile d'olive
pour combattre le feu que le couteau a laissé à la
viande ou bien la saupoudrer à l'extérieur d'une
légère couche de farine qui entretient la surface
sèche et empêche, par ce moyen, la viande de devenir limoneuse, ce qui lui communiquerait un
goût de relan et activerait la fermentation.

Le bœuf, le mouton, et principalement le gigot,
ainsi préparés, peuvent se garder dans les chaleurs
ou dans les temps humides pendant quatre à cinq
jours ; vous pouvez aussi piquer le gigot de quelques
pointes d'ail qui ne nuisent en rien à sa conservation.

Au moment de mettre cuire ces différentes
viandes, il faut avoir soin de les laver légèrement

avec un linge mouillé et de les essuyer sur le champ, autrement la viande perdrait de sa saveur, ferait l'eau et ne pourrait acquérir une teinte dorée et croustillante.

Vous pouvez aussi ratisser très-doucement, avec un couteau, la surface huilée ou farinée de la viande ou tout simplement l'essuyer avec un linge sec.

Vous pouvez encore, dans les chaleurs, faire revenir les viandes à moitié, les faire bouillir, les faire mariner ou les saler légèrement, selon leur destination.

Le poisson se conserve aussi de la même manière pourvu que les ouïes en soient ôtées et qu'il soit vidé ; vous mettez dans l'intérieur, à la place des intestins et des ouïes, un bouquet de thym et du poivre ou simplement du sel et du poivre, mais il faut bien se garder de laisser séjourner dans l'eau le poisson, car sa fraîcheur serait promptement altérée.

La méthode la plus sûre est de le mettre au court-bouillon ; alors il peut se conserver, même l'été, pendant dix à douze jours, pourvu qu'au bout de six jours vous fassiez de nouveau bouillir le court-bouillon que vous versez sur le poisson quand il est refroidi ; ajoutez un verre de vinaigre pour le consolider, ainsi qu'une légère couche d'huile d'olive ou de noix pour le priver de l'action de l'air.

Il est bien entendu qu'il ne faut laisser le poisson quand il est court-bouillonné, ni dans une poissonnière en fer battu, ni dans celle en cuivre, à cause du vert-de-gris.

Pour conserver la volaille, il faut, aussitôt qu'elle est saignée, la plumer et lui ôter les intestins ainsi que le jabot, soit la poche aux aliments, s'il est nécessaire, c'est-à-dire s'il y a du grain ou autre nourriture ; il est nécessaire de bien serrer les ailes et les pattes et mettre intérieurement du papier soie très-sec, puis envelopper la volaille dans un linge en toile fine, cousue très-serrée, pour que les mouches et l'air puissent pénétrer moins facilement ; vous pouvez aussi vous exempter de l'envelopper dans de la toile et la plier entièrement dans du papier soie.

Le gibier doit, au contraire, pour se conserver, être gardé dans ses plumes.

Un moyen, qui est de mon invention, pour conserver le gibier dans ses plumes, est de le mettre à l'air aussitôt qu'il est abattu, pendant deux ou trois jours pour faire sécher les plumes et laisser au sang le temps de se coaguler à l'endroit où le gibier a reçu le coup de fusil ; ensuite mettez du poivre dans le bec de chaque pièce de gibier, puis pliez la tête avec du papier de soie très-sec ainsi que le corps et les ailes séparées, de telle sorte qu'aucune partie ne se touche. Cette opération terminée, vous formez au fond d'une caisse une couche de poussière de charbon très-sec, de l'épaisseur de deux à trois centimètres ; vous placez les pièces de gibier pas trop serrées ; vous les couvrez d'une égale couche de poussière de charbon et formez ainsi plusieurs lits dans la même caisse, selon la quantité de gibier que vous voulez conserver, puis vous recouvrez la caisse d'un linge et ensuite de son couvercle fermé d'une manière hermétique.

Le gibier, ainsi mis dans la caisse avec la poussière de charbon au mois de janvier, c'est-à-dire à la clôture de la chasse, peut se conserver jusqu'au mardi-gras, sans altération, parce que la poussière de charbon, qui conserve le gibier dans une température égale, est, non-seulement un puissant préservatif des principes corrupteurs, mais encore un absorbant des gaz putrides qui pourraient se dégager des substances.

Il est bien entendu qu'il ne s'agit ici que de conserver les grosses pièces de gibier, telles que : perdrix, gelinotte, faisan, bécasse, etc., de préférence aux grives. Vous pouvez, pour que la conservation soit plus complète, ôter aux gibiers la poche des aliments ainsi que les intestins, bien essuyer l'intérieur avec un linge, puis y introduire une brisée de thym, si vous le jugez nécessaire, et remplir chaque pièce de gibier de papier très-sec.

Ce procédé de vider le gibier ne peut être appliqué qu'aux gibiers dénommés *gros becs* et qui appartiennent à la famille des gallinacés, tels que : la perdrix, la gelinotte, le faisan, etc., mais les *becs fins,* tels que la bécasse, le pluvier, la grive, etc., doivent être exemptés de cette préparation.

Le gibier peut encore se conserver dans le blé de froment, de seigle ou d'orge, ou mis simplement dans un courant d'air pas trop fort, parce qu'il sècherait, mais il se conserve moins longtemps que celui qui est conservé dans le charbon.

Le lièvre et le lapin de garenne peuvent être conservés comme le gibier à plumes, dans la poussière de charbon, mais pendant moins de temps.

Il faut pour cela que le lièvre et le lapin soient laissés dans leur peau, soigneusement vidés, y compris le foie qui doit être aussi enlevé ; remplissez-les intérieurement de thym, de poivre, pas de sel, et du papier soie, puis enveloppez-les dans un second papier de soie.

Le chevreuil, le sanglier, l'ours et les gibiers de même nature, peuvent être conservés de la même façon, mais il est préférable de les faire mariner dans le vin rouge avec force poivre et de haut goût ; peu ou pas de sel, parce qu'il rougit la viande.

La charcuterie, en général, se conserve aussi dans le blé ou la cendre, mais il est essentiel qu'elle soit mise dans le blé ou dans la cendre quand elle est fumée ou séchée, car autrement les jambons, les saucisses, les cervelas y moisiraient.

Ce procédé préserve les jambons du contact des mouches qui y déposent leurs œufs et conserve la charcuterie pendant toute une année dans un état complet de fraicheur. Au sortir des cendres, vous laverez la charcuterie si vous n'avez pas eu la précaution de la plier dans du papier.

Un autre procédé est celui de conserver les cervelas dans l'huile ou le saindoux ; mais, à notre avis, c'est une dépense qui est non-seulement inutile, mais encore qui communique aux légumes avec lesquels ont fait cuire les cervelas, un goût d'huile ou de graisse qui ne convient pas à tout le monde.

Observations sur les assaisonnements.

On appelle *assaisonnements* tous les condiments, les aromates et les haut goût qui jouent un rôle important et même indispensable dans l'alimentation ; car ce n'est pas ce que l'on mange qui nourrit, mais ce que l'on digère, c'est-à-dire les substances préparées avec les assaisonnements proportionnés et combinés d'une manière convenable et mis avec modération, qui provoquent l'appétit qui est l'indice d'une digestion facile et régulière.

Ces assaisonnements peuvent être divisés en trois classes, qui sont :

1° Les condiments qui comprennent : le sel, le poivre, le piment ou poivre de Cayenne qui est d'une couleur rougeâtre et d'une piquante saveur (plus forte que celle que peut produire le poivre mis à aussi forte dose que ce soit) on emploie le piment ; dans plusieurs sauces piquantes, ragoûts, certains potages et pour les écrevisses à la bordelaise.

Les épices, en général, la cannelle, les clous de girofle, le vinaigre, les câpres, la moutarde, la noix muscade, les poivrons, les cornichons, etc., ainsi que le gingembre (qui est une racine qui nous vient des Indes et des Antilles) et qui a un goût brûlant et aromatique quand il est réduit en poudre, et que les Anglais emploient beaucoup dans la cuisine, même dans la bière, certains plum-pudding et les confitures.

Le kari, qui est un piment additionné d'une

petite quantité de safran, le tout réduit en poudre et conservé en flacon, peut être employé dans la bouille-abaisse, le riz ou rizotto à la milanaise et les sauces auxquelles il donne la couleur jaune et le goût de safran ;

2° Les aromates, comprenant l'oignon, l'échalotte, l'ail, la ciboule, la civette, le persil, le cerfeuil, le genièvre, etc. ;

3° Les haut goût, qui comprennent le thym, le laurier, la sauge, la sarriette, le romarin, le serpolet, la basilic, la marjolaine, etc.

On peut aussi classer au rang des assaisonnements : le jambon, le lard, la poitrine salée et même la chair à petites saucisses, car les restes des viandes bouillies ou rôties, apprêtés avec ces auxiliaires ainsi agrémentés de fines herbes et d'assaisonnements selon votre choix, le tout pilé ou haché ensemble, communiquent à ces viandes cuites, qui ont perdu leur saveur, un goût plus relevé. Vous pouvez aussi utiliser les rognures des cotelettes ou d'autres débris de viandes crues en les ajoutant à ces viandes cuites, pour les rendre plus corsées et plus fortifiées, en y joignant deux œufs entiers pour obtenir une farce ou un hachis plus compact, plus lié et plus consistant.

Par ce moyen, ces farces ou hachis sont augmentés et peuvent être comparés, à s'y méprendre, aux farces et hachis qui sont préparés avec les viandes entièrement crues.

C'est, en outre, une économie ; le beurre et la graisse sont bien plus épargnés que si les viandes étaient apprêtées seules.

Si parfois le bœuf bouilli ou autres espèces de viandes rôties formaient encore des pièces assez grosses pour être à nouveau présentées sur la table, il faudrait les laisser entières, à la condition toutefois, que ces viandes fussent accompagnées d'une sauce tomate, printanière, mayonnaise ou autres garnitures, cervelas ou légumes quelconques, parce que l'on mange moins de ces viandes, qu'elles font plus de profit et sont de meilleur goût. Vous pouvez aussi arranger ces viandes de la façon qu'il est indiqué dans le chapitre d'accommoder les restes, soit sautées, en miroton, en gratin, en blanquette, etc., mais nous conseillons, de préférence, de les convertir le plus souvent en farces ou hachis qui servent à faire des mets toujours bien accueillis, qui diminuent les charges trop onéreuses d'un ménage, parce qu'ils sont plus économiques, surtout quand ces hachis sont ajoutés aux légumes que l'on peut apprêter farcis, gratinés ou en sauce, tels que : pommes de terre, choux, artichauts, aubergines, concombres, oignons, tomates, champignons, etc., ou bien en boulettes, crépinettes, cayettes, *rissoles*, fritures, *agnelotti*, etc.

Observations sur le sel, le poivre, les fines herbes, l'oignon, l'échalote et la tomate.

Il est prudent, pour faire la cuisine, de n'employer que du sel fin et du poivre blanc, parce qu'il est plus facile d'en préciser la quantité, évitant ainsi le désagrément de trop saler ou d'épicer les mets.

L'épinard haché, employé seul comme fines herbes ou mêlé, pendant l'hiver, à une queue verte de poireau, de l'échalote ou de l'oignon, est préférable, dans certains mets, comme les omelettes, les escargots, les sauces tartares, printanières, etc., au persil qui donne de l'amertume sans compter la facilité que l'on a d'en trouver dans les froids les plus rigoureux.

Le persil se conserve en hiver assez longtemps pourvu qu'il soit mis dans un vase bien fermé et tenu au frais.

Il s'emploie dans les viandes sautées à la minute, les légumes à la maître d'hôtel, certaines farces, les courts-bouillons, etc., et aussi pour orner un buisson d'écrevisses ou du poisson bouilli ou frit, comme aussi pour les fritures en général.

Les queues vertes d'oignons frais, ainsi que la civette s'emploient avantageusement comme fines herbes, dans les salades vertes, celles de légumes cuits, tels que : pommes de terre, haricots, carottes, et les sauces *ravigotes*.

Beaucoup de personnes n'aiment pas l'oignon et l'échalote, mais peu de personnes n'en aiment pas le goût, parce que l'oignon et surtout l'échalote, qui a un goût très-fin, adoucissent et bonifient les sauces et les ragoûts. Aussi n'avons-nous pas eu crainte d'en recommander l'emploi dans quelques sauces et les ragoûts en général.

Nous conseillons également l'emploi de la tomate coupée en petits dés ou de préférence en purée, dans tous les ragoûts et les sauces rousses, non pour en communiquer le goût qui, du reste, est très-bon, ni pour en donner la couleur, puisque la tomate est mise en si petite quantité que deux à trois cuillerées à bouche suffisent pour donner à un ragoût ordinaire une teinte dorée et brillante, mais pour corriger le noir des jus et rendre les sauces et les ragoûts plus finis et plus appétissants.

Enfin il n'est pas inutile de faire remarquer que les assaisonnements que nous avons indiqués dans les mets peuvent, selon votre préférence, être supprimés ou remplacés par d'autres assaisonnements. La cuisinière pourra prendre l'initiative de composer des mets avec ces assaisonnements, selon le goût de ses maîtres, car il ne faut pas oublier le dicton :

> En amour et en ragoût,
> Chacun a son goût.

Observations sur les garnitures.

Sous cette dénomination sont traitées plusieurs substances qui servent à assaisonner ou à compléter d'autres mets et qui ne sont pas ordinairement servies seules, tels que les champignons, les truffes noires du Périgord et les truffes blanches du Piémont, les écrevisses, les crevettes, les moules, les huitres, les olives, les petits oignons, les anchois, les tomates, les cervelles, les petites quenelles, les ris et rognons de veau, les rognons et les vraies crêtes de coq, qu'il ne faut pas confondre avec celles qui sont faites avec le palais de bœuf qui a la chair craquante comme les crêtes de coq et dont on obtient l'imitation parfaite, sous le rapport de la forme, au moyen de moules découpés à cet usage, les fonds d'artichauts, les scorsonères, les topinambours ou poires de terre, la laitance de poisson, etc.

L'on donne assez volontiers le nom de garnitures, aux légumes et aux purées qui sont servis sous les viandes. Il est essentiel aussi de faire attention, chaque fois que vous mettez plusieurs garnitures dans le même ragoût, de ne les mettre que chacune à leur tour, selon qu'elles sont plus ou moins longues à cuire et à leur communiquer leur goût ou leur parfum.

Nous ferons remarquer que les garnitures que nous avons indiquées dans certains mets ne sont pas toutes de rigueur, c'est-à-dire, qu'il vous est facultatif de les remplacer ou de les supprimer selon votre gré ; mais il est essentiel de mettre celles qui ont le plus d'apparat, qui donnent le plus de goût et pour ainsi dire un cachet spécial aux mets, tels que les écrevisses, les champignons, les fonds d'artichauts, les oignons, les truffes.

Croûtes de pain dorées pour les potages et les mets.

Les croûtes de pain dorées ont, comme les garnitures, leur utilité, parce qu'elles augmentent et rendent les mets plus appétissants en leur donnant un joli aspect.

Elles se font avec la mie d'un pain rassis coupées de l'épaisseur d'un demi-doigt, ayant la forme d'un cerf-volant, puis frites dans le beurre frais, pour leur faire prendre une couleur d'or de chaque côté, sans qu'elles soient sèches au milieu, afin qu'elles restent croustillantes. Ces croûtes de pain servent pour garnir et orner, comme entrées, les poulets, la tête de veau, les poissons, le civet, etc.

Les croûtes de pain dorées pour les légumes, tels que : petits pois, épinards, champignons, seront préparées comme les précédentes, mais elles diffèrent dans la forme qui doit être en triangle ou en losange.

Les tranches de pain destinées pour les potages, seront coupées le plus mince possible sans enlever la croûte et peuvent être grillées ou non grillées. Pour les griller, on les placera devant un feu doux ou sur la plaque du fourneau, en ayant soin de ne pas les laisser brûler.

Le pain coupé en croûtons, soit en petits carrés, frits dans le beurre, sert pour les potages aux légumes ou ceux en purée.

Les tranches de pain pour le café au lait, le thé, le chocolat, doivent être coupées un peu épaisses, être légèrement rôties, et seront toujours accompagnées de beurre extra-frais.

Enfin, les croûtes de pain préparées pour le poisson gratiné, les pigeons, les canards et le gibier, apprêtés en entrées ou rôtis, seront coupées assez épaisses et en forme de carré long, puis grillées sur la plaque du fourneau.

Mais ce qui est préférable à tout, si le gibier est rôti à la broche, c'est de mettre les rôties de pain sans être grillées et à moitié cuisson, dans la lèche-frite, au-dessous de la pièce de gibier, afin qu'elles en reçoivent toute la quintessence du jus.

Mie de pain.

Ayez de la mie de pain rassis que vous brisez en morceaux ; ajoutez une pincée de farine émiettez-la très-finement en la frottant dans le coin d'un torchon, puis passez-la dans une passoire. La mie de pain qui n'aura pas pu passer se fera sécher et servira à faire de la panure. La mie de pain s'emploie pour *paner* toutes espèces de fritures comme les croquettes, les boudins à la richelieu, les pieds de veau ou de cochon, les côtelettes, les poissons, etc.

Panure.

Prenez des débris de croûte blonde ou de la mie de pain ; faites-les sécher dans l'étuve du fourneau ou dans le four très-doux ; pilez-les ensuite très-finement, puis passez-les, si vous le voulez, à la passoire à trous très-fins.

Cette panure sert pour le même usage que la mie de pain.

Chapelure.

Rapez de la croûte de pain cuite avec couleur et servez-vous-en pour saupoudrer les viandes et certains légumes gratinés.

Différents degrés de cuisson dans le four pour les substances selon leur nature.

Généralement on dit un four chauffé à blanc ou très-chaud, quand il surprend les viandes, les pâtés, les gratins, les coquillages comme les escargots, les tourtes, le feuilletage et autres choses du même genre ; 2° un four chaud ou médiocre, quand il donne une chaleur graduée qui fait cuire et prendre insensiblement de la couleur aux objets, comme pour faire mitonner une soupe, un ragoût, des viandes panées et des tartelettes au beurre et aux fruits, etc. ; 3° un four tempéré, quand les pains ont été retirés du four. C'est ordinairement la chaleur qui convient aux gâteaux qui sont confectionnés à peu près de la même pâte que celles des gâteaux aux amandes et de Savoie, etc. ; 4° un four froid, ou très-doux, quand il cuit sans donner ou très-peu et même pas de couleur. Ce four convient pour faire cuire les méringués en général.

De l'obésité.

Les dons de *Comus* et ceux de *Bacchus* rendent la vie pleine de gaîté, ce qui revient à dire que la bonne chère est la compensation naturelle des ennuis et d'un travail assidu.

Mais la bonne chère est souvent la cause d'un embonpoint devenu incommode.

Le meilleur traitement pour combattre cet excès d'embonpoint est assurément celui de faire beaucoup d'exercices et comme preuve à l'appui, il est assez rare de rencontrer un facteur, surtout un facteur rural, ou un huissier qui dans ses longues courses porte le fruit de ses exploits, être atteints d'obésité.

Les personnes qui ont une vie trop sédentaire et qui ne peuvent se livrer à des exercices fréquents, éprouveraient un bien être certain et du meilleur effet contre l'obésité, en buvant le matin et un instant avant le repas, un verre de vin blanc sec, dans lequel on aura délayé une cuillerée à café de bon quinquina rouge.

Colorant Grandchamp (l'auteur soussigné).

Ce colorant extrait des sucs des légumes, de la viande et des substances torréfiées est des mieux appréciés et offre l'avantage incontesté d'être liquide, parce qu'il est plus facile de préciser dans un clin d'œil la quantité exacte afin d'éviter, par ce moyen, le désagrément d'avoir trop ou insuffisamment coloré les aliments. Une cuillerée à bouche suffit pour donner à la gelée et au bouillon d'un pot-au-feu de dix litres, une coloration dorée et transparente, ainsi qu'un goût très-agréable.

Il n'est pas indispensable dans les cuisines à grand entrain, où les jus et les veloutés sont en abondance, mais il est nécessaire aux ménages de la cuisine bourgeoise, surtout pour les sauces et les ragoûts.

Car il est difficile d'obtenir une couleur naturelle,

à moins que la viande ne soit calcinée et par le fait diminuée.

Aussi voit-on souvent servir des mets qui sont très-bien préparés et peu appétissants, parce que la bonne mine leur fait défaut.

C'est donc pour obvier à ces inconvénients que nous avons reconnu l'utilité pratique et économique d'un colorant instantané, sans dépôt, n'ayant aucun goût étranger, et qui, puisse se conserver des années sans aucune altération.

CHAPITRE III.

TERMES DE CUISINE

Un savant a dit depuis longtemps que pour bien se comprendre, il faut commencer d'abord par bien s'entendre sur la valeur des mots que l'on emploie.

Ce dictionnaire doit être pour la cuisinière le guide indispensable destiné à lui faire bien comprendre les recettes et instructions renfermées dans ce livre.

Abaisse.

Se dit d'un morceau de pâte que l'on amincit plus ou moins fin avec le rouleau à pâtisserie et qui est employé pour faire les pâtés, les tourtes, les vols-au-vent, etc.

Abattre.

C'est couper par morceaux les dindes, les volailles, les gibiers, etc.

Abatis.

Les abatis comprennent le cou, les ailes, le gésier, etc., de toutes volailles et gibiers.

Acidulé, acidulité.

Se dit du vinaigre quand il est trop fort, ou des
substances conservées ou trop relevées par le
vinaigre, les citrons, le verjus, etc.

Amalgamer.

C'est mêler les farces, les hachis, les petites saucisses, la charcuterie hachée, etc., avec des œufs,
des assaisonnements, de la mie de pain, ou autres
substances quelconques.

Amourettes.

L'on désigne sous cette dénomination la moelle
qui se trouve dans l'arête, depuis la naissance du
cou jusqu'à la pointe de la culotte et avec laquelle
on peut faire une garniture fort délicate.

Assaisonner.

C'est mettre une quantité proportionnée de condiments, aromates, et haut goût, du lard salé ou
du jambon, pour relever les mets et les fortifier.

Assiettes (petites).

L'on appelle ainsi les hors-d'œuvre en général, tels que les radis, les anchois, le thon, les sardines, les melons, les artichauts à la vinaigrette, la charcuterie, etc., ainsi que les assiettes des menus desserts.

Amincir.

C'est rendre une tranche de viande ou de poisson moins épaisse.

Bain-marie.

Le bain-marie consiste en une grande casserole, une marmite, ou une chaudière attenante au fourneau économique, remplie au trois quarts d'eau en ébullition et qui contient à son tour une autre casserole plus petite et plus profonde, afin que l'eau ne puisse pas y entrer, et dans laquelle on met des potages en purée, des sauces, des crêmes, le café, etc., tous objets qui demandent à être préservés de l'action directe du feu, en les maintenant au même degrés de chaleur, sans qu'ils soient altérés ni qu'ils puissent bouillir. Ils servent également à faire fondre du beurre pour qu'il ait un goût plus fin et soit moins diminué, ou encore pour opérer la cuisson de certaines crêmes, pain de foie, etc.

Bardes de lard.

On nomme ainsi des tranches de lard salé destinées à *barder* les volailles, les gibiers ou pour *foncer* une casserole.

Barder.

C'est couvrir les rôtis, les volailles, les gibiers d'une barde de lard, maintenue au moyen d'une ficelle ou d'une brochette en bois ou en fer.

Battre ou mortifier.

C'est attendre plus ou moins de temps, selon sa nature, une pièce de viande, de gibier ou de volaille, ou encore placer la viande sur la table et la battre fortement, si elle est ferme, avec un rouleau en bois, pour l'attendrir, chose essentielle pour les viandes qui sont destinées à être mises sur le gril ou à la broche.

Bigarrer.

C'est piquer, en alternant, tour à tour avec des fins lardons, des truffes, des anchois, ou des queues d'écrevisses, une pièce de volaille ou de poisson quelconque, tels qu'une poularde à la régence, les filets de soles à la financière ou une carpe à la chambord.

Blanchir.

C'est mettre cuire à l'eau froide ou bouillante des viandes, des légumes, des coquillages ou des fruits, tels que : la tête de veau, les tripes, les petits haricots verts, les épinards, etc.

Bouquet garni.

Se compose d'un peu de thym, de laurier, quelquefois du persil ou du cerfeuil et de l'ail attachés ensemble, pour relever les ragoûts ou les sauces et que l'on enlève au moment de dresser les mets.

Boutonner.

C'est cuire par boutons, c'est-à-dire à très-petits bouillons.

Ce terme s'applique au bouillon, à la gelée, aux poissons en court-bouillon, etc.

Coulis.

Le coulis est un jus réduit jusqu'à consistance ou un peu lié, soit avec de la sauce tomate, soit avec du beurre d'anchois ou celui d'écrevisses, selon la nature des sauces.

Ciseler.

Ce terme ne s'emploie qu'au sujet des poissons sur lesquels on a pratiqué de petites entailles, pour qu'ils présentent un plus joli coup-d'œil et qu'ils soient moins secs quand ils sont frits ou mis sur le gril.

On emploi également ce terme dans la pâtisserie pour ciseler les pâtés, les tourtes et diverses autres choses.

Chausse.

Se dit d'un morceau de laine d'un tissu feutre épais, confectionné en forme de cornet, qui sert à filtrer les gelées, les liquides, les sirops et les liqueurs.

Clarifier.

C'est mettre dans les objets à clarifier deux ou trois blancs d'œufs à peine fouettés avec une fourchette ou un fouet, car s'ils étaient trop fouettés, c'est-à-dire en mousse, ils perdraient leur corps, et la gelée, les vins, les sirops et autres choses ne seraient pas limpides.

Il est de toute rigueur pour que la clarification soit complète, de ne mettre les blancs d'œufs que lorsque le liquide est froid, car autrement s'il était chaud, les blancs seraient surpris et ne produiraient pas leur effet; ensuite il faut remuer fortement le liquide avec un fouet ou une cuillère à potage, jusqu'à ce qu'il soit au point d'ébullition, puis le retirer au coin du fourneau et le laisser boutonner jusqu'à ce qu'il soit limpide comme de l'eau de roche, puis ôtez l'écume, filtrez-le dans la chausse ou bien dans un linge mouillé puis tordu.

Colorants ou colorantes.

Se composent d'oignons brûlés, ou de boules d'oignons, de caramel, de gousses de petits pois séchées au four doux ou autres espèces de colorants qui servent à donner au pot-au-feu, à la gelée, une couleur d'or et aux sauces et ragoûts, une couleur naturelle.

Concasser.

Ce terme s'applique au poivre et au sucre quand ils sont pilés grossièrement.

Ebullition.

C'est quand la gelée, le pot-au-feu, les potages, les sauces, le court-bouillon, etc., bouillissent ou commencent à bouillir.

Etamine.

Morceau d'étoffe en laine peu serrée, pour passer l'espagnole, les veloutés, les sauces, les potages en purée, les crèmes ; pour les rendre plus lisses, plus brillants et plus compacts.

Ecailler.

C'est enlever les écailles d'un poisson et ouvrir les huîtres, les moules, etc.

Echauder

Opération qui consiste à tremper dans l'eau bouillante les objets que l'on veut ratisser, nettoyer, peler ou plumer, tels que : pieds et tête de veau, langue, volaille, fruits, etc.

Ecumer.

C'est enlever l'écume sur les bouillons, les potages, les sauces, les gelées, avant et pendant leur ébullition.

Enerver.

C'est enlever les nerfs des viandes qui doivent être pilées ou braisées, ainsi que ceux des rôtis, pour les parer et les attendrir.

Entrées.

On donne ce nom aux mets qui se servent au commencement d'un repas et qui composent le premier service comme: les viandes et les volailles bouillies, celles qui sont braisées et même rôties, quand elles sont accompagnées d'une garniture, ainsi que les poissons, les civets, les vols-au-vent, etc., etc. ; cependant on distingue dans le premier service les relevés de potage, qui sont: le poisson, le filet de bœuf, et autres grosses pièces de même nature.

Egréner.

C'est détacher les grains ou graines de fruits de leur tige ou de leur grappe, tels que: les cassis, les groseilles, les raisins.

Embrocher.

C'est mettre à la broche les viandes de boucherie, la volaille, le poisson, le gibier, pour les faire rôtir.

Emincer.

C'est couper des tranches de viande un peu larges, mais peu épaisses, ainsi que des tranches de pain pour les potages, du fromage de gruyère, pour les soupes gratinées, des truffes pour les œufs brouillés, les fondues et une foule d'autres choses.

Epicer.

C'est assaisonner un mets avec des épices pour le relever.

Exprimer.

C'est extraire le suc d'une chose ou le jus des fruits, en les pressant fortement dans un linge clair, mais il faut que le linge soit trempé auparavant dans l'eau claire, puis tordu afin d'en enlever le goût de la lessive, ou ce qui est préférable, c'est d'avoir une presse à fruits.

Etuve, Etuvée.

L'étuve est un four doux où l'on fait sécher la panure, et où l'on place certains gâteaux pour les faire lever, tels que : le savarin, le baba, la brioche, etc.

L'étuvée. Ce terme est synonyme de faire cuire les poissons, les viandes à l'étouffée ou braisées. Ce mot est aussi employé pour désigner certains mets, comme une étuvée de poissons.

Etouffée.

Faire cuire à l'étouffée, c'est faire cuire un mets dans une casserole bien fermée avec son couvercle, afin que la vapeur s'en dégage le moins possible, ce qui permet de pénétrer et d'attendrir les viandes, les légumes et d'en activer la cuisson ; mais pour obtenir ce résultat, il faut avoir des couvercles en fonte qui sont généralement lourds et qu'ils bouchent parfaitement la casserole, afin que la vapeur soit plus concentrée.

L'on ne peut atteindre ce but avec les couvercles en ferblanc et même avec ceux en cuivre, s'ils ne sont confectionnés comme ceux en fonte, d'une certaine épaisseur et s'ils ne couvrent hermétiquement la casserole ou la marmite.

Décanter.

C'est verser doucement un liquide reposé et limpide dans une bouteille ou un vase, sans en mettre le fond. Ce mot s'emploie le plus souvent pour les vins.

Dégorger.

C'est mettre tremper dans l'eau froide certaines viandes pour les débarrasser du sang qu'elles contiennent comme : les cervelles, les riz et la **tête** de veau, etc.

Dégraissis.

Se dit de la graisse que l'on enlève du pot-au-feu ou des viandes rôties ou en sauces, que l'on fait bouillir pour la clarifier, comme si c'était du beurre cuit et que l'on emploie ensuite pour les fritures ou autres choses.

Délayer ou détremper.

C'est éclaircir avec de l'eau, du lait ou du vin : de la farine, de la fécule, des œufs, des anchois pilés, etc.

Ce terme s'applique aussi dans la pâtisserie, pour détremper la pâte brisée ou feuilletée, ou une pâte à gâteau.

Dés ou petits dés (couper en).

C'est couper en carrés gros comme des noisettes, du pain pour les potages aux légumes ou en purée, ainsi que les garnitures; on dit aussi couper en dés gros comme des petits pois: la viande, du jambon, des truffes, du lard, destinés pour les croquettes, rissoles et certaines farces.

Desserte.

Se dit de tous les mets, principalement des pièces de viande, volaille, gibier, poisson, entamées ou non entamées, qu'on ôte de dessus la table après le repas.

Dorer ou teinte dorée.

Pour ce terme employé dans la pâtisserie, c'est dorer avec des œufs une pâte quelconque pour lui donner du brillant. En cuisine, ces termes s'appliquent à une viande, au poisson, aux rôtis ou aux croûtes de pain qui ont acquis par leur cuisson une teinte d'or.

Désosser.

C'est enlever les os d'un morceau de viande, d'une volaille ou d'un gibier, pour les parer, les farcir ou les préparer en galantine.

Dresser.

C'est mettre un mets quelconque sur le plat, qui doit être présenté sur la table. Qu'il soit arrangé avec idée et bonne mine, afin qu'il flatte la vue et le rende plus appétissant ; car un plat fût-il exquis, serait à moitié manqué, s'il n'offre pas aux convives un coup-d'œil flatteur et réjouissant.

Farce, Farcir.

La farce est un hachis de viande pilée ou hachée très-finement mêlée avec du lard, du jambon, des truffes, des champignons, de la mie de pain, des olives, des châtaignes, de la chair à saucisses ou autres objets divers, qui relèvent, augmentent et nourrissent les substances et que l'on emploie pour farcir une dinde, une volaille, une épaule de veau ou de mouton, pour farcir les légumes tels que : artichauts, choux, oignons, concombres, etc., ou pour mieux faire des *agnelotti* et autres choses du même genre.

Fariner.

C'est rouler de la viande, des légumes, des poissons, ou autres objets dans la farine avant de les mettre cuire ou frire.

Filtrer.

C'est rendre limpide un liquide, une gelée ou un sirop, en le faisant passer au travers d'un filtre en

papier ou d'une chausse, etc., qui retient les ma-
tières étrangères.

Flamber.

C'est faire passer légèrement et surtout sans le
noircir, une pièce de volaille ou de gibier et les
viandes blanchies, telles que : les pieds et la tête
de veau, ceux de mouton, sur un feu ardent ou sur
la flamme claire du papier, de la paille, du gaz ou
ce qui est préférable à tout, sur la flamme d'un peu
d'esprit de vin qui brûle d'une manière complète
et sans les noircir, le fin duvet des volailles ou du
gibier et le poil des viandes échaudées.

Foncer une casserole.

Cette opération consiste à garnir le fond de la
casserole de tranches de lard, de jambon, d'oignons, de carottes ainsi que des dégraissis des
viandes, ou du beurre, afin de bonifier et de faire
prendre une couleur naturelle aux jus.

Frire et friture.

C'est faire cuire des substances dans le beurre
cuit ou fondu : la graisse de cochon ou saindoux,
dans l'huile ou la friture.

Ces différentes espèces de fritures doivent être,
selon les objets à frire, tempérées, chaudes ou
bouillantes. Ainsi, le poisson doit être mis à la
friture bouillante, ainsi que les croquettes, la pâte

à frire et les autres choses de même nature ; les pommes de terre au naturel ou à la duchesse, certains légumes et beignets enveloppés d'une pâte à frire, tels que les artichauts, la courge, les beignets de pommes, etc., tous ces objets ne doivent être frits qu'à la friture chaude, et les beignets souflés doivent être mis à la friture tempérée, afin qu'ils ne soient pas surpris, car autrement ils n'enfleraient pas.

Glacer.

C'est faire prendre une belle teinte dorée aux viandes au moyen d'un jus réduit en coulis qui s'acquiert par une ébullition prolongée jusqu'à consistance épaisse.

Ce terme s'emploie aussi dans la pâtisserie, pour les fruits, quand ils sont confits, c'est-à-dire, saupoudrés de sucre à l'extérieur ou entourés d'un sirop concentré, ainsi que pour certains gâteaux glacés avec une glace préparée à divers parfums, ou à la gelée de groseilles ou à toute autre marmelade qui peut convenir.

On appelle aussi glacer : congeler des liquides sucrés, parfumés aux fruits, ou des crêmes, ou des carafes d'eau ou de champagne.

Grillade ou carbonnade.

C'est le nom qui est donné aux viandes mises sur le gril ; mais ces viandes sont le plus ordinairement : appelées par leur propre dénomination :

bifteck, côtelette, entre-côte, faux-filet, château-briand, etc.

Gratiner.

C'est mettre dans le four chaud certaines soupes, viandes, légumes, poissons, pour les faire cuire et leur laisser prendre une belle couleur dorée et croustillante.

Hors-d'œuvre froids.

Les hors-d'œuvre froids sont des petits plats très-appétissants que l'on place à l'avance sur la table, que l'on sert avec les entrées, et qui sont désignés sous le nom de petites assiettes, tels que : anchois, olives, sardines, thon, saucisson, radis, beurre frais, melons et autres conserves acides.

Hors-d'œuvre chauds.

Les hors-d'œuvre chauds comprennent les fritures en général, comme les croquettes, les boudins à la richelieu, les rissoles, les marinades, ainsi que les petits pâtés à la béchamelle, les bouchées à la reine, les coquilles, les croustades, les ramequins, les pieds de cochon ordinaires ou truffés, etc.

Les hors-d'œuvre chauds sont plus élégamment servis quand ils sont dressés sur une serviette à franges ou ordinaire et se servent après le potage.

Les fritures doivent toujours être ornées d'un bouquet de persil frit jeté seul et bien sec dans la

friture bouillante et retiré aussitôt après avec l'écumoire.

Humecter.

C'est mouiller légèrement un roux, une sauce,
une compote de fruits, etc., avec de l'eau, du vin,
du jus, de l'huile, un sirop, etc.

Infuser ou infusion.

C'est verser de l'eau bouillante ou un autre liquide
bouillant sur une substance pour en extraire les
principes utiles, c'est-à-dire le goût ou le parfum.
Le terme infuser désigne aussi la liqueur infusée;
ainsi on dit : une infusion de thé, de café, de ver-
veine, etc.

Lardons.

Ce sont des filets de lard salé coupés plus ou
moins gros et réguliers pour garnir et piquer, soit
avec la lardoire, soit avec un couteau à lame
pointue, les pièces de viande, la volaille, le poisson,
le gibier et autres choses plus délicates.

Larder ou piquer.

C'est passer des lardons arrangés d'une manière
symétrique à la surface d'un filet de bœuf ou d'une
autre pièce de viande, d'une volaille, d'un gibier
ou d'un poisson.

Liaison.

C'est lier les sauces blanches ou rousses, au moyen de beurre frais, ou de celui d'anchois, de la farine, de la fécule ou des jaunes d'œufs.

Limoner ou limoneux.

C'est échauder dans l'eau prête à bouillir et enlever avec un couteau le limon qui recouvre certains poissons, comme : la tanche, l'anguille, quand on ne veut pas les dépouiller de leur peau, etc., ou la viande quand elle est altérée par les chaleurs ou les temps humides.

Lits.

On nomme ainsi plusieurs couches de pain, de fromage de gruyère, de viandes hachées ou coupées en tranches plus ou moins émincées et placées tour à tour, soit dans les gratins, les soupes gratinées, les pâtés, les galantines, etc.

Linge mouillé.

C'est un torchon mis dans l'eau fraîche et ensuite tordu ; car, sans cette préparation, les jus, les gelées, les bouillons, les sirops, prendraient un goût désagréable de lessive.

Cette même opération sera nécessaire avant

d'envelopper, pour les faire cuire, les jambons, la tête de veau, la galantine, le poisson, etc.

Macérer.

C'est laisser en macération des substances dans les aromates, l'huile, le vinaigre, les haut goût, le sel, le sucre, ce dernier, si ce sont des fruits, pendant un temps déterminé.

Manipuler.

C'est mélanger parfaitement la pâte feuilletée ou brisée, les gâteaux, les plats sucrés pour les rendre compacts et entièrement achevés.

Manier.

C'est mêler du beurre extra-frais associé avec des anchois pilés, de la farine ou de la fécule qui sert à délier les sauces ou les ragoûts.

Mariner.

C'est assaisonner avec les aromates, les condiments, les haut goût, l'huile, le vin blanc, le vin rouge, le vinaigre, pendant plus ou moins de temps : les viandes, le gibier, le poisson, etc.

Marquer.

C'est préparer dans une casserole les viandes prêtes à faire cuire, avec les aromates, les graisses, les jus, les bouillons qui conviennent à leur cuisson.

Mélanger.

C'est mêler différentes substances en les remuant à froid ou en les faisant fondre ensemble.

Mijoter (Faire).

C'est faire cuire à petit feu un objet quelconque. Cette méthode de faire mijoter les viandes, les potages, les légumes, etc., rend la cuisine plus soignée, évite, par ce moyen, la réduction des potages, des jus ou des sauces, ce qui empêche, par ce seul fait, la désagréable habitude de remettre de l'eau sur ces divers objets, quand ils sont trop réduits à cause de leur cuisson trop précipitée.

Mitonner.

C'est faire tremper et même bouillir à petit feu ou bien faire gratiner le pain dans la soupe.

Mouiller.

C'est mettre de l'eau, du bouillon, du jus, du vin, etc., dans un roux, une sauce, un potage, etc.

Neige (battre les blancs d'œufs en)

C'est fouetter ou monter les blancs d'œufs avec un fouet en osier, en fer ou avec une fourchette et les mélanger dans les pâtes à frire, les gâteaux, les beignets pour les rendre plus légers ou pour faire les méringués.

On connaît que les blancs d'œufs sont montés, quand ils sont fermes, qu'ils n'ont plus de corps, c'est-à-dire qu'ils se coupent facilement avec la cuillère et qu'ils restent adhérés au fouet; il est essentiel aussi de faire attention de ne pas trop les fouetter parce qu'ils deviendraient grainés.

Paner.

C'est humecter les viandes, les poissons, les légumes, les œufs cuits durs dans l'huile, le beurre fondu ou dans l'œuf battu, comme pour faire une omelette et les rouler ensuite dans de la farine, de la mie de pain ou de la panure.

Il est à remarquer que les objets panés à l'œuf, doivent être cuits dans les fritures ou au beurre frais et que ceux qui sont simplement marinés dans le beurre fondu, l'huile ou la graisse, doivent être cuits sur le gril ou dans le four. sur un plat en fer battu.

Cette différence existe parce que l'œuf, qui a beaucoup de corps, rend secs et durs les objets mis sur le gril ou dans le four, et qu'au contraire, ceux qui sont passés à l'huile, à la graisse ou au beurre, ne peuvent se cuire que sur le gril ou dans le four sur un plat en fer battu et non pas se frire dans la friture, parce que la mie de pain ne resterait pas adhérée aux objets panés.

Dans tous les cas les deux procédés sont excellents.

Parer.

C'est enlever à la viande, à la volaille ou aux comestibles tout ce qui peut nuire à leur forme ou à leur qualité.

Parures ou rognures.

On nomme ainsi les débris de toutes sortes de viandes, légumes, fruits, pâtisseries, etc.

Peler.

C'est enlever la peau d'une substance quelconque, crue, cuite ou échaudée, comme la peau de la langue, d'un palais de bœuf, des fruits, des légumes, etc.

Piler.

C'est mettre dans le mortier des viandes : volailles, gibiers, poissons, quenelles, salmis, légumes, etc., qui sont réduits en les pilant à l'état de farces ou hachis qui servent à la composition d'une infinité de mets.

Pulvériser.

C'est réduire en poudre une substance dure en la pilant dans le mortier ou en la broyant par un moyen quelconque.

Pocher.

C'est faire cuire dans l'eau bouillante ou du bouillon, des œufs, des quenelles, etc.

Préparer, apprêter ou accommoder les mets.

Se dit de la composition des substances mêlées avec les assaisonnements pour rendre les mets plus corsés, plus relevés et plus achevés.

Purées.

Ce sont des légumes ou de la volaille, du poisson, du gibier, etc., extrêmement cuits, passés à l'étamine, au tamis ou à la passoire fine et qui servent à faire les potages ou les purées de légumes, de pommes de terre, de marrons ou d'oignons, etc.

Revenir (faire).

C'est mettre dans une casserole indistinctement du beurre, de la graisse, de l'huile sur un feu vif et faire passer, sans laisser trop de temps, des assaisonnements, des légumes, de la farine, de la volaille, du poisson, pour leur donner un goût plus relevé, sans cependant que ces objets prennent de la couleur.

Ce terme s'emploie aussi pour assurer les viandes pendant les chaleurs, les temps orageux ou humides, pour les empêcher de prendre le goût de relan.

Rapprocher, réduire, concentrer ou corser.

C'est diminuer par l'ébullition le volume d'un jus, d'un bouillon, d'un ragoût ou d'une sauce pour leur donner de la consistance et un goût plus relevé.

Relevé, relever.

On nomme relevé de potage un poisson, un filet ou une pièce de bœuf ou toutes autres grosses pièces qui sont servies aussitôt après le potage.

Relever un mets, c'est lui donner une saveur propre à réveiller l'appétit et à être agréable au goût.

On confond assez souvent le mot relevé avec celui d'acidulé, c'est une erreur, parce que quand on dit qu'une salade est relevée, cela ne veut pas dire qu'elle soit vinaigrée, mais que ses assaisonnements sont combinés et proportionnés dans un juste milieu ; il en est de même pour la préparation de tous les mets en général.

Rissoler.

C'est faire cuire les viandes, les poissons, les fritures, indistinctement dans le beurre frais ou fondu, l'huile ou la graisse jusqu'à ce qu'ils acquièrent une belle couleur d'or et qu'ils soient croustillants comme les rôtis.

Sauter.

C'est faire cuire promptement sur un feu bien allumé et remuer avec une spatule ou sans le secours d'aucun ustensile les mets qui sont contenus dans une poële, un sautoir ou une casserole, tels que : rognons, côtelettes, foies de veau, pommes de terre, etc.

Suer.

C'est mettre pendant quelques instants sur un feu doux une viande, un hachis, une farce, de telle sorte qu'elle se chauffe par sa vapeur sans la laisser cuire, afin de lui donner son goût plus achevé.

Salpicon.

Ainsi se nomme un ragoût composé de viandes, légumes, truffes, champignons, etc., qui sert comme garniture ou peut être incorporé dans l'intérieur du gibier, de la volaille, etc.

Singer.

C'est mettre de la farine ou de la fécule sur les substances qu'on mouille ensuite avec de l'eau, du bouillon, du jus, du vin, du lait pour faire une sauce quelconque.

Torréfier.

C'est brûler le café, le cacao, les noisettes ou autres substances de la même nature.

Timbale.

Faire une timbale , c'est mettre dans une casserole ou un moule beurré et uni, une abaisse de pâte brisée que l'on fait cuire à un four très-chaud, en ayant soin de remplir le vide de la casserole avec du son ou du papier pour tenir la pâte bien assujettie contre le moule. Quand cette opération est terminée, vous faites son couvert rond avec une autre abaisse plus épaisse que vous décorez selon votre idée et que vous dorez avec un œuf pour lui donner un brillant d'or.

Quand la pâte est cuite et qu'elle a une belle couleur, vous mettez le couvert de côté, puis vous sortez le son ou le papier et vous démoulez avec précaution afin de ne pas briser la pâte. On peut aussi se servir pour faire cuire la pâte, des petits moules cannelés à pâté.

Cette timbale ou croustade peut être servie et garnie avec des macaronis à la napolitaine, un poulet sauté, des quenelles, des ragoûts à la financière, des débris de poisson préparés en sauce quelconque, du homard, etc., ou pour les plats sucrés tels que marrons garnis de marmelade de pommes ou d'abricots et différents plats sucrés que nous indiquerons.

Tourner.

Ce terme s'applique aux légumes, tels que les fonds d'artichauts, les carottes, les navets, les fruits, etc., pour les arrondir et leur donner une forme agréable ; se dit encore pour tourner, c'est-à-dire remuer avec la spatule ou la pochette en bois, une sauce, les potages en purée, une crême, de la marmelade, pour les empêcher de brûler ou de s'attacher au fond de la casserole.

Travailler.

C'est faire réduire, sur un feu vif, une sauce, une purée, en la remuant, sans la quitter, pour la rendre plus lisse.

Trousser, ficeler, brider.

C'est donner, au moyen d'une aiguille et de la ficelle ou d'une brochette en bois ou en fer, une tournure régulière et agréable, à la volaille, à une dinde, au gibier, au poisson et à la viande.

Truffer.

C'est garnir de truffes mêlées avec une farce destinée à cet usage, l'intérieur d'une pièce de volaille, de gibier, d'un pied de cochon désossé, d'une dinde ou d'un gros poisson.

Vanner.

C'est remuer une sauce jusqu'à ce qu'elle soit entièrement refroidie, afin d'empêcher qu'une peau ne se forme à sa surface et pour la rendre plus lisse et plus onctueuse.

Cela se dit principalement pour la sauce espagnole ou pour les veloutés.

Vider.

C'est enlever tout l'intérieur, ainsi que les intestins d'une volaille, d'un gibier, d'un lapin, d'un lièvre, etc.

Zeste, zester.

On nomme le zeste d'un citron, d'une orange, la pelure jaune dépourvue de l'écorce blanche que l'on emploie pour parfumer les pommes, certains gâteaux, les plats sucrés, la frangipane, le vin chaud, etc.

CHAPITRE IV.

NOTIONS SUR LES CONSERVES EN GÉNERAL

La meilleure méthode, la plus prompte, la plus facile, la moins coûteuse pour conserver toutes espèces de légumes, de champignons, tomates, truffes, jus, bouillons, viandes, gibiers, fruits, etc., est assurément celle d'Appert, qui consiste à mettre les conserves dans des boîtes en ferblanc bien soudées ou dans des bouteilles hermétiquement bouchées et ficelées et placées dans une marmite ou un chaudron d'eau froide assez profond pour que les boîtes s'y trouvent entièrement dans l'eau et que les bouteilles y baignent jusqu'au goulot ; à les y faire bouillir pendant un certain temps, selon la nature des objets à conserver, en ayant soin de ne pas sortir les bouteilles avant que l'eau ne soit refroidie.

Ainsi le principe conservateur d'après Appert, qui a trouvé ce procédé dans l'année 1800, est la chaleur suffisamment intense et prolongée qui agit sur les substances mises dans des boîtes ou des bouteilles solides pour résister à l'action du bain-marie en ébullition, qui décompose ou change la nature de l'air et empêche la fermentation ; mais pour que la conservation soit complète et assurée, il importe que les substances à conserver soient blanchies ou presque cuites avant de les mettre en boîtes ou en bouteilles.

Par cette méthode, on obtient des conserves qui ont peu de différence avec les substances fraîches et peuvent se conserver un an et même plus.

Une cuisinière qui a de l'ordre, peut avoir, pour l'année, ses provisions de conserves qui coûtent relativement peu dans le moment de l'été et qui sont d'une si grande utilité pour la préparation de la bonne cuisine.

Conserves de tomates.

Choisissez des tomates très-rouges, ce qui indique qu'elles sont mûres ; pressez-les une à une pour en extraire les pepins ; faites-les légèrement cuire ou plutôt fondre avec un demi-verre d'eau dans une casserole ; soumettez-les à un bon feu pendant un quart d'heure ou vingt minutes au plus ; tassez-les avec la spatule en bois en prenant garde qu'elles ne s'attachent pas au fond de la casserole ; égouttez-les ensuite sur un grand tamis pendant une demi-heure ; passez-les à l'aide d'une cuillère à potage en bois ou en fer ou encore avec le pilon à purée, ce qui vaut mieux, en ayant la précaution de placer au-dessous du tamis un plat creux destiné à en recevoir la pulpe, soit la purée

de tomate. Prenez des demies ou grandes bouteilles à limonade qui soient fortes ; emplissez-les
de cette pulpe jusqu'au goulot comme si c'était
pour du vin bouché, à l'aide d'un petit entonnoir ;
bouchez-les parfaitement, c'est une condition absolue ; il est essentiel aussi que les bouchons soient
de première qualité, sans quoi l'air pénétrerait et
corromprait les tomates ; ficelez les bouchons
comme pour les bouteilles d'eau gazeuse, avec de la
ficelle ou du fil de fer ; mettez celles-ci debout
dans une marmite profonde que vous remplissez
d'eau froide jusqu'à hauteur du goulot ; allumez
le feu et laissez-les encore un quart d'heure ou
vingt minutes après que l'eau a commencé à bouillir ; retirez alors la marmite du feu, laissez refroidir
l'eau, puis sortez les bouteilles, goudronnez-les
comme le vin bouché et redressez-les dans un endroit sec et frais.

Il est très-important de placer préalablement un
linge grossier qui couvre tout le fond de la marmite et de mettre entre chaque bouteille du vieux
linge ou du foin pour empêcher qu'elles ne se cho-
quent en bouillissant, ce qui les ferait casser.

Quelques personnes mettent dans la tomate des
assaisonnements, tels que : oignon, thym, sel,
poivre, beurre, etc., mais nous croyons qu'il est
préférable de la conserver au naturel, parce que,
au sortir des bouteilles, les légumes s'assaisonnent
comme s'ils venaient d'être cueillis.

La conserve de tomates étant débouchée, peut se
garder pendant quatre ou cinq jours sans altération ; au bout de ce temps il faudrait la préparer

en sauce si on voulait la conserver encore quelques jours.

Conserve de tomates en pot.

La conserve de tomates se prépare aussi en la faisant réduire, quand elle a été passée au tamis, jusqu'à consistance épaisse, en ayant soin de toujours la remuer avec la spatule en bois pour qu'elle ne s'attache pas au fond de la casserole, ce qui la ferait brûler, puis mise dans des pots à confiture ou en grès couverts d'une couche d'huile, de saindoux ou de beurre frais, mais cette méthode peut être abandonnée parce que la tomate perd de sa couleur, de sa saveur et de son goût, revient plus cher et exige, pour la conserver, une opération plus longue et plus ennuyeuse.

Conserve de tomates fraîches et entières.

L'on peut aussi conserver les tomates fraîches et entières par deux procédés :

Prenez des tomates rouges, pas trop mûres, fermes, lisses, sans être tarées ; rangez-les dans un pot en grès ou dans un bocal en verre, que vous remplissez d'eau, pour que les tomates baignent, et recouvrez cette eau d'une couche d'huile d'olive ou de noix surfine pour les priver de l'action de l'air, puis d'un papier comme pour les confitures.

Le second procédé consiste à conserver les tomates prises sur plante, lorsqu'elles ont acquis toute leur grosseur, leur saveur, mais non toute leur maturité, c'est-à-dire, quand elles sont d'une teinte blanchâtre tirant sur le jaune et non pas verdâtre ni rouge, en ayant soin de les laisser à la tige que vous couperez aussi longue que possible.

Quoiqu'il y aurait plusieurs tomates groupées à chaque tige, cela ne nuirait en rien à leur conservation pourvu qu'elles soient saines, et pas tachées et qu'elles soient écartées les unes des autres, de sorte qu'elles ne se touchent pas.

Mettez ensuite au bout de chaque tige de la cire à cacheter les bouteilles, pour arrêter la sève et les priver d'air, puis placez les tomates sur des clairevoies en paille élevées à une certaine hauteur, de façon que les tiges soient pendantes.

Les tomates, ainsi préparées et cueillies ordinairement sous un climat tempéré, dans les mois de septembre et octobre et qui sont mises dans une chambre close, sèche, fraîche, à l'abri du gel, restent près de deux mois avant d'atteindre leur couleur rouge, ce qui porte leur maturité complète dans le courant de décembre.

Par cette méthode, on obtient des tomates fraîches jusque vers la fin du mois de janvier et même plus tard, mais à la condition de les visiter de temps en temps, afin d'ôter les plus mûres ou celles qui auraient des tendances à se gâter.

Notions sur la conserve de champignons.

Les champignons forment un mets fin et délicat dont ne saurait se priver la bonne cuisine. Ils doivent être fermes et fraîchement cueillis; alors ils peuvent s'associer aux garnitures, ragoûts, farces, hachis, etc. ; ils les améliorent en leur communiquant leur parfum ; mais s'ils sont vieux, mous, noirs, ils deviennent mauvais, indigestes et peuvent occasionner des accidents.

Nous n'énumérerons pas toutes les espèces de champignons, dont les variétés sont infinies ; nous nous bornerons à citer les plus connues et les plus en usage dans l'emploi de la cuisine :

Ce sont les champignons de couche ou de Paris, les morilles, le mousseron, la clavaire, que l'on désigne sous le nom de buisson, la chanterelle ou le jaunelet en coupe, le cèpe ou bolet mâle, l'oronge ou jaune d'œuf à peau lisse, qu'il ne faut pas confondre avec celui dont la peau est d'un rouge foncé et luisant, piqueté de petites taches blanches ; ce dernier doit être rejeté.

Les procédés généralement employés pour distinguer les champignons de table des espèces vénéneuses, tels que le fer ou les pièces d'argenterie, ne sont pas toujours suffisants pour que l'on puisse y avoir une entière confiance et il est plus prudent de les soumettre aux personnes expérimentées.

Un moyen excellent est de voir si, en les coupant, la lame du couteau laisse une trace bleuâtre ; dans ce cas, les champignons ne valent rien et il faut les mettre de côté.

Mais tous ceux qui résistent au couteau, qui présentent au couper le *rêche* d'une pomme verte ou qui ont une odeur forte et désagréable doivent être considérés comme dangereux.

Champignons en hors-d'œuvre.

Quand les champignons ont été soigneusement triés, qu'on n'aura conservé que ceux qui sont fermes et très-frais, qualités nécessaires, si l'on veut qu'ils soient croquants et que l'on désire obtenir de la conserve en hors-d'œuvre, coupez d'abord l'extrémité de chaque pied où se trouve la terre, brossez-les et essuyez-les, sans les laver ni les peler, car la peau donne plus de parfum et un aspect plus engageant ; laissez les petits entiers, ils sont préférables aux gros coupés en morceaux, auxquels il faut enlever le foin jaune qui se trouve au-dessous du pavillon et qui les rendrait baveux.

Mettez-les dans un grand plat creux avec une poignée environ de sel fin par cinq kilogrammes de champignons ; laissez-les macérer jusqu'au lendemain afin de leur faire rendre l'eau, pour empêcher la fermentation et les rendre plus craquants ; alors vous mettez sur un feu bien allumé une casserole étamée ou une coquelle en fonte émaillée contenant un litre de vin blanc ordinaire et sec ; lorsqu'il bouillit, ajoutez-y les champignons, par fraction, bien égouttés ; laissez-les cuire pendant un quart d'heure ou vingt minutes au plus ; au bout de ce temps, retirez-les avec l'écumoire et continuez cette même opération pour les autres champignons.

Quand le tout est terminé, versez le vin blanc qui reste, et dans lequel cuisent les champignons, dans le jus qu'ils ont rendu étant au sel, puis faites bouillir de nouveau deux litres de même vin blanc pour lui enlever un peu de son acidulité ; lorsque les champignons et le vin sont refroidis, mettez le tout ensemble dans des bocaux en ayant soin que les champignons baignent ; ajoutez quelques grains de poivre concassé ; couvrez les champignons, pour les priver de l'action de l'air, d'une couche d'huile d'olive ou de noix surfine, de l'épaisseur d'un doigt, puis recouvrez les bocaux d'un papier et placez-les dans un endroit sec et frais.

Vous pouvez mettre dans les champignons, si c'est votre goût, une gousse d'ail, oignons piqués de clous de girofle, laurier, thym, coriandre, estragon, mais, à notre avis, il est préférable de supprimer tous ces haut goût ou de ne les employer qu'avec prudence, parce qu'ils dénaturent l'arôme des champignons.

Les champignons peuvent aussi se préparer avec le vinaigre, mais ils sont moins délicats que ceux préparés avec le vin blanc, parce qu'ils sont trop acidulés et trop forts.

Les champignons arrangés de la sorte ont un goût exquis et sont partout bien accueillis, soit servis en hors-d'œuvre, pour accompagner les viandes et les volailles bouillies, soit pour garnitures, pourvu qu'ils aient été passés un instant dans l'eau bouillante pour enlever leur acidulité.

Si parfois les champignons avaient des tendances à fermenter, il faudrait aussitôt les faire de nouveau bouillir pendant cinq minutes pour les assurer et y ajouter un verre de vinaigre pour les consolider, en ayant eu la précaution d'enlever auparavant l'huile qui les recouvre ; cette même précaution sera prise chaque fois que vous voudrez des champignons, pour éviter qu'ils ne prennent le goût d'huile qui ne convient pas à tout le monde.

Le jus, ou plutôt l'essence que les champignons ont rendu étant au sel, ainsi que le vin blanc dans lequel ils ont cuit, peuvent être utilisés en les faisant réduire ensemble à moitié de leur volume, puis vous pouvez encore vous servir de cette essence pour parfumer un riz, les sauces ou d'autres choses.

Champignons à l'huile.

Les champignons se conservent aussi à l'huile en les faisant bouillir dans l'eau de sel et un jus de citron ; laissez-les bien égoutter quand ils sont cuits ou faites-les sauter dans l'huile, puis quand ils sont refroidis, mettez-les dans des bocaux que vous remplissez de bonne huile d'olive ou de noix surfine et recouverts d'un papier. Cette méthode de préparer les champignons est très-appréciée, mais elle est trop coûteuse.

Champignons secs.

Les champignons secs se préparent comme ceux en hors-d'œuvre, c'est-à-dire sans être pelés ni lavés ; coupez-les par tranches émincées ; placez ces tranches, peu serrées, sur un linge ou sur des feuilles de papier et laissez-les exposées au soleil pendant trois ou quatre jours ou plutôt jusqu'à ce qu'elles soient sèches.

Les champignons se conservent aussi entiers, à la condition qu'ils soient d'une grosseur au-dessous de la moyenne, que vous enfilez un à un, peu serrés, avec une aiguille et du fil et que vous faites sécher, étant suspendus dans un endroit sec ou au soleil. Ce procédé offre l'avantage de ne pas vous obliger à acheter dans le commerce des champignons secs mêlés avec des aubergines séchées, qui ressemblent exactement aux champignons.

Champignons au beurre.

Epluchez des champignons fraîchement cueillis, coupez-les par morceaux et jetez-les à mesure dans l'eau fraîche ; quand tout est fini, mettez les champignons, bien égouttés, dans une casserole et faites-les cuire sur un feu vif avec un bon morceau de beurre très-frais, jusqu'à ce que l'eau qu'ils ont rendue soit toute évaporée ; mettez-les ensuite dans des boîtes en ferblanc bien soudées ou si vous n'avez pas de boîtes, emplissez des bouteilles à large goulot ; procédez comme pour la conserve de tomate et faites bouillir au bain-marie les boîtes ou les bouteilles pendant trente à trente-cinq minutes. Un instant avant de se servir des champignons (s'ils sont conservés dans les bouteilles), il est prudent de les mettre tremper un petit instant dans de l'eau tiède pour faire fondre le beurre.

Conserve de champignons au naturel.

Préparez les champignons comme il est indiqué pour ceux conservés au beurre ; faites-les blanchir dans un peu d'eau et du sel pendant dix minutes, puis mettez-les avec leur eau dans des boîtes bien soudées ou des bouteilles bouchées et ficelées et laissez-les bouillir comme ceux au beurre pendant trente à trente-cinq minutes.

Conserver les champignons au naturel est la méthode la plus répandue et celle qui est généralement adoptée, parce qu'elle est la moins coûteuse, la plus simple et sans goût étranger ; arrangés de cette manière, les champignons offrent en outre l'avantage que leur volume est augmenté par le jus qu'ils contiennent, au lieu que les champignons séchés sont d'un goût fort et peu agréable à la vue, parce qu'ils sont noirs et n'ont pas de comparaison sous le rapport du prix, puisque dix kilogs de champignons frais donnent à peine un kilog de champignons secs.

Pelures de champignons conservés.

Les pelures des champignons étant bien lavées, peuvent être utilisées en les conservant comme les champignons au naturel. Ces pelures qui sont très-parfumées, sont excellentes pour être associées dans les hachis, les ragoûts ou les sauces quelconques.

Conserve de truffes noires.

Les truffes doivent être dures et d'un beau noir marbré. Lorsqu'elles sont molles, c'est un indice qu'elles sont gâtées et qu'elles ont perdu leur parfum.

Après les avoir lavées à grande eau froide en les brossant avec une brosse ferme pour en enlever la terre et que vous les aurez minutieusement visitées pour vous assurer qu'il ne reste ni terre, ni pierres dans les tubercules, essuyez-les aussitôt. Mettez dans une casserole environ douze truffes entières avec ou sans la pelure, un verre de vin blanc sec ou du madère et autant d'eau ; laissez-les bouillir pendant un quart d'heure, puis mettez-les avec leur jus, quand elles sont refroidies, dans des boîtes en ferblanc bien soudées ou dans des bouteilles bouchées et ficelées ; vous les faites bouillir comme la conserve de tomates pendant une demi-heure et vous les goudronnez ensuite.

Truffes conservées dans la graisse.

Mettez tout simplement les truffes, quand elles sont bien lavées et bien séchées, sans qu'elles soient cuites, dans la graisse de cochon ou le beurre cuit que vous aurez eu soin de faire fondre légèrement.

Truffes conservées dans la terre.

Les truffes peuvent aussi être conservées très-longtemps fraîches avec tout leur parfum, pourvu qu'elles soient pliées dans du papier de soie et mises dans une boîte avec de la terre ordinaire ou de préférence avec celle où elles ont été trouvées et qu'elles soient complètement privées d'air.

Les truffes peuvent encore se conserver dans le riz ou la farine de maïs, mais elles perdent de leur parfum.

Truffes blanches du Piémont.

Les truffes blanches du Piémont ne peuvent pas se conserver comme les truffes noires en les soumettant à l'action du feu. Les gastronomes les préfèrent aux noires parce qu'elles sont plus parfumées, plus délicates, et qu'elles ont un léger goût d'ail. Elles sont très-recherchées dans les dîners de cérémonie, surtout préparées en salade, ou mises sur un rizotto à la piémontaise, ou sur une *polenta* à l'italienne ou sur une fondue, etc. Elles se servent également en garnitures dans tous les mets, comme les truffes noires, excepté pour truffer les volailles, les gibiers, etc., parce que la cuisson leur fait perdre le craquant, ainsi que tout leur parfum sans le communiquer aux objets truffés. Les truffes blanches du Piémont sont d'un prix plus élevé que les truffes noires du Périgord et se conservent soit dans la terre où elles ont été trouvées, soit dans la semoule, le maïs ou le riz et pliées dans du papier soie.

Conserve d'artichauts.

Prenez de gros artichauts auxquels vous avez ôté toutes les feuilles; arrondissez bien chaque fond ; jetez-les aussitôt dans de l'eau vinaigrée pour qu'ils conservent leur blancheur ; faites-les ensuite bouillir dans de l'eau peu salée pendant dix minutes ou un quart d'heure, puis mettez-les entiers dans des boîtes bien soudées avec leur eau ou dans des bouteilles, coupés en petits carrés.

Procédez ensuite comme pour la conserve de tomates et laissez-les à l'ébullition du bain-maric pendant trente-cinq minutes.

Les fonds d'artichauts conservés font une garniture et un légume très-estimé.

Conserve de petits pois au beurre.

Les pois doivent être petits et fraîchement cueillis. On reconnaît qu'ils sont tendres, lorsqu'ils conservent les petits points blancs qui les attachent à la gousse et qu'ils sont sucrés.

Pour les conserver, mettez dans une casserole, sur un feu vif, une certaine quantité de petits pois avec un fort morceau de beurre extra-frais; faites-les revenir pendant dix minutes, puis mettez-les, quand ils sont un peu refroidis, dans des boîtes ou des bouteilles et procédez exactement comme pour la conserve de tomates.

Conserve de petits pois au naturel.

Faites bouillir pendant dix minutes dans l'eau très-peu ou pas salée, des petits pois fins, et mettez-les dans des bouteilles avec une partie de leur eau et opérez de la même manière que pour les tomates.

Les conserves de petits pois ainsi que celles de tous les légumes verts, ont souvent des tendances à devenir jaunes, aussi on employait autrefois pour en reverdir les légumes, des procédés chimiques qui sont actuellement prohibés ; seulement ces procédés peuvent être remplacés par des substances inoffensives telles que : le vert d'épinard dont on peut mettre six cuillerées à bouche par boîte ou par bouteille d'un kilog. environ ou une pincée de chlorophile.

Conserve de haricots verts.

Les haricots doivent être très-verts, tendres et fins. Procédez comme pour conserver les petits pois au naturel.

Conserve d'asperges.

Coupez toute la partie tendre des asperges en petits pois ou laissez-les en branches ; faites-les bouillir dans une casserole à l'eau peu salée, pendant cinq minutes, et mettez-les ensuite dans des boîtes ou des bouteilles avec leur eau ; procédez comme pour les petits pois et laissez-les à l'ébullition du bain-marie pendant cinq minutes, afin qu'elles restent vertes et craquantes.

Conserve de fèves.

Choisissez-les pas trop grosses, bien vertes, très-fraîches ; enlevez-en la peau, faites blanchir à l'eau de sel pendant cinq minutes et préparez-les comme les tomates ; faites bouillir pendant vingt minutes, toujours avec leur eau.

Conserve de haricots frais écossés.

Ce sont ordinairement les *flageolets* que l'on emploie pour conserve; choisissez-les tendres, très-frais ; faites-les bouillir à l'eau de sel, pendant une demi-heure et vingt minutes dans les bouteilles.

Conserve d'oseille.

Lavez de l'oseille à plusieurs eaux pour enlever la terre ; faites-la blanchir sur un bon feu à grande eau, pour lui diminuer son acidulité ; quand elle est cuite, égouttez-la dans une passoire pendant une demi-heure ; mettez après ce temps la passoire dans le mortier ; tournez sans effort avec le pilon l'oseille qui doit être passée dans un clin-d'œil.

Cette méthode est beaucoup plus active, parce que l'oseille se trouve hachée et choisie tout à la fois et ressemble à une purée très-lisse; les fils ne pouvant passer, restent dans la passoire et l'on s'épargne, par ce moyen, le temps et l'ennui de retirer les queues, feuille par feuille, pour obtenir un résultat moindre.

Remettez-la ensuite sur le feu dans une forte casserole ; faites-la réduire comme une purée très-épaisse, en la remuant continuellement avec une spatule, pour éviter qu'elle ne s'attache au fond de la casserole, ce qui lui ferait prendre un goût de brûlé ; mettez-la, lorsqu'elle est assez réduite, dans des petits pots en grès ou en terre non vernissés. Quand elle est refroidie, recouvrez-la avec de la graisse, du beurre fondu ou de l'huile, ce qui vaut mieux, pour la priver entièrement d'air ; recouvrez chaque pot d'un papier et redressez-la dans un endroit sec et frais.

On peut aussi la conserver en la mettant, aussitôt qu'elle est passée, dans des demi-bouteilles à limonade et en procédant comme pour la conserve des tomates, ce qui la rend préférable et plus économique.

Conserve de chicorées.

On procède pour la conserve de chicorée comme pour celle d'oseille. La seule différence est qu'il faut faire cuire la chicorée plus longtemps à l'eau et la hacher, parce qu'elle ne peut passer à la passoire, c'est-à-dire qu'elle ne doit pas être en purée comme l'oseille.

Conserve de gibiers.

Préparez le gibier comme pour le servir, si c'est un faisan, une gélinotte, ou un perdreau, etc., il est nécessaire qu'ils soient piqués de fins lardons ;

faites-les revenir à petit feu dans une casserole avec un assez fort morceau de beurre extra-frais et de première qualité ou de la graisse de cochon bien préparée, jusqu'à ce que la chair ne soit plus rouge, ce qui est facile de reconnaître en piquant la pièce de gibier avec une aiguille; si le jus sort blanc, c'est une preuve qu'il n'est pas saignant; ne mettez pas de sel, parce qu'il rougirait la chair du gibier.

Placez ensuite chaque pièce de gibier dans une boîte en ferblanc avec tout le beurre dans lequel elle a cuit; détachez le jus du gibier qui est resté adhérent au fond de la casserole avec deux cuillerées à bouche d'eau, et que vous ajoutez au beurre, puis faites souder hermétiquement, c'est-à-dire, parfaitement, le couvercle de chaque boîte lorsque le gibier est refroidi; faites-le bouillir au bain-marie comme pour la conserve de tomates, pendant trois quarts d'heure.

Au moment de vous en servir, faites-le réchauffer à un feu doux avec tout son jus; ajoutez le sel et servez-le comme du gibier frais.

Cette méthode pour conserver le gibier est la meilleure et la plus économique. Le gibier garde ainsi toute sa saveur.

On procède ainsi pour toute espèce de gibier.

Pour les quartiers de chevreuil et autres grosses pièces de même nature, la cuisson à l'ébullition du bain-marie doit être au moins d'une heure. On peut aussi conserver le gibier, quand il est cuit, dans un pot en terre rempli de graisse de cochon, d'huile ou du beurre fondu, mais cette manière de procéder est trop coûteuse et de beaucoup inférieure à la précédente.

Conserve de civet de lièvre.

Préparez un civet au naturel, c'est-à-dire sans oignons, ni autre haut goût que le poivre et le sel, et procédez comme pour le gibier ; ajoutez au moment de le servir, des petits oignons que vous aurez fait cuire avec du lard salé coupé en petits dés, des aromates et un petit verre de madère pour parfumer et relever la sauce du civet.

Viandes conservées.

Toutes espèces de viandes peuvent, par le système d'Appert, être conservées et sont d'une grande utilité, surtout dans la marine, pour les navires ; il suffit de les préparer en sauces, bouillies ou rôties, et les faire cuire à l'ébullition du bain-marie le même laps de temps que pour la cuisson du chevreuil.

Notions et procédés pour faire le vinaigre simple et à l'estragon.

Le vinaigre qui est livré à la consommation dans le commerce est ordinairement fabriqué avec de l'acide acétique ou vinaigre de bois.

Vous pouvez modérer l'acidulité corrosive et piquante de ce vinaigre en ajoutant par litre de vinaigre un verre de vin rouge clairet qui le bonifie.

Par ce procédé on obtient un vinaigre qui est

plus adouci, plus rosé et plus agréable à la vue, il offre l'avantage de rendre la salade meilleure, moins coûteuse, en mettant moins d'huile, parce que l'assaisonnement est mieux porportionné.

Pour faire le vinaigre, il est essentiel d'avoir un vinaigrier qui est un petit baril en bois ou en terre. Vous confectionnez ce que l'on appelle une *mère* de vinaigre, qui sert de levain; pour la préparer vous commencez par verser tout bouillant dans le baril, s'il est en bois, ou seulement chaud, si le baril est en terre, un litre de bon vinaigre; bouchez et remuez le baril en tous sens afin que le vinaigre pénètre partout. Le lendemain il faut y ajouter la lie d'une pièce de vin et autant de grammes de tartre de vin, réduit en poudre, que votre baril peut contenir de litres de vin. Laissez cette composition fermenter, sans boucher le baril, pendant une semaine; au bout de ce temps remplissez le baril de vin et un mois après le vinaigre est complètement fini.

Il suffit, pour l'entretenir, d'y verser du vin à mesure que l'on tire du vinaigre.

Il est bien entendu que l'on peut fabriquer le vinaigre avec les résidus des vins rouges ou blancs ainsi qu'avec le cidre ou même avec des vins éventés que l'on appelle ordinairement des fonds de tonneaux, mais il est utile qu'ils soient tirés au clair, c'est-à-dire filtrés dans une chausse en laine ou en feutre.

Le tartre de vin se vend chez les droguistes. Vous pouvez vous exempter de l'acheter en défonçant un vieux tonneau et en prendre la quantité suffisante.

La *mère* du vinaigre, après un certain temps, devient quelquefois trop considérable ; le vinaigre alors perd de sa force et prend un goût d'amertume. Le plus court moyen de remédier à cet inconvénient est de défoncer le baril, de diminuer la *mère* en enlevant la partie qui paraît la moins saine, puis vous refermez le baril, et vous y ajoutez environ deux litres de vinaigre pour le consolider et huit jours plus tard vons ajoutez le vin.

Il est essentiel que le robinet soit en bois pour qu'il ne se forme pas à l'entour une couche de vert-de-gris et qu'il soit placé un peu plus haut afin que la *mère* du vinaigre, qui se tient au fond du baril, ne bouche pas le robinet.

Le vinaigre se prépare aussi d'une manière plus simple en mettant dans un baril de trente litres environ, quelques litres de vin rouge ou blanc, ou du cidre, en ayant bien soin de placer le baril dans un endroit chaud comme par exemple dans la cuisine, afin de faire aigrir le vin plus promptement, puis lorsqu'il est assez acidulé, ajoutez peu à peu le vin ainsi que deux litres de bon vinaigre pour le renforcer, et si vous le voulez, un bout de bois de genévrier, sans son écorce, pour augmenter sa force. On peut aussi, pour précipiter l'aigreur du vin au début, faire chauffer un fer rouge et l'introduire dans le baril en le remuant en tout sens.

D'autres personnes commencent par mettre un litre ou deux de vinaigre bouilli à la place du vin, ou le mettent froid et introduisent un fer

rouge, puis versent insensiblement et par intervalle
le vin.

Vinaigre à l'estragon.

Le vinaigre à l'estragon se prépare en mettant
dans un bocal six litres de vinaigre environ, avec
un peu de laurier, du thym, des petits oignons crus,
de l'ail, quelques clous de girofle, une pincée de sel
et un gros bouquet d'estragon. Laissez infuser
le tout ensemble dans le bocal bien bouché et exposé
au soleil pendant trois semaines ; filtrez-le ensuite,
si vous le voulez, puis retirez-le dans des bouteilles
bien bouchées.

Ce vinaigre qui est très-aromatisé est excellent
dans les salades et convient aussi à certaines sauces.

Quelques personnes mettent dans le vinaigre
beaucoup d'autres haut goût, mais nous croyons
que ceux sus-indiqués sont suffisants et communiquent au vinaigre un goût plus naturel.

Conserve de cornichons.

Il existe une foule de manières d'apprêter la conserve de cornichons, mais nous pouvons affirmer
qu'aucune de ces recettes ne peut rivaliser, au point
de vue de la simplicité, de l'économie, de la verdeur, du craquant et du naturel, avec celle décrite
ci-après :

Brossez avec un linge, un à un, les cornichons,
dont les plus petits sont les meilleurs, pour leur
enlever leur duvet, ou plutôt, mettez-les dans un

sac avec deux poignées de sel fin, pour cinq ou six kilogrammes de cornichons ; brassez-les fortement pour enlever le duvet ; laissez-les macérer jusqu'au lendemain, afin qu'ils aient le temps de rendre leur eau.

Au moment de les préparer, mettez sur un feu ardent une bassine en cuivre non étamé, c'est une condition absolue si vous voulez que les cornichons restent verts, avec assez de bon vinaigre d'Orléans ou de Bourgogne ou de toute autre qualité analogue, de sorte que les cornichons nagent, et aussitôt que le vinaigre commence à bouillir, jetez-y les cornichons ; de prime abord ils jaunissent, puis ils reverdissent insensiblement en reprenant l'ébullition, ce qui peut durer dix minutes, un quart d'heure au plus ; c'est alors qu'il faut les égoutter vivement sur un grand tamis ou dans un panier, en ayant soin d'éloigner au plutôt le vinaigre qui tombe au-dessous, afin que la vapeur ne les cuise pas d'avantage.

Agitez-les de temps en temps afin qu'ils perdent plus promptement la chaleur et conservent leur craquant.

Puis mettez les cornichons dans un ou plusieurs pots de grès *non vernissés* ou dans des bocaux en verre et versez par-dessus le même vinaigre refroidi, filtré ou non filtré, de façon à ce que les cornichons baignent ; ajoutez quelques graines de poivre concassées, une gousse d'ail, quelques petits oignons crus et un fort bouquet d'estragon.

Vous pouvez aussi ajouter par excès de précaution, un verre de vinaigre non bouilli, mais si vous désirez que la conserve soit plus délicate, mettez des fins haricots verts très-frais, préparés et cuits avec les cornichons.

Ainsi conservés, les cornichons se gardent très-bien dans un endroit sec et frais, pendant un an et sont bons à manger au bout de huit jours.

Quelques personnes les mettent simplement dans le vinaigre non bouilli, après leur avoir fait rendre au sel l'eau qu'ils contiennent, mais ils restent jaunes, sont trop forts et agacent les dents.

Il serait préférable, si on ne veut pas les faire bouillir, de les laisser macérer dans le sel pendant six jours pour les rendre plus verts et moins forts et de les mettre tout simplement au vinaigre, avec un verre de cognac, si vous le jugez nécessaire, ainsi que beaucoup d'aromates, y compris l'estragon.

Il arrive parfois, dans les fortes chaleurs et lorsque le vinaigre est de qualité inférieure, que les cornichons ou les poivrons ainsi conservés sont en état de fermentation.

Dans ce cas, il sera urgent de faire bouillir de nouveau le vinaigre seul, d'y ajouter deux verres de vinaigre non bouilli, pour le consolider et de couvrir chaque pot d'une légère couche d'huile d'olive ou de noix surfine.

La conserve de cornichons est très-utile dans un ménage et se sert en hors-d'œuvre, soit pour accompagner les viandes bouillies ou rôties, soit pour être employée dans des sauces piquantes chaudes ou froides, ou dans les galantines, ou la tête de veau à la gelée, etc.

Conserve de poivrons.

Choisissez les poivrons verts et les plus petits; coupez les queues à moitié; mettez-les ensuite dans une corbeille avec quelques poignées de sel fin, selon la quantité; laissez-les au sel pendant six jours, afin qu'ils rendent leur eau et qu'ils ne fermentent pas.

Au moment de les préparer, faites rougir ou chauffer fortement une bassine en cuivre non étamée, afin qu'ils soient plus verts; versez assez de vinaigre pour leur permettre de baigner et lorsqu'il a fait un tour, ôtez-le de dessus le feu et versez-le dans un pot *non vernissé;* lorsqu'il est froid, remettez-le de nouveau sur le feu; faites-le bouillir, jetez-y les poivrons et opérez comme pour les cornichons.

Si les poivrons avaient des tendances à fermenter, il faudrait leur faire subir la même préparation que pour les cornichons. Ils accompagnent très-bien les viandes bouillies, rôties, chaudes ou froides.

Les poivrons peuvent aussi se conserver simplement au vinaigre froid.

Conserve du jus de groseilles.

Choisissez de belles groseilles bien mûres, mais non tournées; égrenez-les, puis faites-les cuire ou plutôt fondre dans une bassine non étamée, pendant dix minutes, en les remuant toujours, afin qu'elles ne s'attachent pas au fond de la bassine. Pressez-les fortement dans un linge mouillé puis tordu, pour enlever le goût de la lessive ou sous une presse à fruits pour en extraire le jus d'une manière complète. Laissez refroidir et procédez comme pour la conserve de tomates et laissez bouillir pendant cinq minutes.

Les jus de framboises ou de toutes autres espèces de fruits se conservent exactement de la même manière.

Ces différentes sortes de jus servent pour faire les sirops ou les glaces aux fruits.

Conservations des œufs.

L'eau de chaux conserve bien les œufs, mais elle a l'inconvénient de ramollir les coquilles, de diminuer et de décomposer l'albumine. C'est surtout vers la fin août ou le mois de septembre que l'on conserve les œufs.

Mettez dans une passoire ou un panier à salade une douzaine d'œufs à la fois ; faites-les entrer et sortir seulement dans de l'eau bouillante, juste le temps nécessaire à l'immersion, soit une demi-minute et opérez successivement de même pour les autres. Visitez-les pour vous assurer qu'il ne s'en trouve pas de fendus ; car s'il s'en trouvait, il faudrait les mettre de côté, comme n'étant pas propres à être conservés.

Par ce procédé il se forme à la surface des œufs une espèce de feutre qui bouche les pores et interdit l'accès de l'air. Placez-les dans de la cendre, du seigle, ou du froment et non pas dans la sciure ou du son, car l'air y pénètre plus facilement, et les œufs sont moins au frais.

Conservation des raisins.

Les raisins rouges, les blancs, surtout, se conservent de la manière suivante : coupez assez longs les sarments auxquels sont appendues les grappes des raisins ; mettez de la cire à cacheter à chaque bout, pour empêcher l'accès de l'air ; suspendez ensuite les sarments sur un ou plusieurs cordages placés dans une chambre close, sèche, fraîche et à l'abri du gel.

Pour conserver ces grappes de raisin, elles doivent être choisies peu serrées, et aussitôt qu'il y a une graine de pourrie, il faut l'enlever.

On peut encore avoir la précaution d'enfermer chaque grappe dans un sac de papier ou de toile et les entourer de son si on le juge nécessaire. Les raisins ainsi préparés se conservent parfaitement et très-frais jusqu'au mois de février.

Conservation des poires et des pommes.

Les poires doivent être cueillies avec précaution, sans qu'elles soient tarées, avant leur maturité complète ; aussitôt après la cueillette, placez au bout de leurs queues un peu de cire à cacheter pour ralentir leur maturité ; suspendez-les sur un cordage à l'aide de la ficelle attachée à la queue de chaque poire en faisant en sorte qu'elles ne se touchent pas ou bien mettez-les sur une planche ou elles seront séparées les unes des autres et recouvertes, si vous en avez, de cloches en verre, afin qu'elles soient mieux privées de l'air qui est si nuisible à la conservation de toutes espèces de fruits; vous pouvez encore les placer dans un coin de la cave parfaitement fermé que l'on désigne sous le non de fruitier et les étaler sur des rayons où vous aurez mis de la mousse.

Les pommes seront préparées et cueillies comme les poires, avant leur maturité. Leur conservation est plus prolongée que celle des poires, car il a été démontré par expérience que les pommes rainettes étant placées dans un lieu hermétiquement fermé, peuvent se garder pendant une année.

Il est très-essentiel de visiter les poires ainsi que les pommes au moins deux fois dans la semaine, afin de s'assurer qu'il n'en existe pas de gâtées, pour les enlever sur le champ s'il s'en trouvait, car celles-ci feraient pourrir celles qui sont saines.

CHAPITRE V.

___

Graisse de cochon ou saindoux.

La graisse de cochon ou saindoux préparée seule, c'est-à-dire quand elle n'est pas mêlée ou jointe avec d'autres substances, communique aux mets un goût de graisse qui ne convient pas à tout le monde.

Nous avons trouvé le moyen de lui enlever cet arrière goût désagréable de graisse par la méthode décrite ci-après :

Lorsque vous tuez un porc, vous mettez de côté toute la panne et le lard dans la partie la plus mince, après en avoir ôté la couenne, puis vous hachez bien menu le tout ensemble ; vous mettez ensuite dans une marmite en fonte non émaillée ce que vous venez de hacher avec un litre et demi d'eau, quelques os et un peu de rognures de viande crue, ainsi qu'une légère pincée de sel fin et vous laissez cuire le tout à petit feu.

Lorsque la graisse est devenue limpide, qu'elle a l'écume blanche et qu'elle a cessé de bouillir, c'est une preuve que toute l'eau s'est évaporée et qu'elle est à point de cuisson ; vous retirez alors la marmite du feu, vous laissez reposer un instant la graisse et vous la passez à la passoire ou au tamis en fer, lorsqu'elle est un peu refroidie, en la pressant pour en exprimer celle qui est restée dans les rillons.

La viande, ou plutôt les rognures, ainsi que le lard qui ont servi à fortifier et à bonifier la graisse, en lui donnant un goût qui a beaucoup d'analogie avec celle d'un rôti, peuvent être employés, ainsi que les rillons de la graisse, en hachis ; c'est un bon moyen d'en tirer parti.

Le procédé ci-dessus serait déjà suffisant pour avoir une graisse excellente, mais si vous voulez qu'elle soit exquise, il faut vous procurer du beurre de première qualité ne contenant ni eau ni petit lait ; vous le mettez dans la proportion de trois kilogrammes sur dix de graisse ; faites-le à peine fondre afin qu'il conserve et qu'il communique à la graisse son goût de crême ; mélangez-le avec la graisse qui est déjà dans le pot en grès ou en terre et remuez de temps en temps jusqu'à ce que la graisse et le beurre soient complètement refroidis et figés ; couvrez ensuite le pot d'un papier.

Si vous voulez empêcher la graisse de rancir à sa surface, mettez-y, quand elle est bien prise, l'épaisseur d'un doigt d'eau salée que vous enlevez chaque fois que vous voulez vous en servir. Vous pouvez également la conserver dans des vessies bien proprement ratissées et lavées que vous fermez ensuite au moyen d'une ficelle pour la priver d'air et qui sert pour la suspendre sur un cordage placé dans une chambre d'une température modérée.

Cette manière de préparer la graisse est plus économique que le beurre cuit et lui est supérieure, sans comparaison, comme goût ; elle peut se conserver parfaitement pendant un an au moins ; aussi nous en conseillons l'emploi dans les viandes réchauffées et dans certains légumes, qui demandent à être apprêtés avec un goût relevé.

Beurre cuit.

La plupart des ménagères pensent faire une économie en faisant provision de beurre cuit, mais elles ne font pas la réflexion que le beurre cuit revient à un prix très-élevé, parce qu'il diminue beaucoup en cuisant; il faut en avoir un pot pour s'en servir dans les fritures, mais ne pas en faire un usage constant.

Mettez dans une marmite en fonte non émaillée, du beurre extra-frais, ne contenant ni eau ni petit lait, très-gras, parce qu'il est plus vite cuit et diminue moins dans la cuisson ; ajoutez-y une légère pincée de sel ; laissez-le cuire à petit feu comme la graisse de cochon, en ayant bien soin de ne mettre le beurre que jusqu'au trois quarts de la marmite, car si celle-ci était trop remplie, le beurre monté en écume verserait dans le feu, ce qui pourrait occasionner un accident.

Lorsque le beurre est limpide, d'une belle couleur, un peu jaune, mais non roux, retirez-le du feu, enlevez l'écume qui est au-dessus, laissez-le reposer et passez-le comme la graisse de cochon, en ayant soin de ne pas mettre les résidus qui restent au fond de la marmite.

L'écume, ainsi que les résidus du beurre, peuvent être utilisés pour faire un gâteau.

Beurre fondu au bain-marie.

Le beurre frais se fond et se cuit encore au bain-marie, c'est-à-dire, dans deux marmites ou deux casseroles, l'une où se trouve le beurre et l'autre plus grande où il y a de l'eau qui doit être constamment en état d'ébullition.

Par ce procédé, le beurre est d'un goût supérieur à celui qui est cuit dans la marmite, parce qu'il ne reçoit pas l'action directe du feu qui l'altère et qu'il a, en outre, l'avantage de diminuer de beaucoup moins, quoique la cuisson soit plus prolongée.

Beurre salé.

Ayez du beurre le plus frais possible ; ensuite lavez-le dans l'eau fraîche et pétrissez-le de manière qu'il n'y reste ni eau ni petit lait ; humectez la table bien unie et bien propre avec un peu d'eau fraîche afin que le beurre ne s'y attache point ; étendez-le à l'aide du rouleau à pâtisserie en ayant soin de le mouiller aussi et faites une abaisse de beurre de l'épaisseur de deux doigts environ ; saupoudrez la surface de sel gris séché au four et finement pulvérisé à raison de cinquante grammes de sel par kilogramme de beurre. Pour la salaison en demi-sel on ne met que dix ou douze grammes au plus. Travaillez le tout ensemble pour bien mêler ; essuyez-le parfaitement ; remplissez-en soigneusement des pots de grès ou en bois ; tassez fortement le beurre de manière à ne laisser aucun vide, chose essentielle, car l'air s'introduisant pourrait gâter le beurre ; puis mettez au-dessus une saumure de sel et d'eau pour le couvrir et le préserver entièrement de l'air. Dans quelques pays on met du sucre pour adoucir et combattre le beurre salé qui prend le goût d'âcreté.

Friture.

La friture est composée ordinairement de tous les dégraissis des viandes crues ou cuites, la graisse des pots-au-feu, etc., que l'on met cuire exactement comme la panne ou graisse de cochon et qui servent à frire les substances afin d'en tirer un bon parti et d'économiser le beurre, la graisse et l'huile.

Dans toute cuisine bien ordonnée, il est indispensable d'être pourvu de deux différents pots, soit en ferblanc, soit en grès ou de toute autre nature, pour retirer dans l'un la friture qui sert à frire le poisson et dans l'autre celle qui est destinée pour frire les croquettes, les boudins à la richelieu, les beignets, etc.

La poêle sera toujours remplie de friture au moins jusqu'à moitié, parce que c'est un avantage sous plusieurs rapports.

Les objets qui ne baignent pas dans la friture cuisent d'une façon très-irrégulière et quelquefois sont brûlés d'un côté et à peine chauds de l'autre et n'ont jamais bonne mine ; c'est en outre une économie, car lorsqu'il y a peu de friture elle est noire et ne se conserve pas habituellement.

Pour connaître si la friture est chaude, on y jette une tranche de pomme de terre ou une branche de persil ; on le reconnaît aussi quand elle commence à fumer, c'est alors qu'il faut y mettre vivement et avec précaution les objets qui doivent être surpris. De cette manière on empêche qu'ils ne s'imprègnent de la friture, ce qui leur donnerait mauvais goût s'il en était autrement et on dépenserait inutilement.

Tournez toujours les objets avec la spatule, très-doucement afin de ne pas les faire crever ; faites cuire sur un feu bien allumé selon la nature des objets ; retirez-les avec l'écumoire lorsqu'ils sont d'une belle couleur dorée et croustillante ; laissez ensuite reposer la friture ; redressez-la après un instant dans le pot en grès en ne mettant que ce qui est limpide, c'est-à-dire, ne pas mettre le fond de la poële. Par ce moyen la friture qui est soignée de la sorte, peut servir longtemps et plusieurs fois.

Friture à l'huile.

Les fritures à l'huile d'olive sont excellentes et communiquent à certaines fritures et surtout à certains légumes un goût plus fin que celui que l'on obtient par le beurre cuit, le saindoux et les autres espèces de fritures. Elles sont, en outre, plus économiques.

Nous indiquerons dans ce traité où les fritures à l'huile sont préférables.

Graisse d'oie et de canard.

Dans la Savoie nos agriculteurs n'ont pas encore eu l'heureuse idée, comme dans certaines régions de la France, d'engraisser des oies et des canards. C'est pourtant bien simple et peu coûteux.

Pour arriver à ce but, les oies ou les canards à engraisser doivent être placés, dans le mois d'octobre, en un lieu obscur de la maison ou de ses dépendances.

Là ils doivent être gorgés trois fois par jour avec du maïs en grain, à l'aide d'un petit entonnoir destiné à cet usage.

Près d'eux seront placés des baquets d'eau où ils puissent boire à volonté. Les oies et les canards gorgés pendant quatre ou cinq semaines au plus, seront devenus tellement gras qu'ils pourront à peine se maintenir sur l'eau quand il s'agira de leur laver le duvet avant de les saigner.

Les oies et les canards ainsi préparés sont d'un excellent rapport, d'abord à cause de leur duvet ou de leurs plumes qui sont recommandés dans l'emploi des fourrures ou édredons très en usage, puis ensuite pour leur graisse réputée très-fine et très-délicate.

Les quartiers conservés et salés dans cette graisse et que l'on nomme confits, sont très-appréciés et font d'excellentes soupes.

Les foies de canards ainsi que ceux d'oies sont

d'une délicatesse et d'un goût friands et acquièrent une grosseur prodigieuse.

Ce sont ces foies, avec lesquels [on fait des pâtés truffés et des entrées très-recherchées dans les dîners de cérémonie.

Peut-être un jour pourrons-nous vanter les terrines de foies truffés de la Savoie, puisqu'il se trouve dans le val de Fier et dans les vallées de la Chautagne et de Seyssel, des truffes noires aussi parfumées que celles du Périgord.

CHAPITRE VI.

NOTIONS SUR LE POT-AU-FEU, LES POTAGES ET LES SOUPES.

Dans la plupart des manuels de cuisine, les détails précis sont assez négligés ou manquent sur la méthode pratique pour faire le pot-au-feu, les potages et les soupes.

Cependant, à tout prendre, combien de personnes ne préfèrent-elles pas un bon potage et deux plats, à un dîner complet et préparé dans les règles ?

Nous désirons, pour notre part, tomber dans l'excès contraire au risque d'être taxé d'exagération dans la minutie des détails.

Règle générale pour les potages aux pâtes.

Les pâtes, dans tous les potages, doivent être mises lorsque l'eau, le bouillon, les purées, sont en ébullition, afin qu'elles soient surprises par la chaleur pour les empêcher de devenir molles et en farine, puis retirées du feu afin qu'elles cuisent doucement, parce qu'elles enflent beaucoup mieux et ne troublent pas le bouillon.

Les potages aux pâtes et au riz sont d'un goût bien meilleur et plus estimés lorsqu'ils sont accompagnés de légumes verts échaudés ou non à l'eau bouillante, tels que choux, petits pois, asperges, haricots verts, etc., ou avec d'autres espèces de légumes cuits à l'avance comme : haricots blancs, carottes, navets, lentilles, etc., ou encore avec des tomates en purée ou coupées en petits carrés.

Ces espèces de potages doivent toujours être servis avec du fromage rapé de gruyère ou de parmesan mis sur une assiette à part ou servi dans la soupière.

Les pâtes et le riz sont plus appréciés quand ils sont craquants sans être résistants parce que s'ils sont trop cuits ils ressemblent à de l'amidon.

Règle pour les potages en purée.

Dans les potages en purée, il est assez en usage de les relever avec une pincée de poivre blanc ou celui de Cayenne, selon leur nature, pourvu qu'ils soient mis avec modération et non pas d'une manière dominante.

Les potages en purée seront toujours écrasés très-finement ou de préférence passés au tamis ou à l'étamine pour les rendre plus onctueux et doivent être placés dans un bain-marie bouillant pour les tenir au chaud, ou placés dans un coin du fourneau de façon qu'ils se tiennent chauds sans bouillir, car la purée s'éclaircirait et ne serait pas lisse.

Si parfois il restait de la veille du potage ou de la soupe il faudrait le lendemain y ajouter une goutte d'eau froide et un morceau de beurre frais pour leur enlever le goût de réchauffé.

Dans les chaleurs, les soupes, les potages et le bouillon surtout, doivent être soigneusement retirés au frais et pour les assurer, il est prudent de les faire bouillir le matin et le soir.

Règle générale sur le pot-au-feu.

Toutes les parties du bœuf, excepté l'aloyau qui est la partie du bœuf où se trouve le filet, ainsi que la partie maigre de la cuisse, sont bonnes pour faire le bouillon, y compris les jarrets et la tête lorsqu'elle est bien dégorgée.

Les morceaux choisis sont la pointe de la culotte, le cimier, qui est la pièce de viande qui se trouve près de la pointe de la culotte, c'est-à-dire au bout de l'aloyau, le grumeau ou poitrine, les côtes et le plat des côtes, quand ils sont entrelardés, le bout de l'épaule où se trouve la palette ou l'omoplate qui est une chair courte et pas sèche.

Le mouton ajouté au bœuf donne au bouillon un goût qui le relève ; il est bon aussi de mettre dans le pot-au-feu, pour l'adoucir et le rendre plus gélatineux, un jarret ou un pied, ou un bout de tête de veau ainsi qu'un morceau de foie de bœuf, que l'on fait ajouter à la pesée comme *réjouissance*.

Pour faire un bouillon succulent, il n'est guère possible de préciser la quantité de bœuf ; tout dépend de la qualité. Ainsi trois kilogrammes de viande de choix suffiront pour un pot-au-feu de la contenance de dix litres d'eau et le bouillon sera meilleur qu'avec une quantité double de viande d'une qualité inférieure.

En résumé, trois choses importantes sont à considérer pour obtenir un bon bouillon.

1° Le choix d'une viande fraîche, saine, bien nourrie et entrelardée;

2° Faire bouillir cette viande doucement afin que les sucs nutritifs soient dissous parfaitement, que le bouillon soit limpide comme de l'eau de roche et qu'il ait cette couleur dorée que l'on obtient avec un colorant quelconque ;

3° Avoir soin de tenir la marmite constamment fermée, afin que le bouillon ne s'évapore pas et pour qu'il perde moins de ses parties fines et substantielles pendant l'ébullition, car il est prouvé par l'expérience, qu'avec une quantité de bonnes viandes, vous ferez de mauvais bouillon, si ce dernier n'est conduit avec soin et intelligence.

Mise en pratique.

Mettez dans une marmite en fonte ou en terre, de préférence à celles en cuivre ou en fer battu étamées, trois kilogrammes de bœuf que vous piquez, si c'est votre goût, de pointes d'ail coupées très-finement pour le relever, avec dix litres environ d'eau froide et une poignée de sel ; faites-le écumer doucement afin qu'il soit très-limpide, car s'il bouillait trop fortement il serait blanc et troublé.

Du reste, l'eau qui bout à grands bouillons n'est pas plus chaude que celle dont l'ébullition se voit à peine.

Lorsque le bouillon est parfaitement écumé, ajoutez-y des carottes, un paquet de poireaux, où vous n'aurez laissé que le blanc et le vert tendre, liés ensemble, quelques graines de poivre concassées, un oignon piqué de deux clous de girofle, deux raves ou navets, une cuillerée à bouche de colorant, pour donner au bouillon une teinte dorée et transparente, pour le rendre plus appétissant et plus naturel.

Les légumes sont déjà suffisants, mais si vous voulez avoir un bouillon plus aromatisé, vous pouvez encore ajouter du thym, deux feuilles de laurier, du céleri en branches, un panais, un choux, etc. ; laissez-le boutonner pendant quatre heures ; au bout de ce temps, le bœuf doit être cuit à point.

Dans le cas où le bouillon ne serait pas assez corsé, il faudra sortir le bouilli du pot-au-feu et le mettre dans une terrine avec du bouillon que vous tiendrez au chaud ; puis laissez de nouveau boutonner le bouillon jusqu'au moment de servir le potage pour le rendre plus concentré ou bien procéder comme à la mode anglaise quand le bouillon n'est pas d'un arôme assez prononcé, c'est de faire griller sur le gril des tranches émincées de bœuf que l'on ajoute au bouillon.

D'autres personnes mettent le bœuf à l'eau bouillante en alléguant que les viandes bouillies ne doivent pas être plus écumées que celles qui sont rôties, et que le bouillon perd, quand on l'écume, une partie de ses propriétés essentielles qui est l'albumine.

Par cette méthode, qui est logique, l'eau bouillante surprend le bœuf et en resserre toutes les fibres, ce qui empêche l'albumine, qui produit l'écume, de se dégager ; il importe néanmoins qu'après cette première opération, le bouillon soit soumis comme le pot-au-feu ordinaire à une ébullition lente afin que les sucs et les parties nutritives puissent être complètement dissoutes.

Un instant avant le dîner, coupez dans la soupière quelques fines tranches de pain ; mettez-y une pochée de bouillon ; finissez de tremper le potage au moment où il est demandé ; faites de manière qu'il soit un peu gras, sans cependant qu'il le soit trop, car la graisse est indigeste, mais qu'il forme des œils à la surface.

Pour obtenir ce résultat, il faut bien se garder de soufler sur le bouillon, mais de le faire bouillir afin que la graisse se retire du côté opposé à l'ébullition ; ajoutez les légumes dans la soupière où il est de meilleur genre de les servir sur une assiette à part.

Vous pouvez aussi servir en même temps du cerfeuil haché, du fromage de gruyère ou de parmesan rapé et de la noix muscade.

Dans certains pays, le pot-au-feu se fait bouillir pendant cinq à six heures. Le bouillon est assurément plus relevé et plus corsé, mais le bouilli a perdu de sa saveur, fait moins de profit et sa chair, que l'on ne peut couper en tranches transversales, est devenue filandreuse par une ébullition trop prolongée, car le bœuf bouilli doit avoir un juste degré de cuisson, afin qu'il présente le coup d'œil flatteur d'une pièce tremblante sous le couteau et non pas de celle qui se décompose en petits morceaux.

Le bœuf bouilli doit, quand il est dressé, toujours être orné d'un peu de persil en branches et être accompagné, si c'est la saison, d'une salade de chicorée amère, coupée fine comme une aiguille à tricoter, ou bien d'autres garnitures, des légumes ou des sauces tomate, printanière, remoulade, estragon, etc., ce qui rend le bouilli de bien meilleur goût, tout en obligeant à en manger moins.

Pot-au-feu à la languedocienne.

Faites jaunir à part dans un peu de graisse d'oie, de canard ou de cochon bien faite, des carottes, des raves et quelques branches de céleri coupées, puis jetez-les dans le pot-au-feu lorsqu'il est écumé ; laissez cuire le bœuf, qui sera piqué d'ail, à petit feu, comme le précédent ; n'y mettez pas de colorant ; le bouillon est assez coloré par les légumes qui ont donné la couleur et trempez ce potage avec les légumes et du pain de ménage que vous faites mitonner si cela vous plaît.

Pot au feu à la méridionale.

Les méridionaux opèrent de la même manière pour faire le pot-au-feu que pour celui à la languedocienne, mais ils mettent de l'huile pour faire revenir les légumes et y ajoutent des tomates coupées en quatre.

Pot-au-feu à la bordelaise.

Préparez une belle pièce de bœuf ; piquez-la de lard salé coupé gros comme le petit doigt, avec quelques pointes d'ail ; mettez le bœuf dans une casserole à part avec un demi-verre d'eau. Lorsque l'eau s'est évaporée, faites légèrement revenir le bœuf dans le jus qu'il a rendu sans lui laisser prendre de couleur, seulement pour corriger le goût du lard et donner au bouillon un goût de rôti qui le rend plus fort et plus agréable, mouillez-le avec de l'eau bouillante et procédez comme pour le pot-au-feu ordinaire.

Pot-au-feu de famille.

Pour un pot-au-feu de dix litres d'eau prenez deux kilogrammes de bœuf entrelardé ; piquez-le toujours de pointes d'ail, si c'est votre goût et joignez-y une poitrine de mouton avec du sel ; faites écumer ou non écumer comme il est indiqué ; ajoutez-y des carottes coupées, deux choux entiers, fermes, bien choisis et lavés, dont les trognons et les premières feuilles auront été enlevés ainsi que des poireaux attachés.

A moitié cuisson, ajoutez une douzaine de pommes de terre pas trop grosses et laissez-les entières, ainsi qu'un cervelas ou deux bonnes saucisses ; laissez encore mijoter le tout ensemble pendant une heure et demie environ.

Un instant avant de servir le potage, sortez avec précaution la poitrine de mouton à l'aide de l'écumoire ; faites-la mariner dans l'huile avec du sel, du poivre, des échalottes hachées et une goutte de vinaigre de vin ; passez-la ensuite avec la mie de pain ou à la panure ; mettez-la cuire à petit feu sur le gril ou dans le four chaud, sur le fer battu ou un autre ustensile ; arrosez-la de sa marinade pour qu'elle ne soit pas sèche.

Faites en même temps mitonner, dans une casserole à part, du pain de ménage coupé en tranches ou du pain recuit, forme grissin (qui est un pain désigné sous cette dénomination parce qu'il a beaucoup de croûte), avec du bouillon de manière à en faire un potage ni trop clair, ni trop épais.

Trempez le potage avec les poireaux mis dans la soupière avec un peu de poivre et du fromage rapé, si vous le voulez.

Il est à remarquer que toutes les espèces de légumes qui ont été mis dans ce pot-au-feu ainsi que le pain mitonné, transforment le goût du bouillon et font disparaître en grande partie celui du cervelas.

Dressez le bouilli et mettez pour garniture une salade préparée avec des pommes de terre et des carottes mêlées, comme il est indiqué au chapitre des légumes.

Servez comme second plat les choux au naturel ou sautés au beurre ou à la graisse, le cervelas ou les saucisses placés au-dessus : ensuite pour terminer le dîner, servez la poitrine de mouton grillée, ayant belle |couleur des deux côtés, garnie d'une sauce bordelaise, maître-d'hôtel, tomates ou de tout autre qui vous conviendra.

Un fin bouillon.

Pour faire ce bouillon, il faut avoir une langue de bœuf aussi fraîche que possible, car la langue est la partie du bœuf qui donne le plus fin bouillon et le meilleur goût.

Vous la ferez griller sur le feu, puis vous la ratisserez avec un couteau pour en enlever la peau ; vous prendrez encore deux kilogrammes de bœuf, un pied de veau et une poule grasse, et vous mettrez le tout dans dix litres d'eau avec du sel, puis vous ferez écumer ou non écumer comme précédemment.

Après quatre heures d'ébullition et même avant ce temps, retirez la volaille, si elle est cuite, ainsi que le bœuf que vous tiendrez au chaud dans une terrine de bouillon ; laissez achever la cuisson de la langue qui doit être plus prolongée. Dans ce pot-au-feu on ne met que des carottes et des poireaux comme légumes et un peu de colorant.

Ce pot-au-feu excellent ne revient pas à plus de huit francs et même moins selon les pays et peut constituer pendant trois jours un menu pour le dîner de quatre personnes.

Distribution. — 1ᵉʳ jour. — Servez le bouillon avec les poireaux et des tranches de pain grillées ou non grillées ; dressez ensuite le boulli garni de carottes ou une salade de chicorée amère, si c'est la saison, ou une sauce quelconque. Dressez ensuite la poule avec une sauce tomate ou sous un velouté ou autres garnitures.

2e jour. — Quand trois litres de bouillon seront en ébullition, jetez-y en pluie de la semoule, du sagou ou du tapioca; faites boutonner pendant dix minutes.

Vous aurez eu soin de garder de la veille une carotte cuite, coupée grosse comme des petits pois que vous ajouterez à ce potage.

Vous aurez mis à l'avance dans une casserole du beurre ou de la graisse et une cuillerée de farine pour faire un roux; mouillez avec du bouillon, un peu de tomate et deux douzaines de petits oignons; laissez mijoter le tout ensemble jusqu'à ce que les oignons soient cuits avec deux tranches de langue, coupées de l'épaisseur d'un doigt et fendues dans le sens de leur longueur et servez à bon goût de sel.

Vous pouvez ajouter à la sauce, pour la relever, du poivre, de la moutarde, des champignons ou disséminer par-dessus le plat, des câpres ou des cornichons hachés; faites ensuite avec le pied de veau, coupé en morceaux, puis mariné, une friture avec une pâte à frire ou panez-le et mettez-le cuire sur le gril ou dans le four, comme il est indiqué, puis faites, avec le reste du bœuf bouilli, un hachis pour farcir des pommes de terre, des choux, des artichauts, etc.

3e jour. — Mettez dans trois litres de bouillon en ébullition, du riz, du vermicelle ou des pâtes avec ou sans légume.

Vous aurez préalablement trempé dans un œuf entier bien battu, comme pour faire une omelette, avec du sel et du poivre, les deux autres tranches de langue qui restent ; panez-les dans de la mie de pain ou de la panure et faites-les cuire au beurre frais, comme si c'était des cotelettes panées sans les arroser et servez-les avec le beurre dans lequel elles ont cuit pour qu'elles ne soient pas sèches ; accompagnez-les d'une sauce tartare, remoulade, printanière ou mayonnaise ; faites avec la moitié de la volaille qui reste une blanquette.

Vous ferez en sorte de garder de la veille un peu de hachis du bœuf que vous ajouterez aux rognures de la poule avec un peu de chair à saucisse pour augmenter et bonifier la farce avec laquelle vous pouvez faire des *agnelotti* ou tout autre mets à votre choix.

En suivant de temps en temps cette méthode on peut composer pendant trois jours un dîner qui est peu coûteux et avoir à chaque repas un bouillon consommé.

Bouillon pour les personnes malades.

Mettez dans une marmite en terre ou en fonte émaillée quatre litres d'eau et une tranche maigre pesant deux kilogrammes prise dans la cuisse du bœuf, ainsi qu'un bout de jarret de veau, très-peu de sel, une carotte et une rave pour le rendre plus rafraîchissant et laissez mijoter pendant six heures.

Au bout de ce temps donnez à boire ce bouillon bien dégraissé.

Il faut autant qué possible que la chair de bœuf soit chaude, c'est-à-dire que le bœuf soit saigné le même jour, parce que la viande chaude donne un bouillon qui contient beaucoup plus de sucs et de parties nutritives que la viande qui n'est pas fraîchement saignée.

Vous pouvez encore piler ou hacher le bœuf pour rendre le bouillon plus concentré et y ajouter, si vous le voulez, une laitue échaudée auparavant dans l'eau bouillante pour diminuer son amertume et que vous donnez ensuite à manger au malade avec du beurre frais.

Extrait de bouillon.

Faites ce bouillon de la manière indiquée ci-dessus pour les malades, mais sans piler la viande; mettez deux pieds de veau en plus pour rendre ce bouillon plus en gelée, un peu de colorant et plus de sel, avec les mêmes légumes, excepté la laitue.

Lorsque ce bouillon est passé au tamis et qu'il est un peu refroidi, mettez-le dans des boîtes en fer-blanc ou dans des demi-bouteilles à eau gazeuse et procédez exactement comme pour la conserve de tomates. L'on peut aussi y ajouter les légumes.

Ainsi préparé, cet extrait peut se conserver pendant un an au moins ; il est d'une utilité incontestée, surtout dans les voyages, car, additionné d'un peu d'eau bouillante, il fournit un excellent bouillon à la minute. Ce bouillon étant pris en gelée, il faut avoir la précaution de faire tiédir la bouteille au moment de s'en servir. Lorsque la bouteille est débouchée, le bouillon peut se garder une semaine surtout pendant l'hiver.

Bouillon d'extrait de viande de Liebig.

Faites jaunir dans de la graisse de rognon de bœuf haché, des légumes coupés en tranches et qui entrent dans le pot-au-feu ordinaire.

Lorsqu'ils sont de belle couleur, mouillez avec de l'eau bouillante ; mettez du sel, quelques graines de poivre concassé ; ajoutez plus ou moins d'extrait de viande Liebig, selon que vous voulez le bouillon plus ou moins corsé, laissez cuire et vous aurez au bout d'une heure et demie un bon bouillon qui peut être employé à tous les usages du bouillon ordinaire et qui dispense de mettre le pot-au-feu.

Pot-au-feu dans la marmite norvégienne.

Pour faire ce pot-au-feu, opérez comme pour le bouillon ordinaire ; seulement lorsqu'il est écumé et qu'il est en ébullition, mettez la marmite, hermétiquement fermée avec son couvercle, dans un récipient en ferblanc ou en autre métal, entouré intérieurement d'une assez grande quantité de bourre, de telle façon que le pot-au-feu soit placé et bien serré au milieu et recouvert aussi d'un couvercle rembourré.

Par ce procédé, la vapeur et la chaleur sont comprimées et concentrées et au bout de quatre ou cinq heures, le pot-au-feu est bien cuit *sans feu* n'importe dans quel endroit qu'il soit placé et le bouillon est toujours très-chaud.

Bouillon des sauvages.

On peut aussi faire du bouillon avec le lapin domestique, mêlé avec du lard salé ou du jambon ainsi qu'avec des faisans, des perdrix ou autres espèces de gibiers, mais ce bouillon qui est appelé par les provenceaux et les italiens, le bouillon des sauvages est d'un goût relevé et très-bon, mais il est trop coûteux.

Croûte au pot.

Faites griller des deux côtés, sans les laisser brûler, des tranches de pain émincées ou bien prenez la croûte d'un pain que vous mettez dans une casserole avec assez de bouillon bien gras pour que le pain baigne; laissez gratiner; versez ensuite dans la soupière au moment de servir ce potage du bouillon bouillant si vous le voulez pour l'éclaircir un peu avec ou sans fromage rapé et une pincée de poivre.

Soupe à l'oignon.

Quoique la préparation de la soupe à l'oignon soit chose connue de tout le monde, elle demande à être faite avec soin, car il n'est pas rare de voir servir cette soupe dans laquelle les oignons sont brûlés et la farine pas cuite.

Mettez dans une marmite en fonte non émaillée un fort morceau de beurre frais ou de préférence du beurre cuit ou de la graisse ; ajoutez-y, lorsqu'il est fondu, deux cuillerées de farine et deux gros oignons coupés en tranches de manière à ce que tout nage dans la graisse ; faites cuire à petit feu le tout ensemble, en remuant toujours avec la spatule en bois jusqu'à ce que la farine et les oignons aient acquis une couleur d'un blond un peu foncé, puis mouillez d'un seul trait avec de l'eau froide ou chaude en prenant garde que la vapeur ne vous brûle pas ; remuez pour bien délayer la soupe ; salez à bon goût et laissez bouillir à peine pendant dix minutes.

Dans cette soupe dont la proportion est indiquée pour faire dix litres environ, quelques personnes mettent rissoler une gousse d'ail écrasée en même temps que les oignons et la farine, mais il est préférable de ne l'ajouter que quand la soupe commence à bouillir, parce qu'elle lui donne un goût plus naturel et moins fort.

Quelques cuisinières mouillent la soupe à l'oignon avec du bouillon, c'est assurément une dépense inutile qui rend la soupe moins bonne car le bouillon a un goût qui ne se s'accorde pas avec celui que doit avoir la soupe d'oignon.

Préparez pendant que la soupe bout, des tranches de pain et de fromage de gruyère pas trop fort émincées que vous placez par lits ; versez la soupe avec ou sans les oignons ; quand la soupière est remplie, mettez une pincée de poivre ainsi qu'une couche de fromage rapé qui en formera une couche à la surface, car si le fromage rapé était mis avant que la soupe ne soit trempée, il irait au fond de la soupière.

Cette soupe étant généralement épaisse, il est prudent de servir à part, dans une soupière plus petite, du bouillon d'oignon passé au tamis.

La soupe à l'oignon, ainsi préparée, se fait aussi gratiner dans un plat qui aille sur le feu, pendant dix minutes, à un four chaud.

Potage à l'oignon sans fromage.

Mettez dans la soupière des tranches de pain ou, si vous le préférez, faites-les mitonner dans une casserole pendant une demi-heure.

Vous aurez eu soin de mettre dans la soupière un bon morceau de beurre frais avec un jaune d'œuf et quatre cuillerées à bouche de crême, si vous en avez, ou du lait; délayez peu à peu cette soupe qui ne doit être ni claire ni épaisse, et servez-la avec un peu de poivre blanc ou de noix muscade, si c'est votre goût.

On peut encore faire avec le bouillon d'oignon, passé ou non au tamis, un potage au tapioca avec peu ou pas de farine qui serait remplacé par le tapioca qui épaissit beaucoup.

Vous pouvez aussi le faire seulement avec les oignons et le mouiller avec du lait que vous servez avec ou sans les oignons.

Potage maigre aux choux.

Mettez dans une marmite des pommes de terre coupées en quatre, des carottes rapées, hachées ou coupées comme si c'était des petits pois fins, un peu de sel et de l'eau froide ou bouillante ; faites bouillir à grand feu ; lorsque les pommes de terre sont cuites, écrassez-les sur l'écumoire avec une fourchette, de manière à en former une purée ; coupez ensuite en filets très-fins des feuilles de choux que vous choisirez tendres et vertes ; jetez dessus un peu d'eau bouillante pour leur enlever le goût de fort, si vous le jugez nécessaire, et mettez-les cuire dans le potage ; ajoutez, au moment de servir, un morceau de beurre bien frais pour rendre ce potage plus lié, plus adouci et qui doit ressembler à une purée blanche teintée par les choux et les petites carottes.

Servez ce potage avec des tranches de pain coupées en tranches minces, grillées ou non grillées, et une pincée de poivre blanc.

C'est une des meilleures manières de servir le potage maigre aux choux. L'on pourrait aussi, dans la saison, y ajouter des petits pois fins ou des pointes d'asperges.

Potage de choux au gras.

Faites le potage comme le précédent, avec du bouillon ou de l'eau et de la graisse, afin qu'elle cuise avec les légumes. Faites mitonner du pain de ménage ; ajoutez au moment de servir un peu de poivre et du jus si vous en avez.

Pour certaines personnes, ce potage est un vrai régal, lorsque dans la soupière on a disposé par lits du fromage de gruyère émincé ou du parmesan rapé.

Les potages aux choux maigres et gras peuvent se passer au tamis mais avant d'y mettre les choux, pour rendre la purée plus lisse, plus finie et plus onctueuse.

Soupe aux choux au jambon.

Mettez dans une marmite un kilogramme de bœuf et autant de jambon cru que vous faites écumer sans sel dans huit à dix litres d'eau froide ; ajoutez, à moitié cuisson, beaucoup de feuilles de choux bien lavées et sans côtes ainsi que du lard salé et quelques gousses d'ail hachées ensemble très-finement ; laissez achever la cuisson à petit feu ; vous pouvez aussi ajouter en même temps que les choux, de grosses fèves de marais, moins leur peau.

Un quart d'heure avant de servir la soupe, mettez dans un plat qui aille sur le feu des tranches émincées de pain de ménage et faites gratiner cette soupe à un four chaud pendant dix minutes.

Dressez le jambon et le bœuf entouré des fèves et des choux.

La soupe aux choux peut être simplifiée en ne mettant pas de bœuf mais simplement un peu de jambon ou de lard salé gras et maigre, coupés par tranches émincées que vous faites revenir auparavant dans la poële, avec peu ou pas d'ail ni de sel, parce que le jambon est déjà salé.

Garbure au choux.

La garbure se prépare exactement comme le précédent, mais à la place du bœuf et du jambon il faut mettre un ou deux quartiers d'oie ou de canard confits, un cervelas ou de bonnes saucisses. Vous faites ensuite gratiner la garbure à laquelle vous ajoutez du poivre avec tous les légumes et assez de tranches de pain de ménage, pour qu'elle soit épaisse, puis vous la servez dans le plat où elle est gratinée en ayant soin de dresser au milieu les quartiers d'oie ou de canard et le cervelas coupé en tranches à l'entour en forme de couronne.

Panade.

Mettez dans une casserole du pain *grissin* ou la croûte d'un pain ordinaire brisé en morceau avec du sel et de l'eau, de manière à en faire un potage assez lié ; laissez cuire une demi-heure au moins, préparez dans une soupière deux jaunes d'œufs, une goutte de lait et un bon morceau de beurre extra-frais ; délayez peu à peu ce potage qui convient bien aux enfants.

Vous pouvez également y ajouter dans la soupière quelques feuilles d'oseille hâchée.

Soupe aux poiraux.

Faites frire dans le beurre ou la graisse des poiraux coupés en morceaux, mouillez avec de l'eau, du sel, et du poivre, laissez cuire un tour et versez sur le pain.

Potage aux herbes.

Hachez des fines herbes ; laissez-leur faire quelques bouillons dans l'eau salée, mettez dans la soupière un bon morceau de beurre bien frais, avec ou sans jaunes d'œufs pour lier le potage; délayez peu à peu et servez avec des tranches de pain coupées très-minces et grillées.

Quelques personnes ne font pas bouillir les fines herbes et les mettent simplement dans la soupière, mais il faut, dans ce cas, que l'eau salée soit bouillante.

Soupe aux herbes.

Mettez dans une marmite de l'eau, du sel et indistinctement du beurre frais ou cuit ou de la graisse et des pommes de terre coupées en quatre que vous écrasez grossièrement lorsqu'elles sont cuites ; ajoutez ensuite les fines herbes hachées ; laissez-leur faire quelques bouillons et servez avec des tranches de pain grillées ou non grillées.

Cette soupe peut se faire d'une façon plus ménagère en mettant le pain en même temps que les fines herbes pour lier.

On pourrait aussi, pour la rendre plus corsée et plus relevée, ajouter un peu de poivre, du beurre frais ou une pochée de bon jus et du fromage rapé.

Potage rafraîchissant.

Mettez dans une marmite des raves coupées en tranches partagées, quelques feuilles d'épinards et d'oseilles avec un morceau de beurre ; faites revenir ces légumes sans les laisser roussir ; mouillez ensuite avec de l'eau, un peu de sel ; laissez cuire et au moment de servir ajoutez à ce potage un bol de lait ; trempez-le avec des tranches de pain grillées, et relevez-le avec du poivre ou de la noix de muscade, selon votre goût.

Potage printanier.

Mettez dans une marmite des pommes de terre coupées en quatre avec de l'eau et du sel, lorsqu'elles sont cuites, passez-les au tamis, à la passoire, ou écrasez-les finement sur l'écumoire à l'aide d'une fourchette ; ajoutez ensuite à la purée des pointes d'asperges coupées en petits pois, des haricots verts partagés et coupés en morceaux ainsi que des petits pois frais ; laissez cuire le tout ensemble ; un instant avant de servir le potage, liez-le avec un respectable morceau de beurre extra-frais ; goûtez s'il est à bon goût de sel et servez sans pain.

Ce potage est délicat et très estimé.

Potage à la Crécy.

Mettez dans une marmite de l'eau, du sel, beaucoup de carottes, des oignons, deux navets ou raves, quelques pommes de terre et, si vous le voulez, un bouquet de cerfeuil et de thym, quelques os, des débris de viande crue ainsi qu'un peu de poitrine de lard; retirez, quand les légumes sont cuits, les os, le lard et le bouquet; passez ces légumes à la passoire ou de préférence au tamis ou à l'étamine; éclaircissez cette purée avec de l'eau ou du bouillon, puis ajoutez à cette purée quelques poignées de riz, écume glacée, première qualité; laissez cuire à petit feu pendant une demi-heure au moins. Vous pouvez ajouter à ce potage une pochée de bon jus ainsi qu'une pincée de poivre pour le relever et le rendre plus corsé.

Crécy au maigre et aux croûtons.

Ce potage se fait exactement comme le précédent moins les substances grasses.

Lorsque la purée est achevée, vous la faites seulement chauffer sur un bon feu, en tournant toujours avec la spatule en bois, sans la laisser bouillir, car autrement elle s'éclaircirait; ajoutez, pour la lier, un bon morceau de beurre frais, un peu de poivre et servez le potage avec des croûtons de pain coupés en petits carrés et frits dans le beurre frais.

Si le potage n'était pas servi sur le champ, il

6

faudrait le tenir au chaud dans le bain-marie, en ayant soin de le remuer de temps en temps, pour empêcher qu'une peau se forme à sa surface.

Potage à la Conti.

Mettez dans une marmite de l'eau froide, du sel, des haricots blancs, des carottes coupées en petits pois, un peu de lentilles, du jambon cru coupé très-mince, un bouquet de thym et de laurier attachés que vous enlèverez au moment de servir ; laissez cuire comme et aussi longtemps que le pot-au-feu ; écrasez-le un peu quand il est cuit, si vous le voulez, pour lier le potage ; ajoutez assez de poivre blanc ou de celui de Cayenne et un bon morceau de beurre bien frais lorsque le potage est dressé dans la soupière et servez sans pain.

Soupe au céleri.

Mettez dans une marmite à l'eau froide, du sel, des haricots blancs et des carottes coupées grosses comme des petits pois ; quand ces légumes sont assez cuits, laissez-les entiers ou passez-les au tamis, ou écrasez-les simplement ; ensuite faites revenir dans assez de beurre ou de la graisse, des branches ou des pieds de céleri coupés en petits dés ; lorsque le céleri est presque cuit, ajoutez des croûtons de pain que vous laissez jaunir, le tout ensemble.

Jetez ensuite dans la purée ; laissez faire un tour et servez cette soupe avec assez de poivre blanc ou de celui de Cayenne, selon votre choix.

Soupe à la bretonne.

Mettez dans une marmite à l'eau froide, du sel, des haricots blancs, des carottes partagées en deux, ainsi que du jambon cru haché très-mince ; laissez cuire comme le pot-au-feu.

Au moment de servir, ajoutez un peu de cerfeuil ou de persil haché, et dressez cette soupe sans pain.

Soupe à la savoyarde.

Mettez dans une marmite de l'eau et du sel.

Lorsqu'elle bout, ajoutez toutes espèces de légumes ainsi que des choux, si vous le voulez, et faites-la cuire à grand feu ; lorsque tous ces légumes sont cuits, écrasez-les sur l'écumoire avec une fourchette, puis mettez mitonner dans cette soupe, pendant dix minutes, assez de tranches de pain de ménage coupées minces, pour qu'elle soit un peu épaisse ; ensuite vous ajoutez, lorsqu'elle est trempée dans la soupière, un respectable morceau de beurre de montagne qui a le goût de noisette, ainsi que du fromage émincé ou rapé et un peu de poivre.

Cette soupe se sert aussi légèrement gratinée pendant dix minutes dans un four chaud.

Potage à la flamande.

Mettez dans une marmite de l'eau, du sel avec des navets, des pommes de terre, des châtaignes préparées, c'est-à-dire échaudées à l'eau bouillante pour en enlever la peau et de la croûte de pain ; laissez cuire le tout ensemble de manière à en faire une purée ; goûtez si le potage est à bon goût de sel ; ajoutez au moment de servir une pincée de poivre blanc ou de celui de Cayenne, du cerfeuil haché et un bon morceau de beurre frais.

Soupe de pois à l'anglaise.

Faites une purée de pois verts concassés que vous mettez cuire, après les avoir bien lavés, dans une marmite avec de l'eau froide et du sel.

Faites aussi cuire à part et à petit feu dans du beurre des concombres épluchés, lavés et coupés par tranches minces, ainsi que le cœur de quelques laitues, et du sel ; quand ces légumes sont cuits aux trois quarts, ajoutez-y des petits pois fins et une demi-douzaine de petits oignons, gros comme des noisettes, un bouquet de cerfeuil ou de persil ; finissez de cuire le tout et versez ces légumes dans la purée bouillante, en ayant soin d'enlever le bouquet de cerfeuil ou de persil ; goûtez si la soupe est à bon goût de sel et servez-la avec des tranches de pain coupées très-minces.

Potage à la purée de pois verts.

Faites ce potage avec des pois verts secs concassés, bien lavés, mêlés avec des pommes de terre, si vous le voulez, que vous mettez cuire dans de l'eau froide avec du sel, puis, lorsque la purée sera passée au tamis, vous y ajouterez, à votre choix, du riz, ou de fins macaronis ou du vermicelle, que vous laissez cuire plus ou moins de temps, selon la nature de pâtes que vous aurez employée ; servez ce potage avec un bon morceau de beurre frais, du poivre et du fromage rapé.

Vous pouvez remplacer les pâtes par des croûtons de pain frits dans le beurre.

Potage à la courge ou au potiron au lait.

Lavez quelques poignées de riz ; faites-le ensuite crever dans assez de lait sucré pour en faire un potage ; faites cuire séparément la courge ou le potiron coupé en morceaux, moins l'écorce, les pepins et l'intérieur, avec un peu d'eau, du sel et du beurre bien frais ; passez ensuite à la passoire ou au tamis de préférence pour en enlever tous les filaments et mélangez cette purée avec le riz au lait que vous laissez chauffer sans bouillir. Ce potage doit ressembler à une crême.

Soupe de courge ou de potiron au gras.

Mettez dans une marmite indistinctement du beurre frais ou fondu, de la graisse ou de l'huile, la courge ou le potiron ainsi que deux gros oignons coupés en petits morceaux et une cuillerée à bouche de farine ; faites jaunir le tout ensemble à petit feu ; mouillez ensuite avec du bouillon ou à défaut avec de l'eau ; laissez cuire une demi-heure ; au moment de servir, ajoutez-y un peu de jus de rôti ; goûtez si la soupe est à bon goût de sel et servez avec des tranches de pain et assez de poivre pour la relever.

Si vous voulez que cette soupe soit plus finie et ressemble à une purée, il faut la passer au tamis.

Potage julienne au gras.

Coupez en filets très-fins des pommes de terre, carottes, raves, céleri, choux; faites revenir tous ces légumes dans une casserole avec du beurre frais; cette opération terminée, finissez de les faire cuire, si vous le voulez, dans un four chaud en ayant soin de couvrir la casserole; au moment de servir, versez le bouillon sur les légumes; faites bouillir un instant à très-petit feu, afin que le potage soit limpide; servez la julienne avec des croûtons de pain frits dans le beurre frais ou avec des œufs pochés.

L'on peut ajouter à ce potage, selon la saison, des pointes d'asperges, des haricots verts, des petits pois, une laitue à la place des choux, et autres légumes.

Il est essentiel pour faire une bonne julienne que les légumes soient coupés le plus finement possible. On vend du reste chez les marchands quincailliers des moules à julienne très-propices pour rendre ce potage plus vite préparé et les légumes coupés d'une façon plus régulière.

Potage julienne au maigre.

Faites ce potage exactement comme le précédent, excepté que lorsque les légumes sont légère-

ment jaunis dans le beurre, vous le mouillez avec
de l'eau simple et du sel ou de préférence avec l'eau
de haricots. Laissez cuire à petit feu et servez avec
des croûtons frits dans le beurre que vous mettez
au moment.

Potage Saint-Germain.

Faites une purée passée au tamis ou à l'étamine
avec des pois verts concassés que vous aurez bien
lavés et que vous aurez mis cuire à l'eau froide
avec du sel; ensuite ajoutez à cette purée, lorsqu'elle est passée, quelques feuilles d'oseille coupées à l'emporte-pièce, c'est-à-dire ayant la forme
ronde; laissez-les cuire un tour, puis liez ce potage avec du beurre bien frais et servez-le avec
des croûtons frits dans le beurre et une pincée de
poivre.

Potage solferino.

Coupez grosses comme des noisettes, des raves et
des carottes avec un moule rond destiné à cet
usage; faites revenir les légumes indistinctement
dans le beurre frais ou cuit, de la graisse ou de
l'huile, du sel; mouillez avec du bouillon ou de
l'eau, puis ajoutez une purée de tomates, de sorte
que le potage ne soit pas trop lié; joignez-y une
gousse d'ail écrasée; laissez cuire et servez ce potage avec du poivre ordinaire ou de celui de
Cayenne et des croûtons de pain frits dans le
beurre et du fromage rapé, si c'est votre goût.

Potage à la reine.

Mettez dans une casserole du bon lait que vous faites bouillir avec un parfum de vanille ou de fleur d'oranger et très-peu de sel ; mettez aussi dans la soupière trois jaunes d'œufs et autant de cuillerées à bouche de sucre en poudre ; tournez avec la spatule en bois jusqu'à ce que les jaunes d'œufs soient devenus pour ainsi dire blancs et épaissis.

Versez peu à peu de ce lait bouillant en tournant toujours afin d'éviter que les jaunes tranchent ; servez ce potage avec des tranches de pain émincées et grillées.

Potage à la reine au gras.

Mettez dans une casserole un jeune poulet avec un demi-kilogramme environ de riz bien lavé ; mouillez avec du bouillon ou si vous n'avez pas de bouillon avec de l'eau et du jus peu coloré.

Lorsque le poulet est cuit, sortez-le de la casserole, enlevez les blancs que vous coupez en petits dés ; remettez le reste du poulet dans la casserole ; laissez cuire à petit feu jusqu'à ce que le riz et le poulet puissent passer au tamis ; cette opération terminée, pilez le tout ensemble dans le mortier ; mouillez de temps en temps pour faciliter la purée à passer plus lestement ; éclaircissez le potage toujours avec du bon consommé, comme si c'était pour faire une purée ordinaire, ensuite remettez-le sur le feu en ayant soin de le remuer avec la spatule en bois, sans le laisser bouillir ; servez ce potage bouillant avec les blancs de poulet, une pincée de poivre pour relever et des croûtons frits dans le beurre.

Potage à la renaissance.

Procédez exactement comme pour celui à la reine, mais il ne faut pas mettre de riz, c'est-à-dire faire la purée avec de la volaille seule ; vous ajouterez à ce potage des petits pois fins et des carottes coupées avec un petit moule de la grosseur des petits pois, que vous aurez fait cuire à part dans le beurre frais avec un peu de sel, sans les arroser et lorsqu'ils sont cuits, versez-les dans la purée peu liée, servez avec des croûtons de pain frits dans le beurre.

Ce potage est très-apprécié dans les dîners de cérémonie.

Soupe de gruau d'orge, de blé, de nonnette granulé.

Mettez dans une marmite de l'eau froide, du sel et des gruaux bien lavés et égouttés avec quelques pommes de terre coupées en filets ou laissées entières, puis écrasées, lorsqu'elles seront cuites ; laissez cuire aussi longtemps que le pot-au-feu ; ajoutez à moitié cuisson deux cuillerées à bouche de farine de froment ou de maïs délayées dans un peu d'eau froide, du beurre ou de la graisse.

Servez cette soupe ménagère avec un peu de poivre et pas de pain.

Quelques personnes y ajoutent du lait au moment de la servir. Dans ce cas on peut se dispenser de mettre des pommes de terre et les remplacer par de petites fèves, des pois chiches ou des haricots blancs, cuits la veille à l'eau.

Potage aux œufs pochés.

Ayez du bon bouillon concentré; s'il ne l'est pas assez, faites-le réduire pour le rendre plus corsé; ajoutez des carottes et des navets cuits dans le pot-au-feu, coupés en petits dés; ensuite pochez autant d'œufs qu'il y a de convives et lorsqu'ils sont bien égouttés, mettez-les avec précaution dans la soupière et versez par-dessus le bouillon très-chaud ainsi que les légumes, mais pas de pain.

Ce potage est fort délicat et très-apprécié dans les dîners de cérémonie.

Potage de riz au coulis de tomate.

Faites revenir indistinctement dans le beurre frais ou cuit, de la graisse ou de l'huile d'olive sans goût, quelques poignées de riz, écume glacée, sans le laver; mouillez avec de l'eau et du sel; laissez cuire à petit feu avec de la tomate en purée pendant une demi-heure au moins afin que le riz reste craquant sans être résistant; au moment de servir ajoutez un peu de jus pour fortifier le potage et du poivre, si vous le voulez, mais pas de pain.

Ce potage doit ressembler à une purée un peu claire; vous pouvez aussi procéder d'une autre manière en lavant le riz et en ne le faisant pas revenir dans le beurre, mais alors ajoutez, au moment de le servir, un bon morceau de beurre frais.

Potage de riz au maigre.

Mettez dans une marmite de l'eau, du sel, des pommes de terre coupées en quatre, du beurre ou de la graisse. Lorsque les pommes de terre sont cuites, écrasez-les sur l'écumoire avec une fourchette ; mettez ensuite le riz bien lavé que vous laissez plus ou moins cuire, selon votre goût. Servez ce potage sans pain.

Potage de macaronis au maigre.

Mettez à l'eau de sel bouillante de fins macaronis ; laissez-les cuire une demi-heure et faites en sorte que le potage soit épais, puis versez-le dans la soupière avec un respectable morceau de beurre extra-frais, du poivre et assez de fromage de gruyère rapé ou émincé ; mêlez le tout ensemble pour rendre le potage onctueux et servez-le bouillant.

On peut ajouter dans ce potage deux cuillerées à bouche de tomates en purée mises en même temps que le macaroni ainsi qu'une pincée de poivre blanc.

Potage de macaronis au maigre.

Mettez dans une casserole du bouillon ; attendez qu'il soit en ébullition pour y mettre de fins maca-

ronis ; laissez mijoter pendant une demi-heure ;
servez ce potage un peu épais avec moitié fromage
parmesan et moitié gruyère rapés mis dans la soupière ou sur une assiette à part.

Potage aux lasagnes.

Hachez ou coupez en filets très-fins des pommes
de terre ; mettez-les cuire dans de l'eau et du sel
ou du bouillon en ébullition, avec des lasagnes
grosses ou petites, selon votre choix ; laissez mijoter une demi-heure au moins ; servez ce potage
de ménage sans pain avec du fromage rapé et une
pochée de bon jus, s'il est au gras, ou un morceau
de bon beurre frais, s'il est au maigre.

Potage aux nouilles.

Mettez dans une marmite de l'eau, du sel avec
des pommes de terre ; lorsqu'elles sont cuites passez-les au tamis, à la passoire ou écrasez-les finement. Vous aurez préparé des nouilles coupées pas
trop longues ; faites-les blanchir pendant cinq minutes dans de l'eau et du sel ou du bouillon en ébullition ; versez-les ensuite dans la purée avec l'eau ou
le bouillon dans lequel elles ont cuit pour en faire
un potage pas trop lié ; servez-le bouillant sans
pain avec une assiette à part de fromage de gruyère
et du cerfeuil haché où chaque convive peut en
user si cela lui convient.

L'on peut remplacer les pommes de terre par
une purée de haricots blancs et les nouilles par

de gros fidés et y ajouter une pochée de bon jus
si le potage est au gras, ou du beurre frais, s'il est
au maigre.

Potage au tapioca, au sagou ou à la semoule.

Ces potages peuvent se faire indistinctement au
bouillon, à l'eau ou au lait ; jetez en pluie lorsque
le bouillon est en ébullition, quelques petites poignées, pas d'une manière superflue, car le tapioca,
la semoule et le sagou épaississent beaucoup ; laissez cuire pendant dix minutes ; servez sans pain le
tapioca principalement.

Lorsque ces potages sont préparés avec de l'eau,
il faut mettre du beurre frais et du sel, s'ils sont
au lait, on peut y ajouter du sucre ainsi qu'une
liaison de jaunes d'œufs, et s'ils sont au bouillon,
l'on peut y mettre des carottes et des navets cuits
dans le pot-au-feu, coupés en petits pois.

Soupe à la farine de froment ou de maïs.

Mettez dans une marmite de l'eau et du sel;
lorsqu'elle bout, mettez en pluie la farine de maïs,
en la délayant toujours avec la cuillère à potage,
afin qu'elle ne soit pas en grumeaux.

Laissez-la cuire une demi-heure en remuant de
temps en temps pour qu'elle ne s'attache pas à la
marmite et, au moment de servir, ajoutez un bol de
lait, du beurre bien frais, des tranches de pain coupées très-minces, ainsi qu'un peu de poivre pour

relever cette soupe qui doit être épaisse comme une purée ordinaire.

L'on peut remplacer le lait dans la soupe de maïs par du fromage de gruyère émincé ou rapé.

Soupe à la farine et à la fécule.

Mettez dans une marmite de l'eau et du sel ; lorsqu'elle est en ébullition ajoutez-y, pour une soupe ordinaire, deux cuillerées à bouche de farine ou de fécule délayée dans de l'eau froide ; procédez exactement comme pour la soupe de maïs.

L'on peut ajouter dans cette soupe du sucre vanillé ou de la fleur d'oranger, surtout dans celle de fécule au lait et une liaison de jaune d'œufs.

Potage de gruau à l'italienne.

Mettez sur la planche à hacher ou sur le tour à pâte une livre de farine ; faites un creux au milieu, cassez-y cinq œufs entiers et mettez du sel ; hachez avec le couteau jusqu'à ce que la farine et les œufs soient bien mêlés et que la pâte soit assez ferme pour former de petits gruaux bien séparés.

Jetez-les en pluie dans du bouillon en ébullition ou à défaut dans de l'eau, du sel et du beurre frais ; laissez cuire une demi-heure ; servez ce potage sans pain avec du fromage rapé.

L'on peut ajouter à ce potage un bol de lait quand il est cuit à l'eau, mais il doit être servi sans fromage.

Ce potage très-nourrissant, peu coûteux et très-facile à faire convient beaucoup aux enfants.

Potage russe aux quenêfes.

Préparez la même pâte que celle ci-dessus pour les gruaux à l'italienne, seulement ajoutez-y beaucoup de poivre; pétrissez-la fortement et faites les quenêfes de la grosseur d'une petite noix ; ensuite mettez-les blanchir dans du bouillon en ébullition ou à l'eau de sel pendant dix minutes ou un quart d'heure ; au bout de ce temps sortez les quenêfes avec l'écumoire et mettez-les avec précaution dans du bouillon consommé, c'est-à-dire très-fort, et servez.

L'on peut ajouter à ce potage, selon sa volonté, des œufs pochés.

Potage tortue.

On n'a pas toujours de tortue sous la main pour faire ce potage, mais on la remplace par la tête de veau blanchie et bien préparée, dont la chair est à peu près de même nature.

Faites un roux avec du beurre et du jambon cru un peu gras, première qualité, coupé en petits dés, avec deux cuillerées de farine, de façon que la farine baigne dans le beurre, en ayant soin de remuer continuellement avec la spatule en bois jusqu'à ce que la farine ait acquis une teinte marron clair ; mouillez ensuite avec de l'eau ; ajoutez du sel, des échalotes hachées, un bouquet garni que vous enlèverez au moment de servir, ainsi que la tête de veau, déjà cuite à moitié dans de l'eau, du sel et des aromates, coupée en petits carrés, ou, ce qui est préférable, coupée avec l'emporte-pièce rond, de la grosseur d'une pièce de un franc ; laissez mijoter le tout pendant près de deux heures.

Mettez, au moment de servir ce potage, un petit verre de madère ou de fine champagne, une forte dose de poivre de Cayenne et une pochée de bon jus pour le rendre plus corsé.

Servez ce potage qui doit être moelleux et avoir la consistance d'un coulis.

L'on peut encore ajouter à ce potage, pour le rendre plus fini, de la langue écarlate coupée comme le jambon et mise en même temps que la tête de veau, ainsi que des blancs d'œufs cuits durs coupés comme la tête de veau et des quenelles de viande grosses et rondes comme des noisettes, blanchies à l'eau de sel, que vous ajoutez au moment de servir.

Vous pouvez, si vous le jugez nécessaire, passer le roux, quand il est mouillé, au tamis ou à l'étamine, pour rendre ce potage plus lisse et plus onctueux.

Potage mock turtle.

Ce célèbre potage dont les Anglais sont si friands, se prépare comme le potage à la tortue, mais d'une manière plus simplifiée où l'on peut même remplacer la tête par les pieds de veau.

Potage à la bisque d'écrevisses.

Mettez dans une marmite quelques poignées de riz, écume lavée, une croûte de pain et du bouillon;

laissez cuire jusqu'à ce que le riz puisse passer au tamis.

Pendant ce temps préparez les queues bien parées de deux douzaines d'écrevisses au moins, cuites à l'avance de la façon ordinaire ; d'un autre côté, préparez aussi la carapace, soit la coquille principale, de sorte qu'il ne reste rien dans l'intérieur ; coupez les barbes à moitié, puis remplissez, à l'aide d'un couteau, chaque carapace de la farce de quenelles de viande que vous faites]blanchir à l'eau de sel bouillante pendant cinq minutes ; puis retirez et tenez-les au chaud avec les queues dans un peu de bouillon ; vous aurez également préparé du beurre d'écrevisses, comme il est indiqué en son lieu.

Cette opération terminée, passez le riz au tamis en l'éclaircissant peu à peu avec du bouillon, de manière à en faire une purée qui ait de la consistance ; remettez le potage sur le feu, ajoutez-y une pochée de bon jus pour le rendre plus corsé, les carapaces et les queues, ainsi que le beurre d'écrevisses et une bonne dose de poivre de Cayenne ; goûtez s'il est à bon goût de sel ; laissez-le chauffer jusqu'à ce qu'il soit sur le point de bouillir, en ayant soin de le remuer avec la spatule en bois pour le rendre plus lisse et empêcher qu'il ne s'attache au fond de la casserole ; versez-le dans la soupière dans laquelle il y aura des petits croûtons de pain coupés en petits carrés très-fins et frits dans le beurre frais.

Ce potage, qui doit avoir une teinte rosée, est très-recherché et très-estimé.

On peut préparer ce potage plus simplement en mettant cuire tout ensemble dans le bouillon le riz, la croûte de pain et les écrevisses, mais il faut que ces dernières aient été cuites à l'avance et que les queues en soient retirées.

Lorsque le tout est bien cuit, égouttez le bouillon et pilez très-finement dans le mortier le riz et les écrevisses, puis passez cette purée au tamis, éclaircissez-la avec le bouillon et procédez exactement comme pour le précédent en n'y mettant que les queues d'écrevisses et le pain frit dans le beurre, ainsi qu'une cuillerée à bouche de sauce tomate, dans le cas où le potage ne serait pas assez rosé.

Soupe à la bécasse.

Faites cuire à petit feu et à l'étouffée dans une casserole une bécasse sans être vidée, plutôt fraîche, deux ou trois grives ou d'autres gibiers de la même chair avec assez de beurre, du sel et un peu de lard salé, le tout sans être arrosé.

Mettez en même temps dans une autre casserole deux poignées de riz pour lier seulement la soupe; laissez-le cuire assez de temps dans du bouillon pour qu'il puisse passer au tamis.

Lorsque la bécasse est cuite, laissez-la un peu refroidir et sortez-en les filets que vous coupez en petits dés ou, si vous le préférez en tranches émincées de la grosseur d'une pièce de un franc.

Quand cette opération est terminée, pilez dans le mortier très-finement, c'est-à-dire en pâte, ce qui reste de la bécasse, les grives et le lard. Lorsque le tout est bien pilé, mettez le riz; repilez de nouveau; éclaircissez avec un peu de bouillon comme pour faire une purée ordinaire, puis passez cette purée au tamis de sorte qu'il ne reste que les os, à l'aide d'une pochette en bois ou en fer. Faites aussi frire dans la poële étamée des croûtons de pain coupés en petits carrés très-fin avec une partie du jus-graisse où a cuit la bécasse et mettez-les dans la soupière que vous tenez au chaud à la porte du four; ensuite détachez le surplus de ce jus-graisse qui est resté adhéré à la casserole avec un peu de bouillon, faites bouillir un tour et joignez-le à la purée; ajoutez ensuite à la purée les filets de bécasse; goûtez s'il est à bon goût et finissez ce potage en le mettant sur le feu et en le remuant jusqu'à ce qu'il soit sur le point de bouillir et servez-le dans la soupière avec des assiettes chauffées.

Ce potage ainsi préparé, peut être présenté devant huit convives et est très-recherché dans les dîners de cérémonie.

Quelques cuisinières relèvent ce potage avec une goutte de madère, mais il est préférable de le déguster après, car la soupe à la bécasse ne doit avoir aucune analogie avec le salmis qui a une couleur plus foncée et le goût d'une purée de gibier plus concentré, plus parfumé et plus condimenté.

Potage au lièvre.

Lorsqu'il reste des os et des débris d'un lièvre rôti, on en détache quelques morceaux que l'on coupe en tranches émincées ou en petits dés; ensuite pilez fortement ce qui reste avec un peu de jambon cru un peu gras, première qualité, deux échalotes, une poignée de chapelure ou une pincée de farine pour lier; mettez dans une casserole ce que vous venez de piler aussi fin que si c'était pour la soupe à la bécasse; mouillez avec du bouillon; laissez cuire à petit feu pendant une heure; au bout de ce temps, passez cette purée au tamis à l'aide de la cuillère à potage, puis remettez ce potage sur le feu; ajoutez un verre à liqueur de madère ou de bon cognac, assez de poivre ordinaire ou de celui de Cayenne, les tranches émincées du lièvre, une pochée de jus de rôti assez gras afin que ce potage ne ressemble pas à du chocolat; goûtez s'il est à bon goût de sel; dressez ce potage lorsqu'il est sur le point d'ébullition, dans la soupière où vous aurez mis des croûtons de pain frits dans le beurre frais et servez bouillant avec des assiettes chauffées.

Ce potage qui est peu coûteux remplace quelques fois la soupe à la bécasse; on peut aussi joindre aux débris du lièvre quelques petits oiseaux cuits pour donner au potage un goût plus fin.

Potage à la purée de poissons.

Prenez les poissons à chair ferme de préférence; après qu'ils auront été nettoyés, faites-les cuire, dans l'eau ou dans du bouillon avec un bouquet garni, un oignon piqué de clous de girofle, de l'ail et du sel.

Laissez cuire une demi-heure ; au bout de ce temps, sortez le poisson ; enlevez toutes les arêtes et ne gardez que la chair ; passez le bouillon au tamis et remettez le tout sur le feu en y ajoutant une petite pincée de safran ainsi qu'un peu de piment pour le relever ; laissez encore cuire un quart-d'heure et servez ce potage avec des croûtons de pain frits dans le beurre ou dans l'huile.

Ce potage peut aussi être passé au tamis et être servi comme une purée ordinaire, garni de queues d'écrevisses ou de crevettes ou de tranches de homard coupées très-minces, mises au moment de dresser le potage.

Potage à la bouille-abaisse.

Mettez dans une casserole en fonte émaillée ou en terre environ deux kilogrammes de poissons de mer très-frais, de ceux qui ont la chair la plus ferme, tels que rouget, homard, sole, anguille, rascas, etc. ; coupez-les en morceaux après les avoir bien nettoyés et faites-les revenir dans assez d'huile d'olive de première qualité et du sel.

Mouillez ensuite avec de l'eau, ajoutez-y un bouquet de thym et de laurier, de l'ail, du poivre ordinaire ou de Cayenne, quelques tranches d'orange amère ainsi qu'un peu de safran et un oignon piqué de clous de girofle ; laissez cuire une demi-heure à peine.

Pendant ce temps mettez au fond d'un grand plat creux des tranches de pain assez épaisses, grillées ou non grillées. Dressez le poisson en couronne, puis versez le bouillon, passé au tamis, par-dessus la bouille-abaisse, et laissez-un instant ce potage à la porte du four pour tremper le pain.

Faites ensuite lestement sauter, sur un feu bien allumé, dans de l'huile, une demi-douzaine de tomates sans leurs pepins ; ajoutez-y poivre, sel et deux gousses d'ail écrasées et servez les tomates au milieu.

La bouille-abaisse qui est un mets tout méridional, est appelé national par les Marseillais.

L'on peut aussi la faire d'une manière plus simplifiée en prenant une casserole, en véritable terre cuite de Marseille ; mettez environ deux litres d'eau et laissez-la bouillir ; prenez des poissons de mer bien nettoyés et destinés spécialement à cet usage, puis mettez-les dans l'eau bouillante avec du sel, du poivre, de l'ail, du safran, des feuilles de laurier, du thym, un oignon piqué de clous de girofle et un demi-verre d'huile d'olive surfine ; laissez cuire à petit feu quinze à vingt minutes.

Prenez ensuite un grand plat creux ou une soupière ; coupez en tranches épaisses du pain, versez le bouillon seul, c'est-à-dire sans le poisson ni les haut goûts, servez

Le poisson se sert à part avec une sauce à votre choix.

L'on peut aussi faire la bouille-abaisse avec les poissons d'eau douce, tels que : perches, anguilles, brochets, tanches, carpes, têtards et autres poissons à chair ferme, en procédant comme pour la bouille-abaisse de poissons de mer et mettre du beurre à la place de l'huile.

CHAPITRE VII.

NOTIONS SUR LES JUS COULIS, GLACES ET SAUCES.

Lorsque pour un dîner de cérémonie on veut préparer des mets plus corsés et plus relevés, on fait à l'avance du bouillon, du coulis ou de la sauce espagnole ; seulement pour une cuisine de tous les jours, elle serait trop échauffante et deviendrait trop coûteuse et nous croyons qu'en la préparant simplement et avec soin elle sera préférable comme hygiène, car chaque viande possède assez de sucs et de parties nutritives pour se suffire.

Nous ne donnerons pas la méthode à suivre de ce que l'on dénomme les grandes sauces, qu'il est impossible d'aborder à cause de leur prix élevé et où il n'entre que des volailles, perdrix, noix de veau entières, sans qu'elles paraissent sur la table; nous nous bornerons à citer les trois choses essentielles pour la composition d'une bonne sauce, et qui sont :

1° Le beurre extra-frais ou l'emploi de l'huile, de la graisse de cochon bien préparée ou celle d'oie ou de canard, selon les pays ;

2° Les assaisonnements employés en quantité suffisante, proportionnés et combinés d'une manière convenable et mis avec modération;

3° La liaison de jaunes d'œufs qui donnent aux sauces blanches un brillant qui les adoucit et les améliore.

On peut aussi les dégraisser, mais cette opération ne s'applique guère qu'aux sauces rousses, parce qu'il faut au contraire lier les sauces blanches avec du beurre de table, c'est-à-dire, un beurre fin, de première qualité, qui a un goût de noisette et qui rend les sauces savoureuses.

Les sauces passées au tamis ou à l'étamine ou, à leur défaut, dans un linge peu serré que vous aurez eu soin de mouiller auparavant dans l'eau fraîche pour en enlever le goût de la lessive, sont plus lisses, plus onctueuses et sont d'un nerveux plus corsé que les sauces qui n'ont pas subi cette opération.

Il arrive parfois que le beurre vient à la surface et que la sauce ressemble à une sauce tranchée ; il suffit pour la remettre dans son état naturel, d'y ajouter une goutte d'eau, de bouillon ou de vin selon la nature de la sauce et de la remettre sur le feu en la remuant toujours avec la spatule en bois jusqu'à ce qu'elle soit redevenue lisse et compacte.

Il est bien entendu, qu'une fois les sauces blanches liées avec des jaunes d'œufs, elles ne doivent jamais plus bouillir, mais seulement être chauffées, car autrement elles tourneraient en huile, elles seraient grainées et immangeables.

Il est aussi à remarquer que les sauces préparées avec de la belle farine de froment, première qualité, sont bien supérieures aux sauces liées avec de la fécule, car la fécule est employée plus avantageusement dans les gâteaux montés auxquels elle donne un goût fin, qu'employée dans les sauces ; elle les rend au contraire d'un goût âcre et étranger, elle les éclaircit au lieu de les lier.

Essences d'ail, de champignon, mire-poix, vert d'épinard.

Nous donnons tout d'abord les recettes des essences d'ail et de champignon qui peuvent être préparées à l'avance, ainsi que la mire-poix et le vert-d'épinard, pour être associées à certaines sauces, les relever, les parfumer ou les colorer.

Essence d'ail.

Choisissez six gousses d'ail ; piquez un clou de girofle dans chacune d'elles ; ajoutez-y deux feuilles de laurier avec assez de sel ; faites bouillir le tout ensemble dans une bouteille de vin blanc sec et ordinaire jusqu'à ce qu'il soit réduit de moitié ; passez votre essence au tamis et mettez-la en bouteille bien bouchée et placée dans un endroit sec et frais. Cette essence se conserve plusieurs mois, elle fait merveille pour relever les sauces de poisson et même celles des viandes en entrée et même rôties.

Essence de champignons.

Lavez bien ou essuyez sans les éplucher (car la pelure contient plus de parfums), les champignons avec un linge, après que vous en aurez enlevé avec soin la terre qui se trouve à chaque pied ; coupez-les par morceaux, puis mettez-les macérer pendant deux jours dans une terrine avec une couche de sel fin. Au bout de ce temps pressez-les dans un linge pour en extraire le jus ; faites-le bouillir avec du poivre, écumez-le parfaitement, retirez du feu lorsque le jus ne forme plus d'écume ; laissez refroidir, mettez en bouteilles et procédez exactement comme pour la conserve de tomates.

L'on peut aussi conserver l'essence moins longtemps, en la faisant, comme l'essence d'ail, réduire de moitié pour éviter la fermentation, mais il est préférable de la conserver dans de petits flacons selon la méthode Appert. Cette essence peut être associée à une infinité de sauces blanches ou rousses.

Les champignons qui restent peuvent être utilisés comme les champignons ordinaires, mais il est prudent de leur faire subir un tour d'ébullition à l'eau pour les dessaler.

Mire-poix.

Faites revenir indistinctement, selon votre goût, dans le beurre, la graisse ou l'huile, des carottes, des oignons coupés en tranches, du thym, du laurier, un peu de jambon cru ou du lard salé, puis ajoutez cette mire-poix, si vous voulez, dans les sauces : espagnole, velouté, béchamelle, salmis, matelote, court-bouillon, etc.

On peut aussi, pour remplacer la mire-poix et

aromatiser les sauces, avoir du laurier et du thym séchés, ensuite pilés très-finement et passés au tamis; puis bouchez ce mélange dans un flacon.

Vert-d'épinard.

Lavez avec soin une poignée de feuilles d'épinards et lorsqu'elles sont bien essuyées, mettez-les toutes crues dans un mortier; pilez très-fin, puis exprimez-les dans un linge, et servez-vous de ce jus pour colorer certaines sauces ou pour reverdir les légumes et les fruits verts conservés dans des boîtes en ferblanc ou dans des bouteilles.

Jus.

On appelle marquer un jus, lorsque la casserole a été foncée avec beaucoup de carottes et d'oignons coupés en tranches un peu épaisses, du beurre ou du dégraissis des viandes, quelques couennes de lard, des débris et des os de jambon, ainsi que de toutes les rognures des viandes crues, excepté celle de cochon qui donne au jus un goût étranger quand il n'est pas salé, qu'on laisse ensuite roussir à petit feu, sans arroser ; puis, lorsque l'on s'aperçoit que les légumes ont acquis une couleur dorée, sans être brûlés, l'on mouille avec de l'eau et un peu de sel ; écumez et laissez mijoter aussi longtemps que le pot-au-feu.

Ce jus, ainsi préparé, doit être limpide, surtout quand il est passé au tamis ou à l'étamine et peut être associé avec les sauces, les bouillons, les potages pour les fortifier ou servir pour accommoder les légumes, les pâtes, etc.

Coulis.

Le coulis est un jus concentré qui, en se réduisant, s'épaissit et acquiert une couleur brune.

Ce coulis qui ne doit pas être fait avec un jus trop salé est excellent dans les sauces, les pâtes, les légumes, et surtout dans le riz, la polenta ou le macaroni à la napolitaine.

Glace de viande.

Pour arriver à ce résultat, ayez du bouillon ou du jus peu coloré, très-peu ou pas salé ; laissez-le bouillir à grand feu de telle sorte qu'une casserole ordinaire pleine de jus ou de bouillon rende à peine un demi-litre de glace de viande.

Retirez-la dans un petit pot et placez-la dans un endroit sec et frais.

Cette glace de viande, ainsi réduite, se conserve indéfiniment sans autre préparation ; elle se coupe au couteau quand elle est refroidie et sert pour n'importe quelle chose que ce soit pour rendre les mets plus corsés et d'un arôme de viande plus prononcé.

Sauce espagnole.

Cette sauce brune que l'on peut qualifier de mère-sauce, parce qu'elle est la base de toutes les sauces rousses, se prépare de la manière suivante :

Mettez dans une casserole du beurre ; lorsqu'il est fondu, ajoutez quatre cuillerées, de belle farine, de sorte qu'elle baigne dans le beurre; remuez un instant le tout ensemble sur un feu vif, ensuite mettez la casserole sur un feu très-doux ou dans le four avec un couvercle au-dessus, de façon que la farine, que vous remuez de temps en temps avec la pochette en bois, prenne insensiblement une couleur marron clair; lorsqu'elle est à ce point de cuisson, mouillez avec du jus ou du bouillon ; ajoutez quatre cuillerées à bouche de purée de tomates, non pas pour en donner la couleur ni le goût, mais pour corriger le noir du jus et donner à l'espagnole une teinte brillante et dorée ; laissez-la mijoter au coin du fourneau pendant deux heures ou plutôt jusqu'à ce qu'elle ait rendu toute l'écume et la graisse qui viennent à la surface et que vous enlevez soigneusement ; passez-la ensuite, lorsqu'elle a pris de la consistance, au tamis ou à l'étamine, ce qui vaut mieux, pour la rendre plus lisse et plus onctueuse.

Il est essentiel de vanner de temps en temps cette sauce jusqu'à ce qu'elle soit refroidie pour empêcher qu'il ne se forme une peau à sa surface.

Quelques cuisinières ajoutent dans la sauce espagnole une mire-poix ou d'autres haut goûts, mais, à notre avis, il est préférable de lui laisser son goût naturel, parce que cette sauce étant destinée à être employée dans une infinité de mets, elle leur communiquerait à tous le même arôme.

Faire un roux.

Pour faire un roux, mettez dans une casserole qui ne soit pas émaillée (car l'émail sauterait), du beurre ou de la graisse bien préparée ; lorsqu'il est fondu, ajoutez une ou deux cuillerées de farine, selon la quantité que vous voulez en faire, de sorte que la farine baigne dans le beurre ; laissez roussir sur un feu doux, d'une manière raisonnée et sans excès, en ayant soin de la remuer avec la pochette en bois, sans la quitter, car autrement la farine prendrait le goût de brûlé et ne roussirait pas régulièrement ; ensuite mouillez ce roux avec de l'eau, du vin, du jus ou du bouillon, selon la nature de votre sauce ; ajoutez une goutte de colorant, s'il est nécessaire, deux cuillerées de tomates, deux échalotes ; goûtez si la sauce est à bon goût de sel ; laissez cuire à petit feu et, au moment de servir, dégraissez-la si vous le voulez.

Cette sauce, dont on se sert le plus ordinairement dans les ménages parce qu'elle est plus simplifiée et plus vite préparée, remplace la sauce espagnole.

Blanc de viande.

L'on appelle blanc de viande, ou simplement blanc, toutes les rognures des viandes crues, à l'exception de celle du porc frais, que vous faites bouillir et écumer exactement comme le pot-au-feu et avec lesquelles vous mettez toutes espèces

d'aromates, tels que : thym, laurier, clous de girofle, oignons, carottes, etc., puis que vous passez
au tamis quand il est cuit, étant bien dégraissé.
L'on se sert de ce blanc pour mouiller les veloutés
ou d'autres sauces blanches.

Velouté.

Cette sauce, qui est la base des sauces blanches,
se prépare de la même manière que la sauce espagnole, sans laisser prendre de la couleur à la
farine ; mouillez-la avec du bouillon ou avec le
blanc de viande et procédez comme pour la sauce
espagnole.

Cette sauce, mêlée avec des truffes, champignons,
écrevisses, quenelles et autres garnitures fines,
accompagne les volailles et les viandes bouillies,
les filets de bœuf, les vols-au-vent, les poissons, etc.

Béchamelle.

Mettez dans une casserole un bon morceau de
beurre extra-frais ; ajoutez-y, lorsqu'il est à peine
fondu, deux ou trois cuillerées de farine de froment,
première qualité ; laissez revenir, sans prendre
couleur, juste pour faire perdre le goût de la farine ; mouillez avec du bon lait ; remuez toujours
avec la pochette en bois jusqu'à ce que la béchamelle se détache d'elle-même de la casserole et
qu'elle ressemble à une bouillie un peu épaisse ;
ajoutez du sel, du poivre blanc, de la noix mus-

cade rapée et un fort morceau de beurre extra-
frais ; retirez-la ensuite dans une terrine couverte
d'un papier beurré [pour éviter qu'il ne se forme
une peau à sa surface.

La sauce béchamelle sert pour apprêter des légumes en sauce blanche, des croquettes, petits pâtés, boudins à la richelieu, volailles, etc. ; mais il
faut qu'elle soit liée ensuite avec des jaunes d'œufs
ou du beurre d'écrevisses.

Béchamelle au gras.

La sauce béchamelle au gras se prépare comme
la précédente, avec cette différence qu'elle doit être
mouillée avec moitié bouillon non coloré ou un
blanc de viande, puis l'on ajoute, pour l'aromatiser, une mire-poix faite avec du lard salé et
de la graisse de rognons de veau coupés en petits
dés.

Cette béchamelle sert à apprêter les mêmes mets
que la béchamelle au maigre, mais il faut la passer
au tamis quand elle est à point de cuisson, ou si
vous voulez-vous éviter ce travail, il est suffisant
de mettre un bouquet de thym et de laurier que
vous enlevez ensuite ou bien le thym et le laurier
pulvérisés conservés dans le flacon, comme il est
indiqué.

Par ce moyen, le lard et la graisse de rognons
restent dans la béchamelle, mais il faut néanmoins les faire revenir pour donner à la béchamelle un goût relevé et lui faire perdre celui de
graisse.

Roux-blanc.

Pour obtenir un roux-blanc, mettez dans une casserole assez de beurre frais et lorsqu'il est fondu, ajoutez trois à quatre cuillerées de belle farine, de sorte qu'elle baigne dans le beurre ; laissez-la cuire sans la laisser jaunir, en la remuant toujours avec la spatule en bois, puis redressez ce roux-blanc dans une terrine et servez-vous-en chaque fois que vous voulez lier une sauce blanche ou rousse.

Meunière.

La meunière consiste à délayer tout simplement de la farine avec de l'eau froide ou autre liquide et lier le jus du bœuf en daube ou autre viande en sauce.

Cette manière de lier les sauces est moins coûteuse et est d'un goût plus naturel que le roux-blanc, parce que le beurre et la farine cuits deux ou trois jours à l'avance, donnent aux sauces un goût de gras qui ne convient pas à tout le monde.

Sauce blanche.

Mettez dans une casserole un bon morceau de beurre bien frais ; laissez-le fondre ; ajoutez une ou deux cuillerées de farine selon la quantité que vous voulez en faire, de manière à ce qu'elle nage dans le beurre ; faites-la revenir un petit instant pour

7

lui faire perdre son goût de farine sans lui laisser prendre couleur, en la remuant toujours avec la pochette en bois ; ensuite mouillez-la d'un seul trait en la tournant afin qu'il ne se forme pas des grumeaux et qu'elle soit lisse ; laissez-lui faire un tour ou deux ; goûtez si la sauce est à bon goût de sel et liez-la avec un morceau de beurre extra-frais ainsi qu'avec deux ou trois jaunes d'œufs dans lesquels vous aurez mis un filet de vinaigre, du poivre blanc, et un peu de noix muscade, selon votre goût.

La sauce blanche peut être mouillée avec l'eau de certains légumes, tels que les choux-fleurs, quand ils ne sont pas trop forts, les scorsonères, les haricots blancs, les pommes de terre, les asperges, etc., mais non avec les légumes qui ont les feuilles ou la pelure acres, comme les artichauts, les aubergines, les choux, les concombres, etc.

La sauce blanche peut encore être mouillée avec du vin blanc, du bouillon, du court-bouillon, pour la sauce de volaille ou de poisson, et être garnie de champignons, de queues et du beurre d'écrevisses, câpres, fonds d'artichauts, scorsonères, etc.

Liaison de jaunes d'œufs pour les sauces blanches.

Pour bien procéder à lier une sauce, il est essentiel que les œufs soient très-frais, chose que l'on reconnaît quand le jaune ne se crêve pas, et que ce dernier soit séparé du blanc sans laisser ni germe, ni blanc, en le transvasant d'une coquille dans une autre jusqu'à ce qu'il soit bien net ; délayez le jaune avec une cuillerée ou deux de la sauce que vous devez servir ; remuez jusqu'à ce que le mélange soit parfait ; versez-le ensuite peu à peu dans la sauce qui est hors du feu, en ayant la précaution de la remuer pour bien la lier et l'empêcher de tourner ; servez-la aussitôt.

Si, par hasard, la sauce était devenue claire après la liaison, il faudrait la remettre un instant sur le feu, toujours en remuant, pour la faire épaissir et sans la laisser bouillir. Enfin si la sauce était tournée, il faudrait la passer au tamis ou à l'étamine ou dans un linge, puis la remettre sur le feu et la lier de nouveau.

Sauce hollandaise.

Pour faire une sauce hollandaise ordinaire, mettez fondre dans une casserole un peu profonde un morceau de beurre très-frais avec un peu d'échalotes hachées très-finement ; ensuite retirez la casserole du feu et ajoutez six jaunes d'œufs très-frais délayés avec deux verres environ de bon lait, ou de l'excellent consommé, du poivre blanc et le jus de trois citrons ; placez cette casserole sur un feu modéré ; goûtez si elle a bon goût de sel et faites cette sauce en la fouettant avec un fouet en fer de préférence à une pochette en bois ; ajoutez, par fractions, plusieurs morceaux de beurre extra-frais et servez-la quand elle est épaissie, c'est-à-dire quand elle est sur le point de bouillir.

Cette sauce, qui doit ressembler et qui n'est autre

chose qu'une crême, est très-recherchée dans les dîners de cérémonie pour accompagner les turbots, saumons, truites, etc.

Quelques cuisinières ajoutent à cette sauce, qui est très-délicate, un peu de béchamelle ou une cuillerée à café de belle farine.

D'autres font la sauce hollandaise en faisant bouillir dans l'eau cinq ou six échalotes et se servent de cette eau à la place du lait ou du consommé.

La sauce hollandaise se prépare aussi en mettant fondre au bain-marie assez de beurre que vous relevez avec un jus de citron, du sel, du poivre blanc ou de Cayenne, de la muscade, un demi-verre d'eau ou de la crême ; laissez bouillonner un tour et servez dans une saucière chauffée.

Sauce suprême.

Faites réduire sur le feu vif de l'excellent consommé avec une tasse de velouté ; lorsque votre sauce aura pris de la consistance, liez-la avec un respectable morceau de beurre de table et relevez-la avec un peu de poivre blanc et le jus d'un citron ; si vous êtes dépourvu de velouté, faites un peu de roux-blanc et vous ajouterez à la sauce suprême un peu de glace de viande ou du jus peu coloré.

Cette sauce accompagne les poissons, ou de préférence les volailles et les viandes bouillies, surtout lorsqu'elle est agrémentée d'une garniture fine.

Sauce allemande.

La sauce allemande se prépare exactement comme la sauce suprême, mais il faut la lier, avant de la faire réduire, avec quelques jaunes d'œufs, selon la quantité de sauce que vous avez en la travaillant, sans la quitter, avec la spatule en bois.

Cette sauce, qui doit être très-jaune, sert pour entourer les quartiers de chaud-froid de volaille, les aspics, les pieds de veau panés ou en friture, les anguilles sur le gril ou d'autres substances qui demandent à être renforcées ; mais pour atteindre ce résultat, il faut que tous ces objets soient cuits et dressés à l'avance sur un grand plat uni, puis vous versez la sauce allemande par-dessus et vous laissez refroidir.

Sauce savoisienne.

Mettez dans une casserole du beurre de montagne extra-frais ; lorsqu'il est fondu, ajoutez une ou deux cuillerées de belle farine, de sorte qu'elle nage dans le beurre ; laissez-la revenir un petit instant ; mouillez ensuite avec du bouillon de volaille ou, à défaut, avec de l'eau et une pochée de bon jus.

Faites réduire jusqu'à consistance d'un coulis.

Vous aurez eu soin de préparer une ou plusieurs truffes noires émincées, quelques petits champignons en boîtes, ou sautés à l'avance dans le beurre, s'ils sont frais, ainsi que des queues et du beurre d'écrevisses ; ajoutez ces garnitures un instant avant de servir ; relevez cette sauce avec un peu de poivre ordinaire ou celui de Cayenne ainsi qu'avec un jus de citron, puis tournez cette sauce sans la laisser bouillir et servez-la promptement dans une saucière chauffée.

Cette sauce qui doit avoir une teinte rosée est très-estimée et peut être servie seule ou avec la sauce hollandaise ; vous pouvez, selon votre goût, parsemer cette sauce de câpres ; alors il faut supprimer le jus de citron, mais nous croyons qu'il est de meilleur goût de mettre les câpres autour du poisson où chaque convive peut en user, si cela lui convient. S'il arrivait que cette sauce ne fût pas assez rosée, il serait prudent d'y ajouter une ou deux cuillerées à bouche de sauce tomate.

Sauce parisienne.

Mettez dans une casserole un morceau de beurre bien frais et une cuillerée de belle farine ; pétrissez bien le tout avec la cuillère en bois et délayez peu à peu avec un bon verre d'eau tiède ; ajoutez du sel, du poivre et de la noix muscade ; placez ensuite ce mélange sur le feu ; tournez cette sauce jusqu'au moment où elle commence à bouillir ; ajoutez de nouveau un fort morceau de beurre pour la lier et servez aussitôt qu'il est fondu.

Cette sauce peut remplacer la sauce blanche. On peut aussi la faire avec du lait et ne mettre ni poivre, ni muscade, surtout lorsqu'elle est destinée aux personnes délicates ou malades.

Sauce à la maître-d'hôtel.

Prenez du beurre très-frais ; pétrissez-le avec des fines herbes hachées, du sel fin, du poivre, un filet de vinaigre à l'estragon ou un jus de citron et quelquefois une pointe d'ail écrasée.

Cette sauce se sert sous les viandes et sous les poissons grillés. Il est essentiel que la sauce maître-d'hôtel ne soit ni froide, ni chaude, mais qu'elle soit onctueuse, c'est-à-dire qu'elle ne fasse pas l'huile.

Pour cela, il faut mettre le plat sur lequel les mets doivent être dressés, légèrement tiédir à la porte du four avec la sauce maître-d'hôtel.

Sauce au beurre d'anchois.

Lavez quelques anchois à l'eau tiède ; enlevez l'arête du milieu ; pilez très-fin ou écrasez-les avec le couteau ; ajoutez un morceau de beurre, ensuite pétrissez le tout ensemble ou passez au tamis, ce qui est préférable à l'aide de la cuillère en bois.

On se sert du beurre d'anchois pour accompagner les viandes de la même manière que celui employé à la maître-d'hôtel.

Sauce bordelaise au beurre.

Hachez très-finement beaucoup d'échalotes que vous pétrissez avec du beurre, des anchois pilés ainsi qu'un peu de moelle de bœuf, du sel et du poivre de Cayenne.

La sauce bordelaise qui se sert comme celle à la maître-d'hôtel, accompagne les mêmes viandes, mais plus spécialement l'entre-côte et le pigeon à la crapaudine.

Sauce au beurre de Montpellier.

Pilez très-finement dans le mortier des anchois préparés, une pincée de câpres, des échalotes et assez de gousses d'ail ; passez au tamis, si vous le voulez, puis ajoutez du beurre, de l'huile d'olive, du sel, du poivre de Cayenne et du persil haché ; amalgamez le tout ensemble.

Cette sauce qui est très-relevée se sert de la même manière que les précédentes et pour accompagner les mêmes viandes ainsi que les pommes de terre en robe de chambre.

Sauce tomate.

Préparez les tomates en purée comme il est indiqué page 104 ; mettez dans une casserole indistinctement du beurre, de la graisse ou de l'huile ; ajoutez pour une sauce ordinaire une cuillerée à café de farine ; laissez-la cuire un instant ; ajoutez-y ensuite les tomates avec du poivre, du sel ; mouillez avec de l'eau ou du bouillon ; laissez mijoter cette sauce qui doit être plutôt claire que trop épaisse

Quelques cuisinières ne mettent pas de farine dans la sauce tomate. Cette méthode est très-bonne ; seulement cette sauce n'est ni assez liée, ni assez lisse, elle est grainée. On peut aussi ajouter à cette sauce, selon sa volonté, une gousse d'ail écrasée ou un morceau de beurre frais au moment de la servir.

Sauce méridionale.

Mettez dans une casserole quatre cuillerées à bouche de bonne huile d'olive, une petite cuillerée de farine, deux échalotes, autant de gousses d'ail et quelques champignons hachés ; laissez revenir le tout ensemble ; mouillez avec du bouillon ou de l'eau ; ajoutez du sel, du poivre, un bouquet garni que vous enlevez au moment de servir ; laissez mijoter une demi-heure et servez.

Dans la sauce méridionale l'on peut encore mettre des tomates coupées en petits dés ou en purée.

Cette sauce se sert avec les viandes bouillies, grillées ou rôties, ou sur le poisson.

Sauce italienne.

Mettez dans une casserole de l'huile d'olive. Faites revenir du persil et des champignons hachés ; ajoutez un peu de sauce espagnole ou, à défaut, un roux ; mouillez avec de l'eau ou du bouillon, une goutte de colorant, du poivre et peu de sel à cause des anchois ; laissez mijoter une demi-heure de sorte que cette sauce ait la consistance d'un coulis. Au moment de servir ajoutez beaucoup de moutarde et six anchois coupés en petits dés.

Cette sauce serait plus finie et plus liée si les anchois étaient pilés et passés au tamis ; puis délayez avec un peu de sauce et procédez comme si c'était pour lier une sauce blanche sans la laisser bouillir.

Cette sauce est bien appréciée des personnes qui aiment les mets relevés.

Autre sauce italienne.

Mettez dans une casserole un verre à vin d'huile d'olive surfine ; laissez-la chauffer fortement, puis ajoutez des anchois coupés en petits dés, peu ou pas de sel, du poivre ordinaire ou de celui de Cayenne.

Cette sauce doit être présentée aussi bouillante que possible ; dans ce cas, il serait prudent de placer sur la table un réchaud.

On la sert avec des pommes de terre bouillies ou avec des légumes crus et tendres, tels que les cardons, le céléri, les tomates, les artichauts et autres légumes du même genre.

Sauce génoise.

Faites réduire de moitié dans une casserole un verre de vin rouge ; ajoutez ensuite un peu de sauce espagnole, du poivre ou à défaut, un roux ; laissez-la réduire à la consistance d'un coulis et

liez-la comme la sauce italienne avec un beurre
d'anchois au moment de servir.

Sauce béarnaise.

Ayez du velouté ou, à défaut, mettez dans une
casserole un peu de graisse d'oie ou de canard ou de
celle de cochon bien préparée ; ajoutez une cuillerée de farine ; laissez-la revenir un instant ; mouillez avec de l'eau et un peu de sel ou du bouillon,
ce qui est préférable ; laissez réduire pour que la
sauce soit assez épaisse. Au moment de servir, fortifiez-la avec un peu de glace de viande ou avec
quatre cuillerées à bouche de bon jus pas trop
foncé et relevez-la avec une pointe d'ail écrasée,
du poivre, un filet de vinaigre à l'estragon et, si
c'est la saison, des feuilles d'estragon hachées
grossièrement.

Cette sauce est très appréciée avec les viandes et
les volailles bouillies, les poissons et les œufs pochés.

On peut encore faire cette sauce avec beaucoup
d'échalotes hachées, relevées par assez de vinaigre, du poivre, de la noix muscade et liée avec du
beurre et des jaunes d'œufs.

Sauce vénitienne.

Préparez cette sauce comme celle à la parisienne ;
ajoutez avant de servir, du vert d'épinard pour en
donner la couleur, ou du persil haché, assez de
poivre ou de piment et le jus de deux citrons.

Cette sauce est réservée spécialement pour les poissons.

Sauce diablotine.

Pilez très-finement six jaunes d'œufs cuits durs avec du safran, du sel et assez de piment. Lorsque le tout est bien pilé, montez cette sauce avec du vinaigre et de l'huile d'olive surfine, comme pour faire une sauce mayonnaise,

Cette sauce très-forte se sert pour accompagner les viandes un peu fades, telles que la tête de veau au naturel ou les poissons au court-bouillon.

Sauce au beurre noir.

La sauce au beurre noir se fait tout simplement avec un gros morceau de beurre frais mis dans une poële à frire et que vous faites roussir jusqu'à ce qu'il ait une couleur un peu foncée, mais pas brûlée ; ajoutez au moment de servir un filet de vinaigre, du sel fin, du poivre et quelquefois du persil en branches et vous versez le tout bouillant sur les poissons, tels que : la morue, la raie, la carpe, etc., ou sur les œufs.

Sauce à l'estragon.

Hachez très-fin un gros oignon, une carotte et du jambon cru de préférence ; faites revenir le tout dans de la graisse ou du beurre frais, puis saupoudrez d'une cuillerée de farine ; laissez-la un instant perdre son goût et mouillez avec de l'eau ou du bouillon, un peu de sel et du poivre ; faites réduire pendant un quart d'heure ou vingt minutes ; ajoutez, au moment de servir, une pincée de feuilles d'estragon et relevez-la avec un filet de vinaigre. Si vous faites cette sauce dans la saison où il n'y a pas d'estragon, vous le remplacerez par du persil haché grossièrement et par un filet de vinaigre à l'estragon.

Cette sauce qui est peu coûteuse et très-facile à faire, fait merveille pour accompagner les viandes et les volailles bouillies.

Sauce piquante.

Mettez dans une casserole un peu de sauce espagnole ou, à défaut, faites un roux ; mouillez avec du bon jus, une cuillerée à bouche de purée de tomate, une goutte de colorant, si c'est nécessaire ; laissez réduire à petit feu ; ajoutez au moment de servir, de la moutarde, des câpres ou des cornichons hachés et assez de poivre ordinaire ou de celui de Cayenne.

Cette sauce se sert avec les viandes bouillies ou rôties.

Sauce poivrade.

Faites un roux ; mouillez-le avec du jus ou du bouillon ou à défaut avec de l'eau ; ajoutez un bouquet garni, un peu de colorant pour donner la couleur qui convient, du sel, une échalote, deux oignons coupés en tranches ou hachés ; laissez réduire jusqu'à consistance ; au moment de servir, relevez la sauce poivrade avec assez de poivre et un filet de vinaigre à l'estragon ou avec des cornichons hachés.

Cette sauce se sert comme la sauce piquante pour accompagner les viandes et les volailles bouillies ou rôties.

Vous pouvez aussi la lier avec deux cuillerées à bouche de sang, du sang de cochon de préférence, une goutte de madère ou de fine champagne pour lui donner un goût plus fin et la servir avec le lièvre ou le gibier rôti.

Sauce robert.

Mettez dans une casserole assez de beurre ou de la graisse de préférence, un peu de lard salé ou du jambon coupé avec beaucoup d'oignons aussi coupés en tranches émincées ; laissez jaunir sans excès, puis ajoutez une cuillerée de farine à laquelle vous laissez aussi prendre un peu de couleur.

Mouillez ensuite avec de l'eau, du bouillon ou du jus si vous en avez, du sel, un peu de poivre ; faites mijoter pendant une demi-heure ou plutôt jusqu'à ce que les oignons soient en compote ; relevez-la par une forte dose de moutarde, si c'est votre goût.

Cette sauce toute ménagère est très-bien servie avec les viandes bouillies ou rôties.

Sauce bordelaise.

Mettez dans une casserole indistinctement de l'huile, du beurre ou de la graisse avec beaucoup d'échalotes hachées, ainsi qu'une cuillerée à café de farine ; laissez un peu revenir le tout ensemble ; mouillez avec de l'eau ou du bouillon ; ajoutez quatre cuillerées à bouche de sauce tomate, une pointe d'ail écrasée, assez de poivre ordinaire ou de celui de Cayenne ; laissez mijoter une demi-heure ; goûtez si elle a bon goût de sel et parfumez-la avec une goutte de fine champagne ou de vieux cognac.

Cette sauce se sert, comme les précédentes, pour accompagner les viandes bouillies ou rôties.

Sauce maigre à la périgueux.

Mettez dans une casserole du beurre ou de la graisse bien préparée et une cuillerée de farine ; laissez un peu jaunir ; mouillez avec de l'eau ou du court-bouillon ; ajoutez un bouquet de thym et de laurier que vous enlevez au moment de servir, deux échalotes hachées très-finement, et du sel ; laissez mijoter une demi-heure ; ajoutez, au moment de servir, une ou plusieurs truffes hachées, du poivre et du madère.

Cette sauce se sert avec les viandes, volailles et poissons bouillis.

Sauce périgueux au gras.

Mettez dans une casserole du beurre ou de la graisse avec du jambon cru, gras et maigre, coupé

en petits morceaux, ainsi qu'une cuillerée de farine ;
laissez jaunir sans excès ; mouillez ensuite avec du
bouillon ; faites réduire ; ajoutez au moment de
servir des truffes hachées et une goutte de madère
ou de fine champagne, selon votre goût.

Cette sauce, qui n'est pas trop coûteuse, est très-
recherchée pour la garniture d'un filet de bœuf,
volailles ou pigeons.

Sauce tartare.

Entourez d'un linge un saladier, pour qu'il reste
immobile, dans lequel vous aurez mis un ou deux
jaunes d'œufs, en ayant bien soin d'enlever tout le
blanc ainsi que le germe ; ajoutez de la moutarde
préparée ou de celle en poudre, du poivre et du
sel très-fin pour saler suffisamment la quantité de
sauce tartare que vous voulez faire.

Prenez un fouet en fil de fer ou en osier ou bien
une fourchette assez lourde, de préférence aux
pochettes en bois qui échauffent l'huile et sont souvent la cause que la sauce tartare est plus longtemps à monter ou qu'elle ne réussit pas. Tournez
ensuite le tout ensemble pendant une ou deux minutes pour rendre les œufs très-corsés, puis délayez-les avec une cuillerée à bouche de vinaigre
par jaune d'œufs, ensuite mettez l'huile par filets
très-fins et réguliers.

Pour obtenir ce résultat, il faut pratiquer une
entaille tout le long du bouchon avec lequel on
bouche la bouteille d'huile, puis monter la sauce
tartare en la battant comme des œufs pour faire

une omelette ; à mesure que la tartare monte, alternez de temps en temps avec un filet de vinaigre ; ajoutez, quand elle est finie, des épinards hachés avec une échalote ou une pointe d'ail ou des queues vertes d'oignons, si c'est la saison, de préférence au persil qui rend amer, ainsi qu'une ou deux cuillerées à bouche d'eau ou de gelée de viande bouillantes, précaution nécessaire si l'on veut garder la sauce tartare pendant trois ou quatre jours, sans qu'elle tourne en huile.

Cette sauce tartare qui n'est au fond qu'une sauce mayonnaise moins épaisse, doit être montée dans un endroit frais, au bout de dix minutes, un quart d'heure au plus, et peut se faire avec de l'huile d'olive surfine ou celle de noix vierge ; il est utile de dire que l'huile ne doit pas être figée, car autrement la sauce tartare serait impossible à monter. Si par hasard cette sauce venait à tourner en huile, il serait de toute nécessité d'en recommencer une autre, puis lorsqu'elle serait un peu montée, de remettre peu à peu celle qui est manquée.

Cette sauce fait merveille pour accompagner les viandes, les volailles bouillies ou rôties, chaudes ou froides, ainsi que les côtelettes ou les fritures panées, grillées, les poissons, les homards, les langoustes, etc.

Sauce mayonnaise.

Procédez exactement comme pour la sauce tartare, mais il faut que celle-ci soit préparée avec de l'huile de Nice, sans goût de fruits, ou de celle de noix vierge et vous remplacez le vinaigre par le jus de trois ou quatre citrons.

Cette mayonnaise, dans laquelle il n'entre pas de fines herbes hachées, doit ressembler à de la crême fouettée, un peu moins blanche, et doit aussi être ferme à couper à la cuillère.

La mayonnaise se sert avec les poissons, les volailles froides ou pour faire des salades de légumes cuits, etc.

Sauce printanière.

Mettez dans un saladier du sel, du poivre, de la moutarde, deux anchois lavés, parés et hachés bien fin ; d'un autre côté, hachez ensemble, aussi très-fin, des fines herbes et deux œufs cuits durs ; mélangez le tout avec de l'huile et du vinaigre de vin, de manière à en faire une sauce un peu liée ; vous pouvez, pour rendre la printanière plus fine, y ajouter de petits champignons conservés en hors-d'œuvre ou simplement dans des boîtes.

Cette sauce, d'une préparation facile et peu coûteuse, est fort estimée pour accompagner les viandes bouillies, grillées ou rôties, le poisson, la volaille, etc.

Ayoli à la marseillaise.

L'*ayoli* qui n'est autre chose qu'une espèce de mayonnaise, est une des sauces les plus estimées dans la cuisine méridionale, principalement pour accompagner toutes espèces de poissons, surtout les bigornons, les pommes de terre bouillies et les haricots verts sans assaisonnements.

L'*ayoli* se prépare en mettant dans un mortier en bois, de préférence à celui en pierre, environ deux gousses d'ail par chaque convive ; pilez-les jusqu'à ce qu'elles soient réduites en pâte ; puis versez goutte à goutte de la plus pure huile d'olive, en tournant avec le pilon ; quand l'*ayoli* aura pris un peu de consistance, vous presserez le jus de la moitié d'un citron qui le consolidera ; vous continuerez ensuite à verser l'huile toujours très-lentement en tournant avec le pilon dans le même sens jusqu'à ce qu'il se tienne seul debout.

Il arrive parfois qu'au moment même où vous vous applaudissez de votre succès, vous voyez tout-à-coup l'*ayoli* se fondre et ne présenter qu'une huile liquide.

Alors il ne vous restera qu'à piler de nouveau très-finement des gousses d'ail dans le mortier bien essuyé et d'y ajouter, lorsque les gousses d'ail seront réduites en pâte, un jaune d'œuf, de remonter l'*ayoli* avec celui qui a été manqué, comme si c'était une mayonnaise, en ayant soin de tourner toujours ; alors vous lui verrez prendre insensiblement la consistance d'une crême épaisse et lorsqu'il sera fini, vous y ajouterez, si vous le jugez nécessaire, deux cuillerées à bouche d'eau bouillante, ce qui est une garantie pour la solidité de l'*ayoli* parce que l'eau bouillante raffermit et donne du corps au jaune d'œuf.

L'on peut aussi remplacer le jaune d'œuf avec de

la mie de pain de la grosseur d'une noix. trempée
dans l'eau et que vous pilerez en même temps que
les gousses d'ail, ou bien mettre l'un et l'autre pour
accroître la quantité de l'*ayoli*.

Sauce méridionale.

Mettez dans une casserole un verre d'huile d'o-
live surfine, autant de beurre frais, du persil et de
l'ail hachée, du sel, du poivre et un citron coupé
en plusieurs morceaux ; laissez cuire le tout ensemble pendant un quart d'heure ou plutôt jusqu'à ce
que la sauce soit liée.

Sauce remoulade.

Mettez dans un saladier un jaune d'œuf cru ou
cuit, assez de moutarde, du poivre, du sel, une
échalote ou une pointe d'ail, du cerfeuil ou de l'estragon, si c'est la saison, des fines herbes, le tout
haché très-fin ; ajoutez un filet de vinaigre et alternez avec de l'huile d'olive ou de celle de noix surfine
en tournant toujours pour en faire une sauce un
peu liée.

Vous pouvez joindre à cette sauce des cornichons
hachés ou des câpres.

Cette sauce peut servir pour accompagner les
mêmes mets que ceux qu'accompagne la sauce
tartare.

Sauce persillade.

Mettez dans un saladier beaucoup de persil haché trè-fin pour rendre la sauce bien verte, avec du sel, du poivre blanc ou de celui de Cayenne, de l'huile et du vinaigre.

Cette sauce se sert avec la viande froide, le poisson au court-bouillon et les pieds de mouton ou de veau bouillis.

Sauce aux huîtres.

Pour faire une sauce aux huîtres, ayez au moins deux douzaines d'huîtres bien fraîches, c'est une condition absolue pour faire une sauce pour six personnes ; mettez leur eau de côté, puis détachez les huîtres de leurs coquilles et mettez-les blanchir un tour à l'eau bouillante légèrement salée.

Vous aurez eu soin de préparer une sauce suprême, comme il est indiqué dans ce chapitre ; ajoutez les huîtres bien égouttées ainsi que leur eau ; laissez cette sauce cinq minutes sur le point d'ébullition ; servez dans une saucière chauffée.

Cette sauce, qui est très-recherchée, se sert dans les dîners de cérémonie pour accompagner les poissons au court-bouillon.

Sauce aux moules.

Cette sauce se prépare exactement comme celle aux huîtres et se sert pour accompagner les poissons.

On peut également préparer cette sauce en mettant les moules, quand ils sont blanchis, dans assez de beurre frais à peine fondu, avec deux cuillerées à bouche de crême ou de bon lait, du sel, du poivre blanc ou de celui de Cayenne ainsi qu'un jus de citron et une pointe d'ail écrasée. Voyez explication des moules au chapitre des crustacés.

Sauce aux fumets de gibier.

Lorsqu'il reste des carcasses ou des débris de toute espèce de gibier, vous les utilisez en les pilant comme pour en faire un salmis, puis vous les mettez bouillir à petit feu pendant une heure avec une échalote, une feuille de laurier, un ou deux verres d'un vin rouge bien couvert, un peu de glace de viande ou une pochée de bon jus, selon la quantité ; ensuite passez le tout au tamis et faites réduire sur un feu vif, jusqu'à consistance d'une purée épaisse, en ayant soin de la tourner toujours sans la quitter un instant ; au bout de ce temps, retirez le fumet de gibier dans un ou plusieurs petits pots en terre et couvrez-le d'une couche d'huile ou de beurre fondu pour le priver d'air afin qu'il ne moisisse pas ; recouvrez-le de papier.

Cette sauce, ou plutôt cette glace de gibier, se conserve longtemps et sert pour être associée aux autres sauces de gibier pour les fortifier et pour donner un goût de gibier plus prononcé aux pigeons, aux canards apprêtés en salmis, ainsi qu'aux viandes marinées que l'on veut préparer à la sauce chevreuil.

Sauce salmis.

Voyez salmis de bécasse au chapitre des gibiers à plumes.

Sauce au lièvre.

Voyez sauce chevreuil au chapitre du gros gibier à poil.

CHAPITRE VIII.

HORS-D'ŒUVRE FROIDS.

Sous cette dénomination on entend toute espèce de charcuterie, les conserves à l'huile, au sel, au vinaigre, tels que : poissons, cornichons, champignons, olives, anchois, etc., les fruits à l'eau-de-vie, tels que : raisins, cerises, etc., et autres fruits en compote, ainsi que les petits légumes, tels que : radis, artichauts, melons, etc., et le beurre frais.

Les hors-d'œuvre sont des stimulants qui garnissent et ornent très-bien une table, complètent un dîner, réveillent et excitent l'appétit.

Nous croyons qu'il est préférable de supprimer un plat et de le remplacer par quelques petites assiettes qui sont toujours bien accueillies, principalement dans les déjeuners et les dîners qui se font à midi, et surtout dans ceux où l'on ne sert pas ordinairement de potage.

Les hors-d'œuvre ne doivent être enlevés de dessus la table qu'au moment où les plats sucrés sont servis.

Anchois en salade.

Les meilleurs et les plus fins anchois sont les plus petits.

Il faut les choisir nouveaux, ayant le dos rond et la chair d'une couleur vermeille à l'intérieur.

Quand leur chair est blanche, les anchois sont d'une qualité inférieure et si elle est jaune ils sont rancis.

Lavez à l'eau tiède six anchois ; divisez-les en deux, après les avoir légèrement essuyés ; ôtez l'arête ; parez-les un peu, puis partagez les deux moitiés en filets coupés en longueur, pour en faire quatre parties égales ; ensuite arrangez-les sur un plat en forme de grillage ; mettez très-peu d'huile et de vinaigre et garnissez-les autour avec des œufs cuits durs et coupés en quatre ou en huit morceaux.

L'on peut aussi décorer la salade d'anchois avec du persil et des œufs hachés séparément et y ajouter des câpres, puis dresser le tout ensemble en formant sur le fond du plat des petits ronds avec les anchois alternés par les œufs, le persil et les câpres.

La salade d'anchois apprêtée de cette façon est un hors-d'œuvre très-apprécié.

Thon mariné.

Achetez une boîte de thon que vous ouvrez à l'aide d'un couteau à lame forte et pointue, que vous servez ensuite sur la table, soit dans la boîte avec une assiette au-dessous ou de préférence dans un plat long ou une coquille à hors-d'œuvre.

Le thon mariné est un hors-d'œuvre très-délicat.

Pour le conserver plusieurs jours, l'empêcher de rancir et de devenir trop sec, il faut le couvrir avec de la bonne huile d'olive.

Sardines à l'huile.

Les sardines se conservent dans l'huile comme le thon mariné, pendant plusieurs jours. C'est un avantage et une économie de les acheter de première qualité, c'est-à-dire choisir les grosses sardines, dites princesses, qui sont d'une couleur argentée, qui ont beaucoup de chair et peu d'arêtes.

Olives simples et farcies.

Les olives conservées à l'eau de sel doivent être fermes et d'un beau vert; mieux vaut ne pas les présenter si elles sont molles, noires ou jaunes.

Les olives farcies se préparent avec une farce composée d'anchois, autant de mie de pain, assez de poivre et un peu de muscade rapée, le tout bien pilé ensemble.

Vous remplissez chaque olive de cette farce à la place du noyau, de manière à ce que l'olive paraisse entière et intacte; ensuite faites-les mariner pendant deux jours au moins dans de la bonne huile d'olive.

Ainsi préparées, les olives sont d'un goût fin et relevé et sont peu coûteuses.

Cornichons et poivrons.

Les cornichons et les poivrons peuvent se servir ensemble dans la même assiette.

Ils doivent être verts, craquants, naturels et pas trop vinaigrés pour ne pas agacer les dents ; s'ils ne réunissent pas toutes ces conditions, ils laissent à désirer. Voyez comme il est indiqué à la page 124.

Champignons.

Les champignons conservés en hors-d'œuvre, comme il est indiqué au chapitre des conserves, sont de tous les hors-d'œuvre le plus délicat et le plus recherché.

Achards.

Les achards sont considérés comme des hors-d'œuvre extrêmement stimulants. Leur origine vient des Indes. Ils sont composés de légumes et de fruits verts, tels que : des radis rouges et blancs, des choux de bruxelles, des fonds d'artichauts, du céleri-rave, des cardons, des jeunes épis de maïs, des petits salsifis, des amandes, des noix vertes, des petites oranges, des piments verts et rouges, des cornichons, de la courge, des petits champignons, des haricots verts, des pointes d'asperges ainsi que d'autres légumes du même genre.

'On met au sel, pendant un jour tous ces légumes bien épluchés, puis on procède exactement comme pour la conserve des champignons en hors-d'œuvre ; ensuite, quand ils sont renfermés dans des bocaux, vous y ajoutez tous les assaisonnements qu'il vous conviendra, tels que : du gingembre concassé, du poivre en grain, de l'estragon, de la sariette, du thym, du laurier, du safran, etc.

Moutarde.

On achète le plus ordinairement des pots de moutarde prêts à être servis, mais si vous voulez préparer la moutarde vous-même, prenez de la moutarde en poudre, délayez-la pour qu'elle ne soit ni trop claire, ni trop épaisse avec moitié eau et moitié vinaigre à l'estragon et ajoutez du sel.

Quelques cuisinières préparent la moutarde avec du bouillon gras bien dégraissé, employé chaud, ou encore avec du vin blanc sec que l'on fait bouillir avec toutes espèces d'aromates, ensuite passé au tamis et employé chaud comme le bouillon.

Beurre frais.

Pour avoir du beurre vraiment frais, il importe que la crême n'ait pas plus de trois à quatre jours et que le beurre ait été battu de la veille ou le jour même. Autant le beurre est délicieux quand il est frais, d'une couleur jaune peu foncée, autant il est exécrable quand il est fort et qu'il est blanc.

Le beurre se sert en coquille. On le prépare à l'aide d'un couteau, en passant plusieurs fois la pointe de la lame sur un morceau de beurre dont il en prend un peu chaque fois jusqu'à ce qu'il se forme une coquille à petites côtes.

On a aussi des moules festonnés en bois ou en ferblanc qui servent à donner au beurre diverses formes d'un aspect engageant.

Mais ce qui orne très-bien une table et qui fait une charmante entrée, c'est d'imiter parfaitement avec le beurre un animal champêtre entouré de verdure.

Radis.

Les radis petits, tendres et frais, d'un beau rouge sont les meilleurs.

Lorsque les radis ont été bien lavés, puis mis en bottes, il suffit pour les préparer sur une coquille, de couper les queues ainsi que la ligature de la botte et de les servir tels avec toutes les feuilles, car ils sont, à notre avis, plus appétissants et plus vite préparés qu'en leur coupant une partie des feuilles et en les épluchant.

Les radis se servent avec du beurre frais; s'il en reste le lendemain, coupez-les en tranches émincées et faites-en une salade peu vinaigrée qui se sert avec le bœuf bouilli.

Melons et pastèques.

Les melons dits cantaloups sont les plus estimés.

On doit les choisir nouvellement cueillis et qu'ils ne soient pas trop gros ; qu'ils soient lourds et qu'ils aient beaucoup de parfum. On reconnaît la maturité d'un melon quand la partie opposée à la queue fléchit sous le pouce et que cette dernière est bien détachée.

Malgré ces signes distinctifs, on peut croire au proverbe qui dit qu'il est assez difficile de reconnaître les bons melons, ce qui a inspiré le quatrin suivant, attribué à un poète auquel la Savoie s'honore d'avoir donné le jour :

> Les amis de l'heure présente
> Sont du naturel du melon ;
> Il faut en goûter plus de trente
> Avant d'en trouver un de bon.

Les melons se servent avec du sel, du poivre, du sucre et de la glace, coupés par côtes ou laissés entiers garnis de feuilles de vigne.

Le melon est un hors-d'œuvre qui est assez indigeste ; il est prudent de l'accompagner d'un vin généreux pour en faciliter la digestion.

La pastèque est une espèce de melon à chair blanche ou rouge clair dont l'usage est prodigieux dans les pays chauds parce qu'elle est rafraîchissante.

Cerises, raisins et compotes de légumes.

Les cerises, les raisins à l'eau-de-vie et les compotes de légumes sont aussi considérés comme hors-d'œuvre.

Nous n'avons pas cru utile de donner la recette

de la compote de légumes parce que celle que les épiciers vendent revient moins chère et est mieux préparée qu'on ne peut le faire en petite quantité.

Ecrevisses et crevettes.

Les écrevisses et les crevettes dressées en buisson, ornées de verdure, sont aussi considérées comme hors-d'œuvre, à moins qu'elles ne soient apprêtées à la bordelaise, comme il est dit au chapitre des crustacés.

Huîtres et moules.

Les huîtres d'Ostende, de Cancale, de Marennes, d'Arcachon sont les plus estimées. Il faut qu'elles soient très-fraîches et on le reconnaît lorsqu'elles sont pleines d'eau ce qui est un indice qu'elles sont vivantes. Les huîtres sont bonnes dans tous les mois qui s'écrivent avec un r ; elles peuvent se conserver une semaine, pourvu qu'elles soient comprimées avec un poids, ce qui les empêche de s'ouvrir et de perdre leur eau.

Dans le cas où les huîtres auraient perdu de leur eau, vous pourriez y remédier d'une manière approximative en salant de l'eau fraîche que vous versez ensuite sur chaque huître.

Les huîtres se servent avec du sel, du poivre, du citron et du vin blanc sec et c'est la première entrée du repas par laquelle on commence, parce que les huîtres sont considérées comme un apéritif.

Les moules sont des coquillages très-appréciés

et sont servies de la même manière que les huîtres. Voyez pour de plus amples détails au chapitre des crustacés.

Jambon et charcuterie.

Le jambon, en hors-d'œuvre, se sert froid, entier ou coupé en tranches émincées, dressé sur une serviette pliée ou sur des feuilles de vigne avec ou sans gelée autour.

Les saucissons crus d'Arles, de Lyon, d'Italie, etc., se servent sur des feuilles de vigne, enveloppés d'un papier argenté.

On peut à volonté en couper quelques tranches sans les déplacer, de façon que l'on puisse apercevoir à peine l'intérieur vermeil du saucisson.

Le salé de veau qui est spécial à la Savoie est fort estimé. Il le sert cuit et peut être présenté chaud ou froid.

On sert de même les diverses variétés de cervelas au naturel ou coupés en tranches et apprêtés aussi en salade, préparés seuls ou garnis de légumes cuits ou de viandes froides bouillies ou rôties.

Pieds de mouton et de veau à la vinaigrette.

Lorsque les pieds de mouton ou de veau sont blanchis, c'est-à-dire quand le poil en est ôté, vous les flambez légèrement sur la flamme pour achever de brûler le fin poil qui les couvre ; ensuite vous les échaudez à l'eau bouillante pendant un petit instant, afin qu'ils soient bien blancs et bien propres et qu'ils perdent le goût trop prononcé de gélatine, puis vous les faites cuire en gelée comme il est indiqué aux chapitre des pièces froides.

Les pieds de mouton et surtout ceux de veau, arrangés en vinaigrette, comme il est indiqué à l'article galantine, même chapitre, font des hors-d'œuvre choisis et économiques dont nous recommandons particulièrement l'usage dans les déjeuners, les dîners et les soirées.

CHAPITRE IX.

HORS-D'ŒUVRE CHAUDS.

Les hors-d'œuvre chauds sont composés indistinctement des fritures panées ou farinées, des objets frits dans la pâte à frire ou autres espèces de pâtes, des coquilles et des petits pâtés en général, ainsi que les substances mises sur le gril. On peut considérer les hors-d'œuvre chauds comme étant de petites entrées de table et sont servis au commencement du repas aussitôt après le potage.

Croquettes de viande.

Ayez des restes de volailles cuites auxquels vous enlèverez la peau et les nerfs, car autrement les croquettes crêveraient dans la friture ; hachez grossièrement ou coupez-les de préférence, ce qui vaut beaucoup mieux, en dés gros comme des petits pois fins ; ajoutez un peu de jambon cuit, aussi coupé en petits dés et des truffes noires, si vous en avez. Ensuite mettez dans une casserole un morceau de beurre frais ; lorsqu'il est fondu, ajoutez une cuillerée de belle farine avec une échalote hachée, si c'est votre goût, pour faire dix-huit croquettes environ ; laissez revenir le tout sans prendre couleur ; mouillez avec du bon lait que vous laissez réduire, en remuant continuellement jusqu'à ce que la béchamelle soit assez épaisse et consistante, c'est-à-dire qu'elle soit comme une bouillie qui se détache toute seule de la casserole, puis quand elle est à ce point de cuisson, mettez la volaille et le jambon, du sel, du poivre ; laissez faire un tour ; liez cette farce avec deux jaunes d'œufs, un filet de vinaigre ou un jus de citron, un peu de noix muscade et un bon morceau de beurre frais pour rendre la farce plus délicate.

Si en liant les croquettes, les jaunes d'œufs les avaient éclaircies, ce qui arrive quelquefois, il faudrait aussitôt remettre la casserole un petit instant sur le feu en remuant avec la pochette jusqu'à ce que la farce se soit épaissie et éviter surtout qu'elle ne bouillisse, car autrement les œufs tourneraient ; ensuite mettez ou plutôt étendez sur un plat cette préparation jusqu'à ce qu'elle soit refroidie en ayant soin de passer un morceau de beurre frais sur toute l'étendue de la farce pour empêcher qu'il ne se forme une croûte à sa surface.

Cette opération terminée, faites les croquettes de la grosseur d'un petit œuf en les panant une première fois dans la panure ou dans la mie de pain et en leur donnant, selon votre gré, la forme d'un gros bouchon ou celle d'un petit pain de sucre, en ayant bien soin de ne paner légèrement les croquettes qu'à la surface et non intérieurement, car cela les rendrait lourdes et peu délicates ; ensuite vous les panerez une seconde fois après que vous les aurez roulées entièrement et avec précaution dans deux œufs battus comme pour faire une omelette.

Vous les redressez ensuite dans le garde-manger et un instant avant de les servir, vous les faites frire dans la friture chaude pendant cinq à six minutes ou plutôt jusqu'à ce qu'elles aient acquis une coloration dorée et croustillante, à l'extérieur et qu'elles fassent la crême à l'intérieur.

Sortez-les de la friture doucement à l'aide de l'écumoire, puis jetez à la place une pincée de persil en branches que vous retirez aussitôt. Dressez les croquettes sur une serviette pliée et ornez-les avec le persil frit.

Les croquettes peuvent encore se faire avec des restes de viande ou du foie de veau, celle du lapin domestique et du filet de bœuf préparés seuls ou mêlés à la volaille, mais pas avec la viande de bœuf ni celle de mouton.

Boudins à la richelieu.

Ayez de la farce à quenelles ; formez-en autant de boulettes de la grosseur d'un petit œuf que vous voulez faire de boudins ; saupoudrez la table d'un peu de farine pour empêcher que la farce ne reste adhérée, puis aplatissez-la avec la lame d'un couteau, de l'épaisseur d'une pièce de cinq francs ; mettez au milieu, de la farce à croquettes placée en long; enveloppez cette farce toujours à l'aide de la lame du couteau en pliant celle à quenelles en quatre parties, de manière à ce que celle qui est au milieu soit bien renfermée, chose essentielle; ensuite donnez au boudin la forme d'un carré long de dix centimètres puis panez une première fois, ensuite une seconde fois dans des œufs battus comme pour les croquettes.

Faites-les frire comme les croquettes mais un peu plus de temps et servez-les de même ornés de persil frit.

Le boudin à la richelieu est un hors-d'œuvre chaud très-recherché.

Coquilles à la béchamelle.

Ayez des coquilles en métal ou en argent destinées à cet usage ou des coquillages de mer appelés *Saint-Jacques*; mettez dans chaque coquille assez de farce à croquettes de sorte qu'elle soit remplie aux trois quarts ; saupoudrez d'un peu de panure ou de chapelure; ajoutez sur chaque coquille un morceau de beurre de la grosseur d'une petite noix et faites cuire à belle couleur, à un four chaud, pendant dix minutes. Il faut que les coquilles soient placées ensemble sur un plat en fer battu ou sur une plaque ordinaire.

Coquilles d'écrevisses à la Nantua.

Faites cuire les écrevisses de la façon ordinaire, décoquillez les queues que vous parez; préparez ensuite un coulis en mettant dans une casserole un morceau de beurre bien frais ; lorsqu'il est fondu, ajoutez une petite cuillerée de farine ; laissez-la un instant revenir ; mouillez avec de l'eau ou du lait et un peu de sel ou bien avec de l'excellent bouillon ; laissez un peu réduire puis ajoutez les queues d'écrevisses, une cuillerée à bouche de tomate, ou si vous le préférez, liez la sauce coulis avec un jaune d'œuf et du beurre d'écrevisses ; relevez-la avec un jus de citron ou un filet de vinaigre et un peu de poivre blanc ou celui de Cayenne.

On peut, pour rendre ce coulis plus fini, y ajouter de fins champignons et une échalote hachée, si c'est votre goût.

Ensuite, procédez exactement comme pour les coquilles à la béchamelle.

Coquilles d'huîtres.

Faites blanchir les huîtres un tour ou deux à l'eau de sel bouillante ; mettez-les quand elles seront bien égoutées, dans une sauce coulis comme celle des écrevisses à la *Nantua,* en y ajoutant leur eau que vous aurez eu soin de mettre de côté et procédez ensuite de la même manière.

Coquilles de moules.

Opérez de la même façon que pour les coquilles d'huîtres.

Coquilles de poissons.

Lorqu'il reste des débris de poissons, vous en tirerez un bon parti en les préparant comme la sauce aux écrevisses à la Nantua, ou en sauce blanche avec ou sans fromage rapé ou avec une sauce au vin blanc et des fines herbes, le tout mis dans les coquilles et gratiné dans le four pendant dix minutes comme il est indiqué ci-dessus.

Pâte à frire.

Nous avons cru utile de placer dans ce chapitre la pâte à frire parce que c'est le seul endroit où elle soit employée pour les fritures de viande.

La pâte à frire se prépare en mettant dans un plat creux quatre cuillerées de belle farine, du sel, du poivre blanc, deux jaunes d'œufs ; délayez peu à peu le tout avec de l'eau froide ou un peu tiède, de manière à en faire une pâte plutôt épaisse que claire comme celle à beignets de pommes, en ayant soin de bien la remuer pour qu'elle ne soit pas en grumeaux ; ensuite, un instant avant de se servir de cette pâte, montez en neige les deux blancs d'œufs que vous mélangez à la pâte à frire pour la rendre plus légère.

On peut également délayer la pâte à frire avec du vin blanc sec ou de la bière et y ajouter deux cuillerées à bouche de bonne huile d'olive.

Quelques cuisinières ne mettent pas de jaunes d'œufs dans la pâte à frire, mais à notre avis, il est préférable qu'il y en ait, parce que la pâte est plus craquante et plus savoureuse.

Friture à la kromosky.

Formez à l'aide d'une cuillerée à bouche avec la farce à croquettes, plusieurs petites boulettes de la grosseur d'une noix, entourées, si vous le voulez, d'une toile de cochon ; mettez-les à mesure sur la pâte à frire, puis enveloppez-les de cette pâte pour faire des beignets ronds que vous mettez frire à la friture bouillante afin qu'ils soient surpris ; sortez-les lorsqu'ils seront de belle couleur d'or et croustillants et servez-les comme les croquettes avec du persil frit et sur une serviette pliée.

Marinade de cervelles.

Faites cuire la cervelle, quand elle est préparée, dans le vin blanc ou dans le vinaigre, de l'eau, du sel, du poivre, et les aromates qui vous conviendront.

Ensuite mettez-la, quand elle est bien égouttée, mariner dans un peu d'huile, des fines herbes et une échalote hachée, du poivre et du sel, en ayant en soin de la couper en petits carrés gros comme des noix, puis faites frire chaque morceau de cervelle dans la pâte à frire comme les kromoski et dressez-les de même.

Les cervelles en marinade se préparent aussi d'une manière plus compliquée en procédant comme il est indiqué ci-après pour la sauce des pieds de veau à la Sainte-Menehould.

Marinade de volaille.

Lorsqu'il vous reste des débris de volaille cuite ; coupez-les par petits morceaux et opérez de la même façon que pour la marinade de cervelle.

C'est un mets qui est peu coûteux et qui fait bon profit.

Marinade de gibier.

Pour utiliser les débris de gibier cuit, coupez les morceaux les mieux choisis et faites avec les autres débris une sauce au fumet de gibier (voyez page 214) que vous versez par-dessus les morceaux rangés dans un plat et que vous faites ensuite frire quand ils sont refroidis dans une pâte à frire comme il est indiqué ci-dessus.

Marinade de poissons.

Lorsqu'il reste des débris de poissons, coupez-les en morceaux bien réguliers et pas trop gros, puis rangez-les sur un plat ; ensuite faites une sauce blanche ou de préférence une sauce allemande, avec ou sans champignons hachés et du fromage rapé, si vous le voulez ; versez-la sur les morceaux de poissons de manière qu'ils en soient entourés partout ; puis faites frire cette marinade comme les autres ci-dessus.

Marinade de homard.

Procédez exactement comme pour faire la marinade de poissons.

Marinade de pieds de veau.

Lorsque les pieds de veau ont servi pour faire la gelée ou qu'ils ont cuit dans le pot-au-feu, on peut aussi les utiliser et en faire une friture avec la pâte à frire, pourvu qu'ils soient coupés en morceaux et préparés à la même sauce que ceux à la Sainte-Menehould indiquée ci-après ou simplement marinés comme les cervelles dans l'huile, le vinaigre, etc.

Pieds de veau à la Sainte-Menehould.

Les pieds de veau étant cuits et refroidis, fendez-les en deux dans le sens de leur longueur ; parez-les un peu sans pourtant ôter les petits os ; placez-les sur un plat les uns à coté des autres.
Ensuite mettez dans une casserole un peu de beurre frais ou fondu ou de la graisse de cochon ou de celle d'oie et de canard, du jambon, quelques champignons cuits ou crus, un peu de persil, un oignon, le tout haché ensemble ; faites revenir un petit instant avec une cuillerée de farine ; mouillez avec du jus, ou du bouillon ou à défaut avec de l'eau ; ajoutez du sel et du poivre, une goutte de colorant ; laissez réduire un quart d'heure ; au bout de ce temps, versez cette sauce sur les pieds de veau qui doivent en être entourés de tous les cotés ; puis, quand il seront refroidis, panez-les comme les croquettes et faites-les frire. Dressez-les de même, avec du persil et accompagnez-les d'une sauce tar-

tare, printanière, ou remoulade, servie dans une saucière à part.

Cette sauce, dont la proportion indiquée peut suffire pour cinq pieds de veau, doit être relevée parce que les pieds de veau sont fades. Elle peut être appliquée à toutes les espèces de viandes que l'on veut utiliser en marinade ou panées.

Les pieds de veau à la Sainte-Menehould peuvent aussi être préparés en sauce blanche avec la même farce, c'est-à-dire de la même manière qu'en sauce rousse, sans laisser jaunir la farine et mouiller la sauce avec du vin blanc sec, puis la lier avec deux jaunes d'œufs.

Les pieds de veau peuvent encore s'apprêter d'une façon plus simple en les fendant en deux parties égales lorsqu'ils sont cuits et en les mettant mariner dans l'huile, le vinaigre de vin, avec du sel et du poivre ; ensuite les paner avec la panure et les faire cuire sur le gril sur un feu doux ou dans le four chaud du fourneau, sur un plat en fonte émaillée ou en fer battu, en ayant soin de les arroser avec la marinade pour qu'ils ne soient pas séchés et les servir dans le plat où ils ont été cuits. Cette dernière manière d'apprêter les pieds de veau est très-appétissante et vite préparée.

Tête de veau en marinade.

Lorsque la tête de veau est cuite, préparez les restes en marinade dans la pâte à frire, comme les pieds de veau : faites frire et dressez-les comme les croquettes.

Œufs frits à la sauce tartare.

Faites cuire dans l'eau dix œufs durs ; mettez-les aussitôt qu'ils sont cuits dans l'eau fraîche, afin qu'ils soient plus faciles à être décoquillés ; partagez-les en deux dans le sens de leur longueur ; ôtez le jaune de chaque œuf ; pilez-les dans le mortier ou écrasez-les très-fins dans une casserole avec une fourchette ; ajoutez un peu de sel, du beurre frais et relevez cette farce avec une pincée de poivre, une pointe d'ail écrasée et du persil haché, si c'est votre goût.

Quand le tout est bien amalgamé, mettez deux ou trois œufs entiers ; ensuite remettez un instant la casserole sur le feu jusqu'à ce que la farce soit liée et ait pris de la consistance, en ayant soin de la remuer avec la pochette en bois et de ne pas la laisser bouillir ; lorsque cette opération est faite, remplissez de cette farce le vide de chaque moitié du blanc d'œuf où était le jaune, ainsi que le pourtour et panez-les exactement comme les croquettes ; faites les-frire et dressez-les de même.

Servez-les avec une sauce tartare, printanière ou remoulade.

Les œufs frits de cette manière sont très-appétissants et peu coûteux. Les œufs frits se servent encore avec une sauce tomate un peu claire mise au milieu des œufs dressés en couronne.

Croquettes d'œufs.

Faites cuire des œufs durs ; coupez et préparez-les de la même manière que les croquettes de viande, sans mettre du jambon mais des truffes si vous en avez, en ayant soin de remuer doucement les œufs dans la béchamelle, car autrement les jaunes se réduiraient en purée.

Croquettes de riz.

Faites cuire du riz de la façon ordinaire ou si vous en avez de reste, faites-le réchauffer avec une goutte de bouillon ou du jus ; ensuite vous le liez avec deux jaunes d'œufs, pour le faire tenir ensemble ; vous le panez et vous le faites frire de même que les croquettes ordinaires.

Les croquettes de riz sont très-économiques et font un hors-d'œuvre très-apprécié ; ils peuvent aussi se faire frire dans le beurre frais comme des côtelettes panées, mais il faut qu'ils aient la forme ronde et un peu aplatie.

Polenta frite.

Préparez la *polenta* comme il sera indiqué dans le chapitre ci-après ; lorsqu'elle est refroidie, coupez-la en tranches de l'épaisseur d'un doigt auxquelles vous donnez la forme ronde, ou de losange, puis trempez-la dans l'œuf, panez-la une fois seulement et faites-la cuire au beurre frais comme les côtelettes panées.

Ce hors-d'œuvre est comme les croquettes de riz, peu coûteux et très-estimé.

Ramequin.

Mettez dans une casserole un bon verre d'eau ou du lait, peu de sel, du poivre, du beurre, ainsi

qu'une écorce de citron hachée, si c'est votre goût;
lorsque cette préparation commence à bouillir,
ajoutez vivement deux petites cuillerées de belle
farine ou plutôt autant que l'eau ou le lait pourront
en boire ainsi que du fromage de gruyère et du
parmesan rapé, si vous en avez.

Travaillez fortement cette pâte qui doit être
ferme et lisse et ne pas être en grumeaux ; laissez-
la dessécher cinq minutes sur le feu, puis un instant
après cassez successivement dans cette pâte quatre
à cinq œufs pour l'amollir, en ayant soin de la travailler continuellement afin que les ramequins soient
plus légers et plus gonflés.

La pâte des ramequins qui ressemble à la pâte à
choux se fait frire comme celle des pets-de-nonne,
dans la friture, peu chaude ou bien cuite dans le
four tempéré.

On forme avec cette pâte plusieurs petits ramequins façonnés selon son gré ou ronds, de la grosseur d'une grosse noix et placés sur la plaque à
pâtisserie, beurrée légèrement, et que vous dorez
ensuite avec un œuf battu. Servez très-chaud.

Petits pâtés à la béchamelle.

Ayez de la pâte feuilletée comme il est indiqué
au chapitre des pâtisseries; abaissez-la avec le rouleau à pâtisserie jusqu'à ce qu'elle soit à peine de
l'épaisseur du petit doigt, ensuite coupez les petits
pâtés avec un petit moule rond en ferblanc, uni ou
festonné, destiné à cet usage, puis formez légèrement le couvercle avec un moule plus petit ou bien

avec la pointe du couteau. Mettez sur la plaque à pâtisserie chaque petit pâté; dorez-les avec un œuf bien battu à l'aide d'une plume ou d'un pinceau, en ayant bien soin de ne pas le laisser couler autour, car l'œuf collerait le feuilletage et l'empêcherait de monter à la cuisson. Enfournez-les dans le four chaud et laissez-les cuire pendant vingt minutes environ.

Aussitôt que vous les aurez sortis du four, ôtez chaque couvercle avec un petit couteau pointu ainsi que la pâte non cuite qui est à l'intérieur.

Un instant avant de servir, vous mettez les petits pâtés chauffer à la porte du four ou dans l'étuve du fourneau et vous les emplissez ensuite de la même farce que celle des croquettes seule ou mêlée avec des champignons, des queues d'écrevisses, ou, à votre volonté, avec des ris de veau, préparés au jus et au coulis de tomate ou bien encore avec la même garniture du vol-au-vent à la financière.

Les petits pâtés sont un hors-d'œuvre très-bien accueilli, même dans les dîners de cérémonie et doivent être dressés sur une serviette pliée.

Les petits pâtés doivent également être servis très-chauds, c'est une qualité essentielle, car Richelieu a dit que pour manger de bons petits pâtés il fallait avoir un four dans sa poche.

L'on a aussi fait sur les petits pâtés divers calculs très-amusants.

Ainsi étant donnés trente-six petits pâtés à six centimes chacun, combien sont-elles de personnes pour les manger, quel est leur sexe et leur nationalité? En multipliant trente-six par six centimes l'on trouve au total deux francs seize (deux Françaises.)

Bouchées à la reine.

On les prépare à l'aide de deux épaisseurs de pâte feuilletée, coupées comme pour les petits pâtés et beaucoup plus mince. Au centre de l'un de ces deux ronds on place un peu de farce à quenelles de viande ou de poisson, un peu relevée avec du poivre et agrémentée de champignons et de truffes hachés, pochées ensuite à l'eau de sel bouillante, ayant la forme d'une noix puis mises dans un jus très-fort pour les fortifier.

Lorsque la farce est placée, mouillez avec de l'eau le tour de la pâte; recouvrez avec le second rond que vous faites adhérer au premier d'une façon juste; ensuite dorez comme les petits pâtés et laissez-les cuire de même.

Les bouchées à la reine, ainsi préparées, peuvent être servies comme les petits pâtés à la béchamelle dans les dîners de cérémonie.

L'on peut aussi les faire d'une manière plus ordinaire en ne mettant que de la farce à godiveau ou de la chair à saucisse, une truffe, si vous en avez, ainsi qu'un œuf, pour donner de la consistance; faites cuire le tout ensemble pendant dix minutes dans une goutte de jus pour le fortifier, puis faites les bouchées comme celles ci-dessus et servez-les bouillantes.

Petits pâtés au riz.

Préparez le riz de la façon ordinaire, ensuite liez-le avec deux ou trois jaunes d'œufs pour la quantité d'un demi-kilog de riz, puis étendez-le sur un plat légèrement beurré et faites de sorte qu'il ait une épaisseur de deux doigts et qu'il soit bien uni à la surface.

Quand il est refroidi, coupez-le en forme de petits pâtés; dorez-les avec les œufs de tous les côtés et faites-les cuire à un four chaud, jusqu'à ce qu'ils aient acquis une belle couleur d'or.

Faites un creux au milieu comme dans les petits pâtés et garnissez-les de même.

Rissoles de viande.

Ayez de la pâte feuilletée ou de la pâte brisée, c'est-à-dire de la pâte à pâté; abaissez-la sur le tour à pâte de l'épaisseur d'un sou ; mettez de distance en distance de la farce à croquettes gros comme une grosse noix; recouvrez chaque rissole avec la pâte; coupez avec le couteau ou de préférence avec la ridelle de manière à en former de petits oreillers gros à peu près comme une carte à jouer; ensuite faites-les frire à grande friture très-chaude.

Pieds de cochon grillés.

Les pieds de cochon doivent toujours avoir été mis, avant de les faire cuire, dans le sel ou dans la saumure pendant quelque temps, alors ils sont d'un goût plus savoureux que ceux qui n'ont pas subi cette préparation.

Pour les faire cuire, il faut les laver à l'eau chaude;

mettez-les ensuite dans une pleine marmite d'eau sans être salée, de manière qu'ils baignent ; laissez bouillir à petit feu pendant quatre à cinq heures, c'est ordinairement le temps de cuisson qui leur convient ; ensuite partagez-les en deux dans le sens de leur longueur ; faites-les mariner dans de l'huile, du vinaigre, du poivre et pas de sel, puis roulez chaque moitié de pied de cochon dans la panure et faites-les griller sur le gril, des deux côtés, sur un feu doux ou dans le four chaud du fourneau, sur un plat en fer battu ou émaillé, en ayant soin de les arroser avec la marinade, pour qu'ils ne soient pas séchés, servez-les dans le plat où ils ont cuit, lorsqu'ils ont atteint une couleur dorée et croustillante.

Les pieds de cochon ainsi préparés sont un hors-d'œuvre peu coûteux et bien accueilli, surtout lorsqu'ils sont accompagnés d'une sauce mayonnaise ou de toutes autres sauces de ce genre.

Pieds de cochon truffés.

Ayez un kilog de porc frais, gras et maigre ; hachez-le menu comme pour faire de la chair à petites saucisses ; ajoutez, quand le tout est haché, un œuf pour donner de la consistance, un peu de sel, du poivre et des pelures de truffes hachées ainsi qu'un peu de noix muscade, si c'est votre goût ; amalgamez le tout ensemble.

Vous aurez, d'un autre côté, préparé de la toile ou coiffe de cochon coupée en plusieurs morceaux grands comme les deux mains, à peu près ; mettez sur chaque morceau de toile quelques tranches de truffes en réservant une partie de la moitié de la toile qui doit recouvrir le pied de cochon, ensuite faites une couche de cette farce, puis de pieds de cochon cuits coupés en morceaux où vous aurez laissé seulement les petits os ; recouvrez d'une seconde couche de farce; finissez par une rangée de truffes coupées un peu épaisses et enveloppez le tout ensemble de manière à former un carré long imitant autant que possible le pied de cochon naturel. Roulez-les tels dans la panure et faites-les cuire comme les précédents pendant une demi-heure, sans les arroser, car la toile de cochon suffit pour qu'ils soient assez humectés.

La proportion de porc frais indiquée ci-dessus, ainsi que trois pieds de cochon, suffisent pour faire une dizaine de pieds truffés et sont un hors-d'œuvre très-recherché et très-délicat.

CHAPITRE X.

NOTIONS SUR LE MACARONI A LA NAPOLITAINE ET LES PATES EN GÉNÉRAL.

Le macaroni de Naples doit sa renommée à la qualité des blés durs originaires de l'Afrique et qui sont très-nourrissants.

Les Napolitains préfèrent les pâtes fraîches à celles qui sont séchées. En France, actuellement, l'on fabrique des macaronis et des pâtes n'ayant aucune différence avec les pâtes d'Italie.

Macaroni à la napolitaine.

Faites cuire dans de l'eau de sel bouillante du macaroni de Naples pendant une demi-heure environ ; au bout de ce temps il doit être à point de cuisson ; égouttez l'eau et versez par-dessus un jus coulis très-concentré, lié avec un peu de sauce de tomate ; faites bouillir un tour, ensuite mettez assez de fromage de gruyère et de parmesan rapés ainsi qu'une pincée de poivre ; faites-le sauter avec le bras et non pas avec une cuillère pour ne pas briser le macaroni, pendant une ou deux minutes, pour que

le macaroni soit lié d'une manière égale et servez-le bouillant.

Le macaroni à la napolitaine doit être onctueux
et ne pas être sec ni être trop cuit ; ce sont des qualités essentielles.

L'on peut aussi ajouter dans le macaroni un fort
morceau de beurre extra-frais mis en même temps
que le fromage.

Les Napolitains préfèrent le macaroni, lorsqu'il est d'une certaine longueur et dressé avec symétrie.

Le macaroni se sert le plus ordinairement
comme plat du milieu avant les légumes.

Macaroni au gratin.

Faites cuire dans du bouillon ou dans de l'eau de
sel en ébullition et une goutte de colorant pour
donner la couleur qui convient un demi-kilogramme,
de macaroni ; lorsqu'ils sont assez cuits, mettez
dans la casserole du fromage coupé ou rapé et une
pincée de poivre, ensuite mettez-les dans un plat
à gratin en ayant soin qu'ils soient un peu clairs car
ils s'épaississent en gratinant ; couvrez-les d'une
bonne couche de fromage rapé et de petits morceaux de beurre frais ; laissez-les gratiner pendant
dix minutes ou un quart d'heure dans un four
chaud ; servez-les bouillant.

L'on peut y ajouter du jus, mais il faut qu'il soit
mis avec modération, afin que le macaroni ne soit
pas trop fort.

Macaroni au maigre.

Procédez comme pour le macaroni au gratin, en le faisant cuire à l'eau de sel ; ajoutez, lorsqu'il est cuit et bien égoutté, un respectable morceau de beurre extra-frais, une cuillerée à bouche de sauce tomate, du poivre, une pointe d'ail écrasée, si c'est votre goût, du fromage rapé et faites sauter avec le bras, pendant une minute, le tout ensemble.

L'on peut aussi ajouter à la place de la tomate quelques cuillerées de crème, un peu de noix muscade, ne pas mettre de fromage et faire légèrement gratiner le macaroni avec un peu de chapelure au-dessus ainsi que du beurre frais.

Macaroni au jambon.

Le macaroni au jambon se prépare comme celui au gratin, mais sans qu'il soit gratiné, et auquel ou ajoute du jambon cru rapé que l'on met cuire en même temps que le macaroni.

Il faut avoir soin de ne pas trop saler l'eau et de ne pas mettre de fromage. Ce macaroni se sert le le plus souvent comme garniture des viandes bouillies.

Risoto à la piémontaise.

Mettez dans une casserolle du bouillon. Lorsqu'il est en ébullition, mettez une poignée, par personne, de riz écume, première qualité, que vous lavez ou non, selon votre volonté, en ayant eu soin d'enlever minutieusement les petites pierres qui se trouvent dans le riz.

Laissez-le cuire pendant vingt minutes environ, puis, lorsque le bouillon est tout absorbé, mettez du fromage de gruyère et du parmesan rapés, ainsi qu'une goutte de bon jus. Laissez-le cinq minutes au coin du feu pour que le fromage ait le temps de se lier avec le rizzoto et servez-le bouillant.

Autre manière de faire le risoto.

Mettez dans une casserole un bon morceau de beurre frais. Lorsqu'il est fondu, ajoutez le riz ainsi qu'une gousse d'ail écrasée ou un peu d'oignon haché, si c'est votre goût ; laissez revenir le riz jusqu'à ce qu'il soit un peu jauni, puis mettez peu à peu du bouillon jusqu'à ce qu'il soit cuit ; ensuite ajoutez le fromage.

Cette méthode de faire jaunir le riz dans le beurre exige une cuisson plus prolongée, mais elle offre l'avantage que le riz est plus craquant et moins en pâte.

L'on peut aussi mettre dans le rizzoto, en même temps que le fromage, du jus, et un morceau de bon beurre frais.

Le rizzoto peut être garni de petites saucisses, ou d'une garniture de ris de veau, de foies gras ou ceux de volailles, champignons, etc., le tout mis dans un jus coulis, mais il est supérieurement accommodé et forme une entrée charmante, même dans les dîners de cérémonie, lorsque le rizzoto est mis, au moment de le servir, dans un moule festonné ou vous aurez mis une goutte de jus tout autour du moule pour que le rizzoto soit démoulé plus facilement.

Lorsque cette opération est terminée, dressez le rizzotto sur le plat; garnissez-le d'une couronne d'alouettes ou d'autres petits gibiers que vous aurez fait cuire à part et parsemez-le de truffes noires du Périgord émincées ou de préférence de truffes blanches du Piémont; puis finissez cette entrée en versant par-dessus le jus des petits oiseaux.

Rizzoto à la milanaise.

Le rizzoto à la milanaise se prépare comme celui à la piémontaise avec la seule différence qu'il faut y ajouter du safran aussitôt que le rizzoto est mouillé.

Riz au maigre.

Faites jaunir le riz dans le beurre avec une pointe d'ail écrasée; mouillez avec de l'eau, du sel, une cuillerée à bouche de tomates, lorsqu'il est cuit, mettez le fromage et un peu de poivre et servez-le bouillant.

Le riz au maigre peut encore se faire en lavant le riz et en le mettant aussitôt dans de l'eau de sel bouillante, et un oignon piqué d'un clou de girofle et lorsqu'il est cuit, le lier avec un respectable morceau de beurre, du poivre, un peu de noix muscade et quelquefois la liaison d'un jaune d'œuf ou du beurre d'écrevisses, mais pas de fromage.

Lasagnes.

Les lazagnes sont des pâtes coupées en forme de ruban. Pour les préparer, l'on fait revenir une gousse d'ail dans le beurre pour les relever et l'on procède exactement comme pour le macaroni au gratin.

L'on apprête de la même façon toutes espèces de pâtes qui ne diffèrent que par la forme et qui demandent une cuisson plus ou moins longue.

Vermicelle.

Faites revenir dans le beurre, le vermicelle avec ou sans ail; mouillez-le avec du bouillon, du poivre, du fromage rapé et lorsqu'il est cuit, faites-le gratiner dans le four chaud pendant dix minutes à peine, en ayant soin d'y mettre une couche de fromage au-dessus et un peu de chapelure.

Nouilles.

Mettez sur le tour à pâte une livre de farine et un peu de sel fin; détrempez-la avec cinq ou six œufs de manière à en faire une pâte très-ferme que vous battez fortement avec le rouleau à pâtisserie.

Coupez cette pâte par petites parties, grosses

comme un œuf ; étendez-les avec le rouleau à pâtisserie de l'épaisseur d'une pièce de un franc ; ensuite saupoudrez-les d'un peu de farine ; pliez-les en forme d'un petit carré long ; coupez les nouilles à l'aide d'un couteau bien tranchant de la grosseur d'une allumette ; déroulez-les à mesure ; écartez-les pour qu'elles puissent sécher un peu.

Faites bouillir dans une casserole de l'eau avec assez de sel ; lorsqu'elle est en ébullition, mettez-y les nouilles bien séparées ; laissez-les cuire encore pendant cinq minutes, lorsqu'elles commencent à bouillir.

Mettez ensuite fondre dans une casserole assez de beurre ; lorsqu'il est jauni à goût de noisette, égouttez les nouilles et jetez-les vivement dans le beurre ; ajoutez-y du fromage rapé un peu de jus qui n'est pas indispensable ou, à défaut, une goutte de colorant pour leur donner la couleur qui convient ; laissez-leur faire un tour et servez-les bouillantes.

Les nouilles apprêtées ainsi sont un mets peu coûteux et très-estimé. Quelques personnes préparent la pâte à nouilles en mettant de l'eau avec les œufs, mais cette manière d'opérer est moins économique et les nouilles sont moins bonnes parce qu'elles sont moins craquantes et ressemblent à de l'amidon.

Les nouilles se préparent au maigre en faisant jaunir dans le beurre du pain coupé en petits carrés avant de mettre les nouilles avec ou sans fromage rapé. Elles peuvent encore s'accommoder au gras comme le macaroni au jambon.

Les nouilles peuvent être faites à l'avance, car elles se conservent comme les autres pâtes, lorsqu'elles sont séchées sur des feuilles de papier ou sur un linge. Dans ce cas elles exigent une cuisson plus longue que si elles étaient fraîches.

Agnellotti.

Lorsqu'il reste des débris de viande bouillie un peu grasse ou celle de rôti, vous les hachez très-finement avec une échalotte ou un oignon en y ajoutant de la chair à saucisse pour relever la viande cuite : ensuite vous faites revenir cette farce dans du beurre avec une cuillerée à café de farine ; mouillez avec de l'eau ou du bouillon, un peu de sel, du poivre ; laissez cuire un instant de manière à en faire une farce plutôt épaisse, puis étendez-la sur un plat pour la faire refroidir.

Quand cette opération est terminée, vous aurez préparé de la pâte à nouille, comme ci-dessus ; abaissez-la aussi mince qu'une feuille de papier, s'il est possible, puis de distances en distances très rapprochées, mettez de cette farce gros comme une noisette sur une ligne droite d'une certaine longueur, pour pouvoir faire chaque fois deux à trois douzaines d'agnellotti ; repliez la pâte sur cette farce, et séparez chaque agnellotti en les coupant avec un verre à liqueur, de façon qu'ils ne soient pas plus gros qu'une pièce de dix centimes, qualité essentielle.

Mettez dans une casserole de l'eau et du sel ;

lorsqu'elle bout, jetez les agnellotti ; laissez-les cuire pendant cinq à six minutes.

Vous aurez mis auparavant dans un plat à gratin assez de beurre frais que vous laissez jaunir avec une pointe d'ail écrasée; sortez à l'aide de l'écumoire des agnellotti pour en faire un premier lit dans le plat à gratin ; mettez une couche de fromage rapé, un peu de poivre, ensuite un second lit et une seconde couche de fromage, ainsi de suite ; ajoutez un peu de jus si vous en avez ; faites gratiner dans le four chaud pendant dix minutes et faites en sorte que les agnellotti ne soient pas secs au milieu.

Les agnellotti apprêtés ordinairement en soupe, se préparent aussi au jus ; ils s'apprêtent comme ci-dessus, par lits, mais il ne faut pas mettre de l'ail dans le beurre, ni les faire gratiner ; versez par-dessus un jus coulis concentré ; laissez-les mijoter sur la plaque du fourneau pendant dix minutes ; servez-les bouillant dans le même plat, de façon que les convives les voient encore boutonner quand ils sont présentés sur la table.

Les agnellotti sont un mets très-apprécié, quoique étant peu connu en France ; ils offrent l'avantage d'utiliser les restes de viande et de faire avec peu de choses un plat abondant.

Dans certains pays la farce des agnellotti se prépare comme la précédente, mais sans la faire revenir dans le beurre. Il faut remplacer la farine par deux œufs pour donner de la consistance et y ajouter un peu de persil haché ou bien la mêler avec des choux très-cuits et y ajouter du fromage rapé et de la noix muscade.

Polenta.

La *polenta* est extraite du maïs ou blé de Turquie, et est pour ainsi dire, dans certains pays, le pain quotidien des classes laborieuses. Cependant quand elle est bien apprêtée, elle peut se servir dans les dîners de cérémonie comme entrée ou plat du milieu.

Pour la confectionner, mettez dans une casserole du bouillon ou de l'eau et du sel; laissez bouillir; jetez en pluie la semoule jaune qui est préférable à la farine de *polenta* en ayant soin de ne pas trop en mettre, car elle épaissit beaucoup quand elle est de bonne qualité, soit environ six poignées pour un plat ordinaire, en remuant avec la spatule en bois, afin qu'elle ne reste pas en grumeaux; laissez-la mijoter au coin du feu pendant une forte demi-heure; au bout de ce temps, ajoutez une pochée de bon jus un peu gras, du poivre et du fromage de gruyère émincé et non rapé; remettez-la sur le feu en tournant toujours jusqu'à ce que le fromage soit fondu, et mettez-la de suite dans un moule dans lequel vous aurez mis au fond un peu de jus pour que la *polenta* s'en détache plus facilement et servez-la bouillante.

Lorsque la *polenta* est dressée, elle peut être garnie autour, en forme de couronne, comme le rizzoto à la piémontaise, d'allouettes ou autres petits gibiers cuits à part dont vous versez le jus par-dessus ou de petites saucisses, puis parsemée entièrement de truffes noires ou des truffes blanches du Piémont coupées très-minces avec la râpe à truffes.

La *polenta* ne doit pas être très-ferme mais assez cependant pour qu'elle puisse se tenir moulée. Le lendemain, s'il reste de la *polenta*, on peut la couper en tranches, régulières autant que possible, et la faire gratiner à un four chaud avec un peu de beurre frais ou la préparer comme il est indiqué au chapitre des hors-d'œuvre.

Fondue au fromage.

Mettez dans une casserole un fort morceau de beurre bien frais avec une pointe d'ail écrasée ; ajoutez, lorsqu'il est fondu, une ou deux cuillerées de belle farine ; laissez-la revenir un instant pour qu'elle perde son goût sans prendre couleur, en la remuant avec la pochette ; mouillez avec de l'eau froide ou chaude d'un seul trait en remuant toujours avec la pochette en bois pour qu'elle soit lisse et pas en grumeaux, comme si c'était pour faire une sauce blanche ; laissez-la cuire pendant dix minutes ; ensuite ajoutez environ un demi-kilogramme de fromage pas trop fort, émincé et non rapé ; continuez à tourner jusqu'à ce que le fromage soit entièrement lié et fondu ; goûttez si elle est à bon goût de sel, puis liez la fondue avec trois ou quatre jaunes d'œufs ; servez-la bouillante dans un plat creux légèrement chauffé avec beaucoup de poivre blanc par-dessus pour la relever.

La fondue peut aussi se faire d'une façon plus délicate en mettant tremper dans un demi-litre de lait un demi-kilogramme de gruyère à pâte molle coupé en tranches très-minces, pendant une demi-heure et même plus ; puis au moment de faire la fondue, mettez dans le lait, pour lier, quatre ou cinq jaunes d'œufs sans mettre de farine, du beurre extra-frais, une pointe d'ail écrasée et un peu de sel.

Placez la fondue sur un feu pas trop ardent ; tournez-la sans la quitter avec la spatule en bois ; lorsqu'elle est épaissie et qu'elle est sur le point d'ébullition, retirez-la et dressez-la vivement, car si elle bouillait, elle tournerait en huile et la fondue serait manquée et immangeable.

La fondue, qui n'est autre chose qu'une purée de fromage, doit ressembler à une crême un peu épaisse. C'est un mets très-estimé lorsqu'elle est parsemée comme la *polenta*, de truffes noires du Périgord ou des blanches de Piémont ou bien de champignons.

CHAPITRE XI.

QUENELLES, CROUSTADES, PATÉS CHAUDS, VOLS-AU-VENT,
DIVERSES ENTRÉES ET RAGOUTS.

Quenelles de viande.

Prenez une livre de rouelle maigre, autant de graisse de rognon de veau ; ôtez les plus gros nerfs de la viande et de la graisse ; coupez ou hachez très-menu, puis pilez très-fin le tout ensemble dans le mortier, de sorte que la viande et la graisse puissent passer au tamis ou à la passoire, afin d'en enlever complètement les nerfs qui restent au fond de la passoire.

Quand cette opération est terminée, vous aurez préparé de la crême pâtissière indiquée ci-après ; mettez-la en proportion d'un tiers de la viande et de la graisse que vous venez de piler ; ensuite remettez le tout ensemble dans le mortier ; ajoutez du sel fin, du poivre, ainsi que deux œufs, et à votre choix un peu de noix muscade et une pointe d'ail écrasée ; repilez de nouveau pour bien amalgamer le tout pour en faire une pâte lisse et compacte.

Il n'est pas inutile, lorsque les quenelles sont achevées et avant qu'elles ne soient enlevées de dans le mortier, d'en pocher une, pour s'assurer si elles sont à bon goût et si elles ne sont pas trop délicates.

Dans ce cas, il faudrait remettre un œuf pour les rendre plus fermes. L'on peut aussi, lorsque les quenelles sont finies, mêler doucement un blanc d'œuf fouetté pour les rendre plus légères.

Dans le cas où vous seriez dépourvu de passoire ou de tamis, il faudrait alors ratisser le veau et la graisse avec la lame d'un couteau afin d'en enlever aussi minutieusement que possible les nerfs et les peaux qui s'y trouvent, car rien n'est aussi désagréable que lorsque les quenelles ne sont pas préparées avec soin.

Mettez ensuite de la farine sur le tour à pâte ou sur la planche à hacher ; faites les quenelles de la grosseur d'une noix en leur donnant la forme d'un petit étui, puis pochez-les à l'eau de sel en ébullition et lorsqu'elles commencent à bouillir, laissez-leur faire un tour ou deux ; retirez la casserole du feu sans les sortir de l'eau ou elles ont été pochées.

Quelques cuisinières emploient du bouillon pour pocher les quenelles, mais c'est là une dépense inutile et qui ne donne aucun résultat.

Les quenelles préparées avec la graisse de rognon de veau sont d'un goût plus fin que celles qui sont préparées avec la graisse de rognon de bœuf.

Les quenelles faites avec la moelle de bœuf, de la

9

tétine de veau, de la pane de cochon ou du lard, sont lourdes et ont un goût de trop gras.

Les quenelles se préparent encore avec les blancs de volaille, la chair d'un lapin, ou celle d'un filet d'un jeune bœuf, avec ou sans graisse, c'est-à-dire seulement avec du beurre extra-frais. Pour cela vous préparez et vous pilez la viande comme celle de veau ; vous mettez ensuite par tiers, c'est-à-dire autant de beurre et de crême pâtissière que vous avez de viande pilée ; repilez le tout ensemble pour en faire une pâte très-lisse et procédez ensuite exactement comme précédemment.

Quelques cuisinières mettent dans les quenelles de la mie de pain trempée dans du lait, mais à notre avis, les quenelles sont lourdes, grainées, et moins fines que celles qui sont préparées avec la crême pâtissière.

Quenelles de poissons.

Les quenelles de poissons sont les plus délicates.

Elles peuvent se préparer avec la chair de toutes espèces de poissons de mer ou d'eau douce de préférence et c'est même obtenir un bon parti que de faire des quenelles avec les poissons d'une qualité inférieure et qui ont beaucoup d'arêtes.

Les poissons choisis le plus ordinairement pour les quenelles sont la carpe et le brochet.

Il est de toute rigueur que le poisson soit très-frais, car autrement les quenelles n'auraient pas de corps, seraient immangeables et malsaines.

Ecaillez, videz et lavez le poisson qui vous conviendra; coupez-le par petits morceaux après que vous en aurez enlevé soigneusement les arêtes et les peaux. Pilez-les très-finement dans le mortier, ensuite passez-les à la passoire ou au tamis de préférence, parce qu'il reste toujours dans le poisson des arêtes. Pilez aussi dans le mortier pour l'adoucir la même quantité de beurre extra-frais que vous avez de poisson ; puis ajoutez encore la même quantité de crème pâtissière c'est-à-dire que vous mettez dans la proportion d'un tiers, le poisson, le beurre et la crème pâtissière.

Pilez le tout ensemble, ajoutez deux ou trois œufs, du sel, du poivre, et un peu de noix muscade, ensuite faites les quenelles et pochez-les comme les précédentes.

Crème pâtissière.

Mettez dans une casserole deux cuillerées de belle farine ; cassez-y deux œufs ; délayez la farine et les œufs en y ajoutant une goutte de lait, dans le cas ou les œufs, n'auraient pas absorbé toute la farine ; éclaircissez peu à peu avec du lait, en tournant toujours avec la pochette pour que la crème pâtissière soit lisse et pas en grumeaux, de manière à en faire une bouillie très-claire; c'est-à-dire que les deux cuillerées de farine peuvent absorber deux verres de lait environ ; ensuite mettez cuire cette crème sur un feu modéré en la tournant avec la pochette en bois, sans la quitter, car autrement elle s'attacherait au fond de la casserole, serait brûlée et en grumeaux.

Laissez-la cuire encore lorsqu'elle est bien devenue épaisse, pendant dix minutes, un quart d'heure,
ou plutôt jusqu'à ce qu'elle se détache toute seule de
la casserole; lorsqu'elle est à ce point de cuisson,
versez-la d'un seul trait sur une assiette et passez
aussitôt à sa surface un morceau de beurre frais
pour empêcher qu'il ne se forme une croûte; laissez-la refroidir, car si la crême pâtissière était employée chaude, la graisse ou le beurre seraient fondus, la viande serait à moitié cuite ce qui ferait que
les quenelles seraient manquées.

La proportion de cette crême pâtissière suffit
pour la quantité de quenelles ci-dessus.

Vol-au-vent de quenelles à la financière.

Faites jaunir dans le beurre un rognon ou à défaut un ris de veau bien dégorgé coupé en tranches; ajoutez du sel, ensuite mouillez avec une
sauce espagnole, ou avec un roux et une goutte de
vin blanc sec pour le relever; laissez mijoter une
demi-heure; un instant avant de servir, ajoutez
des champignons en boîte ou sautés au beurre,
s'ils sont frais, ou trempés dans l'eau chaude, s'ils
sont séchés, des fonds d'artichauts cuits à l'avance,
des rognons et des crêtes de coqs, des cervelles cuites à l'avance dans le vin blanc coupées par morceaux
ainsi que les quenelles; faites bouillir le tout ensemble pendant cinq minutes pour que la financière
qui ne doit pas être trop liée, soit d'un goût relevé
et que les quenelles enflent, deviennent légères et
délicates; puis ajoutez vivement des truffes émincées,

des crevettes, ou des queues et du beurre d'écrevisses pour lier la financière. Versez-la dans la pâte du vol-au-vent très-chaud et servez bouillante.

L'on peut aussi parfumer la financière avec un peu de madère, ou de la fine champagne et mettre par-dessus, quand elle est dressée, des olives échaudées à l'eau bouillante, mais qui ne doivent pas être mises dans la sauce, parce qu'elles dénatureraient par leur acreté le goût fin que doit avoir la financière.

L'on peut encore orner le vol-au-vent à l'extérieur avec des écrevisses entières dressées et mises en forme de couronne.

Il est bien entendu que les garnitures indiquées ne sont pas toutes de rigueur, mais il est essentiel de mettre celles qui ont le plus d'apparat et qui donnent à la financière le plus de goût et le cachet spécial, comme les truffes, les écrevisses, les champignons, etc.

L'on peut aussi remplacer le beurre d'écrevisses par des tomates en purée ou coupées en petits morceaux, ou mettre l'un et l'autre.

Il est essentiel de ne mettre la financière dans le vol-au-vent qu'au moment de servir, car la pâte du vol-au-vent absorberait toute la sauce, ce qui rendrait les quenelles trop sèches.

Vol-au-vent de quenelles au maigre.

Faites un roux blanc ; mouillez avec moitié eau et moitié vin blanc sec, de manière à en faire une sauce peu liée ; mettez du beurre d'écrevisses ou de la sauce tomate pour donner à la sauce une couleur légèrement rosée, quelques petits oignons, des scorsonères cuites à l'avance ; laissez mijoter ; ajoutez ensuite toutes les garnitures maigres qui sont dans le vol-au-vent à la financière et les quenelles de poissons. Goûtez si c'est à bon goût de sel et servez bouillant.

Les quenelles se servent aussi sans vol-au-vent, garnies au-dessus avec des croûtes de pain coupées en cœur et frites dans le beurre.

Ragoût employé pour toutes espèces d'usage.

Mettez dans une casserole indistinctement du beurre, de la graisse de cochon ou de celle d'oie ou de canard, ou de l'huile ; faites revenir du jambon cru, coupé en petits carrés ; ajoutez une cuillerée de farine; laissez-la jaunir sans excès , mouillez avec de l'eau ou du bouillon; ajoutez aussi une échalote hachée, du poivre, peu de sel à cause du jambon qui est salé, deux cuillerées à bouche de sauce tomate, une goutte de colorant, s'il est nécessaire, deux douzaines de petits oignons et autant de petits champignons. Laissez cuire à petit feu pendant une demi-heure.

Boudins à la régence.

Les boudins à la Régence se préparent de la même manière que les boudins à la Richelieu, seulement au lieu d'être frits, ils se font pochés comme les quenelles, à l'eau de sel bouillante, et se servent avec une garniture à la financière ornée d'écrevisses dressées et placées en couronne au-dessus du plat avec des croûtes de pain coupées en forme de cerf-volant et frites à belle couleur dans le beurre frais.

Les boudins à la Régence sont une entrée recherchée.

Pâté chaud de viande.

Faites une pâte brisée ; comme il est indiqué abaissez-la de l'épaisseur du petit doigt environ ; donnez-lui la forme un peu longue, peu large et ronde aux deux bouts ; placez cette abaisse sur la plaque à pâtisserie légèrement beurrée ; mettez au milieu une farce composée d'un demi-kilog de porc frais gras et maigre, pilé ou haché bien menu comme la chair à petites saucisses ; ajoutez du sel, du poivre et un œuf pour donner de la consistance, ainsi que des truffes si vous voulez ; faites un lit de cette farce ; mettez au-dessus du jambon cuit ou cru pas trop salé, coupé en tranches un peu épaisses ; finissez le pâté par une seconde couche de farce ; recouvrez le pâté d'une abaisse aussi épaisse que celle qui est au-dessous, puis d'une seconde abaisse bien mince un peu festonnée avec la ridelle ou autres choses, selon votre idée. Faites en sorte que les deux abaisses au-dessus viennent s'ajuster avec celle de dessous ; coupez ces trois abaisses d'une façon bien égalisée, ensuite formez un rebord avec une pince à pâtisserie ou de toute autre manière, de sorte que la viande soit bien enfermée ; puis faites un ou deux trous au-dessus du pâté à l'aide d'un couteau pointu ; introduisez dans chaque trou une carte pliée en forme de cornet, afin que la vapeur puisse se dégager facilement sans quoi le pâté se crèverait pendant la cuisson.

Dorez le pâté de tous côtés avec un œuf ; faites-le cuire dans un four de boulanger, en même temps que l'on cuit les pains ou dans le four chaud du fourneau pendant une petite heure. Au sortir du four, dressez le pâté sur une serviette pliée ; parfumez-le avec une goutte de Madère ou du rhum, si vous le jugez nécessaire, ou simplement avec du jus dans lequel vous aurez mis un filet de vinaigre. Mettez à la place des cartes, des frisettes en papier pour orner et servez le tout très-chaud.

Le pâté chaud se sert dans les déjeûners ; l'on peut encore le faire en ajoutant du jambon à la farce ci-dessus, découpé en filets gros comme le doigt ou bien des filets désossés de lapin domestique, de garenne, de lièvre, de volaille, etc., ou encore avec du foie de veau ou des foies gras ainsi que du lard coupé en bardes minces, que vous faites mariner la veille dans de l'huile ou simplement dans le vin blanc ou du vinaigre de vin, avec du poivre, un bouquet garni, quelquefois des fines herbes et une échalote hachées, mais peu ou pas de sel, parce qu'il rougit la viande et que l'on ajoute ensuite au moment de faire le pâté.

Les croustades et les timbales sont composées de pâte brisée ou feuilletée formée en abaisses plus ou moins épaisses appliquées dans des moules unis ou festonnés, légèrement beurrés, placées sur des plaques à pâtisseries et cuites dans le four chaud comme pour le pâté.

Ces croustades peuvent être employées pour augmenter et embellir toutes espèces de viandes, gibiers, poissons, macaronis, etc., préparés en sauce, ou en ragoût, mais surtout pour tirer un bon parti et utiliser les restes, de sorte à en faire un plat nouveau bien appétissant et peu coûteux.

CHAPITRE XII.

PIÈCES FROIDES EN GÉNÉRAL

DINDE, POULARDE, CHAPON, POULE, POULET, PER-
DREAUX, FAISAN TRUFFÉS, EN GALANTINE, GALANTINE
TRUFFÉE OU NON TRUFFÉE, A LA GELÉE, PATÉS DE
VIANDE, DE GIBIERS, DE LIÉVRE, DE LAPIN, DE POIS-
SON A LA GELÉE, TÊTE DE VEAU TRUFFÉE A LA GE-
LÉE, TERRINES DE FOIES GRAS ET ORDINAIRES, AS-
PICS, CHAUD-FROID DE VOLAILLE A LA GELÉE, PIEDS
DE VEAU ET DE COCHON TRUFFÉS A LA GELÉE,
ÉPAULE EN ROULEAU, POITRINE DE VEAU, DE MOU-
TON ET D'AGNEAU FARCIS A LA GELÉE, SANDWICHS
AU FILET DE BOEUF, AU JAMBON, AU FOIE GRAS,
CANAPÉS D'ANCHOIS.

Galantine truffée à la gelée.

Les pièces froides se servent indistinctement
dans les déjeuners, les dîners ou dans les soirées.

Ayez une vessie sèche petite ou grosse, selon votre galantine, que vous rompez en la fendant d'un côté ; mettez-la tremper dans l'eau tiède ; lavez-la très-proprement ; rincez-la de nouveau dans du vinaigre ou du vin blanc sec.

Prenez un kilog et demi à deux kilog. de porc frais, gras et maigre, coupé dans la longe ; faites quatre petites tranches ou même davantage, grosses comme le pouce et de la longueur de la galantine, s'il est possible ; coupez ensuite des bardes de lard salé très-minces, mettez le tout mariner la veille ou le matin dans un peu de vinaigre de vin, ou dans un verre de vin blanc sec, avec assez de poivre et de sel fin ainsi que des tranches de jambon cru première qualité, coupées de l'épaisseur du petit doigt ; quand cette opération est faite, hachez ensuite bien menu ou pilez très-fin de préférence dans un mortier, ce qui vous reste de porc frais ; lorsque cette viande est bien pilée, ajoutez deux œufs entiers parce que les œufs donnent de la consistance aux farces en général, ainsi qu'un ou deux verres de vin blanc sec et ordinaire, assez de poivre et de sel ; car les viandes bouillies quand elles sont froides perdent une partie de sel et des épices. Repilez de nouveau pour bien amalgamer le tout ensemble ; goûtez si cette farce est à bon goût.

Procédez ensuite pour faire la galantine en étendant sur la table la vessie, bien essuyée ; mettez au milieu une couche épaisse de cette farce ; puis au dessus les filets de porc frais dont chacun sera enveloppé dans une barde de lard et placé dans toute la longueur de la galantine ; intercalez dans les joints des petits cornichons très-verts, c'est essentiel, ensuite une seconde couche de farce, puis les tranches de jambon tenant toute la galantine, ainsi qu'une ou plusieurs rangées de truffes du Périgord bien lavées et partagées en deux, placées côte à côte, de sorte que dans chaque tranche de galantine il se trouve une portion de truffe ; puis finissez la galantine par une troisième couche de farce.

Lorsque cette opération est faite, cousez la vessie pour renfermer la galantine.

Pliez-la dans un linge que vous aurez mouillé auparavant dans l'eau, pour lui enlever le goût de lessive ; liez la galantine d'une façon serrée aux deux extrémités ; serrez-la encore au milieu en faisant deux à trois tours avec la ficelle, et faites-la cuire dans la gelée pendant deux heures et demie environ, comme si c'était le pot-au-feu.

Au bout de ce temps, elle doit être à son point de cuisson ; retirez-la sur un grand plat uni, laissez-la un peu rendre la gelée. Ensuite pressez-la avec une planchette de la longueur et de la largeur de la galantine ; mettez au-dessus de la planchette un poids de trois à quatre kilogrammes, et laissez-la dans cet état jusqu'au lendemain.

Il est essentiel de faire à la galantine ainsi qu'au linge dans lequel elle est pliée, une marque, afin qu'elle soit mise sous la presse dans le sens naturel, pour qu'elle soit marbrée.

L'on peut aussi ajouter dans la galantine, selon son gré, des pistaches ou des carottes crues, coupées de la grosseur des cornichons.

Le lendemain, vous déficelez le linge et vous redressez la galantine jusqu'au moment de la décorer. La galantine se prépare aussi avec la viande de veau, mais elle est d'un goût moins fin et moins savoureux que celle qui est préparée avec de la chair de porc frais.

. La galantine sans être truffée, se prépare comme celle qui est truffée, excepté les truffes.

Gelée de viande.

Mettez dans une marmite en terre ou en fonte émaillée, six à huit pieds de veau préparés, flambés et bien échaudés, quelques rognures de viandes, os, couenne de lard ou débris de jambon, avec de l'eau, de manière que la viande baigne, du sel; ajoutez, lorsque la gelée est écumée, du poivre, un gros bouquet de thym et de laurier, un oignon piqué de clous de girofle, un demi-litre de vin blanc sec, ainsi qu'une goutte de colorant pour donner à la gelée une couleur d'or; laissez-la mijoter pendant quatre à cinq heures. Au bout de ce temps, elle doit être à point de cuisson ; passez-la au tamis, et laissez-la refroidir pour la clarifier, car si elle était chaude, les blancs d'œufs seraient cuits et n'auraient aucun effet. Dégraissez soigneusement la gelée, car autrement s'il restait de la graisse figée à sa surface, elle ne serait ni appétissante ni claire.

Lorsqu'elle est refroidie, montez en quart de neige, avec la fourchette, trois à quatre blancs d'œufs, remettez la gelée sur un feu modéré, ensuite les blancs d'œufs ; battez la gelée fortement avec un fouet, ou à défaut, remuez-la avec la poche en bois ou la cuillère à potage, jusqu'à ce qu'elle soit sur le point de bouillir; lorsqu'elle est en ébullition, retirez-la sur le coin du fourneau, ou mettez-la dans le four; laissez-la se clarifier toute seule. Ensuite passez-la dans la chausse, ou à défaut, dans un linge serré que vous aurez eu soin de mouiller auparavant, pour lui enlever son goût de lessive.

Il est très-important que la gelée soit limpide comme de l'eau de roche; si elle ne réunit pas cette condition, il est prudent de la clarifier une seconde fois.

Quelques personnes ne mouillent la gelée qu'avec du vin blanc sec; cette méthode est naturellement très-bonne, mais elle est trop coûteuse; l'on peut obtenir le même résultat en mettant, au moment de la clarifier, un demi-litre de vin blanc sec ou un filet de vinaigre, juste pour la relever. L'on peut encore la parfumer, quand elle est clarifiée et entièrement refroidie, avec une goutte de madère ou de la fine-champagne.

L'on peut aussi faire la gelée en procédant comme ci-dessus, et la laisser cuire toute la nuit dans le four du boulanger, en ayant soin de couvrir la marmite avec une feuille de papier. Par cette méthode, la gelée qui bout à peine, n'est pas troublée, et l'on peut se dispenser de la clarifier; il suffit de la dégraisser et de la passer avec précaution dans la chausse ou dans un linge.

Quelques cuisinières font revenir les débris de viande, excepté les pieds de veau, comme si c'était pour faire un jus ; cette méthode est très-bonne parce que la gelée a un arôme de viande plus prononcé, et il n'y a pas besoin de mettre du colorant, mais alors elle exige une surveillance soutenue pour éviter qu'elle ne roussisse trop et qu'elle ne prenne un goût étranger.

Il arrive parfois que la gelée n'est pas assez ferme, alors il faut avoir recours à quelques feuilles de gélatine mises en même temps que les blancs d'œufs.

Manière de décorer la galantine.

La galantine est un de ces mets où l'ornementation est le plus utile, soit comme aspect, soit aussi comme effet, car autrement, il serait un plat secondaire ; mais il faut que cette ornementation soit naturelle et non pas faite avec des enjolivures de graisse blanche teintée de plusieurs couleurs ; une façon très-simple de décorer, et qui est agréable comme coup-d'œil, c'est d'imiter un jeu de damier.

Pour cela, vous placez la galantine sur le plat où elle doit être dressée ; puis vous faites couler légèrement sur la galantine, une couche de gelée sur le point d'être prise, afin qu'elle reste sur la galantine plus facilement. Vous aurez préparé des œufs cuits durs ; formez avec les blancs environ cinquante petits carrés avec l'emporte-pièce, et formez-enautant avec des tranches de truffes noires ; mettez sur la galantine, premièrement un carré de truffes, et à côté, placez celui du blanc d'œuf ; continuez ainsi jusqu'à ce que le damier soit terminé. Laissez prendre la gelée de façon que le damier soit bien scellé, puis remettez délicatement, à l'aide d'une cuillère à bouche, sur toute l'étendue du damier, une seconde couche de gelée, en ayant soin de ne rien déranger.

Quand cette opération est terminée, faites à chaque extrémité du damier, un petit tiroir avec l'écorce d'un citron ; coupée en filets très-fins, mettez dans ces deux tiroirs, d'un côté, douze tranches de jaunes d'œufs, et de l'autre, autant de tranches de truffes coupées en tranches rondes, pour imiter les jetons. Ensuite, mettez aux deux bouts de la galantine qui sont nus, un bouquet de gelée hachée bien menue; faites-en autant autour de la galantine, puis finissez d'orner le plat en mettant sur le rebord, des tranches de gelée coupées en cœur ou en losange, avec ou sans tranches d'œufs etde truffes festonnées et placées au-dessus de chaque morceau de gelée. L'on peut encore, selon l'idée, monter la galantine en gelée, à l'aide d'hatelets en argent, ou bien avoir plusieurs petits moules à tartelettes festonnés, et faire des espèces de petits aspics avec lesquels on peut garnir la galantine.

Pieds de veau qui ont servi à faire la gelée.

Aussitôt que la gelée est passée au tamis, mettez dans de grands verres, ou dans des choppes de préférence, les pieds de veau désossés et encore chauds, ainsi qu'une ou deux cuillerées à bouche de gelée, pour bien garnir les joints. Le lendemain, quand ils sont refroidis, sortez-les des verres, en passant auparavant, tout autour du verre, un couteau à lame mince, pour en détacher les pieds de veau; ensuite, coupez-les par tranches, comme si c'était un saucisson; dressez-les sur un plat, et versez par dessus une sauce vinaigrette froide relevée, telle qu'une sauce remoulade, printanière, tartare, etc.

Cette manière peu connue d'utiliser les pieds de veau, forme un hors-d'œuvre froid très-estimé et peu coûteux, qui peut être présenté dans les déjeuners et les soirées.

Dinde truffée en galantine.

La dinde en galantine se prépare le plus ordinairement avec une dinde d'une certaine grosseur, qui sans être vieille, n'est plus jeune.

Lorsque la dinde est préparée, mais sans être flambée, parce que si elle était flambée, la peau se déchirerait plus facilement, désossez-la à l'aide d'un petit couteau pointu bien tranchant, en commençant sur le dos, vers l'as de pique; coupez la peau dans toute sa longueur, jusque vers la tête de la dinde; désossez avec précaution pour ne pas écorcher la peau; prenez toute la chair, afin d'en laisser le moins possible autour des os et de la carcasse. Lorsque vous serez arrivé vers les ailes, coupez-les à la jointure des filets, en laissant les phalanges attachées à la peau; désossez également les cuisses en ôtant l'os et les plus gros nerfs qui s'y trouvent, et que vous coupez à la naissance des pattes.

Quand cette opération est terminée, opération qui est plus longue à expliquer qu'elle n'est difficile à faire en réalité, faites mariner les blancs de la dinde avec le foie auquel vous aurez eu soin d'enlever le fiel ; ajoutez, si vous le jugez nécessaire, du porc frais coupé en filets pour augmenter la galantine, ainsi que le gésier coupé en morceaux.

Étendez la peau de la dinde sur la table ; cousez les issues avec du fil, puis procédez exactement comme pour faire de la galantine truffée, en mettant un peu plus de chair à saucisse, selon la grosseur de la dinde ; ensuite rejoignez la peau et cousez-la en entier, pour bien renfermer l'intérieur ; flambez-la légèrement ; pliez en triangle les phalanges ; repliez la tête et le cou vers les cuisses ; donnez à la dinde sa forme naturelle, ainsi qu'aux pattes auxquelles vous n'aurez coupé que les griffes ; pliez-la dans un linge et procédez pour la cuisson exactement comme il est indiqué pour la galantine.

Le lendemain, décorez-la de même que la galantine ou à votre idée, avec une couronne d'hâtelets en argent, piqués de truffes festonnées.

Ainsi préparée, la dinde en galantine truffée est un mets des plus recherchés, toujours bien accueilli dans les déjeuners, les dîners et les soirées.

Poularde, chapon, poule, poulet, perdreaux, faisan truffés en galantine.

Procédez pour toutes ces espèces de volailles et de gibiers comme pour la dinde truffée en galantine, exactement de la même manière, excepté pour le perdreau et le faisan que l'on peut, selon son gré, orner de son plumage comme pour le faisan rôti.

Tête de veau en galantine truffée.

Ayez une tête de veau blanchie et très-proprement ratissée, qui ne soit pas trop grosse ; désossez-la à l'aide d'un couteau pointu et tranchant ; cousez avec du fil blanc l'ouverture des yeux et celle du museau.

Vous aurez préalablement fait mariner avec beaucoup d'aromates pendant deux jours, quatre petites langues de veau bien parées et passées sur la braise pour en enlever la première peau.

Vous aurez également haché très-menu, ou pilé de préférence, deux kilogrammes environ de porc frais gras et maigre ; ajoutez, quand le porc frais est bien pilé, trois œufs, assez de sel et de poivre, deux verres de vin blanc sec et ordinaire, ainsi que des pelures de truffes hachées ; repilez de nouveau pour bien amalgamer le tout ensemble.

Vous aurez aussi des tranches de jambon cru coupées épaisses comme le doigt, ainsi que des tranches très-minces de lard salé, et des pistaches

que vous aurez échaudées à l'eau très-chaude pour
en enlever la peau ou, à défaut, de petits cornichons très-verts.

Étendez ensuite la tête de veau sur la table ; mettez une première couche très-épaisse de cette farce,
puis les quatre langues enveloppées chacune d'une
bande de lard, dont deux seront placées côte à côte, et les deux autres placées à la suite, de sorte
que les fins bouts de chaque langue soient posés
les uns sur les autres, et que les langues tiennent
toute la longueur de la tête de veau ; mettez ensuite
les pistaches parsemées ; salez et poivrez. Quand
cette première opération est faite, remettez une seconde couche de farce, puis une ou plusieurs rangées de truffes rondes ou partagées en deux ; continuez par une troisième couche de farce, et finissez
la tête de veau par des tranches de-jambon recouvertes d'une quatrième couche de farce de manière
à faire un marbré d'un coup-d'œil flatteur.

Cousez ensuite la tête de veau avec du fil ou de
la ficelle ; frottez l'extérieur avec le jus d'un citron,
pour qu'elle conserve sa blancheur ; pliez-la dans
un linge, comme il est indiqué pour la galantine, et
faites-la cuire à petit feu dans la gelée, pendant
trois heures et même plus.

Au bout de ce temps de cuisson, sortez la tête de
veau avec précaution, et pressez-la avec une planchette qui tiendra toute la longueur de la tête, et
un poids de trois à quatre kilog. placé au-dessus, en
ayant soin de laisser les oreilles en dehors, afin
qu'elle garde sa forme naturelle.

La tête de veau étant une chair très-gélatineuse,

l'on peut supprimer ou mettre moins de pieds de veau que dans la gelée de la galantine.

La tête de veau en galantine, qui se décore comme la dinde truffée, est un mets des plus recherchés et fait un plat de résistance qui est toujours bien accueilli dans les déjeuners, dîners et soirées de cérémonie.

La tête de veau, sans être truffée, est un mets qui est relativement peu coûteux, parce qu'il peut être servi pendant quatre à cinq jours, même dans le temps des chaleurs.

Il est à remarquer que la tête de veau, en galantine, qui est bien découpée, non-seulement fait plus de profit, mais elle est encore d'un aspect plus engageant, et par conséquent d'un goût bien supérieur et plus fin que celle qui est découpée en morceaux brisés ou difformes.

Pour cela, il faut partager la tête de veau par le milieu dans toute sa longueur, de façon qu'il reste une oreille de veau à chaque moitié ; coupez ensuite la tête de veau en sens inverse, en faisant des tranches très-minces, comme si c'était pour découper un saucisson.

Terrine de foie de veau truffé.

Mettez dans le fond d'une terrine en terre des tranches émincées de lard salé ; coupez du foie de veau en forme de carrés longs assez épais ; piquez chaque carré de lardons de lard gros comme le petit doigt, à l'aide d'une grosse lardoire, ou à défaut, avec un petit couteau pointu.

Vous aurez préparé, pour une terrine ordinaire, un kilogramme de chair à petites saucisses, ou si vous le préférez, pilez la même quantité de porc frais, gras et maigre ; ajoutez du sel, du poivre, ainsi qu'un œuf et des pelures de truffes hachées ; mêlez bien le tout ensemble ; disposez sur les bardes de lard, une couche de cette farce, ensuite mettez un lit de tranches de foie de veau ; salez et poivrez d'une manière raisonnée et sans excès, puis faites une rangée de truffes coupées par morceaux assez gros ; remettez une seconde couche de farce, ainsi que des tranches de foie de veau, sel et poivre, et finissez la terrine avec une troisième couche de farce recouverte par des bardes de lard. Couvrez la terrine de son couvercle, et faites-la cuire dans un four médiocre ou dans le foyer, garnie de cendres chaudes, pendant une heure et demie ou deux heures, ou plutôt jusqu'à ce que le jus que la viande a rendu soit tout absorbé, et que la graisse soit limpide ; tassez la terrine avec l'écumoire et laissez-la refroidir.

Cette terrine de foie de veau se conserve parfaitement comme celle de foie gras ; mais il est essentiel que la graisse ne soit pas enlevée et que le couvercle soit à sa jointure bien luté avec du papier, afin que l'intérieur soit complètement privé d'air.

La terrine de foie de veau peut aussi se faire de la même façon, sans y mettre des truffes, et en l'aromatisant avec une feuille de laurier ou une brisée de thym.

La terrine de foie peut encore se préparer avec du foie de chevreau ou celui de cochon. Ces espèces de terrines peuvent être présentées indistinctement dans les déjeuners, les dîners et les soirées.

Terrines de foies gras truffés.

Ayez des foies d'oies ou de canards ; coupez-les en deux ou en quatre parties égales, puis truffez-les au milieu par quelques truffes coupées en morceaux assez gros ; préparez la même farce que celle du foie de veau, et opérez exactement, soit pour la manière de faire, soit pour la cuisson.

Ainsi préparées, les terrines de foies gras sont très-délicates et d'un goût fin, sont très-recherchées dans les déjeuners, les dîners et les soirées de cérémonie.

Pain de foie.

Pilez dans le mortier un kilogramme de foie de bœuf, de mouton, ou de préférence, de ceux de veau, de chevreau ou de cochon, qui sont beaucoup plus délicats. Lorsque le foie est bien pilé, ajoutez quatre œufs, du sel, une cuillerée à bouche de farine, beaucoup de poivre pour le relever, parce que la viande du foie est fade, amalgamez le tout ensemble, puis mettez encore deux hectogrammes environ de lard salé coupé en petits carrés.

Faites ensuite fondre un morceau de beurre gros comme une noix, pour beurrer le moule tout autour ; foncez-le de quelques bardes de lard émincées, puis mettez-y le pain de foie ; laissez-le cuire dans un four modéré pendant une heure et demie au moins, ou le même temps dans les cendres chaudes ou bien encore dans le bain-marie.

Pour le démouler, il faut passer la lame du couteau à l'entour et le renverser d'un seul trait.

Le pain de foie peut se préparer d'une manière plus finie en le passant à la passoire ou au tamis, pour rendre la viande plus compacte et en enlever les fibres, mais il faut que cette opération soit faite avant que de mettre les carrés de lard et y ajouter à la place de la farine, quelques jaunes d'œufs en plus, si vous voulez, et des truffes coupées en morceaux.

Le pain de foie, ainsi apprêté, est une entrée très-estimée pourvu qu'il soit accompagné avec de la gelée de viande; il peut également se servir dans les déjeuners et les soirées. L'on peut aussi le couper en tranches très-minces et faire des sandwichs très-goûtés et peu coûteux.

Aspic de volaille.

Ayez de la gelée un peu concentrée; mettez-en, lorsqu'elle est fondue, dans un moule ou dans une petite casserole de l'épaisseur d'un doigt; lorsqu'elle commence à prendre, placez au milieu un blanc d'œuf cuit dur et festonné selon votre idée; entourez-le en forme de couronne de quelques écrevisses ou de crevettes parées, ensuite d'un tour de champignons en hors-d'œuvre ou en boîte, d'un autre tour de petits pois blanchis à l'eau de sel, ainsi que d'une rangée de truffes coupées en tranches et des blancs d'œufs coupés comme les truffes avec un moule festonné; puis mettez bien doucement sur ce dessin une cuillerée à bouche de gelée ; laissez la prendre pour tenir le tout d'une manière régulière et symétrique ; remettez une seconde cuillerée à bouche de gelée, ainsi de suite, de sorte que ce petit ornement soit entre deux doigts de gelée d'un côté et de l'autre.

Lorsque la gelée est bien prise, formez une couronne avec les filets de volailles cuits et refroidis, entremêlés avec du jambon aussi cuit et de première qualité ; coupez le tout en tranches en forme de cerf-volant ; alternez avec des truffes émincées ; finissez l'aspic avec de la gelée.

Au moment de servir, trempez le moule dans l'eau chaude, juste pour le démouler et dressez l'aspic en renversant le moule appuyé sur le plat où vous aurez mis une serviette pliée.

L'aspic ainsi préparé se sert dans les dîners comme entrée. L'on peut aussi, à volonté, y mettre des cuisses de volaille.

L'aspic peut aussi se préparer avec des terrines de foies gras ou du pain de foies ordinaires, de lapin de garenne ou domestique, marinés et piqués de fins lardons, puis rôtis ou bien encore des débris de gibier coupés en tranches ou des petits gibiers, tels que : les allouettes, bec-figues, etc., désossés, garnis d'une farce fine ou laissés entiers aussi rôtis.

Chaud-froid de volaille aux truffes.

Le chaud-froid de volaille est tout simplement une volaille coupée par quartiers, que vous aurez préparée comme pour en faire une fricassée, ou plutôt que vous aurez apprêtée avec une sauce allemande très-corsée ; dressez ces quartiers de volaille en pyramide sur un plat rond assez grand. Ayez un moule à bordure, comme il est indiqué au chapitre des généralités ménagères ; remplissez-le de gelée et des mêmes garnitures contenues dans l'aspic moins la volaille ; décorez de la même manière, puis au moment de servir le chaud-froid, renversez avec adresse la bordure de sorte que la volaille soit bien au milieu du plat sans être dérangée.

Le chaud-froid de volaille est une entrée froide très-estimée dans les dîners.

Pieds de veau truffés à la gelée.

Ayez six pieds de veau échaudés à l'eau bouillante, puis flambés et très-proprement nettoyés ; désossez-les ayant soin de laisser l'os du bout du pied qui forme la fourche ; remplissez chaque pied de veau de la farce à galantine mêlée avec du lard salé coupé en petits carrés, et joignez-y des truffes ; cousez-les ensuite avec du fil et mettez-les cuire à petit feu comme la gelée avec les mêmes assaisonnements.

Lorsque les pieds de veau sont arrivés à leur point de cuisson, c'est-à-dire très-cuits, parce que les pieds de veau ont une chair gélatineuse et nerveuse qui se raffermit en refroidissant, mettez-les dans un plat creux et versez par-dessus, tout simplement la gelée passée dans un linge mouillé ou au tamis fin.

L'on peut néanmoins la clarifier comme il est indiqué. L'on peut aussi préparer les pieds de veau sans y mettre des truffes et parfumer la farce avec une goutte de rhum.

Les pieds de veau ainsi apprêtés sont peu coûteux et forment un plat abondant qui peut se servir plusieurs fois de suite dans les déjeuners.

Pieds de cochon truffés à la gelée.

Mettez au sel pendant deux à trois jours six pieds de cochon; ensuite procédez exactement comme pour les pieds de veau truffés.

Les pieds de cochon truffés peuvent aussi être servis à la gelée, lorsqu'ils sont préparés comme ceux indiqués dans le chapitre des hors-d'œuvre chauds, mais sans être panés.

Cette manière de les apprêter est assurément très-recherchée, mais leur cuisson ne doit être que d'une heure environ et chaque pied de cochon doit être ficelé afin que la toile, dans laquelle ils sont enfermés se maintienne pendant l'ébullition.

Epaule de veau farcie à la gelée.

Ayez une épaule de veau pas trop grosse; désossez-la ou faites-la désosser à votre boucher, en ayant soin de laisser l'os qui doit former le manche, comme celui d'un gigot de mouton ; ensuite prenez de la chair dans l'intérieur de l'épaule dans l'endroit où il s'en trouve le plus ; hachez-la bien menu ou pilez de préférence avec autant de lard de poitrine salé, une échalote ou de l'ail, si c'est votre goût; ajoutez, lorsque le tout est fini, deux œufs pour donner de la consistance, du sel, du poivre et un peu de persil haché; mêlez le tout ensemble.

Ensuite salez et poivrez modérément l'intérieur de l'épaule et farcissez-la en y ajoutant du lard salé coupé en filets gros comme le petit doigt.

Quand cette opération est terminée, roulez l'épaule de manière que la farce ne puisse pas sortir; ficelez ou cousez-la de préférence. Faites-la cuire dans du beurre comme si c'était une rouelle de veau sans lui laisser prendre trop de couleur; mouillez-la ensuite avec de l'eau, du sel, de manière qu'elle baigne dans son jus jusqu'à moitié; laissez-la mijoter à l'étouffée pendant trois heures.

Au bout de ce temps, dressez l'épaule sur un grand plat creux; déficelez-la, et versez par dessus le jus-gelée passé au tamis et bien dégraissé.

L'on peut ajouter dans la gelée de l'épaule de veau un verre de vin blanc sec pour la relever, ainsi qu'une garniture de carottes pour augmenter le plat et, à votre volonté, un pied de veau pour rendre le jus-gelée plus ferme.

L'on peut aussi mettre dans la farce un peu de mie de pain, des cornichons ou des pistaches.

L'épaule de veau ainsi accommodée est un mets peu coûteux, qui fait bon profit et peut être servi dans les déjeuners et comme entrée dans les dîners.

L'on peut également faire cuire l'épaule de veau comme la galantine et clarifier la gelée; mais, à notre avis, il est plus simple de faire légèrement

roussir l'épaule de veau, parce que le jus-gelée.
forme une espèce de glace qui donne au jus un
goût savoureux et un arôme de viande plus prononcé qui convient mieux à l'épaule de veau.

La graisse peut être aussi utilisée pour apprêter
d'excellents plats maigres au lieu que la graisse de
la gelée en galantine n'est qu'un dégraissi qui ne
peut être employé que pour les fritures, comme il
est indiqué à la page 135.

Poitrine de veau farcie à la gelée.

Ayez une poitrine de veau ; battez-la fortement
avec le couperet ; détachez la peau et la chair de
dessus, le plus près des os que vous le pourrez sans
la séparer ; ensuite étendez sur cette peau une
farce composée de la même façon que pour l'é-
paule de veau en y ajoutant deux à trois jaunes
d'œufs, si vous le voulez ; rejoignez la couverture
et cousez-la sans laisser d'issues, de manière à former une poitrine de veau naturelle et rebondie.

Procédez pour la cuisson de la même manière
que pour l'épaule de veau et servez-la de même.

La poitrine ainsi préparée est plus savoureuse
que l'épaule de veau par rapport à la rangée d'os et
la chair qui est très-courte.

Rouleau de veau farci à la gelée.

Lorsque vous avez un collet de veau qui est une
viande où il y a beaucoup d'os, d'une qualité inférieure et peu choisie, vous pouvez l'utiliser et en

tirer un bon parti en la désossant et en l'apprêtant en galantine comme l'épaule de veau, surtout dans un ménage peu nombreux.

Epaule de mouton farcie à la gelée.

Procédez exactement comme pour l'épaule de veau, seulement le mouton exige une cuisson plus prolongée et sa chair n'est pas celle qui convient pour faire les farces ; dans ce cas il est prudent d'y ajouter un peu de chair à saucisse et de mettre dans le jus-gelée, pour le consolider, un ou deux pieds de veau, parce que la viande de mouton, employée seule, n'est pas une viande assez gélatineuse.

Epaule d'agneau farcie à la gelée.

L'épaule d'agneau se prépare comme celle de mouton, mais elle est beaucoup plus délicate et ne se fait pas cuire aussi longtemps.

Pâté de viande aux truffes et à la gelée.

Prenez pour un pâté ordinaire un kilogramme et demi de porc frais, gras et maigre, dans la longe de préférence ; faites avec une partie de cette longe six petites tranches épaisses et grosses comme le pouce et aussi longues que vous le pourrez ; coupez ensuite des bardes de lard salé très-minces ; mettez le tout mariner la veille ou le matin dans un peu de vinaigre de vin ou du vin blanc sec avec beaucoup de poivre, mais peu ou pas de sel parce qu'il rougit la viande et que l'on ajoute ensuite au moment de faire le pâté.

Vous aurez aussi préparé des tranches de jambon cuit ou cru de première qualité et pas trop salé, coupées épaisses comme le petit doigt.

Lorsque cette opération est terminée, hachez très-menu ou pilez très-fin de préférence ce qui reste de porc frais avec une échalote, si c'est votre goût; quand cette viande est bien hachée ou pilée, ajoutez deux œufs, du poivre, du sel, sans excès, à cause du jambon, un verre de vin blanc sec ainsi que des pelures de truffes hachées; mêlez bien le tout ensemble et goûtez si la farce est à bon goût de sel.

Procédez ensuite pour faire le pâté en commençant par faire une première abaisse de pâte brisée placée sur la plaque comme il est indiqué dans le chapitre précédent, à l'article pâté chaud de viande (voyez page 263); faites une couche de farce au milieu; placez ensuite au-dessus les filets légèrement salés de porc frais, enveloppés dans le lard, puis une rangée de truffes; recouvrez le tout d'une seconde couche de farce et finissez le pâté par les tranches de jambon ainsi qu'une troisième couche assez épaisse de farce.

Opérez ensuite pour mettre la pâte de la même façon qu'il est indiqué à la page ci-dessus.

Laissez-le cuire pendant une heure et demie environ dans le four chaud du fourneau ou, ce qui est préférable, dans celui du boulanger, et enfourné en même temps que les pains.

Il arrive parfois que le pâté s'est crevé pendant la cuisson et que, par conséquent, la gelée ne peut y rester.

Dans ce cas, il faudrait les entourer où ils sont percés, de beurre frais, pétri pour l'adoucir, afin qu'il bouche entièrement les fentes, puis mettre très-peu de gelée à la fois.

Les pâtés placés dans les moules longs, ronds et ovales, unis ou canelés, n'ont pas l'inconvénient de se crever aussi facilement que ceux qui sont faits sans moules; ils sont d'un goût meilleur parce qu'ils cuisent dans leur jus et ils offrent en outre l'avantage de présenter un coup d'œil plus flatteur et plus engageant parce qu'ils sont plus faciles à décorer.

Pour les confectionner, vous étendez avec le rouleau à pâtisserie une abaisse de pâte de l'épaisseur de la moitié d'un doigt, assez large pour qu'il tienne toute la grandeur du moule; ensuite vous placez le moule que vous aurez beurré, sur la plaque aussi beurrée sur laquelle le pâté doit se faire cuire, puis pliez en quatre votre abaisse de pâte; placez-la avec adresse au milieu du moule et entourez ce dernier de cette pâte, en la tassant de manière qu'elle ne forme aucun pli et qu'elle soit bien adhérée dans toutes les parties, en ayant la précaution de laisser dans les angles du fond du moule la pâte un peu plus épaisse.

Quand cette opération est faite, procédez exactement comme il est indiqué pour faire le pâté; ensuite recouvrez le pâté avec une seule abaisse de la même épaisseur que celle qui est intérieurement;

rejoignez-la avec la pâte du moule que vous aurez laissé légèrement dépasser, de manière à ce qu'elle soit bien liée et qu'elle forme un joli couvert festonné ainsi qu'un ou deux trous, selon la grandeur du pâté, dans lesquels vous mettez des cartes pliées en forme de cornet, pour faciliter l'évaporation.

Dorez ; faites cuire comme précédemment et ajoutez à la sortie du four, si vous le jugez nécessaire, un petit verre de madère, de rhum ou de la fine champagne pour le parfumer.

Ainsi préparés, ces pâtés sont très-fins, mais ils doivent être servis et dressés avec de la gelée autour, car c'est un genre de pâtés qui ne contient qu'une très-petite quantité de gelée.

Il est bien entendu que les pâtés mis dans les moules doivent être démoulés avec précaution et lorsque la gelée est complètement prise.

On peut aussi préparer les pâtés sans y mettre des truffes, ou en mettre tout simplement dans la farce.

Pâté de viande de veau à la gelée.

Coupez en filets gros comme le petit doigt, de la rouelle ou toute autre partie maigre du veau ; faites-les mariner la veille dans un peu de vinaigre de vin ou du vin blanc sec, avec du sel et du poivre ; ajoutez, si c'est votre goût, des fines herbes et une échalote hachée, ainsi qu'une brisée de thym et un peu d'huile d'olive.

Le lendemain, faites légèrement revenir ou plutôt

suer sur le feu cette viande marinée et bien égouttée dans un linge.

Vous aurez aussi préparé un peu de jambon, du
cervelas, du lard salé, les rognures de la viande ;
hachez ou pilez de préférence le tout ensemble ;
ajoutez quelques pelures de truffes, si vous en
avez, ainsi qu'un œuf pour donner de la consistance et mêlez le tout avec les filets ; goûtez si
c'est à bon goût de sel et de poivre, laissez revenir
cinq minutes et faites le pâté avec la pâte comme il
est indiqué.

Par ce procédé, la viande de veau qui est un peu
fade, prend un goût plus relevé lorsqu'elle est passée sur le feu et mélangée avec la farce.

Vous pouvez aussi mettre dans le pâté de veau,
si c'est votre goût, des raisins de Smyrne ou de
Malaga, auxquels vous aurez enlevé les pepins.

Ce genre de pâté absorbe beaucoup plus de
gelée que le précédent, parce qu'il y a moins de
farce et beaucoup plus de viande coupée en filets.

Pâté de lièvre truffé à la gelée.

Coupez le rable d'un lièvre au-dessous des côtes,
jusqu'à la croupe, c'est-à-dire à la naissance des
cuisses. Désossez-le et coupez-le en huit ou dix filets dans toute leur longueur ; faites-les mariner la
veille dans du vinaigre de vin ou du vin blanc avec
toute espèce d'aromates, du poivre, du sel, une
goutte d'huile d'olive. Ayez un kilogramme de chair
à saucisses ou bien hachez ou pilez de préférence le
même poids de porc frais, gras et maigre, du jam-

bon cuit ou cru ainsi que le foie du lièvre auquel vous aurez eu soin d'enlever le fiel ; ajoutez, lorsque tout est pilé, du sel, du poivre, un œuf pour lui donner de la consistance, ainsi que des pelures de truffes hachées ; ensuite égouttez bien les filets marinés ; passez la marinade au tamis pour enlever les haut-goût, puis faites réduire le jus sur un feu vif, jusqu'à ce qu'il soit tout absorbé et que l'huile soit un peu jaunie ; alors jetez-y les filets ; faites-les revenir cinq minutes, puis procédez de la manière ordinaire pour faire le pâté, en ayant toujours soin d'envelopper chaque filet de lièvre dans une tranche émincée de lard salé, mais l'on ne doit pas mettre de tranches de jambon comme il est indiqué pour le pâté de viande.

La farce pour le pâté de lièvre se prépare aussi avec la chair du lièvre, soit avec celle des cuisses ainsi que le foie, du jambon gras et maigre, quelques graines de genièvre, du sel, du poivre, le tout pilé ensemble ; ajoutez, quand le tout est pilé, un œuf et des pelures de truffes hachées et faites revenir cette farce avec les filets.

La méthode de faire revenir la farce et les filets de lièvre dans l'huile de la marinade, a pour effet de communiquer au lièvre un bon goût et d'adoucir celui trop prononcé de gibier.

Il est à remarquer que dans les pâtés en général et autres objets de même nature, lorsque les farces y sont mises avec abondance, les pâtés, etc., sont d'un goût plus fin et plus parfumé et ont beaucoup d'analogie avec les pâtés de foie gras.

On n'emploie guère le quartier de devant du liè-

vre pour faire un pâté, parce qu'il y a trop d'os ;
mais on peut l'utiliser en faisant un civet.

La gelée du pâté de lièvre se prépare comme la
gelée ordinaire, dans laquelle vous aurez mis les
os et autres débris du lièvre pour lui donner un fumet de gibier.

Il est aussi utile que cette gelée soit très-concentrée et qu'elle soit parfumée avec un peu de
madère ou du rhum ou de la fine champagne, après
qu'elle aura été clarifiée.

Pâté de lapin domestique et de garenne.

Préparez le pâté de lapin domestique et celui de
garenne exactement comme celui du lièvre.

Pâté en pot.

Faites une gelée ordinaire comme il est indiqué ;
ajoutez dans cette gelée la viande qui vous conviendra ou de préférence celle de veau ou de chevreau que vous aurez eu soin de faire mariner la
veille après qu'elle aura été coupée en filets gros
comme le pouce ; laissez cuire le tout à petit feu
pendant quatre ou cinq heures. Au bout de ce
temps, passez la gelée ; mettez avec soin dans chaque plat assez creux une dizaine de filets de viande ;
laissez-les refroidir ; clarifiez ensuite la gelée de la
façon indiquée et versez-la, lorsqu'elle est sur le
point d'être prise, dans chaque plat.

Dans le pâté en pot vous pouvez, pour le rendre
plus augmenté, plus fortifié et plus fini, y ajouter

des tranches de jambon cru que vous faites cuire dans la gelée et que vous mêlez ensuite avec les filets.

L'on peut aussi mettre dans le pâté, selon son goût quelques cornichons entiers ou coupés en tranches ainsi que des raisins de Smyrne ou de Malaga épépinés et que vous aurez fait bouillir un tour dans l'eau pour les rendre moins secs et plus enflés.

Les pieds de veau qui ont servi à faire la gelée, peuvent aussi être mêlés avec les filets ou bien être préparés en vinaigrette ou de toute autre manière.

Le pâté en pot peut encore être préparé d'une façon plus ménagère en le mettant dans une terrine que vous aurez laissé cuire toute la nuit dans le four du boulanger ; le lendemain il ne vous restera qu'à dégraisser soigneusement la gelée et tout sera fini.

Quelques personnes mettent les raisins cuire avec la gelée, mais cette méthode donne à la gelée un goût sucré qui ne convient pas à tout le monde ; il est préférable, si l'on veut mettre absolument des raisins, d'attendre que la gelée soit clarifiée et les mettre en même temps dans les plats ou dans la terrine.

Trippes en galantine à la gelée.

Ayez un carré assez grand de trippes cuites ou crues, ce qui vaut mieux ; lavez et essuyez-le très-proprement ; ensuite préparez une farce composée de trippes, jambon cru, quelques échalotes, des fines herbes, une brisée de thym; hachez le tout ensemble; ajoutez ensuite assez de poivre, pas beaucoup de sel, à cause du jambon qui est salé, ainsi que deux œufs pour donner de la consistance; lorsque le tout est bien amalgamé, faites la galantine en mettant au milieu du carré de trippes une couche épaisse de cette farce; placez au-dessus une tranche de trippe coupée dans toute la longueur et dans la largeur de la galantine que vous voulez faire; alternez ensuite par des tranches de jambon cru et quelques petits cornichons; continuez ainsi de suite jusqu'à ce que la galantine soit finie.

Quand cette opération est terminée, rejoignez les bouts du carré de trippe; cousez-les de manière que l'intérieur soit bien renfermé, puis mettez-le dans un linge mouillé, ensuite faites-le cuire comme la galantine et servez-le de même.

Cette manière d'apprêter les trippes est un mets peu coûteux et qui est très-estimé par certaines personnes.

Pâté de perdreau truffé à la gelée.

Ayez un ou deux perdreaux; désossez-les en commençant sur le dos après qu'ils auront été bien nettoyés et flambés de manière à ne laisser que les os de la carcasse; étendez chaque perdreau sur la table; salez et poivrez l'intérieur.

Mettez au milieu une farce pilée très-finement, composée de porc frais gras et maigre, assaisonnée comme il est indiqué pour le pâté ordinaire, ensuite une belle tranche de jambon cru première qualité, pas trop salé, tenant tout le perdreau ainsi qu'une rangée de truffes laissées entières ou partagées en deux, le tout recouvert d'une seconde couche de farce ; ensuite redonnez au perdreau sa forme naturelle.

Quand cette opération est faite, procédez comme pour le pâté, en ayant soin de mettre sur l'abaisse de pâte une couche épaisse de farce ; placez ensuite au-dessus les perdreaux que vous aurez entourés entièrement d'une ou de plusieurs bardes de lard salé coupées très-minces ; puis cachez-les complètement de tous côtés avec la farce ; finissez le pâté comme il est indiqué et faites-le cuire de même.

Ainsi préparé, le pâté de perdreaux est très-fin et d'un goût friand, parce que la farce truffée y étant mise en grande quantité, communique au pâté de perdreau la délicatesse du pâté de foie gras.

La gelée du pâté de perdreau se prépare comme celle du pâté de lièvre.

Quelques cuisinières ne désossent pas les perdreaux et se bornent à en briser les os, mais, à notre avis, il est préférable de les désosser, parce que en découpant le pâté, on obtient des tranches plus marbrées et plus régulières.

Pâtés de cailles, alouettes et autres gibiers truffés.

Les pâtés de cailles, d'alouettes et autres gibiers se préparent comme celui de perdreaux.

Après qu'ils auront été désossés et truffés, vous ferez le pâté en commençant d'abord par une forte couche de farce et une rangée de petits gibiers, ensuite une seconde couche de farce et de gibiers, puis vous finissez par entourer tout le pâté d'une troisième couche de farce.

Pâtés de volaille et de pigeon.

Procédez exactement comme il est indiqué pour le pâté de perdreaux, mais à la condition que le pâté soit confectionné avec des poulets jeunes et pas trop gros.

Pâté de poissons.

Pilez très-fin dans le mortier une petite poignée d'amandes dépouillées de leur peau ; sortez-les quand elles sont pilées ; pilez ensuite le poisson qui vous conviendra, en ayant soin de ne mettre que la chair sans arêtes et sans la peau.

Lorsque cette opération est terminée, ajoutez un morceau de beurre bien frais, du sel, du poivre et de la noix muscade, si c'est votre goût, deux à trois œufs frais pour donner de la consistance, les amandes pilées, des truffes hachées, si vous en avez, ainsi qu'un verre de vin blanc sec et ordinaire ; repilez pour bien amalgamer le tout ensemble, de manière à en faire une pâte compacte ; goûtez si la farce est à bon goût, puis procédez pour faire le pâté de la manière ordinaire.

Il est bien entendu que pour faire le pâté, vous

aurez eu soin de mettre de côté quelques filets de poisson coupés gros comme le doigt, puis marinés une heure avant dans un peu de vin blanc sec avec du sel, du poivre, quelques feuilles d'estragon, des pistaches ou des cornichons que vous ajoutez au pâté pour le relever et lui donner une couleur un peu teintée.

Il est bien entendu aussi que pour ces espèces de pâtés qui se font ordinairement au maigre, il n'est pas à propos d'ajouter du jambon ou du lard ou du foie de veau ou des foies gras, parce que les amandes pilées communiquent au poisson, qui a la chair un peu fade, un bon goût qui le nourrit.

La gelée du pâté de poisson se prépare avec les débris, la tête et les arêtes du poisson que vous faites revenir indistinctement dans de l'huile, de la graisse ou du beurre, avec toutes sortes d'aromates ; mouillez la gelée avec moitié vin blanc et autant d'eau ; salez et poivrez ; laissez-la ensuite mijoter pendant deux heures. Au moment de la clarifier, ajoutez une once environ de feuilles de gélatine très-claire pour la consolider et la faire prendre en gelée.

Sandwichs en général.

Coupez des tartines très-minces de pain ordinaire, rassis ou d'autres espèces de pain peu levé ; donnez à ces tartines la forme d'un petit carré long ; étendez dessus très-légèrement une couche de beurre extra-frais ; placez ensuite sur l'une de ces tartines une tranche très-émincée de viande, soit jambon cuit ou cru, de premier choix, soit filet de bœuf ou saucisson, soit encore des tranches émincées de pain de foie de veau comme il est indiqué dans ce chapitre ou bien celles de foies gras, etc.; recouvrez d'une autre tartine et faites en sorte que les sandwichs soient coupés parfaitement et d'une façon régulière.

Les sandwichs se préparent aussi dans des moules à petites tartelettes. Vous commencez par beurrer chaque petit moule; foncez-les ensuite d'une abaisse très-mince de pâte feuilletée ou de celle de pâté; remplissez-les à moitié d'une farce à votre choix de quenelles de pâté, de petites saucisses, de poisson, de foie de veau ou de foie gras avec une tranche de jambon placée au-dessus.

Faites cuire à un four médiocre pendant vingt minutes. Ensuite démoulez les sandwichs avec précaution et finissez de les remplir, étant refroidis, avec de la gelée de viande seule ou mêlée avec quelques pistaches ou cornichons coupés en petites tranches émincées.

Les sandwichs se servent dans les déjeuners et les soirées.

Canapé d'anchois.

Les canapés d'anchois se préparent comme les sandwichs, seulement vous remplacez le beurre frais par un beurre d'anchois dans lequel vous ajoutez un peu de poivre de Cayenne et même de la moutarde.

CHAPITRE XIII.

Bœuf.

La viande du bœuf jeune qui n'a pas travaillé est d'une qualité supérieure ; celle du taureau est dure et la chair en est noire ; celle de la vache grasse est préférable à celle du bœuf qui a travaillé et que l'on a ensuite engraissé ; sa chair qui est d'un rouge cramoisi, est plus tendre et plus fine:

Notions sur les rôtis en général.

Brillat Savarin a dit avec raison, « l'on *devient cuisinier, mais l'on naît rôtisseur.*

Ce grand maître dans la *Physiologie du goût* aurait dû, à notre avis, encore ajouter les sauces. En effet, les sauces et les rôti ssont les deux parties les plus difficiles de l'art culinaire.

Un proverbe dit encore : *Le bœuf doit se manger saignant et le mouton bélant.*

Nous sommes assez partisan de cette manière de cuire les viandes qui déplaît à beaucoup de personnes.

Ces personnes en éprouveraient moins de répugnance si elles réfléchissaient qu'il ne reste dans la viande rôtie aucune goutte de sang ; car les rôtis qui ont une coloration dorée et croustillante à l'extérieur et qui ont à l'intérieur une teinte rosée, sont plus tendres, plus appétissants, plus nourrissants et plus succulents que s'ils étaient trop cuits.

Cette méthode ne s'applique bien entendu qu'aux viandes que l'on appelle viandes faites.

Ce sont celles de l'agneau, du mouton et du bœuf, quand elles sont à l'état naturel, c'est-à-dire qu'elles n'ont pas été marinées.

Les viandes, dites viandes blanches, telles que : la volaille, le chevreau, le porc frais, le lapin, le veau, le poisson, etc., et les viandes noires, telles que toutes les espèces de gibiers, exigent au contraire une cuisson bien rôtie, c'est-à-dire pas saignante, comme celles de l'agneau, du mouton et du bœuf.

Les rôtis à la broche sont incontestablement les meilleurs et les plus fins. Pour les obtenir irréprochables, il est essentiel que le feu soit bien allumé au début afin de surprendre le rôti, pour qu'il garde intérieurement tout son jus et que peu à peu le feu soit diminué à mesure que le rôti prend de la couleur.

Les viandes blanches ou noires ainsi que celles qui sont marinées n'exigent pas au début un feu aussi ardent. Les rôtis qui sont cuits à la rôtissoire dite cuisinière, quoique étant excellents, ont pourtant un degré de bonté de moins que ceux qui sont cuits à la broche tournante.

Cette différence est surtout sensible dans les rôtis de gibiers qui doivent être cuits d'une manière graduelle et égale, parce que les rôties de pain qui sont mises dans la lèche-frite, reçoivent toute la quintessence du jus du gibier d'une façon peu précipitée.

Dans les fourneaux économiques, les viandes rôties sont aussi très-bonnes et il faut être fin connaisseur pour en établir la provenance.

Pour obtenir ce résultat, le four sera chaud de manière à surprendre la viande pour l'empêcher de languir et de faire l'eau ; on veillera attentivement et avec soin à ce qu'elle ne brûle pas et à ce que le rôti acquière, comme ceux à la broche, une teinte dorée et croustillante.

Si parfois la viande rôtissait trop promptement, ce serait un indice qu'elle est surprise avec excès; il faudrait l'éloigner de la plaque ou bien la couvrir d'un papier huilé ou beurré avec du beurre jauni ou mouillé avec de l'eau, ou bien, ce qui vaut mieux, d'un couvercle en tôle ou en fonte.

Il est à remarquer que le beurre frais mis dans un rôti quelconque, mais surtout dans le bœuf, le mouton et l'agneau, laisse au rôti un goût un peu fade et qu'il est préférable de le mettre auparavant dans une petite casserole pour le faire légèrement jaunir, ce qui lui fait perdre son goût de crême et lui donne à la place un goût de noisette. La graisse préparée comme il est dit à la page 131, ainsi que celle d'oie ou de canard, est aussi très-bonne avec les rôtis.

Ce qui est préférable à tout, c'est de ne mettre ni beurre ni graisse ; telle est la vraie méthode pour cuire les rôtis, surtout lorsque le bœuf, le mouton, le porc frais, le veau pris dans la poitrine ou dans la longe où se trouve le rognon, ainsi que pour les volailles grasses, sont des viandes de choix. Car la belle viande possède assez de sucs et de parties nutritives pour se suffire, ce qui donne un rôti naturel, sans goût étranger et plus économique.

Il est essentiel aussi que les rôtis ne soient arrosés qu'avec le jus qu'ils ont rendu et de ne les saler qu'avec du sel fin et quand ils sont arrivés aux trois quarts de leur cuisson ; dès lors, il ne faut plus les arroser afin que l'extérieur du rôti prenne à ce moment, à l'aide du sel, en contact avec la braise ardente, une mine dorée et un grilloté croustillant ainsi qu'un goût fin et savoureux.

Les côtes, le filet, le faux-filet du bœuf, sont les morceaux les plus tendres et qu'on choisit pour faire rôtir.

Ils sont préférables lorsqu'ils sont parés, énervés et un peu dégraissés.

Il serait même prudent de les désosser, parce que la viande saignante qui entoure les os n'est pas recherchée.

Du reste la viande désossée, qui doit se manger saignante, ne perd en rien de sa saveur ; elle est plus facile à découper et offre cet avantage que l'on peut tirer parti des os pour en faire un bon bouillon.

Cependant le contraire arrive pour les viandes bien cuites ; la viande qui est autour des os est d'un goût exquis et est très-estimée par les gourmets.

Il n'est pas inutile de rappeler que les viandes en général ne doivent pas être employées trop fraîches, parce qu'elles sont fermes.

Aloyau au rosbeef rôti.

On appelle aloyau la partie qui commence au-dessous des côtes où se trouve le filet.

Elle s'étend jusqu'au cimier, près de la pointe de culotte ou, pour mieux dire, jusqu'au gros os des hanches, connu sous le nom d'os enragé.

Ayez un rosbeef du poids de deux kilogrammes au moins, afin qu'il soit plus succulent ; désossez-le si vous le voulez ; ôtez le nerf principal qui se trouve vers l'arête, puis battez-le fortement avec le rouleau à pâtisserie, si le rosbeef vous paraît d'une chair ferme.

Ayez pour embrocher le rosbeef deux hâtelets en fer souple, assez longs pour tenir le rosbeef et garnis au bout, sur un côté, d'un anneau ; mettez le rosbeef entre les hâtelets et la broche, ceux-ci formant ensemble un triangle, puis attachez fortement à la broche avec de la ficelle ou du fil de fer les deux hâtelets du côté où il n'y a pas d'anneau et faites cuire le rosbeef à grand feu comme il est expliqué ci-devant.

Par cette manière d'embrocher, les rôtis sont exemptés d'être percés au milieu avec la broche et le jus intérieur reste, n'ayant pas d'issues, ce qui rend le rosbeef plus tendre, moins sec et d'une belle teinte rosée.

Salez le rosbeef de la façon qu'il est indiqué au commencement de ce chapitre.

On connaît qu'un rôti quelconque de bœuf ou de mouton est cuit, en le piquant légèrement avec une lardoire, le sang qui sort est d'une teinte rosée presque blanche.

Les personnes habituées, n'ont pas besoin d'avoir recours à cette épreuve, elles connaissent que les rôtis sont à point de cuisson au toucher ou à la vapeur qui s'en dégage.

Si le rosbeef était cuit à point et qu'il faille attendre un instant avant de le servir, mieux vaudrait le débrocher et le laisser au chaud dans la lèche-frite.

Comme le rosbeef donne beaucoup de jus clair et peu salé en le découpant, il est essentiel que le jus qu'il a répandu dans la lèchefrite soit réduit, concentré et un peu salé ; pour cela, on le fait bouillir dans une casserole, ou bien on met un peu de braise sous la lèchefrite et on détache avec une ou deux cuillerées à bouche d'eau le jus qui aurait adhéré à la rôtissoire, puis on le verse tout bouillant et à moitié dégraissé sur le rosbeef dressé sur un plat chauffé, ou bien on le sert à part dans une saucière, avec une échalote hachée et un jus de citron, si c'est votre goût.

Le rosbeef se sert le plus ordinairement avec des pommes de terre sautées ou simplement cuites à l'eau ou à la vapeur, et dressées sous une serviette pliée.

On ne peut préciser le temps qu'il faut pour cuire un rosbeef; tout dépend de la manière qu'il est rôti;

ainsi il faut un peu plus de temps à la broche tournante qu'à la rôtissoire ou dans le four du fourneau ; mais dans tous les cas, pour cuire un rosbeef de moyenne grosseur, il faut environ une heure à une heure et demie au plus.

Le rosbeef au jus peut être servi comme rôti, et lorsqu'il est accompagné d'une garniture quelconque, il est considéré comme entrée ou plutôt comme relevé de potage.

Lorsqu'il reste du rosbeef, vous pouvez le faire réchauffer le lendemain en le plaçant sur le plat où il doit être dressé, avec tout son jus, gras et maigre, à la porte du four, recouvert d'un saladier ou d'un plat creux, de sorte que le rosbeef soit chauffé par une vapeur douce et concentrée qui le pénètre insensiblement sans le cuire, en ayant soin de le tourner de temps en temps dans son jus que vous aurez soin de dégraisser à moitié au moment de servir.

Lorsque vous voulez manger, sans embarras, un rosbeef garni et peu coûteux, vous mettez dans la rôtissoire des pommes de terre coupées en filets. Ces pommes de terre cuiront très-bien dans le jus du rosbeef, avec un peu de braise ou avec de la cendre chaude placée au-dessous de la rôtissoire ou de la lèchefrite. Ces pommes de terre cuiront encore mieux dans le four autour du rosbeef, mais il faut qu'elles ne soient arrosées qu'avec le jus que le rosbeef aura rendu. Il est bien entendu que les pommes de terre ne seront mises à cuire que lorsque le rosbeef aura rendu un peu de son jus. Au moment de servir, dressez le rosbeef sur un plat avec les pommes de terre autour, ou sur un autre plat à part; détachez le jus qui a pu rester adhéré à la casserole avec une ou deux cuillerées à bouche d'eau; faites bouillir un tour et servez à bon goût de sel.

Côtes ou train de côtes rôties.

Les côtes doivent être coupées très courtes, et, contrairement à ce qui se fait pour le rosbeef, on n'enlève pas les os, parce qu'ils reçoivent l'action directe du feu, et que la viande qui se trouve autour des os est très-savoureuse. Vous enlèverez seulement les nerfs et les parties dures. Procédez pour la cuisson comme pour le rosbeef.

Rosbeef mariné.

Préparez le rosbeef comme le précédent; piquez-le à l'extérieur de fins lardons de lard salé, ou si vous le préférez, piquez-le intérieurement de lardons gros comme le petit doigt, à l'aide d'un couteau pointu ou d'une grosse lardoire, ainsi que de pointes d'ail, si c'est votre goût, coupées d'une façon imperceptible, c'est-à-dire très-fin.

Faites-le mariner pendant un jour ou deux dans un peu de vin blanc sec ou du vinaigre de vin, de l'huile, du poivre et de toutes espèces d'aromates qui vous conviendront, mais pas de sel, parce qu'il rougirait la viande.

Embrochez le rosbeef sans hâtelets; faites-le cuire comme précédemment, mais surtout qu'il ne soit pas saignant. Pour arroser le rosbeef mariné pendant sa cuisson, on se sert habituellement de la marinade passée au tamis, ensuite mise dans une casserole pour la faire réduire jusqu'à consistance un peu épaisse; cependant il arrive quelquefois que la marinade avec laquelle on arrose le rosbeef n'a pu prendre une couleur naturelle, c'est-à-dire assez brune ; mettez alors sous la rôtissoire ou la lèchefrite un peu de braise; salez ensuite le rosbeef aux trois quarts de sa cuisson, et dès lors ne l'arrosez plus. Servez le rosbeef avec son jus, très-court et à demi-dégraissé, avec ou sans garnitures.

Les côtes et le train de côtes se préparent et se font cuire de la même façon.

Filet de bœuf rôti.

Le filet est la partie du bœuf la plus fine et la plus délicate, mais la chair du rosbeef est plus savoureuse. Ayez un filet auquel vous enlèverez à l'aide d'un couteau pointu et tranchant, toute la partie nerveuse qui le recouvre, du côté où il sera lardé, ainsi que le nerf qui est détaché, qui le tient dans toute sa longueur, et que l'on peut utiliser à un autre usage.

Piquez-le avec la lardoire de fins lardons assez rapprochés et réguliers, afin que le filet offre un coup-d'œil flatteur. Ces lardons seront piqués dans le sens de la longueur du filet, et non pas en travers, parce que, en découpant le filet, ils y restent, au lieu que piqués en travers, la plupart du temps ils se perdent. Embrochez-le exactement comme le rosbeef, avec les hatelets, et faites-le cuire de même, mais moins longtemps, soit environ une heure, pour un filet de bœuf de moyenne grosseur.

Le filet de bœuf peut être rôti indistinctement à la broche, au four ou à la casserole, mariné ou non mariné, et piqué ou non de pointes d'ail à l'intérieur pour le relever, puis être servi seul ou accompagné des garnitures ci-après.

Quelques cuisinières enveloppent le filet de bœuf à la broche dans un papier beurré et salé. Cette méthode est bonne pour les personnes qui veulent un filet un peu cuit, parce que la chaleur concentrée dans le papier active sa cuisson, le pénètre et l'attendrit davantage.

Filet, sauce au Madère.

Faites cuire un filet comme il est indiqué ci-dessus; dressez-le sur le plat où il sera servi ; dégraissez à moitié le jus qu'il a rendu ; liez ce jus avec un peu de sauce espagnole, ou à défaut, avec une petite cuillerée à café de farine délayée dans un verre de madère ; ajoutez une cuillerée à bouche de tomates ; laissez réduire un petit instant sur un feu vif ; goûtez si la sauce est à bon goût, et versez-la bouillante sur le filet de bœuf que vous avez tenu au chaud.

N'oubliez pas le proverbe qui dit: *courte sauce, bonne sauce.*

Nous rappelons que la sauce tomate n'est employée dans les sauces rousses en général, ni pour donner le goût ni pour donner la couleur, mais simplement pour corriger le noir du jus et donner aux sauces du brillant.

Filet garni de pommes de terre.

Faites cuire le filet comme il est indiqué et dressez-le garni avec des pommes de terre apprêtées, selon votre choix, comme il est mentionné au chapitre des légumes.

Cependant si le filet de bœuf est accompagné d'une purée de pommes de terre, il est préférable de servir le filet seul dans son jus et la purée dans un autre plat à part, parce que d'abord la purée étant mise sous le filet de bœuf absorbe tout le jus, ce qui rend le filet sec et la purée forte ; puis, lorsqu'il est découpé, le filet n'a pas un coup d'œil aussi engageant.

Filet à la purée de marrons.

Préparez et dressez ce filet comme celui à la purée de pommes de terre. (Voyez purée de marrons.)

Filet à la chicorée.

Voyez chicorée au chapitre des légumes. Dressez-la sur un grand plat, puis festonnez-la avec la lame du couteau, placez ensuite le filet au-dessus et arrosez-le de tout son jus passé au tamis.

Filet à la duchesse.

Voyez pommes de terre à la duchesse. Garnissez-en le filet de bœuf et servez le jus-coulis du filet dans une saucière à part.

Filet aux petits oignons glacés.

Voyez oignons glacés au chapitre des légumes. Dressez-les autour du filet ainsi que son jus versé par dessus.

Filet aux champignons à la crême.

Le filet de bœuf, garni de champignons à la crême, comme il est indiqué au chapitre des légumes, est un mets très-recherché; vous mettez dans la garniture des champignons, pour la fortifier, un peu de son jus passé au tamis fin.

Filet sauce tomate.

Dressez le filet dans son jus et servez la sauce tomate dans une saucière à part.

Filet sauce italienne.

Dressez le filet dans son jus et servez la sauce italienne toujours dans une saucière à part, c'est meilleur genre.

Filet sauce béarnaise.

Dressez-le comme ci-dessus et servez la sauce béarnaise dans une saucière à part.

Filet sauce bordelaise.

Voyez sauce bordelaise au chapitre des sauces et dressez le filet comme les précédents.

Filet sauce périgueux.

Dressez le filet de bœuf avec la sauce périgueux autour, dans laquelle vous aurez ajouté le jus du filet très-concentré.

Filet de bœuf aux truffes.

Procédez de la même manière que pour le filet au madère, en ayant soin de peler les truffes et de les laisser entières ; laissez-les mijoter dans la sauce du filet de bœuf pendant cinq minutes, temps suffisant pour parfumer assez la sauce ; car si les truffes y restaient davantage, leur craquant et leur parfum seraient diminués par l'action de la cuisson. On peut aussi servir ce filet avec des truffes blanches du Piémont coupées très-minces et disséminées sur le plat, quand il est dressé ; vous versez ensuite par dessus le jus-coulis au madère ; laissez chauffer le tout dans le four pendant cinq minutes et servez bouillant.

Filet aux champignons.

Ayez de la sauce espagnole ou, à défaut, faites un roux avec une demi-cuillerée de farine ; mouillez-le avec du bouillon ou de l'eau; ajoutez une échalote hachée, peu de sel, du poivre et de la tomate en purée suffisamment pour colorer ; laissez mijoter le tout pendant une demi-heure, au bout de ce temps, dressez le filet sur le plat et tenez-le au chaud ; ensuite passez le jus du filet dans la sauce, ajoutez les champignons, relevez cette sauce avec un demi-verre de vin blanc sec, si c'est votre goût; faites-la réduire sur un grand feu, de manière à en faire une sauce peu liée et pas trop longue, en ayant soin de la tourner, sans la quitter, avec la pochette en bois ; lorsqu'elle est à ce point, garnissez-en le filet de bœuf.

Dans cette garniture, l'on peut remplacer la purée de tomate par du beurre d'écrevisses mis en même temps que les champignons et disséminer par dessous le filet, des truffes émincées, blanches ou noires.

Il est bien entendu qu'il ne s'agit que des champignons cuits à l'avance ou de ceux conservés dans des boîtes.

Il est aussi à remarquer que les champignons mis trop longtemps d'avance dans la sauce perdent de leur craquant et de leur blancheur.

Ainsi préparé, le filet de bœuf peut être présenté dans les dîners de cérémonie.

Filet à la jardinière.

Faites cuire ensemble, à l'eau de sel, des carottes et des navets coupés à l'emporte-pièce. Quand ces légumes sont cuits, mettez-les bien égoutter dans une casserole avec du beurre frais ; ajoutez des petits pois très-fins et du sel; laissez revenir le tout ensemble sans laisser jaunir; mouillez avec une béchamelle ou, à défaut, saupoudrez avec une demi-cuillerée de farine, puis, lorsqu'elle a perdu son goût, éclaircissez avec du lait ou avec du bouillon ; au moment de servir, relevez la jardinière avec un peu de poivre, de la noix muscade et un filet de vinaigre, avec ou sans la liaison de deux jaunes d'œufs, ensuite dressez le filet entouré de cette garniture et versez dessus le jus du filet très-réduit.

Le filet de bœuf à la jardinière est aussi très-bien présenté dans les dîners de cérémonie.

Filet au fonds d'artichauts.

Prenez de gros artichauts; ôtez toutes les feuilles, de manière à ne conserver que les fonds arrondis et coupés en deux morceaux; mettez-les à mesure dans de l'eau vinaigrée afin qu'ils ne noircissent pas.

Lorsque la garniture sera suffisante pour le filet, vous les ferez cuire à l'eau de sel avec une cuillerée de farine délayée.

Les artichauts ne doivent pas être trop cuits, ils

doivent, au contraire, être un peu craquants ; il ne faut pas les mettre trop à l'avance dans la sauce du filet de bœuf, légèrement liée et relevée avec une goutte de vin blanc sec, si c'est votre goût, parce qu'ils perdent, comme les champignons, leur blancheur et prennent dans le jus le goût de trop fort.

Le filet de bœuf, garni avec des fonds d'artichauts, est une entrée très-appréciée dans les dîners, même de cérémonie.

Filet aux olives.

Ayez des olives bien vertes, tournez-les avec un couteau d'office pour en enlever le noyau; remettez-les toutes rondes; jettez-les à mesure dans l'eau fraîche; un instant avant de les servir mettez-les dans l'eau bouillante. Quand cette opération est faite, dressez le filet de bœuf, puis mettez les olives dans le jus du filet légèrement lié avec une petite pincée de farine, juste le temps de les chauffer, car si elles cuisaient, elles rendraient la sauce trop salée et d'un goût âcre.

Le filet de bœuf, garni d'olives, est un mets très-estimé.

Filet à l'alsacienne.

Ayez des carottes coupées en filets très-fins, si elles sont trop grosses, où laissez-les entières si elles sont petites et nouvelles; ayez aussi une bonne garniture de petits oignons en balle et des pommes de terre coupées en filets, comme les carottes ou

moulées rondes comme les oignons. Faites cuire
ces légumes séparément dans le beurre bien frais
avec un peu de sel; laissez-les jaunir sans les arroser afin qu'ils prennent une belle couleur.

Faites aussi cuire dans de l'eau de sel quelques
bouquets de choux-fleurs bien blancs ou à votre
choix, des choux de Bruxelles, que vous faites ensuite sauter dans le beurre.

Puis dressez sur un grand plat, premièrement le
filet de bœuf placé au milieu, les pommes de terre
d'un côté et les oignons d'un autre, les carottes à
une extrémité et vis-à-vis les choux, vers la queue
du filet une bonne poignée de câpres fins pour relever et faire ressortir la garniture; mettez le tout
au chaud au coin du four, ensuite faites réduire le
jus du filet légèrement lié en coulis; versez le tout
bouillant sur le filet sans toucher les légumes.

Ainsi préparé, le filet à l'alsacienne peut être
présenté dans les dîners de cérémonie, mais il est
essentiel qu'il soit découpé avec adresse, de façon
que les légumes ne soient pas déplacés, ce qui dé-
truirait la symétrie.

Filet de bœuf à la savoyarde.

Ayez un filet comme il est indiqué; piquez-le à
l'intérieur, à l'aide d'un couteau pointu, de filets
de lard salé coupés gros comme le petit doigt,
d'une gousse d'ail aussi coupée en filets très-fins,
ainsi que de deux à trois truffes coupées comme le
lard; enveloppez ensuite le filet de bœuf dans une

coiffe ou toile de porc frais ; ficelez-la, en ayant
soin de laisser au filet sa forme naturelle.

Procédez comme pour la cuisson ordinaire en
veillant à ce que la toile de cochon soit d'une coloration dorée et croustillante.

Mettez dans une casserole, pour faire la garniture, les fonds de six gros artichauts coupés en
petits carrés ; laissez-les légèrement jaunir dans un
peu de jus-graisse que le filet a rendu et un peu de
sel ; saupoudrez-les ensuite avec une demi-cuillerée
de farine ; mouillez avec de l'eau, une échalote
hachée, quatre cuillerées à bouche de tomate et
un peu de poivre ; laissez mijoter un quart d'heure
ou vingt minutes ; ajoutez dans la garniture, au
moment de servir, le jus bien dégraissé du filet que
vous dressez entouré de cette garniture sur laquelle
vous mettrez deux douzaines d'olives bien vertes et
entières, passées seulement à l'eau bouillante pour
les chauffer.

Ce filet de bœuf ainsi apprêté est très-estimé.

Il fait merveille étant servi froid, surtout entouré
de gelée, dans les déjeûners et les soirées.

Filet à la chipolata.

Ayez une sauce espagnole ou, à défaut, faites un
petit roux ; mouillez-le avec de l'eau ou du bouillon ; ajoutez quelques petits oignons, lorsqu'ils sont
cuits ; joignez-y deux douzaines de marrons bien
épluchés que vous aurez faits cuire dans de l'eau et
du sel, quelques truffes pelées et laissées entières,
des quenelles, des champignons, une goutte de vin

blanc. Pressez le filet; mettez dans la garniture le jus passé au tamis; faites-la réduire à la consistance d'un coulis; gouttez si la sauce est à bon goût, puis entourez le filet de cette garniture et ornez-le, en forme de couronne, de petites saucisses que vous aurez fait cuire peu de temps avant sur le gril, ou dans le four sur un plat en fer battu et sans qu'elles soient arrosées.

L'on peut aussi, selon son gré, faire cuire les petites saucisses dans la garniture.

Le filet de bœuf à la chipolata est un mets très-apprécié.

Filet aux laitues.

Faites cuire les laitues comme il est indiqué au chapitre des légumes; garnissez-en le pourtour du filet et versez le jus par dessus.

Filet au macaroni.

Mettez cuire à l'eau de sel bouillante des fins macaronis brisés en morceaux; laissez-les cuire une demi-heure; au bout de ce temps égouttez l'eau, mettez à la place le jus du filet passé au tamis, une cuillerée à bouche de sauce tomate et un peu de fromage râpé; remuez le tout ensemble, de sorte que le macaroni soit bien lié et pas trop épais.

Dressez-le ainsi que le filet de bœuf placé au-dessus.

On peut aussi préparer le macaroni sans fromage et mettre à la place un peu de langue écarlate ou du jambon cru pilé très-fin et manié avec du beurre bien frais que l'on met dans le macaroni au moment de le servir.

Le macaroni à la napolitaine, comme il est indiqué page 244, c'est-à-dire laissé dans toute sa longueur, donne au filet de bœuf un coup d'œil plus flatteur et plus engageant.

Filet à la régence.

Ayez une sauce veloutée, ou à défaut, mettez dans une casserole un morceau de beurre avec une petite cuillerée de farine; laissez-la revenir sans jaunir; mouillez avec moitié eau et vin blanc sec, ou du Bordeaux qui est préférable, une échalote hachée, sel et poivre; laissez-la mijoter.

Ayez aussi une garniture de champignons, des crêtes de coq et un ris de veau blanchis, c'est-à-dire échaudés dans l'eau bouillante, des truffes pelées laissées entières et des queues d'écrevisses; faites revenir légèrement toutes ces espèces de garnitures dans le beurre.

Quand cette opération est terminée, dressez le filet de bœuf que vous tenez au chaud, puis ajoutez, dans la garniture, la sauce veloutée ainsi que le jus du filet passé au tamis; joignez-y deux douzaines de petites quenelles pochées à l'eau, ayant la forme ronde; laissez réduire jusqu'à ce que la sauce ait la consistance d'un coulis, alors ajoutez le beurre d'écrevisses pour lier et ne laissez plus bouillir la régence dont vous garnissez aussitôt le filet de bœuf.

Vous aurez eu soin de tenir en réserve des écrevisses parées, c'est-à-dire dont la queue soit décoquillée, sans être séparée de la carapace, puis les petites pattes ôtées et le bout des deux grosses pattes légèrement coupé, ou bien encore, à votre choix, que les écrevisses soient dressées, c'est-à-dire que les deux grosses pattes soient renversées en arrière et soient fixées dans l'extrémité de la queue de l'écrevisse. Vous ornez ensuite le filet en plaçant une écrevisse puis une croûte de pain coupée en forme de cerf-volant, et frite dans le beurre, en alternant ainsi de suite et vous finissez cette ornementation avec des truffes festonnées et des hâtelets en argent ou en ruoltz, piqués autour du filet de bœuf.

Il est bien entendu que les écrevisses doivent être cuites de la façon ordinaire et soient placées, étant chaudes, sur le filet.

Le filet de bœuf à la régence, qui est un des mets les plus recherchés, est très-bien présenté dans les dîners de cérémonie.

Notions sur les viandes mises sur le gril, telles que : bifteck, chateaubriand, faux-filet et entre-côte.

Les biftecks sont des tranches de viande prises dans le filet du bœuf, coupées de l'épaisseur du doigt, ensuite bien énervées, parées et légèrement aplaties avec le couteau ou le couperet.

Le chateaubriand est un bifteck ayant le double d'épaisseur que les biftecks ordinaires.

Le bifteck faux-filet est la partie du bœuf qui se

trouve dans l'aloyau ou rosbeef. On le coupe en tranches comme le filet. Si la chair du faux-filet vous paraît ferme, il est essentiel de la battre fortement pour en rompre les fibres, puis vous rejoignez le faux-filet pour lui donner une certaine épaisseur.

L'entre-côte est la partie où se trouve le rang de côtes. Elle se coupe aussi de l'épaisseur d'un doigt et elle se prépare comme le faux-filet, c'est-à-dire qu'il faut avoir soin d'en ôter les nerfs et les petits os.

Toutes ces espèces de viandes se font mariner dans très-peu d'huile d'olive et du sel, ou simplement au naturel, c'est-à-dire sans huile.

Ces viandes, ainsi préparées se mettent cuire sur un gril bien chauffé à l'avance, afin que la viande soit surprise pour que le jus intérieur du bifteck ne puisse se répandre et qu'il ne languisse pas sur le feu.

La durée de la cuisson pour un bifteck ordinaire est d'environ cinq à six minutes, et il doit avoir une couleur d'or des deux côtés.

Celle du châteaubriand est un peu plus prolongée.

Toutes ces viandes grillées doivent se manger bouillantes et saignantes, car autrement elles sont sèches, généralement dures, perdent de leur succulence, et sont beaucoup moins nourrissantes.

Les biftecks peuvent encore se faire cuire dans un sautoir pendant le même espace de temps que ceux qui sont mis sur le gril, mais il faut que le beurre soit chaud pour les surprendre.

Bifteck aux pommes de terre sautées.

Voyez pommes de terre sautées, au chapitre des légumes et garnissez-en le bifteck d'un côté. Ajoutez-y un peu de cresson légèrement salé, poivré et vinaigré, pour rendre le bifteck plus fini.

Bifteck aux pommes de terre soufflées.

Voyez pommes de terre soufflées, et dresssez-le comme le précédent, avec ou sans cresson. Le bifteck, garni de pommes de terre soufflées, est un mets très-estimé.

Bifteck à la duchesse.

Voyez pommes de terre à la duchesse, et servez-le comme le précédent.

Bifteck à la béarnaise.

Le bifteck à la béarnaise peut se mettre sur le gril, mais on le fait sauter, de préférence, avec de la graisse d'oie ; dressez-le lorsqu'il est cuit, et mettez, avec la graisse et le jus que le bifteck a rendu, un peu de sauce béarnaise ; laissez-la bouillir un tour, et versez-la sur le bifteek.

Bifteck à la financière.

Ce bifteck se fait cuire sur le gril ou bien sauté dans le beurre ; ajoutez dans le jus une financière (voyez page 257).

11

Bifteck, sauce italienne, bordelaise, maitre d'hôtel, beurre d'anchois.

Voyez au chapitre des sauces, et dressez le bifteck entouré de la sauce qui vous conviendra.

Chateaubriand à la Rachel.

Faites sauter le Chateaubriand dans le beurre. Lorsqu'il est cuit, garnissez-le de pommes de terre à la duchesse ; mettez dans la casserole où il a cuit, une cuillerée à bouche de bouillon. de manière à faire un petit jus clair que vous versez sur le Chateaubriand.

Chateaubriand à la Meyerber.

Mettez le Chateaubriand sur le gril, ou bien faites-le sauter au beurre frais ; garnissez-le d'une sauce financière, comme il est indiqué pour le vol-au-vent, dans laquelle vous ne mettez que des petites truffes pelées et laissées entières, des champignons et des quenelles de la même grosseur que les truffes, et faites en sorte que la sauce soit courte, un peu épicée avec du poivre de Cayenne, et parfumée avec une goutte de madère ou de fine champagne, et ornez le dessus de quatre croûtes de pain coupées en forme de cerf-volant, et frites dans le beurre.

Faux filet et entre-côte.

Le faux-filet et l'entre-côte se servent avec les mêmes garnitures que le bifteck, mais les garnitures qui conviennent de préférence à l'entre-côte, sont le beurre d'anchois ou celui à la bordelaise, joint aux pommes de terre.

Bœuf bouilli.

Voyez le bœuf bouilli pour le pot-au-feu, au chapitre des potages, et pour le bœuf bouilli accommodé, voyez au chapitre d'accommoder les restes.

Bœuf braisé.

Mettez dans une coquelle en fonte une pièce de bœuf prise dans la cuisse ou dans d'autres parties pas trop grasses ; ajoutez-y un peu de sel et deux verres d'eau, et pas de beurre, ce qui est chose inutile.

Lorsque l'eau s'est évaporée, laissez-le lentement roussir sur un petit feu, dans le jus-glace que le bœuf a rendu ; ajoutez, lorsque le bœuf est de belle couleur dorée, une petite cuillerée à bouche de farine ; laissez-la revenir un instant ; arrosez le bœuf avec deux verres d'eau, un peu de tomate, une goutte de vin blanc, si c'est votre goût, une échalote et colorez la sauce, si vous le jugez nécessaire ; laissez mijoter le tout ensemble pendant quatre heures ; servez ensuite le bœuf avec la sauce à bon goût ; relevez-la si vous le voulez, avec des feuilles d'estragon ou des câpres fins.

Le bœuf braisé, piqué intérieurement de lard salé et d'ail, peut se faire mariner un ou deux jours dans de l'huile et du vin blanc, ou du vinaigre de vin, des aromates, du poivre, mais pas de sel, qui rougirait la viande, et se fait cuire ensuite avec sa marinade comme ci-dessus en y ajoutant le sel.

Bœuf braisé à la bretonne.

Faites cuire le bœuf braisé comme le précédent ; au moment de servir, ajoutez dans la sauce de bœuf des haricots blancs ou des soissons cuits dans l'eau de sel, car autrement, s'ils étaient mis trop à l'avance, ils deviendraient forts et seraient secs, parce qu'ils auraient absorbé toute la sauce. L'on peut aussi relever cette garniture avec un filet de vinaigre, une échalote hachée, et ne pas mettre de farine.

Bœuf braisé à la milanaise.

Faites cuire le bœuf comme précédemment, et garnissez le bœuf de macaronis, comme il est indiqué pour le filet de bœuf à l'italienne.

Bœuf aux choux.

Préparez le bœuf comme celui qui est braisé et garnissez-le de bouquets de choux comme il est indiqué au chapitre des légumes, et versez le jus-sauce par dessus. L'on peut aussi garnir le bœuf avec des choux de Bruxelles.

Bœuf aux laitues.

Faites cuire le bœuf comme celui qui est braisé ; garnissez-le de laitues, comme il est indiqué au chapitre des légumes, et versez comme pour le bœuf aux choux, le jus-sauce par dessus.

Bœuf à la purée de pommes de terre, de marrons, de lentilles.

Faites cuire le bœuf braisé au naturel, et servez-le dans son jus, et la purée dans un plat à part.

Bœuf à la chicorée.

Voyez ci-devant filet de bœuf à la chicorée.

Bœuf à la bourgeoise.

Piquez à l'extérieur une pièce de bœuf de fins lardons, ou, à votre choix, piquez-la intérieure-ment de lard salé coupé gros comme le petit doigt, et de pointes d'ail coupées très-fines ; faites-le cuire comme le bœuf braisé ; ajoutez, lorsque la sauce est liée, des carottes, et une heure avant de servir, ajoutez encore deux douzaines de petits oignons ; laissez mijoter à l'étouffée jusqu'au moment de dresser le bœuf entouré de sa garniture.

Bœuf à la mode.

Choisissez dans la tranche du bœuf deux à trois kilogrammes; piquez-le de lardons coupés gros comme le petit doigt, et avec des pointes d'ail coupées d'une manière imperceptible, si c'est votre goût ; mettez-le dans une braisière ou coquelle en fonte, avec quelques morceaux de poitrine de lard salé ou du jambon cru, deux pieds de veau, un bouquet de thym et de laurier attachés, du poivre, peu de sel, à cause du jambon qui est salé, des carottes, une cuillerée à bouche de colorant, pour donner la couleur naturelle, un peu d'eau, un verre de vin blanc sec, autant d'eau-de-vie de cognac ; laissez mijoter le tout ensemble à l'étouffée dans le four du fourneau, pendant cinq à six heures, en ayant soin de n'arroser de temps en temps le bœuf qu'avec son jus ; ajoutez deux heures avant sa parfaite cuisson, une garniture d'oignons.

Lorsque ce bœuf est destiné à être servi chaud, il faut le servir accompagné de carottes et d'oignons ; s'il doit être servi froid en galantine, vous le placez dans un plat creux avec les pieds de veau et le jambon, ensuite vous passez au tamis le jus-gelée, en ayant soin de bien le dégraisser à l'aide d'une cuillère à bouche ; vous ajouterez aussi les carottes, mais pas les oignons qui ne se servent guère, étant froids.

Le bœuf à la mode ainsi préparé est un excellent mets, et surtout un bon plat de résistance.

Langue de bœuf.

La langue de bœuf dépouillée de la peau que l'on enlève en la passant sur la braise, puis bien ratissée à l'aide d'un couteau, et ensuite bien proprement lavée, peut se préparer exactement comme le bœuf braisé ou à la mode, et se servir avec les mêmes garnitures. Il est cependant à remarquer que la langue de bœuf, qui est une chair maigre, doit être mise à cuire avec du beurre ou de la graisse, ou du lard salé, pour la fortifier.

CHAPITRE XIV.

MOUTON

Gigot rôti.

Préparez le gigot de mouton, c'est-à-dire faites le manche ; parez-le et ôtez surtout le petit os qui est à l'extrémité opposée au manche, et qui empêche de découper le gigot avec adresse, puis battez-le fortement pour l'attendrir, si la chair vous paraît ferme. Si le gigot est destiné à être mis à la broche, il faut l'embrocher le plus près que vous le pourrez du manche, ou bien l'embrocher avec des hâtelets, comme il est indiqué pour le rosbeef ; vous pouvez piquer le gigot de quelques pointes d'ail, surtout vers le manche, où la viande se trouve cuite sans être saignante.

Quant à la cuisson, elle est absolument la même que celle du rosbeef (voyez page 303).

Une excellente méthode, c'est de faire cuire dans le jus en même temps que le gigot, comme avec le rosbeef, des pommes de terre émincées, puis partagées en deux. Vous dressez le gigot et les pommes de terre à part, ce qui offre l'avantage de former, sans trop d'embarras, deux fort bons plats relativement peu coûteux.

Une autre méthode de tirer parti d'un gigot d'une manière économique et d'une succulence dont rien n'approche, c'est de faire cuire au naturel, dans l'eau de sel, des petits haricots blancs. Un instant avant de servir le gigot, on en prend une petite écumoire et on les dispose sur le fond du plat où le gigot doit être dressé, puis on les écrase avec l'écumoire, afin que le jus du gigot soit un peu lié et onctueux ; mettez au-dessus d'autres haricots bien égouttés ; ensuite placez le gigot et versez par dessus tout le jus du gigot ; passé au tamis, laissez chauffer ce plat cinq minutes dans le four, et servez-le bouillant.

Vous pouvez, le lendemain, faire réchauffer le gigot avec les haricots, comme il est indiqué pour le rosbeef.

Les morceaux choisis dans le mouton, pour être rôtis, sont encore la longe ou selle, l'épaule, surtout du côté de l'omoplate où la chair est tendre et courte, ainsi que le carré.

Le gigot de mouton peut aussi être mariné et piqué de lard, et se mettre à cuire rôti ou braisé comme le bœuf, et accompagné des mêmes garnitures.

Gigot de mouton, sauce chevreuil.

Ayez un gigot de mouton; enlevez la peau du côté où il doit être servi, ainsi que la graisse ; piquez-le de fins lardons, et mettez-le mariner sans sel, avec beaucoup d'aromates, huile, vin blanc ou vinaigre de vin, pendant deux à trois jours. Faites-le ensuite rôtir à la broche ou au four ; arrosez-le avec la marinade passée au tamis, que vous aurez eu soin de faire réduire de trois quarts au moins.

Lorsque le gigot est bien rissolé, de belle couleur dorée et qu'il est cuit sans être saignant, dressez-le sur le plat ; faites ensuite une petite sauce dans le jus, composée d'une cuillerée à café de farine, d'un peu d'eau ou de bouillon ; parfumez-la avec un petit verre de madère ou de la fine champagne, puis liez-la avec quatre à cinq cuillerées de sang de veau ou de cochon ou plutôt de sang de poulet, dans lequel vous aurez mis un peu de vinaigre pour empêcher qu'il ne se coagule ; laissez bouillir un instant en ayant soin de remuer toujours la sauce pour qu'elle soit lisse ; goûtez si elle a bon goût et versez-la sur le gigot ; laissez le tout cinq minutes dans le four, puis servez bouillant sur des assiettes chaudes, ce qui est une condition essentielle.

L'on peut aussi ajouter dans la sauce chevreuil qui doit être d'un goût un peu épicé et relevé, des cornichons hachés.

Ainsi préparé, le gigot de mouton forme une entrée très-appréciée.

Gigot à l'anglaise.

Saupoudrez un gigot de farine, puis liez-le dans un linge et faites-le cuire dans de l'eau en ébullition, du sel et assez de navets, pour en faire une garniture ; après deux heures environ de cuisson, passez au tamis les navets bien égouttés ; faites-les réduire sur le feu en tournant continuellement avec la pochette en bois pour empêcher que la purée ne s'attache, jusqu'à ce qu'elle ait pris de la consistance ; ajoutez un peu de crême ou du bon lait, assez de poivre et de la muscade ; ôtez ensuite le linge du gigot, puis dressez-le sur la purée de navets et versez par-dessus un peu de beurre frais à peine fondu ainsi que des câpres fins.

L'on peut aussi faire réduire en un jus-coulis le bouillon où a cuit le gigot et le servir à part dans une saucière.

Gigot à l'espagnol.

Désossez entièrement un gigot sans en ôter le manche ; ensuite mettez-le mariner pendant deux jours dans de l'huile avec du poivre, pas de sel et toutes espèces d'aromates à votre choix.

Faites-le cuire comme le bœuf à la mode en y ajoutant la marinade passée au tamis, du sel, deux verres de madère, un de malaga et un de cognac.

A moitié cuisson, ajoutez deux douzaines de petits oignons et des petites saucisses ; servez à courte sauce le gigot entouré de la garniture.

Gigot à la provençale.

Piquez un gigot de beaucoup d'ail et de filets d'anchois préparés ; faites-le cuire à la broche ou dans le four ; arrosez-le avec de l'huile.

Un instant avant de servir, hachez ensemble un peu d'ail et des échalotes ; faites légèrement jaunir cette garniture dans une portion du jus-graisse que le gigot a rendu, puis dressez-la sur le plat et placez le gigot au-dessus en ajoutant le jus qui reste et servez bouillant.

Gigot de chèvre.

Les gigots, les côtelettes et les autres parties des jeunes chèvres, qui n'ont pas ordinairement le goût de suif, sont très-tendres et peuvent être accommodés comme le mouton et de préférence à la sauce chevreuil, parce que la chair de chèvre a beaucoup d'analogie avec celle du chevreuil.

Epaule de mouton à l'italienne.

Désossez une épaule ·de mouton sans en ôter le manche ; pilez ensemble des anchois préparés, deux échalotes, une gousse d'ail et des fines herbes hachées ; mettez cette farce dans l'épaule, puis cousez-la.

Lorsque cette opération est terminée, faites bien rissoler l'épaule dans autant d'huile que de beurre et peu de sel, à cause des anchois ; mouillez avec une tasse de bouillon ou de l'eau ; ajoutez de la tomate ; laissez mijoter à petit feu et à l'étouffée pendant trois heures

Dressez ensuite l'épaule avec des olives parsemées sur le plat et passées à l'eau bouillante.

Epaule de mouton farcie à la gelée.

Voyez: épaule de mouton farcie à la gelée, au chapitre des pièces froides.

L'épaule de mouton farcie ainsi préparée, peut aussi se mettre rôtir et être servie seule en guise de rôti.

Epaule de mouton à la ménagère.

Préparez l'épaule de mouton farcie comme celle à la gelée; faites-la cuire comme du bœuf braisé, c'est-à-dire sans beurre; lorsqu'elle est de belle couleur, ajoutez des petites carottes et une petite cuillerée de farine que vous laisserez légèrement jaunir; mouillez avec de l'eau et une goutte de vin blanc; mettez une cuillerée à bouche de tomate ainsi qu'une goutte de colorant, si vous le jugez nécessaire; à moitié cuisson, augmentez la garniture avec deux douzaines de petits oignons; laissez mijoter le tout à petit feu et à l'étouffée pendant trois heures.

L'épaule de mouton ainsi apprêtée, fait un bon plat de ménage et peu coûteux.

Haricot de mouton.

La poitrine, l'épaule et le collet sont les morceaux le plus ordinairement choisis pour faire le haricot de mouton.

Il est essentiel de couper ou de scier nettement

les os afin d'éviter les esquilles qui sont très-désagréables à trouver sous la dent.

Dans tous les cas vous pouvez ôter les plus gros os de l'épaule.

Lorsque le mouton est de bonne qualité, il n'est point nécessaire de mettre du beurre ou de la graisse, ce qui, du reste, est plus économique et meilleur au goût ; pour cela, vous coupez la poitrine en carrés de deux doigts de longueur que vous mettez cuire dans une coquelle en fonte avec du sel et un verre d'eau ; lorsque l'eau est évaporée, faites roussir le mouton dans le jus-graisse qu'il a rendu, sans cependant faire calciner la viande, puis ajoutez une forte cuillerée de farine que vous laissez légèrement jaunir ; mouillez avec de l'eau ; laissez cuire un instant ; mettez ensuite une garniture de pommes de terre et de carottes coupées en petits carrés.

Si les pommes de terre et les carottes sont nouvelles, laissez-les entières ; ajoutez un bouquet de thym et de laurier attachés, que vous enlèverez au moment de servir, du poivre, deux cuillerées à bouche de sauce tomate, ainsi qu'une goutte de colorant pour donner au haricot de mouton une couleur naturelle.

Après une heure et demie environ de cuisson à petit feu, faites revenir dans une poêle étamée, de la poitrine de lard salé coupée en petits carrés, avec deux douzaines de petits oignons, puis jetez le tout dans le ragoût ; voyez s'il est à bon goût de sel en tenant compte de la réduction de la sauce ; couvrez la coquelle de son couvercle et laissez achever la cuisson à petit feu sur la plaque ou dans le four du fourneau.

Au bout de ce temps, dressez le haricot de mouton dans un plat bien chauffé en ayant soin de le dégraisser à moitié s'il vous paraît trop gras.

Quelques cuisinières ajoutent des navets dans le haricot de mouton, mais, à notre avis, il est préférable de ne pas en mettre, car les navets donnent à la sauce un goût sucré et fade.

Ainsi préparé, le haricot de mouton est un mets qui est peu coûteux et très-apprécié comme plat de ménage.

Côtelettes de mouton au naturel.

Les cotelettes de mouton doivent toujours être parées, c'est-à-dire que les nerfs, les petits os et les peaux en soient ôtés et que la chair qui est à l'extrémité de l'os du manche, soit un peu enlevée.

Par ce moyen, la cotelette est plus tendre; elle cuit d'une manière plus égale; elle est aussi d'un aspect plus engageant et d'un goût meilleur.

Faites cuire les cotelettes dans un sautoir sur un feu bien allumé, indistinctement avec du beurre, de la graisse ou de l'huile bien chauds, pour surprendre la viande et lui donner un bon goût.

Le temps pour la cuisson des cotelettes sautées est d'environ six à huit minutes.

Il est essentiel qu'elles soient d'une belle couleur dorée des deux côtés et non pas noires.

Le jus doit être aussi d'une belle coloration et non pas roussi et ayant un goût de brûlé.

Il est bien entendu que les cotelettes sautées ne doivent jamais être arrosées, parce que les fibres de la viande se serreraient, ce qui les rendrait dures et sèches.

Lorsque les cotelettes ont atteint leur point de cuisson, dressez-les sur un plat ; dégraissez le jus à moitié, puis détachez avec deux cuillerées à bouche d'eau le jus qui est resté adhéré au fond du sautoir ; laissez bouillir un tour et versez ce petit jus sur le plat des cotelettes entourées d'un citron coupé en autant de morceaux qu'il y a de convives.

Les cotelettes de mouton peuvent aussi se mettre sur le gril étant humectées ou non dans une goutte d'huile d'olive, avec du sel et du poivre et se faire cuire pendant le même temps que les cotelettes sautées.

Elles peuvent être servies comme entrée lorsqu'elles sont accompagnées dans l'un ou l'autre cas des garnitures ci-après :

Cotelettes de mouton garnies de pommes de terre sautées au beurre, de pommes de terre frites, de pommes de terre soufflées, de pommes de terre à la duchesse, de pommes de terre en purée, de haricots blancs, de petits pois, de la purée de marrons, de la purée de soubise, d'épinards, de la chicorée, de l'oseille, de champignons à la crême, au jus ou préparés à la sauce tomate, aux petits oignons glacés, à la jardinière, etc.

Les cotelettes de mouton se servent aussi avec les sauces maître-d'hôtel, aux anchois, aux tomates, à la périgueux, à la bordelaise, à la sauce chevreuil. Voyez au chapitre où sont indiqués ces légumes et ces sauces.

Côtelettes à la méridionale.

Faites cuire dans l'huile bouillante et du sel des côtelettes de mouton.

Lorsqu'elles sont bien rissolées des deux côtés, dressez-les, puis parsemez-les avec de l'ail et du persil hachés et versez par-dessus l'huile bouillante.

L'on peut ajouter dans l'huile, quand les côtelettes sont dressées, une tomate coupée que vous faites cuire pendant cinq minutes sur un bon feu.

Côtelettes panées.

Mettez des côtelettes mariner dans un peu d'huile ou du beurre fondu, du sel et du poivre ; roulez-les ensuite dans de la mie de pain ou dans la panure, puis faites-les cuire à petit feu sur le gril ou dans le four sur un plat en fer battu, en ayant soin de les arroser avec la marinade afin que les côtelettes ne soient pas sèches.

Les côtelettes de mouton peuvent aussi se faire cuire à la casserole dans le beurre, sans être arrosées, mais il faut qu'elles soient trempées dans l'œuf.

Les côtelettes panées sont très-bonnes et sont très-bien servies avec une sauce mayonnaise, tartare, printanière, etc.

CHAPITRE XV.

***

Agneau et chevreau.

L'agneau est souvent considéré comme un jeune mouton, n'étant pas complètement fait.

Le véritable agneau ne doit pas avoir plus de trois à quatre mois. Sa chair doit être d'un rose vermeil et sa graisse très-blanche.

L'époque de l'année pendant laquelle il est meilleur commence vers le milieu du mois de décembre jusqu'au commencement du mois d'avril.

Il peut s'apprêter de la même manière que le mouton et doit être servi avec les mêmes garnitures.

On le sert ordinairement par quartiers. S'il est destiné à être rôti, il faut que la graisse du rognon soit croustillante et servie très-chaude, ce qui la rend bien délicate.

L'épaule d'agneau est aussi très-estimée et peut être servie comme rôti ou comme entrée, si elle est accompagnée d'une garniture quelconque.

Le chevreau peut aussi être préparé comme l'agneau, mais il se sert le plus souvent rôti, piqué d'ail ou en blanquette et exige une cuisson moins longue que l'agneau.

Quartier d'agneau rôti.

L'agneau rôti se fait cuire un peu plus que le mouton et vous procédez pour sa cuisson de la même manière que pour le gigot de mouton rôti ; vous le servez avec la sauce du rosbeef ou une autre sauce à votre choix, un peu relevée.

Agneau en blanquette.

Ayez une épaule, une poitrine ou un collet d'agneau ; coupez par morceaux gros comme deux doigts de longueur. Mettez ensuite assez de beurre dans une casserole ; lorsqu'il est fondu, faites légèrement revenir les morceaux d'agneau sans laisser prendre couleur, puis ajoutez du sel, une ou deux cuillerées de farine, selon la quantité de viande ; laissez-la un instant perdre son goût ; mouillez avec de l'eau ; faites cuire une demi-heure ; au bout de ce temps ajoutez-y du poivre blanc, deux douzaines de petits oignons, un bouquet garni que vous enlèverez au moment de servir ; laissez encore mijoter le tout pendant une petite heure. Dressez ensuite les morceaux d'agneau sur le plat, puis liez la sauce avec deux jaunes d'œufs, un morceau de beurre de table et un filet de vinaigre pour la relever, ensuite versez cette sauce qui ne doit pas être trop longue, mais onctueuse, sur les morceaux d'agneau et tenez le plat au chaud dans le four pendant cinq minutes.

L'on peut ajouter dans la blanquette pour la rendre plus finie et plus augmentée, des fonds d'artichauts coupés, des champignons, des scorsonères cuites à l'avance et mettre au-dessus pour l'orner, quand elle est dressée, des croûtes de pain coupées en forme de cerf-volant et frites dans le beurre.

Epigramme d'agneau.

Faites avec une épaule d'agneau une blanquette comme précédemment ; faites d'un autre côté rôtir la poitrine avec un morceau de beurre frais et du sel ; lorsqu'elle est cuite, mettez-la refroidir sur la planche à hacher avec un couvercle pour la presser et la rendre uniforme ; préparez aussi les côtelettes d'agneau coupées pas trop grosses ; panez-les avec un œuf et de la mie de pain, du sel et du poivre.

Vous aurez aussi coupé la poitrine en forme de cœur ; panez ces morceaux comme les côtelettes.

Faites cuire ensemble au beurre et à belle couleur sans arroser les côtelettes et les morceaux de la poitrine ; liez ensuite la sauce de la blanquette ; ajoutez-y, passé au tamis, le jus que la poitrine a rendu. Dressez la blanquette au milieu d'un plat assez grand et formez autour une couronne avec les morceaux de poitrine entremêlés avec les côtelettes.

Il est à remarquer que dans ce plat triple, tout doit être fait en même temps et que cette entrée doit être servie très-chaude.

Epaule d'agneau à la polonaise.

Désossez une épaule d'agneau sans en ôter le manche ; remplissez-la intérieurement de lard salé coupé en lardons gros comme le petit doigt, mêlés avec de la farce à quenelle de viande et des pelures de truffes hachées ; cousez-la. Faites-lui ensuite prendre couleur dans du beurre et du sel ; puis ajoutez-y une petite cuillerée de farine ; laissez-la un instant jaunir ; mouillez avec de l'eau ; ajoutez-y quelques petites carottes, une goutte de colorant et un bouquet garni que vous enlèverez au moment de servir.

Laissez mijoter le tout ensemble pendant une heure au moins, puis un instant avant de servir, parfumez la sauce avec quelques petites truffes entières et un bon verre de cognac ou de fine champagne.

Dressez l'épaule avec la garniture autour et servez-la à courte sauce.

L'épaule d'agneau ainsi apprêtée est une entrée très-recherchée et peu connue.

CHAPITRE XVI.

Veau.

Le veau que l'on dénomme viande blanche sera, pour être de bonne qualité, d'un gris rosé excessivement pâle et sa graisse doit être blanche.

La chair rougeâtre du veau est un indice qu'il a déjà mangé du foin ou de l'herbe, ou qu'il a été mal nourri ou encore qu'il a souffert dans une écurie peu aérée.

Le veau est d'une grande ressource dans l'art culinaire. Aussi peut-on compter dans sa viande au moins douze espèces de chair d'une nature différente, qui sont : la tête et les oreilles, les yeux, la langue, le foie, le cœur, le ris, le mou, les rognons, la tétine, la fraise, etc.

Veau rôti.

Les morceaux choisis pour être rôtis, sont la longe, le quasi ou la pièce à la queue, la poitrine, le rang de côtelettes, ainsi que le bout de l'épaule où se trouve l'os de la palette ou omoplate.

Pour obtenir un bon rôti de veau, il est essentiel que les os des pièces de viande destinées à être rôties, soient séparés au-dessous avec adresse à l'aide du couteau à abattre ou du couperet, sans que cela paraisse du côté où le rôti doit être présenté.

Cette opération a pour but de donner à la viande intérieure qui est autour des os un goût de rôti plus prononcé et plus croustillant.

Si la pièce de viande que vous voulez mettre rôtir est une longe de veau, il faut lui laisser une bonne partie de la graisse, surtout celle où se trouve le rognon, ensuite la ficeler, puis l'embrocher d'une manière très-égale et la tenir bien serrée au moyen d'un hâtelet afin qu'elle ne tourne pas sur elle-même.

Ces dispositions étant prises, mettez-la au feu telle qu'elle, parce que, après un petit instant, la graisse est assez abondante pour suffire à arroser le rôti.

Les autres parties du rôti de veau étant moins grasses que la longe, vous pouvez y ajouter des bardes de lard salé ou du beurre.

Voyez pour faire rôtir les viandes de plus amples détails à la page 299.

Blanquette de veau.

Procédez exactement pour la blanquette de veau comme il est indiqué pour la blanquette d'agneau (voyez page 339).

Poitrine de veau à la poulette

Coupez la poitrine en morceaux gros et longs comme deux doigts; mettez le tout bouillir pendant une heure et demie au moins dans de l'eau, du sel, du vin blanc sec et ordinaire, de manière à ce que les morceaux y baignent; faites écumer comme le pot-au-feu; ajoutez ensuite un bouquet garni, un oignon piqué de clous de girofle.

Lorsque les morceaux de poitrine de veau sont cuits, passez le bouillon au tamis; mettez ensuite dans la même casserole, après l'avoir bien essuyée, un gros morceau de beurre extra-frais; lorsqu'il est fondu, mettez-y une forte cuillerée de farine; faites-la revenir sans lui laisser prendre couleur; mouillez ensuite avec le bouillon de la poulette; mettez, lorsque la sauce commence à bouillir, les morceaux de poitrine avec un peu de poivre blanc; laissez mijoter cette sauce pendant près d'une heure; gouttez si elle est à bon goût de sel et liez-la avec du beurre très-frais ou avec deux jaunes d'œufs.

Dressez-la avec des croûtes de pain placées au-dessus coupées, en forme de cerf-volant et frites dans le beurre.

La poitrine de veau, préparée à la sauce poulette doit être parfaitement blanche; l'on peut aussi ajouter la même garniture que dans une sauce blanquette, telle que: des petits oignons, des champignons, des fonds d'artichauts coupés en petits morceaux et des scorsonères cuites à l'avance, et lier la sauce poulette avec deux jaunes d'œufs, ou simplement avec un morceau de beurre extra-frais.

Tendrons de veau aux carottes

On appelle tendrons, les cartilages qui se trouvent à l'extrémité de la poitrine. Vous pouvez les laisser entiers ou les couper par morceaux ronds ou carrés.

Les tendrons se font cuire sur un petit feu, dans du beurre et du sel, comme toute autre espèce de viande; vous les arrosez avec une cuillerée à bouche d'eau, à mesure qu'ils roussissent, pour les attendrir.

Vous les garnissez ensuite avec des carottes que vous aurez coupées en petits carrés, puis que vous aurez fait revenir légèrement dans du beurre et du sel; saupoudrez-les d'un peu de farine; mouillez avec du lait, ou du bouillon ou de l'eau et laissez mijoter.

Au moment de servir, liez la sauce avec deux jaunes d'œufs, du poivre blanc ; relevez-la avec un filet de vinaigre, puis ajoutez-y, passé au tamis, le jus que les tendrons ont rendu.

Dressez cette garniture et les tendrons placés au-dessus.

Tendrons de veau.

Coupez les tendrons de l'épaisseur d'un bon doigt; préparez-les à la sauce poulette ou à la sauce blanquette, selon votre choix, dans laquelle vous aurez mis une échalote hachée, puis étendez les tendrons sur un grand plat, entourés de sauce; laissez-les refroidir, ensuite panez-les une première fois comme les croquettes, puis trempez-les dans l'œuf et roulez-les une seconde fois dans la mie de pain ou la panure; ensuite faites-les frire dans la friture chaude; servez-les de belle couleur avec du persil aussi frit mis par dessus, et accompagnez-les, si vous le voulez, d'une sauce poivrade, tomate, tartare ou de toute autre sauce quelconque, servie dans une saucière à part.

L'on peut aussi faire griller les tendrons sur le gril ou dans un plat dans le four, mais il faut employer de l'huile pour les paner, au lieu d'œuf.

Tendrons en matelotte.

Les tendrons en matelotte s'apprêtent comme la matelotte de poissons, et se servent de même en entrée.

Tendrons aux petits pois, aux pointes d'asperges, au macaroni.

Ces tendrons se font cuire comme ceux aux carottes, que vous dressez ensuite, entourés de garnitures à votre choix, comme il est indiqué au chapitre des légumes.

Fricandeau au jus.

Le cuissot est la seule partie du veau qui soit employée à cet usage.

Vous séparez les fricandeaux en suivant chaque joint, c'est-à-dire que vous formez, avec le cuissot entier cinq fricandeaux, dont les deux choisis sont: celui de la noix-rouelle et celui de la noix plate. Vous enlevez légèrement la peau qui se trouve à la surface, à l'aide d'un petit couteau pointu et tranchant pour avoir plus de facilité à les larder. Mettez ensuite, dans une casserole en fonte ou en cuivre, du beurre ou de la graisse, des carottes et oignons coupés en tranches, des couennes ou des bardes de lard; placez chaque fricandeau dans cette casserole ainsi foncée; ajoutez un peu de sel.

Laissez prendre couleur aux légumes afin d'obtenir un jus naturel.

Quand les fricandeaux sont à ce point de cuisson, mouillez-les avec une petite quantité d'eau, puis laissez-les mijoter à l'étouffée sur la plaque du fourneau ou dans le four médiocre, en ayant soin de les arroser de temps en temps avec leur jus qui doit former une espèce de glace, soit un jus lié et réduit.

Au moment de servir, dégraissez le jus à moitié et dressez le fricandeau seul avec le jus ou entouré des légumes où il a cuit.

Le fricandeau doit, d'après les règles de l'art culinaire, être assez cuit pour que les convives puissent le couper avec la cuillère.

Vous pouvez aussi remplacer les légumes et les bardes de lard en faisant cuire simplement le fricandeau au jus avec moitié huile d'olive surfine et moitié beurre, bien chauds.

Fricandeau à la sauce tomate.

Préparez les tomates comme il est indiqué à la page 104. Vous mettez ensuite la purée de tomate dans le jus du fricandeau, passé au tamis, que vous liez avec une demi-cuillerée de farine délayée dans un verre d'eau, puis vous laissez achever la cuisson à petit feu.

Vous pouvez aussi préparer la sauce tomate comme il est indiqué au chapitre des sauces et la servir dans une saucière à part.

Fricandeau aux petits pois.

Lorsque le fricandeau est à moitié cuisson, faites revenir, dans le jus-graisse passé au tamis, une bonne garniture de petits pois; saupoudrez-les ensuite d'une demi-cuillerée de farine; mouillez le tout avec un verre d'eau; ajoutez un peu de poivre, un bouquet garni, et, à votre volonté, quelques petits oignons ainsi qu'une petite pincée de sucre en poudre pour rendre les petits pois d'un goût plus sucré.

Laissez continuer la cuisson à petit feu comme précédemment.

Fricandeau garni de quenelles.

Faites cuire le fricandeau de la manière indiquée; passez ensuite le jus au tamis, puis liez-le avec un peu de farine, deux cuillerées à bouche de tomate et relevez cette sauce avec une goutte de vin blanc sec; laissez mijoter; un instant avant de servir, ajoutez des petites quenelles, quelques olives passées auparavant dans l'eau bouillante.

Dressez le fricandeau entouré de sa garniture.

Vous pourrez aussi ajouter, pour rendre le plat plus augmenté et plus fini, des truffes, des fonds d'artichauts coupés en petits carrés ou des salsifis cuits à l'avance.

Le fricandeau peut aussi se servir à l'oseille, à la purée de pommes de terre, à la purée de marrons, aux épinards, à la chicorée, à la soubise, aux petits oignons glacés, aux champignons, à la crême ou au jus, etc.

Voyez toutes ces garnitures au chapitre des légumes.

Grenadins de veau.

Prenez, dans le cuissot ou toute autre partie maigre du veau, des tranches que vous coupez minces, ayant la largeur d'une cotelette et la forme d'un cerf-volant; piquez-les de fins lardons; faites-les cuire dans du beurre frais; et lorsqu'ils sont de belle couleur, dressez-les en couronne entourés des mêmes garnitures que celles des fricandeaux.

Rouelle de veau au naturel.

Prenez dans le cuissot de veau ou dans l'épaule, où la chair est courte, une tranche coupée de l'épaisseur de deux doigts environ; roulez-la dans la farine, mettez dans une casserole en fonte ou en cuivre du beurre bien frais ; laissez-le jaunir à goût de noisette; puis mettez-y la rouelle et du sel; faites-la roussir de part et d'autre ; laissez-la cuire à petit feu et à l'étouffée pendant deux heures au moins, en ayant bien soin de ne l'arroser qu'avec le jus que la rouelle aura rendu. Ensuite dressez-la ; mettez deux ou trois cuillerées à bouche d'eau; faites bouillir un tour pour détacher le jus qui, sans cela, resterait adhérent à la casserole, puis versez-le sur la rouelle.

On pourrait s'exempter de fariner la rouelle, mais il est bien préférable de le faire, parce que la farine donne à la viande une belle couleur dorée, la rend croustillante et lie en même temps le jus.

Rouelle de veau à la bourgeoise.

Prenez une belle tranche de rouelle, farinez-la ; mettez ensuite dans une coquelle en fonte ou dans une casserole en cuivre, un morceau de beurre ou de la graisse, deux cuillerées à bouche de bonne huile d'olive, un peu de poitrine de lard salé, coupée en petits carrés ; faites revenir le tout ensemble, puis ajoutez la rouelle que vous faites prendre une belle couleur dorée des deux côtés ; salez et arrosez-la goutte à goutte avec de l'eau ou avec un peu de vin blanc sec ordinaire, jusqu'à ce que le jus soit d'une coloration naturelle. Lorsque la rouelle est à ce point de cuisson, mouillez-la avec un demi-verre de vin blanc et deux verres d'eau ; ajoutez des petites carottes, de quoi en faire une garniture, et plus tard, deux douzaines de petits oignons, car s'ils étaient mis trop à l'avance, ils seraient en purée ; laissez mijoter la rouelle pendant quatre heures environ.

Au bout de ce temps, dressez la rouelle entourée de la garniture, ainsi que le jus-glace à moitié dégraissé et légèrement lié, c'est-à-dire que la sauce ne doit pas être longue et être de bon goût. La rouelle de veau à la bourgeoise est une entrée bien estimée et fait un plat très-volumineux. Vous pouvez aussi mettre dans cette rouelle, pour la parfumer, un verre à liqueur de bon cognac, en même temps que le vin blanc, ou même pour le remplacer, ainsi qu'un bouquet de thym et de laurier et un peu de tomate.

Rouelle de veau aux petits pois.

Préparez une rouelle de veau comme la précédente, et mettez-la cuire de la même manière, mais sans huile d'olive et sans vin blanc ni cognac ; ajoutez, lorsqu'elle est de belle coloration, une garniture de petits pois, quelques petits oignons, un bouquet garni que vous enlèverez au moment de servir, ainsi qu'un petit morceau de sucre, si c'est votre goût, pour donner aux petits pois un goût de sucré ; laissez revenir le tout ensemble, puis mouillez avec de l'eau, et laissez mijoter jusqu'à ce que la cuisson soit achevée ; dressez ensuite la rouelle de veau entourée de la garniture.

La rouelle de veau ainsi préparée, est une entrée comme celle à la bourgeoise, toujours bien accueillie. Vous pouvez, selon votre gré, supprimer la poitrine de lard, ou bien en piquer intérieurement la rouelle, et saupoudrer les petits pois d'un peu de farine, pour rendre la garniture plus liée et plus augmentée.

Rouelle de veau à la sauce tomate.

Préparez une rouelle de veau comme la précédente, sans mettre ni huile, ni poitrine de lard ; lorsque la rouelle est de belle couleur, ajoutez dans le jus, des tomates coupées en carrés, ou, de préférence, en purée ; laissez mijoter à petit feu jusqu'au moment de dresser la rouelle. Vous pouvez ajouter dans cette sauce de rouelle une gousse d'ail écrasée.

Rouelle de veau à l'italienne.

Préparez une tranche de rouelle comme la précédente ; mettez-la cuire avec du sel, dans assez de bonne huile d'olive bouillante, sur un petit feu et à l'étouffée, en ayant soin de ne pas l'arroser lorsqu'elle est de belle couleur dorée de tous côtés ; saupoudrez-la d'une petite pincée de farine, si vous le voulez ; puis mouillez avec du bouillon ou du jus, ou à défaut avec de l'eau ; laissez-la ensuite mijoter un quart d'heure avant de servir ; dressez la rouelle et tenez-la au chaud. Ayez six anchois préparés que vous aurez pilés très-finement, puis passés au tamis ; liez ensuite le jus avec ces anchois, en tournant toujours avec la pochette en bois jusqu'à ce que la sauce ait pris de la consistance ; versez cette sauce à moitié dégraissée sur la rouelle, et servez bouillant.

L'on peut aussi lier la sauce avec un beurre d'anchois, mais il ne faut pas la laisser bouillir et servir la sauce lorsque le beurre est à peine fondu.

Vous pouvez encore ajouter dans la sauce, lorsque la rouelle est dressée, quelques olives très-vertes.

Epaule de veau à la bourgeoise.

Désossez une épaule de veau sans ôter le manche, en ayant la précaution de ne pas la trouer du côté où elle doit être présentée ; ficelez-la et faites-la cuire exactement comme la rouelle à la bourgeoise. On ne farine pas l'épaule de veau comme la rouelle, mais il faut lier le jus avec une cuillerée à bouche de farine délayée avec de l'eau, ou avec un verre de vin blanc sec.

Epaule de veau aux petits pois.

Préparez l'épaule de veau comme la précédente, et accommodez-la de la même manière que la rouelle aux petits pois.

Epaule de veau à la sauce tomate.

Préparez-la comme la précédente, et accommodez-la exactement comme la rouelle à la sauce tomate.

Epaule de veau farcie.

Préparez l'épaule de veau farcie comme il est indiqué page 283, et faites-la cuire comme précédemment. L'on peut ajouter à la farce des fines herbes hachées, ainsi que de la mie de pain trempée dans du bouillon et que vous amalgamez dans la farce pour l'augmenter. L'épaule de veau farcie étant froide, fait un excellent plat pour le déjeuner, surtout lorsqu'elle est entourée de son jus pris en gelée que vous aurez eu soin de bien dégraisser.

Cayettes de veau.

Prenez dans l'épaule ou dans le cuissot de veau, dix petites tranches coupées pas trop grosses et bien battues avec le couperet, pour qu'elles soient très-minces, longues et larges comme la main ; hachez très-fin du lard salé gras et maigre, une ou deux échalotes, des débris de viande cuite, si vous en avez, ou de la chair à saucisse, un peu de mie de pain rassis ; ajoutez du persil et de l'ail, si c'est votre goût ; mettez ensuite ce que vous venez de hacher dans un plat creux, avec peu de sel à cause du lard qui est salé, du poivre et un œuf pour donner de la consistance à la farce ; amalgamez le tout ensemble ; étendez sur la planche à hacher les tranches de veau ; salez-les légèrement et mettez à partie égale de cette farce ainsi qu'une lanière de lard salé grosse comme le petit doigt ; roulez et ficelez chaque cayette ; puis mettez-les cuire dans une casserole en cuivre ou en fonte non émaillée, avec du beurre et du sel ; lorsqu'elles sont de belle couleur dorée, ajoutez une cuillerée de farine ; laissez-la jaunir ; mouillez avec de l'eau et relevez cette sauce avec une goutte de vin blanc sec ; colorez la sauce avec deux cuillerées à bouche de tomate ou autre chose, si vous le jugez nécessaire ; faites mijoter à l'étouffée pendant deux heures environ ; au bout de ce temps, dressez les cayettes auxquelles vous aurez la précaution d'enlever la ficelle.

On peut, pour augmenter le plat, y joindre selon son choix, des carottes coupées en petits carrés, des oignons, des fonds d'artichauts, des scorsonères blanchies, des champignons ou toute autre garniture.

Les cayettes se servent comme entrée, et font un très-bon plat de ménage qui peut être réchauffé le lendemain sans en avoir le goût.

Boulettes de viande.

Prenez un kilogramme de veau dans les parties maigres où vous aurez ôté les os et les principaux nerfs ; hachez bien menu la viande, avec du sel, du poivre et une ou deux gousses d'ail ; lorsque le tout est bien haché, mettez-le dans un plat creux ; cassez un ou deux œufs pour donner de la consistance ;

amalgamez cette farce à l'aide d'une pochette en bois, jusqu'à ce que la chair ait complètement absorbé les œufs ; roulez ensuite les boulettes dans la farine ; donnez-leur la forme ronde et faites-les de la grosseur d'un petit œuf. Lorsque cette opération est terminée, faites-les frire à belle couleur dorée, dans du beurre frais ou de la graisse de cochon sur un feu modéré ; puis servez-les comme les croquettes, ornées de persil frit par dessus.

Les boulettes peuvent aussi se préparer en sauce, en mettant dans le beurre, lorsquelles sont frites, une cuillerée de farine ; laissez-la un instant prendre couleur, puis mouillez le tout avec de l'eau ; ajoutez du sel, du poivre, une échalote hachée, de la tomate et du colorant, si la sauce n'a pas une couleur naturelle ; laissez mijoter à petit feu pendant une heure.

Vous pouvez augmenter le plat et le rendre plus fini et meilleur au goût, en y ajoutant une garniture de petites carottes et de petits oignons.

Les boulettes qui sont faites avec la viande cuite seule, sont d'un goût fade, parce que la viande cuite a perdu sa saveur, alors il est prudent d'ajouter à celle-ci, pour la relever, un peu de viande crue ou de la chair à saucisse, ou encore du lard ou du jambon, et, à la rigueur, du persil, un oignon, et de la mie de pain rassis, et opérer de la même manière que précédemment.

Les boulettes, quoique étant une entrée un peu ménagère, sont un mets qui fait bon profit et très-apprécié.

Cotelettes de veau au naturel.

Ayez des côtelettes de veau auxquelles vous aurez retiré les peaux, les nerfs et les petits os, et que vous aurez ensuite bien parées, comme il est indiqué pour celles de mouton. Mettez-les cuire sur un feu bien allumé, dans un sautoir ; lorsque le beurre commence à jaunir, mettez vivement les côtelettes et du sel ; faites-les bien rissoler des deux côtés, sans les arroser.

Dressez-les en couronne au bout d'un quart d'heure à vingt minutes de cuisson. Dégraissez le jus à moitié, et détachez avec une cuillerée à bouche d'eau ou de vin blanc, celui qui aurait pu rester adhérent à la casserole ; laissez bouillir un tour, et versez ce petit jus sur les côtelettes.

Les côtelettes de veau au naturel et celles qui sont mises sur le gril, peuvent aussi être piquées de fins lardons et être dressées en couronne, ayant une manchette en papier frisé placée, pour les orner, au bout de chaque os du manche et être servies en entrée avec les mêmes sauces, les mêmes garnitures et les mêmes légumes que ceux des fricandeaux.

Côtelettes de veau à la maintenon.

Ayez des premières côtelettes de veau coupées de l'épaisseur d'un doigt ; parez-les, c'est-à-dire ôtez l'os de l'arête et faites le manche de chaque côtelette, puis partagez-les sans séparer la chair et mettez, au milieu de chaque côtelette, une tranche émincée de jambon, cuit ou cru, de première qualité; entourez ensuite chaque côtelette d'une farce de chair à saucisse ou à celle de quenelle mêlée avec des truffes ; enveloppez chaque côtelette d'une toile ou coiffe de cochon ou de veau, ayant soin de donner à la côtelette une forme naturelle, puis humectez-les d'une goutte d'huile d'olive, si vous le voulez ; passez-les dans la panure ou la mie de pain et faites-les cuire à petit feu pendant vingt minutes environ sur le gril ou dans le four chaud simplement sur un plat en fer battu.

Dressez les côtelettes quand elles sont de belle couleur et bien croustillantes et servez-les entourées d'un citron ou de pommes de terre soufflées, avec des manchettes de papier frisé mises au manche de chaque côtelette pour orner le plat.

Ainsi préparées, les côtelettes à la maintenon forment un excellent plat de déjeuner.

Côtelettes de veau panées.

Ayez des côtelettes de veau bien parées comme il est indiqué; aplatissez-les, ou plutôt coupez-les légèrement à la surface en plusieurs sens et des deux côtés pour séparer les fibres et les petits nerfs et rendre, par ce moyen, les côtelettes plus tendres plus vite cuites et moins sèches. Ensuite mettez-les dans une assiette après qu'elles auront été salées des deux côtés, puis trempez-les dans un œuf bien battu et panez-les avec de la panure ou de la mie de pain, ce qui vaut mieux.

Lorsque cette opération est faite, mettez dans une casserole assez de beurre bien frais ; lorsqu'il est jauni à goût de noisette, mettez les côtelettes et laissez-les cuire à petit feu pendant vingt minutes environ, en ayant bien soin de ne pas les arroser.

Il est essentiel de faire cuire à l'étouffée les côtelettes panées parce que la vapeur les pénètre, ce qui les attendrit davantage ; mais il faut qu'elles aient été tournées, c'est-à-dire cuites d'un côté, sans quoi la mie de pain se détacherait de la côtelette.

Dressez-les lorsqu'elles sont d'une coloration dorée, égale et croustillante, et non pas roussies et encore moins brulées, puis remettez la casserole un instant sur le feu ; détachez le jus qui est resté adhéré au fond de la casserole, avec deux ou trois cuillerées à bouche d'eau ; ajoutez un peu de sel, une goutte de colorant s'il est nécessaire ; laissez bouillir un tour et versez ce jus passé au tamis sur les côtelettes et servez-les bouillantes.

Les côtelettes panées sont un mets très-estimé, vite préparé et peu coûteux, parce que la mie de pain augmente les côtelettes.

Elles peuvent être servies en entrée dans les diners avec les mêmes garnitures que celles au naturel, mais elles sont le plus ordinairement servies dans les déjeûners, accompagnées d'un citron ou d'une sauce mayonnaise, tartare ou printanière, mise dans une saucière à part.

Les côtelettes de veau se font aussi cuire sur le gril à feu doux, mais il faut qu'elles soient salées,

poivrées et très-peu humectées dans l'huile d'olive, .
puis panées.

Dans tous les cas les deux procédés sont excellents.

Côtelettes de veau au macaroni.

Préparez les côtelettes panées comme les précédentes.

Dressez-les en couronne et mettez au milieu un macaroni à la napolitaine.

Côtelettes de veau en papillottes.

Prenez six premières côtelettes de veau ; hachez les rognures des manches mêlées avec un peu de poitrine de lard salé ou du jambon, une échalote, du persil et quelques champignons ; faites revenir le tout dans le beurre où vous avez fait cuire les côtelettes comme celles au naturel ; ajoutez une pincée de farine, du poivre, peu de sel et une goutte de colorant; mouillez avec du bouillon ou de l'eau ; laissez mijoter un quart d'heure, de manière à en faire un hachis pas trop épais ; versez-le sur les côtelettes que vous aurez mises bien séparées sur un plat et laissez-les refroidir.

Pendant ce temps, préparez autant de feuilles de papier blanc pliées en deux que vous avez de côtelettes ; ensuite coupez-les en leur donnant la forme d'un cerf-volant ; huilez chaque feuille ; puis vous mettez d'un côté une petite tranche émincée de lard salé, et vous placez au-dessus la côtelette accompagnée d'un peu de farce, puis une seconde tranche de lard ; pliez ensuite chaque côtelette de manière qu'elle soit bien enfermée et faites-les cuire pendant un quart d'heure sur le gril, à un feu très-doux ou dans le four modéré, sur un plat en fer battu.

Les côtelettes de veau en papillottes se servent dans les déjeûners.

Escalopes de veau aux fines herbes.

Les escalopes sont des petits morceaux sans os pris dans les parties maigres du veau et que vous aplatissez à l'aide du couperet ou du couteau à abattre, en tranches très-émincées ayant la forme ronde autant que possible et la largeur de la main.

Mettez cuire dans un sautoir avec du sel les escalopes sur un feu bien allumé ; dans le beurre ou dans l'huile, bien chauds de préférence, farinés ou non ; laissez-leur prendre couleur des deux côtés sans les arroser, puis dressez-les sur un plat, en forme de couronne, après dix minutes de cuisson.

Mettez ensuite dans le sautoir du persil, une échalote et des champignons hachés ; faites revenir le tout dans le jûs des escalopes, puis mouillez avec de l'eau et un peu de poivre ; laissez cuire cinq minutes et versez le tout sur les escalopes que vous aurez eu soin de tenir au chaud.

Les escalopes ainsi préparées font un plat de déjeûner ; vous pouvez aussi relever la garniture avec une goutte de cognac ou du vin blanc sec.

Les escalopes de veau ne se préparent que comme les côtelettes de veau panées à la milanaise et se servent le plus ordinairement avec le macaroni à l'italienne ; elles peuvent néanmoins être servies avec les mêmes garnitures que les côtelettes.

CHAPITRE XVII.

PORC FRAIS ET CHARCUTERIE

La viande de porc frais salé est non seulement un puissant auxiliaire pour la cuisine, mais elle est encore une réelle économie.

Les ménagères qui croient s'occasionner moins de dépenses en épargnant la viande au profit des plats maigres, ne réfléchissent pas que la viande en général, mais surtout celle de porc frais salé, préparée d'une façon variée et appétissante, épargne le beurre, la graisse ou l'huile, et qu'en outre les légumes, tels que les haricots blancs, les pommes de terre, les choux, les épinards, les petits pois, etc., peuvent former une garniture plus abondante et d'un goût plus relevé que ceux qui sont apprêtés en plus petite quantité avec la graisse, le beurre ou l'huile.

Par ce procédé l'on s'oblige à manger moins de pain et de viande, et au moyen de cette économie, vous pouvez acheter des choses de première nécessité telles que du vin, par exemple, ou bien vous permettre d'autres fantaisies sans augmenter votre budget.

Un bon porc doit avoir la chair des côtelettes et de la longe blanche comme celle du veau, celle des jambons d'une couleur vermeille et la graisse blanche et ferme.

Pour dépecer un porc, vous commencez à le fendre en deux parties en suivant bien droit l'arête, soit la vertèbre.

Vous coupez les jambes en leur donnant une jolie forme arrondie ; faites-en autant des deux épaules en ayant soin de retrancher chaque pied jusqu'au-dessous du jarret.

Pour les saler, vous préparez au fond d'un saloir en pierre, en ciment, en bois ou en terre, une couche de sel fin ; vous placez les jambons, la couenne du côté du saloir ; recouvrez-les entièrement d'une bonne couche de sel fin et de quelques graines de poivre concassé ; puis mettez au-dessus des jambons, les deux épaules, ou à côté, si le saloir est assez grand pour les contenir ; répétez la même opération que pour les jambons ; ensuite joignez-y la tête partagée en deux parties en ayant soin de ne pas mettre la cervelle qui ne prend pas le sel, ainsi que les quartiers de lard assez larges y compris celui vers la poitrine, coupé près des os, afin qu'il soit entrelardé ; faites successivement des lits de sel fin et de graines de poivre concassé ; tassez bien le tout afin que l'air puisse moins pénétrer ; couvrez bien le saloir et laissez dans cet état les deux jambons et les épaules pendant trois semaines au moins.

Il arrive quelquefois qu'au bout de trois ou quatre jours le sel n'est pas encore réduit en saumure, c'est-à-dire liquide; alors il est prudent de faire bouillir une partie d'eau avec deux poignées de sel que vous versez, lorsqu'elle est refroidie, çà et là dans le saloir.

Quelques personnes mettent pour aromatiser la charcuterie, du thym, du laurier, du genièvre; d'autres mettent encore du salpêtre pour donner aux jambons une teinte plus rosée, mais à notre avis, nous croyons qu'il est préférable de le supprimer ou de ne l'employer qu'avec prudence, parce que cette couleur trop rosée est au détriment de la bonne et fine charcuterie.

Vous pouvez aussi activer la salaison des jambons par le lessivage, en ayant un saloir percé de petits trous dans le fond, puis vous placez le saloir assez haut et vous mettez au-dessous un récipient destiné à recevoir la saumure.

Vous procédez ensuite de la même manière que précédemment et vous faites la saumure plus abondante et plus forte en sel, puis vous arrosez les jambons trois fois par jour et après une espace de huit jours, les jambons sont à point de salaison.

Une autre méthode excellente pour saler les jambons, c'est de les entourer, lorsqu'ils sont refroidis, d'une couche de sel fin de l'épaisseur d'un doigt au moins avec du poivre, en ayant eu soin auparavant de bien frotter l'intérieur et l'extérieur de chaque jambon pour faire pénétrer le sel.

Quand cette opération est faite, vous enveloppez

chaque jambon dans un linge et vous les placez dans de la cendre ou dans du blé, de manière à ce qu'ils soient entièrement couverts, pour les priver de l'action de l'air qui pourrait les altérer.

Les jambons qui sont préparés de cette manière et qui sont mis au sel au mois de novembre ou de décembre ne doivent être sortis des cendres ou du blé que vers l'époque de Pâques.

Le lard et la poitrine peuvent être conservés par ce même procédé.

Quant au lard qui est mis dans la saumure, il peut y être laissé un temps indéfini pour l'empêcher de rancir, car il est à remarquer que le lard gras proprement dit, étant macéré dans la saumure n'est jamais trop salé parce qu'il ne prend que la quantité de sel qui est nécessaire pour sa conservation.

Vous pouvez néanmoins le sortir de la saumure, l'entourer d'une couche de sel et même le plier dans un linge et le faire sécher.

La poitrine, contrairement au lard, doit être enlevée de la saumure en même temps que les jambons, parce qu'elle est entrelardée.

Nous recommandons d'une manière toute spéciale de faire fumer les jambons, parce qu'ils deviennent moins salés par le motif que la saumure se perd à mesure que les jambons sèchent ; ils ont aussi l'avantage de faire plus de profit, leur chair étant plus ferme et pouvant au besoin se manger crue. Ils ont une supériorité incontestée sous le rapport du goût, de la saveur et d'un fumet tout particu.

lier qui les distinguent des jambons qui n'ont pas subi cette préparation.

Il n'est pas inutile aussi de faire remarquer que les jambons étant fumés pèsent moins, il est vrai, mais qu'ils reprennent dans la cuisson tout leur poids primitif comme s'ils n'avaient pas été fumés.

Manière de fumer les jambons.

Pour fumer les jambons, il faut, lorsqu'ils sont sortis de la saumure, les presser, c'est-à-dire les laisser pendant deux jours entre deux planches avec un poids placé au-dessus; ensuite pliez, si vous le voulez, chaque jambon dans une toile d'emballage peu serrée que vous aurez eu soin de mouiller dans la saumure afin d'éviter par ce moyen que les jambons ne prennent pas une couleur trop brune; placez-les ensuite dans la cheminée ou au-dessus de la gueule d'un four le plus haut possible.

Brûlez ensuite, et surtout les premiers jours, des arbrisseaux odoriférants, comme genévriers, sauges, lauriers, etc., en ayant soin de faire le plus de fumée possible; laissez-les dans cet état pendant un mois au moins.

Lorsque les jambons sont assez fumés, vous les enlevez de la cheminée; vous les enveloppez de nouveau dans une toile fine et très-serrée que vous cousez très-près du jambon pour le préserver des mouches qui pourraient y déposer leurs œufs; vous les suspendez ensuite à une température égale et sèche ou bien vous les placez dans de la cendre ou dans du blé mais à la condition qu'ils soient bien séchés, car autrement ils y moisiraient.

L'on peut aussi faire fumer les jambons dans un fumoir qui est une espèce de chambre destinée à cet usage et employer simplement des graines de genièvre mises sur le charbon ardent pour parfumer les jambons dans le cas où vous seriez au dépourvu d'arbres odoriférants.

La panne, soit la graisse de cochon, doit être fondue comme il est dit à la page 131.

Les côtelettes, mais surtout la poitrine désossée, se servent fraîches, pour accompagner tout ce que l'on appelle ordinairement la cochonnaille qui est composée : des boudins, du foie, du mou, du cœur apprêtés comme il est indiqué au chapitre d'accommoder les mets.

Toutes les autres parties du porc frais, excepté la longe où se trouve le filet mignon, seront employées à faire des saucisses, des saucissons, comme il sera décrit ci-après.

C'est, du reste, une des meilleures méthodes pour utiliser et tirer un parti avantageux du porc frais.

Longe de porc frais, rôtie.

La longe de porc frais rôtie où se trouve le filet que l'on désigne sous le nom de filet mignon, est la partie du porc frais qui est choisie pour être braisée ou rôtie. Préparez-la de la même manière que la longe de veau, en ayant soin de la saler légèrement la veille de sa cuisson, pour rendre sa chair plus savoureuse et lui enlever le goût de fade et de trop gras, et procédez exactement pour sa cuisson, si elle était mise à la broche, comme pour le veau rôti, mais avec une cuisson un peu plus prolongée, et si elle est braisée, procédez pour sa cuisson comme pour la rouelle de veau.

La longe de porc frais se sert comme les autres rôtis ou servie en entrée, lorsqu'elle est accompagnée des mêmes garnitures que celles des fricandeaux.

Filet de porc frais.

Le filet de porc frais ou filet mignon se prépare comme le filet de bœuf, c'est-à-dire qu'il soit bien dégraissé et paré, ensuite piqué avec du lard salé, puis vous le faites cuire comme le filet de bœuf, mais contrairement au filet, il ne se mange pas saignant et se sert aussi rôti ou en entrée, avec les mêmes garnitures.

Le filet mignon servi rôti ou en entrée, est un mets fort délicat.

Côtelettes de porc frais.

Les côtelettes de porc frais se préparent et se font cuire exactement comme les côtelettes de veau, et peuvent aussi être accompagnées des mêmes garnitures, mais principalement d'une purée de pommes de terre, car c'est un des légumes qui leur convient le mieux.

Jambon aux épinards.

Préparez un jambon fumé, c'est-à-dire ôtez légèrement toute la partie noire qui se trouve à sa surface du côté opposé à la couenne, puis lavez-le à l'eau tiède ; pliez-le dans un linge si vous le voulez ; mettez-le cuire dans assez d'eau froide, de manière à ce qu'il baigne ; n'y mettez pas de sel ; écumez-le parfaitement et laissez-le bouillir comme le pot-au-feu, pendant quatre ou cinq heures, selon sa grosseur.

Dans le cas où vous auriez la crainte que le jambon soit trop salé, il serait prudent de jeter la première eau aussitôt après l'ébullition et de la remplacer immédiatement par une autre eau bouillante. Quelques cuisinières aromatisent la cuisson du jambon fumé avec du foin, du vin blanc ou d'autres assaisonnements, mais, à notre avis, nous croyons que le jambon fumé possède un fumet assez prononcé pour qu'il soit cuit au naturel ; du reste, avec le foin, le bouillon du jambon est entièrement perdu.

Au sortir de la marmite, festonnez-le à votre idée, du côté de la couenne, à l'aide d'un couteau pointu et tranchant ; mettez une manchette de papier frisé au manche, puis dressez-le sur un grand plat et servez-le bouillant, garni avec des épinards apprêtés au beurre, comme il est indiqué au chapitre des légumes.

Il n'est pas inutile de dire qu'il faut bien se garder de mettre le jambon fumé tremper la veille dans de l'eau, sous prétexte de le dessaler, car non-seulement il est dessalé, mais il est encore lavé, c'est-à-dire qu'il a perdu toute sa saveur et son arôme.

Du reste, le jambon fumé préparé comme nous l'avons indiqué, n'est jamais trop salé et n'a par conséquent, aucun besoin de subir cette préparation. Le bouillon dans lequel a cuit le jambon peut être utilisé pour faire des soupes aux choux, ou avec d'autres légumes, ou bien il peut être employé à faire de la gelée.

Jambon à la languedocienne.

Mettez dans une casserole, du beurre, ou de préférence, de la graisse de cochon bien faite, ou celle d'oie ou de canard ; faites-y cuire à belle couleur dorée, deux gros oignons hachés grossièrement avec peu de sel, à cause du jambon qui est salé. Pendant ce temps, faites aussi cuire des deux côtés, sur le gril et à petit feu, simplement une tranche de jambon cru, coupée de l'épaisseur d'un demi-doigt, ensuite dressez les oignons, puis la tranche de jambon au-dessus, et finissez ce plat de déjeuner en mettant encore au-dessus du jambon un ou plusieurs œufs frits dans la graisse, comme il est indiqué au chapitre des œufs.

Jambon au madère.

Préparez le jambon comme celui aux épinards, puis faites une sauce au madère avec une sauce espagnole, ou à défaut, faites un roux et procédez comme il est dit pour le filet de bœuf au madère.

Le jambon peut encore se servir entouré de choux, de choucroûte ou de branches de chou-fleur, préparés comme il est indiqué au chapitre des légumes.

Jambon à la gelée·

Garnissez de gelée le jambon lorsqu'il est froid, et décorez-le selon votre idée.

Le jambon ainsi préparé se sert dans les déjeûners et est très-bien accueilli dans les soirées.

CHAPITRE XVIII.

CHARCUTERIE EN GÉNÉRAL

Saucisses de ménage.

Ayez de la viande d'un jeune bœuf ou de génisse prise dans la tranche ou cuisse de bœuf, dans la proportion égale à un quart de celle de porc frais désossée ; puis hachez ensemble la viande de bœuf ou de porc frais bien menue ; ajoutez, lorsque le tout est haché, une gousse d'ail écrasée, si c'est votre goût, ainsi que du lard dans la même proportion que celle du bœuf; c'est-à-dire que vous mettez par kilogramme une livre de porc frais et un quart de livre de bœuf et autant de lard coupé en petits carrés ; salez et poivrez à bon goût; mettez très-peu d'épices ; amalgamez le tout ensemble avec un litre de vin rouge ordinaire un peu coloré que vous mettez pour la quantité d'environ dix kilog. de saucisses.

Laissez ensuite macérer le tout jusqu'au lendemain.

Pour vous assurer si la farce de vos saucisses est à bon goût de sel, vous pouvez en prendre un peu que vous mettez cuire dans le four.

Ensuite, au moyen d'un entonnoir ou boudinoir destiné à cet usage, vous remplissez de cette farce des boyaux plus ou moins gros, bien ratissés intérieurement avec la lame d'un couteau du côté ou elle n'est pas tranchante, et très-proprement lavés dans de l'eau chaude, puis ensuite rafraîchis dans le vinaigre ou du vin rouge ou blanc; mettez le plus de farce que vous le pourrez pour bien remplir les boyaux ; piquez-les de temps en temps pour en faire sortir l'air que vous y introduisez en formant vos saucisses ; quand elles sont bien remplies, unissez-les avec la main et nouez-les ensuite avec du fil très-fort ou de la ficelle, de distance en distance, en leur donnant la longueur qu'il vous plaira ; suspendez-les ensuite dans la cuisine ou dans un lieu bien aéré et pas humide, assez séparées les unes des autres pour qu'elles ne se touchent pas ; laissez-les sécher pendant quatre ou cinq jours et même plus, si vous le voulez, puis faites-les fumer dans la cheminée ou dans le fumoir plus ou moins de temps, selon que vous les voulez plus ou moins fumées.

Ensuite laissez-les bien sécher et retirez-les dans la cendre ou le blé comme il est indiqué à la page 63.

Ces espèces de saucisses peuvent encore se préparer de la même manière que la précédente, en hachant ensemble le bœuf, le porc frais et le lard, et parfumer cette farce avec du rhum et des truffes aussi hachées ; mais dans ce dernier cas il faut que les saucisses soient légèrement fumées.

On peut encore préparer ces saucisses avec la chair de cochon seule et du lard et procéder de même que ci-dessus.

Mortadelle ou saucisson cru de Bologne.

Choisissez cinq kilogrammes de chair de porc frais, pris dans les parties maigres ou dans la longe de préférence ; ôtez-en la peau, les nerfs et la graisse ; choisissez également comme la viande de porc frais un kilo et demi de la chair d'un jeune bœuf ; hachez le tout bien menu et pilez-le ensuite très-finement dans un mortier.

Quand cette opération est faite, ajoutez à ce que vous venez de piler un kilogramme et demi de lard coupé en petits dés, un demi-kilo et même moins de sel fin, dix grammes de poivre moulu et autant de poivre en grains, dix grammes de salpêtre, de l'ail et des échalotes hachés en plus ou moins grande quantité, suivant votre goût.

Pétrissez bien le tout ensemble et laissez macérer jusqu'au lendemain.

Ayez ensuite des vessies de veau ou de mouton, bien nettoyées comme les boyaux ci-dessus, remplissez-les de cette farce d'une manière bien serrée, c'est essentiel afin qu'il y ait le moins d'air possible ; car autrement la mortadelle se corromprait et deviendrait d'une couleur jaune et rancie ; piquez-la de temps en temps pour que l'air n'empêche pas de bien tasser la viande ; nouez chaque vessie très-fortement ; puis ficelez-les en travers en mettant la distance d'un doigt entre chaque tour de ficelle.

Mettez-les ensuite, pour les faire sécher, dans un lieu bien aéré, sans être humide.

On reconnaît que la mortadelle est assez sèche à la couleur blanchâtre qu'elle acquiert au bout d'un certain temps ; alors faites bouillir dans la lie ou dans du vin rouge bien couvert des plantes aromatiques telles que : sauge, thym, romarin, etc. ; laissez refroidir et ensuite frottez et enduisez bien chaque mortadelle après que vous aurez resserré fortement les ficelles de chacune d'elles ; puis enveloppez-les d'un papier ou d'une seconde vessie que vous aurez eu soin de mouiller ; enterrez-les dans de la sciure, du blé ou de la cendre, pour les tenir au frais jusqu'au moment ou vous voulez les manger.

Saucisson cru de Lyon.

Le saucisson cru de Lyon se prépare de la même manière que la mortadelle ; mais il se met dans des gros et longs boyaux de bœuf et non pas dans des vessies ou de préférence, dans les gros boyaux gras de cochon ; il est aussi d'un goût plus fin s'il est préparé avec de la viande de porc frais employée seule.

Il ne se frotte pas à l'extérieur, comme la mortadelle, avec du vin ou de la lie aromatisés, mais à la place on peut mettre dans la farce, du vin naturel, du madère ou du rhum.

Il est à remarquer que chaque pays a une particularité pour faire sa charcuterie, mais que la base est toujours composée de la chair de porc frais ou du lard employé seul ou mêlé avec d'autres viandes, comme celle du bœuf, du veau, etc., dans les proportions indiquées ci-dessus ; et que les saucisses, saucissons, cervelas, fumés ou non, qui se mangent crus ou cuits, peuvent être plus ou moins gras ou maigres, et avoir la chair pilée ou hachée menue ou d'une façon plus grossière, selon votre choix et être ensuite manipulée avec du sel mis dans une juste proportion, puis relevée avec du poivre, des épices, du vin, du rhum ou d'autres assaisonnements qui conviennent à votre goût.

Fromage d'Italie.

Prenez deux kilog. de foie de cochon, un kilog. de lard frais et deux cents grammes de panne ou graisse de cochon ; hachez le tout ensemble bien menu ; ajoutez du sel, du poivre, des épices, à votre choix, du thym et de l'ail écrasée, si c'est votre goût.

Ensuite, mettez dans le fond d'une casserole des bardes de lard très-minces ; placez ensuite votre farce, en ayant soin de mettre au milieu quelques bardes de lard aussi coupées très-minces et de recouvrir votre casserole encore avec des bardes de lard ; laissez cuire à petit feu dans le four pendant trois à quatre heures.

Au sortir du four, tassez-le avec l'écumoire ; attendez pour le retirer, en renversant la casserole, que le fromage ne soit plus que tiède.

Vous pouvez ajouter dans le fromage d'Italie des œufs pour lui donner de la consistance.

Ce fromage se sert froid, seul ou avec de la gelée de viande.

CHAPITRE XIX.

BOUCHERIE CHEVALINE

La boucherie chevaline ou hippique qui se compose de la viande de cheval, est déjà en usage dans beaucoup de pays, surtout dans les grandes villes, et tend de plus en plus à se répandre davantage, parce que son prix est beaucoup moins élevé que les autres espèces de viandes.

La viande de cheval a la couleur d'un rouge légèrement foncé; elle est maigre, parce qu'elle n'est pas traversée intérieurement par des veines de graisse comme celle du bœuf; elle est cependant savoureuse, nourrissante, mais filandreuse.

La meilleure partie du cheval est celle où se trouve le filet que vous pouvez accommoder exactement comme il est indiqué pour celle de la viande de bœuf, soit en bifteck, soit en entrée où rôtie.

Les autres parties du cheval doivent toujours être piquées intérieurement de lard salé, coupé de la grosseur du petit doigt et relevées avec des pointes d'ail, puis marinées avec beaucoup d'aromates, être cuites comme il est dit pour le bœuf braisé et peuvent ainsi être accompagnées des mêmes garnitures.

Vous pouvez aussi faire du bouillon avec la viande du cheval, mais il est prudent de jeter la première eau aussitôt qu'elle entre en ébullition, à cause de sa graisse qui est huileuse, et de la remplacer par une autre eau bouillante.

Par ce moyen, le bouillon n'est pas troublé et n'a aucun goût étranger ; il faut néanmoins qu'il soit piqué de pointes d'ail et même avec du lard salé si vous le voulez, et que le bouillon soit aromatisé avec les légumes indiqués pour le pot au feu ordinaire et qu'il se cuise de la même manière.

La viande de cheval peut encore se prêter à tous les usages de la charcuterie ; mais si elle est employée seule, la charcuterie est d'une couleur noirâtre et d'un goût peu agréable, au lieu que si elle est associée dans une bonne proportion avec la viande de bœuf, de veau et de porc frais, elle forme avec ces viandes une très-bonne charcuterie d'une couleur vermeille.

CHAPITRE XX.

Poulet, Poularde, Chapon et poule.

Pour que ces espèces de volailles soient de bon choix, il est essentiel que la graisse soit très-blanche et que la peau soit fine ; cependant il y a certaines volailles, et les chapons surtout, qui ont la graisse jaune. Cette couleur tient à la nourriture qui leur a été donnée, comme le maïs par exemple ; dans ce cas, la volaille est de bonne qualité, mais elle est inférieure à celle qui a la graisse blanche, comme coup-d'œil et comme goût.

Pour s'assurer si une volaille est grasse, il faut regarder sur le dos, vers le croupion ; s'il est bien arrondi et garni de graisse, on peut être certain que la volaille est de bonne qualité.

Les poulardes sont de jeunes poules engraissées avec soin, quand elles sont arrivées à toute leur croissance, avant d'avoir commencé à pondre.

Les chapons sont de jeunes poulets de l'âge de huit à neuf mois, réduits à l'impuissance, et qui ont été comme les poulardes, très-soigneusement engraissés.

Les poulets que l'on appelle poulets de grain,

sont de jeunes poulets qui n'ont pas, comme les poulardes et les chapons, été enfermés pour être engraissés.

Les poulets qui sont dénommés poulets à la reine, sont plus blancs et plus délicats que les jeunes poulets de grain.

Pour reconnaître si ces volailles sont tendres, il faut qu'elles aient toujours les pattes et les genoux très-gros ; c'est le contraire lorsqu'elles sont vieilles, elles ont les pattes sèches, petites, et les pellicules qui les recouvrent, très-serrées.

Pour les mâles, il y a un indice plus facile pour les connaître ; si l'ergot ou éperon ressemble à un bouton grisâtre, c'est une preuve qu'il est tendre, s'il est peu développé, le poulet, sans être vieux, n'est plus jeune, et peut néanmoins se faire rôtir, pourvu qu'il soit saigné un jour ou deux à l'avance.

Les poules qui ont plus d'un an, sont dures. Dans aucun cas, on ne peut les mettre rôtir ; il faut qu'elles soient cuites dans la coquelle, à l'étouffée, comme le bœuf braisé, ou bien les mettre bouillir, parce qu'elles font un excellent et fin bouillon.

Sang de volaille.

Voyez manière d'employer et de tirer parti du sang, au chapitre des abatis en général.

Manière de vider la volaille.

Vous commencez par couper dans toute sa longueur, la peau à partir du cou, du côté du dos de la volaille, jusque vers la tête, en ayant soin qu'elle reste attenante à cette dernière ; ensuite ôtez le bec inférieur ; retirez avec précaution la corniole ou cornet et l'espèce de petit boyau qui est à côté, ainsi que le jabot soit la poche où se trouvent les aliments, sans en crever la peau ; puis passez intérieurement le doigt à la même place où se trouvait la poche, pour en détacher le foie et les intestins des parois de la carcasse, afin de n'éprouver aucune résistance en la vidant. Cette opération terminée, coupez très-peu le fond de la volaille ; appuyez avec les doigts sur l'estomac pour en faire sortir premièrement le gésier, puis continuez à retirer très-doucement les intestins, en ayant la prudence de ne pas crever le fiel qui se trouve attaché au foie, ce qui rendrait la volaille immangeable.

Si parfois le fiel était crevé, il faudrait laver aussitôt l'intérieur de la volaille, chose qui arrive assez souvent lorsque l'on fait une incision sous la cuisse de la volaille pour la vider, parce que l'on est obligé de prendre avec les doigts le gésier et les intestins, et de les faire sortir par côté, au lieu de suivre la voie naturelle. Cependant, pour vider les volailles grasses, l'incision sous la cuisse est indispensable, parce que la graisse se tient au fond ; dans ce cas, il est de toute rigueur de couper légèrement le fond afin que la volaille soit d'une propreté irréprochable.

Ôtez ensuite avec le couteau le fiel qui est une petite vessie verdâtre attachée au foie ; séparez le gésier des intestins ; fendez-le dans la partie la plus charnue, sans couper la poche qui est au milieu et que vous enlevez adroitement avec les doigts.

Parer la volaille.

Pour parer une volaille, il faut couper premièrement le fin bout et le petit crochet des ailerons, le bouton qui existe sur l'as de pique, ainsi que les griffes et le nerf des pattes ; vous regardez s'il ne reste dans l'intérieur aucune portion d'intestins ni aucune trace de grains ; vous lavez ensuite le fond et la tête pour faire disparaître la saignée qui est désagréable à la vue. Ensuite il faut, si c'est un jeune poulet, en extraire l'os saillant de l'estomac, appelé bréchet, en appuyant assez fortement avec les doigts ; mais si, au contraire, c'est une grosse pièce de volaille, il n'est guère possible de sortir l'os avec les doigts, alors il faut avoir recours à un couteau très-fort que vous enfilez du côté du cou, sur l'os intérieur des filets, de manière à les tenir ; puis frappez un coup sec avec un rouleau de bois sur la lame du couteau, et lorsque l'os est coupé, faites-en autant de l'autre côté ; placez ensuite un linge sur l'os extérieur de l'estomac pour en préserver la peau, et abattez l'os qui est saillant toujours avec le rouleau de bois.

Cette manière de procéder offre l'avantage de donner à la volaille une belle tournure, et de la faire paraître moins maigre ; c'est ce que l'on appelle plaisamment engraisser une volaille à coups de bâtons.

Il est à remarquer que pour abattre l'os, la volaille ne doit pas être flambée auparavant, parceque la peau se déchirerait, ce qui serait une dépréciation pour le coup-d'œil.

Quand cette opération est faite, vous flambez la volaille comme il est indiqué dans le dictionnaire (page 88), ainsi que les pattes, pour en enlever la première peau qui est sale et rocailleuse.

Trousser la volaille.

Pour trousser une pièce de volaille, c'est une chose si facile en la voyant faire, et si difficile à expliquer pour se faire bien comprendre, que l'on croirait qu'il s'agit d'une montagne à traverser. La cuisinière doit avoir l'amour-propre de bien trousser la volaille, parce que d'abord celle-ci cuit plus régulièrement, qu'elle fait plus de profit, en ce sens qu'elle est plus facile à découper, et qu'elle est plus appétissante et plus agréable à la vue.

Lorsque la volaille est toute préparée, c'est-à-dire que le foie et le gésier partagés en deux parties, ont été légèrement salés et remis dans l'intérieur de la volaille, vous commencez par ramener les deux cuisses au-dessous de l'estomac, puis vous les tenez assez serrées avec le pouce et l'index, de manière à faire ressortir l'estomac et lui donner une belle forme arrondie.

Ensuite vous piquez dans la jointure de la cuisse de la volaille un hâtelet, ou à défaut, une brochette en bois qui la traverse de part en part, et qui va piquer l'autre cuisse dans le même endroit ainsi

que la tête que vous aurez eu soin de ramener sur
le côté de la volaille.

Joignez ensuite les pattes, et attachez-les sans trop
serrer autour du croupion, avec du fil ou de la
ficelle ; puis pliez les ailes en forme de triangle, et
enfilez-les si vous le voulez, à la seconde phalange,
avec une grosse aiguille à tricoter, afin de les tenir
plus serrées autour de la volaille.

Cette façon toute ménagère de trousser la volaille
est déjà convenable, mais si vous voulez que la volaille soit troussée d'après les règles de l'art culinaire, il est indispensable qu'elle soit troussée avec
une aiguille à brider et de la ficelle de cuisine, afin
qu'elle soit tenue symétriquement dans toutes ses
parties. Pour cela, vous piquez la volaille dans la
jointure des cuisses ramenées au-dessous de l'estomac, comme il est dit ci-dessus, ensuite vous
continuez avec la même bride, à piquer le bout de
l'aileron, puis vous faites passer l'aiguille au milieu
de l'aile pliée en triangle, pour aller rejoindre et
en faire autant à l'autre aile, en faisant passer la
ficelle sur le dos de la volaille ; revenez ensuite
attacher la ficelle avec l'autre bout que vous aurez
eu soin de laisser assez long, et qui se trouve sur le
côté, c'est-à-dire au point de départ.

Il est essentiel que la volaille soit assez serrée
par la ficelle pour en faire ressortir l'estomac.

Vous piquez de nouveau la volaille avec une seconde bride un peu plus bas, c'est-à-dire au-dessous de la naissance des pattes, puis vous rame-
nez la tête et le cou sur le côté opposé à votre point
de départ ; piquez-la au-dessous du bec supérieur

pour en faire ressortir l'aiguille dans l'œil et termi-
nez cette opération en repiquant de nouveau le
fond de l'estomac soit le bout des filets ; faites passer la ficelle au-dessus des pattes pour les tenir et
venez renouer la ficelle vers son point de départ.

Il est essentiel que la seconde bride ne soit pas
trop serrée, car dans la cuisson la peau s'arrondit
et fait paraître la volaille plus grasse.

Plusieurs cuisinières ne servent pas les abatis
des volailles et coupent le cou et la tête, mais à
notre avis, nous croyons qu'il est bien préférable
de présenter sur la table une volaille entière qui a
beaucoup plus d'apparence, et en outre, combien
de personnes ne sont-elles pas friandes des abatis de
volaille ?

Lorsque la volaille est destinée à être mise en
entrée, vous lui donnez un coup de couteau à la
naissance des pattes au-dessus et au-dessous pour
couper seulement les nerfs ; vous faites aussi une
petite incision au-dessous des cuisses, presque vers
la jointure et vous y faites entrer dans le corps de la
volaille les pattes pliées en deux qui doivent être
cachées en grande partie ; vous faites également
rentrer intérieurement l'as de pique et vous troussez ensuite la volaille.

Poulet rôti.

Préparez un poulet, puis remettez dans l'intérieur, si vous le voulez, le foie et le gésier bien
proprement lavés et essuyés, comme il est indiqué

ci-dessus ; salez-les légèrement ainsi que l'intérieur du poulet ; mettez-le cuire à la broche ou dans le four du fourneau avec du beurre légèrement jauni, parce qu'il prend un goût de noisette, de préférence au beurre frais qui le rend fade, en ayant soin de ne l'arroser qu'avec le jus qu'il a rendu ; salez le poulet aux trois quarts de sa cuisson et dès lors vous ne l'arroserez plus, afin qu'il acquière une belle coloration dorée et croustillante et non pas roussie et encore moins brûlée.

Le poulet rôti peut être aussi entouré de bardes de lard salé ou piqué sur l'estomac de fins lardons et la durée de sa cuisson est environ d'une demi-heure.

Le poulet rôti ne doit pas être saignant et se sert le plus ordinairement avec du cresson sur lequel vous aurez mis un peu de sel et un filet de vinaigre, ainsi qu'avec le jus que vous aurez détaché de la lèche-frite avez une cuillerée à bouche d'eau et que vous aurez ensuite fait bouillir un tour.

Voyez, pour de plus amples détails, sur les rôtis à la page 299.

Vous pouvez, pour rendre le poulet rôti plus augmenté, l'agrémenter d'une petite farce composée du foie et du gésier, d'un peu de lard salé, de mie de pain avec du poivre, du sel et de l'ail, si c'est votre goût, le tout pilé ensemble très-finement, puis vous liez cette farce avec un œuf pour lui donner de la consistance ; vous l'incorporez ensuite dans l'intérieur du poulet et vous cousez l'ouverture.

Poulet bouilli.

Mettez dans une casserole de l'eau, de sorte que le poulet ne baigne qu'à moitié ; lorsqu'elle bout, mettez le poulet, troussé en entrée, piqué ou non de lard salé ; ajoutez du sel, une carotte et un oignon ; laissez cuire à l'étouffée pendant une demi-heure seulement, si le poulet est jeune et pas trop gros.

Le poulet bouilli peut être servi avec une sauce printanière ou telles autres sauces chaudes ou froides qui vous conviendront.

Fricassée de poulet au blanc.

Mettez dans une casserole un respectable morceau de beurre extra-frais ; lorsqu'il est à peine fondu, ajoutez une ou deux cuillerées de belle farine ; laissez revenir un instant sans prendre couleur ; mouillez avec de l'eau et du sel ou du bouillon sans qu'il soit coloré, en tournant toujours avec la pochette en bois pour que la sauce soit lisse et qu'elle ne s'attache pas à la casserole.

Ajoutez ensuite le poulet troussé en entrée, un bouquet de thym ou de laurier attachés que vous enlèverez au moment de servir, du poivre blanc et deux douzaines de petits oignons ; laissez mijoter le tout ensemble pendant trois quarts d'heure.

Ajoutez, à moitié cuisson, une garniture de scorsonères cuites à l'avance, des fonds d'artichauts et des champignons blanchis ou non pendant cinq minutes à l'eau de sel.

Au moment de servir, retirez le poulet de la casserole en faisant couler la sauce qui se trouve dans l'intérieur, puis liez-la avec deux jaunes d'œufs ou du beurre bien frais.

Dressez le poulet entouré de la garniture et ornez ce plat de croûtes de pain coupées en forme de cerf-volant et frites dans le beurre frais.

La fricassée de poulet doit être très-blanche; vous pouvez, pour la maintenir dans cet état, couvrir le poulet d'un rond de papier mouillé; vous pouvez aussi ajouter dans la fricassée pour la rendre plus finie, des cervelles, des petites quenelles, des ris de veau blanchis ainsi qu'une rangée de truffes entières et des écrevisses parées, entremêlées avec les croûtes de pain, pour donner à la fricassée un coup d'œil princier, ce qui en fait une entrée très-recherchée.

Coupez le poulet par morceaux; faites-les revenir dans le beurre avec du sel sans leur laisser prendre couleur; ajoutez ensuite une ou deux petites cuillerées de farine; laissez-lui un instant perdre son goût; mouillez avec moitié vin blanc sec ordinaire et autant d'eau; ajoutez une garniture de petits oignons et de petites carottes, un gros oignon piqué de quelques clous de girofle, un bouquet garni que vous enlèverez au moment de servir et du poivre; laissez mijoter comme le précédent; gouttez si la sauce est à bon goût de sel, ensuite liez-la avec deux jaunes d'œufs et un morceau de beurre extra-frais.

Dressez cette fricassée entourée de sa garniture et ornée, comme la précédente, de croûtes de pain.

Cette fricassée de poulet peut aussi se servir dans un vol-au-vent ou une croustade.

Si parfois il restait quelques morceaux de cette fricassée, vous pourriez le lendemain les paner exactement comme les croquettes et les faire frire dans le beurre frais ou dans la friture chaude, ce qui en ferait un mets très-estimé et peu coûteux, surtout s'il est accompagné d'une sauce printanière, tartare, mayonnaise, etc.

Poulet à la saint-florentin.

Coupez un poulet par quartiers ; parez-les bien, ensuite faites-les mariner pendant une heure dans quatre cuillerées à bouche de bonne huile d'olive, avec du sel, du poivre et quelques échalotes hachées, puis mettez chaque morceau dans la farine et faites-les frire sur un feu vif dans six cuillerées à bouche d'huile d'olive fortement chauffée ; salez, poivrez ; laissez-les cuire à belle couleur dorée de part et d'autre pendant un quart d'heure.

Dressez les quartiers en couronne et tenez le plat au chaud.

Mettez ensuite dans l'huile du poulet des tranches farinées de deux gros oignons ; laissez-les cuire avec du sel et du poivre à belle couleur dorée comme les quartiers de poulet et servez le tout avec un citron coupé en quatre ou en huit morceaux mis autour du poulet.

Le poulet à la saint-florentin se sert à déjeuner.

Poulet à l'estragon.

Hachez bien menu ou pilez de préférence du lard mêlé avec un peu de jambon cru, le foie du poulet, de la mie de pain trempée dans le bouillon, puis égouttée, du beurre, du poivre et très-peu de sel à cause du jambon qui est salé ; ajoutez, lorsque le tout est bien pilé, des feuilles d'estragon hachées grossièrement ainsi qu'un œuf pour donner de la consistance ; amalgamez cette farce de manière à la rendre compacte, puis introduisez-la dans le poulet ; cousez les issues et faites-le cuire comme le poulet bouilli.

Un instant avant de servir, dressez le poulet que vous tenez au chaud, puis faites réduire sur un feu vif le bouillon passé au tamis, à la consistance d'un coulis dans lequel vous mettrez une goutte de colorant pour lui donner une couleur naturelle.

Versez ce jus réduit sur le poulet avec quelques feuilles d'estragon.

Cette entrée, qui est peu coûteuse, est très-appréciée.

Poulet à la chipolata.

Faites légèrement roussir un poulet troussé en entrée dans du beurre et un peu de poitrine de lard salé coupée en petits carrés et peu de sel ; ajoutez ensuite une cuillerée de farine que vous laissez aussi roussir sans excès.

Mouillez avec de l'eau de manière à en faire une

sauce peu liée ; ajoutez deux douzaines de châtaignes dépouillées de leur peau, une échalote hachée, deux cuillerées à bouche de tomate en purée, une goutte de colorant, si vous le jugez nécessaire, un bouquet garni et un verre de vin blanc sec ; laissez mijoter le tout ensemble ; à moitié cuisson, ajoutez encore une livre environ de petites saucisses ; laissez achever la cuisson qui doit être d'une heure ; dressez le poulet entouré de la garniture.

Le poulet à la chipolata est une entrée peu couteuse et forme un plat volumineux qui est très-estimé.

Poulet à la marengo.

Coupez un poulet par morceaux ; mettez dans un sautoir moitié beurre et moitié huile d'olive ; laissez bien chauffer, puis mettez avec du sel les morceaux de poulet que vous faites lestement rissoler de tous les côtés sur un feu bien allumé ; ajoutez ensuite une demi-cuillerée de farine, deux douzaines de petits oignons, avec de la tomate coupée en petits carrés ou de préférence en purée, pour en donner la couleur ; mouillez avec deux verres d'eau et un verre à liqueur de vin blanc sec ; laissez cuire sur un bon feu pendant trois quarts d'heure environ ; un instant avant de servir, ajoutez encore des champignons, des truffes et les fonds, si vous le voulez, de deux artichauts coupés en petits carrés que vous aurez mis en même temps que les oignons.

Dressez les morceaux de poulet ainsi que la garniture au-dessus, puis faites réduire la sauce de manière qu'elle soit courte ; dégraissez-la à moitié et parfumez-la avec une goutte de madère ou de fine champagne.

Ensuite, ornez ce plat avec des croûtes de pain coupées en forme de cerf-volant et frites dans le beurre frais, des écrevisses parées et des œufs frits comme il est indiqué au chapitre des œufs.

Le poulet à la Marengo ainsi préparé est un mets très-recherché et qui peut être servi dans un déjeuner ou comme entrée dans un dîner même de cérémonie.

Partagez en deux parties égales un poulet pas trop gros ; mettez-les mariner pendant une heure au moins dans quatre cuillerées à bouche d'huile avec du sel, du poivre et une goutte de vinaigre de vin ; faites une farce composée d'une poignée de mie de pain trempée dans du bouillon ou de l'eau et que vous égouttez, puis que vous hachez avec le foie et le gésier du poulet, de la poitrine salée ou du jambon cru, un peu de civette, une échalote, des champignons si vous en avez.

Lorsque le tout est bien haché, ajoutez du poivre, peu de sel à cause du jambon qui est déjà salé, ainsi qu'un œuf pour donner de la consistance ; faites en sorte qu'il y ait assez de farce pour remplir chaque moitié du poulet ; roulez-les dans de la mie de pain ; ensuite pliez-les dans des papillottes de papier huilé et faites cuire chaque moitié de poulet sur le gril, sur des cendres chaudes ou dans un four très-doux pendant trois quarts d'heure.

Le poulet en papillotte est un plat de déjeuner très-apprécié.

Poulet à la chasseur.

Coupez un poulet après qu'il est préparé, en huit ou dix morceaux ; puis faites-le lestement rissoler sur un feu bien allumé, dans du beurre chaud et du sel, mais sans qu'il soit arrosé.

Dressez le poulet au bout de vingt minutes ; détachez le jus qui est resté adhéré à la casserole avec deux cuillerées à bouche de vin blanc sec ; faites bouillir un tour et servez ce petit jus par-dessus le poulet.

Vous aurez également mis dans une casserole à part, du beurre, ou de l'huile d'olive, ou celle de noix ; laissez chauffer fortement, puis mettez quelques tomates coupées, du sel, du poivre, une gousse d'ail écrasée ; faites cuire pendant dix minutes sur un feu vif et servez-les en couronne autour du poulet.

Poulet en croustade.

Mettez dans une croustade ou un vol-au-vent (voyez ces articles au chapitre de la pâtisserie) un poulet à la Marengo ou simplement sauté où vous aurez ajouté comme garniture des quenelles.

Il est bien entendu que la sauce du poulet ne doit être mise dans la croustade ou le vol-au-vent qu'au moment de servir, car la pâte absorberait toute la sauce, ce qui rendrait le poulet trop sec et sans goût.

Le poulet en croustade est une entrée très-estimée.

Poulet aux petits pois.

Troussez en entrée un poulet ; piquez-le de fins lardons, puis faites-le bouillir ou rôtir à votre choix.

Si le poulet est bouilli, il est préférable de le garnir de petits pois apprêtés à l'anglaise, et s'il est rôti, garnissez-le de petits pois accommodés d'une autre manière, en ayant soin d'y ajouter le jus du poulet.

Poulet aux champignons.

Troussez le poulet en entrée et piquez-le comme le précédent de fins lardons, puis faites-le bouillir ou rôtir ; entourez-le s'il est bouilli, d'une garniture de champignons apprêtés à la crême ou de ceux au jus, s'il est rôti.

Les poulets aux petits pois ou aux champignons sont des entrées très-estimées.

Poulet à la saint-lambert.

Mettez fondre dans une casserole un fort morceau de beurre à goût de noisette ; ajoutez un poulet troussé et piqué comme le précédent, du sel, du poivre, deux carottes, deux navets, autant de pieds de céléri, le tout coupé en petits carrés d'une forme régulière ainsi que deux douzaines de petits oignons; laissez cuire de belle couleur dorée le tout ensemble sans arroser, à petit feu et à l'étouffée pendant une heure.

Au bout de ce temps, dressez le poulet entouré de sa garniture, avec ou sans cerfeuil, ou des feuilles d'estragon ou une brisée de thym hachées et disséminées sur le plat ainsi que le jus du poulet qui est resté adhéré à la casserole, que vous détachez avec deux cuillerées à bouche d'eau et que vous faites bouillir un tour.

Ainsi préparé, le poulet à la saint-lambert peut se servir comme entrée, mais s'il est coupé par quartiers, puis dressé en couronne et la garniture placée au milieu, il est considéré comme un plat de déjeuner.

Poulet à la crapaudine.

Fendez un poulet dans le sens de sa longueur, en deux parties égales; battez-les bien pour les aplatir; coupez ou faites rentrer les pattes comme pour le poulet troussé en entrée, puis procédez pour sa cuisson et sa garniture comme pour le pigeon à la crapaudine. (Voyez pigeon à la crapaudine.)

Poulet à la bourguignone.

Lorsque vous saignez un poulet, mettez le sang de côté avec une cuillerée de vinaigre que vous aurez répandue au fond du plat pour que le sang ne se coagule pas et qu'il reste par conséquent liquide.

Faites ensuite sauter sur un feu vif dans du beurre bien chaud le poulet coupé en morceaux, avec deux douzaines de petits oignons, du sel et du poivre.

Lorsque le tout est de belle couleur, mettez-y deux verres de bon vin rouge que vous laissez réduire de moitié.

Dressez ensuite le poulet avec la garniture de petits oignons, puis finissez la sauce en y ajoutant le sang de poulet sans le laisser bouillir ; goûtez si la sauce est bien relevée, puis versez-la sur le poulet ; ornez-le de croûtes de pain coupées en forme de cerf-volant et frites dans le beurre frais ; laissez le plat chauffer dans le four pendant cinq minutes et servez bouillant avec des assiettes chauffées.

Vous pouvez, à volonté, mettre dans le poulet un peu de lard salé coupé en petits dés en même temps que le beurre, saupoudrer légèrement le poulet lorsqu'il est roussi, d'une cuillerée à café de farine ; mouillez avec du vin rouge et mettez en même temps le sang du poulet, parce qu'il se liera avec la farine, ce qui l'empêchera de trancher et la sauce sera meilleure au goût, puis laissez mijoter le tout ensemble.

Vous pouvez aussi parfumer cette sauce avec une goutte de madère ou de bon cognac.

Le poulet à la bourguignonne est une entrée très-estimée et peu connue.

Quartiers de poulet, grillés, sauce mayonnaise.

Dépecez un poulet en quatre quartiers ; enlevez les filets avec précaution sans laisser de la chair autour de la carcasse ; coupez les deux premières phalanges des ailes, ensuite les cuisses auxquelles vous aurez coupé les pattes à moitié ; ôtez entièrement l'os de chaque cuisse ; aplatissez bien les filets et surtout les cuisses où vous aurez eu soin de couper les nerfs avec un couteau du côté du tranchant, sans cependant séparer la chair ; salez et poivrez légèrement ; trempez-les ensuite dans du beurre fondu mêlé avec un œuf bien battu, puis panez-les comme les côtelettes de veau à la milanaise et faites-les cuire de même.

Dressez-les ensuite et ornez chaque quartier d'un petit cornet de papier frisé, accompagnez-les d'une sauce mayonnaise mise dans une saucière à part.

Ainsi préparés, les quartiers de poulet peuvent être servis indistinctement en entrée dans un dîner ou dans un déjeuner.

La carcasse et les abatis du poulet se font sauter aux fines herbes ou apprêtés avec une sauce quelconque.

Poulet à la provençale.

Coupez un poulet par morceaux ; mettez-les dans un sautoir avec six cuillerées à bouche d'huile bouillante, du sel et du poivre.

Laissez-les cuire de belle couleur dorée pendant

vingt minutes au plus ; dressez les morceaux sur le plat ; parsemez au-dessus de l'ail et du persil hachés, puis versez sur le tout l'huile bouillante qui reste et servez.

Vous pouvez ajouter dans le sautoir, quand le poulet est dressé, quelques petits champignons.

Filets de poulets bigarrés.

Préparez autant de filets de poulets qu'il y a de convives, de la même manière qu'il est dit pour les filets grillés ; piquez-les de fins lardons entre-mêlés de truffes et de queues d'écrevisses.

Mettez cuire à petit feu ces filets avec du beurre et du sel, sans les arroser ni les tourner.

Faites-leur légèrement prendre une couleur dorée dans le four ou sous un couvercle, avec du feu au-dessus.

Dressez au bout de vingt minutes de cuisson, les filets de poulets en couronne que vous tenez au chaud.

Vous aurez eu soin de préparer une sauce financière blanche ou brune (voyez page 260) ; faites-la réduire dans la casserole où ont été cuits les filets ; parfumez-la avec une goutte de madère ou de fine champagne et servez cette garniture au milieu à bon goût et à courte sauce, puis ornez chaque filet de poulet d'une manchette en papier frisé et d'é-crevisses parées.

Les filets de poulets bigarrés sont une entrée très-recherchée et toujours bien accueillie.

Les abatis et les carcasses des poulets qui restent peuvent être apprêtés à la provençale ou à d'autres sauces quelconques.

Poulet en mayonnaise.

Lorsqu'il vous reste des débris de poulets cuits, vous pouvez les utiliser en les coupant par morceaux bien parés.

Puis dressez-les sur un plat sans mettre de la salade au-dessous, parce qu'elle est ordinairement trop cuite par le vinaigre ; cachez tous les morceaux de poulets avec une bonne mayonnaise bien ferme et un peu relevée ; puis ornez le plat au-dessus avec des filets d'anchois, des olives, des œufs cuits durs, coupés en plusieurs morceaux, des cœurs de laitues, du céleri, des champignons en hors-d'œuvre, le tout décoré avec élégance.

Le poulet en mayonnaise ainsi apprêté, forme un bon plat pour le déjeuner.

Poulet truffé.

Voyez dinde truffée.

Le poulet truffé étant bouilli, peut être servi en entrée comme il est indiqué ci-après pour les poulardes et s'il est rôti, il doit être servi seul garni d'un peu de cresson.

Poulet en gratin.

Mettez cuire dans une casserole un demi-kilogramme de riz préparé de la façon ordinaire, puis faites-en une couche dans un plat à gratin ; disposez au milieu un poulet, coupé en morceaux, accommodé à la sauce poulette ou en blanquette ou bien à une autre sauce rousse quelconque ; ensuite recouvrez ces morceaux de poulet d'une seconde couche de riz ; ajoutez du beurre et un peu de fromage rapé et faites gratiner le tout ensemble à un four chaud pendant dix minutes, un quart-d'heure. Servez cette entrée bouillante.

Poulet en matelotte d'anguille.

Préparez le poulet en matelotte comme il est indiqué dans ce chapitre pour la poularde en matelotte, mais à la place de sole il faut y mettre de l'anguille coupée en tronçons.

Poularde aux cinq clous.

Lorsque la poularde est préparée, vous la truffez avec une farce à quenelles de viande mêlée avec des truffes entières, puis vous la troussez en entrée.

Quand cette opération est faite, plantez-lui dans l'estomac à l'aide d'un petit couteau pointu cinq morceaux de truffes coupés en forme de piquets et aussi gros que le pouce ; ensuite faites-la bouillir dans de l'eau et du sel ; lorsquelle est cuite, faites une sauce blanche peu liée avec le bouillon de la poularde que vous aurez passé au tamis ; ajoutez une petite pincée de safran ; laissez réduire jusqu'à consistance d'un coulis : relevez cette sauce au moment de servir avec une pincée de poivre blanc et un jus de citron.

Dressez cette sauce sur le plat avec la poularde placée au-dessus.

Cette manière de préparer la poularde est une entrée très-estimée et peu connue.

Poularde ou chapon à l'estragon.

Préparez ces espèces de volailles exactement comme le poulet à l'estragon, mais la cuisson doit être un peu plus prolongée.

Poularde ou chapon au riz.

Troussez en entrée la poularde ; mettez-la cuire dans de l'eau de sel en ébullition de manière qu'elle ne baigne qu'à moitié ; lorsqu'elle est à moitié cuisson, ajoutez dans le bouillon un oignon piqué de deux clous de girofle, si c'est votre goût, que vous enlèverez au moment de servir, quatre à cinq poignées de riz, écume glacée, bien lavé et un peu de poivre ; laissez cuire à petit feu, soit pendant une demi-heure ou plutôt jusqu'à ce que le riz soit assez cuit sans cependant ressembler à de l'amidon ni être trop sec.

Vous pouvez ajouter dans le riz, selon votre goût, deux cuillerées à bouche de sauce tomate ainsi qu'une pochée de bon jus de rouelle de veau pour le fortifier.

Dressez ensuite la volaille qui doit être très-blanche et le riz autour.

Poularde ou chapon aux queues d'écrevisses.

Troussez et faites bouillir la poularde comme la précédente, puis mettez dans une casserole à part du beurre extra-frais ; lorsqu'il est fondu, ajoutez les fonds de quatre artichauts coupés en petits carrés ; laissez-les un instant revenir sans prendre couleur ; saupoudrez-les d'une demi-cuillerée à bouche de farine ; laissez-la un instant perdre son goût ; mouillez avec une partie du bouillon bien dégraissé de la poularde ; laissez réduire puis au moment de servir, ajoutez dans cette garniture les queues d'écrevisses et liez-la aussi avec du beurre d'écrevisses, relevez-la avec un peu de poivre blanc et un jus de citron ; dressez la poularde que vous ornez de croûtes de pain, voyez page 69, et des écrevisses entières.

Ainsi préparée, la poularde est une entrée très-estimée.

Poularde ou chapon à la régence.

Troussez une poularde en entrée après qu'elle aura été truffée, comme il est dit pour la dinde truffée, ensuite mettez-la bouillir comme la poularde au riz ; mettez aussi dans une casserole à part, du beurre extra-frais ; lorsqu'il est fondu, ajoutez une petite cuillerée de farine ; laissez-la un instant revenir sans prendre couleur, puis mouillez avec une partie du bouillon de la poularde que vous aurez passé au tamis ; laissez-la réduire en remuant toujours avec la pochette en bois afin que la sauce ne reste pas en grumeaux et qu'elle soit lisse; ensuite procédez pour la garniture comme il est indiqué pour le filet de bœuf à la régence (page 318).

La poularde à la régence est très-recherchée dans les dîners de cérémonie.

Poularde à la chevalière.

Préparez une poularde troussée en entrée ; piquez-la de fins lardons et mettez-la bouillir dans très-peu d'eau et du sel avec un bouquet garni.

D'autre part, ayez du velouté ou à défaut, mettez dans une casserole un morceau de beurre extra-frais ; lorsqu'il est fondu, ajoutez une petite cuillerée de farine ; laissez-la revenir sans prendre couleur, comme si c'était pour faire une sauce blanche ; mouillez ensuite avec le bouillon de la poularde que vous aurez passé au tamis; laissez-la réduire jusqu'à consistance en remuant toujours avec la pochette en bois ; un instant avant de servir dressez la poularde, puis mettez dans la sauce une garniture de crêtes et de rognons de coq, des fonds d'artichauts blanchis et coupés en petits carrés ainsi que des queues d'écrevisses, le tout passé au beurre ; laissez faire quelques tours ; liez la sauce avec du beurre extra-frais ou un jaune d'œuf; relevez-la avec un filet de vinaigre ou un jus de citron, un peu de poivre blanc ainsi que quelques feuilles d'estragon.

La poularde à la chevalière est une entrée très-recherchée et peu connue.

Poularde en demi-deuil.

Préparez une poularde troussée en entrée ; piquez-la d'un côté de fins lardons et de l'autre côté avec des truffes noires coupées comme les lardons.

Ensuite mettez-la bouillir comme précédemment, avec très-peu d'eau et du sel, à l'étouffée, de manière qu'elle cuise pour ainsi dire à la vapeur, en ayant bien soin de ne pas la tourner afin que les lardons et les truffes restent intacts et de l'arroser de temps en temps avec son bouillon ; ensuite faites une sauce blanche comme pour la poularde à la chevalière, dans laquelle vous ne mettrez que des tranches émincées de truffes, puis pilez très-finement un hectogramme en tout de jambon cru ou cuit et de la langue écarlate ; ajoutez un hectogramme de beurre extra-frais ; repilez bien le tout ensemble ; passez ce beurre au tamis.

Dressez la poularde ; liez la sauce avec la farce ; entourez la poularde de cette garniture qui doit être très-lisse, pas trop salée ni trop épaisse et avoir une teinte amaranthe.

La poularde en demi-deuil est une entrée très-recherchée dans les dîners de cérémonie.

Poularde à la pompadour.

Préparez une poularde en entrée ; piquez-la de fins lardons et faites-la bouillir avec très-peu d'eau et du sel comme la précédente.

Ensuite pilez dans le mortier très-finement une demi-livre en tout de langue à l'écarlate et de jambon cru, première qualité ; lorsque le tout est bien pilé, ajoutez à peu près le double de beurre extra-frais que vous avez de langue et de jambon ; repilez de nouveau pour bien amalgamer, puis passez le tout au tamis.

Quand cette opération est faite, dressez la poularde ; entourez-la d'une couronne de beurre à l'écarlate et d'une rangée de truffes rondes pelées que vous aurez fait bouillir pendant dix minutes dans un peu de madère ; mettez une minute le plat à la porte du four afin que le beurre à l'écarlate prenne un brillant à la surface.

Vous pouvez aussi faire réduire sur un grand feu le bouillon de la poularde pour en obtenir un coulis, juste de quoi remplir une saucière et dans lequel vous ajouterez quelques tranches émincées de truffes et que vous servirez en même temps que la poularde pour rendre cette entrée plus finie.

Poularde au céleri.

Préparez la volaille en entrée ; piquez-la de fins lardons et faites-la bouillir à l'eau de sel avec les pieds et quelques branches vertes et tendres de céleri mêlés avec des scorsonères, le tout coupé en petits carrés.

Lorsque les légumes sont cuits, faites une sauce blanche avec une partie du bouillon ; laissez mijoter ensemble les légumes et la poularde ; faites ensuite réduire le bouillon qui reste à un demi-verre, puis dressez la poularde, relevez la garniture avec du poivre blanc et un filet de vinaigre, puis entourez-en la poularde et versez par-dessus le bouillon-coulis.

Il serait prudent de faire blanchir à moitié les légumes à l'eau de sel pour diminuer leur goût de trop fort.

Poularde aux champignons.

Préparez la poularde comme il est dit dans ce chapitre pour le poulet aux champignons.

Poularde en matelotte.

Préparez la volaille en entrée; piquez-la de fins lardons, puis faites-la bouillir à l'eau de sel.

Ayez aussi huit filets de sole coupés pas trop gros, que vous roulez et que vous attachez avec du fil ou bien que vous fixez au moyen d'une petite brochette en bois.

Faites les cuire dans une demi-bouteille de vin blanc sec avec peu de sel et un bouquet garni.

Au bout d'un quart-d'heure de cuisson, le poisson doit être cuit, alors vous faites une sauce blanche un peu claire avec le court bouillon passé au tamis; déficelez les filets et laissez-les mijoter au coin du fourneau faites aussi réduire à un verre le bouillon de la poularde et versez-le dans la matelotte.

Dressez ensuite la poularde; liez la sauce avec deux jaunes d'œufs; relevez-la avec un peu de poivre de Cayenne ; mettez cette garniture autour de la poularde et ornez cette entrée avec de belles écrevisses et des croûtes de pain coupées en forme de cerf-volant et frites dans le beurre frais.

La poularde préparée en matelotte est une entrée très-recherchée.

Poularde en ballotine.

Voyez faisan en ballotine au chapitre des gibiers à plumes.

Poularde rôtie.

Voyez poulet rôti ; mais il est toujours bien entendu que la cuisson d'une poularde est naturellement plus prolongée que celle d'un poulet qui n'a pas la même grosseur.

Poularde truffée.

Voyez au chapitre ci-après : dinde truffée.

Poule au riz.

La poule qui a un an, comme nous l'avons dit, est dure et ne peut être rôtie comme la volaille qui est jeune, alors elle se fait cuire comme le bœuf braisé ou elle peut être mise bouillie.

La poule en daube ou bouillie peut être servie en entrée pourvu qu'elle soit accompagnée des mêmes garnitures que les poulets.

La poule au riz se prépare comme la poularde au riz, avec une cuisson de trois à quatre heures au lieu que la cuisson de la poularde est d'une heure environ.

CHAPITRE XXI.

DINDE, DINDON ET DINDONNEAU

Ces volailles doivent avoir les pattes d'un beau noir, la chair et la graisse blanches, ce qui est une preuve qu'elles sont tendres.

Les femelles ont la chair plus délicate que les mâles ; on reconnaît ces derniers à un bouquet de crins noirs qu'ils ont sur la poitrine et aussi à la longueur de leur crête.

Les dindons ont les pattes rougeâtres, ce qui est l'indice qu'ils ont au moins un an et qu'ils sont durs ; il faut bien se garder de les mettre rôtir, surtout à la broche, car ils seraient secs et coriaces.

La meilleure manière de les préparer est de les faire cuire dans une daubière, à l'étouffée, pour les attendrir.

Le dindonneau est un tout jeune coq-dinde ; il faut le barder ou le piquer de fins lardons pour le faire cuire en entrée ou rôti.

Les dindes et les dindons se servent comme les

poulets, laissés entiers, et entourés des mêmes garnitures.

Dinde rôtie.

Préparez la dinde comme pour être rôtie ; salez l'intérieur ; remettez le foie et le gésier coupés en quatre ; mettez-la cuire, comme les autres volailles, à la broche ou dans le four.

Ne mettez pas de beurre si la dinde vous paraît assez grasse, puis faites-la rôtir de la manière qu'il est indiqué à la page 299 et laissez-la cuire à la broche ou dans le four pendant une heure et demie ou deux heures selon sa grosseur et qu'elle soit d'une coloration dorée et croustillante.

Dinde truffée.

Vous aurez préparé une dinde comme pour être rôtie, mais sans qu'elle soit flambée ni troussée.

Ensuite hachez bien menu, ou pilez finement de préférence, environ deux kilogrammes de porc frais gras ou maigre ou la même quantité de chair à saucisse, pour une dinde de moyenne grosseur.

Lorsque le porc frais est bien pilé, ajoutez du sel, du poivre, des pelures de truffes hachées, lavées très-proprement, enfin deux œufs entiers pour donner de la consistance à la farce ; amalgamez le tout ensemble en pilant de nouveau pour en faire une pâte compacte ; goûtez si la farce est à bon goût de sel, sans cependant qu'il domine parce qu'il affaiblirait le parfum des truffes.

Quand cette opération est terminée, mêlez les truffes avec la farce ; laissez-les entières, si elles sont petites ou coupez-les en quatre parties, si elles sont trop grosses, afin qu'elles répandent plus promptement leur parfum.

Ensuite, vous séparez avec précaution la peau de l'estomac pour la détacher des filets de la dinde, à l'aide du manche d'une cuillère en bois que vous faites passer adroitement de tous les côtés sans trouer la peau, puis mettez un peu de cette farce mêlée avec des tranches de truffes coupées en rouelle et assez épaisses de manière à ce qu'elles se voient au travers de la peau ; remplissez-en tout l'intérieur ainsi que la peau qui enveloppe le jabot où se trouve la poche aux aliments et aussi toute la peau du cou de la dinde jusque vers la tête, le cou étant enlevé ; cousez toutes les issues ; ensuite flambez et troussez la dinde sans trop la serrer, car la peau se crèverait.

Pour bien truffer une dinde, d'une bonne grosseur, il faut environ deux kilogrammes de truffes, cependant, lorsque vous voulez le faire avec plus d'économie, un demi-kilogramme suffit pour la parfumer, mais n'oubliez pas de mettre des tranches de truffes entre la peau et les filets ; c'est une chose essentielle comme coup d'œil et comme parfum.

Vous pouvez, si vous le voulez, passer le porc frais lorsqu'il est pilé, à la passoire ou au tamis avant que d'avoir mis les pelures de truffes pour rendre la farce plus finie et y joindre le foie de la dinde coupé en petits morceaux.

Vous pouvez aussi remplacer une partie de la farce de porc frais par de la mie de pain non trempée.

Vous pouvez encore faire une farce en mettant dans la proportion deux tiers d'un foie de veau ou de celui de cochon et un tiers de panne ou graisse de cochon, puis vous pilez bien finement le foie dans le mortier ; salez et poivrez à bon goût ; vous y ajoutez ensuite la panne, les pelures de truffes et, à votre volonté, un peu de mie de pain, le tout haché ensemble ainsi que deux ou trois œufs pour donner de la consistance, puis le foie de la dinde coupé en petits morceaux et les truffes entières pour faire de cette préparation une farce compacte qui ait une certaine analogie avec celle du pâté de foie gras.

Quelques cuisinières font légèrement passer sur le feu ou plutôt suer ensemble les truffes et la farce, sous prétexte de communiquer à la dinde plus de parfum ; c'est assurément une très-bonne méthode mais, à notre avis, il est préférable de mettre la farce et les truffes naturelles ; leur parfum se communique plus promptement dans la dinde et il est d'un goût plus fin, parce qu'il n'a pas été altéré par l'action du feu.

Enfin d'autres cuisinières ne truffent la dinde simplement qu'avec de la panne de cochon hachée et employée seule ou bien avec du lard salé et le foie de la dinde aussi hachés ou pilés avec ou sans mie de pain et des truffes laissées entières.

Elles y ajoutent même des olives ou |des haut goût ainsi que du rhum, ce qui dénature le parfum des truffes ; mais cette manière de procéder est plus coûteuse parce qu'elle exige une plus grande quantité de truffes, au lieu qu'en y employant une farce de porc frais ou de foie de veau, la dinde se trouve augmentée et par conséquent fait plus de profit.

Elle est en outre d'un goût plus friand et plus fin, surtout lorsque cette farce est mangée froide.

La dinde, quand elle est truffée, doit être laissée mortifiée pendant deux à trois jours afin que le parfum des truffes puisse être répandu dans toutes ses parties.

Il n'est guère possible de préciser la cuisson d'une dinde truffée.

Cela dépend de sa grosseur et de la manière dont elle est rôtie ; ainsi, il lui faut plus de temps à la broche tournante qu'à la rôtissoire dite cuisinière ou dans le four du fourneau.

Dans tous les cas, deux heures à deux heures et demie de cuisson suffisent.

Vous pouvez, du reste, pour activer la cuisson de la dinde, envelopper celle-ci dans une feuille de papier beurrée que vous enlevez au trois-quarts de sa cuisson, c'est-à-dire au moment de la saler et de lui faire prendre une coloration dorée et croustillante.

La dinde truffée se sert comme tous les rôtis avec son jus, entourée de cresson, et peut le lendemain se faire réchauffer.

Pour cela il faut la mettre sur le plat dans lequel elle doit être présentée sur la table et la laisser chauffer assez de temps à l'avance à l'étouffée et à un four doux avec son jus gras et maigre, couverte d'un plat creux ou d'un saladier en la tournant de temps en temps afin que la chaleur concentrée la pénètre insensiblement.

Au moment de servir, écoulez la graisse que vous emploirez dans les ragoûts ou ailleurs.

Voyez pour la manière de la faire rôtir de plus amples détails à la page 299.

La dinde truffée est un rôti qui se sert dans les dîners de cérémonie et qui est toujours bien accueilli.

Dinde aux marrons.

Pelez deux douzaines de marrons ou bien des châtaignes; faites-les cuire dans de l'eau ou du sel; vous aurez préparé un kilogramme environ de chair à saucisse et un peu de mie de pain trempée dans du bouillon, ensuite bien égouttée; mélangez le tout ensemble; ajoutez une échalote hachée, du sel, du poivre, deux œufs entiers ainsi que les marrons bien épluchés et à votre volonté, quelques olives très-vertes sans leur noyau.

Amalgamez le tout ensemble, puis procédez pour remplir la dinde comme la précédente et laissez-la cuire de même.

La dinde aux marrons est un plat très-volumineux et qui fait bon profit dans un ménage.

Dinde à la goddard.

Préparez une dinde troussée en entrée; mettez-la cuire à petit feu et à l'étouffée dans une grande coquelle en fonte avec de la poitrine de lard salé gras et maigre, coupée en petits carrés et peu de sel ; faites-la jaunir en l'arrosant de temps en temps avec une goutte d'eau ou du vin blanc sec et ordinaire.

Lorsqu'elle sera de belle couleur, vous y ajouterez une cuillerée de farine, quelques carottes coupées en petits carrés très-réguliers que vous laissez revenir un petit instant et plus tard, deux douzaines de petits oignons ; mouillez le tout avec de l'eau de manière à en faire une sauce pas trop longue ; laissez mijoter ; joignez à cette garniture, un instant avant de servir, des quenelles de viande moulées rondes et un peu grosses, des champignons ainsi que quelques olives très-vertes.

Dressez la dinde entourée de sa garniture.

Dinde à l'estragon.

Voyez dans le chapitre précédent : poulet à l'estragon.

Dinde truffée à la gelée.

Voyez à la page 273.

CHAPITRE XXII.

CANARD, CANETON ET OIE

L'oie et le canard doivent, pour être de bon choix, être très-gras.

Premièrement, ils sont très-tendres et ont la chair plus fine ; c'est aussi une économie, parce qu'avec la graisse qu'ils rendent dans la cuisson on peut apprêter d'excellents plats maigres.

Après avoir coupé le cou aux canards ou aux oies, on les prépare comme il est indiqué pour les autres volailles à la page 382, mais on leur coupe encore les deux premières phalanges des ailes ainsi que le cou à sa naissance, en ayant soin de laisser la peau un peu longue afin de donner au canard et à l'oie une forme plus arrondie.

Quant aux abattis, on les accommode comme il est indiqué aux chapitres des abattis en général.

Les gésiers des canards et des oies ne sont pas comme ceux des autres espèces de volailles, c'est-à-dire qu'ils ne se détachent pas facilement de leur enveloppe intérieure ; il faut, au contraire, gratter avec le couteau la peau qui les recouvre, puis les laver bien proprement ainsi que l'intérieur du canard ou de l'oie, après qu'ils auront été flambés.

Le canard et l'oie se font indistinctement bouillir, rôtir et surtout braiser, s'ils sont vieux, et se servent avec les mêmes garnitures et les mêmes légumes que ceux qui accompagnent les fricandeaux, les volailles et les pigeons.

Les canards et les oies ne se lardent pas, mais ils se bardent avec des tranches de lard salé.

Les cannetons sont de tout jeunes canards que l'on fait seulement bouillir ou rôtir, farcis ou truffés et qui s'accommodent de la même manière que les jeunes poulets.

Canard et oie aux choux.

Mettez dans une casserole un canard ou une oie, avec du beurre et de la poitrine de lard salé coupé en tranches, avec peu de sel; faites-le cuire à petit feu, à l'étouffée et à belle coloration dorée; arrosez-le de temps en temps pour faire un bon jus ayant une couleur naturelle.

D'un autre côté, faites blanchir des choux bien triés et proprement lavés, dans de l'eau et du sel.

Quand cela est fait, mettez gratiner simplement les choux ou arrangez-les en bouquets comme il est indiqué au chapitre des légumes, avec une partie du jus-graisse que le canard a rendu.

Dressez les choux, ensuite le canard ou l'oie placé au milieu et versez par dessus le restant du jus que vous passez au tamis, ainsi que les tranches du lard.

Laissez le plat cinq minutes dans le four et servez bouillant.

Quelques cuisinières font mijoter les choux avec le canard ou l'oie, mais à notre avis, les choux absorbent tout le jus, ce qui les rend secs et trop forts.

Canard et oie aux navets.

Faites cuire un canard ou une oie comme le précédent sans mettre de lard ; lorsque le jus est de belle couleur, liez-le avec une pincée de belle farine délayée dans un peu d'eau; ensuite passez cette sauce au tamis ; ajoutez du poivre et un bouquet de thym et de laurier attachés que vous aurez soin d'enlever au moment de servir ; vous aurez fait revenir dans la poêle des navets coupés en petits carrés ou autrement avec une partie du jus-graisse de canard ou de l'oie, puis ajoutez-les dans la sauce peu liée du canard ou de l'oie ; laissez mijoter le tout ensemble jusqu'à ce que la cuisson soit achevée.

Au moment de servir, dégraissez à moitié la sauce, puis dressez le canard ou l'oie entouré de navets.

Dans le cas ou les navets auraient perdu leur goût particulier de sucré, vous pourriez ajouter dans la sauce une toute petite pincée de sucre, si c'est votre goût.

Canard et oie aux petits oignons.

Préparez exactement le canard et l'oie comme celui aux navets, sans y mettre de bouquet garni.

Canard et oie à l'estragon.

Voyez poulet à l'estragon page 392.

Canard et oie au céleri.

Préparez des têtes de céleri-rave ; coupez-les en petits carrés ou autrement ; puis procédez exactement comme pour le canard aux navets, sans cependant mettre du sucre ni de bouquet garni.

Canard et oie à la mode.

Préparez le canard ou l'oie, surtout s'il est vieux, comme il est indiqué pour le bœuf à la mode, à la page 326.

Canard et oie en salmis.

Préparez le canard et l'oie comme il est indiqué pour les salmis de bécasse ; ou bien, si vous êtes dépourvu de gibier ou de la glace de gibier, vous pourrez apprêter comme il est indiqué pour la sauce chevreuil.

Dans ce dernier cas, il faudra garder le sang du canard ou de l'oie, dans lequel vous aurez mis une goutte de vinaigre pour empêcher qu'il ne se coagule, et ensuite vous laissez mijoter dans la sauce le canard ou l'oie comme si c'était pour un civet.

Canard et oie aux petits pois.

Préparez et faites cuire un canard ou une oie comme ceux aux choux ; il arrive quelquefois que le canard ou l'oie sont vieux et que les petits pois sont durs, alors il est prudent d'ajouter dans les petits pois des petits oignons, quelques carottes coupées en petits carrés, du poivre, un bouquet de thym et de laurier attachés, que vous enlèverez au moment de servir.

Ensuite liez légèrement le jus avec une pincée de farine et laissez mijoter le tout ensemble jusqu'à ce que cette garniture, ainsi que le canard ou l'oie, soient totalement cuits.

Canard et oie à la provençale.

Préparez un canard ou une oie troussé pour être rôti ; remplissez-le d'une farce comme celle de la dinde truffée ou farcie, avec ou sans marrons et dans laquelle vous aurez mis une gousse d'ail.

Puis faites-le rôtir ou braiser s'il est dur.

Vous aurez également préparé, avec une partie de la graisse, un petit roux ; mouillez-le avec le jus du canard ou de l'oie, de manière à en faire une sauce peu liée et très-concentrée.

Dressez le canard ou l'oie avec un peu de jus au-dessus comme les autres rôtis ; puis hachez pas trop fin, une poignée d'ails que vous ajoutez à la sauce ; laissez-la bouillir un tour ou deux et servez-la dans une saucière à part.

Le canard et l'oie peuvent encore être servis en entrée comme celles qui précèdent, pourvu qu'ils soient accompagnés d'une purée de pommes de terre, d'une purée de marrons, d'une purée à la soubise, d'une sauce tomate ou encore d'une garniture d'olives, de fonds d'artichauts, de scorsonères, etc.

Toutes ces garnitures, sauces ou légumes, doivent être apprêtés comme il est déjà dit pour le filet de bœuf, le veau et le mouton, et être dressées de la même manière.

CHAPITRE XXIII.

PIGEON

Notions sur le pigeon.

Le pigeon tient un peu du sauvage ; sa chair est un peu noire, savoureuse, nourrissante et échauffante.

Le pigeon, pour qu'il soit bon, doit être charnu et gras, et être, comme l'on dit, innocent, c'est-à-dire qu'il n'ait pas encore volé, autrement il est dûr.

Dans ce cas, il ne doit jamais être rôti, car il serait désséché, coriace et immangeable ; il doit, au contraire, se faire cuire dans une braisière, aussi longtemps que les vieilles poules.

Le pigeon se vide comme il est dit à la page 382, mais il ne faut pas en sortir le foie qui n'a pas de fiel.

On ne saigne pas le pigeon, mais on l'étouffe.

Un procédé pour l'étouffer très-promptement, consiste à appuyer les deux pouces sur l'os de l'es-

tomac et les autres doigts sur le dos et de le serrer
très-fort.

Pigeon rôti.

Ayez un jeune pigeon troussé comme le poulet
rôti; faites-le cuire de même et mettez dans le jus,
un instant avant de servir, quelques graines de genièvre écrasées, si c'est votre goût, et dressez-le
accompagné de quelques tranches de pain grillées,
comme si c'était pour un rôti de gibier.

Cette méthode de mettre des tranches de pain
augmente le plat et rend le pigeon rôti meilleur au
goût et plus soigné.

Pigeon en compôte.

Mettez dans une casserole, indistinctement, du
beurre, de la graisse ou de l'huile, du lard de poitrine coupé en petits carrés ; laissez chauffer, ensuite faites cuire deux pigeons coupés chacun en
quatre quartiers, avec un peu de sel ; lorsqu'ils
sont de belle couleur dorée, ajoutez une petite
cuillerée de farine que vous laissez jaunir sans excès ; mouillez avec un verre de vin blanc sec et de
l'eau ; ajoutez encore une goutte de colorant, deux
cuillerées à bouche de tomate en purée, un bouquet garni et quelques petits oignons ; laissez mijoter le tout ensemble à petit feu et à l'étouffée
pendant une heure.

Dressez ensuite cette entrée que vous servez à bon
goût et à courte sauce.

Pigeons aux écrevisses.

Mettez bouillir deux pigeons troussés en entrée, dans un peu d'eau et une goutte de vin blanc avec du sel et toutes espèces d'aromates à votre choix ; lorsqu'ils sont cuits, faites revenir dans du beurre extra-frais une demi-cuillerée de farine comme pour faire une sauce blanche ; puis mouillez avec une partie du bouillon des pigeons passé au tamis ; laissez mijoter ; pendant ce temps vous aurez préparé deux douzaines d'écrevisses, cuites de la manière ordinaire que vous parez bien, c'est-à-dire auxquelles vous enlèverez toutes les petites pattes ; coupez aussi les barbes et le bout des deux grosses pattes ; mettez-les, après cette opération, mijoter dans la sauce ; ajoutez quelques beaux champignons ; puis, au moment de servir, liez cette sauce qui doit être courte et peu épaisse, avec deux cuillerées de crême ou du beurre extra-frais ; relevez-la avec du poivre ordinaire ou celui de Cayenne de préférence. Dressez les pigeons entourés de la garniture.

Ainsi préparés, les pigeons sont une entrée stimulante, très-estimée et peu connue.

Pigeons à la lyonnaise.

Ayez une vessie de veau ou de mouton très-proprement lavée, dans laquelle vous mettez un pigeon entouré d'une forte barde de lard salé gras et maigre, d'un peu de thym, de quelques feuilles d'estragon, du sel et du poivre ; enveloppez-le et ficellez la vessie de manière qu'il soit bien enfermé et qu'il cuise pour ainsi dire à la vapeur ; faites-le bouillir dans un peu d'eau et du sel ou du bouillon ; lorsqu'il est cuit, ôtez la vessie et servez-le avec sa garniture ainsi qu'avec le bouillon que vous aurez fait réduire à la quantité d'un demi-verre.

Pigeons à l'italienne.

Préparez deux pigeons troussés en entrée ; piquez-les de filets d'anchois ; puis mettez-les cuire dans assez d'huile bouillante, avec du sel ; lorsqu'ils sont de belle couleur dorée, ajoutez deux douzaines de petits oignons et une livre de petites saucisses. Dressez les pigeons, lorsque le tout est cuit, sur des croûtes de pain grillées, entourés de leur garniture.

Vous pouvez relever cette garniture avec un filet de vin blanc si c'est votre goût.

Pigeons en crépine.

Fendez en deux parties égales un ou deux pigeons.

Faites-leur rentrer les pattes dans le corps au moyen d'une petite incision ; puis remplissez chaque moitié d'une farce comme celle du poulet en papillotte ou de toute autre qui vous plaira ; puis enveloppez-les premièrement d'une barde de lard salé gras et maigre, et ensuite pliez-les dans une crépine ou toile de veau ou de cochon que vous aurez salée et poivrée ; panez-les légèrement et faites-les cuire sur le gril à un feu très-doux ou dans le four sur un plat en fer battu.

Dressez-les et accompagnez-les d'un citron.

Pigeon à la crapaudine.

Voyez poulet à la crapaudine à la page 398.

Pigeon en salmis.

Voyez bécasse en salmis au chapitre ci-après.

Pigeon aux choux.

Voyez au même chapitre que la bécasse, comme il est indiqué pour le perdreau aux choux.

Pigeon à la choucroûte.

Voyez au même chapitre que le précédent, comme il est indiqué pour le perdreau ou la bécasse à la ehoucroûte.

Pigeon en chartreuse.

Voyez également au même chapitre que les précédents, comme il est dit pour le perdreau en chartreuse.

Pigeons aux olives.

Voyez filet de bœuf aux olives à la page 314.

Pigeon aux petits pois.

Voyez canard et oie aux petits pois au chapitre précédent.

Pigeon sauce tomate.

Préparez et faites cuire un pigeon de la façon ordinaire, puis mettez mijoter dans le jus, passé au tamis, une sauce tomate peu liée, avec une pincée de farine et une gousse d'ail écrasée, si c'est votre goût.

Pigeon truffé.

Voyez dinde truffée à la page 412, et dressez-le avec des croûtes de pain grillées.

CHAPITRE XXIV.

Notions sur le gibier à plumes.

Dans le gibier à plumes, on en distingue deux espèces : celui qui appartient à la famille des gallinacées, appelé vulgairement gibier à gros bec, comme la caille, la perdrix, la gélinotte, le faisan, etc., et il doit être préparé comme la volaille, c'est-à-dire qu'il ne peut être servi avec les intestins, en ayant soin d'ôter le fiel qui est adhérent au foie ; et l'autre espèce désignée sous le nom de becs fins, qui sont : l'alouette, le bec-figue, la grive, le roi de caille, la girardine, le pluvier, la bécasse, la bécassine, etc., et qui ne doivent pas être vidés.

Perdreau rôti.

L'on distingue deux espèces de perdreaux : le perdreau rouge et le perdreau gris.

Le perdreau rouge est plus estimé que le perdreau gris.

Cependant le rouge à un fumet de gibier moins prononcé que le gris.

L'on pourrait joindre à ces deux espèces de perdreaux, la bartavelle, qui est une perdrix rouge beaucoup plus grosse que la perdrix rouge ordinaire.

Vous pouvez reconnaître si le perdreau rouge est tendre, en regardant au-dessous et au bout des grandes plumes des ailes; s'il se trouve un point blanc, serait-il gros comme la tête d'une épingle, il suffit pour vous indiquer que le perdreau est tendre.

Cette remarque ne peut pas s'appliquer aux perdreaux gris; cependant vous pouvez le reconnaître aussi en appuyant le pouce sur la tête; si elle n'offre pas trop de résistance, c'est une preuve que le perdreau est jeune, ou bien en tenant le perdreau suspendu par le bec inférieur; s'il plie facilement, c'est encore une preuve qu'il est de l'année.

Les personnes habituées le reconnaissent aussi aux pattes, à la chair et au plumage.

Le perdreau ne doit pas être faisandé ni être trop frais; il doit être dans un juste milieu, c'est-à-dire un peu altéré, parce que cette altération se perd dans la cuisson et donne au rôti un goût de gibier qui convient et le rend bien supérieur au perdreau qui est trop frais.

Préparez un perdreau, videz et troussez-le pour rôtir comme il est dit à la page 382.

Faites-le cuire à la broche ou dans le four avec du beurre et du sel, sans l'arroser autrement qu'avec le jus qu'il a rendu.

Dressez-le lorsqu'il est cuit et qu'il est de belle coloration dorée et croustillante, avec des tranches de pain grillées placées au-dessous; détachez ensuite avec une cuillerée à bouche d'eau, le jus qui est resté adhéré à la casserole ou dans la lèche-frite ; faites-le bouillir un tour ; goutez s'il est à bon goût de sel, et versez-le sur le perdreau que vous avez tenu au chaud.

Le perdreau rôti peut être piqué de fins lardons ou être bardé, et doit être toujours dressé et orné de son plumage comme il est indiqué dans ce chapitre pour le faisan rôti, ce qui fait un mets plus apparent et très-distingué.

Il est cependant à remarquer que lorsque le perdreau est orné de son plumage, il est essentiel de ne pas mettre du jus dans la crainte qu'il y tombe des petites plumes et de ne le mettre qu'après qu'il aura été présenté sur la table au moment de le découper.

Perdreau truffé.

Préparez un perdreau comme le précédent et truffez-le exactement comme il est indiqué pour la dinde truffée, voyez à la page 412.

La durée de la cuisson d'un perdreau truffé est d'environ une petite heure.

Perdreau ou perdrix aux choux.

Faites blanchir à l'eau avec du sel, des choux frisés, triés, choisis et très-proprement lavés, de préférence aux autres espèces de choux ; lorsqu'ils sont bien cuits, égouttez-les, puis formez-en douze bouquets gros comme un petit œuf que vous mettez dans un plat à gratin.

Quand le perdreau est bien arrangé et piqué de

lard salé; mettez-le cuire de belle couleur dorée dans une casserole à part, à petit feu, et à l'étouffée pendant une demi-heure ou trois quarts d'heure au plus, si le perdreau vous paraît tendre, avec assez de beurre frais, du sel et un peu de poitrine de lard salé coupée en tranches émincées en ayant soin de l'arroser goutte à goutte avec de l'eau s'il est nécessaire ; à moitié cuisson, prenez une partie de ce jus-graisse et versez-le sur les choux que vous faites légèrement gratiner.

Quand le tout est à point de cuisson, dressez le perdreau et garnissez-le de bouquets de choux et de tranches de poitrine de lard ; détachèz ensuite le jus qui est resté adhéré à la casserole avec une goutte d'eau ou de bouillon ; laissez bouillir un tour, puis versez le jus passé au tamis sur les choux, mettez le plat cinq minutes dans le four et servez-le bouillant avec des assiettes chauffées.

Le perdreau aux choux est une entrée très-estimée.

Vous pouvez aussi mettre dans les choux un cervelas pas trop salé que vous dressez en couronne autour du perdreau, après l'avoir coupé en tranches.

Quelques cuisinières mettent mijoter les choux avec le perdreau, mais à notre avis il est préférable de faire cuire le tout séparément parce que les choux sont moins forts, moins secs, et le jus du perdreau n'est pas dénaturé.

Perdreau à la choucroûte.

Lavez à l'eau bouillante de la choucroûte de quoi en faire une garniture proportionnée ; ensuite pres-

sez-la. Quand cela est fait, mettez revenir dans un plat
à gratin un peu de lard salé coupé en tranches ; lorsqu'il est un peu jauni, ajoutez la choucroûte ainsi
qu'un cervelas pas trop salé; faites cuire le tout ensemble à petit feu dans le four ou sur la plaque du
fourneau.

D'un autre coté vous aurez préparé et fait cuire
un perdreau comme le précédent.

Au moment de servir, dressez le perdreau, la
choucroûte autour, ainsi que le cervelas coupé en
tranches et mis en forme de couronne et versez
par-dessus le jus du perdreau passé au tamis.

Vous pouvez ajouter aussi dans le perdreau, si
cela vous plaît, quelques graines de genièvre.

Perdreau en chartreuse.

Faites blanchir des choux dans de l'eau et du
sel jusqu'à ce qu'il soient très-cuits, c'est essentiel;
ajoutez dans leur cuisson un cervelas. Faites aussi
cuire à part à l'eau de sel ou dans le pot-au-feu des
carottes et des navets.

Le perdreau sera cuit comme il est dit pour le
perdreau aux choux.

Quant tout est prêt, foncez un moule à charlotte
ou une petite casserole, au fond et autour des parois avec des bardes de lard salé ; ensuite arrangez
symétriquement dans toutes les parties du moule
le cervelas, les carottes et les navets coupés avec
élégance en tranches rondes ; puis faites au milieu
du moule une couche de choux ; mettez-y le perdreau découpé en six morceaux ; recouvrez ces

morceaux par une seconde couche de choux et finissez cette entrée par quelques bardes de lard
placées au-dessus.

Faites cuire à petit feu dans le four du fourneau
pendant une heure environ. Au moment de servir,
renversez le moule avec adresse sur un plat rond,
enlevez les bardes de lard, puis versez sur la chartreuse sans rien déranger, le jus où a cuit le perdreau, légèrement lié avec une petite pincée de
farine.

La chartreuse de perdreau est une entrée très-
recherchée qui peut être servie dans les dîners de
cérémonie.

Vous pouvez aussi la préparer en mettant dans
les choux de la poitrine de lard coupée en tranches
et graisser le moule avec du beurre et y joindre
même tout autour une feuille de papier aussi beurrée afin que la chartreuse se démoule avec plus de
facilité.

Perdreau à la périgourdine.

Faites une petite farce composée du foie du perdreau, avec des pelures de truffes, du lard, d'un peu
de mie de pain, du sel, du poivre et une gousse
d'ail si c'est votre goût, le tout haché ensemble, que
vous introduisez ensuite dans l'intérieur du perdreau.

Faites cuire le perdreau avec du beurre et du sel,
puis liez le jus lorsqu'il est de belle couleur, avec
une petite pincée de farine ; passez cette sauce peu
liée au tamis ; laissez-la mijoter avec le perdreau
jusqu'à ce qu'elle soit à bon goût.

Un instant avant de servir, ajoutez une garniture de truffes entières et parfumez cette sauce avec une goutte de madère ou de la fine champagne.

Perdreau en surprise.

Désossez un perdreau de la manière qu'il est indiqué à la page 294 ; faites une farce composée de moitié chair à saucisse et moitié mie de pain trempée dans du bouillon, ensuite bien égouttée ; ajoutez du sel, du poivre ainsi qu'un ou deux œufs pour donner de la consistance à la farce.

Faites aussi ce que l'on appelle un salpicon, c'est-à-dire un petit roux que vous mouillez avec du bouillon ou de l'eau et peu de sel, dans lequel vous ajoutez un peu de jambon cru pas trop salé, le fond de deux artichauts échaudés à l'eau bouillante, un peu de langue de mouton ou de veau, quelques champignons et des truffes entières, du poivre, de la noix muscade, un bouquet garni ; laissez réduire ce salpicon à glace soit une sauce concentrée que vous laissez ensuite refroidir, en enlevant bien entendu le bouquet.

Quand cette triple opération est terminée, étendez le perdreau sur la planche à hacher ; mettez une couche de farce, puis placez au milieu le salpicon ; recouvrez-le d'une seconde couche de farce de manière à ce que le perdreau en soit bien entouré. Ensuite recousez le perdreau en lui donnant autant que possible sa forme naturelle.

Puis faites-le bouillir à l'étouffée dans un peu de bouillon et de madère. Dressez-le quand il est à

point ; arrosez-le de sa cuisson réduite à un demi-
verre, c'est-à-dire, très-corsée. Le perdreau en
surprise est une entrée très-estimée et peu connue.

Il est essentiel pour le découper d'avoir un couteau à lame affilée et très-tranchante, afin que les
tranches intérieures soient marbrées et non brisées
en morceaux.

Perdreau en crépine.

Voyez au chapitre précédent le pigeon en crépine.

Voyez dans ce chapitre : bécasse en salmis.

Perdreau truffé en galantine.

Voyez au chapitre des pièces froides : dinde truffée en galantine.

Pâté de perdreau truffé.

Voyez au même chapitre des pièces froides le
pâté de perdreau truffé.

Caille rôtie.

La caille est un oiseau de passage qui vient avec
les vents chauds du printemps et qui s'expatrie à la
fin de l'été. La caille est ordinairement très-grasse et
est un mets fort délicat ; elle doit se manger, selon
le dicton, au bout du canon, c'est-à-dire toute fraîchement tuée.

La caille n'est bonne à manger qu'avant et après
la ponte ; elle se vide comme le perdreau, puis

vous la troussez avec une brochette en bois, ou avec une aiguille à tricoter ou bien avec un hâtelet, ensuite vous l'entourez d'une barde de lard salé et d'une feuille de vigne.

Faites-la rôtir avec du beurre et du sel, en n'arrosant la caille qu'avec le jus qu'elle a rendu jusqu'à ce qu'elle soit d'une belle coloration dorée et croustillante ; dressez-la ensuite avec des tranches de pain grillées et faites en sorte de détacher le jus qui est resté adhéré au fond de la casserole avec du bouillon et une goutte de colorant pour lui donner une couleur naturelle ; laissez bouillir un tour et versez ce petit jus sur la caille afin que le rôti ne soit pas sec.

Caille truffée rôtie.

Remplissez chaque caille de la farce à quenelles de viande et des truffes coupées ou, à votre volonté, truffez-la avec la même farce que celle de la dinde truffée, puis vous procédez pour sa cuisson comme pour la précédente.

La caille, ainsi préparée, fait un rôti excellent et toujours bien accueilli.

Caille au riz.

Préparez six cailles ; faites-les cuire à petit feu dans de l'eau et du sel ; ajoutez en même temps six bouts de petites saucisses fraîches et autant de poignées de riz écume bien lavé, un peu de poivre et un oignon piqué de deux clous de girofle ; laissez mijoter le tout ensemble pendant trois quarts d'heure environ.

Au moment de servir, dressez les cailles, les petites saucisses, puis le riz avec lequel vous couvrirez en grande partie les cailles et les petites saucisses.

Il est essentiel que le riz ne soit pas trop sec e que cette entrée, qui est très-estimée, peu connue et qui forme un plat très-augmenté, pourrait être fortifiée en y ajoutant une pochée d'excellent jus.

Caille à la milanaise.

Préparez six cailles, puis faites une petite farce composée des foies des cailles mêlés avec une farce à quenelles de viande que vous introduisez dans chaque caille.

Ensuite faites fondre un morceau de beurre que vous mettez dans un œuf bien battu, assaisonné de sel et de poivre; puis vous passez les cailles trempées une première fois dans l'œuf et dans de la mie de pain mélangée avec du fromage parmesan rapé, répétez une seconde fois la même opération; faites-les cuire à petit feu comme les côtelettes panées, dans du beurre frais; ensuite dressez-les de même, arrosez-les d'un petit jus et accompagnez-les d'une sauce tomate mise dans une sauicère à part.

Caille à la chasseur.

Préparez six cailles; faites-les jaunir dans du beurre avec du sel et de la poitrine de lard salé coupée en petits carrés.

Lorsqu'elles sont de belle coloration, saupoudrez-les avec un peu de farine ; mouillez ensuite avec moitié eau et moitié vin blanc ; ajoutez une échalote, des fines herbes hachées et du poivre ; laissez mijoter une demi-heure ; au bout de ce temps, dressez les cailles avec quelques tranches de pain grillé placées au-dessous.

Cailles à l'anglaise.

Préparez six cailles ; bardez-les avec des tranches de lard salé ; préparez aussi deux cervelles de bœuf, ou de veau de préférence, que vous aurez très-proprement nettoyées ; mettez cuire le tout ensemble à l'étouffée pendant vingt minutes au moins dans un verre de bouillon et autant de madère ou de fine champagne, avec du sel et un bouquet garni.

Au bout de ce temps, dressez en couronne les cervelles coupées en autant de tranches qu'il y a de cailles ; placez chaque caille au-dessus et tenez au chaud ; puis faites lestement bouillir sur un feu vif le bouillon bien dégraissé jusqu'à ce qu'il soit réduit à un demi-verre ; relevez ce jus-coulis avec un pincée de poivre de Cayenne ; versez-le sur les cailles et servez bouillant.

Les cailles à l'anglaise sont une entrée très-relevée et très-appréciée.

Cailles à la provençale.

Hachez une ou deux truffes mêlées avec des champignons frais et une gousse d'ail ; mettez cette préparation bouillir dans un verre de consommé et autant de vin blanc sec avec du sel, du poivre et six cailles bardées de lard salé, gras et maigre ; ajoutez une petite pincée de farine maniée avec du beurre extra-frais ou délayée dans un peu d'eau et laissez mijoter le tout ensemble pendant une demi-heure au moins; au bout de ce temps, dressez cette entrée et servez-la bouillante.

Cailles à la régence.

Préparez six cailles ; remplissez l'intérieur d'une farce à quenelles mêlée avec des truffes; faites-les bouillir dans du bouillon ou dans de l'eau et du sel pendant une demi-heure ; ensuite ayez un peu de velouté ou à défaut faites un roux blanc que vous mouillez avec la cuisson des cailles de manière à en faire une sauce peu liée ayant la consistance d'un coulis ; ajoutez dans cette sauce des petites quenelles moulées rondes, du ris de veau. des champignons, des truffes entières ou coupées; liez la sauce avec du beurre d'écrevisses et placez au-dessus, pour orner cette entrée, des croûtes de pain coupées en forme de cerf-volant et frites dans le beurre, ainsi que quelques écrevisses.

Cailles en papillottes.

Voyez poulet en papillottes, mais il est important de laisser les cailles entières au lieu de les partager, comme le poulet, en deux parties.

Cailles en crépine.

Voyez comme il est indiqué pour le pigeon en crépine et procédez de la même manière.

Pâté de cailles aux truffes.

Voyez comme il est indiqué pour le pâté de perdreau aux truffes, à la page 294.

Le becfigue, l'alouette ou mauviette, l'ortolan, toutes espèces de petits gibiers très-fins et très-délicats ne se vident pas et ils doivent se manger très-frais.

On en fait le plus ordinairement, pour les mettre cuire, des petites brochettes, c'est-à-dire qu'on les enfile les uns à la suite des autres et ils se préparent exactement comme les cailles ; seulement ils n'exigent pas une cuisson aussi longue que celle des cailles.

Ils font aussi un excellent mets lorsqu'ils sont mis comme garnitures autour d'un risotto à la piémontaise ou d'une polenta à l'italienne.

Bécasse rôtie.

La bécasse, qui est un oiseau de la grosseur du perdreau, est un des meilleurs gibiers qui existe ; sa chair est beaucoup plus fine que celle du faisan.

La bécasse ne doit pas être vidée ; elle se trousse avec son long bec que vous faites passer en forme de brochette en traversant les deux cuisses ramenées au-dessous de l'estomac, comme il est indiqué pour les volailles ; puis vous pliez aussi les deux ailes en forme de triangle.

La bécasse, pour être rôtie dans les règles de l'art culinaire et d'après l'unanime avis des gourmets, doit être attendue pendant au moins trois semaines ou un mois.

Il est bien entendu que la bécasse doit être laissée dans ses plumes jusqu'au jour où elle sera rôtie ; qu'elle doit en outre être suspendue sur un cordage et placée dans une chambre d'une température égale et modérée.

Lorsque la bécasse est préparée, bardez-la d'une tranche de lard salé qui lui couvre tout l'estomac, puis faites-la cuire à la broche comme les rôtis ordinaires pendant une demi-heure, trois quarts d'heure au plus. A moitié cuisson, mettez dans la lèche-frite des croûtes de pain comme il est indiqué à la page 69.

Dressez ensuite la bécasse sur un plat bien chauffé et les rôties de pain placées au-dessous, et détachez le jus qui est resté adhéré à la lèche-frite avec une cuillerée à bouche d'eau ; faites bouillir un tour ; goûtez s'il est à bon goût de sel et versez ce petit jus sur les rôties.

Vous pouvez faire avec l'intérieur et les filets de la bécasse quelques tartines avec une partie des rôties de pain et vous ajoutez sur chaque tartine une légère couche d'huile d'olive ou de noix surfine, ainsi qu'un peu de moutarde si c'est votre goût, du poivre et du sel s'il est nécessaire, puis vous mettez ces tartines sur un plat et vous les laissez bien chauffer pendant cinq minutes dans un four chaud.

Cette manière de faire des rôties avec une partie de la bécasse est très-estimée et peu connue, mais il faut pour cela que la bécasse soit faisandée à point, afin que la chair puisse s'étendre.

Il est à remarquer que la bécasse perd dans la cuisson son goût de faisandé et que sa chair prend un fumet naturel de gibier, ce qui en fait un rôti friand, fin et tendre.

Cependant quelques personnes éprouvent de la répugnance à manger de la bécasse trop avancée; nous leur conseillons, dans ce cas, de sortir le foie ainsi que tout l'intérieur de la bécasse en lui pratiquant une incision dans le dos et d'y ajouter une ou deux truffes, du lard salé ou du beurre frais, du sel, du poivre et un peu de mie de pain, si vous le voulez ; hachez le tout ensemble, puis remettez cette petite farce dans le corps de la bécasse dont vous fermez l'incision au moyen d'une brochette en bois que vous enlevez au moment de dresser la bécasse.

Par cette méthode, la bécasse se trouve augmentée, fait un délicieux rôti et est beaucoup plus parfumée que celle qui n'aurait pas subi cette préparation.

Il est essentiel néanmoins que cette opération soit faite un jour ou deux à l'avance afin que les truffes aient le temps de répandre leur parfum.

Enfin il n'est pas inutile de dire que la bécasse qui n'est pas faisandée, doit être mise rôtie au four, de préférence à celle mise rôtie à la broche, parce qu'elle est plus tendre et moins desséchée.

Ces deux manières de préparer la bécasse en font un rôti des plus recherchés et qui peut être servi dans les dîners de cérémonie, surtout lorsque la bécasse est garnie de truffes du Périgord ou de celles de Piémont coupées en tranches émincées, disséminées sur le plat et qu'elle est en outre embellie par des hatelets en argent qui donnent à ce rôti un coup d'œil princier.

Une bécasse rôtie peut être présentée et suffire pour six convives ; cependant, au dire de certains gastronomes, il suffit d'être trois : d'abord la bécasse, ensuite celui qui doit la manger, puis, une bouteille de bordeaux ou d'autres vins généreux, pour l'accompagner.

Bécasse à la choucroûte.

Procédez exactement pour la bécasse garnie de choucroûte, comme il est indiqué au commencement de ce chapitre, pour le perdreau à la choucroûte.

Mais il n'est pas nécessaire que la bécasse soit trop faisandée.

Salmis de bécasse.

Ayez une bécasse qui ne soit pas trop faisandée, à laquelle vous troussez les cuisses ramenées au-dessous de l'estomac en les traversant de part en part avec son long bec, puis mettez-la cuire à petit feu et à l'étouffée avec assez de beurre frais, quelque peu de lard salé coupé en petits carrés, du sel et deux ou trois grives ou toute autre espèce de gibier de la même chair.

Quand le tout est cuit de belle couleur dorée, vous mettrez le lard et les grives dans le mortier avec une échalote et quelques graines de genièvre ; pilez le tout très-finement, c'est-à-dire en pâte ; lorsque cette opération est terminée, mettez dans une casserole, à part, une partie du jus-graisse où a cuit la bécasse, avec une cuillerée à café de farine ; laissez-la jaunir sans excès, puis ajoutez ce que vous venez de piler ; laissez de nouveau revenir le tout ensemble ; mouillez ensuite avec moitié vin blanc sec et autant de vin rouge, un peu de sel et du poivre ; laissez mijoter une demi-heure ; au bout de ce temps, passez le salmis au tamis ou à l'étamine, à l'aide d'une pochette en bois, de telle sorte qu'il ne reste que les os des grives.

Vous aurez eu soin de couper et de faire griller avant des tranches de pain comme il est indiqué à la page 69.

Dressez la bécasse sur un plat avec les tranches de pain au-dessous et tenez au chaud.

Détachez ensuite avec un peu de bouillon ou de l'eau, le jus de la bécasse qui est resté adhéré à la casserole, que vous passez au tamis et que vous mêlez à la sauce du salmis ; puis faites bouillir à grand feu, pendant cinq minutes, le salmis en tournant toujours avec la pochette en bois pour le rendre plus lisse ; parfumez-le avec un verre de madère ou de la fine champagne et versez le salmis sur la bécasse ou, ce qui est préférable, faites mijoter un quart-d'heure la bécasse dans la sauce du salmis ; servez bouillant, c'est essentiel, avec des assiettes chauffées.

La sauce du salmis de bécasse, qui n'est autre chose qu'une purée de gibier peu liée, est une entrée très-recherchée dans les dîners de cérémonie.

Vous pouvez aussi pour rendre ce plat plus fini, disséminer par-dessus la bécasse des truffes noires du Périgord ou des truffes blanches du Piémont, coupées en tranches émincées.

Il est à remarquer que les truffes mises sur le plat au moment de le servir, communiquent au salmis un parfum plus fin que si elles avaient subi l'action du feu.

Quelques cuisinières préparent le salmis en découpant la bécasse par quartiers, ensuite elles pilent les grives avec l'intérieur de la bécasse et ne mouillent le salmis qu'avec du madère et de la glace de gibier pour le rendre plus concentré, puis font mijoter les quartiers de bécasse dans le salmis avec des truffes pelées et laissées entières ; elles dressent ensuite les quartiers en couronne, les truffes au milieu et des croûtes de pain entremêlées avec les quartiers, coupées en forme de cerf-volant et frites dans le beurre.

Cette méthode est assurément très-bonne, mais elle est coûteuse et trop échauffante, quoique n'étant pas meilleure que celle ci-dessus et n'offre pas comme coup d'œil l'apparat de la bécasse servie entière, surtout quand elle est ornée d'hâtelets en argent qui représentent en relief la pièce de gibier sur laquelle ils sont fixés.

Un salmis de bécasse, ainsi préparé, est un mets très-fin et peut être présenté devant six personnes.

Le salmis de bécasse peut encore se préparer d'une façon plus ménagère en procédant comme ci-dessus pour la cuisson de la bécasse, puis lorsque la bécasse est de belle couleur, ajoutez une demi-cuillerée de farine que vous laissez jaunir sans excès ; ensuite mouillez le tout avec un peu de vin blanc ou de vin rouge et un peu de jus pour rendre la sauce plus corsée ; ajoutez-y un bouquet garni que vous enlèverez au moment de servir, une échalote hachée, quelques graines de genièvre, si c'est votre goût, ainsi qu'une goutte de colorant pour donner au salmis une couleur un peu brune ; laissez mijoter à petit feu et à l'étouffée pendant une heure environ ; goûtez si la sauce est à bon goût, puis dressez la bécasse comme la précédente avec des croûtes de pain.

Enfin, d'autres personnes mettent cuire avec la bécasse quelques foies de volailles, les écrasent ou les pilent lorsqu'ils sont cuits en y joignant tout l'intérieur de la bécasse ainsi que le lard, puis remettent cette farce mijoter comme ci-dessus et ne mouillent le salmis qu'avec du bouillon ou du bon jus, sans mettre ni farine ni d'autres haut-goût que de parfumer le salmis lorsqu'il est dressé, avec quelques tranches de truffes noires du Périgord ou de celles de Piémont de préférence et augmenter ainsi le plat avec quelques tranches de pain de plus parce que la sauce du salmis est moins liée.

NOTIONS SUR LE PLUVIER, LE RALE, LE VANNEAU, LA GIRARDINE, LA BÉCASSINE, LE GEAI, LE RAMIER, ETC.

Le pluvier est un oiseau de la grosseur d'un pigeon. On en connaît deux espèces : le gris et le doré. Le pluvier doré est le plus estimé. Sa chair est fort délicate et agréable.

Le pluvier ne se vide pas et peut être accommodé exactement comme la bécasse mais il ne doit pas se manger trop faisandé.

Le râle ou roi de caille qui est de la famille des échassiers, c'est-à-dire, à longues jambes ; n'est pas tout à fait aussi gros qu'un pigeon ; il y en a de deux sortes : le râle de genêts et le râle d'eau.

Le râle de genêts arrive avec les cailles au mois de mai et part avec elles vers la fin septembre.

Le râle aussi ne se vide pas et doit se manger très-frais et presque toujours rôti ; c'est un excellent gibier dont la chair est plus délicate que celle du perdreau.

Le râle d'eau n'habite que les marais ; sa chair est moins estimée que celle du râle de genêts.

Le vanneau qui a une touffe de plumes sur la tête est un oiseau de passage.

Il a la même chair que celle du pluvier, légère et agréable. Il se prépare de même.

La girardine ou patte verte est un gibier de marais mais beaucoup plus petit que le râle.

Elle ne doit pas être vidée ni être faisandée.

La bécassine est une variété de bécasse ; mais

15

elle est de moitié moins grosse que cette dernière
et possède une chair plus délicate et plus recherchée par les gourmets.

La bécassine ne doit pas être vidée ni faisandée;
elle se trousse comme la bécasse avec son long
bec et se prépare exactement de la même manière.

Le geai qui est de la famille du corbeau, a un
plumage bigarré et est plus gros que la grive et a
le bec qui n'est pas précisément aussi long ni aussi
fin que celui de la bécassine; aussi pour le mettre
cuire, il faut lui couper le cou à sa naissance.

Le geai se vide, il a la chair savoureuse et d'un
bon goût de gibier; il peut être employé pour toutes espèces de farces de gibiers, salmis, etc.

Le geai s'accommode comme les autres gibiers;
il peut se mettre rôtir, s'il est tendre, mais il s'apprête le plus ordinairement en salmis, coupé en
quatre quartiers et non pas laissé entier comme la
bécasse.

Ramier et tourterelle.

Le ramier est le pigeon sauvage.

Il se vide comme le pigeon ordinaire; sa chair est
savoureuse et d'un bon goût de gibier; il peut être
employé comme le geai dans toutes espèces de farces de gibiers, salmis, etc.

Le ramier jeune se met rôtir; mais s'il est vieux,
il faut le faire cuire aussi longtemps qu'une poule
et s'accommode exactement comme les autres gibiers.

La tourterelle qui est pour ainsi dire une colombe familière est un peu moins grosse que le pigeon ; elle a la chair moins noire que celle du ramier, d'un goût de gibier peu prononcé mais savoureuse ; elle s'accommode exactement comme le ramier.

Grives et merles.

On distingue plusieurs espèces de grives. Les meilleures sont celles qui ont une colerette autour du cou, qui ont les pattes brunes et que l'on désigne sous le nom de grives de genevriers.

La grive appelée vendangeuse est un peu moins grosse que la grive appelée genevrière et sa chair est aussi excellente surtout en automne.

La grosse grive qui a les pattes blanches, a la chair dure et n'est pas aussi délicate ni d'un goût aussi fin que celle des autres espèces de grives, parce que cette dernière se nourrit le plus souvent de gui ou d'autres plantes de même nature.

Les merles à bec noir, surtout ceux de la Corse, lorsqu'ils sont bien gras, sont comme les grives, d'un goût très-fin.

Les merles qui ont le bec jaune sont, pour la plupart du temps, maigres et sont beaucoup moins estimés que les autres.

Les grives et les merles ne doivent pas être vidés et l'on doit attendre huit jours au moins avant de les mettre rôtir.

Grives et merles rôtis.

Lorsque les grives ou les merles sont préparés, bardez-les d'une tranche de lard salé qui est bien préférable à celui qui est frais, ainsi que d'une feuille de vigne; troussez-les comme la volaille rôtie à l'aide d'un hatelet ou d'une aiguille à tricoter ou bien d'une brochette en bois en ayant soin de faire tenir la grive, le lard et la feuille de vigne ensemble et de ne pas couper aux grives ni aux merles les griffes et encore moins les pattes.

Mettez-les cuire dans un plat en fonte ou en terre, à petit feu et à l'étouffée sur la plaque du fourneau ou dans le four avec assez de beurre frais et du sel sans les arroser , laissez-les rôtir pendant vingt minutes environ.

.Au bout de ce temps, dressez les grives et des croûtes de pain grillées que vous placez sur un plat chauffé à l'avance.

Vous pouvez encore dresser les grives sur autant d'assiettes aussi chauffées qu'il y a de convives.

Cette méthode qui ne peut guère être acceptée qu'en famille, offre l'avantage que les grives soient moins refroidies et moins sèches parce que les rôties de pain et les convives qui se sont servis les premiers n'ont pas pu absorber tout le jus.

Il est bien entendu que le lard et les grives doivent être d'une coloration dorée et croustillante et que le jus que vous aurez détaché de la casserole avec de l'eau et non pas avec du vin blanc comme le pratiquent quelques cuisinières, sera d'une couleur naturelle et non roussi et encore moins brûlé.

Vous pouvez, pour rendre le rôti plus fini, mettre sur les grives, lorsqu'elles sont dressées, des tranches de truffes émincées et ajouter des tranches de foie de cochon coupées pas trop épaisses, que vous faites cuire en même temps que les grives, que vous dressez ensuite entre la rôtie de pain et la grive.

Vous pouvez aussi incorporer dans chaque grive ou merle quelques graines de genièvre ou simplement les mettre dans le jus à moitié cuisson des grives.

On est généralement assez porté à croire de manger des merles pour des grives et l'on se base souvent sur la forme, la longueur et la grosseur du bec.

Pour prévenir cet inconvénient et éviter un reproche quelquefois immérité, il suffit d'enlever le bec inférieur de la grive ou du merle et de rogner une partie du bec supérieur en le coupant d'une manière un peu effilée.

Quelques cuisinières troussent aussi les grives en leur recourbant les pattes sur le dos et ramènent la tête qu'elles piquent dans les filets en forme de brochette ; mais à notre avis cette façon de trousser les grives nous paraît moins élégante ; elle oblige en outre d'attacher autour de la grive le lard et la feuille de vigne avec du fil ou de la ficelle.

Grives au riz.

Faites rôtir les grives comme il est dit précédemment et mettez-les avec tout leur jus au-dessus du riz. Voyez à la page 246.

Grives en salmis.

Voyez dans ce chapitre bécasse en salmis et procédez de la même manière avec une cuisson un peu moins prolongée.

Les grives en salmis forment comme la bécasse un mets fin et recherché.

Grives au gratin.

Faites cuire une douzaine de grives avec assez de beurre et du sel ; lorsqu'elles sont cuites pilez-en deux très-finement dans le mortier.

Lorsqu'elles sont bien pilées ; sortez-les et passez-les au tamis de manière qu'il ne reste rien que les os. Ayez d'un autre côté un demi-kilogramme environ de foie de veau ou de celui de cochon de préférence, que vous pilez aussi dans le mortier comme les grives.

Lorsque cette opération est terminée, mélangez la chair des deux grives avec le foie ; ajoutez un œuf, du sel, du poivre ; repilez le tout ensemble pour en faire une farce compacte, puis vous beurrez légèrement un plat à gratin ou une tourtière ; ensuite mettez la farce et vous y enterrez les dix grives qui restent ; formez un couvert au-dessus avec des tranches émincées de lard salé ; mouillez ce gratin avec une partie du jus-graisse dans lequel ont cuit les grives ; puis laissez cuire le tout ensemble dans un four médiocre pendant trois quarts d'heure environ.

Au bout de ce temps, arrosez tout le gratin avec le jus des grives qui reste et dans lequel vous aurez mis un peu d'eau ou de bouillon pour l'augmenter ; puis garnissez-le au-dessus d'une rangée de croûtes de pain coupées en forme de cerf-volant frites dans le beurre et parfumez cette entrée pour la rendre plus finie avec un bouquet de truffes placé au milieu.

Ainsi apprêtées les grives au gratin font un mets très-estimé, peu connu et qui fait bon profit.

Vignole de toutes espèces de petits oiseaux.

Dans les petits oiseaux on en distingue aussi, comme dans le gros gibiers, deux espèces.

Ainsi le moineau, le chardonneret, etc., qui ont un gros bec, se vident au lieu que la linotte, la mésange, la roussette ne se vident pas.

Faites revenir dans du beurre et du lard salé, gras et maigre, coupé en tranches, deux douzaines de petits oiseaux avec du sel et deux douzaines de petits oignons ; lorsque le tout est de belle couleur dorée, saupoudrez légèrement d'un peu de farine ; ensuite mouillez le tout avec moitié vin blanc et moitié eau ou du bouillon et un peu de colorant pour donner la couleur qui convient ; laissez mijoter le tout ensemble à petit feu pendant une demi-heure.

Au bout de ce temps dressez la vignôle avec des croûtes de pain grillées au-dessous.

La vignôle de petits oiseaux est un mets qui est très-bon, peu coûteux et peu connu.

Quelques personnes ajoutent dans la vignôle quelques bouts de petites saucisses fraîches pour l'augmenter et la relever.

Riz aux petits oiseaux.

Le riz aux petits oiseaux se prépare comme il est indiqué à la page 246, et les petits oiseaux se font rôtir de la manière ordinaire ; ensuite vous les placez sur le riz avec tout le jus qu'ils ont rendu.

Vous pouvez augmenter le riz aux petits oiseaux de quelques truffes émincées.

Polenta aux petits oiseaux.

Voyez à la page 253 la préparation de la polenta. Faites cuire les petits oiseaux et dressez-les comme pour le riz ci-dessus.

Notions sur le faisan.

Le faisan que l'on peut décorer du titre de prince des gibiers à plumes, peut être classé en plusieurs espèces très-distinctes.

Les plus connus sont : le faisan doré, le faisan d'Allemagne, le faisan proprement dit tétras qui est au moins le double plus gros que le faisan ordinaire et que l'on ne rencontre pas en France ailleurs que dans les sommités des montagnes du Jura et des Vosges, ainsi que le coq de bruyère que l'on désigne aussi sous le nom de faisan, dont le mâle a le plumage d'un noir azuré, les pattes poilues et la femelle a le plumage gris.

Le coq de bruyère n'habite guère en France que dans les montagnes du Jura, des Vosges et celles de la Savoie ; il a la chair plus fine, plus délicate et d'un goût plus naturel de gibier que les autres espèces de faisans.

Le faisan, comme l'indique son nom, doit se manger lorsqu'il est faisandé ; pour cela il faut le suspendre par les pattes puis le placer dans une température égale et tempérée et le laisser dans cet état pendant au moins trois semaines, un mois ou plutôt jusqu'à ce qu'il se forme une goutte à l'extrémité du bec.

C'est seulement alors que le faisan a atteint son juste point de venaison et que l'on obtient ainsi un délicieux et succulent rôti, parce que sa chair est tendre et son fumet de gibier est entièrement développé.

Faisan rôti.

Préparez un faisan en commençant par lui couper le cou à sa naissance, c'est-à-dire près des filets, en ayant la précaution de prendre autant de plumes que possible ; coupez-lui aussi entièrement les deux ailes ainsi que l'as de pique où sont plantées toutes les plumes de la queue.

Cela fait, vous prenez quatre bouts de fil de fer

étamé, coupés de la longueur de quinze centimètres environ et assez forts pour tenir le plumage du faisan.

Ensuite enfilez premièrement toute la longueur du cou y compris la tête en faisant en sorte que le fil de fer ne s'aperçoive nullement du côté de celle-ci ; puis faites-en autant de la queue et des deux ailes que vous tenez bien élargies.

Il est bien entendu qu'il est essentiel de laisser dépasser un bout assez long à chaque fil de fer pour qu'il ait la force, étant piqué dans le faisan, de supporter le cou, la tête, les ailes et la queue, afin de pouvoir leur donner la tournure et la forme naturelles d'un faisan qui est sur le point de s'envoler.

Il est prudent aussi de bien vous assurer si cet ornement est parfaitement réussi en le posant sur le faisan afin de n'être pas entrepris au moment de le dresser.

Plumez et videz le faisan ; arrangez-le ensuite pour le faire rôtir comme il est indiqué pour les volailles à la page 382, puis vous le piquez de fins lardons et le faites rôtir à la broche pendant une heure environ comme il est dit à ce chapitre pour la bécasse rôtie et voyez pour de plus amples détails à la page 299.

Ornez ensuite le faisan de son plumage ce qui en forme d'abord un plat qui paraît bien plus augmenté et qui offre en outre de l'apparat ainsi qu'un coup d'œil flatteur et appétissant qui réjouit tous les convives et complète à merveille un dîner de cérémonie.

Faisan rôti et truffé.

Préparez un faisan comme le précédent, puis truffez-le comme il est dit pour la dinde truffée, mais il importe de passer la farce à la passoire ou au tamis, lorsqu'elle aura été finement pilée, pour la rendre plus délicate ; mélangez-la ensuite avec un demi-kilogramme de truffes qui peut suffire pour truffer un faisan ordinaire.

Il est à remarquer que le faisan doit toujours être piqué d'une façon symétrique, de fins lardons parce qu'il ne peut pas être truffé comme la dinde ou la volaille entre la peau et l'estomac.

Il n'est pas inutile de dire que le faisan truffé ne doit pas, comme celui qui n'est que simplement rôti, être trop faisandé ; car le parfum des truffes pénétrerait trop facilement, ce qui donnerait à la chair du faisan un goût dénaturé, de trop fort et d'amertume.

Le faisan truffé se fait cuire comme le précédent et se sert de même avec tout son plumage, mais sa cuisson doit être un peu plus prolongée.

Vous pouvez aussi accompagner le faisan truffé d'une sauce préparée dans le genre de celle du salmis et relevée avec des épices ou de la moutarde ou un jus de citron et la servir dans une saucière à part.

Vous pouvez encore utiliser le lendemain les abattis du faisan pour en faire une sauce de salmis, comme il est indiqué dans ce chapitre pour celle de la bécasse et faire avec les débris du faisan qui restent, un nouveau salmis, pourvu que ces débris soient découpés d'une manière régulière, que vous les fassiez mijoter une demi-heure dans la sauce du salmis pour leur faire perdre le goût de réchauffé et que vous les dressiez ensuite en couronne, entremêlés avec des croûtes de pain frites dans le beurre.

Le faisan truffé ainsi préparé est un des rôtis le mieux présenté dans les dîners de cérémonie et qui forme un mets exquis et toujours bien accueilli.

Aussi Brillat Savarin a dit qu'un faisan accommodé et dressé de la sorte ferait descendre les anges du paradis pour en manger, s'ils voyageaient encore sur la terre comme au temps de Loth.

Faisan en salmis.

Préparez le faisan en salmis exactement comme celui de la bécasse.

Le faisan en salmis n'a pas besoin d'être aussi faisandé que celui qui est rôti et vous pouvez lui laisser les ailes, le cou et la tête et le trousser comme il est indiqué pour les volailles.

Faisan à la choucroûte.

Le faisan à la choucroûte se prépare de la même manière qu'il est indiqué dans ce chapitre pour le perdreau à la choucroûte.

Faisan en ballottines.

Le faisan en ballottines se prépare ordinairement avec un faisan qui est déjà un peu vieux.

Vous le désossez comme il est indiqué pour la dinde en galantine et vous le truffez de la même manière que la dinde truffée rôtie. Voyez page 412; cousez ensuite toutes les issues et troussez-le en lui donnant sa forme naturelle.

Faites-le cuire à petit feu, à l'étouffée dans peu d'eau, du sel, une goutte de vin blanc et un peu de colorant.

Lorsqu'il est à point de cuisson, dressez le faisan et tenez-le au chaud ; faites ensuite réduire vivement sur un bon feu le bouillon du faisan ; ajoutez une garniture de champignons ainsi qu'une goutte de madère ou de la fine champagne.

Laissez réduire le tout ensemble jusqu'à consistance d'un coulis un peu concentré, puis versez-le sur le faisan et servez bouillant avec des assiettes chauffées.

Le faisan en ballottines est une entrée très-recherchée et peu connue. Il est très-apprécié le lendemain étant servi froid à déjeuner.

Pintade.

La pintade est une espèce de poule au plumage bigarré, ayant la grosseur du faisan ordinaire.

Elle s'apprivoise parfaitement dans la basse-cour.

La pintade se vide ; sa chair ressemble un peu à celle du faisan comme nuance et comme goût ; elle s'apprête du reste exactement comme le faisan avec la différence qu'elle ne doit pas être autant faisandée ni être ornée de son plumage lorsqu'elle est destinée à être rôtie.

Gélinotte.

La gélinotte, qui est une espèce de petite poule de la grosseur d'une perdrix ayant un plumage gris, habite, comme le coq de bruyère et le tétras, les bois des sommités des montagnes.

La gélinotte se vide, elle se dresse étant rôtie avec son plumage comme il est dit ci-dessus pour le faisan rôti ; elle se prépare aussi de la même manière.

Canard et sarcelle sauvages.

Le canard sauvage qui est à peu près de la même grosseur que le canard domestique se distingue de ce dernier par son plumage qui est blanc sous le ventre, les pattes et le bec qui sont noirs et un peu moins gros que ceux du canard de basse-cour.

Le canard se vide et peut être apprêté de la même manière que le canard ordinaire, c'est-à-dire avec les mêmes sauces et les mêmes garnitures, mais on le prépare le plus ordinairement rôti simplement ou truffé comme le faisan, ou bien accommodé en salmis, toujours avec des croûtes de pain grillées comme pour les autres gibiers.

Le canard sauvage peut être attendu quelques jours pour rendre sa chair plus tendre et plus délicate, mais il ne faut pas qu'il soit faisandé.

La sarcelle est un oiseau aquatique de l'espèce du canard sauvage mais elle est plus petite, elle est aussi d'un goût plus agréable et plus fin.

La sarcelle se vide et s'apprête comme le canard.

Notions sur le gros gibiers à poils.

On entend par gros gibiers à poils tous les quadrupèdes tels que : l'ours, le sanglier, le cerf, la biche, le daim, l'izard ou chamois, le chevreuil, le lièvre, le levraut, l'écureuil, le lapin de garenne, etc.

Toutes ces espèces de gibiers ne doivent, dans aucun cas, être faisandés mais ils doivent être marinés.

Voyez à la page 58 pour de plus amples détails.

L'ours se mange plutôt par curiosité à cause de sa grande rareté que par sa bonté.

L'ours a la chair noire ; elle se fait toujours mariner et sa cuisson est aussi prolongée que celle du bœuf braisé, surtout si l'ours est vieux et il s'apprête ensuite à la sauce chevreuil comme il est indiqué ci-après.

Les pattes des jeunes ours, appelés oursons, sont très-estimées quand elles sont simplement marinées, mises sur le gril, ou panées et cuites comme les côtelettes à la milanaise.

Le sanglier ne se distingue guère du cochon que parce qu'il a la chair plus noire et ayant un goût de fumet de gibier.

Ils appartiennent à la même famille, leurs hures se préparent de la même manière comme il est indiqué dans le chapitre des abattis ci-après; leurs pieds se servent agréablement à la sainte-menehould ou sur le gril ou truffés comme ceux de cochon.

Les quartiers de devant et ceux de derrière ainsi que les filets piqués de lard salé, lorsqu'ils sont convenablement marinés, peuvent être rôtis à la broche ou dans le four comme les rôtis ordinaires ou être préparés à la sauce chevreuil; il se sert aussi en pâté froid, en civet, en bœuf à la mode, etc.

Les côtelettes se préparent et se servent aussi en entrée comme celles du chevreuil.

Le cerf, la biche, le daim, l'izard, appelé ordinairement chamois, se préparent, se font mariner et s'accommodent exactement comme le chevreuil, mais leur chair est moins fine et moins délicate.

Quartier de chevreuil rôti.

Le gigot ou quartier de chevreuil est la pièce la plus recherchée du chevreuil; il peut être servi en entrée ou rôti dans les dîners de cérémonie.

Il est essentiel aussi que vous lui laissiez comme coup d'œil toute la patte entière et que vous l'enveloppiez au moment de la mettre rôtir d'un papier mouillé dans de l'eau pour empêcher que le poil ne se brûle.

Le gigot de chevreuil doit toujours être piqué d'une manière régulière et assez rapprochée, de fins lardons de lard salé, puis être ensuite mariné pendant cinq à six jours dans un peu d'huile d'olive, du vin rouge ou blanc ou du vinaigre de vin et avec les aromates qui vous conviendront, tels que thym, laurier, carottes, oignons, genièvre, poivre, etc., mais ne mettez pas de sel qui altère et rougit la chair du chevreuil, en ayant soin de le retourner de temps en temps dans la marinade.

Pour faire rôtir le gigot de chevreuil il faut procéder de la manière qui est indiquée au chapitre des rôtis à la page 299.

Seulement il est nécessaire de faire réduire de trois quarts au moins la marinade du chevreuil passée au tamis, dans laquelle vous aurez ajouté un morceau de beurre que vous laisserez auparavant jaunir à goût de noisette pour lui faire perdre son goût de fade ; vous arroserez ensuite le chevreuil avec cette marinade et vous le salerez aux trois quarts de sa cuisson comme les autres rôtis.

La durée pour la cuisson du gigot de chevreuil peut être d'environ de deux heures.

Dans tous les cas, il ne doit pas être saignant.

Quartier de chevreuil à la sauce de chevreuil.

Le quartier à la sauce chevreuil se prépare comme le précédent ; seulement il est préférable qu'il soit rôti au four et arrosé comme celui à la broche avec sa marinade réduite et passée au tamis.

Lorsqu'il est à point de cuisson, dressez le gigot

de chevreuil sur un plat assez grand et tenez-le au chaud à la porte du four.

Pendant ce temps faites un petit roux avec une partie du jus-graisse où a cuit le chevreuil et une cuillerée à café de farine ou bien mettez tout simplement la farine dans le jus du chevreuil ; laissez-la un instant perdre son goût, puis mouillez avec du jus ou du bouillon ; ajoutez dans cette sauce deux à trois cuillerées à bouche de sang de poulet, de cochon ou de veau pour la lier et lui donner une couleur comme celle du civet, ainsi que du poivre et parfumez-la avec du madère ou de la fine champagne ; goûtez si elle est à bon goût, puis versez sur le gigot cette sauce qui ne doit pas être épaisse et assez grasse pour ne pas ressembler à du chocolat ; laissez le plat cinq minutes dans le four pour que la sauce se bonifie d'avantage avec le chevreuil et servez bouillant avec des assiettes chauffées ; c'est une qualité essentielle.

Vous pouvez relever la sauce du chevreuil avec quelques cornichons hachés que vous disséminez sur le gigot de chevreuil avant d'y mettre la sauce et y ajouter aussi des truffes coupées en tranches très-minces.

Vous pouvez encore, si vous le voulez, ajouter dans la sauce du chevreuil, pour la rendre d'un goût de gibier plus prononcé, de la glace de gibier ou faire cuire avec le gigot de chevreuil quelques petits oiseaux, les piler quand ils sont cuits et faire une espèce de salmis comme il est indiqué, que vous mélangez ensuite avec la sauce du chevreuil pour la fortifier.

Le gigot de chevreuil ainsi préparé fait une entrée très-recherchée et toujours bien accueillie dans les grands repas aussi bien que le gigot de chevreuil rôti.

Filets de chevreuil.

Préparez le filet de chevreuil en coupant au-dessous les os sans que cela paraisse du côté où il doit être présenté sur la table, puis faites-le mariner et piquez-le comme le gigot ; ensuite procédez pour sa cuisson exactement comme pour le gigot de chevreuil en sauce et accommodez-le de même.

Le filet est la partie la plus délicate du chevreuil.

Côtelettes de chevreuil.

Préparez les côtelettes comme celles du mouton ; faites-les mariner comme le gigot de chevreuil ; ensuite, au moment de les faire cuire, passez la marinade au tamis ; laissez-la réduire sur le feu jusqu'à ce qu'elle soit toute absorbée et lorsque l'huile et un peu de beurre que vous y aurez ajouté commenceront à jaunir, faites cuire les côtelettes de chevreuil des deux côtés et de belle couleur dorée sans les arroser ; salez à bon goût.

Lorsqu'elles sont arrivées à leur point de cuisson qui peut être de dix minutes ou un quart d'heure, dressez-les en couronne et tenez le plat au chaud ; procédez ensuite pour faire la sauce exactement comme ci-dessus pour le gigot de chevreuil.

Vous pouvez, pour orner le plat, placer à chaque manche de côtelette une manchette de papier frisé.

Les côtelettes de chevreuil ainsi préparées peuvent être servies en entrée ; vous pouvez aussi servir les côtelettes de chevreuil simplement au naturel avec un citron ou un beurre d'anchois.

Chevreuil en civet.

Toutes les parties du chevreuil peuvent être choisies pour faire un civet pourvu qu'elles soient marinées. Vous procédez ensuite comme pour le civet de lièvre ci-après.

Epaule de chevreuil.

Procédez exactement pour l'épaule de chevreuil comme si c'était pour apprêter le gigot de chevreuil et elle se sert de même.

Civet de lièvre.

Dépouillez un lièvre de sa peau ; ôtez l'intérieur ; coupez-le par morceaux pas trop gros avec un couperet ou un couteau à abattre bien aiguisé, afin de ne pas briser les os ce qui formerait des esquilles qu'il serait fort désagréable de trouver sous la dent.

Faites-le mariner, si vous le voulez, pendant un ou deux jours dans du vin blanc ou rouge ou du vinaigre de vin, du poivre et des aromates qui vous conviendront, tels que : thym, laurier, oignons, carottes, etc., mais peu ou pas de sel parce qu'il altère la marinade et rougit la chair du lièvre.

Mettez-le ensuite cuire, bien égoutté s'il est mariné, dans une casserole ou une coquelle en fonte avec assez de beurre, de la graisse ou de l'huile que vous aurez fait auparavant jaunir afin de surprendre le civet, puis faites-le lestement rissoler sur un feu bien allumé pour qu'il ne languisse pas et l'empêcher de faire l'eau ; mettez du sel en même temps.

Lorsque le civet est de belle couleur, ajoutez deux cuillerées de farine ; laissez-la un instant perdre son goût ; ensuite mouillez le tout avec du vin rouge ordinaire, du cidre ou du vin blanc sec de manière que le civet baigne ; ajoutez un bouquet de thym et de laurier attachés, que vous enlèverez au moment de servir, assez de poivre et le sang du lièvre ; laissez bouillir le tout ensemble un petit instant en ayant soin de remuer avec la pochette en bois la sauce pour la rendre plus lisse et plus liée.

Lorsque cette opération est terminée faites jaunir ensemble dans la poële deux douzaines de petits oignons, avec un hectogramme de lard salé qui est bien supérieur comme goût au lard frais, que vous coupez en petits carrés ainsi que le foie du lièvre coupé en morceaux après avoir eu soin d'enlever le fiel, car autrement le civet serait immangeable ; puis jetez le tout dans le civet ; goûtez s'il est à bon goût de sel en tenant compte de la réduction de la sauce et laissez mijoter à l'étouffée sur la plaque ou dans le four du fourneau pendant une heure et demie environ.

Il est à remarquer que le vin ordinaire donne

au civet un goût plus relevé et est beaucoup moins
coûteux que le vin vieux qui perd tout son fumet
par une cuisson trop prolongée, ce qui rend le
civet fade ; vous pouvez toutefois le parfumer un
quart d'heure avant de dresser le civet avec un
verre d'excellent vin bouché ou de préférence avec
une goutte de madère, du cognac ou du rhum.

Il arrive souvent que le lièvre a perdu son sang ;
dans ce cas, il est nécessaire de saigner une volaille
et de mettre dans le plat destiné à recevoir le sang
un peu de vin ou de vinaigre pour empêcher qu'il ne
se coagule ou bien avoir recours à son boucher,
car sans cela pas de civet possible ou, à la rigueur,
piler le foie, le passer au tamis au lieu de le hacher parce que étant haché la sauce n'est ni liée ni
lisse.

Le civet ne doit pas être trop cuit, car il fait
moins de profit et absorbe la sauce qui, cependant,
ne doit pas être longue et doit être assez grasse
pour ne pas ressembler à du chocolat.

Dressez ensuite le civet ; ornez-le de croûtes de
pain frites dans le beurre, comme il est dit à la
page 69 et servez-le bouillant avec des assiettes
chauffées.

Le civet ainsi préparé est un mets très-estimé,
qui fait bon profit et qui est excellent quoique étant
réchauffé.

Quelques personnes mettent le lard, le foie et
les oignons revenir en même temps que les morceaux de lièvre.

Mais à notre avis il est préférable de faire de la
manière indiquée ci-dessus parce que autrement

le lard disparaît dans la cuisson et devient à l'état de rillons ; le foie se décompose en petits morceaux et les oignons sont en purée, ce qui rend le civet moins fin et plus diminué.

D'autres personnes ne lient la sauce du civet avec le sang, qu'un instant avant de servir et dès lors ils ne la laissent plus bouillir, mais nous croyons qu'il est encore préférable de le faire cuire avec la sauce car cette dernière est plus fondue et elle acquiert dans la cuisson un goût plus naturel.

Enfin d'autres personnes mettent encore du sucre dans la sauce du civet, mais cette méthode peut être abandonnée, car le sucre ne s'harmonise nullement avec le civet qui doit être d'un goût relevé.

Civet à la saint-hubert.

Ayez un lièvre dénommé *trois quarts* ; préparez-le comme le précédent sans le mettre mariner ; n'y mettez qu'une petite cuillerée de farine pour lier la sauce ; mouillez lorsque le tout est de belle couleur avec une demi-bouteille de madère, un verre à vin de bon cognac et deux verres de vin blanc sec ; ajoutez comme haut goût quelques échalotes, assez de poivre et le sang du lièvre ; remuez le civet avec la spatule en bois pour bien délayer la sauce et la rendre lisse et compacte ; laissez cuire comme précédemment à petit feu et à l'étouffée.

Un quart d'heure avant de servir, remplacez les échalotes par des champignons conservés dans des boîtes ou, s'ils sont frais, faites-les sauter dans le beurre mêlés, si vous le voulez, avec deux fonds d'artichauts coupés comme les champignons ; ajoutez aussi pour adoucir le civet cinq cuillerées à bouche de bonne crême ; laissez bouillir quelques tours puis dressez le civet et ornez-le de croûtes de pain comme ci-dessus.

Râble de lièvre rôti.

Le râble que l'on désigne aussi sous le nom de croûpe est la partie du lièvre qui s'étend depuis le-dessous des côtes jusque vers les cuisses. Cependant, par râble, on comprend aussi tout le train de derrière du lièvre.

Pour le mettre rôtir il est essentiel de couper avec adresse au-dessous les os des reins et ceux des cuisses sans que cela paraisse du côté où il sera présenté sur la table, afin qu'il cuise plus régulièrement et plus vite, qu'il soit moins sec et surtout plus facile à découper.

Il est essentiel aussi de ne pas couper les pattes et de les plier dans du papier mouillé pendant la cuisson pour éviter que le poil brûle.

Ensuite aplatissez un peu avec le couperet tout le râble ; piquez-le de fins lardons comme le gigot de chevreuil en ayant la précaution d'enlever légèrement la peau nerveuse qui se trouve à la surface des reins et des cuisses à l'aide d'un petit couteau pointu afin qu'il soit plus facile à larder.

Faites-le mariner pendant deux jours dans la même marinade que celle du gigot de chevreuil,.

puis faites-le cuire de même à la broche ou au four
en ayant soin de piquer les deux cuisses avec une
brochette en fer ou en bois pour les tenir en symétrie.

Voyez de plus amples détails au chapitre des
rôtis, à la page 299.

Lièvre truffé rôti.

Dépouillez un jeune lièvre, pas trop gros, de sa
peau en ayant soin de ne pas lui couper ni les
pattes de devant ni celles de derrière et de lui laisser aussi la peau de la tête, les oreilles com-
prises.

Quand cette opération est faite ôtez tout l'intérieur y compris le foie auquel vous aurez enlevé le
fiel ; ensuite coupez les os au-dessous et piquez-le
comme il est dit ci-dessus pour le râble, puis remplissez tout l'intérieur de la même farce mais en
moins grande quantité que celle de la dinde truffée,
à laquelle vous aurez ajouté le foie pilé du lièvre ;
rejoignez la peau du ventre et cousez-la de manière
à ce que la farce soit bien renfermée.

Procédez ensuite pour le mettre rôtir au four ou
à la broche en pliant la tête et les pattes avec du
papier mouillé dans de l'eau afin de préserver le
poil de l'action du feu ; puis embrochez le lièvre en
faisant tenir la tête dans sa position naturelle placée au milieu des deux pattes de devant ainsi que
les pattes de derrière et faites tenir le tout ensemble au moyen d'hâtelets et de la ficelle.

Laissez-le cuire pendant une heure au moins,

de la même manière que les rôtis ordinaires et dressez-le de même avec le jus qu'il a rendu.

Le lièvre truffé n'a pas besoin d'être mariné.

Vous pouvez faire, si vous le préférez, une sauce comme il est indiqué pour celle du chevreuil et la servir dans une saucière à part.

Ainsi préparé, le lièvre truffé est un rôti très-recherché qui peut être présenté dans les dîners de cérémonie parce que la peau laissée à la tête ainsi qu'aux pattes donnent au lièvre beaucoup plus d'aparat, surtout lorsqu'il est encore orné d'hâtelets en argent.

Filet de lièvre, sauce chevreuil.

Préparez-les et accommodez-les exactement comme il est dit dans ce chapitre pour les filets de chevreuil.

Pâté de lièvre truffé.

Voyez comme il est indiqué à la page 290.

Levraut et lapin de garenne.

Le levraut ou lapereau est un tout petit lièvre qui peut être apprêté comme le lièvre ; le lapin de garenne est une espèce de lapin sauvage un peu moins gros que le lapin domestique, qui a la chair plus délicate que celle du lièvre et a un goût plus fin ; il peut être aussi préparé et être servi de même que le lièvre.

Levraut et lapin de garenne, sautés aux fines herbes.

Dépouillez un levraut ou un lapin de sa peau ; coupez-le par morceaux pas trop gros ; ensuite mettez dans un sautoir du beurre et du lard coupé en petits carrés ; laissez jaunir, puis mettez le levraut ou le lapin avec un peu de sel ; laissez cuire sur un feu bien allumé, le tout ensemble, pendant une demi-heure sans l'arroser.

Lorsqu'il est bien rissolé et de belle couleur dorée, ajoutez-y au moment de servir des fines herbes hachées et une brisée de thym.

Dressez-le et détachez le fond du sautoir avec une goutte de vin blanc, du cognac ou du madère.

Le levraut ou le lapin sauté est un mets pour le déjeuner qui est très-apprécié.

Civet de lapin domestique.

Procédez exactement pour faire le civet de lapin comme pour celui du lièvre, seulement il est utile que le lapin soit mariné dans du vin rouge et des aromates pendant un jour ou deux afin que sa chair qui est fade prenne un goût de relevé.

Le lapin préparé en civet, avec du sang bien entendu, est un mets peu coûteux qui fait bon profit et qui est très-estimé.

Lapin en gibelotte.

Faites lestement sauter sur un bon feu, dans du beurre bien chaud, un lapin coupé en morceaux avec du sel, le fond de deux artichauts coupés en petits carrés, des champignons, des scorsonères cuites à l'avance, quelques bouts de petites saucisses fraîches ; saupoudrez légèrement de farine, puis mouillez la gibelotte avec moitié eau et moitié vin blanc ; laissez mijoter une demi-heure ; liez ensuite au moment de servir cette sauce qui ne doit pas être trop longue avec un ou deux jaunes d'œufs relevée avec un peu de poivre blanc.

Dressez ensuite la gibelotte avec des croûtes de pain frites dans le beurre.

Lapin à la bonne femme.

Faites lestement sauter un lapin coupé en morceaux dans assez de beurre bien chaud pour le surprendre ; ajoutez du lard salé de poitrine, gras et maigre, coupé en petits carrés, du sel, beaucoup de petits oignons et quelques pommes de terre coupées en tranches très-minces ou en petits carrés comme les oignons ; laissez cuire à l'étouffée le tout ensemble pendant une demi-heure ; puis dressez le lapin lorsqu'il est de belle couleur dorée.

Le lapin à la bonne femme est un mets de déjeuner très-volumineux et très-apprécié.

Lapin à la chasseur.

Faites mariner un lapin pendant un jour dans de l'huile, du vin blanc et beaucoup d'aromates, tels que : oignons, carottes, thym, laurier, poivre, du lard de poitrine salé coupé en carrés un peu gros.

Faites cuire le tout ensemble avec une pincée de farine délayée dans un verre d'eau-de-vie ; goûtez s'il est à bon goût de sel et servez.

Lapin en matelotte.

Coupez un lapin et une anguille par morceaux et procédez exactement comme il est indiqué pour la matelotte blanche de poissons d'eau douce et dressez-le de même avec des croûtes de pain placées au-dessous et frites dans le beurre.

Lapin à la Marengo.

Voyez poulet à la marengo à la page 393.
Le lapin à la marengo est une des entrées les plus appréciée pour accommoder le lapin.

Nota pour la préparation du lapin.

Le lapin domestique est un quadrupède qui a la chair blanche et non-seulement peut être accommodé de la même manière que le lièvre, mais encore comme le pigeon, la volaille, et être accompagné des mêmes sauces ou des mêmes garnitures, ainsi qu'en pâté comme il est indiqué au chapitre des pièces froides.

CHAPITRE XXV.

ABATTIS RÉUNIS.

Sous cette dénomination d'abattis réunis nous avons cru bon de généraliser et d'appliquer cette expression à toutes les parties des viandes qui ne sont pas en quartiers, bien que l'on ne comprenne par abattis que ceux des volailles et des gibiers, afin de les réunir dans un seul et même chapitre pour que la cuisinière puisse les avoir sous les yeux d'une manière suivie.

Palais de bœuf à la ménagère.

Le palais de bœuf est une viande qui est craquante.

Il se vend le plus ordinairement tout préparé, c'est-à-dire blanchi. Dans le cas où il ne serait pas préparé, vous le mettez dans l'eau bouillante puis vous enlevez la peau à l'aide d'un couteau.

Lavez-le ensuite à plusieurs eaux chaudes ; coupez-le par morceaux de la longueur et de la lar-

geur de deux à trois doigts, puis faites-le cuire
pendant quatre à cinq heures avec du vin blanc,
du sel, du poivre, un bouquet garni, assez de carottes pour en faire une petite garniture, du lard
gras et maigre ou du jambon coupé en tranches
que vous servirez autour. Faites ensuite une sauce
blanche ; mouillez-la avec le bouillon de la cuisson ; ajoutez les carottes et le lard ou le jambon ;
laissez mijoter encore pendant un quart d'heure,
puis liez la sauce au moment de servir avec deux
jaunes d'œufs.

Le palais de bœuf peut s'accommoder comme les
autres viandes avec une sauce quelconque ou être
employée en garniture dans les ragoûts ou dans les
tripes à la mode de Caen.

Palais de bœuf à la bretonne.

Préparez et faites cuire le palais de bœuf comme
le précédent en ne mettant pas de lard et moins de
carottes, ensuite mettez-le sur une purée d'oignons et
un croûton frit dans le beurre, coupé de la même
forme, placé entre chaque morceau de palais, puis
versez par-dessus un jus-coulis pour donner au palais et au pain une couleur d'un jaune d'or.

Palais à l'italienne.

Préparez et faites cuire le palais de bœuf comme
le précédent ; ajoutez aux trois quarts de cuisson
des champignons, des échalotes et du persil haché,
un peu de sauce espagnole et à votre volonté, un

peu de tomates et des anchois pilés pour lier la
sauce.

Cervelles de mouton, de veau et de bœuf au naturel.

La cervelle de veau est incontestablement la plus
fine et la plus délicate et celle que l'on donne de
préférence aux personnes qui sont malades.

La cervelle de bœuf est plus grosse et plus ferme
que celle de veau, ce qui la fait préférer par certaines personnes.

La cervelle de mouton est beaucoup plus petite
que celle de veau ; elle est aussi beaucoup moins
délicate.

La cervelle doit être apprêtée toute fraîche ; pour
la préparer il est nécessaire qu'elle soit dégorgée
dans l'eau froide ; ensuite vous ôtez soigneusement
toute la peau qui la recouvre ainsi que le sang
caillé qu'elle renferme, car rien n'est aussi peu appétissant et si désagréable à la vue que lorsqu'il
reste du sang dans la cervelle.

Mettez dans un plat émaillé du beurre très-frais ;
lorsqu'il est fondu, mettez la cervelle partagée en
deux ou en quatre parties que vous aurez trempées
dans la farine ; ajoutez du sel ; laissez-la cuire des
deux côtés à petit feu pendant vingt minutes environ et lorsqu'elle est de belle coloration dorée,
dressez sur le plat ; versez par-dessus le beurre ou
laissez-la dans le petit plat où elle a cuit et servez-la
avec un citron.

Il n'est pas inutile de dire que la cervelle ne
doit jamais être cuite auparavant dans le vin blanc

si ce n'est lorsqu'elle sera apprêtée comme il est décrit ci-après pour certains mets.

Cervelles aux fines herbes.

Faites cuire la cervelle comme celle au naturel, puis au moment de servir, lorsqu'elle est dressée, jetez en pluie par-dessus un peu de fines herbes hachées, ensuite faites chauffer le beurre, ajoutez un filet de vin blanc, un peu de poivre et versez le tout sur la cervelle.

Vous pouvez joindre, si vous le voulez, quelques petits champignons cuits en même temps que la cervelle, s'ils sont frais.

Cervelle sauce tartare.

Coupez une cervelle en quatre parties; ensuite panez-les comme les côtelettes à la milanaise et faites-les cuire de même comme il est indiqué à la page 358.

Dressez et servez-les avec une sauce tartare mise dans une saucière à part.

Cervelle sauce tomate.

Faites cuire la cervelle comme celle au naturel; lorsqu'elle est de belle couleur, ajoutez-y un peu de sauce tomate; laissez mijoter le tout ensemble jusqu'au moment de la servir.

Vous pouvez ajouter dans cette sauce un peu de poivre, une pointe d'ail écrasée et l'éclaircir avec une goutte de bouillon de manière à en faire une sauce peu liée.

Vous pouvez aussi à votre volonté préparer une sauce tomate et la servir dans une saucière à part.

Cervelle à la méridionale.

Faites cuire dans l'huile bouillante une cervelle préparée comme celle au naturel.

Ajoutez, lorsqu'elle est dressée, des fines herbes et de l'ail hachés ensemble que vous, disséminez sur le plat; puis faites chauffer l'huile et versez-la sur la cervelle ; vous pouvez aussi joindre, si vous le voulez, quelques champignons.

Cervelle au beurre noir.

Faites cuire une cervelle comme celle au naturel dans le beurre qui ne doit pas être épargné et que vous laissez roussir avec excès ; lorsqu'elle est cuite, dressez la cervelle ; ajoutez dans le beurre du poivre, un filet de vinaigre que vous versez bouillant sur la cervelle.

Vous pouvez vous exempter de mettre du vinaigre.

Cervelle en caisse.

Préparez et faites cuire dans assez de beurre, la cervelle coupée en six morceaux apprêtée comme celle au naturel ; lorsqu'elle est de belle couleur, mettez les morceaux dans de petites caisses en papier un peu huilées, que vous faites vous-même ou que vous achetez toutes préparées ou à leur défaut, mettez-les dans des coquilles.

Quand cette opération est terminée, mettez dans le beurre où a cuit la cervelle une petite pincée de farine, une échalote, un peu de champignons et une truffe hachés, du sel; faites revenir le tout ensemble, puis mouillez avec un peu de bouillon ou du jus; ajoutez une cuillerée à bouche de tomate, du poivre; laissez mijoter un quart d'heure de manière à faire une farce peu liée; versez-en un peu sur chaque morceau de cervelle en caisse; saupoudrez d'un peu de chapelure, puis faites cuire au four tempéré pendant un quart d'heure. Dressez chaque caisse et servez bouillant.

Cervelle en papillottes.

Faites cuire la cervelle comme celle au naturel; ensuite faites une farce comme il est indiqué pour le poulet. Voyez page 394.

Préparez aussi des papillottes et faites cuire les cervelles à un four doux pendant un quart d'heure, vingt minutes.

Cervelle en sauce blanche.

Faites cuire une cervelle pendant une demi-heure dans du vin blanc sec avec du sel, du poivre, du thym et une feuille de laurier; ensuite faites une sauce blanche comme il est indiqué avec une demi-cuillerée de farine ; mouillez avec le court-bouillon passé au tamis où a cuit la cervelle ; liez la sauce avec deux jaunes d'œufs et un morceau de beurre extra-frais, puis versez cette sauce sur la cervelle bien égouttée ; laissez le plat cinq minutes dans le four et servez bouillant.

Vous pouvez ajouter sur la cervelle un peu de noix muscade ou des câpres.

La cervelle ainsi préparée, convient très-bien aux personnes malades, seulement il faut supprimer le poivre et les haut goût et mettre la moitié vin blanc et moitié eau.

Cervelle en brochette.

Préparez la cervelle en court-bouillon comme la précédente ; ensuite coupez-la en plusieurs petites tranches, puis enfilez chaque tranche dans une brochette ou un hâtelet en argent que vous entremêlez de petites tranches de lard ; ensuite mettez mariner ces brochettes dans de l'huile, du vinaigre de vin, sel, poivre, persil et échalotes hachés ; roulez le tout dans la panure et faites cuire de belle couleur dorée sur le gril à petit feu, ou dans le four du fourneau sur un plat en fer battu en ayant soin d'arroser de temps en temps avec la marinade.

Dressez ensuite les brochettes que vous accompagnez d'un citron ou d'une sauce tartare ou d'une sauce bordelaise, périgueux, etc.

Vous pouvez aussi joindre aux brochettes de cervelle des truffes et des champignons frais.

Cervelle en marinade.

Voyez à la page 232, comme il est dit pour la marinade de cervelle.

Oreilles de veau à la genevoise.

Les oreilles se vendent ordinairement toutes préparées ; dans le cas où elles ne seraient pas blanchies, vous mettrez dans une marmite assez d'eau froide pour que les oreilles baignent, en ayant soin de ne pas trop la laisser chauffer, puis ratissez vivement le poil à l'aide d'un couteau et nettoyez très-proprement l'intérieur.

Mettez-les aussitôt dégorger dans l'eau claire ; ensuite essuyez-les bien et passez-les légèrement sur la flamme, sans les noircir, pour finir d'enlever les petits poils qui pourraient rester.

Mettez six oreilles de veau dans une casserole avec moitié eau et moitié vin blanc ou un peu de vinaigre, du sel, du poivre, un bouquet de thym et de laurier et un oignon piqué de deux clous de girofle ; couvrez-les d'une feuille de papier beurrée afin quelles restent blanches ; laissez-les cuire à petit feu pendant deux heures environ.

D'un autre côté, ayez un rognon ou un ris de veau que vous coupez par petites tranches ; faites-le sauter pendant cinq minutes dans assez de beurre frais et du sel, puis saupoudrez d'une petite cuillerée de farine ; mouillez avec du bouillon ou à défaut avec de l'eau et un peu du court-bouillon où ont cuit les oreilles ; liez ensuite la sauce avec deux jaunes d'œufs et versez-la sur les oreilles dressées, bien égouttées, les bouts ciselés et renversés en arrière.

Vous pouvez, pour rendre la sauce plus finie, y ajouter des champignons, du beurre et des queues d'écrevisses, ainsi que des câpres et orner cette entrée au-dessus avec des croûtes de pain frites dans le beurre comme il est indiqué à la page 69, ainsi que de quelques écrevisses entières.

Le court-bouillon des oreilles qui est très-gélatineux, peut être utilisé en gelée dans laquelle vous mettrez une pochée de bon jus pour la bonifier et lui donner une teinte dorée, puis vous la clarifiez comme il est indiqué à la page 270.

Oreilles de veau à l'italienne.

Préparez les oreilles comme les précédentes ; ayez un jus très-concentré que vous liez au moment de servir avec des anchois pilés, de la moutarde et un peu de tomate.

Dressez les oreilles et versez par-dessus cette entrée la sauce un peu relevée et épicée.

Oreilles au gratin.

Préparez et faites cuire les oreilles comme les précédentes.

Ensuite farcissez l'intérieur avec la même farce que celle des cayettes, puis placez-les sur des croûtes de pain grillées dans un plat qui aille au four avec du beurre jauni ou du jus de rôti un peu gras, très-peu de sel, un grand verre de vin blanc sec, de la civette ou des fines herbes hachées et un peu de panure ; laissez gratiner le tout ensemble dans un four modéré pendant trois quarts d'heure en ayant soin d'arroser de temps en temps, pour que les oreilles ne soient pas sèches.

Servez cette entrée qui forme un mets très-volumineux et peu coûteux dans le plat à gratin où elle a cuit lorsqu'elle est de belle coloration dorée.

Oreilles de veau à la financière.

Préparez et faites cuire au court-bouillon les oreilles comme il est dit pour celles à la genevoise ; ensuite sortez-les, puis remplissez-les d'une farce à quenelles de viande dans laquelle vous aurez mis une truffe hachée.

Ensuite remettez les oreilles blanchir pendant dix minutes dans le court-bouillon pour pocher la farce à quenelles ; puis garnissez les oreilles d'une financière très-concentrée et un peu épicée, comme il est indiqué à la page 260 ; ornez les oreilles de croûtes de pain frites dans le beurre et de quelques écrevisses entières placées au-dessus.

Oreilles de veau aux petits pois.

Echaudez les oreilles à l'eau bouillante, puis mettez-les braiser dans une casserole avec du beurre et du lard salé coupé en petits carrés ainsi qu'une carotte aussi coupée et peu de sel ; arrosez-les de temps en temps sans trop leur laisser prendre de couleur ; ajoutez aux trois quarts de leur cuisson des petits pois, une douzaine de petits oignons et un bouquet garni ; saupoudrez légèrement d'une pincée de farine ; mouillez avec de l'eau et laissez achever la cuisson ; dressez ensuite les oreilles entourées de la garniture.

Oreilles de veau, sauce tartare.

Lorsque les oreilles de veau sont cuites au court-bouillon, laissez-les refroidir ; ensuite partagez-les en deux parties ou laissez-les entières si vous le voulez, puis panez-les comme les côtelettes de veau à la milanaise et faites-les frire dans la friture chaude comme les croquettes, entourées de persil frit et d'une sauce tartare mise dans une saucière à part.

Les oreilles de veau peuvent aussi être enduites tout autour d'une farce à quenelles ou bien d'une sauce blanche ou rousse, comme il est indiqué pour les pieds de veau à la sainte-menehould à la page 234, ce qui les rend d'un goût plus fin.

Oreilles à la sauce tomate.

Préparez les oreilles panées comme ci-dessus et servez-les avec une sauce tomate peu liée.

Oreilles de veau à l'estragon.

Préparez et faites cuire les oreilles au court-bouillon ; ayez un peu de sauce espagnole ou à dé-

faut, faites un roux que vous mouillez avec du jus ;
laissez réduire pour faire une petite sauce peu liée
et très-concentrée, dans laquelle vous ajoutez des
feuilles d'estragon hachées grossièrement ainsi que
du poivre ordinaire ou de celui de Cayenne pour
relever, puis versez cette sauce sur les oreilles bien
égouttées.

Oreilles au pilon de riz.

Préparez et faites cuire les oreilles simplement
dans de l'eau et du sel ; ensuite partagez-les en
deux parties lorsqu'elles seront bien égouttées.

D'un autre côté préparez un riz de la façon ordinaire que vous mettez, lorsqu'il est cuit, dans un
plat à gratin ; placez au-dessus les oreilles.

Quand cette opération est terminée, couvrez le
tout d'une sauce blanche peu liée dans laquelle
vous aurez mis du fromage de gruyère et du parmesan ainsi qu'une pincée de safran ; ajoutez un
peu de beurre au-dessus et laissez gratiner le tout
ensemble pendant vingt minutes dans un four chaud
et servez cette entrée lorsqu'elle sera d'une belle coloration dans le plat où elle a cuit.

Rognons sautés.

Les rognons de veau et de mouton sont un excellent manger ; ceux de bœuf ou de cochon sont
fermes et sont beaucoup moins délicats.

Ayez des rognons de veau ou de mouton ; ôtez la
fine peau qui les recouvre ; coupez-les en tranches,

puis faites-les lestement sauter dans du beurre bien chaud sur un feu bien allumé ; lorsqu'ils sont bien rissolés, dressez-les sur des croûtes de pain grillées, si vous le voulez ; détachez le fond du sautoir avec une ou deux cuillerées à bouche de vin blanc sec, du madère, du cognac ou du champagne ; laissez bouillir un tour et versez ce petit jus sur les rognons pour les parfumer.

Ainsi préparés, les rognons forment un excellent mets pour le déjeuner, mais la durée de leur cuisson ne doit être que de cinq à six minutes environ.

Rognons aux oignons.

Préparez un ou deux oignons ; coupez-les en tranches émincées, puis faites-les sauter avec les rognons et du sel comme les précédents, dans du beurre bien chaud afin que les rognons soient surpris pour les empêcher de faire l'eau.

Dressez-les ensuite lorsque les oignons et les rognons sont cuits et d'une coloration dorée ; relevez-les avec du poivre, si vous le voulez.

Rognons aux champignons.

Faites sauter dans du beurre ou dans de l'huile deux à trois rognons avec du sel et des champignons frais coupés en tranches comme les rognons ; lorsque le tout est cuit, ajoutez des fines herbes hachées seules ou mêlées avec une pointe d'ail, si c'est votre goût, puis dressez et servez bouillant.

Rognons à la financière.

Faites sauter les rognons dans du beurre avec du sel ; ajoutez ensuite un peu de sauce espagnole ou à défaut, saupoudrez-les légèrement avec une pincée de farine ; laissez-la un instant perdre son goût, puis mouillez avec du bouillon ; mettez une cuillerée à bouche de tomate, des champignons, des petites quenelles et des truffes ; laissez réduire un quart-d'heure, puis parfumez cette sauce avec une goutte de madère ou de la fine champagne. Dressez les rognons ; ornez-les de croûtes de pain frites dans le beurre frais et de quelques écrevisses parées.

Rognons de veau grillés au naturel.

Coupez des rognons de veau par tranches de l'é-paisseur du petit doigt, auxquels vous aurez laissé un peu de graisse autour ; mettez-les sur le gril tels quels avec du sel et du poivre ou bien dans un plat en fonte non émaillé ; faites cuire des deux cô-tés sur un bon feu pendant cinq minutes, puis dres-sez les rognons sur une sauce à la maître-d'hôtel ou sur du beurre d'anchois ou autres sauces et légu-mes à votre choix.

Rognons de veau à la sauce tartare.

Coupez les rognons en tranches comme les pré-cédents ; panez-les comme les côtelettes de veau à la milanaise et faites-les cuire de même.

Servez avec une sauce tartare mise dans une saucière à part.

Rognons de veau en brochette.

Fendez les rognons en deux parties égales sans les partager ; embrochez-les avec des brochettes ou des hâtelets de manière que les deux côtés soient tenus aplatis ; mettez-les mariner dans une goutte d'huile, du vinaigre de vin, sel, poivre, roulez-les ensuite dans de la mie de pain et faites-les cuire sur le gril à petit feu pendant dix minutes ou un quart-d'heure, ou à défaut de gril, sur un plat en fer battu, dans le four chaud.

Dressez-les lorsqu'ils seront de belle couleur des deux côtés et accompagnez-les d'une sauce à la maître-d'hôtel ou d'un beurre d'anchois ou encore d'une sauce bordelaise.

Les rognons de mouton sont le plus ordinairement préparés en brochette, c'est du reste un mets très-estimé pour le déjeuner, mais il est essentiel qu'ils soient cuits à point, c'est-à-dire lorsqu'ils ne sont plus saignants.

Foie de veau au naturel.

Le foie de veau et celui de chevreau sont beaucoup plus délicats et plus fins que le foie du bœuf, du mouton et du cochon, quoique pourtant ce dernier soit très-bon, et ils s'apprêtent de la même manière.

Le foie est dans le veau une des viandes qui se prête le plus aux combinaisons culinaires.

Coupez pas trop minces des tranches de foie de veau ; roulez-les dans la farine ; ensuite mettez-les cuire pendant dix minutes sur un feu bien allumé dans du beurre chaud et une pincée de sel.

Dressez en couronne les tranches de foie ; lorsqu'elles seront de belle coloration dorée des deux côtés ; versez par-dessus le beurre où elles ont cuit et entourez-les d'un citron.

Le foie de veau sauté ne doit être ni saignant ni trop cuit, parce qu'il serait sec, dur et noir.

Foie de veau en bifteck.

Coupez le foie de veau en tranches de l'épaisseur du doigt et donnez-leur la forme autant que possible d'un bifteck ordinaire ; ensuite mettez-le mariner dans une goutte d'huile avec du sel, du poivre et un peu de vinaigre de vin pour le relever.

Faites-le cuire sur le gril ou dans un sautoir de la manière qu'il est indiqué pour les biftecks de filet de bœuf à la page 320, et dressez-le de même avec les mêmes sauces ou garnitures.

Foie de veau à la méridionale.

Coupez en tranches le foie de veau ; roulez-les dans la farine ; ensuite faites-les lestement rissoler de part et d'autre dans de l'huile d'olive bouillante et du sel.

Lorsqu'il est cuit, dressez les tranches en couronne ; parsemez-les de fines herbes hachées avec une brisée de thym ; faites chauffer fortement l'huile qui est dans le sautoir et versez-la sur le tout.

Foie de veau aux fines herbes.

Coupez le foie de veau en tranches comme celles du foie au naturel ; faites-le cuire de même ; lorsqu'il est dressé, mettez dans le sautoir des fines herbes hachées, du poivre, une goutte de vin blanc ; laissez bouillir un tour et versez sur les tranches de foie de veau cette petite sauce qui doit être onctueuse.

Foie de veau à la bordelaise.

Coupez pas trop minces des tranches de foie de veau ; roulez-les dans la farine ; faites-les lestement rissoler dans du beurre ou de la graisse, peu de sel, avec de la poitrine de lard salé coupée en petits carrés ; ajoutez une goutte de bouillon, deux cuillerées à bouche de tomates et beaucoup d'échalotes hachées ; laissez mijoter le tout ensemble pendant une demi-heure et servez cette sauce peu longue et à bon goût.

Foie de veau en blanquette.

Faites revenir dans du beurre et de la poitrine de lard coupée en petits carrés, des tranches émincées de foie de veau avec peu de sel. Saupoudrez-les ensuite d'une pincée de farine ; laissez-la un instant perdre son goût, puis mouillez avec de l'eau ; laissez mijoter pendant une demi-heure ; ajoutez dans cette blanquette, selon votre goût, un bouquet garni ou des fines herbes hachées, mêlées avec de l'estragon, si c'est la saison ; liez ensuite avec deux jaunes d'œufs relevés par un filet de vinaigre et du poivre.

Foie de veau en papillottes.

Voyez : côtelettes de veau en papillottes à la page 360.

Foie de veau à la ménagère.

Coupez en tranches pas trop grosses des tranches de foie de veau ; faites-les sauter avec des oignons et quelques pommes de terre aussi coupées très-minces et du sel ; laissez cuire à petit feu et à l'étouffée pendant une demi-heure.

Foie de veau au gratin.

Coupez des tranches pas trop grosses de foie de veau ; faites-les rissoler dans du beurre, du sel avec deux douzaines de petits oignons ; lorsque le tout est presque cuit, saupoudrez d'un peu de farine ; mouillez avec du jus, du bouillon ou à défaut avec de l'eau ; ajoutez un peu de colorant pour donner la couleur qui convient, ainsi qu'un filet de vinaigre ; laissez mijoter un instant, puis arrangez les tranches de foie en couronne dans un plat à gratin ; placez les oignons au milieu ; versez toute la sauce par-dessus ; mettez un peu de chapelure et un peu de beurre, puis faites gratiner à un four chaud pendant un quart d'heure.

Hatelets de foie de veau.

Coupez en petits morceaux carrés du foie de veau et du lard salé ; embrochez-les avec des brochettes ou des hâtelets en mettant successivement un morceau de lard et un morceau de foie ; mettez-les ensuite mariner dans une goutte d'huile, du vinaigre de vin, du sel et du poivre, saupoudrez ces brochettes d'un peu de panure et faites-les griller de belle couleur dorée sur le gril ou dans le four du fourneau sur un plat en fer battu.

Servez les brochettes entourées d'un citron ou d'une sauce à votre choix.

Foie de veau en civet.

Piquez à l'extérieur un foie de veau avec de fins lardons assez rapprochés ; mettez-le ensuite mariner pendant un jour ou deux dans un peu d'huile, du vinaigre ou du vin rouge, du poivre et toutes espèces d'aromates mais pas de sel, puis faites-le cuire avec toute sa marinade à petit feu et à l'étouffée sans l'arroser ; ajoutez le sel et un peu de beurre.

Lorsque la marinade est toute absorbée, laissez prendre une belle couleur au foie.

Mettez-y une petite cuillerée de farine à laquelle vous laissez aussi prendre un peu de couleur, puis mouillez avec moitié vin blanc et moitié vin rouge; laissez bouillir quelques tours.

Quand cela est fait, sortez le foie pour le mettre dans une autre casserole et versez par-dessus la sauce passée au tamis; ajoutez-y deux à trois cuillerées à bouche de sang de veau ou de cochon, puis laissez mijoter jusqu'au moment de servir.

Vous pouvez parfumer cette entrée avec un petit verre de madère ou du bon cognac et fortifier cette sauce avec une glace de gibier, si vous en avez.

Foie de veau à la bourgeoise.

Voyez : rouelle de veau à la bourgeoise, à la page 350.

Foie de veau en crépine.

Piquez intérieurement un foie de veau avec beaucoup de gros lardons de lard salé, quelques pointes d'ail et des truffes, si vous en avez, puis faites-le mariner ou non mariner, selon votre volonté ; pliez-le ensuite dans une crépine de veau ou de cochon et faites-le rôtir à la broche ou dans le four comme les rôtis ordinaires pendant une heure et demie environ.

Ainsi préparé, le foie de veau forme un rôti qui est très-estimé et fait merveille lorsqu'il est servi froid, entouré de gelée.

Voyez au chapitre des pièces froides à la page 277, la terrine et le pain de foie de veau.

Cœur de veau sur le gril.

Le cœur de veau est une viande qui est très-appréciée par certaines personnes, parce qu'elle est craquante et d'un goût savoureux.

Coupez un cœur de veau dans le sens de sa longueur et faites quatre tranches ; ôtez les nerfs, puis mettez-les mariner dans de l'huile, du sel et du poivre.

Saupoudrez ensuite d'un peu de panure et faites-le cuire sur le gril de belle couleur des deux côtés ou dans le four sur un plat en fer battu.

Dressez-le ensuite avec une sauce à la maître-d'hôtel, ou au beurre d'anchois ou à la bordelaise.

Cœur de veau à la ménagère.

Voyez dans ce chapitre: foie de veau à la ménagère.

Cœur de veau sauté aux fines herbes.

Coupez un cœur de veau en petites tranches ; faites-les lestement sauter pendant dix minutes dans un peu de beurre chaud et du sel ; ajoutez au moment de servir des fines herbes hachées.

Il est à remarquer que le cœur de veau peut être servi légèrement saignant.

Cœur de veau en blanquette.

Voyez dans ce chapitre : foie de veau en blanquette.

Mou de veau sauté.

Faites jaunir dans du beurre des oignons hachés grossièrement ; ajoutez le mou de veau coupé en petits morceaux, du sel, du poivre, puis servez le mou de veau au bout d'un quart-d'heure ; relevez-le par une goutte de vin blanc avec lequel vous aurez détaché le fond de la casserole.

Fressure de veau à la ménagère.

L'on désigne sous le nom de fressure, le foie, le cœur, le mou et le ris.

Les fressures les plus délicates, les plus fines et les plus savoureuses sont celles de veau, de chevreau et de cochon.

Coupez toutes ces parties en morceaux pas trop gros, en ayant soin de mettre de côté toutes les peaux et les nerfs, puis mettez dans une casserole du beurre et du lard salé, gras et maigre, coupé en petits carrés; lorsque le tout est bien chaud, mettez la fressure que vous faites rissoler sur un feu bien allumé afin qu'elle soit surprise et l'empêcher de faire l'eau, avec du sel, du poivre, ainsi qu'une garniture de petits oignons et, à votre volonté, des champignons frais et un bouquet de thym et de laurier attachés, que vous enlèverez au moment de servir.

Laissez-la cuire pendant une demi-heure environ en ayant bien soin de ne pas l'arroser, puis dressez-la lorsqu'elle est de belle coloration.

Détachez, si vous le voulez, le fond de la casserole

avec une goutte de vin blanc sec que vous laissez bouillir un tour et que vous versez sur la fressure pour la relever.

Vous pouvez, pour rendre cette fressure plus augmentée, la saupoudrer lorsqu'elle est bien rissolée d'une ou deux cuillerées de farine; laissez également jaunir sans excès la farine, puis mouillez le tout avec de l'eau et une goutte de vin blanc, ajoutez ensuite deux cuillerées à bouche de sauce tomate et un peu de colorant pour donner la couleur qui convient; laissez mijoter le tout ensemble à petit feu et à l'étouffée pendant une heure et demie au moins.

Quelques personnes lient, au moment de servir, la sauce de la fressure avec des jaunes d'œufs quoique ce soit une sauce rousse, sous prétexte de l'adoucir et de lui donner plus de brillant.

Fressure de veau en blanquette.

Coupez la fressure comme la précédente, puis préparez-la comme il est dit dans ce chapitre pour le foie de veau en blanquette; vous pourrez, selon votre volonté, ajouter comme garniture des petits oignons, des fonds d'artichauts, des champignons, des scorsonères blanchies à l'avance, etc.

Ris de veau aux queues d'écrevisses.

Le ris de veau est la partie du veau la plus délicate; pour le préparer il faut le faire dégorger dans l'eau froide afin que le sang qu'il contient en reste pas coagulé, car autrement il serait noir, peu appétissant et désagréable à la vue.

Il faut bien se garder aussi de le faire blanchir dans l'eau, car il serait fade et perdrait son goût, et sa saveur ; il suffit de l'échauder tout simplement pendant une minute dans l'eau bouillante pour retirer avec plus d'aisance les pommes du ris de veau et les dégager des nerfs et des peaux qui les entourent et aussi pour les mettre en presse afin de les larder avec plus de facilité.

Faites revenir dans du beurre frais le fond de deux artichauts coupés en petits carrés et du sel ; saupoudrez légèrement d'un peu de farine ; puis mouillez avec du bouillon ; laissez cuire à petit feu pendant une petite demi-heure ; ensuite ajoutez au moment de servir une bonne poignée de queues d'écrevisses ou de crevettes et liez cette garniture avec du beurre d'écrevisses que vous relevez avec du-poivre et un filet de vinaigre et fortifiez-la avec le jus où ont cuit les ris de veau.

Le ris de veau se met cuire lorsqu'il est piqué, comme le fricandeau et il peut se servir en entrée avec les mêmes garnitures, tels que : petits pois, champignons, olives, sauce tomate, purée de pommes de terre et de marrons ou à la sauce poulette, etc., etc.

Ris de veau à la sauce tartare.

Coupez-les par tranches de la largeur du petit doigt ; panez-les comme les côtelettes de veau panées ; faites-les cuire de même et servez-les avec une sauce tartare mise dans une saucière à part.

Ris de veau en caisses.

Voyez dans ce chapitre : cervelles en caisses.

Ris de veau sautés.

Voyez aussi dans ce chapitre : rognons sautés.

Queue de bœuf ou de veau à la hochepot.

Coupez en morceaux une queue de bœuf ou celle de veau, puis préparez-la comme il est indiqué pour le haricot de mouton à la page 333.

Vous pouvez aussi la garnir avec des petits pois et des navets.

La queue de bœuf se fait encore bouillir comme le pot au feu, mais il faut qu'elle soit légèrement salée deux ou trois jours à l'avance.

Gras double et tripes à la lyonnaise.

Le gras-double que l'on confond assez généralement avec les tripes, ne se compose uniquement que de la panse du bœuf au lieu que les tripes sont composées des différents organes.

Le gras-double ainsi que les tripes doit être très-blanc, bien gratté avec le couteau et lavé très-proprement à plusieurs eaux.

Pour le blanchir il faut le mettre cuire pendant

deux heures environ dans de l'eau et du sel avec un bouquet garni.

Dans beaucoup de localités les tripiers le vendent tout préparé.

Mettez dans une poêle un bon morceau de beurre ; attendez qu'il soit chaud pour mettre beaucoup d'oignons coupés en tranches ainsi que le gras-double aussi coupé de la grosseur du petit doigt, du sel et du poivre ; puis faites cuire à grand feu pour le surprendre et l'empêcher de faire l'eau.

Dressez-le ensuite lorsqu'il est croustillant et d'une belle coloration dorée.

Vous pouvez ajouter dans le gras-double des fines herbes hachées mises au moment de servir et le relever par un filet de vinaigre.

Gras double à la provençale.

Mettez assez d'huile d'olive dans la poêle ; lorsqu'elle est bouillante, mettez le gras-double coupé comme le précédent et faites-le cuire de la même manière ; ajoutez au moment de servir des fines herbes hachées mêlées avec de l'ail et une brisée de thym.

Vous pouvez aussi joindre dans le gras-double à la provençale des champignons frais.

Gras double à la ménagère.

Procédez exactement comme il est indiqué dans ce chapitre pour le foie de veau à la ménagère.

Tripes à la bordelaise.

Mettez dans une casserole assez de beurre et du lard salé gras ou maigre coupé en morceaux ou du jambon ; lorsque le beurre est fondu, ajoutez les tripes coupées en filets, du sel et une douzaine de petits oignons; faites revenir le tout ensemble, puis saupoudrez légèrement de farine ; mouillez avec du vin blanc de manière à en faire une sauce peu liée; laissez mijoter une heure au moins ; au moment de servir, relevez les tripes pour leur enlever leur goût fade, avec beaucoup de poivre ordinaire ou de celui de Cayenne ; fortifiez-les également avec une pochée de bonjus si vous en avez et dressez-les en disséminant par-dessus un peu de fines herbes hachées pour leur donner une teinte printanière.

Vous pouvez aussi supprimer le beurre et le remplacer par un cervelas ou d'autres espèces de charcuterie à votre choix.

Tripes en crépinettes.

Coupez en petits dés des tripes et du lard salé ou du jambon, le tout mêlé ensuite avec un peu de mie de pain, du sel, du poivre, une échalote ou une pointe d'ail hachée, deux œufs pour donner de la consistance ; amalgamez le tout ensemble pour en faire une farce compacte.

Quand cela est terminé, faites plusieurs crépinettes de la grosseur d'un œuf que vous mettez danla coiffe de veau ou de cochon ; renfermez bien les crépinettes, puis aplatissez-les en leur donnant une forme un peu ovale ; roulez-les dans la panure et faites-les griller sur le gril à un feu doux ou dans le four du fourneau sur un plat en fer battu, puis servez-les avec un citron ou une sauce quelconque.

Vous pouvez ajouter dans la farce un peu de champignons et même des truffes.

Ainsi préparées, les tripes en crépinettes forment un très-bon plat de déjeuner et peu coûteux.

Tripes à la mode de Caen.

Disposez au fond d'une terrine en fonte émaillée ou en terre, et non en cuivre, de la poitrine de lard salé ou du jambon et des carottes, le tout coupé en petits carrés ; ajoutez une douzaine de petits oignons dont un gros piqué de clous de girofle et un fort bouquet de laurier et de thym que vous enlèverez au moment de servir ; puis placez les tripes coupées grosses comme trois doigts, peu de sel et du poivre en grain ; alternez avec le lard et les tripes de manière à en faire plusieurs lits ; mouillez avec moitié eau et moitié cidre ou vin blanc sec ou avec du vin pur de sorte que le tout baigne.

Couvrez hermétiquement afin que la vapeur ne s'échappe pas ; laissez mijoter le tout ensemble sur un petit feu ou dans le four pendant quatre à cinq heures au moins.

Au bout de ce temps, colorez avec une pochée

de bon jus ou autre chose, puis faites réduire la sauce qui doit être courte, onctueuse et de bon goût.

Les tripes doivent toujours se servir bouillantes, c'est une qualité essentielle et sont très-estimées quoique étant réchauffées.

Vous pouvez aussi ajouter dans les tripes à la mode de Caen un pied ou un palais de bœuf coupé en morceaux. Les tripes cuites à l'avance exigent moins de temps pour leur cuisson, mais elles sont d'un goût moins savoureux que celles qui ne sont pas cuites à l'avance.

Les tripes à la mode de Caen, peuvent encore se servir froides le lendemain, mais il est prudent de dégraisser le jus, puis de les tasser ; vous les coupez ensuite en tranches comme si c'était une galantine.

Fraise de veau à la sauce poulette.

La fraise de veau ou ventre de veau, est considérée aussi comme étant des tripes, elle se prépare et s'accommode exactement de la même manière.

Faites revenir, sans laisser prendre de couleur, dans du beurre chaud et du lard salé coupé en petits carrés, la fraise de veau coupée en morceaux et du sel, ensuite saupoudrez légèrement de farine ; mouillez avec de l'eau ; ajoutez un bouquet garni ; laissez mijoter le tout ensemble jusqu'à ce que la fraise de veau soit cuite ; liez-la avec deux jaunes d'œufs relevés avec un peu de poivre et un filet de vinaigre. Vous pouvez ajouter dans la fraise de veau, une garniture de petits oignons ou autre.

Fraise de veau au gratin.

Préparez une fraise de veau comme la précédente ; n'y mettez pas de lard salé ni de vinaigre ; ajoutez à la place du fromage de gruyère rapé, puis faites gratiner la fraise quand elle est cuite, dans un four médiocre pendant vingt minutes, en ayant soin de couvrir aussi le gratin d'une couche de fromage et d'un peu de beurre.

Langue de veau à la vinaigrette.

La langue de veau a une chair courte et savoureuse.

Pour la préparer, il faut la mettre sur la braise, ensuite ratisser la première peau avec un couteau ou bien la faire dégorger, la laver très-proprement et la faire cuire dans de l'eau avec du sel, un bouquet garni ou bien dans le pot-au-feu pendant environ une heure, ou une heure et demie.

Au moment de la servir, enlevez la peau qui la recouvre et dressez-la entourée d'une sauce tartare printanière ou de toute autre sauce relevée.

Langue de veau à la sauce blanche.

Faites cuire une langue de veau comme la précédente, puis faites une sauce blanche peu liée avec le bouillon de la langue, dans laquelle vous aurez mis une garniture de carottes, de petits oignons cuits avec la langue, ainsi que des champignons que vous ajoutez seulement quand la sauce blanche est mouillée; laissez mijoter le tout ensemble; liez ensuite avec deux jaunes d'œufs relevés avec un filet de vinaigre et du poivre blanc.

Dressez la langue entourée de sa garniture.

Langue de veau à la sauce tartare.

Préparez et faites cuire la langue comme ci-dessus, puis coupez-la dans le sens de sa longueur en quatre parties égales; panez-la ensuite comme les côtelettes de veau panées et faites-la cuire de même; servez ces tranches de langue en ne les arrosant qu'avec le beurre où elles ont cuit, pour qu'elles ne soient pas sèches et entourez-les d'une sauce tartare mise dans une saucière à part.

Langue de veau à la braise.

Faites cuire une langue de veau dans du beurre et de la poitrine de lard salé et peu de sel; lorsqu'elle est de belle couleur, saupoudrez-la d'un peu de farine ; mouillez ensuite avec de l'eau ; ajoutez une cuillerée à bouche de sauce tomate; laissez mijoter une demi-heure et dressez la langue avec le lard et une sauce courte.

Vous pouvez ajouter dans cette garniture quelques feuilles d'estragon ou des câpres.

La langue de veau peut aussi se faire cuire et s'accommoder en entrée avec les mêmes garnitures des fricandeaux tels que : petits pois, champignons, soubise, sauce tomate, sauce italienne, etc.

Tête de veau à la vinaigrette.

Préparez une tête de veau blanchie ; flambez-la légèrement sans la noircir, pour brûler le fin poil qui reste, ensuite coupez la peau au-dessous dans toute la longueur de la tête, puis enlevez premièrement la langue ainsi que l'os de la mâchoire inférieure.

Quand cette opération est terminée, partagez la tête en deux parties égales, puis ôtez avec précaution la cervelle ; coupez également le museau à moitié après que vous aurez enlevé aussi la peau qui le recouvre ; brisez les dents avec le dos du couperet ; mettez ensuite le tout dégorger dans de l'eau fraîche jusqu'à ce qu'il ne reste plus de sang.

Faites-la cuire avec du sel dans assez d'eau pour qu'elle baigne ; mettez, après que vous aurez parfaitement écumé le bouillon, du poivre, du thym, du laurier, un oignon piqué de clous de girofle, des carottes, du vin blanc sec ou un peu de vinaigre ; laissez-la cuire à petit feu et à l'étouffée comme le pot-au-feu pendant deux heures environ.

Au bout de ce temps, la tête doit être à son point de cuisson ; dressez-la entourée de la langue, de la cervelle et de quelques carottes et les oreilles ciselées et renversées en arrière, puis servez à part une sauce printanière un peu épicée ou toute autre sauce relevée, à votre choix.

Vous pouvez, pour rendre la tête de veau plus blanche, la frotter avec du citron avant de la mettre cuire et la plier dans un linge mouillé dans l'eau pour lui faire perdre son goût de lessive.

Il est bien entendu que la langue ne doit être mise à cuire que lorsque la tête est à moitié cuisson et la cervelle beaucoup plus tard.

Quelques cuisinières ne partagent pas la tête de veau.

Assurément cette méthode est très-bonne, parce que la tête de veau reste entière, mais la cervelle est toujours noire parce qu'elle n'a pas été dégorgée ; il est préférable dans ce cas de désosser la tête entièrement et de la ficeler pour la mettre cuire,

La sauce qui convient le mieux pour accompagner la tête de veau est celle à la vinaigrette et la sauce printanière (page 210), dans laquelle vous aurez ajouté des câpres ou des cornichons hachés ou bien toutes autres sauces du même genre.

La tête de veau se sert aussi froide, simplement avec une sauce à l'huile, du vinaigre, du poivre et du sel.

Tête de veau à la financière.

Préparez et faites cuire la tête de veau comme la précédente ; vous préparez aussi comme il est indiqué à la page 260, une même financière que celle du vol-au-vent, y compris les quenelles moulées rondes et la sauce un peu épicée et bien relevée, parce que la tête de veau est une viande un peu fade, puis mettez cette garniture sur la tête de veau lorsqu'elle est dressée et bien égouttée, ornez cette entrée en plaçant au-dessus des croûtes de pain coupées en forme de cerf-volant et frites dans le beurre, entremêlées avec des écrevisses parése et quelques petits cornichons très-verts.

Tête de cochon et hure de sanglier à la gelée.

La tête de cochon se prépare comme la tête de veau en galantine ; elle se fait cuire et se décore de la même manière. Voyez page 275.

La tête de cochon truffée en galantine est un mets très-recherché dans les dîners et les soirées.

La tête de cochon se met encore au sel ; elle se conserve comme il est indiqué pour le jambon et se fait cuire exactement de la même manière, mais il faut qu'elle soit partagée pour enlever la cervelle qui ne prend pas le sel.

La hure de sanglier se prépare exactement de la même manière que la tête de cochon.

Abattis de volaille,

L'on comprend par abattis : les ailes, la tête, le cou, les pattes, le gésier, le cœur et le foie des volailles et des gibiers à plumes en général.

Pour les préparer, il faut les nettoyer et les laver très-proprement, puis les couper en morceaux si vous le voulez ; ensuite les faire sauter dans du beurre avec du sel et beaucoup de petits oignons et les servir tels, lorsque le tout est cuit de belle coloration. Si vous voulez que le plat soit augmenté, saupoudrez d'une cuillerée de farine que vous laissez jaunir sans excès, ensuite mouillez pour en faire une sauce ordinaire dans laquelle vous pouvez mettre une cuillerée à bouche de sauce tomate, un bouquet garni si c'est votre goût et une goutte de colorant pour donner la couleur qui convient ; dressez les abattis avec des croûtes de pain au-dessus, frites dans le beurre ou bien garnissez-en un vol-au-vent ou une timbale pour en tirer un bon parti.

Les abattis de volailles peuvent aussi s'accommoder en fricassée de poulet.

Abattis au riz.

Faites cuire les abattis à belle couleur dans du beurre et du jambon coupé en petits carrés avec peu de sel, puis mouillez-les avec de l'eau ou du bouillon ; ajoutez, lorsque le jus est en ébullition, quelques poignées de riz et un oignon piqué de deux clous de girofle que vous enlèverez au moment de servir ; laissez mijoter pendant une demi-heure et même plus.

Vous pouvez relever, si vous le voulez, les abattis au riz avec du poivre de Cayenne, du safran ou du fromage rapé.

Moyen d'utiliser le sang.

Le sang, que l'on jette la plupart du temps, pourrait non-seulement être utilisé pour faire des boudins de la manière ci-après décrite, mais encore on pourrait en tirer parti d'une façon très-avantageuse et avec peu de peine en mettant au fond de plusieurs plats creux de la poitrine de lard salé coupée en petits carrés avec assez de sel et de poivre ainsi que des fines herbes, une brisée de thym et des oignons, le tout haché ensemble très-finement, puis en remplir chaque plat de sang lorsqu'il est encore chaud, c'est-à-dire avant qu'il ne soit coagulé, chose essentielle ; ensuite, au moment de le mettre cuire, coupez par carrés avec la pointe du couteau, le sang qui fait corps avec le lard et les aromates ; faites-le sauter et bien grilloter à la poêle dans du beurre ou du saindoux bien chaud, et relevez-le si vous le voulez avec un filet de vinaigre lorsqu'il est cuit.

Le sang ainsi préparé est très-nourrissant et a beaucoup d'analogie avec le boudin sur le gril.

Les bouchers, en procédant de la sorte, augmenteraient ainsi leur *bas de soie* tout en le vendant à un prix réduit.

Boudins à la languedocienne.

Le meilleur sang pour faire les boudins est celui de cochon, de chevreau et de veau ; le sang de mouton et celui de bœuf est moins délicat.

Pour préparer les boudins à la languedocienne mettez dans la proportion d'un litre de sang, deux gros oignons que vous hachez très-finement avec deux échalotes, une bonne poignée de persil, une brisée de thym et un peu de marjolaine ; mettez tous ces haut goût revenir un petit instant dans un peu de saindoux, puis ajoutez, lorsque c'est un peu moins chaud cinquante grammes de panne de cochon coupée en petits morceaux, un litre de sang et un verre de crême ou de bon lait ; salez convenablement ; relevez le tout avec assez de poivre et un peu de noix muscade, parce que le sang est un aliment qui demande à être très-condimenté.

Vous aurez préparé et vous ratisserez les petits boyaux du cochon très-proprement dans l'intérieur et à l'extérieur avec le dos de la lame d'un couteau et vous les laverez ensuite à plusieurs eaux.

Quand cette opération est terminée et que vous vous êtes assuré que les boyaux ne sont pas troués, coupez-les par bouts de cinquante centimètres au moins et attachez-les fortement d'un côté avec de la ficelle, puis incorporez le sang au moyen d'un entonnoir à large goulot en ayant bien soin de répartir dans toutes les parties les aromates et la panne de cochon en faisant attention de ne pas trop remplir les boyaux dans la crainte qu'ils ne crèvent en cuisant, puis attachez ensuite l'autre bout.

Quand tout cela est fait, vous rassemblez tous les bouts de boudins, vous en formez plusieurs lots et vous les liez ensemble par un des côtés ; ensuite vous les mettez dans une marmite ou un chaudron assez grand pour les contenir sans être serrés, puis vous les mouillez avec assez d'eau froide pour qu'ils baignent entièrement ; laissez-les cuire sur un feu modéré en ayant bien soin que l'eau ne bouillisse pas, car autrement la peau se crèverait.

Lorsqu'ils sont à leur point de cuisson, chose

que l'on reconnaît en les piquant avec une aiguille, si le sang ne sort plus et que ce soit de la graisse, c'est une preuve qu'il faut les sortir de l'eau avec précaution et les étendre sur un linge pour les faire refroidir ; frottez-les ensuite, si vous le voulez, avec une couenne de lard pour les rendre plus brillants.

Quelques personnes font revenir dans le sain-doux les oignons seuls et mettent les fines herbes au naturel. Cette méthode est très-bonne, parce que les fines herbes et les haut goût communiquent au sang un goût plus relevé.

Les boudins à la languedocienne se mettent cuire tels sur le gril à un feu doux ou dans le four sur un plat en fer battu, coupés de la longueur que vous voulez et légèrement ciselés.

Boudins à la crème.

Les boudins à la crême se préparent avec les mêmes assaisonnements que les précédents, mais il ne faut pas mettre de la panne de cochon coupée en morceaux. La proportion pour les boudins à la crème est d'un tiers environ de sain-doux, d'un tiers de crême et d'un tiers de sang ; mélangez le tout ensemble avec les oignons et les épices ; goûtez s'ils sont à bon goût de sel. Ensuite entonnez dans les boyaux que vous aurez laissé un peu plus longs que les précédents, puis ficelez-les de distance en distance à la longueur de quinze centimètres environ ; procédez exactement pour la cuisson dans l'eau comme ci-dessus.

Les boudins à la crême ainsi préparés sont plus délicats que ceux à la languedocienne ; ils se font cuire à la poële dans le beurre chaud, piqués auparavant avec une aiguille pour les empêcher de se crever. Les boudins à la crême ne se servent guère seuls, ils accompagnent le plus ordinairement la friture de cochon ci-après.

Vous pouvez les préparer d'une façon plus ménagère en mettant un peu moins de graisse et remplacer la crême par du bon lait et y ajouter du foie de veau ou de celui de cochon coupé en petits morceaux. Dans ce cas, il serait prudent, si vous le voulez, de couper en deux chaque boudin, d'enlever la peau qui le recouvre afin qu'il puisse cuire d'une manière croustillante.

Boudins blancs.

Faites réduire du lait avec de la mie de pain jusqu'à consistance d'une bouillie très-épaisse, en ayant soin de la remuer avec la pochette en bois pour la délayer et l'empêcher de brûler ; d'un autre côté, faites revenir ensemble sans prendre couleur dans un peu de saindoux, des oignons hachés ainsi qu'un peu de foie ou, à votre choix, de la chair de veau, de lapin ou des foies de volaille, etc., coupés en petits carrés que vous mêlez ensuite avec la mie de pain bouillie ; ajoutez aussi environ un tiers de panne de cochon de la quantité de bouillie que vous avez, également hachée grossièrement, avec du sel, du poivre et de la noix muscade, si c'est votre goût, quatre ou cinq œufs, selon la quantité pour lier et donner de la consistance à la farce ; amalgamez le tout ensemble, puis procédez exactement comme pour les boudins à la crême.

Vous pouvez encore mettre dans les boudins blancs des petits pois frais et tendres, des champignons, des artichauts, des pistaches où des truffes et remplacer le saindoux par du beurre frais et la viande par du poisson que vous faites aussi revenir avec les oignons.

Les boudins blancs se font cuire sur le gril ou dans la poële en les piquant auparavant avec une aiguille et vous les servez lorsqu'ils sont d'une belle coloration dorée.

Friture de cochon.

L'on entend par friture de cochon toute la fressure, c'est-à-dire le foie, le cœur, le mou, le ris et la crépine ou toile.

Vous coupez le tout par petits morceaux pas trop gros, puis vous faites frire dans la poële à petit feu et à l'étouffée avec du beurre ou du saindoux et un peu de sel en n'arrosant qu'avec le beurre dans lequel la friture cuit.

Vous ajouterez à moitié cuisson quelques boudins pour former la garniture de la friture.

Vous pouvez aussi joindre dans la friture quelques côtelettes de cochon frais ou bien de la poitrine et quelques pommes de terre coupées très-minces.

Petites saucises.

Hachez très-finement du porc frais ayant autant de gras que de maigre, ensuite assaisonnez le tout de sel et de poivre mis avec modération, ainsi qu'un peu de noix muscade et une goutte d'eau pour éclaircir légèrement la farce afin de la faire entrer avec plus de facilité dans les boyaux.

Quand cette opération est terminée, entonnez cette préparation dans d'étroits boyaux de mouton, de chèvre ou de chevreau, bien ratissés et très-proprement lavés, au moyen d'une machine exprès ou d'un petit entonnoir ayant un goulot un peu large.

Les petites saucisses se mettent cuire sur le gril à petit feu, telles quelles ou dans le four chaud sur un plat en fer battu et peuvent être employées comme garnitures dans une infinité de mets ou encore être mises sur une purée de pommes de terre, de marrons, d'oignons, sur des petits pois ou des épinards, etc.

Les petites saucisses peuvent encore se préparer avec de la viande de veau et la même quantité de lard, mais elles sont moins fines que celles qui sont préparées avec le porc frais.

Petites saucisses au vin blanc.

Formez une couronne avec des petites saucisses; piquez-les pour les tenir en symétrie avec deux brochettes ou des hâtelets ou à défaut avec deux aiguilles à tricoter, puis faites-les cuire dans un clin-d'œil avec assez de beurre frais sans les arroser ; ne mettez pas de sel ; dressez-les sans brochettes lorsqu'elles seront de belle couleur dorée des deux côtés sur des tranches de pain grillées, puis versez par-dessus le beurre et tenez au chaud; détachez le jus qui est resté adhéré au fond de la casserole avec un demi-verre de vin blanc sec ; ajoutez un peu de colorant pour donner la couleur qui convient ; laissez bouillir un instant et versez ce jus sur les petites saucisses.

Vous pouvez aussi ajouter dans la cuisson des petites saucisses quelques graines de genièvre ou une garniture de champignons ou de truffes.

Crépinettes.

Les crépinettes sont composées de la même farce que celles des petites saucisses, mais elles diffèrent en ce sens qu'il n'est pas nécessaire de mettre de l'eau pour les éclaircir, qu'au contraire il faut y casser un ou deux œufs pour leur donner de la consistance, puis faire les crépinettes renfermées dans une toile de cochon ou de veau en leur donnant une forme ovale un peu aplatie, ayant la grosseur d'une carte à jouer. Ensuite les faire cuire comme les petites saucisses sur le gril, à petit feu ou dans le four chaud sur une plaque en fer battu.

Les crépinettes peuvent être parfumées avec des truffes hachées ou coupées en tranches et accompagnent les boudins si elles sont cuites au naturel, ou si elles sont saupoudrées de panure elles peuvent être servies seules avec du citron ou avec une sauce mayonnaise.

Ainsi préparées les crépinettes forment un excellent plat de déjeuner.

Andouillettes de cochon.

Pour faire les andouillettes de cochon on emploie le plus ordinairement les gros boyaux du porc ou ceux du veau que vous lavez et nettoyez très-proprement et ensuite bien essuyés.

Quand cette opération est terminée, mettez-les macérer dans le sel fin pendant trois à quatre heures et assaisonnez-les à bon goût avec du poivre, des épices et des haut goût à votre choix, puis choisissez ceux qui sont les plus propices pour servir d'enveloppe et coupez les autres en aiguillettes.

Formez ensuite vos andouillettes et ficelez-les à chaque bout comme un saucisson.

Faites-les cuire pendant une heure et demie environ dans l'eau de sel avec un oignon piqué de deux clous de girofle et une feuille de laurier.

Lorsqu'elles sont à point de cuisson, égouttez-les; graissez-les tout autour avec un peu de saindoux; panez-les si vous le voulez et faites-les cuire à petit feu sur le gril ou dans le four chaud sur un plat en fer battu et servez-les lorsqu'elles seront d'une belle couleur dorée et croustillante.

Vous pouvez aussi ajouter dans les andouillettes de la panne de cochon ou du lard, de la fraise et de la tétine de veau échaudée un instant dans l'eau bouillante et y joindre un peu de mie de pain trempée dans un quart de litre de crême, le tout lié avec deux ou trois jaunes d'œufs et assaisonné d'une échalote hachée, avec sel, poivre et épices que vous faites prendre un petit instant sur le feu en tournant toujours avec la pochette en bois sans laisser bouillir et que vous mêlez ensuite ensemble pour en faire une farce compacte.

Les andouillettes ainsi préparées sont très-appréciées dans un déjeuner.

Dans le cas où vous voudriez avoir des andouillettes d'un goût plus relevé, il faudrait procéder comme pour la charcuterie ordinaire en les laissant au sel pendant quelques jours et ensuite les faire fumer ; alors il serait prudent de supprimer les œufs, la crême et la mie de pain.

Pieds de mouton à la sauce poulette.

Ayez des pieds de mouton, flambez-les sur la flamme claire sans les noircir pour brûler le fin duvet qui reste ; ensuite lavez-les bien à grande eau, puis mettez-les écumer dans beaucoup d'eau que vous jetez lorsqu'elle est en ébullition et que vous remplacez aussitôt par une autre eau bouillante pour faire perdre aux pieds de mouton leur goût de laine ; aromatisez-les avec du sel, du poivre, un oignon piqué de deux clous de girofle, un bouquet garni et une bouteille de vin blanc ou un peu de vinaigre ; laissez cuire à petit feu aussi longtemps que le pot-au-feu.

Lorsqu'ils sont à point de cuisson sortez-les avec

précaution de leur court-bouillon ; laissez-les égoutter un instant puis ôtez l'os principal du pied en laissant les petits; mettez-les dans un plat à gratin. Ensuite faites une sauce blanche pas trop épaisse que vous mouillez avec de l'eau et une partie du court-bouillon où ont cuit les pieds de mouton et dans laquelle vous pouvez ajouter des champignons et que vous liez ensuite avec deux jaunes d'œufs ; versez cette sauce poulette sur les pieds bien arrangés; saupoudrez le tout d'un peu de chapelure; ajoutez quelques petits morceaux de beurre et faites légèrement gratiner pendant un quart d'heure dans un four chaud.

Vous pouvez vous exempter de faire gratiner les pieds de mouton et servir tout simplement la sauce par-dessus, y ajouter des câpres et des croûtes de pain frites dans le beurre.

CHAPITRE XXVI.

MANIÈRE D'ACCOMMODER LES RESTES

La manière d'accommoder les restes, c'est-à-dire de savoir utiliser toute la desserte en général des viandes, des poissons, des gibiers, etc., est une chose de la plus haute importance aussi bien dans un modeste ménage que dans les cuisines à grand entrain.

La cuisinière qui saura tirer un bon parti de tous les débris qui restent et de les présenter sous l'aspect appétissant d'un mets nouveau, épargnera à coup sûr à ses maîtres une bonne partie de ses gages par l'économie qu'elle leur procurera.

Voyez de plus amples détails à l'article des observations sur les assaisonnements à la page 64, ainsi qu'à l'article suivant à la page 66.

Bœuf bouilli en mironton.

Coupez le bœuf en tranches très-minces ainsi que des oignons aussi coupés en tranches ; faites sauter le tout ensemble dans la poële ou dans un sautoir sur un petit feu avec du beurre ou de la graisse de cochon préparée comme il est indiqué à la page 131 ; ajoutez du sel, du poivre et relevez ce mets au moment de servir avec un filet de vinaigre si c'est votre goût.

Vous pouvez, pour rendre ce plat plus augmenté, y joindre quelques pommes de terres coupées en tranches comme les oignons très-minces; c'est essentiel.

Le bœuf ainsi préparé fait un très-bon plat de déjeuner qui est peu coûteux.

Bœuf mironton au gratin.

Mettez dans une casserole du beurre ou de la graisse, des oignons hachés et une cuillerée de farine; laissez jaunir sans excès; mouillez avec du bouillon, une cuillerée à bouche de tomate, du sel, du poivre, une goutte de colorant pour donner la couleur qui convient et un peu de moutarde ou un filet de vinaigre; si c'est votre goût : laissez cuire le tout ensemble pendant dix minutes, puis versez cette sauce sur des tranches de bœuf bouillies coupées en forme de cerf-volant, rangées en couronne dans un plat à gratin; saupoudrez d'un peu de chapelure et laissez cuire à un four chaud pendant une demi-heure environ.

Bœuf bouilli en blanquette.

Coupez le bœuf en tranches très-minces ; faites-le revenir sans prendre couleur dans du beurre ou de la graisse et du sel ; ensuite saupoudrez d'une petite cuillerée de farine ; laissez-lui perdre un instant son goût au coin du fourneau ; mouillez avec du bouillon ou à défaut avec de l'eau ou une goutte de vin blanc sec ; ajoutez un bouquet garni, un oignon piqué d'un clou de girofle que vous enlevez au moment de servir ; laissez mijoter une demi-heure au bout de ce temps liez la blanquette avec deux jaunes d'œufs relevés avec un peu de poivre, de la noix muscade et du persil haché, si c'est votre goût.

Bœuf bouilli en papillottes.

Coupez le bœuf en tranches assez épaisses et en forme d'un carré long ; ensuite hachez les parures mêlées avec un peu de poitrine de lard salé, une échalote et du persil le tout haché ensemble très-finement. Faites revenir ce que vous avez haché dans du beurre et de la graisse avec une pincée de farine; mouillez avec du bouillon ; ajoutez un peu de sel et du poivre ; laissez mijoter un quart d'heure cette farce qui doit être assez épaisse.

Quand cette opération est terminée, coupez autant de feuilles de papier que vous avez de tranches de bœuf en leur donnant à double la forme d'un cerf-volant ; huilez-les légèrement, puis faites les papillottes en mettant premièrement une petite tranche de lard, un peu de farce ainsi que la tranche de bœuf que vous recouvrez pareillement au-dessus.

Ensuite pliez le papier de manière que l'intérieur

soit bien enveloppé et faites cuire les papillottes
sur le gril à cendres chaudes ou dans le four tempéré sur un plat en fer battu.

Bœuf bouilli au coulis de tomates.

Mettez dans une casserole de la poitrine de lard
salé coupée en petits dés ou simplement de la
graisse ou du beurre avec très-peu de farine ; laissez revenir un instant le tout ensemble ; ajoutez
ensuite quatre cuillerées à bouche de tomates en
purée que vous mouillez avec du bouillon, du sel,
du poivre et une gousse d'ail écrasée, si c'est votre
goût.
Laissez mijoter une demi-heure.

Bœuf bouilli à la méridionale.

Coupez le bœuf en tranches très-minces que
vous faites sauter dans assez d'huile bouillante,
du sel, du poivre de Cayenne, des champignons
frais. Lorsque le tout est de belle couleur, dressez le
bœuf et les champignons ; jetez par-dessus de l'ail
et du persil hachés, puis versez l'huile bien chauffée
qui reste sur le tout et servez.
Vous pouvez remplacer les champignons par des
aubergines coupées en tranches.

Bœuf bouilli en boudin.

Mettez au fond d'un plat creux du lard coupé en
petits carrés ; placez ensuite au-dessus des tran-

ches de bœuf coupées très-minces ; hachez ensemble du persil, une brisée de thym, deux petits oignons et de la mie de pain que vous parsemez sur les tranches de bœuf avec assez de sel et du poivre.

Quand tout cela est fait, saignez une volaille ou une dinde ; laissez couler le sang tout chaud dans l'assiette de manière à couvrir le tout.

Dans le cas où vous n'auriez pas de sang de volaille, il faudrait avoir recours à votre boucher au moment où il saigne soit un cochon, un chevreau ou un veau, de préférence au sang de mouton ou de bœuf.

Ensuite faites sauter dans le beurre ou dans de la graisse bien chaude, sur un feu vif, le sang et le bœuf coupés en plusieurs carrés avec la pointe du couteau ; ajoutez du sel, du poivre s'il est nécessaire ; relevez ce mets par un filet de vinaigre au moment de servir.

Cette méthode d'apprêter le bœuf en boudin est très-appréciée, peu coûteuse et forme un plat très-augmenté et très-nourrissant.

Bœuf bouilli au gratin.

Mettez dans un plat à gratin des tranches de lard salé, gras et maigre, de manière à couvrir tout le fond ; placez au-dessus une belle tranche de gras-double aussi de la grandeur du plat, ensuite le bœuf coupé en cœur rangé en couronne et une petite garniture d'oignons dans le milieu ; saupoudrez d'une pincée de farine, du sel, assez de poivre et

mouillez le tout avec deux verres de vin blanc
sec ; couvrez le plat et faites-le cuire à petit feu et à
l'étouffée dans le four pendant une heure au
moins.

Au moment de servir, fortifiez cette entrée avec
une pochée de bon jus si vous en avez ; parsemez
au-dessus des fines herbes hachées pour donner
une teinte printanière et ornez ce gratin avec des
croûtes de pain frites dans le beurre.

Ainsi préparé, le bœuf au gratin est un mets peu
connu et qui fait bon profit.

Bœuf bouilli en hachis.

Hachez du bœuf que vous mêlez avec une échalote, un peu de chair à saucisse ou un peu de jambon pour le relever et lui donner de la saveur ;
faites cuire dans une casserole deux pommes de
terre coupées en petits carrés avec du beurre et du
sel ; lorsqu'elles sont cuites, mettez le hachis de
bœuf ; saupoudrez-le d'une pincée de farine ; mouillez avec un peu de bouillon, du poivre ; laissez
mijoter le tout ensemble pendant une demi-heure
et dressez ce hachis entouré de croûtes de pain
frites dans le beurre.

Vous pouvez joindre dans ce hachis trois à quatre œufs pour donner de la consistance et le faire
gratiner dans le four pendant une heure dans une
casserole ou un moule uni que vous aurez beurré
et foncé au fond avec des bardes de lard, puis vous
le démoulerez avec précaution et vous le garnirez
d'une sauce coulis ou piquante à votre choix.

Bœuf bouilli en salade.

Coupez le bœuf en tranches très-minces ainsi qu'un petit oignon ; faites-en une salade dans laquelle vous ajouterez des haricots verts ou blancs cuits à l'avance, ainsi que du thon mariné coupé aussi en tranches ou à votre volonté un hareng.

Vous pouvez encore joindre à cette salade des petits pois, le fond d'un artichaut cru coupé aussi en tranches, des pommes de terre et autres légumes à votre choix, ainsi que du cerfeuil ou des feuilles d'estragon.

Ainsi préparé, le bœuf bouilli se trouve augmenté et fait une salade qui convient très-bien surtout dans les déjeuners d'été.

Lasagnes à la bonne femme.

Faites cuire des grosses lasagnes pendant une demi-heure dans l'eau de sel bouillante ; ensuite mettez-en un peu au fond d'un plat à gratin ; disposez au-dessus une couche du hachis de bœuf ci-dessus mais préparé sans pommes de terre ; puis recouvrez ce hachis d'une seconde couche de lasagnes et finissez ce gratin en mettant au-dessus une couche de fromage rapé, du beurre dans lequel vous avez fait jaunir une gousse d'ail écrasée ainsi qu'une pochée de jus, si vous en avez.

Faites ensuite gratiner pendant dix minutes dans le four chaud et servez bouillant ce gratin qui ne doit pas être sec.

Les lasagnes à la bonne femme sont un mets peu coûteux, vite préparé et qui est bien goûté parce qu'il a quelque analogie avec les agnelotti.

Pommes de terre farcies.

Pelez des pommes de terre pas trop grosses ; arrondissez-les bien ; ensuite coupez-les légèrement d'un côté pour qu'elles se tiennent d'aplomb et creusez-les de l'autre jusqu'à moitié de la pomme de terre à l'aide d'une cuillère à café.

Quand cela est fait remplissez l'intérieur de chaque pomme de terre avec la même farce que le bœuf en hachis ou bien préparez-en une autre avec de la viande rôtie ou bouillie que vous hachez ou que vous pilez finement; agrémentez d'une échalote, de persil, d'un peu de chair à saucisse ou du jambon le tout bien amalgamé ensemble avec un ou deux œufs pour donner de la consistance à la farce ainsi que du sel et du poivre.

Ensuite faites cuire les pommes de terre dans assez de beurre et lorsqu'elles seront un peu rissolées mouillez-les avec de l'eau ; ajoutez du sel et un peu de colorant pour donner la couleur d'un jus naturel dans lequel vous aurez délayé, si vous le voulez, une cuillerée à bouche de farine afin d'en faire une sauce peu liée et assez abondante pour que les pommes de terre ne soient pas trop sèches; laissez-les cuire à petit feu et à l'étouffée ou dans le four du fourneau pendant trois quarts d'heure au moins selon la saison.

Ainsi préparées, les pommes de terre farcies sont

peu coûteuses et font un plat de ménage bien estimé.

Potée aux haricots.

Lorsqu'il reste des débris ou des os des viandes
rôties de bœuf ou de gigot de mouton, vous les concassez en petits morceaux puis vous les mettez
dans une marmite avec un morceau de jambon cru
ou un quartier d'oie avec des haricots blancs que
vous aurez fait tremper dès la veille dans l'eau
tiède, des carottes, un oignon piqué de deux
clous de girofle et un bouquet de thym et de
laurier attachés, du sel, du poivre, le tout mouillé
avec de l'eau, que vous laissez cuire à petit feu pendant quatre ou cinq heures et que vous servez ensuite en guise de bouilli avec du cerfeuil ou de
l'estragon hachés mis au moment de servir.

La potée est un plat de ménage qui sert à utiliser
les os des viandes rôties où il reste un peu de
chair autour qui est ordinairement sèche, dure et
nerveuse.

Lorsqu'il reste du petit gibier cuit il n'est guère
possible de le servir froid et encore moins réchauffé dans son jus, parce qu'il serait trop sec et
trop fort.

Une manière de l'apprêter pour en faire un mets
nouveau à s'y méprendre, ce serait d'entourer chaque petit oiseau de la chair à saucisse ou de préférence de la farce à quenelles de viande, les envelopper dans une feuille de choux échaudée à l'eau bouillante. Ensuite mettez-les dans un plat à gratin,

arrangés symétriquement et faites-les gratiner avec du beurre au-dessus et un peu de sel pendant une demi-heure dans un four médiocre, puis au sortir du four les arroser avec une goutte de bon jus ou bien, si vous le préférez, faites un petit salmis que vous versez par-dessus les oiseaux à moitié cuisson.

Restes de poissons au gratin.

Mettez dans un plat à gratin des débris de poissons auxquels vous aurez enlevé les arêtes, puis faites une sauce blanche que vous mouillez avec une partie du court-bouillon avec ou sans fromage et des fines herbes ; liez la sauce avec deux jaunes d'œufs ; versez-la sur le poisson ; ajoutez du beurre au-dessus ; faites gratiner pendant vingt minutes dans un four médiocre et servez bouillant lorsque le gratin est d'une belle coloration dorée.

Ces restes de poissons préparés en sauce blanche et augmentés d'une garniture de champignons, etc., peuvent encore se mettre dans un vol-au-vent ou une croustade.

CHAPITRE XXVII.

COQUILLAGES ET CRUSTACÉS

ESCARGOTS, ÉCREVISSES, HOMARDS, LANGOUSTES, CREVETTES, MOULES ET HUITRES.

Escargots à la bourguignone.

Les escargots ne devraient se manger qu'en hiver, à partir du mois de novembre, époque où ils sont couverts, et peuvent se conserver dans cet état jusque vers la fin d'avril, pourvu qu'ils soient placés dans une température modérée.

Ayez dix douzaines d'escargots; mettez-les tremper pendant un quart-d'heure dans un sceau d'eau froide; lavez-les ensuite dans une autre eau pour qu'il ne reste pas de terre autour de la coquille, puis faites-les cuire pendant deux heures environ à l'eau de sel bouillante, chose essentielle afin

qu'ils soient surpris pour éviter qu'ils languissent, car autrement ils seraient coriaces et sor-
tiraient à moitié de leur coquille ; au bout de ce
temps ils doivent être à point de cuisson, alors
égouttez-les, puis sortez-les de leur coquille à l'aide
d'une petite fourchette à escargots ou avec une
grosse aiguille en ayant soin d'ôter le fond qui est
noir ; lavez et essuyez très-proprement les coquilles
une à une et faites-les sécher dans le four du fourneau.

Quand cette opération est terminée, lavez de nouveau les escargots à l'eau bouillante pour finir d'enlever le limoneux, puis mettez-les encore une fois
bouillir quelques tours dans un demi-litre de vin
blanc ordinaire avec un peu de sel, ensuite essuyez-
les bien dans un linge ; remettez chaque escargot
dans sa coquille et recouvrez-le entièrement à
l'aide d'une lame de couteau de la farce ci-après
préparée.

Hachez très-finement six gousses d'ail au moins,
deux échalotes et une pincée d'épinards ou pilez
dans le mortier de préférence l'ail et les échalotes ;
ajoutez ensuite le beurre et les épinards hachés, du
sel et du poivre forcé et un peu de vinaigre ; amalgamez le tout ensemble pour en faire une pâte compacte et printanière c'est-à-dire qu'elle ait une
teinte légèrement verte.

Mettez-les ensuite dans un plat à escargots ou à
défaut, dans un plat en fer battu uni ; faites-les
cuire à un four chaud pendant dix minutes, un
quart d'heure, puis remettez-les pendant une minute sur le feu pour leur donner le grésillant ;

servez-les bouillants ; c'est une qualité absolue en veillant à ce qu'ils soient onctueux et non tournés en huile.

Les escargots doivent être cuits au naturel, c'est-à-dire, simplement à l'eau de sel bouillante, sans mettre des cendres, ni cristal de soude ou autres ingrédients, sous prétexte de les faire purger, car ils le sont suffisamment en hiver. Les escargots apprêtés avec des épinards sont moins indigestes et sont préférables au persil qui les rend d'un goût amer ; le beurre doit aussi être extra-frais et d'une qualité supérieure.

L'ail incommode beaucoup de personnes ; dans ce cas il est prudent de le supprimer ou de le remplacer par deux ou trois anchois pilés.

Les escargots sautés à la poêle avec du beurre, des petits oignons et des fines herbes, du sel et du poivre, relevés avec une goutte de vin blanc sont ordinairement durs, secs, corriaces, peu appétissants et font bien moins de profit que ceux remis dans la coquille.

Les escargots à la bourguignonne ainsi préparés, font un excellent mets très-apprécié dans un déjeuner.

Escargots à la vinaigrette.

Lavez deux douzaines d'escargots ; mettez-les simplement cuire pendant une demi-heure dans le four chaud ou dans les cendres chaudes, en ayant soin de placer l'ouverture de l'escargot contre la plaque pour l'empêcher de sortir, puis ser-

vez-les bouillants et accompagnez-les d'une vinaigrette ou d'une sauce printanière un peu épicée.

Escargots à la sauce poulette.

Préparez les escargots comme il est dit; puis
faites-les blanchir pendant vingt minutes dans de
l'eau de sel en ébullition; au bout de ce temps,
égouttez-les, puis sortez-les de la coquille en ayant
soin d'en enlever le noir ; lavez-les de nouveau à
l'eau bouillante pour qu'ils ne soient pas limoneux;
ensuite faites-les cuire dans un court-bouillon
avec du vin blanc, du sel, du poivre; aromatisez-les
avec des haut goût ; laissez cuire pendant une heure
au moins, puis faites une sauce blanche que vous
mouillez avec le court-bouillon passé au tamis ;
laissez mijoter un instant les escargots dans la
sauce et liez-les ensuite au moment de servir avec
deux jaunes d'œufs et un morceau de beurre extra-
frais. Dressez-les ornés avec des croûtes de pain
frites dans le beurre.

Escargots à la parisienne.

Lorsque les escargots seront cuits et préparés,
vous ferez un petit roux que vous mouillerez avec
du jus ou du bouillon; ajoutez les escargots, une
échalote hachée ; laissez mijoter pour en faire une
sauce à bonne consistance que vous liez ensuite
avec un beurre d'anchois; mettez les escargots et
cette garniture dans des coquilles et faites gratiner pendant dix minutes à un four médiocre, en

ayant soin de mettre au-dessus de chaque coquille un peu de chapelure et quelques petits morceaux de beurre extra-frais.

Escargots farcis à la sauce tomate.

Préparez les escargots comme ceux à la bourguignonne ; ensuite vous ferez une farce composée d'un peu de jambon, d'une échalote, de quelques champignons et d'une truffe ; hachez le tout ensemble très-finement, c'est essentiel, puis amalgamez ce que vous venez de hacher avec du beurre de première qualité, du poivre et peu de sel à cause du jambon qui est salé ; ensuite mettez au fond de chaque coquille un peu de cette farce ; placez l'escargot au-dessus et couvrez-le entièrement avec une seconde couche de farce ; opérez pour la cuisson dans le four comme pour celle des escargots à la bourguignonne. Versez sur les escargots à la sortie du four une sauce tomate un peu claire, c'est-à-dire formant un jus-coulis dans laquelle vous ajouterez une pointe d'ail écrasée, si c'est votre goût, et servez bouillant.

Ainsi préparés, les escargots sont un mets très-apprécié et peu connu.

Ecrevisses au naturel.

Lavez vivement à grande eau dix douzaines d'écrevisses vivantes ; mettez-les ensuite dans la casserole où elles doivent être cuites avec un couvercle dessus ; laissez-les dans cet état pendant dix minutes, donner une eau noirâtre que vous égouttez parce qu'elle rendrait le court-bouillon amer ; mettez-les ensuite sur un feu vif afin que les écrevisses soient surprises et ne languissent pas, chose essentielle ; ajoutez un demi-litre de vin blanc sec et ordinaire, du sel, assez de poivre, un bouquet de thym et une feuille de laurier, dix gousses d'ail ; laissez-les cuire à l'étouffée pendant un quart-d'heure en les faisant danser de temps en temps pour qu'elles cuisent partout régulièrement. Lorsqu'elles sont encore tièdes ou à peine refroidies, acidulez-les, si vous le voulez, avec un verre de même vin blanc pour les relever.

Par cette méthode peu connue, les écrevisses cuisent à la vapeur et sont d'un plus beau rouge vif et brillant et il n'est pas absolument nécessaire, à moins que les écrevisses soient très-grosses, d'ôter la nageoire du milieu de la queue qui entraîne avec elle le petit boyau noir.

Il est de toute rigueur que les écrevisses soient vivantes, car autrement la chair serait molle et elle se décomposerait en petits morceaux. Il est à remarquer que cette grande quantité d'ails convient très-bien à l'écrevisse parce qu'elle raffermit la chair sans en communiquer le goût. Quant aux autres assaisonnements, tels que : carottes, oignons, clous de girofle, etc., ils peuvent être considérés comme étant surperflus.

Vous pouvez néanmoins remplacer le thym ou le laurier par de la marjolaine ou de la sauge.

Le vinaigre doit être rigoureusement écarté

parce qu'il rend les écrevisses trop fortes et ramollit leur chair ainsi que le persil qui donne de l'amertume.

Les écrevisses se dressent en buisson, c'est-à-dire entourées de beaucoup de verdure et de fleurs ou, en pyramide, sur des moules destinés à cet usage ; elles peuvent se servir indistinctement chaudes ou froides et doivent toujours être laissées dans leur court-bouillon et n'être servies qu'au moment de les manger afin qu'elles ne soient pas sèches.

Il n'est pas inutile de dire que les écrevisses, contrairement au poisson, étant au court-bouillon, se conservent dans les chaleurs à peine un jour et qu'il est de toute nécessité de les faire de nouveau bouillir un tour pour les assurer jusqu'au lendemain.

Les écrevisses peuvent se conserver vivantes pendant cinq à six jours, pourvu qu'elles soient mises simplement dans un panier et qu'elles soient peu serrées et placées au frais. Mais il faut bien se garder de les remettre dans l'eau s'il y a déjà quelques temps qu'elles sont pêchées, car elles y seraient asphyxiées peu de temps après.

Les écrevisses sont un excellent manger et font merveille lorsqu'elles sont employées comme garniture dans les dîners ordinaires et de cérémonie.

Ecrevisses parées ou dressées.

Voyez comme il est indiqué pour la garniture du filet de bœuf à la régence à la page 318.

Ecrevisses à la bordelaise.

Mettez dans une casserole deux douzaines de petits oignons gros comme des noisettes ainsi qu'une carotte coupée en forme de petits pois et une petite cuillerée à café de belle farine délayée avec un verre de vin blanc sec et du sel ; laissez cuire à petit feu pendant trente minutes ; au bout de ce temps, le tout doit être à point de cuisson et la sauce un peu réduite, c'est alors qu'il faut la lier avec un respectable morceau de beurre extra-frais et la relever avec une pincée de poivre ordinaire ou de celui de Cayenne de manière à en faire une sauce onctueuse et non tournée en huile ; servez-la aussitôt au milieu des écrevisses chaudes dressées en couronne et cuites comme les précédentes.

Vous pouvez, selon votre volonté, faire cuire les écrevisses vivantes dans la garniture et y ajouter avec le vin blanc de la crême ou du bon lait, un bouquet garni que vous enlèverez au moment de servir et la lier aussi avec du beurre frais.

Les écrevisses ainsi préparées, sont un mets très-estimé et toujours bien accueilli.

Les écrevisses s'accommodent encore à la Nantua comme il est indiqué à la page 229.

Beurre d'écrevisses.

Lorsque les écrevisses sont cuites, décoquillez-les très-proprement de manière qu'il ne reste pas de chair ni autre chose ; prenez aussi les petites pattes ; pilez le tout très-finement, c'est-à-dire en pâte, puis ajoutez dans ce que vous venez de piler une livre de beurre extra-frais ; amalgamez le tout ; ensuite faites cuire pendant une heure au bain-marie ou loin du feu ce beurre d'écrevisses. Au bout de ce temps, passez-le dans un torchon mouillé dans l'eau pour lui faire perdre son goût de lessive ; pressez-le fortement pour que tout le beurre sorte dans un plat creux où vous aurez mis de l'eau. Il faut environ cinq douzaines d'écrevisses pour absorber une livre de beurre.

Ainsi préparé, le beurre d'écrevisses doit avoir une teinte rouge et être parfumé d'un bon goût d'écrevisses et peut être associé dans toutes les sauces blanches ou rousses pour des poissons, viandes et volailles.

Crevettes.

La crevette est une espèce d'écrevisse de mer qui est beaucoup plus petite que l'écrevisse d'eau douce et qui a la coquille plus tendre. On reconnaît qu'elle est fraîche quand elle est d'un beau rouge vif, un peu pâle, quand elle n'est pas collante au toucher, c'est-à-dire qu'elle donne à peu près le même son que des amandes sans coque, enfin quand elle a la queue ferme et de bonne odeur. Les crevettes se mettent cuire comme les écrevisses, aussitôt qu'elles sont lavées et bien égouttées, parce qu'elles meurent peu de temps après ; néanmoins leur cuisson est moins prolongée que celle des écrevisses, car autrement elles seraient plus difficiles à décoquiller.

Vous pouvez aussi remplacer le vin blanc par de l'eau et ne pas mettre de sel dans le court-bouillon mais les saupoudrer ensuite lorsqu'elles sont encore toutes chaudes.

Homard et langouste.

Le homard est une grosse écrevisse de mer qui a la chair ferme, délicate et d'un goût savoureux. Pour le mettre cuire il importe qu'il soit vivant, car quand il est mort, sa chair est molle. On reconnaît qu'il est bien en chair lorsqu'il est lourd en raison de sa grosseur et en le serrant à l'extrémité de la queue; s'il donne un violent coup de queue, c'est une preuve qu'elle est pleine.

Lorsqu'il est cuit et que vous voulez connaître s'il est frais ou s'il n'a pas été recuit une seconde ou une troisième fois, vous prenez la queue par le petit bout ; si vous éprouvez un peu de résistance à l'étendre et qu'elle revienne sur elle-même, c'est une preuve de la fraîcheur du homard. Vous pouvez le reconnaître encore en tirant la queue de la carapace; si elle résiste, c'est aussi une preuve qu'il est frais ; si au contraire elle s'en détache trop facilement, il faut s'en méfier.

Pour opérer la cuisson du homard, il faut premièrement lui renverser ses longues pattes sur la carapace, que vous rameniez ensuite la queue au-dessous et que vous le ficeliez pour le tenir dans cette position.

Quand cette opération est terminée, mettez dans une marmite de l'eau, du sel, du poivre et toutes espèces d'aromates à votre choix, avec ou sans vinaigre ou vin blanc. Mettez le homard, lorsque l'eau est en ébullition, chose essentielle, car autrement le homard languirait et sa chair serait molle et décomposée en petits morceaux ; faites-le cuire à petit feu pendant une demi-heure, trois quarts d'heure, selon sa grosseur; laissez-le un instant, lorsqu'il est cuit, dans le court-bouillon, puis au sortir, vous le frottez bien de tous les côtés avec un linge légèrement huilé pour le faire briller d'une belle couleur rouge-vif, ce qui est encore un indice qu'il est frais.

La langouste, qui est la voisine du homard, se distingue de ce dernier par la disposition de ses pattes qui sont beaucoup plus grosses; elle a la chair un peu moins délicate mais elle est en plus grande quantité que dans le homard ; elle se fait cuire exactement oomme le homard mais sans que les deux grosses pattes soient ficelées.

Le homard et la langouste sont très-recherchés dans les dîners de cérémonie et ils se servent comme plat du milieu aussitôt après les entrées. Pour les dresser, on les partage le plus ordinairement en deux parties égales coupées dans le sens de leur longueur; ensuite vous ôtez le petit boyau noir qui se trouve dans le milieu de la queue et vous enlevez soigneusement tout l'intérieur de la carapace pour le mêler avec la sauce ci-après décrite et que vous remplacez par une forte touffe de persil.

Homard ou langouste sauce aux truffes.

Mettez dans un saladier assez de moutarde, du sel, du poivre et tout l'intérieur du homard que vous délayez avec de la bonne huile d'olive surfine et très-peu de vinaigre de vin ; laissez un instant mariner cette sauce, puis ajoutez au moment de servir, pour rendre cette sauce plus parfumée et plus fine, des truffes émincées du Périgord et du Piémont. Dans le cas où le homard ou la langouste auraient des œufs, vous pourriez les joindre à la sauce. Le homard et la langouste se servent aussi accompagnés d'une sauce tartare, comme il est indiqué à la page 208, dans laquelle vous ajoutez, lorsque la tartare est faite, l'intérieur du homard ou de la langouste que vous passez au tamis.

Homard ou langouste sauce blanche.

Préparez le homard ou la langouste comme il est dit, puis faites une sauce blanche que vous mouillez avec du bon bouillon ; ensuite coupez dans le sens de leur longueur en plusieurs tranches minces la queue du homard ou de la langouste en ayant soin de la décoquiller avec précaution. Quand cela est fait, mettez mijoter les tranches dans la sauce pendant une demi-heure. Pendant ce temps, préparez l'intérieur de la carapace que vous passez au tamis ; ajoutez-y ensuite deux jaunes d'œufs et un fort morceau de beurre extra-frais ; exprimez le jus d'un citron et liez cette sauce qui doit être peu épaisse et ressembler à une crême. Versez-la sur les tranches de homard ou de langouste dressées en couronne auparavant de lier la sauce et que vous avez tenue au chaud un instant à la porte du four.

Vous pouvez orner ce plat avec des croûtes de

pain frites dans le beurre et des écrevisses parées.

Ainsi préparés, le homard et la langouste sont une entrée très-estimée et qui peut être servie dans les dîners de cérémonie.

Homard ou langouste en mayonnaise.

Lorsqu'il vous reste des débris de homard ou de langouste, vous les préparez avec une sauce mayonnaise, les mêmes garnitures et de la même façon qu'il est indiqué pour le poulet à la page 401, ce qui en fait un excellent plat pour le déjeuner.

Notions sur les moules

Les moules sont un excellent manger et doivent être achetées de premier choix ; on connaît qu'elles sont de bonne qualité à leur belle nuance beurre frais et quand elles sont grasses, rebondies, surtout sans vase ni crabe, qui est un petit crustacé qui se trouve dans la coquille ; il est de toute rigueur que les moules soient comme les huîtres, vivantes ; celles qui ne se referment pas quand on y touche, sont un indice qu'elles sont mortes et par conséquent de mauvaise qualité. Les moules de mer sont préférables à celles d'eau douce et lorsqu'elles sont mangées crues, elles forment un manger aussi agréable pour ainsi dire que les huîtres si elles n'avaient un léger goût d'herbes marines ; pour leur ôter ce goût il suffit, après les avoir ouvertes, de les tremper, si vous le voulez, dans un peu de vin blanc sec, puis de les saupoudrer légèrement d'un peu de sel et de poivre ou bien imiter l'eau de mer en la salant un peu et la verser ensuite sur les moules. Cette préparation convient très-bien aux moules d'eau douce.

Les moules sont très-estimées comme garniture dans les matelottes, la sole normande et autres espèces de poisson.

Moules à la marinière.

Enlevez toutes les rocailles qui se trouvent autour des coquilles et lavez-les à plusieurs eaux ; mettez les moules dans une casserole telles quelles ; laissez-les cuire à l'étouffée sur un grand feu pendant sept à huit minutes ou plutôt jusqu'à ce qu'elles soient bien ouvertes ; quand cela est fait, détachez une moitié de la coquille que vous sortez ; dressez sur un plat chaque moitié de coquille où se trouve la moule et tenez-les au chaud à la porte du four ; pendant ce temps, mettez dans une casserole des fines herbes, un peu d'oignons ou de ciboules hachés, quelques cuillerées à bouche de crême ou du bon lait, du poivre blanc ou de celui de Cayenne, peu ou pas de sel, un jus de citron ou un bon filet de vinaigre ; laissez bouillir un tour, puis liez au moment de servir avec un gros morceau de beurre extra-frais sans laisser bouillir, de manière à en faire une sauce onctueuse que vous servez sur les moules.

La sauce des moules à la marinière peut encore se préparer avec une cuillerée à café de farine délayée avec l'eau que les moules ont rendue et un peu de vin blanc sec et y ajouter une gousse d'ail écrasée et quelques carottes cuites à l'avance, hachées ou coupées de la grosseur des petits pois que vous joignez à la sauce ci-dessus et, à votre volonté, une liaison de deux jaunes d'œufs et procédez ensuite de la même manière.

Moules à la vinaigrette.

Préparez et faites cuire les moules comme les précédentes, puis servez dans une saucière à part une sauce printanière, comme il est indiqué à la page 218 ou simplement une vinaigrette que chaque convive fait sur son assiette.

Moules en coquilles.

Voyez dans le chapitre des hors-d'œuvre chauds comme il est indiqué à la page 230.

Huîtres à la marinière.

Préparez-les et faites-les cuire comme les moules. Les huîtres s'accommodent et se servent exactement comme les moules, en coquille, en garniture. Voyez pour de plus amples détails au chapitre des hors-d'œuvre froids à la page 223.

Huîtres frites.

Les huîtres frites se préparent avec les huîtres dites pied de cheval, parce qu'elles sont plus grosses que les autres espèces d'huîtres, en les sortant de leur coquille, puis légèrement humectées d'une goutte de lait et farinées ensuite que vous faites frire dans le beurre frais à belle coloration dorée et que vous servez entourées d'un citron.

———

CHAPITRE XXVIII.

POISSONS DE MER ET D'EAU DOUCE

La première condition pour le poisson, c'est qu'il soit très-frais. Un des signes distinctifs qui indique que le poisson est très-frais, c'est quand il a les ouïes d'un rouge vif et clair et non violacé, l'œil limpide et la chair ferme. Le poisson peut se conserver quelques jours en été, enveloppé d'un linge très-sec que vous entourez ensuite de poussière de charbon de bois ou bien simplement sur de la glace. Dans le cas où vous n'auriez pas de glace, il sera prudent de le faire court-bouillonner dans une des poissonnières indiquées à la page 28, alors vous pourrez le conserver en été pendant six à huit jours. Si vous voulez avoir une conservation plus prolongée, vous couvrirez le court-bouillon d'une légère couche d'huile pour priver le poisson entièrement de l'air.

C'est une erreur de croire que le poisson étant mis dans l'eau froide se conserve plus longtemps frais ; c'est le contraire qui arrive ; l'eau le corrompt plus vite que s'il restait à l'air.

Tous les poissons, sans exception, se vident et les ouïes seront enlevées aux gros poissons et à votre volonté, les nageoires, en ayant soin de les fendre, pour les vider, en deux endroits sous le ventre, d'en sortir soigneusement tout l'intérieur et de les laver de manière à ce qu'il ne reste aucune trace de sang, car rien ne déprécie autant les poissons et ne les rend si peu appétissants et désagréables à la vue. Ils seront également écaillés lorsque les écailles seront grosses, dures et sèches, c'est-à-dire qu'elles ressembleront à celles de la perche, du brochet ou de la carpe. Quant aux écailles petites de la truite, du saumon, de l'ombre-chevalier et autres poissons de même nature, il est de rigueur qu'ils ne soient pas écaillés, parce que les écailles donnent à ces poissons un brillant d'une teinte argentée.

Pour écailler le poisson, il faut premièrement le mettre un instant tremper dans l'eau froide pour attendrir les écailles, ensuite couper l'arête de dessus le dos ainsi que les nageoires, puis le tenir par le bout de la queue et le ratisser à rebours avec la lame du couteau ou bien, si vous désirez qu'il soit plus promptement écaillé et avec moins de peine, il faut vous servir d'une râpe ordinaire en ayant la précaution de vous placer un linge sur la main destinée à tenir le poisson pour vous préserver les doigts.

Les gros poissons, d'une corpulence longue, avant que de les mettre court-bouillonner, doivent être pliés dans un mauvais linge un peu fin que vous aurez eu soin de mouiller auparavant dans l'eau fraîche, puis tordu, pour lui enlever son goût de lessive et ensuite que vous ficelez d'une manière peu serrée parce que le poisson s'arrondit dans la cuisson. Lorsque les poissons sont moins gros, il suffit de les plier sans les ficeler dans plusieurs petits linges ou dans du papier.

Cette opération de plier le poisson ne s'applique guère aux poissons qui ont la forme ovale et plate, tels que le turbot, la barbue, la sole, etc., mais elle a pour but d'empêcher chez les autres poissons, que la peau ne se déchire, que le poisson ne se casse et que l'extérieur en soit plus naturel et d'un brillant plus argenté.

Le gros poisson en général et même celui d'une moyenne grosseur doit toujours être dressé sur une serviette pliée et être orné, s'il est chaud, d'un bouquet de fleurs mis dans la bouche, et autour d'un cordon de persil en branches et même d'une garniture de câpres ou de petites pommes de terre dites de Hollande, que vous faites cuire simplement dans de l'eau, du sel et un peu de beurre frais, ce qui rend le poisson de bien meilleur goût, ou bien s'il est servi froid, il est utile de le décorer avec de la verdure, des fleurs, des écrevisses dressées en arrière comme il est dit pour la garniture du filet de bœuf à la régence à la page 318, ou bien encore le décorer en faisant une gelée avec une partie du court-bouillon, de l'eau et quelques feuilles de gélatine blanche, première qualité, enfin la clarifier comme il est dit pour la gelée de viande à la page 270. Dans ce cas vous placez le poisson sur le plat.

sans serviette, puis lorsque la gelée est refroidie, sans être prise, vous la versez tout autour du poisson placé dans sa position naturelle pour qu'il baigne jusqu'à moitié, et lorsqu'elle est sur le point d'être entièrement prise, vous placez au-dessus çà et là quelques petits bateaux ou navires que vous aurez confectionnés avec des carottes ou des navets, de manière à imiter autant que possible un poisson qui nage dans l'eau

Le poisson qui est une des pièces les plus importantes d'un dîner de cérémonie, doit avoir une ornementation qui lui donne de l'apparat, un coup d'œil flatteur, engageant et princier qui réjouit tous les convives.

Il est à remarquer que la gelée qui garnit le poisson est très-bonne et qu'elle peut se manger avec le poisson.

Il n'est pas inutile de dire que les poissons qui sont destinés à être frits doivent toujours être humectés d'un peu de lait et ensuite trempés dans la farine, car la farine et surtout le lait donnent aux poissons frits ce que le jaune d'œuf produit à la pâtisserie, c'est-à-dire une teinte brillante, dorée et croustillante.

Nous croyons qu'il serait impossible de parler de toutes les espèces de poissons. La cuisinière jugera assez facilement de les faire cuire de la même manière que celles indiquées ci-après.

Court-bouillon pour toutes espèces de poissons.

Mettez dans une casserole indistinctement du beurre, de la graisse ou de l'huile, avec quelques morceaux de lard salé, des carottes et, à votre volonté, peu ou pas d'oignons, parce qu'ils occasionnent la fermentation du court-bouillon ; laissez jaunir le tout ensemble ; mouillez ensuite avec moitié vin blanc sec ordinaire et moitié eau ou bien les trois quarts d'eau et le surplus avec du vinaigre de vin ; ajoutez ensuite du sel et du poivre forcés, assez de thym, deux ou trois feuilles de laurier et beaucoup d'ail. Laissez bouillir un quart-d'heure et versez le tout bouillant, c'est essentiel, sur le poisson afin qu'il le surprenne pour rendre sa chair plus ferme.

Il est à remarquer que le court-bouillon doit être d'un goût très-épicé et très-aromatisé parce que la chair du poisson est fade et qu'elle ne prend que les assaisonnements qui lui conviennent. L'ail mis en grande quantité, relève le poisson sans lui en communiquer le goût.

Quelques personnes ajoutent dans le court-bouillon, lorsque le poisson est cuit, un bouquet de persil et même un citron avec son écorce, mais nous croyons que cette manière de procéder communique au court-bouillon une amertume qui ne convient guère au poisson.

Autre manière.

Mettez simplement bouillir dans une poissonnière assez de vin blanc sec et ordinaire ou du cidre pour que le poisson baigne ; joignez-y les mêmes assaisonnements que dans le précédent.

Autre manière de faire le court-bouillon.

Mettez dans une poissonnière ou dans une turbotière de l'eau, du sel, du poivre blanc et un litre de lait ; lorsque le court-bouillon est en ébullition, mettez le poisson.

Ce court-bouillon convient surtout aux poissons de mer en général qui sont d'un goût relevé et qui demandent, par conséquent, à être moins condimentés que les poissons d'eau douce.

Turbot, sauces hollandaise et savoisienne.

Le turbot, qui est un poisson de mer ayant la forme presque ronde et aplatie, doit être choisi très-blanc, bien épais, ferme au toucher et sa surface couverte d'un grain brillant et arrondi. Pour le vider, il faut pratiquer une incision du côté grisâtre, puis lui enlever les ouïes qui entraînent avec elles tout l'intérieur du turbot, ensuite vous le lavez proprement et vous vous assurez avec un linge qu'il n'est resté aucune trace de sang ; coupez-lui les nageoires. Quand cette opération est faite, placez le turbot le ventre en l'air, c'est-à-dire du côté où il est blanc et où il doit être présenté sur la table dans une turbotière qui est une espèce de poissonnière large et très-peu longue avec des angles ou, à son défaut, mettez-le dans une casserole ronde et assez large pour le contenir en ayant la précaution d'avoir mis au fond une grille en osier ou en fer de préférence, afin que le turbot ne s'attache pas à la turbotière et qu'il soit plus facile et plus commode à le dresser. Versez le court-bouillon bouillant ci-dessus qui vous plaira et laissez-le à peine boutonner pendant trois quarts d'heure environ, si le turbot est d'une moyenne grosseur, c'est-à-dire s'il pèse de trois à quatre kilogs. Dressez-le ensuite sur une serviette pliée et entouré de sa garniture, comme il est dit au commencement de ce chapitre.

Servez ensuite les deux sauces hollandaise et savoisienne, comme elles sont indiquées aux pages 195 et 197 dans une saucière à part, ce qui est de bien meilleur genre et d'un goût plus engageant et plus riche que de servir le turbot avec une seule sauce.

Ainsi préparé, le turbot qui est un des poissons de mer les plus fins, est toujours bien accueilli dans les dîners de cérémonie et il se sert immédiatement le premier plat, parce qu'il est considéré comme relevé de potage.

Nous recommandons de servir autant que possible, dans les dîners de cérémonie, peu de plats mais de grosses pièces de poisson et autres pièces choisies, qui tout à la fois complètent un dîner, sont d'un effet merveilleux et grandiose et sont relativement moins coûteuses que les dîners où l'on sert une série d'entrées travaillées, comme l'on dit en termes culinaires, qui ne disent rien et qui incommodent souvent les convives.

Le turbot peut encore être accompagné d'une sauce aux huîtres, aux moules ou bien être préparé, s'il est froid, avec une sauce mayonnaise.

Turbots aux fines herbes.

Préparez des petits turbots, ensuite vous les humectez d'une goutte de lait pour leur donner une teinte dorée, brillante et croustillante, comme il est indiqué au commencement de ce chapitre, puis vous les farinez et vous les faites cuire dans la poële avec du beurre bien frais et un peu de sel ; dressez-les lorsqu'ils sont de belle couleur des deux cotés ; parsemez-les d'un peu de fines herbes et versez au-dessus le beurre chauffé dans lequel vous aurez mis une goutte de vinaigre ou de vin blanc sec pour relever cette petite sauce.

Barbue sauce hollandaise.

La barbue est un poisson de mer qui ne paraît différer du turbot que parce qu'elle n'a point d'aiguillon ni en dessus ni en dessous, qui a cependant la même forme mais qui est beaucoup plus large et plus mince que le turbot.

Elle se prépare et s'accommode exactement comme le turbot.

Turbots frits.

Préparez et faites cuire les turbots comme les précédents, dans le beurre frais ou dans la friture très-chaude ; ornez-les d'un peu de persil frit et accompagnez-les d'un citron.

Soles, carrelets, limandes.

La sole est un des poissons de mer les plus recherchés pour le bon goût, la délicatesse et la fermeté de sa chair ; on doit la préférer épaisse et quand la peau est d'un gris doré à celle qui a la peau noire ; elle offre en outre les ressources les plus précieuses parce qu'elle se prête à une foule de combinaisons culinaires qui sont toutes recherchées même dans les grands repas.

La sole qui est un poisson plus long et plus étroit qu'aucun autre poisson de la même famille, se conserve assez longtemps sans perdre de sa qualité, pourvu que vous ayez la précaution de lui ôter les intestins ; pour la préparer il faut encore la dépouiller de sa peau noire que vous détachez vers l'extrémité de la queue, avec les doigts ou à l'aide d'un couteau pointu et que vous tirez ensuite avec précaution de manière qu'il n'en reste pas la trace d'un bout, puis coupez avec les ciseaux les barbes qui sont tout autour excepté celles de la queue.

Quelques personnes se contentent de vider la sole et de lui laisser la peau noire, mais à notre avis, nous croyons qu'il est préférable qu'elle soit enlevée.

Sole frite.

Préparez une sole ; humectez-la d'une goutte de lait ; ensuite farinez-la et faites-la frire comme il est indiqué pour les petits turbots, dans le beurre avec

du sel ou dans la friture chaude et vous la salez ensuite lorsqu'elle est dressée et ornée, d'un peu de
persil frit et d'un citron.

Sole aux fines herbes.

Préparez une sole et faites-la cuire comme la
précédente ; puis lorsqu'elle est de belle coloration
dorée des deux côtés, dressez la sole ; disséminez
au-dessus quelques fines herbes hachées ; ensuite
faites chauffer le beurre qui reste dans la poêle ;
relevez-la avec une goutte de vin blanc sec ou un
filet de vinaigre, un peu de poivre ; faites bouillir
un tour de manière à faire une petite sauce onctueuse ; versez-la sur la sole et servez bouillant.
Vous pouvez aussi ajouter quelques petits champignons.

Sole à la colbert.

Préparez et faites frire comme ci-dessus et de
belle couleur une sole d'une bonne grosseur et bien
épaisse ; puis lorsqu'elle est frite, ouvrez-la intérieurement à l'aide d'un couteau pointu ; ôtez avec
adresse l'arête du milieu et remplacez-la par du
beurre extra-frais préparé à la maître-d'hôtel comme
il est indiqué à la page 190.

Vous pouvez également, si vous le voulez, faire
sur le plat une couche de beurre à la maître-d'hôtel et placer la sole au-dessus.

Sole au blanc.

Préparez et faites cuire pendant dix minutes une sole dans très-peu de vin blanc sec, avec du sel et du poivre; lorsqu'elle est à point de cuisson, liez le vin blanc avec un fort morceau de beurre très-frais, manié avec de la farine de manière à en faire une petite sauce peu liée ; versez-la sur la sole ; mettez le plat cinq minutes dans le four et servez bouillant.

Sole au gratin.

Préparez la sole et faites une petite sauce blanche que vous mouillez avec du vin blanc sec et dans laquelle vous mettrez des fines herbes, une échalote hachée, du sel, du poivre et des fins champignons sans liaison de jaunes d'œufs. Versez ensuite cette sauce peu liée sur la sole que vous aurez mise dans un plat à gratin avec des morceaux de beurre frais et laissez-la cuire dans un four médiocre pendant vingt minutes ; ajoutez à moitié cuisson une rangée de beaux champignons placés sur la sole ainsi qu'un peu de chapelure, et servez à courte sauce.

Vous pouvez ajouter dans la sole au gratin une pochée de bon jus de veau pour la fortifier et y joindre, si vous le voulez, quelques tranches de pain grillées mises au fond du plat pour l'augmenter.

Sole normande.

Préparez une belle sole ; ensuite faites-la cuire simplement à l'eau bouillante avec du sel pendant un quart d'heure, vingt minutes ; faites aussi d'un autre côté une sauce blanche que vous mouillez avec de l'excellent bouillon ainsi qu'avec un peu de vin blanc sec ou du cidre ; ajoutez ensuite dans cette sauce des champignons, deux douzaines d'huîtres sans leur eau ou des moules, du poivre blanc, des queues d'écrevisses ou celles de crevettes cuites de la façon ordinaire ; laissez mijoter le tout ensemble pendant un quart d'heure, puis liez cette sauce normande avec deux jaunes d'œufs et un morceau de beurre de table ; goûtez si elle est à bon goût et versez-la sur la sole que vous aurez dressée sur le plat ; ornez-la ensuite de croûtes de pain frites dans le beurre comme il est indiqué à la page 69, entremêlées avec des écrevisses parées ainsi qu'un bouquet de goujons frits de la manière ordinaire, placés vers la tête, ou des éperlans ou encore avec de toutes petites perchettes.

Ainsi préparée, la sole normande est une entrée très-estimée , vous pouvez vous exempter de mettre toutes ces garnitures, mais il est essentiel de mettre celles qui ont le plus d'apparat.

Sole en matelotte.

Préparez une sole ; mettez-la cuire pendant vingt minutes dans une bouteille de vin blanc sec et ordinaire avec une garniture de petits oignons et peu de sel à cause de la réduction de la sauce. Pendant ce temps, faites des croûtes de pain que vous mettez légèrement griller sur la plaque du fourneau. Quand cette opération est terminée, placez sur un plat les croûtes de pain, ensuite la sole et tenez le tout au chaud à la porte du four ; faites ensuite réduire sur un feu bien allumé le court-bouillon dans lequel vous aurez ajouté des petits champignons et lorsqu'il en restera à peu près encore deux verres, vous lierez la matelotte avec un respectable morceau de beurre et vous la relèverez avec un peu de poivre ordinaire ou de celui de Cayenne ; ensuite versez cette garniture sur la sole de manière que le pain et la sole ne soient pas secs.

Vous pouvez préparer la sole en matelotte d'une façon plus ménagère en faisant une sauce blanche que vous liez avec deux jaunes d'œufs ; procédez ensuite comme ci-dessus et ajoutez des câpres.

Filets de sole à la colbert.

Enlevez les quatre filets d'une sole de moyenne grosseur en commençant à partir de l'arête du milieu et en vous aidant d'un couteau pointu et tranchant ; séparez-les dans toute la longueur de l'arête en ne laissant de la chair que le moins possible ; humectez-les avec une cuillerée à bouche de lait ; ensuite farinez-les et roulez-les, puis faites-les tenir dans cette position avec une grosse aiguille à tricoter ou une brochette. Faites-les frire à belle coloration dorée ; saupoudrez-les, lorsqu'ils seront cuits, de sel fin ; dressez-les en couronne avec une maître-d'hôtel au milieu. Vous pouvez, pour rendre la maître-d'hôtel plus finie, y ajouter un peu des parures de filets de sole à peine blanchis que vous aurez pilées très-finement avec une gousse d'ail si c'est vôtre goût.

Filets de sole à la horly.

Préparez les filets de sole et faites-les frire comme ceux à la colbert ; dressez-les ensuite en couronne avec une sauce tomate peu liée et de bon goût.

Vous pouvez, selon votre volonté, étendre sur chaque filet auparavant de les rouler, une couche de la farce à quenelles avec ou sans truffes, ensuite les faire frire un peu plus de temps.

Filets de sole à la financière.

Préparez les filets de sole comme ceux à la colbert ; ensuite piquez-les ou plutôt bigarrez-les triplement de fins lardons, de queues d'écrevisses et de truffes coupées comme les lardons ; roulez et embrochez-les avec des brochettes ou attachez-les avec de la ficelle, puis faites-les cuire dans assez de beurre et du sel à l'étouffée en ayant soin de ne les arroser qu'avec une légère goutte de vin blanc et de ne pas les tourner du côté où ils ont été bigarrés ; faites-leur prendre un peu de couleur dans le four du fourneau ; puis dressez les filets en couronne, entourés d'une bonne financière maigre très-concentrée et un peu relevée (voyez page 260), en ayant soin de ne pas masquer les filets avec la financière ; ensuite ornez cette entrée avec des écrevisses dressées. Les filets de sole à la financière sont un mets très-estimé et qui peut être présenté dans les dîners de cérémonie.

Filets de sole en turban.

Préparez les filets de deux soles bigarrés comme ceux à la financière ; ensuite étendez sur chaque filet une couche de farce à quenelles de poissons ; placez au milieu de chaque filet une écrevisse parée et cuite de la manière ordinaire, puis roulez chaque filet de sorte que les pattes de l'écrevisse soient hors du filet ; ensuite attachez chaque filet avec du fil ou de la ficelle et faites-les cuire exactement comme ceux à la financière.

Pendant ce temps, préparez la sauce composée d'un peu de velouté ou à défaut, mettez dans une casserole du beurre ; ajoutez, lorsqu'il est fondu, une cuillerée de farine de manière à ce qu'elle nage dans le beurre ; laissez-la revenir un petit instant sans prendre couleur ; mouillez ensuite avec du bouillon et une demi-pochée de bon jus pour colorer ; faites réduire jusqu'à consistance ; dressez sur un plat rond les filets de sole que vous aurez eu soin de déficeler ; placez-les de manière à ce que les pattes des écrevisses soient tournées en dehors, ensuite tenez ce plat au chaud à la porte du four, puis ajoutez dans la sauce passée au tamis une garniture de truffes coupées en petits carrés et des queues d'écrevisses ; liez aussi cette sauce avec du beurre d'écrevisses, que vous parfumez et relevez encore avec une goutte de madère, un jus de citron et du poivre ordinaire ou de celui de Cayenne.

Laissez chauffer cette sauce sans bouillir, puis versez-la au milieu des filets sans les masquer.

Les filets de sole en turban ainsi préparés, sont une entrée peu connue et très-recherchée dans les dîners de cérémonie.

Filets de sole panés à la tartare.

Préparez une sole et faites-en quatre filets comme il est indiqué; puis salez-les et poivrez-les légèrement; ensuite panez-les dans la panure ou dans la mie de pain en ayant eu soin auparavant de les tremper dans l'œuf, si vous voulez les faire cuire dans la casserole avec du beurre frais et sans les arroser ou bien, humectés dans l'huile d'olive, s'ils sont destinés à être mis sur le gril et procédez exactement pour leur cuisson comme il est indiqué pour les côtelettes panées à la page 358; dressez-les de même, arrosés avec le beurre dans lequel ils ont cuits et accompagnés d'une sauce tartare ou d'une sauce mayonnaise mise dans une saucière à part.

Ainsi préparés, les filets de sole sont un excellent plat toujours bien accueilli soit pour le déjeuner, soit en entrée pour le dîner.

Filets de sole en papillottes.

Préparez une sole et faites-en quatre filets que vous mettez mariner pendant une heure dans une goutte d'huile d'olive, du vinaigre, du sel et du poivre ; pendant ce temps hachez ensemble très-fin du persil, une échalote, quelques champignons et de la mie de pain ; mettez ce que vous venez de hacher dans un plat creux ; ajoutez une pincée de sel, du poivre et un fort morceau de beurre extra-frais ; pétrissez le tout ensemble ; ensuite placez premièrement une couche de ce hachis sur un côté du papier huilé et coupé en forme de papillotte comme pour les côtelettes, puis placez chaque filet de sole au-dessus ; entourez-le d'une seconde couche de farce ; pliez-le de manière à ce que le tout soit bien renfermé sans quoi le beurre sortirait et procédez pour la cuisson en les mettant sur le gril, sur des cendres chaudes ou dans le four du fourneau sur un plat en fer battu ; laissez cuire pendant vingt minutes ; dressez-les ensuite et servez les papillottes bouillantes.

Filets de sole en crépine.

Préparez les filets de sole exactement comme ceux en papillottes ; puis enveloppez-les dans une toile de cochon ou de veau, en ajoutant dans la farce quelques tranches de truffes et faites-les cuire à petit feu pendant une petite demi-heure, sur le gril ou dans le four chaud sur un plat en fer battu. Dressez-les, lorsqu'ils seront d'une belle coloration dorée de part et d'autre, entourés d'un citron. Les filets de sole en crépine sont un mets de déjeûner peu connu et très-estimé.

Filets de sole à la provençale.

Préparez les filets de sole ; ensuite humectez-les d'une goutte de lait, puis farinez et faites-les cuire de belle couleur des deux côtés dans l'huile bouillante ; salez-les lorsqu'ils seront cuits et tenez-les au chaud ; pendant ce temps faites cuire dans la même huile une garniture de deux gros oignons coupés en tranches que vous aurez trempées également dans le lait, ensuite farinées et lorsqu'elles seront cuites des deux côtés d'une coloration dorée et croustillante, garnissez-en les filets de sole ; saupoudrez le tout d'un peu de sel fin et servez cette entrée avec un citron autour.

Vous pouvez aussi, si c'est votre goût, disséminer sur les filets de sole un peu de persil et d'ail hachés ; ensuite vous faites chauffer l'huile qui reste et vous la versez toute bouillante sur les filets de sole.

Filets de sole à l'anglaise.

Préparez les filets de sole ; trempez-les dans le beurre bien fondu, avec du sel et du poivre ; ensuite panez-les et faites-les cuire à un feu doux sur le gril en les arrosant de temps en temps avec le beurre pour qu'ils ne soient pas secs. Dressez-les lorsqu'ils seront d'une belle coloration dorée et croustillante des deux côtés sur une sauce maître-d'hôtel. (Voyez à la page 199.)

La sole à l'anglaise peut être laissée entière et

être panée dans l'œuf, ensuite cuite dans une casserole au beurre frais comme les côtelettes panées.

Filets de sole à la hollandaise.

Préparez les filets de sole et faites-les cuire simplement à l'eau de sel ou dans le court-bouillon comme il est indiqué dans ce chapitre pour le turbot, puis faites aussi cuire à part dans de l'eau, du sel et un peu de beurre, quelques petites pommes de terre dites de Hollande ; dressez les filets de sole ; garnissez-les de pommes de terre ; ensuite préparez une sauce hollandaise avec du beurre fondu comme il est indiqué à la page 195 et servez-la dans une saucière à part.

Filets de sole à l'italienne.

Préparez les filets de sole ; ensuite arrangez-les sur un plat à sauter ; mettez du sel, du poivre et du persil haché, si c'est votre goût ; faites tiédir du beurre bien frais ; versez-le au-dessus ; placez le sautoir sur un feu très-ardent ; faites cuire les filets de belle couleur des deux côtés ; dressez-les en couronne et versez au milieu une sauce italienne dans laquelle vous aurez mis un jus de citron, comme il est indiqué à la page 202.

Filets de sole au gratin.

Préparez les filets de sole ; étendez ensuite sur chaque filet une farce à quenelles ou toute autre à votre choix ; roulez les filets ; étendez au fond d'un plat à gratin, une couche assez épaisse de cette même farce ; placez-y les filets en forme de couronne, puis finissez de garnir encore les vides qui se trouvent entre eux ; ajoutez assez de beurre très-frais et saupoudrez ce gratin avec de la mie de pain ; faites gratiner pendant une demi-heure dans un four médiocre et au sortir du four, arrosez ce gratin avec un peu de bon jus relevé avec un jus de citron ou bien servez le gratin au naturel tel qu'il a cuit.

Filets de sole en mayonnaise.

Préparez les filets de sole ; faites-les cuire comme ceux à la hollandaise et mettez-les ensuite sur un plat lorsqu'ils seront refroidis et bien égouttés, puis couvrez-les d'une sauce mayonnaise très-ferme et un peu relevée ; formez au-dessus de cette mayonnaise un grillage avec des filets d'anchois bien lavés et coupés en quatre parties égales, puis faites autour du plat un cordon entremêlé avec des œufs cuits durs coupés en huit morceaux, des olives, des cœurs de laitue et de céleri, des truffes et des champignons, si vous en avez, de manière à en faire avec élégance un ornement qui ait un coup d'œil flatteur et engageant.

Les filets de sole en mayonnaise ainsi préparés sont un plat de déjeuner très-estimé.

Marquereau à la maître-d'hôtel.

Le maquereau est un poisson de mer qui n'a pas d'écailles, rond, épais, charnu et le dos d'un bleu azuré finissant en pointe des deux bouts. Sa bouche a beaucoup de rapport avec celle du thon ou du saumon ; il a les yeux grands, clairs et d'une couleur dorée et doit avoir les ouïes d'une teinte vermeille et la chair ferme ce qui est l'indice qu'il est frais. La chair du maquereau est fine, d'un bon goût et très-nourrissante parce qu'elle contient beaucoup d'huile.

Le maquereau se prépare en le vidant par les ouïes que vous aurez soin d'enlever ; lavez-le intérieurement pour qu'il n'y reste aucune trace de sang ou d'intestin, puis lorsqu'il est bien essuyé, ciselez-le des deux côtés à l'aide d'un couteau tranchant afin qu'il soit moins sec ; mettez-le mariner pendant une heure dans une goutte d'huile d'olive, du vinaigre, du sel et du poivre ; puis au moment de le mettre cuire, roulez-le dans la mie de pain et faites-le griller à petit feu sur le gril chauffé à l'avance ou dans le four sur un plat en fer battu en ayant soin de l'arroser avec sa marinade pour qu'il ne soit pas sec ; dressez-le ensuite au bout de vingt minutes environ de cuisson lorsqu'il est d'une couleur dorée des deux côtés et non pas brûlé. Ensuite mettez dans les ouïes et à l'entour du maquereau une sauce au beurre à la maître-d'hôtel comme il est indiqué à la page 199.

Vous pouvez aussi mettre dans l'intérieur du maquereau une petite farce composée d'un peu de mie de pain, de fines herbes et d'échalotes hachées, le tout pétri avec du beurre extra-frais, du sel et du poivre, ce qui l'augmente et l'améliore beaucoup.

Le maquereau se fait encore cuire sur le gril sans être pané en le plaçant sur une feuille de laitue romaine huilée et salée.

Maquereau au beurre noir.

Préparez et faites cuire le maquereau comme le précédent sans être pané ou si vous le préférez, faites-le cuire dans la poële avec assez de beurre frais du sel et du poivre ; dressez-le lorsqu'il est cuit et tenez-le au chaud, puis faites roussir avec excès le beurre où a cuit le maquereau ; jetez-y une branche de persil et versez ce beurre noir sur le maquereau ; aussitôt après, faites chauffer un peu de vinaigre et joignez-le à votre beurre noir.

Filets de maquereau au naturel.

Préparez le maquereau, puis fendez-le en deux parties dans le sens de sa longueur ; ôtez l'arête du milieu ; ensuite coupez chaque moitié en deux pour en faire quatre filets ; humectez-les dans une goutte de lait, puis farinez-les et faites-les cuire à petit feu dans la poële étamée avec du beurre bien frais et du sel ; dressez-les lorsqu'ils seront de belle couleur des deux côtés et servez-les avec un citron.

Le maquereau ainsi préparé, peut être accompagné d'une sauce tomate, italienne, béarnaise, etc., mise dans une saucière à part ou placée au milieu des filets.

Filets de maquereau à la tartare.

Voyez dans ce chapitre : filets de sole à la sauce tartare.

Filets de maquereau frits.

Préparez-les comme les précédents au naturel et faites-les frire dans la friture chaude ; dressez-les ensuite avec du persil frit au-dessus et entourez-les d'un citron coupé en autant de morceaux qu'il y a de convives.

Filets de maquereau en papillottes.

Voyez dans ce chapitre : les filets de sole en papillottes.

Filets de maquereau en crépine.

Voyez encore dans ce chapitre comment les filets de sole en crépine sont accommodés.

Maquereau au gratin.

Faites revenir dans un plat qui aille sur le feu un maquereau avec assez de beurre frais ou de l'huile d'olive, du sel et du poivre ; ensuite mouillez-le avec un verre ou deux de vin blanc sec et ordinaire, puis ajoutez au-dessus des fines herbes, un oignon, quelques champignons hachés et une gousse d'ail écrasée si c'est votre goût; saupoudrez d'un peu de chapelure et laissez-le gratiner pendant vingt minutes au moins.

Vous pouvez mettre au fond de ce gratin pour le rendre plus augmenté, quelques tranches de pain grillé ou bien lier la sauce avec un beurre manié dans la farine.

Maquereau à l'anglaise.

Préparez et faites cuire un maquereau dans de l'eau et du sel en ayant soin de lui ficeler la tête pour ne pas qu'elle se sépare. Dressez-le lorsqu'il est cuit et versez au-dessus une sauce rousse de bon goût, bien épicée et relevée avec des câpres.

Filets de maquereau en mayonnaise.

Voyez dans ce chapitre : filet de sole à la sauce mayonnaise.

Merlans aux fines herbes.

Le merlan est un poisson de mer peu coûteux parce qu'il est très-commun. Sa chair est salutaire, légère, friable et estimée pour son bon goût.

Videz et lavez très-proprement un ou deux merlans ; coupez les nageoires, puis humectez-les d'un peu de lait et farinez-les ensuite ; faites-les frire de belle couleur des deux côtés avec du beurre, du sel et du poivre ; dressez-les lorsqu'ils sont cuits, puis mettez dans le beurre qui reste dans la poële des fines herbes hachées et une goutte de vin blanc ; laissez bouillir un tour et versez cette sauce sur les merlans.

Merlans frits.

Préparez-les comme les précédents et faites-les frire à la friture très-chaude ; dressez-les avec du persil frit et un citron.

Merlans au gratin.

Voyez dans ce chapitre : maquereau au gratin.

Merlans à la vénitienne.

Séparez en plusieurs filets un gros merlan ; mettez-les mariner pendant une heure avec du sel, du poivre et le jus d'un citron ou un filet de vinaigre ; ensuite faites-les cuire au beurre; lorsqu'ils sont cuits, versez par-dessus les filets dressés en couronne une sauce vénitienne comme il est indiqué à la page 203.

Harengs à la maître-d'hôtel.

Le hareng est un poisson de mer qui a le dos bleuâtre, le ventre argenté, qui a la figure d'une petite alose et est agréable au goût.

Videz et lavez quelques harengs en ayant soin de

remettre dans l'intérieur les œufs et la laitance puis mettez-les mariner dans l'huile d'olive, un filet de vinaigre, du poivre et du sel ; ensuite faites-les griller, panés ou non panés, à petit feu sur le gril bien chauffé auparavant pour qu'ils ne s'attachent pas ou, à défaut de gril, mettez-les griller dans le four chaud sur un plat en fer battu en ayant soin de les arroser avec la marinade pour qu'ils ne soient pas secs ; dressez-les lorsqu'ils sont cuits de part et d'autre sur une sauce maître-d'hôtel comme il est indiqué à la page 199 dans laquelle vous l'aurez dosée avec assez de moutarde.

Hareng-saur.

Le hareng-saur, c'est-à-dire le hareng qui est salé et fumé, se vend tout préparé chez les épiciers. Le hareng-saur doit, pour être de bonne qualité, être bien en chair, tendre et gros, ayant des œufs ou être en laitance.

Le hareng-saur se met cuire pendant un petit instant à petit feu sur le gril ou sur la plaque du fourneau, mais il faut qu'il soit partagé en deux parties sans être séparé et la tête enlevée. Le hareng, ainsi préparé, s'emploie dans les salades ordinaires ou de légumes cuits ou bien servi seul avec une sauce à l'huile et à la moutarde.

Raie au beurre en crème.

La raie que l'on peut appeler le turbot des classes laborieuses par rapport à son prix relativement peu élevé, est un poisson de mer assez gros, d'une forme plate et d'un goût assez bon pour la faire rechercher. La raie la plus estimée est celle dite raie bouclée à cause des petits crochets qui sont sur sa peau. La raie est un des rares poissons qui se conserve le plus de temps frais dans les chaleurs.

Pour la préparer vous lui ouvrez le ventre et vous la maniez avec précaution pour vous préserver les doigts, puis vous sortez tout l'intérieur et vous mettez de côté le foie qui est excellent, ensuite vous la lavez avec soin et l'essuiez très-proprement.

Mettez cuire dans une casserole quelques pommes de terre dites de Hollande, c'est-à-dire ayant la forme oblongue, avec de l'eau, du sel et un morceau de beurre frais ; d'un autre côté faites cuire à part simplement dans de l'eau et du sel en ébullition ou dans un court-bouillon préparé comme le turbot, un carré de raie ainsi que son foie, pendant une petite demi-heure ; au bout de ce temps dressez la raie bien égouttée, le ventre en l'air, c'est-à-dire du côté où elle est blanche ainsi que le foie et les pommes de terre en forme de cordon ; puis versez au-dessus assez de beurre extra-frais à peine fondu dans lequel vous aurez mis une pincée de sel, du poivre et un jus de citron pour relever ainsi qu'un peu de noix muscade, si c'est votre goût.

Raie au beurre noir.

Ayez un carré de raie ; humectez-le d'une cuillerée à bouche de lait pour le rendre plus doré et plus croustillant ; ensuite farinez-le, puis faites-le cuire dans la poële étamée ou émaillée ce qui rend la raie d'un goût plus naturel que si elle était mise dans une poële à frire, avec un respectable morceau de beurre frais, du sel et du poivre ; lorsqu'elle est de belle couleur des deux côtés, dressez-la ; ensuite mettez dans une petite casserole le reste du beurre où a cuit la raie ; ajoutez-en de nouveau un petit morceau, puis faites roussir avec excès ; jetez-y quelques branches de persil, un filet de vinaigre et versez le tout sur la raie et servez bouillant.

Vous pouvez remplacer le persil frit par du persil et une gousse d'ail hachés que vous parsemez sur la raie.

Quelques personnes font court-bouillonner la raie dans de l'eau de sel ou du vin blanc et versent au-dessus, lorsqu'elle est bien égouttée, un beurre noir ; mais à notre avis il est préférable de la faire cuire dans le beurre.

Raie à la méridionale.

Préparez un carré de raie comme celle au beurre noir et faites-la cuire des deux côtés et d'une belle coloration dorée dans assez d'excellente huile d'olive surfine que vous laissez bien chauffer avant que de mettre la raie ; ajoutez du sel et un peu de poivre ; lorsqu'elle est à point de cuisson, dressez-la, puis faites lestement sauter pendant cinq minutes dans l'huile qui reste quelques champignons, de l'ail, du persil le tout haché ensemble, du sel, s'il est nécessaire, que vous versez ensuite sur la raie pour la garnir et servez bouillant.

Raie sauce blanche.

Préparez la raie et faites-la cuire exactement comme celle au beurre en crême avec des pommes de terre, puis faites une sauce blanche comme il est indiqué à la page 193 que vous mouillerez avec l'eau où ont cuit les pommes de terre, ensuite vous relèverez tout avec des câpres fines disséminées au-dessus de la raie, si c'est votre goût.

Raie au gratin.

Préparez un carré de raie entier ou coupé en morceaux ; faites-le frire légèrement dans du beurre, puis faites une sauce blanche comme la précédente dans laquelle vous aurez mis un peu de gruyère rapé ; mettez-la dans un plat à gratin et couvrez-la avec la sauce blanche ; ajoutez quelques morceaux de beurre extra-frais ; faites gratiner pendant vingt minutes dans un four médiocre et servez de belle coloration dans le plat où la raie a cuit.

Ainsi préparée, la raie au gratin est un mets peu connu, relativement peu coûteux, très-apprécié et qui fait bon profit.

Vous pouvez le lendemain, s'il vous reste des débris de raie, les couper en morceaux réguliers et les entourer de leur sauce, ensuite les rouler une première fois dans de la mie de pain ou de la panure, puis les tremper dans un œuf battu et les paner une seconde fois comme les croquettes, les faire frire et les dresser de même.

19

Raie frite.

Coupez la raie en escalope comme il est décrit ci-après, puis préparez-les, faites-les frire et dressez-les comme il est indiqué dans ce chapitre pour les filets de sole frits.

Raie en escalopes.

Coupez la raie par morceaux gros et larges comme la main que vous amincissez en les partageant avec un couteau pour en faire deux tranches; salez et poivrez-les, ensuite panez-les dans de la mie de pain après les avoir trempés dans l'œuf et faites-les cuire dans une casserole avec du beurre comme les côtelettes de veau panées. Voyez page 358.

Vous pouvez également faire cuire les escalopes sur le gril, mais il faut qu'elles soient humectées dans l'huile d'olive et non pas dans l'œuf et ensuite panées.

Cette méthode d'apprêter la raie en escalopes, puis panée, permet de la servir avec une sauce mayonnaise, tartare, printanière ou être accompagnée des sauces tomate, italienne, béarnaise, d'un beurre d'anchois, d'une sauce maître-d'hôtel, bordelaise, etc.

Notions sur la morue.

La morue est un poisson de mer qui est dénommé cabillaud lorsqu'il est frais et qui pèse depuis une livre jusqu'à dix kilogrammes. Le meilleur est celui qui a la peau lisse et bien noire, la chair blanche, épaisse, divisée en grandes feuilles. Le cabillaud étant salé, prend le nom de morue. La merluche est la petite morue salée et sèche.

La morue est celle qui est la plus employée dans la cuisine bourgeoise bien que la merluche soit préférée par certaines personnes.

Manière de dessaler la morue et les autres espèces de poissons salés.

L'habitude la plus en usage pour dessaler la morue et le poisson salé est de le mettre simplement tremper dans un baquet avec beaucoup d'eau froide pour qu'il baigne et l'y laisser pendant trois jours au moins en ayant soin de changer l'eau chaque jour. Un autre procédé pour activer le dessalement de la morue c'est de placer au milieu d'un baquet assez grand une planche mobile percée de petits trous très-rapprochés. Vous remplissez le baquet d'eau ; vous mettez ensuite la morue qui repose sur la planche percée et qui nage entre deux eaux ; par ce moyen l'eau salée va au fond parce qu'elle est plus lourde et la morue se trouve constamment dans l'eau douce.

Morue au beurre en crême.

Mettez dans une casserole de l'eau ; lorsque cette eau commence à bouillir, mettez-y un carré de morue, puis laissez-la à peine boutonner sur le coin du fourneau pendant un quart-d'heure, vingt minutes, en ayant soin qu'elle ne bouillisse pas parce que la chair est plus délicate ; ensuite dressez la morue entourée de pommes de terre et de la même sauce exactement comme il est indiqué dans ce chapitre pour la raie au beurre en crême.

Morue à la béchamelle.

Procédez pour sa cuisson comme ci-dessus ; divisez-la ensuite en morceaux réguliers ; ôtez la peau noire qui la recouvre, puis laissez-la un instant mijoter dans une béchamelle préparée selon votre volonté au gras ou au maigre (voyez page 191), puis dressez-la dans une croûte de vol-au-vent ou bien ornez-la avec des croûtes de pain frites dans le beurre.

Morue au beurre noir.

Faites cuire la morue dans l'eau comme la précédente ; dressez-la ensuite bien égouttée sur un plat et versez par-dessus une sauce au beurre noir comme il est indiqué dans ce chapitre pour la raie au beurre noir.

Morue au gratin.

Faites cuire la morue dans l'eau après que vous l'aurez coupée en morceaux gros comme les deux doigts, puis ôtez la peau noire qui les recouvre et mettez-les arrangés d'une façon symétrique dans un

plat à gratin, ensuite couvrez-les d'une sauce béchamelle mouillée avec du lait ou du bouillon, dans
laquelle vous aurez ajouté un peu de gruyère rapé
et faites gratiner le tout de belle coloration avec
du beurre frais au-dessus.

Morue sautée au beurre.

Mettez dans une poêle un fort morceau de beurre
très-frais ; ajoutez, lorsqu'il commence à jaunir,
beaucoup d'oignons coupés en tranches ainsi que
la morue coupée en morceaux gros comme les
deux doigts que vous aurez eu soin auparavant
d'humecter dans une goutte de lait et ensuite farinés pour les rendre plus dorés et plus croustillants,
puis dressez-la lorsque les oignons et la morue sont
de belle couleur en ayant soin de verser le beurre
au-dessus pour que les morceaux ne soient pas
secs.

Vous pouvez également, pour rendre ce mets
plus fini et cuit d'une façon plus régulière, mettre
les morceaux à moitié cuisson dans un plat qui
aille sur le feu et leur laisser achever leur cuisson
dans le four du fourneau, ensuite les servir dans le
même plat où ils ont gratinés.

Cette méthode de préparer la morue est très-estimée.

Morue à la ménagère.

Préparez et faites cuire la morue coupée en
morceaux comme précédemment avec beaucoup de

beurre, d'oignons et de pommes de terre aussi coupées très-minces ou des champignons frais ; laissez
mijoter le tout ensemble à petit feu et à l'étouffée ;
dressez ensuite ce mets lorsqu'il est cuit et de belle
coloration dorée.

La morue à la ménagère est une des meilleures
manière d'apprêter la morue, de la rendre agréable
au goût et peu coûteuse.

Morue à la méridionale.

Préparez et faites cuire la morue comme celle
au beurre en remplaçant le beurre par de l'huile
d'olive extra-fine ; dressez-la lorsqu'elle est de
belle couleur, puis parsemez-la d'assez d'ails et de
persil hachés et versez au-dessus l'huile bouillante
qui reste.

Morue sauce blanche.

Préparez et faites cuire la morue de la même
manière que celle du beurre en crême ; ensuite
ôtez la peau noire qui la recouvre, puis garnissez-la
autour de pommes de terre et couvrez le tout d'une
sauce blanche peu épaisse que vous mouillez avec
du bouillon ou de l'eau et un peu de sel, comme il
est indiqué à la page 193 ; parsemez au-dessus des
câpres fines ; laissez le plat cinq minutes dans le
four et servez bouillant, c'est une qualité essentielle.

Vous pouvez, selon votre idée, mettre les câpres
au milieu de la morue avec les pommes de terre

et servir la sauce blanche dans une saucière à part.

Morue aux oignons.

Faites cuire la morue à l'eau ; faites aussi cuire d'un autre côté beaucoup d'oignons hachés grossièrement dans le beurre frais avec peu de sel ; lorsqu'ils sont cuits de belle couleur, dressez la morue bien égouttée et versez au-dessus cette garniture d'oignons que vous aurez relevée avec un demi-verre de vin blanc sec ou du vinaigre de vin et ornez ce plat avec des croûtes de pain frites dans le beurre.

Mettez tout simplement, c'est-à-dire sans huile, ni beurre, ni sel, bien entendu, un carré de morue que vous faites cuire sur le gril de belle couleur des deux côtés ; lorsqu'elle est cuite, servez-la avec une sauce à votre choix telle que : une sauce ravigote, remoulade, tartare, printanière, beurre d'anchois, maître-d'hôtel, etc.

Morue à la procençale.

Faites frire dans l'huile bouillante de la morue coupée en morceaux et préparés comme ceux de la morue sautée au beurre, puis servez-la avec une sauce préparée à l'huile mêlée avec de la moutarde et un anchois pilé.

Morue en brandade.

Faites cuire de la morue à l'eau sans la laisser bouillir afin qu'elle soit plus délicate ; enlevez ensuite la peau et les arêtes ; divisez-la en petits morceaux et jetez-la encore toute chaude dans une casserole où vous aurez mis une gousse d'ail écrasée. Lorsque cette opération est terminée, tenez d'une main la casserole placée sur un feu très-doux; battez fortement la morue avec l'autre main à l'aide d'une pochette en bois pour la rendre en purée, puis versez goutte à goutte ou en filets très-fins de la plus pure huile d'olive, comme si c'était pour faire une mayonnaise en tournant toujours sans la quitter pour l'empêcher de brûler; ajoutez une goutte de lait et tournez de nouveau jusqu'à ce que la brandade parvienne à ressembler à du coton en ayant bien soin de ne point la laisser bouillir parce que l'huile se séparerait et la brandade serait tournée et immangeable.

Vous pouvez ajouter dans la brandade, lorsqu'elle est finie, du persil haché ou des truffes coupées en tranches et la relever avec du poivre et un jus de citron.

La brandade ainsi préparée, est un mets très-estimé par les méridionaux et qui peut être servie seule ou bien accompagner la viande et les poissons bouillis.

Morue à la bénédictine.

La morue à la bénédictine ne diffère de la morue en brandade que parce qu'elle peut être préparée indistinctement avec de la morue fraîche ou salée et cuite à l'eau, puis vous y ajoutez une pomme de terre aussi cuite et un morceau de beurre extra-frais que vous pilez, le tout ensemble, dans le mortier, ensuite vous procédez exactement pour là monter sur le feu avec l'huile et le lait comme si c'était pour la précédente et vous la relevez avec un peu de poivre de Cayenne.

Limande, carrelets ou plie.

La limande, le carrelet ou plie sont des espèces de poissons de mer larges et plats ; ils s'accommodent exactement comme la sole.

Bar, mulet, grondin ou rouget et dorade.

Le bar ou loup est un poisson de mer qui ressemble assez au brochet, mais sa chair est plus blanche et plus délicate que celle du brochet et il a moins d'arêtes ; sa chair est très-bonne pour faire des quenelles ou autres farces de poissons.

Le mulet est un poisson de mer dont la chair est blanche, ferme, de bon goût et agréable.

Le grondin ou rouget est un poisson de mer qui tire son nom de sa couleur qui est d'un rouge vif ; sa chair est blanche, ferme et délicate et il est d'un goût supérieur dans la bouille-abaisse, en matelotte, en quenelles et farces de poissons.

Le rouget s'écaille.

La dorade est un poisson de mer qui a la chair blanche, ferme et de bon goût.

Toutes ces espèces de poissons se font cuire au court-bouillon et s'apprêtent avec les mêmes sauces que les autres poissons, excepté les petits qui se font frire.

Thon.

Le thon est un poisson de mer qui peut atteindre une longueur de deux mètres cinquante centimètres et être d'une pesanteur de plus de deux cents kilogrammes. Le meilleur thon est celui qui a la chair blanche et ferme. La chair du thon a beaucoup d'analogie avec celle du veau, aussi l'a-t-on surnommé le veau des Chartreux. La viande du thon est d'une grande ressource ; on peut la manger fraîche en pâté et surtout marinée dans l'huile, dont la consommation est prodigieuse.

Notions sur les poissons d'eau douce.

Le poisson de rivière est plus estimé que celui qui provient des étangs et des lacs, excepté cependant les truites de certains lacs qui se trouvent au sommet ou enclavés dans les montagnes telles que les truites, par exemple, du lac du Mont-Cenis qui ont une chair ferme, fine, délicate, savoureuse et saumonée.

Le poisson des étangs a souvent un goût de vase. Pour diminuer ce goût désagréable, il faut le mettre vivant dans l'eau de rivière en la renouvellant deux fois par jour et l'y laisser pendant près d'une semaine ou bien lui faire avaler, quand il est vivant, une goutte de vinaigre.

Saumon aux sauces hollandaise et savoisienne.

Le saumon est un poisson de mer qui peut être classé parmi les poissons d'eau douce parce qu'il remonte et se tient le plus souvent dans les rivières. Le saumon a la chair rouge et très-délicate ; mais quoique étant très-recherché et très-estimé en France dans les dîners de cérémonie, ce poisson ne l'est pas autant dans certains pays où les gens de service stipulent dans leurs engagements combien de nombre de fois ils seront contraints à manger du saumon.

Le saumon ne s'écaille pas ; pour le vider, il faut lui pratiquer deux incisions au-dessus et au-dessous des nageoires du ventre, puis lui ôter les ouïes avec précaution ainsi que tout l'intérieur ; coupez ensuite les nageoires, celles vers la tête exceptées ; lavez le tout très-proprement et essuyez-le avec soin. Voyez pour de plus amples détails au commencement du chapitre précédent, comme il est indiqué à la page 550.

Lorsque le saumon est préparé et ensuite plié dans un linge que vous ficelez d'une manière peu serrée, faites-le cuire dans le court-bouillon (voyez page 552), laissez-le mijoter pendant une heure au moins si le saumon pèse environ trois à quatre kilogrammes.

Le saumon ainsi préparé, est une entrée ou plutôt un relevé de potage qui est très-recherché dans les grands repas ; il peut aussi se servir accompagné d'une sauce aux huîtres, aux moules, etc.

Lorsqu e le saumon est destiné à être servi froid,
il faut le faire court-bouillonner quelques jours à
l'avance afin que sa chair soit plus ferme et qu'elle
soit d'un goût plus relevé.

Saumon sauce aux câpres.

Préparez le saumon comme le précédent, puis
faites revenir dans du beurre très-frais quelques
petits champignons et une demi-cuillerée de farine,
mouillez ensuite avec du bouillon ; laissez mijoter
une demi-heure, puis liez cette sauce avec deux jaunes d'œufs et un morceau de beurre ; dressez le
saumon entouré de persil et la sauce mise dans une
saucière à part avec des câpres.

Saumon à la tartare.

Ayez une ou deux tranches de saumon coupées
de l'épaisseur d'un doigt, puis faites-les mariner
pendant une heure dans un peu d'huile d'olive, une
goutte de vinaigre avec du sel et du poivre ; ensuite roulez-les dans de la mie de pain ou de la
panure, puis faites-les griller de belle couleur des
deux côtés sur le gril à très-petit feu ; dressez-les
lorsqu'elles seront cuites et versez-les sur une
sauce tartare. Vous pouvez aussi les paner avec un
œuf à la place de l'huile et les faire cuire à la casserole dans du beurre frais comme les côtelettes
panées.

Le saumon ainsi préparé forme un excellent plat
de déjeuner.

Saumon en mayonnaise.

Le saumon en mayonnaise se prépare avec des tranches de saumon court-bouillonnées de la façon ordinaire ou le plus souvent avec les restes d'un gros saumon pour les utiliser, comme il est indiqué pour les filets de sole en mayonnaise. Voyez à la page 568.

Petits saumons au beurre.

Lorsque les petits saumons sont préparés, humectez-les d'une goutte de lait, puis farinez-les et faites-les cuire à la poêle étamée avec du beurre frais, du sel et du poivre ; dressez-les ensuite lorsqu'ils sont d'une belle coloration dorée des deux côtés avec tout le beurre dans lequel ils ont cuit et entourez-les d'un citron coupé en autant de morceaux qu'il y a de convives.

Petits saumons aux fines herbes.

Préparez et faites cuire les petits saumons comme les précédents, puis lorsqu'ils sont dressés, ajoutez dans le beurre qui reste, du persil haché, du sel et du poivre s'il est nécessaire, ainsi qu'une goutte de vin blanc sec ; laissez bouillir un tour cette petite sauce qui doit être onctueuse et versez-la ensuite sur le poisson.

Petits saumons frits.

Préparez les petits saumons comme ceux au beurre ; faites-les frire dans beaucoup de friture chaude et dressez-les avec du persil frit mis à l'entour et un citron.

Saumon en papillotte.

Le saumon en papillotte se coupe par tranches, se prépare et se fait cuire comme les filets de sole en papillote. Voyez page 564.

Saumon au jus.

Faites cuire une tranche de saumon dans le beurre frais avec du sel ; dressez-la lorsqu'elle est cuite, puis versez au-dessus un jus-coulis très-concentré et d'un goût naturel, dans lequel vous aurez mis une garniture de quenelles.

Saumon salé.

Le saumon salé se fait dessaler comme la morue et se prépare exactement de la même manière.

Bécard.

Le bécard qui est le mâle du saumon devient beaucoup plus gros. Il a la chair un peu moins délicate que le saumon ; il se prépare exactement comme le saumon avec les mêmes sauces et peut être servi dans les dîners de cérémonie.

Notions sur la truite.

La truite qui est un poisson d'eau douce très-renommé, qui aime les eaux vives et surtout les courants les plus rapides, est d'une agilité surprenante. La truite a une chair très-délicate, une saveur très-agréable et est d'un usage très-fin. La truite dite saumonée, quelquefois très-grosse, est, avec raison, la plus estimée. La truite court-bouillonnée a aussi beaucoup d'analogie avec le saumon, soit comme chair, soit comme forme, elle se prépare, s'accommode et se dresse de la même manière et elle est, comme le saumon, toujours bien accueillie dans les dîners de cérémonie, surtout quand elle est servie avec les sauces hollandaise, savoisienne, aux queues d'écrevisses, aux huîtres, aux moules, etc., et si la truite est froide, elle peut être accompagnée d'une sauce à l'huile, d'une sauce mayonnaise ou d'une sauce tartare.

Petites truites au beurre.

Voyez dans ce chapitre : petits saumons au beurre.

Petites truites frites.

Voyez aussi dans ce chapitre : petits saumons frits.

Truites aux truffes.

Mettez dans chaque truite d'une grosseur moyenne, une farce de quenelles de poissons mêlée avec des truffes hachées ; ensuite faites-les cuire dans du vin blanc sec, du sel et le fond de deux artichauts coupés en petits carrés. D'un autre côté, préparez un ragoût avec un peu de sauce espagnole ; ajoutez des fonds d'artichauts et quelques tranches de truffes et un peu de court-bouillon du poisson pour le relever ; laissez réduire le tout de manière à en faire une sauce très-concentrée ; ensuite dressez les truites et versez au-dessus cette garniture à courte sauce et de bon goût.

Truites sauce vénitienne.

Préparez et faites cuire les truites comme les précédentes, puis faites une sauce vénitienne comme il est indiqué à la page 203, que vous mouillez avec le court-bouillon des truites.

Pour la sauce des truites à la vénitienne, l'on ne met pas de jus de citron parce que le court-bouillon est assez relevé et dans la garniture, il faut supprimer les truffes.

Truites sauce mayonnaise.

Voyez dans ce chapitre : saumon sauce mayonnaise.

Ombre-chevalier.

L'ombre-chevalier est un poisson d'eau-douce qui se prépare comme le saumon et la truite, c'est-à-dire qu'il ne s'écaille pas. L'ombre-chevalier a la chair aussi fine que celle de la truite et il s'accommode absolument de la même manière et peut être servi, lorsqu'il est d'une certaine grosseur, dans les dîners de cérémonie accompagné des mêmes sauces et des mêmes garnitures.

Perche sur le gril.

La perche est un poisson d'eau douce qui est excellent et d'un goût savoureux, et quoiqu'elle ait la chair un peu moins fine que la truite, elle est souvent préférée par les gourmets ; on peut, pour ainsi dire la nommer la sole d'eau douce ; elle s'apprête du reste de la même manière.

La perche s'écaille avec une rape parce que ses écailles sont petites et dures. Voyez de plus amples détails à la page 550.

Préparez les perches ; ciselez-les des deux côtés avec un couteau tranchant, puis mettez-les mariner pendant une heure dans une goutte d'huile, du vinaigre, avec du sel et du poivre ; roulez-les ensuite dans de la mie de pain et faites-les cuire sur le gril, à petit feu ou sur un plat en fer battu dans le four du fourneau en ayant soin de les arroser de temps en temps avec la marinade pour qu'elles ne soient pas sèches ; dressez-les ensuite lorsqu'elles seront de belle coloration dorée des deux côtés et accompagnez-les d'une sauce maitre-d'hôtel, d'anchois ou toute autre sauce à votre choix.

Perches au beurre.

Voyez sole au beurre, au chapitre précédent.

Perches frites.

Voyez aussi soles frites, au chapitre précédent.

Perches à la vénitienne.

Voyez encore truites à la vénitienne dans ce chapitre.

Brochets sur le gril.

Le brochet que l'on a surnommé le requin d'eau douce, parce qu'il détruit beaucoup d'autres poissons, a la chair blanche, ferme et savoureuse, mais elle offre l'inconvénient d'être traversée par de petites arêtes semblables à du crin, que vous enlèverez autant que possible si, le brochet est préparé en filets.

Le brochet s'écaille comme la perche et pour le vider, il laut lui ôter les ouïes en ayant soin de vous envelopper les doigts d'un linge pour les préserver des arêtes.

La chair du brochet est très-recherchée pour faire des quenelles et autres farces de poissons.

Le brochet peut se préparer, s'accommoder et être dressé absolument comme la sole et, étant court-bouillonné, il peut être servi froid avec une sauce à l'huile, à la tartare, à la mayonnaise, etc.

Le brochet sur le gril se cisèle et se fait mariner, ensuite pané et cuit comme la perche. Ainsi apprêté, il se sert avec une sauce maître-d'hôtel ou au beurre d'anchois, ou simplement avec un citron.

Brochet à la chambord.

Ayez un beau brochet bien préparé ; ôtez-lui la peau d'un côté à l'aide d'un couteau pointu et tranchant comme si c'était pour parer un filet de bœuf ; piquez-le ensuite ou plutôt bigarrez-le triplement avec des fins lardons, des queues d'écrevisses et des truffes coupées comme les lardons. Lorsque cette opération est terminée, mettez le brochet dans un plat long, en terre qui aille sur le feu ou dans une poissonnière avec du beurre frais, du sel, du poivre ; laissez-le cuire dans le four sans le tourner et en l'arrosant de temps en temps avec son jus ; dressez-le lorsqu'il est cuit, légèrement coloré et garnissez-le d'une bonne sauce financière grasse ou maigre comme il est indiqué à la page 260 ; ornez-le au-dessus de belles écrevisses parées et des croûtes de pain frites dans le beurre.

Le brochet à la chambord ainsi préparé, est une entrée très-estimée.

Brochet frit.

Ciselez un petit brochet et faites-le cuire à la friture bouillante comme les autres poissons et ornez-le de persil frit et d'un citron.

Brochet au gratin.

Préparez un brochet, puis faites-le légèrement revenir dans un plat à gratin avec du beurre et du sel ; ensuite saupoudrez-le avec une pincée de farine, puis mouillez-le de vin blanc sec ; ajoutez du poivre, une poignée d'oignons et de persil hachés ainsi qu'une gousse d'ail écrasée, si c'est votre goût ; saupoudrez le tout d'un peu de chapelure et faites gratiner dans un four médiocre pendant une demi-heure ; dressez le brochet dans le plat où il a cuit.

Vous pouvez, pour augmenter ce gratin, mettre au fond du plat des tranches de pain grillées.

Carpe sur le gril.

La carpe est un poisson d'eau douce fort estimé. La laitance de la carpe, c'est-à-dire l'intérieur, qui est blanc, est d'un goût fin et savoureux. Elle est très-nourrissante et très-recherchée dans les garnitures fines. La carpe s'écaille et sa chair est très-délicate, surtout lorsqu'elle est employée pour faire des quenelles de poissons.

Préparez une carpe ; ciselez-la, puis mettez-la pen-

dant une heure mariner dans une goutte d'huile d'o-
live, du vinaigre avec du sel et du poivre ; ensuite
roulez-la dans de la mie de pain et faites-la cuire des
deux côtés sur le gril à petit feu pendant au moins
une demi-heure ou à défaut de gril sur un plat en
fer battu dans le four du fourneau, en ayant soin
de l'arroser avec sa marinade pour qu'elle ne soit
pas sèche. Dressez-la lorsqu'elle est de belle coloration dorée et accompagnez-la d'une sauce maître-d'hôtel.

Vous pouvez mettre dans l'intérieur de la carpe
une farce comme il est indiqué pour le maquereau
sur le gril à la page 569, mais dans ce cas, la
cuisson de la carpe doit être plus prolongée.

Carpe à la Chambord.

Voyez dans ce chapitre comme il est indiqué
pour le brochet à la chambord et préparez la carpe
de même.

Carpe au gratin.

La carpe au gratin se partage le plus ordinairement en deux parties dans le sens de sa longueur,
puis elle se fait cuire exactement comme le brochet
au gratin ; cependant vous pouvez également l'apprêter en y ajoutant une pincée de farine, des champignons secs ou frais, un peu de sauce tomate et
une pochée de bon jus pour en faire une sauce assez
abondante.

Carpes aux fines herbes.

Préparez une carpe ; ensuite fendez-la en deux parties égales ; humectez-la d'une goutte de lait pour lui enlever la couleur noire et lui donner à la place une coloration dorée et croustillante, ensuite farinez-la et faites-la cuire à petit feu dans la poêle étamée ou émaillée avec du beurre frais, du sel et du poivre. Dressez-la quand elle est cuite ; mettez dans le beurre qui reste une pincée de persil haché et une goutte de vin blanc; laissez bouillir un tour et versez cette petite sauce sur les deux moitiés de la carpe.

Vous pouvez vous exempter de mettre des fines herbes et servir la carpe simplement avec un citron et le beurre dans lequel elle a cuit.

Carpe en matelotte vierge.

Préparez une carpe, puis faites-la cuire dans du vin blanc sec et ordinaire, avec du sel, du poivre blanc, un oignon piqué de clous de girofle et un bouquet garni. D'un autre côté, mettez cuire ensemble, sans laisser prendre couleur, dans assez de beurre et du sel, le fond de deux artichauts coupés en petits carrés, avec une douzaine de petits oignons et des champignons frais ; mettez-les un peu plus tard, s'ils sont conservés en hors-d'œuvre ou dans des boîtes ; puis saupoudrez le tout d'une pincée de farine, ensuite mouillez cette garniture avec le court-bouillon de la carpe que vous aurez eu soin de passer au tamis ; laissez mijoter un instant ; pendant ce temps, dressez la carpe sur des croûtes de pain grillées sur la plaque. du fourneau que vous aurez préparées à l'avance et tenez ce plat au chaud à la porte du four, puis liez la sauce avec deux jaunes d'œufs ; versez sur la carpe cette sauce de bon goût qui ne doit pas être épaisse et doit ressembler à une crême ; ornez le tout avec quelques écrevisses panées.

Carpe au court-bouillon.

Mettez cuire une carpe dans le court-bouillon comme il est indiqué à la page 552, puis servez-la à l'huile ou à la sauce tartare ou à toute autre sauce qui vous plaira.

Carpe rôtie à la broche.

Piquez une belle carpe de fins lardons des deux côtés après que vous aurez enlevé la peau à l'aide d'un couteau bien tranchant et pointu ; ensuite remplissez-la intérieurement d'une farce à quenelles ou autre, mêlée avec des truffes et la laitance de la carpe coupée en morceaux ; puis cousez-la pour que la farce ne puisse pas sortir et faites-la cuire à la broche ou dans le four du fourneau comme les rôtis ordinaires avec du sel et du beurre en ne l'arrosant qu'avec le jus qu'elle a rendu, ensuite dressez-la lorsqu'elle est de belle coloration dorée avec tout son jus.

Ainsi préparée, la carpe peut être servie comme rôti, seule ou en face d'un autre rôti de viande.

Alose sur le gril.

L'alose est un poisson de mer qui remonte au printemps dans les rivières et qui ressemble beaucoup à la sardine mais qui est bien plus gros. L'alose à la chair fine et d'un très-bon goût. Celles de la Loire et de la Seine sont les meilleures, mais il faut les choisir bien grasses, rondes, fraîches, ayant la peau brillante et l'œil clair.

Quelques personnes n'écaillent pas l'alose, mais il est bien préférable qu'elle le soit. Pour la vider, vous lui ôtez les ouïes et vous lui fendez le ventre, puis lavez-la très-proprement et lorsqu'elle est bien essuyée, vous la mettez mariner dans une goutte d'huile d'olive, du vinaigre de vin, du sel et du poivre ; ensuite vous remplissez tout l'intérieur d'une farce composée comme celle du maquereau dans laquelle vous ajoutez la laitance et les œufs, si c'est une femelle, puis roulez-la dans de la mie de pain ; faites-la cuire sur le gril à petit feu ou sur un plat en fer battu dans le four en ayant soin de l'arroser avec sa marinade pour qu'elle ne soit pas sèche ; dressez-la ensuite lorsqu'elle est cuite et de belle coloration dorée des deux côtés, entourée d'une sauce à la maître-d'hôtel ou au beurre d'anchois ou toute autre sauce qui vous plaira.

Quelques personnes enveloppent l'alose, pour activer sa cuisson, dans un papier huilé ; dans ce cas, il n'est pas utile qu'elle soit panée.

Alose en matelotte vierge.

Voyez comme il est indiqué pour la carpe en matelotte vierge.

Alose rôtie à la broche.

Voyez encore comme il est dit pour la carpe rôtie à la broche.

Anguille à la tartare.

Les anguilles de rivière et de lac sont préférables à celles des étangs. L'anguille a la chair grasse, ferme et savoureuse et d'un bon goût ; elle se conserve très-longtemps vivante, mise dans un baquet d'eau changée tous les jours. Pour préparer l'anguille il faut lui donner un coup de couteau circulaire tout autour du cou, puis en détacher un peu la peau, ensuite la tirer d'un seul trait à l'aide d'un torchon pour en dépouiller entièrement l'anguille. Quand cette opération est terminée, vous videz l'anguille et vous la lavez et l'essuyez très-proprement, ensuite pliez-la en rond, la tête en dehors ; piquez-la avec deux brochettes ou hâtelets pour la tenir dans cette position ; puis faites-la mariner pendant une heure dans une goutte d'huile d'olive, du vinaigre de vin avec du sel, du poivre, une échalote hachée et une brisée de thym ; roulez-la ensuite dans la panure ou la mie de pain et mettez-la cuire des deux côtés sur le gril sur un feu doux, ou dans le four du fourneau, sur un plat en fer battu ou encore à la broche, en ayant soin de l'arroser avec sa marinade pour qu'elle ne soit pas sèche. Dressez-la ensuite lorsqu'elle est de belle coloration dorée avec une sauce tartare mise dans une saucière à part.

Vous pouvez aussi garnir l'anguille de pommes de terre soufflées et placer simplement au-dessous une sauce maître-d'hôtel.

Ainsi préparée, l'anguille à la tartare est un excellent plat de déjeuner et qui peut être servi comme entrée dans les dîners.

Anguille à la niçoise.

Préparez une anguille ; coupez-la par tronçons de la longueur du doigt, ensuite mettez du beurre dans une casserole ; lorsqu'il est un peu jauni, faites-y revenir les tronçons d'anguilles avec un peu de sel, puis rangez-les sur un plat, un peu séparés et versez dessus une sauce allemande (voyez page 197), de manière à ce qu'ils en soient bien entourés de tous les côtés. Lorsqu'ils sont refroidis, passez une première fois chaque tronçon dans la panure ; ensuite panez-les comme les croquettes une seconde fois dans la mie de pain après que vous les aurez trempés dans l'œuf bien battu et faites-les frire au début sur un feu vif dans la friture chaude pour les surprendre, ensuite retirez-les sur un feu moins ardent et dressez-les sur une serviette lorsqu'ils seront de belle coloration dorée et croustillante à l'extérieur et qu'ils feront la crème à l'intérieur. Ornez-les ensuite de persil frit; accompagnez-les d'une sauce mayonnaise très-ferme préparée avec de l'huile de Nice mise dans une saucière à part.

Ainsi préparés, les tronçons d'anguille à la niçoise sont une entrée très-estimée.

Tronçons d'anguilles frits.

Préparez une anguille coupée en tronçons comme la précédente; humectez-les d'une goutte de lait, puis farinez-les; faites-les frire dans la friture; ensuite ornez-les de persil frit et servez-les avec un citron.

Vous pouvez également accompagner les tronçons frits d'une sauce tomate, italienne ou toute autre sauce qui vous conviendra.

Anguille à la béchamelle.

Préparez et coupez une anguille par tronçons; ensuite faites-les revenir dans du beurre avec un peu de sel; saupoudrez-les ensuite d'une cuillerée de farine, puis mouillez-les avec du lait; laissez mijoter le tout ensemble.

Au moment de servir, liez cette béchamelle avec un morceau de beurre extra-frais. Dressez les tronçons et ornez-les avec des croûtes de pain frites dans le beurre.

Il faut que la sauce de l'anguille à la béchamelle soit très-blanche et peu épaisse. Vous pouvez, pour la rendre plus augmentée et plus finie, ajouter des champignons, des queues de crevettes ou d'écrevisses et dresser cette entrée dans une croûte de vol-au-vent ou toute autre croustade.

Anguille à la financière.

Préparez et coupez une anguille en tronçons et préparez-la exactement comme les filets de sole à la financière. Voyez à la page 562.

Anguille à la matelotte bourgeoise.

Préparez et coupez une anguille par tronçons ; mettez-les cuire dans du vin blanc sec et ordinaire avec du sel, du poivre, un oignon piqué de clous de girofle, de l'ail et un bouquet garni. D'un autre côté, faites revenir, sans laisser prendre couleur, dans le beurre avec du sel, deux douzaines de petits oignons, le fond de deux artichauts coupés en petits carrés et quelques champignons frais ; saupoudrez le tout d'une cuillerée de farine ; laissez-la un instant perdre son goût, puis mouillez cette garniture avec le court-bouillon passé au tamis ; laissez mijoter pendant une demi-heure ; dressez ensuite les tronçons sur des tranches de pain grillées et versez au-dessus la garniture et la sauce après que vous l'aurez liée avec deux jaunes d'œufs et ornez cette matelotte de quelques écrevisses parées mises par dessus.

Tanche au beurre.

La tanche est un poisson d'eau douce qui a la tournure de la carpe en petit. La tanche de rivière et de lac est préférable à la tanche qui habite dans l'eau bourbeuse.

La tanche ne s'écaille pas, mais pour la préparer il faut, lorsqu'elle est vidée, la plonger dans l'eau bouillante à peine une demi-minute pour lui enlever le limoneux et lui donner une couleur plus blanche; ensuite vous l'essuyez bien. La tanche bien nourrie a la chair fine, ferme et d'un bon goût. Elle se conserve très-longtemps vivante dans les poissonneries ou dans un baquet plein d'eau changée tous les jours.

Pour faire cuire la tanche au beurre il faut l'humecter d'une goutte de lait, ensuite la fariner et la faire cuire dans la poêle étamée ou émaillée avec du beurre frais et du sel, puis la dresser lorsqu'elle est d'une belle coloration dorée entourée d'un citron. La tanche se prépare et s'accommode absolument comme les autres poissons et se sert de même.

Lotte frite.

La lotte est un des poissons d'eau douce les plus fins, ayant la chair blanche et d'une saveur agréable. Son foie, fort volumineux, passe pour un aliment des plus délicats, ainsi que la laitance et les œufs.

La lotte ne s'écaille pas ; pour la vider vous lui ouvrez le ventre et vous enlevez avec précaution le foie auquel vous ôtez le fiel ainsi que les œufs et la laitance que vous mettez soigneusement de côté; ensuite vous lavez et l'essuyez très-proprement, puis vous l'humectez d'une goutte de lait et vous la farinez ; faites-la frire dans la poêle sur un feu vif avec beaucoup de friture pour qu'elle baigne et que cette friture soit bouillante afin de surprendre le poisson.

A moitié cuisson, ajoutez le foie, la laitance et les œufs aussi humectés dans le lait et farinés. Dressez le poisson lorsque le tout est ferme et d'une coloration dorée et croustillante ; saupoudrez-le d'un peu de sel fin, ornez-le de persil frit et accompagnez-le d'un citron.

La lotte frite, ainsi préparée, est une des meilleures méthodes que l'on peut choisir pour l'accommoder, surtout pour son foie qui a un bon goût de noisette et qui fait pour ainsi dire la crême tant il est fin et délicat ; aussi selon le vieux dicton, pour manger un foie de lotte :

<blockquote>
Une femme vendrait sa cotte
Un mari sa culotte
Un curé sa calotte.
</blockquote>

Lotte à la financière.

Ayez une belle lotte ; remplissez-en l'intérieur d'une farce de quenelles de poissons mêlée avec des truffes et le foie de la lotte coupé par morceaux, puis faites-la cuire dans le four sur un plat avec du beurre, du sel et une goutte de vin blanc sec ; dressez-la lorsqu'elle est cuite et garnissez-la d'une bonne financière grasse ou maigre comme il est indiqué à la page 260 et ornez cette entrée avec des écrevisses et des croûtes de pain frites dans le beurre.

Lotte au conrt-bouillon.

Mettez cuire une lotte dans le court-bouillon ordinaire et servez-la chaude ou froide avec les sauces qui vous conviendront.

Brochettes d'éperlans et de goujons.

L'éperlan est un petit poisson long et menu, ainsi nommé parce qu'il a la couleur de la perle ; il naît dans la mer et monte dans les rivières où on le pêche. L'éperlan a la chair d'une saveur agréable ayant un goût de violette qui lui est propre.

Le goujon ressemble comme grosseur et longueur à l'éperlan, mais il diffère dans la couleur qui est blanche et noire et il a la chair un peu moins ferme.

Pour les faire frire, il faut les vider, les enfiler ensuite par les yeux avec un hâtelet en argent ou en fer sans qu'ils soient serrés ; trempez-les dans du lait ; farinez-les ; faites-les frire dans beaucoup de friture bouillante ; dressez-les lorsqu'ils sont de belle coloration dorée ; saupoudrez-les de sel ; ornez-les d'un bouquet de persil frit et servez-les avec les hâtelets C'est la méthode la plus en usage et la meilleure pour préparer les éperlans et les goujons.

Murette de poissons à la marinière.

Pour procéder à bien faire une murette, vous choisissez tous les poissons à chair ferme tels que :

anguille, tanche, perche, carpe, que vous coupez par morceaux après qu'ils auront été soigneusement écaillés, lavés et essuyés. Mettez ensuite assez de beurre et de lard salé coupé en petits carrés dans une grande casserole pour que le poisson soit surpris en même temps et qu'il cuise d'une manière égale ; lorsque le beurre et le lard sont jaunis, ajoutez le poisson, quelques petits oignons et du sel ; laissez cuire de belle couleur sans arroser. Quand cette opération est terminée, faites un petit roux avec une cuillerée ou deux de farine, selon la quantité que vous avez de poissons ; mouillez-le avec du vin rouge un peu couvert ; ajoutez du sel, un fort bouquet de thym et de laurier attachés, assez de poivre. Versez ensuite cette sauce sur le poisson ; laissez mijoter le tout ensemble pendant une demi-heure au moins ; ajoutez, s'il est nécessaire, une goutte de colorant pour donner à la sauce une couleur un peu brune ainsi qu'une pochée de bon jus pour la fortifier ; dressez la murette, lorsqu'elle est cuite, sur un plat creux dans lequel vous aurez placé au fond des tranches de pain grillées ; arrangez en rocher le poisson et la sauce qui ne doit pas être épaisse et de bon goût ; parfumez le tout avec un verre à vin de bon cognac, puis mettez le feu et servez la murette qui doit brûler pendant un certain moment sur la table.

Vous pouvez aussi faire brûler le cognac dans la casserole et servir cette entrée avec des croûtes de pain placées au-dessus et frites dans le beurre, comme il est indiqué à la page 69.

La murette de poissons, ainsi préparée, est un

mets très-apprécié. Cette murette peut se faire indistinctement avec du beurre, de l'huile d'olive et de la graisse.

Grenouilles au naturel.

Les grenouilles se mangent le plus ordinairement en hiver ; elles sont d'un goût fin et d'une chair délicate et légère. Les grenouilles se vendent toutes préparées, c'est-à-dire, dépouillées de leur peau ; il faut cependant pour les mettre cuire, leur couper l'extrémité des pattes et enlever entièrement celles de devant, si vous le voulez ; ensuite vous les mettez mariner pendant une heure dans une goutte de vin blanc avec du sel, du poivre et une échalote pour leur enlever le goût de trop fade. Cela étant fait, sortez-les de leur marinade au moment de les faire cuire ; égouttez-les, puis humectez-les d'une goutte de lait et farinez-les pour leur donner une teinte brillante et croustillante ; procédez pour leur cuisson en les mettant dans une poêle émaillée avec un fort morceau de beurre que vous laissèz un peu chauffer et faites-les cuire à l'étouffée sans les arroser sur un feu bien allumé pour qu'elles ne fassent pas l'eau, pendant un quart-d'heure environ ; goùtez si elles sont à bon goût et dressez-les lorsqu'elles seront d'une belle coloration dorée avec tout le beurre dans lequel elles ont cuit afin qu'elles ne soient pas sèches.

Vous pouvez relever les grenouilles avec un filet de vinaigre ou de vin blanc et ajouter, lorsqu'elles

sont cuites, une pincée de persil haché et une gousse
d'ail écrasée.

Grenouilles en beignets.

Préparez les grenouilles comme les précédentes;
troussez les pattes en dedans, puis formez avec
chaque grenouille des beignets avec une pâte à frire
comme il est indiqué à la page 231 et faites-les
frire à grande friture bouillante, ensuite dressez-
les ornées de persil frit au-dessus.

Grenouilles à la sauce blanche.

Faites revenir sur un bon feu des grenouilles
avec du sel dans assez de beurre très-frais
sans leur laisser prendre couleur; ensuite saupoudrez-les légèrement de farine à laquelle
vous laissez un instant perdre son goût; ensuite mouillez-la avec moitié bouillon, moitié vin
blanc et, au moment de servir, liez cette sauce
blanche avec deux œufs que vous relevez avec du
poivre blanc ou de celui de Cayenne; dressez les
grenouilles ornées de croûtes de pain frites dans le
beurre.

Les grenouilles en sauce blanche conviennent
très-bien aux malades, mais il est prudent de faire
la sauce blanche avec du lait ou de la crème et de
ne mettre ni vin blanc ni poivre.

CHAPITRE XXIX.

ŒUFS.

Notions sur les œufs.

Les œufs fournissent à l'alimentation, à la cuisine et à la pâtisserie une de ses plus grandes ressources ; ils sont un aliment nourrissant, sain, fortifiant et léger qui convient presque à tout le monde et surtout à tous les estomacs. Les nombreuses et les différentes manières dont on les accommode sont aussi saines qu'agréables. Les œufs offrent l'avantage d'être vite préparés et d'être toujours bien accueillis surtout dans un déjeuner ou dans un dîner à l'improviste.

Pour connaître si un œuf est frais on l'entoure de chaque côté avec les mains et on présente devant une lumière la partie qui n'est pas couverte ; si l'œuf est transparent c'est un indice qu'il est frais. Les personnes habituées n'ont pas besoin d'avoir recours à cette épreuve ; ils reconnaissent qu'un œuf est frais lorsque la coquille est bien blanche, grainée et d'une teinte que l'on dirait être légèrement rosée ; mais si au contraire la coquille est d'un blanc terne l'on peut s'en méfier.

Lorsque l'on veut garder des œufs qui fassent le lait c'est-à-dire très-frais pendant huit jours, il faut les mettre aussitôt qu'ils sont pondus dans le son ou le blé ou bien dans l'eau fraîche renouvellée tous les jours.

Voyez pour les conserver plus longtemps de plus amples détails à la page 128.

Œufs à la coque ou à l'anglaise.

Mettez dans une casserole assez d'eau pour que les œufs y baignent ; lorsqu'elle est en ébullition, mettez-les œufs et laissez-les bouillir pendant quatre minutes. C'est ordinairement la cuisson qui convient si les œufs sont frais et si on veut les manger laiteux ; mais s'ils ne sont pas excessivement frais la durée de quatre minutes est trop prolongée.

Pour connaître le juste degré de cuisson pour les œufs à la coque l'on vend une quantité de petits appareils que l'on peut se procurer selon son choix, mais l'on peut choisir de préférence celui que l'on appelle molleteur-thermomètre qui n'est pas d'un prix qui excède cinq francs et qui peut contenir douze œufs à la fois.

Avec ce molleteur, les œufs sont mis à l'eau froide, ce qui empêche qu'ils soient surpris par l'eau bouillante qui fait fendre quelque fois la coquille et au moyen du molleteur-thermomètre, la cuisson des œufs est indiquée à l'état où on doit les manger.

Les œufs à la coque se servent le plus ordinairement le matin à déjeuner sous une serviette pliée ou dans un bol avec de l'eau tiède pour les tenir au chaud.

Les œufs à la coque doivent toujours être accompagnés d'un morceau de beurre extra-frais, ou d'un peu de crême ou d'un bon jus de rouelle de veau, mis dans une saucière à part, ou bien simplement de sel et de poivre.

Œufs pochés en chemise.

Mettez dans une casserole de l'eau ; lorsqu'elle est en ébullition, salez-la légèrement et ajoutez un filet de vinaigre, puis cassez-y avec précaution et très-doucement des œufs très-frais, c'est une condition absolue et faites en sorte qu'ils soient assez séparés les uns des autres pour qu'ils ne se touchent pas et que le jaune ne se crêve pas ; laissez-les boutonner sans les toucher au coin du feu pendant cinq minutes au plus, de manière à ce que le jaune reste un peu mollet. Sortez-les ensuite avec adresse à l'aide de l'écumoire et mettez-les sur le plat bien égouttés ; versez ensuite au-dessus un jus-coulis très-concentré et bouillant ainsi que quelques feuilles d'estragon ou de cerfeuil hachées grossièrement.

Les œufs pochés se servent aussi avec les sauces blanche, aux câpres, robert, piquante, italienne, queues d'écrevisses, tomate, etc., ou encore sur de l'oseille hachée.

Œufs frits.

Mettez dans le fond de la poêle de l'huile ou de la graisse ; levez un peu le manche afin que la graisse ou l'huile aille dans le coin ; faites fortement chauffer et mettez chaque fois un ou deux œufs extra-frais ; arrangez-le pendant sa cuisson qui doit être d'une durée de cinq à six minutes avec la fourchette de manière à ce qu'il soit bien arrondi et lorsqu'il est assez frit d'un côté, tournez-le de l'autre, puis sortez-le lorsqu'il est d'un beau jaune d'or ; saupoudrez-le d'un peu de sel fin. Continuez cette même opération pour les autres.

Les œufs frits se servent à déjeuner avec une sauce à l'huile, au vinaigre, avec sel, poivre et un peu de moutarde mise dans une saucière, ou bien chaque convive peut la faire à son gré sur son assiette.

Les œufs se servent aussi comme garniture dans les poulets à la marengo, ou la tête de veau en tortue ou d'autres mets du même genre.

Œufs frits au jambon.

Coupez des oignons très-fins ou hachez-les de préférence ; faites-les jaunir indistinctement dans le beurre, l'huile ou la graisse avec un peu ou pas de sel et du poivre ; coupez d'un autre côté une tranche pas trop mince de jambon cru peu salé et de première qualité ; faites-la griller légèrement sur le gril ou dans un plat en fonte. Dressez les oignons ; placez au-dessus la tranche de jambon et mettez au-dessus du jambon un œuf frit, comme il est indiqué précédemment.

Ainsi préparés, les œufs frits au jambon sont un excellent plat de déjeuner.

Œufs sur le plat dits au miroir.

Mettez dans un plat qui aille sur le feu et non dans la poële à frire, un peu de beurre frais ; lorsqu'il est fondu, cassez les œufs près du plat très-doucement afin que le jaune reste entier, car il n'y a rien de si désagréable et de si peu appétissant |que lorsque le jaune est crevé parce qu'il laisse à supposer que l'œuf n'est pas frais ; salez-les légèrement ; laissez-les cuire plus ou moins de temps selon que vous les voulez plus ou moins cuits.

Vous pouvez ajouter dans les œufs au miroir une cuillerée de bonne crême.

Œufs aux fines herbes.

Faites revenir dans le beurre frais pendant cinq minutes des fines herbes hachées, puis mettez les œufs et faites-les cuire comme les précédents.

Œufs au beurre noir.

Mettez assez de beurre dans la poële ; laissez-le roussir avec excès, puis cassez-y les œufs ; salez et poivrez et relevez-les avec un filet de vinaigre que vous mettez dans la poêle lorsque les œufs sont dressés.

Œufs à la méridionale.

Faites cuire dans assez de graisse ou dans l'huile bouillante quelques tranches de tomates sans pepins et de l'ail écrasée ou coupée en petits morceaux ; cassez au-dessus des œufs ; ajoutez le sel et le poivre et laissez cuire le tout ensemble pendant un quart-d'heure au plus.

Œufs à l'italienne.

Faites revenir dans assez d'huile ou du beurre, des champignons, de l'ail, des fines herbes et des anchois hachés ; ensuite cassez-y les œufs ; salez peu à cause des anchois, puis dressez-les sur des croûtes de pain frites dans le beurre.

Œufs à la bonne femme.

Mettez cuire dans un plat à gratin quelques bouts de petites saucisses fraîches ; laissez-les dans la graisse qu'elles rendront ; rangez-les ensuite autour de votre plat à gratin, puis cassez des œufs dans le milieu ; salez et poivrez modérément et laissez cuire le tout ensemble en ajoutant au-dessus une pincée de fines herbes hachées.

Œufs à la piémontaise.

Mettez dans un plat qui aille sur le feu un morceau de beurre bien frais ; lorsqu'il est fondu, faites un lit

de gruyère coupé en tranches émincées, puis cassez
des œufs au-dessus ; salez et poivrez modérément
et faites cuire les œufs à petit feu.

Œufs à la genevoise.

Mettez dans une casserole six à huit jaunes
d'œufs ; délayez-les avec deux verres de bouillon
ou de l'eau et du sel, un peu de poivre et de la noix
muscade, si c'est votre goût ; versez ensuite le tout
dans un plat creux qui aille sur le feu et dans lequel
vous aurez mis des tranches de gruyère coupées
très-minces. Couvrez la casserole d'un couvercle ;
mettez cuire le tout au bain-marie ou dans le four;
lorsqu'ils seront bien pris comme si c'était une
crême renversée, vous les servirez.

OEufs à la provençale.

Epluchez une poignée de gousses d'ail ; échaudez-les, si vous le voulez, dans l'eau bouillante ;
ensuite pilez-les très-finement dans le mortier
avec quelques anchois préparés et lavés à l'eau
froide; lorsque le tout est pilé, délayez cette préparation avec un peu d'huile d'olive que vous versez
peu à peu en tournant toujours pour en faire une
espèce d'ayoli un peu clair ; quand cela est fait,
dressez cette sauce sur un plat et mettez des œufs
pochés au-dessus.

Œufs brouillés au naturel.

Mettez dans une casserole presque autant de
beurre extra-frais qu'il y a d'œufs avec une pointe

d'ail écrasée ; laissez jaunir sans excès ; ajoutez ensuite les œufs, du sel et assez de poivre ; battez le tout ensemble pour bien mêler, puis faites cuire sur un feu modéré en tournant toujours avec la pochette en bois ; lorsque vous voyez qu'il ne reste que très-peu de clair d'œufs pas cuit, il faut les enlever de dessus le feu et les dresser vivement parce que les œufs brouillés ne doivent pas être trop cuits, puis ornez-les de croûtes de pain frites dans le beurre, comme il est indiqué à la page 69.

Vous pouvez vous exempter de mettre autant de beurre et le remplacer par de la crême ou du bon lait.

Œufs brouillés aux pointes d'asperges.

Coupez en petits pois quelques asperges ; mettez-les cuire pendant cinq minutes dans du beurre ; lorsqu'elles sont cuites, retirez-les du feu, puis cassez des œufs dessus et procédez ensuite pour l'assaisonnement et la cuisson exactement comme il est indiqué pour les précédents, sans cependant y mettre de l'ail, si vous le voulez.

Œufs brouillés au cervelas.

Coupez par petits carrés un cervelas cru ou cuit ; faites-les revenir dans du beurre avec une gousse d'ail écrasée pendant cinq minutes ; ensuite cassez-y des œufs et procédez pour la cuisson comme il est indiqué ci-dessus, mais il est prudent de ne mettre que peu ou pas de sel ni de poivre à cause du cervelas qui est déjà assez salé et épicé.

OEufs brouillés aux champignons.

Faites cuire dans le beurre de tout petits champignons ; laissez un instant perdre leur chaleur lorsqu'ils seront cuits, ensuite cassez des œufs et faifaites-les cuire comme les œufs brouillés au naturel.

OEufs brouillés au fromage.

Préparez et faites cuire les œufs brouillés au fromage avec les mêmes assaisonnements que ceux au naturel dans lesquels vous aurez ajouté du gruyère rapé ou coupé en tranches très-minces, sans cependant mettre trop de sel à cause du fromage qui est salé.

OEufs brouillés aux truffes.

Préparez et faites cuire les œufs brouillés comme ceux au naturel dans lesquels vous aurez mis des tranches de truffes émincées ; ensuite vous aurez eu soin d'en conserver quelques tranches pour les disséminer au-dessus des œufs lorsqu'ils seront dressés et que vous entourez toujours avec des croûtes de pain comme il est dit.

OEufs brouillés aux tomates.

Coupez une tomate en petites tranches ; mettezles cuire dans du beurre avec du sel et une gousse d'ail écrasée ; lorsqu'elles sont cuites, cassez des œufs et procédez ensuite comme pour la cuisson ordinaire.

Œufs en salade.

Mettez cuire dans l'eau froide six à huit œufs pour faire une salade ordinaire ; laissez-les bouillir pendant un quart-d'heure, vingt minutes au plus ; s'ils cuisaient davantage ils prendraient un goût étranger et seraient noirs, puis mettez-les aussitôt qu'ils sont cuits dans de l'eau fraîche afin qu'ils soient plus faciles à être décoquillés. Quand cette opération est faite, coupez-les par tranches un peu épaisses ; ensuite faites une salade pas trop vinaigrée avec de l'huile d'olive ou de noix surfine, du sel, du poivre et un peu de civette ou des queues d'oignons vertes hachées, si c'est la saison, ou bien des fines herbes et un oignon ou une échalote aussi hachés, ainsi qu'une gousse d'ail écrasée et de la moutarde, si c'est votre goût. Versez cette sauce sur les œufs au moment de les servir, puis remuez cette salade avec précaution afin que les œufs ne soient pas en purée, ce qui absorberaient toute la sauce et la salade serait sèche et moins bonne.

Il est à remarquer que pour faire une excellente salade ; il faut que les œufs ne soient ni chauds ni froids, mais qu'ils soient à un degré de tiède presque froid.

Œufs à la béchamelle.

Faites cuire des œufs comme les précédents, puis faites une sauce béchamelle au gras ou au maigre comme il est indiqué à la page 191 ; ensuite mettez les œufs coupés en tranches ; laissez-les cuire un tour ou deux ; ensuite liez cette sauce béchamelle avec un fort morceau de beurre extra-frais. Dressez ensuite les œufs avec soin pour ne pas les briser et ornez-les de croûtes de pain frites dans le beurre comme pour les œufs brouillés

Œufs à la sauce blanche.

Faites cuire des œufs comme les précédents, puis faites une sauce blanche comme il est indiqué à la page 193 que vous mouillez avec du bouillon ou à défaut avec de l'eau dans laquelle vous mettrez une gousse d'ail écrasée ou une échalote hachée ; ensuite mettez les œufs coupés en tranches comme ceux à la béchamelle ; laissez mijoter un instant ; puis liez cette sauce blanche avec deux œufs et un morceau de beurre que vous relevez avec un filet de vinaigre, un peu de poivre ainsi que de la noix muscade, si c'est votre goût. Dressez ensuite les œufs comme ceux à la béchamelle.

Œufs au gratin.

Préparez exactement les œufs au gratin comme ceux à la sauce blanche, mais vous remplacerez le vinaigre par un peu de fromage rapé, puis faites gratiner le tout ensemble dans un plat à gratin pendant vingt minutes dans le four médiocre en ayant soin de mettre au-dessus quelques petits

morceaux de beurre extra-frais et une couverture
de fromage rapé.

Œufs en matelotte.

Mettez dans une casserole du beurre ; lorsqu'il
est à peine fondu, faites-y revenir une douzaine de
petits oignons avec une cuillerée de farine ; mouillez ensuite avec du vin blanc sec ; ajoutez du sel,
du poivre blanc, un bouquet de thym et de laurier;
laissez mijoter le tout ensemble jusqu'à ce que les
oignons soient cuits ; ensuite ôtez le bouquet et
mettez-y les œufs cuits durs et coupés en tranches;
goûtez si la matelotte est à bon goût et dressez-la
comme les œufs à la béchamelle entourée de crou-
tons frits dans le beurre.

Œufs au jus.

Faites cuire les œufs à l'eau ; ensuite faites aussi
un jus-coulis très-concentré légèrement lié avec un
peu de farine ou un peu de tomate ; coupez les œufs
par tranches et mettez-les, au moment de servir,
dans le jus afin qu'ils restent blancs et qu'ils ne
deviennent pas trop forts ; laissez-les bouillir un
tour et dressez-les comme ceux à la béchamelle avec
ou sans câpres fins par-dessus.

Œufs à la tripe.

Mettez dans une casserole assez de beurre ou de
la graisse de cochon ou de celle d'oie ou de canard:

faites-y revenir une bonne garniture d'oignons coupés ou hachés grossièrement avec du sel ; lorsque les oignons seront cuits et d'une coloration légèrement jaunie, saupoudrez-les d'une petite pincée de farine ; ensuite mouillez le tout avec du lait ou du bouillon ou à défaut avec de l'eau, du sel et du poivre ; laissez mijoter jusqu'à ce que les oignons soient cuits et que la sauce soit de bon goût ; ensuite ajoutez les œufs cuits durs coupés en petits carrés ; laissez cuire le tout ensemble un petit instant, puis dressez les œufs à la tripe à courte sauce avec des croûtes de pain frites dans le beurre placées autour.

Œufs frits à la tartare.

Voyez au chapitre des hors-d'œuvre chauds à la page 236.

Croquettes d'œufs.

Voyez aussi comme il est indiqué au même chapitre des hors-d'œuvre chauds.

Œufs en surprise.

Ayez des œufs pochés comme il est dit, puis mettez-les mariner lorsqu'ils sont bien égouttés dans un jus de citron, avec du sel, du poivre et un peu de persil haché ; ensuite faites-les frire dans beaucoup de friture bouillante et entourés d'une pâte à frire, comme si c'était des beignets ; saupoudrez-les légèrement de sel fin et servez-les sur un lit de persil frit.

Omelette au naturel.

La première condition pour faire une omelette c'est que le beurre soit extra-frais et surtout sans petit lait, ce qui la ferait attacher à la poêle et que cette dernière soit d'une extrême propreté.

L'omelette qui est cuite dans la poêle émaillée ou celle en tôle ou en cuivre étamé a un goût plus fin que celle qui est cuite dans la poêle à frire et quoique la préparation d'une omelette soit chose connue de tout le monde, il y a pourtant une différence sensible entre une omelette bien faite et celle qui ne l'est pas.

Cassez six œufs ; ajoutez du sel, du poivre et deux cuillerées à bouche de crême ou du bon lait, si vous le voulez, pour l'adoucir ; battez bien le tout ensemble ; mettez dans la poêle, sur un feu modéré, assez de beurre pour que l'omelette soit assez grasse ; quand il est fondu et jauni à goût de noisette, versez-les œufs, puis laissez l'omelette se faire toute seule sans la toucher ; aussitôt qu'il y aura au fond une couche qui sera prise, ramenez-la avec le bras ou la fourchette du côté du manche de la poêle et faites couler à la place les œufs qui ne sont pas cuits, ensuite pliez-la d'une forme bien arrondie ; laissez prendre une belle couleur et renversez-la avec adresse sur un plat légèrement chauffé.

La durée de la cuisson d'un omelette moyenne

est d'environ cinq minutes et il est essentiel que le beurre soit chaud parce que, s'il ne l'est pas, l'omelette prend un goût de fade ; elle doit être aussi ce que l'on appelle baveuse, c'est-à-dire peu cuite au milieu ce qui la rend moins sèche et être gonflée, croustillante et d'une coloration dorée tout autour et non pas être pâle, ni roussie et encore moins brûlée.

L'omelette, pour être bien faite, ne doit pas excéder huit ou dix œufs, mieux vaut en faire deux moyennes qu'une trop grosse, parce qu'elle offre plus de difficultés à la préparer; elle est aussi coûteuse et fait moins de profit.

L'omelette doit se manger toute brûlante, c'est une qualité incontestée.

Omelette aux fines herbes.

Préparez et faites cuire une omelette comme la précédente dans laquelle vous mettez des fines herbes ou des queues d'oignons hachés, mais il faut supprimer le persil qui donne de l'amertume à l'omelette.

L'omelette aux fines herbes est celle qui se sert le plus habituellement dans les déjeuners et qui est toujours bien accueillie.

Omelette à la bonne femme.

Mettez dans la poêle assez de beurre frais ou fondu ; faites-y cuire un gros oignon coupé en tranches très-minces ; lorsqu'elles sont à point de cuisson, mettez-les œufs préparés avec des fines herbes hachées et mêlées avec deux cuillerées de crême, du sel et du poivre ; laissez cuire l'omelette bien croustillante de part et d'autre en la tournant comme si c'était pour faire des crêpes et servez-la bouillante quand elle est montée.

Omelette aux champignons.

Faites sauter dans la poêle quelques petits champignons frais ; lorsqu'ils sont cuits, versez par-dessus les œufs, puis faites l'omelette comme celle au naturel. Vous pouvez, pour rendre l'omelette plus finie, accommoder les champignons à la sauce qui vous conviendra, soit au jus ou à la crême, puis les mettre au milieu de l'omelette lorsqu'elle commence à être prise et que vous enveloppez, de sorte que les champignons soient bien renfermés ; ensuite vous dressez l'omelette et vous la servez bouillante, c'est une condition absolue.

Omelette aux queues de crevettes ou d'écrevisses.

Préparez les crevettes ou les écrevisses comme il est indiqué pour celles à la Nantua à la page **229**, et puis procédez pour la cuisson comme pour celle aux champignons.

Omelette aux escargots.

Préparez les escargots à la sauce poulette comme il est indiqué à la page **536** et faites l'omelette de la

même manière que celle ci-dessus des champignons
au jus ou à la crème.

Omelette aux huîtres.

Préparez les huîtres comme il est indiqué à la
page 548, puis procédez exactement comme pour
faire l'omelette aux champignons, au jus ou à la
crême.

Omelette aux moules.

Procédez exactement pour l'omelette aux moules
comme pour celle aux huîtres.

Omelette aux rognons.

L'omelette aux rognons peut se préparer de deux
manières. Lorsqu'il reste de la veille un peu de
rognon d'un rôti de veau, vous coupez le rognon,
gras et maigre, en petits carrés gros comme des
pois, puis vous faites revenir le tout pendant cinq minutes dans du beurre et vous procédez ensuite pour
faire l'omelette comme il est indiqué.

Vous pouvez aussi faire l'omelette avec des rognons de mouton, de bœuf ou de veau sautés et
liés avec une petite |sauce brune ; dans ce dernier
cas, vous préparez et faites l'omelette comme celle
aux champignons, au jus ou à la crême.

Omelette au lard.

Faites rissoler dans la poêle avec ou sans beurre, du lard salé, gras et maigre, puis versez les œufs au-dessus sans qu'ils soient peu ou pas salés à cause du lard et procédez pour l'omelette comme il est indiqué,

Omelette au jambon.

Procédez exactement comme pour celle au lard et vous pouvez, à votre choix, couper le jambon en petites tranches émincées.

Omelette au cervelas.

Faites revenir dans du beurre du cervelas cuit ou cru de préférence, puis faites l'omelette comme précédemment sans mettre du sel à moins que cela ne soit nécessaire.

Omelette aux pointes d'asperges.

Faites cuire à l'eau et du sel des asperges coupées en petits pois ; faites-les revenir si vous le préférez dans le beurre ; versez dessus, quand elles seront cuites, les œufs dans lesquels vous aurez mis un peu de fines herbes et surtout du cerfeuil haché, puis procédez pour faire l'omelette de la manière ordinaire.

Omelette au fromage.

Préparez des œufs comme il est indiqué pour l'omelette au naturel dans lesquels vous mettrez du gruyère pas trop fort, coupé en tranches émincées et non rapé et peu de sel à cause du fromage ; ensuite faites l'omelette comme les précédentes.

Omelette aux tomates.

Faites cuire indistinctement dans le beurre, de l'huile ou de la graisse, une ou deux tomates coupées en tranches avec ou sans gousse d'ail et un peu de sel ; lorsqu'elles sont cuites, versez dessus les œufs et procédez pour faire cette omelette comme précédemment.

Omelette aux aubergines.

Faites rissoler indistinctement dans l'huile, le beurre ou la graisse, une aubergine coupée en tranches minces avec un peu de sel, puis lorsqu'elle est cuite versez dessus les œufs et faites de la même manière qu'il est indiqué.

Omelette aux concombres.

Mettez macérer un concombre coupé en tranches minces pendant une heure dans le sel pour lui faire rendre l'eau, puis faites-le ensuite lestement rissoler dans l'huile, la graisse ou le beurre ; ensuite faites l'omelette comme il est indiqué.

Omelette aux truffes.

Cassez des œufs ; lorsqu'ils sont salés et poivrés ajoutez des tranches émincées de truffes et procédez pour faire l'omelette, comme il est indiqué pour celle au naturel.

Omelette à la sauce tomate.

Préparez et faites cuire une omelette comme celle au naturel, puis couvrez-la avec une sauce tomate peu liée dans laquelle vous mettrez une gousse d'ail écrasée, si c'est votre goût, ou simplement liée avec un morceau de beurre.

Omelette à la sauce blanche.

Lorsque l'omelette est préparée et cuite comme celle au naturel versez par-dessus une sauce blanche comme il est indiqué à la page 193. Laissez le plat cinq minutes dans le four et servez bouillant.

Omelette au gratin.

Préparez et faites cuire l'omelette comme celle au naturel, ensuite mettez-la dans un plat qui aille sur le feu, puis couvrez-la entièrement d'une sauce blanche dans laquelle vous aurez ajouté, si c'est votre goût, un peu de fromage rapé pour la relever.

Quand cela est fait, mettez gratiner le tout pendant vingt minutes dans un four médiocre avec quelques morceaux de beurre extra-frais au-dessus ainsi qu'une couche de fromage rapé.

Omelette aux harengs-saurs.

Prenez un ou deux harengs ; faites-les griller, ensuite ôtez toutes les arêtes et coupez-les par morceaux ; mettez-les ensuite dans les œufs et procédez pour faire l'omelette de la façon ordinaire, mais sans y mettre du sel.

Omelette soufflée.

Voyez l'omelette soufflée comme elle est indiquée au chapitre des plats sucrés.

Omelette au rhum, au kirch, au sucre, aux confitures.

Voyez aussi au même chapitre que le précédent.

CHAPITRE XXX.

NOTIONS SUR LES LÉGUMES VERTS, ET SECS EN GÉNERAL.

Les légumes verts doivent toujours être fraîchement cueillis, être mis à cuire dans de l'eau bouillante avec ou sans sel selon leur nature, comme il sera décrit ci-après, de manière à ce qu'ils baignent entièrement dans l'eau et être placés dans des marmites ou casseroles assez grandes sans être serrés afin que leur cuisson soit plus accélérée et plus égale.

Il est essentiel aussi qu'ils soient blanchis sur un feu bien allumé et sans que la marmite ou la casserole soit couverte ; puis lorsqu'ils sont cuits, il est prudent de les rafraîchir avec de l'eau froide pour qu'ils gardent leur verdeur.

Dans aucun cas il ne faut y mettre de la potasse, du cristal de soude ou autres produits chimiques, sous prétexte de les faire verdir ; il faut au contraire, les mettre cuire au naturel pour qu'ils soient toujours d'un beau vert ; s'ils ne le sont pas, c'est qu'ils ont été mal blanchis ou bien qu'ils ne sont pas fraîchement cueillis ou bien encore que l'eau est ce que l'on appelle dure.

Pour l'améliorer et la rendre plus douce, il importe de la mettre bouillir une demi-heure environ et au moyen de cette ébullition les sels de chaux sont décomposés et vont au fond de la marmite ; décantez-la ensuite en ayant bien soin de ne pas mettre ce qui est blanc et faites ensuite cuire les légumes comme il est indiqué.

Quant aux légumes secs, tels que les haricots, les pois concassés, les lentilles, les fèves, etc., il faut, contrairement aux légumes verts, les mettre tremper dès la veille dans l'eau tiède, puis les faire cuire le lendemain à petit feu dans l'eau froide avec du sel et quelquefois des aromates.

Pommes de terre en robe de chambre.

La pomme de terre est celui des légumes qui se prête au plus grand nombre d'assaisonnement et de préparations culinaires soit pour les potages et les soupes, soit comme entremets et garnitures. La pomme de terre est très-nourrissante, d'une digestion facile et toujours bien accueillie. La pomme de terre peut se servir tous les jours sans que les convives en soient ni fatigués ni rassasiés. Dans beaucoup de pays elle remplace le pain.

Dans les diverses variétés de pommes de terre, ce sont les jaunes rondes qui sont les plus farineuses, celles qui sont jaunes, dites pommes de terre de Hollande, qui ont la forme longue et oblongue, ne s'écrasent pas aussi facilement et n'épaississent pas autant que les rondes dans les soupes, les purées, mais elles sont préférées pour garniture et pour être soufflées.

Préparez des pommes de terre entières ; lavez-les bien à l'eau froide pour en enlever toute la terre, puis mettez-les cuire simplement dans une marmite en fonte avec un ou deux verres d'eau en ayant soin de bien couvrir la marmite afin que la vapeur les pénètre et les cuise également.

Cette manière de procéder pour la cuisson des pommes de terre rondes est celle qui est ordinairement la plus employée. Vous pouvez aussi les faire cuire telles quelles dans le four du fourneau ou bien sous des cendres chaudes. Vous pouvez encore les mettre cuire à la vapeur. Pour cela il est utile d'avoir une marmite destinée à cet usage ou à défaut ce serait de placer un grillage mobile en fer ou en bois percé de petits trous très-rapprochés, ayant trois ou quatre pieds assez longs pour les supporter et les tenir assez éloignés afin que l'eau en ébullition ne puissent pas atteindre jusqu'au grillage, ensuite vous mettez au fond de la marmite quatre ou cinq litres d'eau ; vous placez les pommes de terre sur le grillage, puis vous couvrez parfaitement la marmite afin que la vapeur s'en dégage le moins possible, c'est une condition absolue ; ensuite vous faites cuire les pommes de terre sur un grand feu.

Par cette méthode la chaleur, qui est concentrée, donne une vapeur qui pénètre les pommes de terre,

leur cuisson est plus activée et elles sont bien préférables comme saveur à celles qui ont été cuites dans
l'eau.

Les pommes de terre rondes se dressent sous
une serviette pliée, pelées ou sans être pelées et
doivent toujours être accompagnées de beurre extra-frais, de sel et de poivre. Elles se servent également pour accompagner les viandes bouillies ou
rôties ainsi que beaucoup d'autres choses.

Elles sont excellentes mangées toutes chaudes et
écrasées, en guise de potage, avec du lait froid ou
de la crême.

Pommes de terre au beurre.

Coupez en tranches très-minces des pommes de
terre cuites à la vapeur ; ensuite mettez dans une
casserole assez de beurre frais pour que les pommes de terre ne soient pas sèches et mettez les
pommes de terre lorsque le beurre commence légèrement à jaunir ; ajoutez du sel et faites-les
cuire de belle couleur sans les arroser. Dressez-les
ensuite. Ces pommes de terre ainsi apprêtées se
servent pour garnir les côtelettes, les biftecks et les
viandes rôties en général.

Il est à remarquer que quand les pommes de
terre sont seulement cuites dans le beurre, l'huile
ou la graisse, c'est une économie de mettre en
quantité suffisante le beurre, l'huile ou la graisse,
parce que la pomme de terre n'en prend que ce
qu'il lui faut, qu'elle cuit d'une manière plus précipitée, plus régulière et qu'elle est bien supérieure

comme bonté à la pomme de terre qui s'attache à la poêle, se décompose en petits morceaux et absorbe beaucoup plus de graisse et qui souvent, malgré cela, est trop sèche et brûlée.

Du reste, le beurre, l'huile ou la graisse qui reste au fond de la poêle peut être utilisé à faire d'une manière avantageuse des potages ou autres choses.

Il n'est pas inutile de rappeler ici que les pommes de terre sautées au beurre sont d'un goût bien plus fin et plus naturel lorsqu'elles sont cuites dans un sautoir ou une poêle émaillée ou étamée, que celles qui sont cuites dans la poêle à frire.

Pommes de terre à l'anglaise.

Coupez en tranches très-minces les pommes de terre cuites à la vapeur comme les précédentes, puis mettez-les sur le feu dans une casserole avec du sel, un demi-verre de lait froid et un fort morceau de beurre extra-frais. Dressez ensuite les pommes de terre lorsque le beurre est à peine fondu ; ajoutez un peu de noix muscade si c'est votre goût.

Pommes de terre à la maître-d'hôtel.

Procédez exactement comme pour les pommes de terre à l'anglaise ; ajoutez en plus des fines herbes hachées très-finement et relevez-les avec une pincée de poivre blanc ainsi qu'un jus de citron ou un filet de vinaigre.

Pommes de terre sauce blanche.

Faites une sauce blanche comme il est indiqué à la page 193, pas trop épaisse ; ensuite mettez-y les pommes de terre cuites à la vapeur coupées en tranches très-minces ; laissez mijoter le tout ensemble ; au moment de servir, liez cette sauce avec du beurre très-frais et un jaune d'œuf ; relevez le tout avec de la noix muscade ou avec du poivre, un jus de citron ou un filet de vinaigre.

Vous pouvez ajouter dans les pommes de terre à la sauce blanche un peu de bon jus peu coloré de rouelle de veau pour les fortifier ainsi qu'une gousse d'ail écrasée.

Pommes de terre en court-bouillon.

Faites revenir dans un peu de beurre quelques morceaux de poitrine de lard ; ensuite mettez-y une cuillerée de farine ; laissez-lui perdre un instant son goût sans lui laisser prendre couleur, puis mouillez avec moitié eau et moitié vin blanc sec ; ajoutez peu de sel, du poivre, deux petits oignons, un bouquet de thym et de laurier attachés, que vous enlèverez au moment de servir. Laissez mijoter le tout ensemble une demi-heure au moins, puis dressez ces pommes de terre à bon goût.

Les pommes de terre en court-bouillon et celles en sauce blanche font bon profit dans un ménage et sont bien appréciées.

Vous pouvez le lendemain, lorsqu'il reste des pommes de terre en sauce blanche ou au court-bouillon les éclaircir un peu, y mettre une liaison d'un jaune d'œuf pour leur ôter le goût de réchauffé et les faire gratiner dans le four avec un peu de chapelure avec du beurre au-dessus. C'est un bon moyen d'en tirer parti et d'en faire un plat nouveau.

Pommes de terre frites.

Mettez dans la friture bouillante des pommes de terre crues coupées en tranches un peu minces. Lorsqu'elles seront de belle coloration dorée et croustillantes, sortez-les de la friture, puis salez-les en les saupoudrant légèrement avec du sel fin, ensuite servez-les aussitôt.

Les pommes de terre frites sont préférables frites dans l'huile d'olive que dans le saindoux et même dans le beurre cuit parce que l'huile donne à la pomme de terre un goût fin qui lui convient particulièrement et en outre l'huile la rend plus croustillante.

Pommes de terre sautées au beurre frais.

Coupez des pommes de terre crues en filets pas trop fins puis faites-les cuire à l'étouffée dans un plat de fonte avec assez de beurre et de sel, c'est-à-dire parfaitement couvertes afin que la vapeur concentrée les pénètre et active leur cuisson. Dressez-les lorsqu'elles seront de belle coloration dorée et croustillante à l'extérieur et qu'elles soient tendres à l'intérieur.

Les pommes de terre ainsi préparées sont vite cuites et sont du meilleur goût ; elles peuvent garnir les côtelettes, les biftecks et autres viandes rôties.

Les pommes de terre coupées de la même manière, mais beaucoup plus petites, c'est-à-dire, en allumettes, sont aussi très-bonne, mais il faut qu'elles soient cuites avec soin et veiller surtout à ce qu'elles ne soient pas trop sèches.

Les petites pommes de terre nouvelles laissées toutes rondes s'accommodent très-bien de cette manière de les cuire.

Pommes de terre aux oignons.

Mettez dans un plat en fonte ou dans une poêle émaillée ou étamée du beurre frais ; lorsqu'il est fondu, mettez-y des pommes de terre coupées en tranches aussi minces que possible, ainsi que quelques oignons coupés comme les pommes de terre, du sel et du poivre ; laissez mijoter le tout ensemble sur un petit feu jusqu'à ce que les pommes de terre et les oignons soient cuits en ayant eu soin de couvrir le plat de fonte avec un couvert ou une assiette mise à la renverse. Dressez ensuite lorsque le tout sera cuit et de belle coloration dorée.

Les pommes de terre aux oignons sont aussi d'un bon goût et bien appréciées.

Pommes de terre au gratin.

Coupez-les en tranches très-émincées, c'est une condition essentielle si vous voulez que les pommes de terre en gratin soient meilleures ; ensuite placez-en une partie dans un plat à gratin ou en terre ; saupoudrez-les d'une légère pincée de farine avec du sel, du poivre et du fromage de gruyère coupé ou rapé ; ensuite faites-en un second lit et répétez la même opération en ayant soin de mettre à la surface une bonne couche de fromage mêlée avec une petite pincée de farine ; cassez ensuite un ou deux œufs pour un gratin ordinaire; choisissez-en le jaune que vous délayez avec de l'eau ou du lait, puis versez le tout sur les pommes de terre de manière à ce qu'elles baignent à moitié ainsi qu'un fort morceau de beurre extra-frais ; faites-les cuire un instant sur la plaque du fourneau ensuite dans le four médiocre.

Il faut que les pommes de terre en gratin soient à l'extérieur d'une coloration dorée et qu'elles soient onctueuses à l'intérieur c'est-à-dire qu'elles fassent la crême et qu'elles ne soient pas sèches.

Le jaune d'œuf et la farine enlèvent à la pomme de terre son âcreté, sa noirceur, l'adoucit et lui donne du brillant.

Le gratin de pommes de terre peut aussi se faire sans fromage en y ajoutant selon son goût, une gousse d'ail écrasée que vous faites revenir dans le beurre ou bien encore une demi-feuille de laurier et une petite branchée de thym.

Ainsi préparé, le gratin de pommes de terre est un mets de ménage très-estimé et toujours bien accueilli.

Pommes de terre soufflées.

Toutes les espèces de pommes de terre ne sont pas propices pour être soufflées.

Prenez de belles pommes de terre jaunes qui sont longues, dites pommes de terre de Hollande, puis coupez-les en tranches grosses comme une pièce de cinq francs ; ensuite mettez dans une poêle à frire indistinctement du beurre cuit, de la graisse ou de l'huile d'olive de préférence ; mettez-y les pommes de terre de manière à ce qu'elles baignent lorsque la friture est à peine fondue, c'est-à-dire quand elle est à peine tiède ; laissez-les insensiblement rissoler à petit feu sur la plaque du fourneau jusqu'à ce qu'elles aient pris une teinte d'un jaune pâle ; ensuite sortez-les de la friture à l'aide d'une écumoire ; mettez-les sur une assiette et laissez-les refroidir pendant un instant. Quand cette opération est terminée, faites chauffer fortement la friture sur un feu bien allumé ; jetez-y avec précaution les pommes de terre de manière que chaque tranche puisse nager à l'aise dans la friture ; sortez-les aussitôt qu'elles seront boursoufflées et continuez la même opération pour les pommes de terre qui restent. Dressez-les et servez-les de suite parce qu'elles retombent promptement.

Il est à remarquer que ce qui rend la pomme de terre soufflée c'est le contraste du froid et de la chaleur.

Ainsi préparées, les pommes de terre soufflées font merveille pour accompagner les cotelettes de mouton, de veau, ou les biftecks et les châteaubriand.

Pommes de terre à la ménagère.

Coupez en tranches très-minces des pommes de terre, mettez-les ensuite dans un plat en terre qui aille sur le feu ou dans un plat à gratin avec du beurre frais ou du beurre cuit, du sel, du poivre, une goutte d'eau et un oignon, mais pas de farine; laissez cuire à petit feu dessous et dessus ou mettez ce plat dans un four; ajoutez au moment de servir un peu de chapelure et servez à bon goût.

Pommes de terre au jambon.

Coupez des pommes de terre en petits carrés pas trop gros et bien réguliers; mettez-les dans une casserole où vous aurez fait revenir des tranches de jambon cru et pas trop salé; mouillez le tout avec de l'eau dans laquelle vous aurez délayé un jaune d'œuf; ajoutez si c'est votre goût un bouquet garni, ainsi qu'une ou deux bonnes saucisses bien proprement lavées mais pas de sel; laissez mijoter le tout ensemble à petit feu, puis dressez les pommes de terre lorsqu'elles seront cuites et garnissez-les des tranches de jambon et des saucisses placées au-dessus.

Pommes de terre à la méridionale.

Coupez des pommes de terre en petits carrés très-réguliers et pas trop gros ; puis faites-les cuire à l'étouffée dans assez d'huile bouillante, avec du sel et du poivre ; lorsqu'elles seront cuites, dressez-les sur un plat, puis disséminez au-dessus de l'ail et des fines herbes hachés très-finement ; faites chauffer fortement l'huile et versez-la bouillante au-dessus.

Pommes de terre à la savoisienne.

Partagez en deux six à huit pommes de terre bien parées, placez-les ensuite en couronne dans un plat en terre qui aille sur le feu ou un plat à gratin avec un morceau de beurre et du sel ; à moitié cuisson, mettez également une couronne de tomates légèrement coupées pour en extraire les pepins et formez au milieu un bouquet de petits oignons que vous placez dessus une livre de petites saucisses fraiches sans cependant les cacher, afin qu'elles puissent prendre de la couleur ; saupoudrez le tout d'un peu de chapelure ; mettez quelques morceaux de beurre frais ; puis faites gratiner le tout ensemble de belle couleur jusqu'à parfaite cuisson dans un four médiocre, servez ce gratin à bon goût de sel et à courte-sauce.

Pommes de terre en salade.

Coupez d'une manière très-émincée, c'est essentiel, des pommes de terre cuites à la vapeur ou à l'eau comme il est dit, puis lorsqu'elles sont arrivées au degré d'un tiède presque froid, faites la salade en y mettant une goutte de vin blanc sec pour remplacer un peu le vinaigre, car autrement la salade serait trop vinaigrée, ensuite du sel, du poivre, et assez d'huile d'olive ou de noix surfine ainsi que des fines herbes et un oignon hachés très-finement ; de manière à en faire une salade qui ne soit pas trop sèche et qui ait une teinte printanière.

Vous pouvez aussi ajouter dans la salade de pommes de terre, selon votre choix, des petits pois, des lentilles, des haricots blancs et verts, du thon mariné coupé en tranches, un hareng-saur ainsi que de la viande ou du cervelas aussi coupé en tranches, etc.

Quelques personnes remplacent dans la salade de pommes de terre les fines herbes par une liaison de jaunes d'œufs.

Pommes de terre en purée.

Epluchez et lavez très-proprement des pommes de terre ; ensuite coupez-les en quatre, puis mettez-les cuire dans de l'eau et du sel ; lorsqu'elles sont cuites, égouttez l'eau, puis pilez-les vivement et toutes bouillantes dans un mortier ou passez-les au tamis de préférence, car si vous les laissiez refroidir vous auriez plus de peine à les piler et elles feraient ce que l'on appelle la corde, c'est-à-dire quelles ne seraient pas nettement détachées ni lisses. Quand cette opération est terminée, remettez-les dans la casserole, puis ajoutez un fort morceau de beurre extra frais et délayez peu à peu avec du bon lait ou de la crème en tournant toujours et assez longtemps avec la pochette en bois pour en faire une purée lisse, très-blanche et assez épaisse pour pouvoir la dresser en pyramide; dressez-la au bout de cinq minutes après que vous l'aurez laissée chauffer sur le feu en la tournant sans la quitter un instant avec la pochette en bois.

Ainsi préparée, la purée de pommes de terre est un légume des mieux appréciés qui peut être servi dans les dîners ordinaires et même dans les grands repas pour accompagner le filet de bœuf et toutes espèces de viande de boucherie lorsqu'elles sont rôties ou braisées et même quelquefois les canards, les oies, etc., comme il est indiqué.

Vous pouvez ajouter dans cette purée, si c'est votre goût, du poivre blanc ainsi qu'un peu de noix muscade et même du fromage rapé ainsi qu'une gousse d'ail écrasée.

Quelques personnes font cuire les pommes de terre toutes rondes, les épluchent ensuite, puis les écrasent, mais l'on ne peut obtenir par ce procédé qui est plus long que celui ci-dessus, qu'une purée mal préparée, et beaucoup moins fine et moins savoureuse.

Il arrive que la purée étant préparée à l'avance,

forme à sa surface une espèce de croûte ; pour remédier à cet inconvénient il suffit de bien l'unifier et de verser au-dessus une légère couche de lait.

Pommes de terre en purée au gratin.

Lorsqu'il reste de la purée de pommes de terre qui étant réchauffée n'en perd pas le goût et prend au contraire celui de fort, vous pouvez l'utiliser le lendemain pour en faire un très-bon plat et peu coûteux, en l'éclaircissant avec du lait, y ajouter deux ou trois œufs pour lui donner de la consistance et la relever si c'est votre goût avec du fromage rapé et une gousse d'ail, puis vous la mettez dans un plat à gratin pas trop rempli parce que la purée avec les œufs augmente dans la cuisson, ensuite vous ajoutez au-dessus du beurre extra frais et vous faites gratiner le tout dans le four chaud pendant vingt minutes ; servez le gratin lorsqu'il est de belle coloration dorée.

Croquettes de pommes de terre.

Préparez et faites cuire les pommes de terre comme celles en purée, ensuite égouttez-les, puis pilez-les et mettez, lorsqu'elles sont pilées, deux ou trois œufs pour six pommes de terre environ, avec un morceau de beurre frais et une pincée de poivre, ensuite remettez-les sur le feu pendant cinq minutes en les tournant toujours jusqu'à ce que la purée soit ferme en ayant bien soin de ne pas la laisser bouillir. Quand cela est fait, vous formez des croquettes de la forme d'un bouchon, mais un peu moins grosses, en les saupoudrant légèrement de farine, puis vous les trempez une fois dans l'œuf et ensuite vous les panez dans de la mie de pain ; vous les faites ensuite frire dans la friture chaude comme si c'était des croquettes ordinaires et vous les ornez de persil frit.

Les croquettes de pommes de terre peuvent encore se préparer d'une façon plus ménagère en les faisant cuire toutes rondes, ensuite vous les écrasez lorsqu'elles sont cuites ; vous ajoutez un ou deux œufs, du sel, du poivre, ainsi qu'une gousse d'ail écrasée que vous avez fait légèrement jaunir dans du beurre et à votre goût du persil haché ; pétrissez le tout ensemble ; faites les ravioles rondes et un peu aplaties en les farinant, puis faites-les frire au beurre frais et servez-les avec tout le beurre dans lequel elles ont cuit pour qu'elles ne soient pas sèches et servez lorsque les ravioles seront de belle coloration dorée de tous les côtés.

Pommes de terre à la duchesse.

Préparez les pommes de terre à la duchesse exactement comme les croquettes, mais elles diffèrent en ce sens qu'il faut, aussitôt finies, les mettre un peu refroidir sur un grand plat en ayant soin d'en former une couche de l'épaisseur d'un doigt et qu'elles soient bien unies à la surface, puis vous étendez au-dessus un peu de beurre frais pour empêcher qu'il ne se forme une croûte ; ensuite

coupez-les avec des petits moules festonnés ou à
défaut de moule, avec un verre à vin, enfin trempez
chaque morceau dans l'œuf et panez-le dans la
mie de pain ou la panure. Ensuite faite-les cuire
dans du beurre extra frais comme si c'était des cotelettes panées.

Les pommes de terre à la duchesse se servent le
plus ordinairement comme garniture pour accompagner le filet de bœuf, le bifteck, le châteaubrian.

Beignets soufflés de pommes de terre.

Préparez exactement les beignets soufflés de
pommes de terre comme les croquettes mais il
faut y mettre un ou deux jaunes d'œufs de plus
pour les rendre plus consistants. Vous pouvez
ajouter dans les pommes de terre, lorsqu'elles sont
retirées du feu, un blanc d'œuf monté en neige
pour les rendre plus légères.

Ensuite mettez frire dans la friture bouillante,
sur un feu vif, ces pommes de terre que vous faites
en forme de petits beignets ovales à l'aide d'une
cuillère et d'un couteau pour les détacher de la
cuillère en ayant la précaution de ne pas trop en
mettre à la fois dans la friture.

Pommes de terre farcies.

Voyez au chapitre d'accommoder les restes
comme il est indiqué.

Pommes de terre souflées à la vanille.

Voyez au chapitre des plats sucrés comme il est indiqué.

Asperges.

La saison des asperges se trouve dans les mois d'avril et mai.

Les meilleures sont les violettes où il y a très peu de blanc ; les vertes sont d'une qualité bien inférieure.

Les asperges doivent être comme tous les légumes verts, fraîchement cueillies ; pour les préparer, il faut gratter avec un couteau la peau qui se trouve sur le blanc et vous les jettez à mesure dans l'eau fraîche ; vous les liez ensuite par petites bottes en alignant toutes les têtes et vous coupez toutes les queues de la même longueur.

Mettez dans une casserole assez d'eau pour que les asperges baignent ; lorsqu'elle est en ébullition, mettez les asperges et assez de sel ; faites-les cuire à grands bouillons sur un feu bien allumé pendant dix minutes au plus ou plutôt jusqu'à ce qu'elles fléchissent sous le doigt.

Il est essentiel que les asperges soient craquantes et non résistantes ; si par hasard elles étaient cuites à point et que ce ne soit pas encore le moment de les servir, mieux vaudrait les sortir de leur eau pour les y remettre un peu plus tard, parce que ayant séjourné dans l'eau, quoique elles seraient retirées du feu, elles deviendraient en purée et seraient jaunes ; gardez-vous bien aussi de les rafraîchir dans l'eau froide, quand elles sont cuites, parce qu'elles seraient lavées et perdraient par conséquent de leur goût et de leur duvet. Du reste, les asperges à la vinaigrette doivent se servir ni chaudes ni froides mais à un juste degré de chaleur, c'est-à-dire, à un tiède froid, parce que étant trop chaudes, elles décomposent l'huile et étant froides, elles perdent de leur saveur.

Les asperges peuvent aussi se faire cuire à la vapeur, comme il est indiqué dans ce chapitre pour les pommes de terre, puis saupoudrées, lorsqu'elles sont cuites, d'un peu de sel fin ; par cette méthode les asperges sont plus savoureuses.

Procédez ensuite à faire une vinaigrette composée d'un peu de vinaigre de vin, d'huile d'olive ou de noix surfine, du sel, du poivre, et de la moutarde si vous le voulez ; dressez cette sauce lorsqu'elle est bien mêlée, dans une saucière à part ; ou bien servez les asperges avec l'huilier où chaque convive peut faire à son gré la sauce sur son assiette.

Asperges à l'anglaise.

Préparez une sauce avec du beurre à peine fondu, dans lequel vous mettrez du sel, du poivre, le jus d'un citron et deux cuillerées à bouche de crême ; laissez bouillonner un tour et servez cette sauce dans une saucière et les asperges bouillantes cuites comme les précédentes.

Asperges sauce au jus.

Faites un jus-coulis très-concentré et très-fort que vous liez avec un morceau de beurre manié ; puis servez ce jus dans une saucière et dressez les asperges bouillantes et cuites comme celles à la vinaigrette.

Asperges à la sauce blanche.

Faites une sauce blanche comme il est indiqué à la page 193 que vous mouillez avec l'eau où ont cuit les asperges ; liez-la ensuite lorsqu'elle a mijoté un petit instant avec deux jaunes d'œufs pour en faire une sauce qui ressemble à une crême et relevez-la avec un peu de noix muscade, du poivre et un jus de citron ; dressez les asperges cuites comme il est dit et bien égouttées, puis versez la sauce blanche par-dessus, mais est d'un meilleur genre de servir les asperges séparées et la sauce dans une saucière à part.

Asperges à l'italienne.

Dressez sur un plat les asperges cuites de la façon ordinaire bien égouttées et faites en sorte que toutes les pointes viennent aboutir au milieu, mettez ensuite au-dessus des pointes du fromage de gruyère rapé, mêlé avec un peu de parmesan, si vous en avez; rapez aussi un peu de noix muscade; ensuite faites roussir sans excès assez de beurre frais pour en faire une petite sauce dans ·laquelle vous mettrez un peu de sel et du poivre, puis versez ce beurre tout bouillant, qui doit monter en écume, sur le vert des asperges ; servez-les aussitôt entourées d'un citron.

Asperges en petits pois.

Coupez comme les petits pois toute la partie tendre et verte des asperges ; puis faites-les revenir avec un peu de sel dans du beurre bien frais, ensuite saupoudrez-les d'une petite pincée de farine que vous laissez aussi revenir sans lui laisser prendre couleur ; mouillez le tout avec de l'eau, du bouillon ou du lait ; ajoutez un bouquet garni ; laissez mijoter, puis lorsque les pointes d'asperges sont cuites, liez-les avec un ou deux jaunes d'œufs relevés avec un jus de citron et un peu de poivre, dressez-les ornées de croûtes de pain frites dans du beurre.

Les asperges en petits pois se servent le plus ordinairement comme garniture pour accompagner les viandes, les volailles grillées, bouillies ou rôties.

Vous pouvez aussi mettre dans les asperges en petits pois quelques petits oignons gros comme des noisettes pour augmenter le plat.

Épinards à la Eugène Sué.

Choisissez et enlevez toutes les plus grosses queues des épinards, puis lavez-les très-proprement dans plusieurs eaux ; ensuite mettez-les blanchir au naturel c'est-à-dire sans mettre ni potasse, ni alun, ni sel, dans une marmite pleine d'eau en ébullition ; laissez-les cuire sur un feu bien allumé pendant dix minutes, un quart d'heure, de manière à ce qu'ils soient bien verts ; au bout de ce temps, égouttez-les dans une passoire, puis rafraîchissez-les aussitôt avec de l'eau froide pour les empêcher de jaunir ; car non-seulement il n'y a rien d'aussi désagréable et aussi peu appétissant que des épinards qui sont jaunes, mais encore ils prennent, lorsqu'ils languissent sur le feu, un goût de fumée qui ne convient pas à tout le monde.

Un instant après, vous les tassez dans la passoire à l'aide d'une écumoire où vous les pressez dans le coin d'un torchon pour en faire sortir l'eau, puis vous les hachez très-finement, c'est une condition absolue ou si vous le préferez, passez-les à l'aide du pilon en tournant toujours dans la passoire placée sur le mortier, ce qui est plus vite préparé et donne moins d'embarras.

Lorsque cette opération est terminée, faites jaunir à goût de noisette presque la moitié de beurre extra frais que vous avez d'épinards ; ajoutez du sel et du poivre avec modération mais point de farine ; laissez-les cuire au coin du feu pendant un quart d'heure, vingt minutes au plus, sans les arroser ; dressez-les ensuite en rocher ornés de croûtes de pain frites dans le beurre, comme il est dit à la page 69.

Ainsi préparés, les épinards sont très rafraîchissants, d'un goût fin et sont bien estimés même dans les dîners de cérémonie.

Epinards à la crême.

Préparez les épinards comme ci-dessus ; mettez ensuite un fort morceau de beurre extra frais dans une casserole ; lorsqu'il est à peine fondu, ajoutez une cuillerée de farine que vous faites cuire un instant sans lui laisser prendre couleur ; puis ajoutez les épinards avec du sel et un peu de poivre ; laissez mijoter comme précédemment ; éclaircissez-les au moment de les servir avec de la crême ou à défaut avec du bon lait ; laissez-les cuire un tour ou deux, puis dressez-les festonnés au-dessus avec la lame du couteau pour leur donner un joli coup d'œil ; entourez-les de croûtes de pain frites dans le beurre.

Les épinards à la crême peuvent aussi se préparer en remplaçant le poivre par du sucre et mettre un peu moins de sel.

Epinards au jus.

Préparez les épinards ; puis mettez dans une casserole du beurre frais ; ajoutez, lorsqu'il est fondu, une cuillerée de farine ; laissez jaunir légèrement ; ensuite mettez les épinards avec très-peu de sel et du poivre ; laissez-les revenir, puis mouillez les épinards seulement un instant avant de les servir, avec du jus et du bouillon ; car si le jus ou le bouillon était mis trop à l'avance, les épinards seraient moins verts et prendraient un goût de trop fort.

Dressez-les toujours entourés de croûtes de pain frites dans le beurre.

Epinards à l'italienne.

Mettez dans une casserole du beurre frais ou cuit; ajoutez une gousse d'ail écrasée que vous faites revenir avec une cuillerée de farine, ensuite mettez les épinards avec du sel et du poivre ; laissez-les mijoter un instant, puis mouillez-les avec du bouillon ou à défaut avec de l'eau ; ajoutez un peu de fromage rapé pour les relever ; puis dressez-les comme les précédents avec des croûtes de pain frites dans le beurre.

Epinards à la piémontaise.

Mettez dans une casserole assez de beurre pour que les épinards ne soient pas secs ; lorsqu'il est jauni, ajoutez les épinards hachés grossièrement, du sel, du poivre ainsi que des raisins de corinthe bien lavés et essuyés, mais pas de farine ; laissez-mijoter le tout ensemble pendant une demi-heure, puis dressez les épinards avec des filets d'anchois placés au-dessus en forme de grillage. Quelques personnes mettent dans les épinards et font cuire ensemble les anchois coupés ou pilés très-finement et suppriment les raisins de corinthe.

Epinards au gratin.

Préparez les épinards comme ceux à la piémontaise ; d'un autre côté, faites blanchir dans l'eau et du sel, des feuilles de bettes appelées ordinairement feuilles de côtes ; lorsqu'elles sont cuites, égouttez-les, puis mettez dans un plat à gratin chaque feuille de bette dans laquelle vous avez enveloppé des épinards à la piémontaise, de manière qu'ils soient bien renfermés ; ensuite faites gratiner dans un four chaud pendant une demi-heure, avec un peu de beurre au-dessus au sortir du four lorsqu'ils sont à point de cuisson ; fortifiez-les avec une pochée de bon jus, puis servez les bouillants dans le plat où ils ont gratinés.

Epinards au jambon.

Coupez du jambon gras et maigre en tranches ou en carrés, laissez revenir un instant jusqu'à ce qu'il ait rendu assez de graisse pour y faire revenir aussi une cuillerée de farine ; ensuite ajoutez les épinards bien préparés et hachés comme il est dit, peu de sel à cause du jambon ; mouillez le tout avec de l'eau ; laissez mijoter, puis dressez les épinards de bon goût, toujours ornés de croûtes de pain frites dans le beurre, ce qui rend le plat de meilleur genre, ayant beaucoup plus d'apparat et plus appétissant.

Haricots verts à l'anglaise.

Les haricots verts doivent être fraîchement cueillis comme les autres légumes verts et être aussi choisis fins, verts et tendres, c'est une qualité essentielle, lorsqu'ils sont trop gros vous les partagez en deux ; mettez dans une casserole ou dans une marmite assez d'eau et de sel ; lorsqu'elle est en ébullition, jetez-y les haricots bien effilés ; faites-les cuire sur un feu bien allumé sans les couvrir, pour qu'ils restent verts ; égouttez-les ensuite lorsqu'ils sont cuits et rafraîchissez-les avec de l'eau froide pour qu'ils ne deviennent pas jaunes.

Pour les préparer, vous les mettez dans une casserole avec une cuillerée à bouche d'eau et un peu de sel ; laissez-les bien chauffer, puis ajoutez-y un fort morceau de beurre que vous sautez jusqu'à ce qu'il soit à peine fondu, c'est-à-dire qu'il fasse la crème et une petite sauce onctueuse et servez les haricots.

Haricots verts à la maître d'hôtel.

Préparez et faites cuire les haricots comme ceux à l'anglaise et relevez-les avec un peu de persil haché, du poivre et un jus de citron.

Haricots verts panachés.

Ayez d'un côté des haricots verts, préparés comme ceux à l'anglaise ou à la maître-d'hôtel, d'autre part, des petits pois aussi préparés comme les haricots verts, comme il est dit ci-après et encore dans une casserole à part, des haricots blancs toujours préparés à la maître-d'hôtel, comme il est dit dans ce chapitre ; puis dressez ce triple plat en bouquets séparés.

Haricots verts sautés.

Mettez du beurre dans un sautoir ou dans la poêle étamée ou émaillée et non dans la poêle à frire qui donne aux haricots un goût de fer ; lorsqu'il est jauni, mettez-y les haricots avec du sel et du poivre ; dressez-les ensuite lorsqu'ils sont bien rissolés sans être secs, entourés d'un citron.

Haricots verts aux oignons.

Mettez cuire les haricots aux oignons comme les haricots verts sautés, en ayant soin de faire revenir auparavant dans le beurre des oignons coupés en tranches émincées, et dressez-les de même.

Haricots verts en gratin.

Faites une petite sauce blanche, comme il est indiqué à la page 193, que vous mouillez avec du bouillon ou bien avec l'eau où ont cuit les haricots, puis liez-la avec un ou deux jaunes d'œufs, ensuite mettez les haricots dans un plat à gratin et couvrez-les entièrement avec la sauce blanche ; ajoutez au-dessus des morceaux de beurre très-frais ainsi qu'une couche de fromage rapé, si vous le voulez, et faites gratiner dans un four chaud pendant vingt minutes ; servez-les dans le plat à gratin lorsqu'ils seront de belle coloration dorée.

Haricots verts en salade.

Faites une salade comme il est dit dans ce chapitre pour la salade de pommes de terre, dans laquelle vous mettez simplement un oignon coupé en tranches très-minces et une gousse d'ail écrasée, si c'est votre goût.

Vous pouvez néanmoins mettre dans la salade de haricots, du thon mariné, des harengs-saur, des petits pois, des haricots blancs, du cerfeuil, de l'estragon, etc.

Petits pois à l'anglaise.

Les petits pois doivent être très-fins et fraîchement cueillis ; on reconnaît qu'ils sont tendres, lorsqu'ils conservent le petit point qui les attache à la gousse et surtout lorsqu'ils sont sucrés et d'un vert peu foncé.

Pour préparer les petits pois à l'anglaise, faites-les cuire dans très-peu d'eau et du sel pendant dix minutes, un quart d'heure ; égouttez-les, puis remettez-les dans la casserole avec un fort morceau de beurre extra-frais ; faites-les sauter sur le feu jusqu'à ce que le beurre soit à peine fondu et qu'il fasse la crème, c'est-à-dire une petite sauce onctueuse et non tournée en huile.

Petits pois à la française.

Mettez dans une casserole un peu de beurre frais ; faites-y revenir les petits pois avec du sel et une petite pincée de farine ; mouillez ensuite avec de l'eau ; laissez-les cuire pendant un quart d'heure, vingt minutes ; puis au moment de les servir, liez-les avec un morceau de beurre extra-frais et relevez-les avec du cerfeuil haché ; dressez-les ensuite ornés de croûtes de pain frites dans le beurre.

Petits pois à la crême.

Préparez les petits pois comme les précédents, puis mouillez-les avec de la crême ou du bon lait ; laissez-les mijoter un quart d'heure, vingt minutes, ensuite au moment de les servir, liez-les avec un jaune d'œuf dans lequel vous aurez délayé une cuillerée à café de sucre en poudre, si c'est votre goût.

Petits pois aux laitues.

Faites cuire les petits pois comme ceux à la française ; ajoutez deux cœurs de laitues que vous aurez fait blanchir un instant dans de l'eau et du sel, ainsi qu'une douzaine de petits oignons gros comme des noisettes ; laissez mijoter le tout ensemble jusqu'à parfaite cuisson ; au moment de servir, fortifiez ce mets avec une pochée de bon jus.

Vous pouvez, si les laitues vous paraissent n'avoir pas trop d'amertume, les faire revenir simplement dans le beurre avec les petits pois et les oignons, puis saupoudrer le tout d'une pincée de farine et les laisser cuire comme il est dit.

Petits pois à la lyonnaise.

Faites cuire les petits pois comme ceux à la française avec un bouquet garni lorsqu'ils sont cuits, liez-les avec du beurre extra-frais et un jaune d'œuf dans lequel vous aurez mis une pincée de poivre et un jus de citron ou un filet de vinaigre pour les relever ; dressez-les entourés de croûtes de pain frites dans le beurre.

Petits pois au jambon.

Coupez en petites tranches ou en petits carrés du jambon ou du lard, gras et maigre ; ensuite faites-le revenir dans une casserole sur un feu doux pour qu'il puisse rendre une partie de sa graisse, puis ajoutez les petits pois, ainsi qu'une pincée de farine ; laissez encore revenir le tout ensemble, mouillez avec de l'eau ; ajoutez du poivre mais peu ou pas de sel à cause du jambon ; laissez mijoter jusqu'au moment de servir.

Petits pois à la ménagère.

Coupez en petits carrés gros comme des petits pois, du jambon ou du lard salé, gras et maigre ; laissez-lui rendre un peu de sa graisse comme précédemment, puis ajoutez les petits pois, des carottes aussi coupées comme les petits pois, quelques petits oignons et le fond de deux artichauts coupés en petits carrés, ainsi qu'une pincée de farine ; laissez revenir le tout ensemble, puis mouillez avec de l'eau, du poivre et peu ou pas de sel ainsi qu'un bouquet garni de thym et une feuille de laurier attachés que vous enlèverez au moment de servir; laissez mijoter cette espèce de printanière jusqu'à parfaite cuisson.

Les petits pois à la ménagère sont, comme l'indique leur nom, un plat de ménage volumineux, très-apprécié et peu coûteux, parce qu'il n'est d'abord pas utile de mettre du beurre avec du jambon ou le lard et que c'est en outre une bonne méthode pour accommoder et tirer un bon parti des pois qui sont gros, durs et pas sucrés.

Petits pois à la bourgeoise.

Mettez dans une casserole un morceau de beurre très-frais; ajoutez, lorsqu'il est fondu, deux ou trois cœurs de laitues, des petits oignons, quelques carottes nouvelles, un litre de petits pois fins, du sel, et un bouquet garni d'un peu de thym et de cerfeuil attachés, que vous enlèverez au moment de servir; laissez cuire le tout ensemble à l'étouffée sur la cendre chaude, c'est-à-dire, à très-petit feu sans les arroser, puis dressez lorsque le tout est cuit. Cette manière de faire cuire les pois est la seule pour les manger dans leur suc.

Pois gourmands au naturel.

Les pois gourmands doivent être choisis, frais, verts et tendres. Pour les préparer, il faut les effiler, puis vous les mettez cuire à l'étouffée simplement avec leur gousse dans assez de beurre que vous laissez un peu jaunir, du sel, du poivre et un bouquet garni ainsi qu'une garniture de petits oignons, dressez-les ensuite lorsqu'ils sont cuits avec la garniture des petits oignons.

Les pois gourmands doivent se manger un peu croquants sans être résistants ; parce que, s'il sont trop cuits, ils diminuent beaucoup trop et sont aussi moins bons au goût.

Petits pois à la jardinière.

Voyez petits pois à la jardinière, comme il est indiqué pour la garniture du filet de bœuf à la page 313.

Fèves de marais à l'anglaise.

Décortiquez, c'est-à-dire enlevez la peau des fèves fraîches et le petit croissant qui est à leur tête qui les rendraient amères ; ensuite faites-les cuire dans de l'eau et du sel en ébullition pendant dix minutes, un quart d'heure ; puis égouttez-les et servez-les avec du beurre extra-frais à peine fondu comme les haricots verts à l'anglaise, en y ajoutant un peu de sarriette hachée qui est une plante aromatique qui convient beaucoup aux fèves, ou à défaut, un peu de cerfeuil haché.

Fèves à la crème.

Préparez des fèves comme les précédentes, puis faites-les légèrement revenir dans du beurre de table avec un peu de sel et une petite pincée de farine ; ensuite mouillez-les avec de la crême ou du bon lait ; laissez-les mijoter un instant, puis dressez-les.

Vous pouvez, si vous le voulez, ajouter dans les fèves à la crême la liaison d'un jaune d'œuf.

Les fèves sèches blanches, qui sont grosses et les petites, qui ont la peau brune, contrairement aux fraîches, se mettent cuire à l'eau froide et font d'excellentes soupes et des potages en purée.

Choux au beurre.

On emploie ce précieux légume de diverses manières, dans les soupes, les potages et comme garniture ; on le conserve en hiver en le suspendant dans un endroit frais, la queue placée en haut et la tête en bas. On compte pour la cuisine deux espèces de chou, le chou frisé ou de milan et le chou à feuilles lisses. Le chou frisé est de meilleure qualité que le chou à feuilles lisses, parce qu'il a les feuilles plus fines et qu'il a un goût plus naturel et moins fort. Le chou de quelque manière qu'il soit apprêté, doit toujours être cuit à l'avance dans de l'eau et du sel, laissé entier ou choisi en feuilles comme il sera indiqué ci-après. Il n'est pas inutile de dire que pour rendre le chou moins fort et diminuer l'odeur qui se répand dans la cuisine et quelquefois dans les appartements, il sera prudent de mettre dans l'eau en même temps que le chou un linge blanc dans lequel vous aurez renfermé de la mie de pain et que vous liez ensuite, car la mie de pain a pour principe dans ce cas, d'adoucir et d'absorber en grande partie la force et le goût trop prononcé du chou.

Préparez des choux très-proprement choisis, triés et lavés où les trognons et les plus grosses côtes seront enlevés, puis mettez-les dans la casserole ; hachez-les très-grossièrement à l'aide du couteau, ensuite ajoutez un fort morceau de beurre extra frais ainsi qu'une légère pincée de poivre et un peu de noix muscade, si c'est votre goût ; laissez à peine fondre le beurre, puis dressez les choux en pyramide et servez-les comme légumes.

Dans les choux, le beurre ne doit pas être épargné afin de suivre le dicton de faire les *choux gras*.

Choux sautés.

Mettez dans un sautoir ou dans une poêle émaillée ou étamée indistinctement du beurre ou de la graisse de cochon ou celle d'oie ou de canard ; lorsqu'il commence à roussir, mettez-y les choux avec du poivre mais pas de sel, à cause des choux qui sont déjà salés dans l'eau ; laissez prendre une belle couleur dorée ; puis dressez-les ; entourez-les pour rendre ce plat plus augmenté et meilleur au goût de quelques bouts de petites saucisses que vous aurez fait cuire avec les choux ou dans le four sur un plat en fer battu.

Choux en bouquets.

Faites bien cuire les choux dans de l'eau et du sel ; ensuite lorsqu'ils seront bien égouttés et tassés avec l'écumoire ou dans un linge, vous les saupoudrerez légèrement de farine, de poivre et d'un peu de fromage de gruyère rapé ; puis formez-en plusieurs petits bouquets gros comme des œufs ; ensuite mettez au fond d'un plat à gratin quelques bardes de lard salé ; placez les choux au-dessus avec un peu de beurre, puis faites-les gratiner dans le four chaud pendant vingt minutes.

Vous pouvez, selon votre gré, supprimer le fromage ainsi que la farine.

Les choux en bouquets se servent le plus ordinairement comme garniture pour accompagner les viandes, les volailles et le gibier rôtis.

Choux bouillis.

Prenez quatre petits choux bien pommés, enlevez les trognons et laissez les feuilles vertes qui sont tendres ; faites les blanchir dans l'eau sans y mettre de sel ; lorsqu'ils commenceront à mollir, sortez-les et laissez-les égoutter, ensuite piquez-les de part en part à l'aide d'une grosse lardoire ou d'un couteau pointu, de lard salé coupé en filets gros comme le doigt ; puis mettez-les dans une casserole avec une petite garniture de carottes nouvelles et un bouquet garni, mais pas de sel, à cause du lard qui est salé ; faites cuire à petit feu et à l'étouffée avec une goutte d'eau, pas de beurre, pendant une heure environ ; au bout de ce temps dressez les choux et les carottes rangées autour et tenez au chaud ; pendant ce temps, ôtez le bouquet ; ajoutez dans le bouillon où les choux ont cuit un peu de jus, puis faites réduire à grand feu le bouillon qui ne doit pas être long, c'est-à-dire, jusqu'à ce qu'il soit réduit à glace formant un jus coulis, puis versez-le sur les choux et servez bouillant.

Les choux ainsi préparés forment un bon plat de ménage qui peut être servi seul ou pour accompagner le bœuf et les viandes ou volailles boullies.

Choux au gratin aux saucisses.

Faites cuire des choux à l'eau ; ne mettez pas de sel, ensuite mettez dans un plat à gratin du lard salé coupé en petits carrés ; lorsqu'il est jauni et qu'il a rendu de sa graisse, ajoutez les choux, saupoudrez d'un peu de farine, de poivre et de fromage rapé ; placez au-dessus le cervelas ou des saucisses fumées et très-proprement lavées ; recouvrez-les d'une couche de choux et de fromage rapé ; laissez gratiner le tout à petit feu ou dans un four médiocre pendant une heure au moins.

Vous pouvez aussi pour rendre le plat plus abondant, mettre dans le lard une cuillerée de farine pour en faire une sauce blanche que vous mouillez avec de l'eau, du poivre avec ou sans fromage et peu ou pas de sel que vous versez sur le gratin de choux et que vous faites ensuite gratiner avec peu de beurre au-dessus et un peu de chapelure.

Ainsi préparé, le gratin de choux est un plat de famille qui fait bon profit, bien apprécié et peu coûteux.

Choux farcis.

Ayez quatre petits choux frisés bien pommés qui sont préférables aux gros : puis préparez-les comme il est dit dans ce chapitre pour les choux bouillis ; faites-les cuire dans de l'eau et du sel ; lorsqu'ils sont cuits, égouttez-les, puis tassez chaque choux au milieu pour faire un creux. Cette opération terminée, placez les choux dans un plat à gratin ou dans une casserole, puis mettez dans le creux de chaque chou une farce de chair à saucisse avec un œuf pour donner de la consistance, employée seule ou mêlée avec un peu de mie de pain, si c'est votre goût; ou bien encore remplissez-les d'une farce composée avec les débris de viandes cuites comme il est indiqué au chapitre d'accommoder les restes. Ensuite faites-les gratiner avec un peu de beurre placé sur chaque chou dans un four d'une chaleur médiocre pendant une heure au moins ; dressez-les lorsqu'ils seront d'une belle coloration dorée.

Si parfois les choux avaient rendu dans leur cuisson un jus trop abondant, alors il sera prudent de le faire réduire sur un feu vif, lorsque les choux seront dressés, pour éviter qu'ils ne s'attachent à la casserole ce qui les ferait brûler.

Vous pouvez encore préparer les choux en mettant dans une casserole du lard salé coupé en tranches ou en petits carrés ; lorsqu'il est un peu jauni et qu'il a rendu de sa graisse, ajoutez une cuillerée de farine pour en faire un petit roux que vous mouillez avec de l'eau et du sel ou du bouillon de manière à en faire une sauce rousse peu liée ; ajoutez dans cette sauce des petites carottes et une goutte de colorant s'il est nécessaire pour donner la couleur qui convient, puis versez cette sauce sur les choux et faites-les gratiner comme il est dit.

Par cette méthode, les choux farcis se trouvent augmentés, sont aussi très-appréciés et font plus de profit que ceux qui sont préparés sans sauce.

Quelques cuisinières préparent les choux farcis en mettant entre chaque feuille de chou un peu de hachis ; ensuite elles réunissent toutes les feuilles et les attachent ; mais cette manière de procéder exige une préparation et une cuisson plus longue, plus coûteuse et plus ennuyeuse pour obtenir une farce aux feuilles de chou et non un chou farci.

Choux farcis au maigre.

Préparez les choux comme les précédents et au lieu d'une farce grasse, vous y mettrez la même farce qu'il est dit dans ce chapitre pour les artichauts farcis au maigre, puis faites-les cuire comme les précédents avec du beurre seulement ou bien faites une sauce blanche peu liée que vous mouillez avec de l'eau ; ajoutez du sel, un peu de poivre, du fromage rapé et une liaison, si vous le voulez, d'un jaune d'œuf. Versez cette sauce sur les choux et faites-les gratiner comme ci-dessus.

Les choux farcis au gras ou au maigre ainsi accommodés, sont très-appréciés et font bon profit dans un ménage.

Choux farcis en feuilles.

Lorsque vous ne voulez pas faire des choux farcis entiers, il vous est facultatif de prendre un chou, feuille par feuille, de les faire cuire à l'eau de sel et d'en former de petits bouquets que vous garnissez d'une farce grasse ou maigre, selon votre goût, et que vous mettez ensuite gratiner comme précédemment.

Choux farcis aux alouettes.

Voyez au chapitre d'accommoder les restes.

Choux de bruxelles sautés au beurre.

Cette excellente petite espèce de choux se prépare en épluchant toutes les petites feuilles et en coupant le bout de chaque queue afin qu'il ne reste que la pomme du chou qui est grosse comme une noix. Ensuite faites-les blanchir dans l'eau et du sel en ébullition pendant dix minutes, un quart-d'heure. Egouttez-les lorsqu'ils seront cuits et faites-les sauter dans le beurre un peu jauni.

Les choux de bruxelles sautés au beurre (c'est la manière la plus usitée), se préparent aussi comme les choux ordinaires en sauce blanche ou rousse et se servent comme légumes et comme garniture autour des viandes bouillies ou rôties.

Choucroûte.

La choucroûte est plus économique en l'achetant et souvent meilleure qu'en la faisant soi-même, parce qu'elle est préparée en grande quantité, surtout lorsque l'on n'en fait pas fréquemment usage. Pour la mettre cuire, il est nécessaire de la laver dans de l'eau-bouillante; ensuite bien la presser, puis vous la mettez dans une casserole en terre ou en fonte émaillée avec toutes espèces de charcuteries à votre choix, légèrement fumées et pas trop salées, tels que , cervelas, saucisses, etc., ainsi que la moitié de l'épaule de cochon où se trouve la palette, ou l'omoplate, où la chair est courte et pas sèche, le tout lavé très-proprement mis en bonne proportion ensemble ou séparément dans la choucroûte de manière à ce qu'elle ne soit pas trop forte ni trop salée. Faites mijoter le tout à petit feu pendant quatre à cinq heures dans le four ou sur la plaque du fourneau en ayant bien soin de la couvrir pour qu'elle cuise à l'étouffée. Au bout de ce temps, la cuisson doit être achevée ; dressez-la et mettez au-dessus l'épaule de cochon, entourée du cervelas coupé en tranches et placées en couronne.

La choucroûte doit être légèrement colorée, sèche, assez grasse et de bon goût. Cependant quelques personnes la préfèrent très-blanche.

La choucroûte peut encore se préparer en faisant revenir du lard salé coupé en morceaux, ensuite y ajouter la choucroûte et la charcuterie, puis

la lier avec une pincée de farine que vous aurez
délayée dans une pochée d'eau que vous versez sur
la choucroûte et que vous laissez mijoter aussi
longtemps que la précédente ; dans ce cas, il est
prudent d'y ajouter une goutte de colorant pour lui
donner la couleur qui convient ou la fortifier
avec une pochée de bon jus.

Il est bien entendu que dans la choucroûte le
sel doit être supprimé à cause de l'abondance de la
charcuterie.

Ainsi préparée, la choucroûte est un excellent
mets qui est relativement peu coûteux et qui peut
être réchauffée plusieurs fois sans altération.

Bécasse, faisan, etc., en choucroûte.

Voyez comme il est indiqué au chapitre des gibiers à plumes à la page 433. La choucroûte pour
le gibier doit être moins nourrie par la charcuterie parce que le jus du gibier la fortifie et la rend
assez corsée.

Choux blanc à la sance blanche.

Achetez un choux-fleur qui soit serré, à pomme
blanche, sans être taché ; coupez le trognon assez
près pour qu'il puisse se tenir en dôme sur le plat ;
enlevez les feuilles et pelez un peu à la surface chaque branche ; regardez minutieusement s'il n'y a
pas de chenilles ; ensuite mettez-le cuire dans assez
d'eau en ébullition pour qu'il baigne ; ajoutez du
sel, placez le chou-fleur du côté du pied.

Il est essentiel que le chou-fleur soit cuit comme les asperges, c'est-à-dire qu'il soit craquant et non résistant.

Procédez ensuite pour faire la sauce blanche comme il est indiqué à la page 193 et que vous mouillez avec l'eau dans laquelle le chou-fleur a cuit. Dressez ensuite le chou-fleur bien égoutté et versez au-dessus la sauce blanche ; il est meilleur genre de la servir dans une saucière à part.

Le chou-fleur en sauce blanche est la méthode la plus en usage pour servir le chou-fleur.

Chou-fleur en gratin.

Préparez et faites cuire un chou-fleur comme le précédent, puis faites une sauce blanche aussi comme la précédente dans laquelle vous aurez mis un peu de fromage de gruyère rapé, si c'est votre goût ; ensuite mettez dans un plat à gratin le chou-fleur en bouquets séparés, puis versez au-dessus assez de cette sauce blanche pour en cacher tout le chou-fleur ainsi que quelques petits morceaux de beurre extra-frais ; faites gratiner le tout pendant vingt minutes et servez ensuite ce gratin lorsqu'il est d'une belle coloration dorée

Le chou-fleur au gratin ainsi préparé, est un mets très-estimé, peu connu et peu coûteux qui fait bon profit.

Chou-fleur au jus.

Préparez et faites cuire un chou-fleur comme il est indiqué, puis versez au-dessus, le chou-fleur bien égoutté, un bon jus concentré, légèrement lié avec une pincée de farine ; ensuite mettez le plat cinq minutes dans le four et servez-le bouillant.

Il est prudent de ne pas mettre le chou-fleur mijoter dans le jus parce que ça le rendrait trop fort et le jus serait dénaturé.

Chou-fleur à la sauce tomate.

Préparez exactément le chou-fleur à la sauce tomate comme celui au jus, seulement vous ajouterez dans le jus assez de sauce tomate pour en donner la couleur et en faire une sauce brillante et peu épaisse.

Chou-fleur à l'italienne.

Voyez dans ce chapitre : asperges à l'italienne.

Chou-fleur aux fines herbes.

Préparez et faites cuire un chou-fleur comme il est indiqué, puis formez-en plusieurs bouquets et faites-les sauter dans assez de beurre pour qu'ils ne soient pas secs et que vous laissez légèrement jaunir ; ensuite dressez-les au bout de cinq minutes de cuisson et parsemez au-dessus des fines herbes hachées. Le chou-fleur ainsi préparé peut être servi comme légume et comme garniture autour d'un filet de bœuf ou autres viandes bouillies ou rôties.

Chou-fleur en salade.

Préparez et faites cuire le chou-fleur comme il est indiqué ; puis formez-en des petits bouquets et faites une sauce de salade dans laquelle vous mettrez un peu de moutarde et des fines herbes hachées ainsi que des petits pois ou d'autres légumes à votre choix.

Le chou-fleur en salade doit être comme les asperges, servi à un tiède froid.

Laitue en purée.

Préparez, lavez et faites cuire dans l'eau et du sel en ébullition plusieurs laitues vertes ; lorsqu'elles sont cuites, égouttez-les, puis tassez-les avec l'écumoire pour en faire sortir l'eau ; ensuite hachez-les pas trop finement ; préparez-les exactement comme les épinards et dressez-les de même.

La laitue peut encore se laisser entière ; dans ce cas, elle s'accommode exactement comme les choux et se sert le plus ordinairement comme garniture.

Chicorée en purée.

La chicorée frisée se prépare et se fait cuire exactement comme la laitue en purée.

Escarole en purée.

L'escarole en purée demande la même préparation que pour la chicorée frisée.

Oseille aux œufs pochés.

Préparez et faites cuire l'oseille comme il est dit au chapitre des conserves, à la page 118, puis vous mettez dans une casserole du beurre ou de la graisse; lorqu'il est fondu, ajoutez une cuillerée de farine; laissez légèrement jaunir le tout ensemble en ayant soin de remuer la farine sans la quitter un instant avec la pochette en bois; ensuite ajoutez l'oseille avec une pincée de sel et un peu de poivre ; laissez-la revenir dans le beurre ; mouillez-la avec du lait, puis liez l'oseille avec deux jaunes d'œufs comme si c'était une sauce blanche.

La liaison de jaunes d'œufs adoucit l'oseille, la rend plus nerveuse, plus consistante, plus brillante et en même temps plus augmentée, parce que l'oseille absorbe plus de lait, car dans quel mets que ce soit, les œufs mis sont une économie.

Cardon au blanc.

Cet excellent légume d'hiver a beaucoup de rapport avec l'artichaut; il se prête à une foule d'assaisonnements et il est très-bien présenté dans les grands repas.

Pour le préparer, il ne faut prendre que les côtes blanches qui sont tendres et après avoir gratté une espèce de duvet et avoir enlevé les fils qui se trouvent au-dessus et au bord des côtes ; vous les coupez ensuite d'une dimension plus ou moins longue selon l'usage auquel il est destiné, puis vous coupez également la racine qui est tendre, en tranches émincées, vous les jetez à mesure dans de l'eau vinaigrée pour les empêcher de noircir. Cela étant fait, vous mettez dans une casserole en cuivre étamée ou en fonte émaillée, mais pas dans le fer parce qu'il noircirait le cardon qui est un légume très-délicat, une cuillerée de farine que vous délayez avec de l'eau froide ; mouillez ensuite avec de l'eau chaude ainsi qu'avec une goutte de lait ; ajoutez du sel et les cardons liés en plusieurs paquets ; lorsque l'eau est en ébullition, puis faites-les cuire ; dressez-les ensuite lorsqu'ils sont cuits, bien égouttés, sur un plat et versez au-dessus du beurre à peine fondu dans lequel vous aurez mis du sel, du poivre, un peu de noix muscade et le jus d'un citron.

Le cardon au blanc doit être coupé d'une longueur de quinze centimètres.

Cardons à la sauce blanche.

Préparez les cardons et faites-les cuire comme ci-dessus en les coupant de la même longueur, puis faites une sauce blanche comme il est indiqué à la page 193, que vous mouillez avec l'eau dans laquelle les cardons ont cuits ou bien avec du bouillon, puis versez cette sauce peu liée et qui doit ressembler à une crème sur les cardons bien égouttés.

Cardons au gratin.

Préparez et faites cuire des cardons comme ceux au blanc que vous coupez de la longueur du petit doigt, puis faites une sauce blanche comme il est dit ci-dessus, dans laquelle vous mettrez un peu de fromage de gruyère rapé, si c'est votre goût ; ensuite placez les cardons dans un plat à gratin, couvrez-les de la sauce blanche, d'un beurre extra-frais et d'une couche de fromage au-dessus ; faites gratiner le tout pendant vingt minutes dans un four médiocre de manière que ce gratin ait une teinte dorée à l'extérieur et qu'il fasse la crême intérieurement.

Le gratin de cardon se prépare aussi en mettant simplement les cardons sans sauce, c'est-à-dire avec une pincée de farine, du poivre, du fromage rapé et du beurre au-dessus ; mais cette méthode est, à notre avis, inférieure à la première comme goût et comme blancheur et fait beaucoup plus de profit.

Cardons à la béchamelle.

Préparez et faites cuire les cardons comme ceux au blanc, puis versez au-dessus une sauce béchamelle comme il est indiqué à la page 190.

Cardons au jus.

Préparez et faites cuire les cardons comme ceux au blanc, puis dressez-les bien égouttés sur un plat ; mettez au-dessus du fromage rapé et versez le même jus bouillant comme il est indiqué dans ce chapitre pour le chou-fleur au jus.

Cardons à la provençale.

Préparez et faites cuire les cardons comme ceux au blanc coupés de la même longueur, à moitié cuisson, sortez-les de l'eau ; puis finissez de les cuire dans assez d'huile d'olive bien chauffée ; ajoutez du sel et du poivre ; lorsqu'ils sont à point, dressez-les ; disséminez au-dessus des fines herbes et de l'ail hachés, puis versez sur le tout l'huile bouillante qui reste.

Ces cardons peuvent également être apprêtés avec du beurre à la place de l'huile.

Cardons à l'italienne.

Préparez et faites cuire les cardons comme ceux au blanc, puis versez au-dessus, lorsqu'ils seront dressés et bien égouttés, une sauce italienne très-forte en anchois et en moutarde, comme il est indiqué à la page 201.

Cardons à la piémontaise.

Ayez des cardons tendres, c'est-à-dire de ceux dont vous n'aurez choisi que le blanc ; servez-les tels quels, sans être cuits. Ensuite préparez une sauce composée d'une burette d'huile d'olive ; faites-la chauffer jusqu'à ce qu'elle soit bouillante, puis joignez à cette huile huit ou dix anchois bien lavés et hachés très-finement et relevez-la avec du poivre ordinaire ou de celui de Cayenne et peu ou pas de sel à cause des anchois ; dressez cette sauce toute brûlante, c'est essentiel, sur un réchaud, s'il est possible.

Les cardons ainsi préparés sont un mets de déjeuner très-appréciés par les Piémontais.

Cardons à la milanaise.

Préparez et faites cuire les cardons comme ceux au blanc, puis mettez, lorsqu'ils sont dressés sur le plat, une couche de gruyère et de parmesan rapés, du poivre, de la noix muscade ; ensuite faites fortement chauffer assez de beurre jusqu'à ce qu'il prenne une couleur jaunie ; ajoutez du sel et versez le beurre bouillant sur les cardons de manière à ce qu'il fasse l'écume.

Cardons à la moelle.

Préparez et faites cuire les cardons comme ceux au blanc dans lesquels vous aurez mis de la moelle de bœuf coupée en tranches. Dressez ensuite les cardons lorsqu'ils sont cuits ainsi que la moelle et une couche de fromage rapé et versez par-dessus, lorsqu'ils seront bien égouttés, une petite sauce rousse, d'un jus-coulis concentré c'est-à-dire très-fort, que vous liez légèrement avec une petite pincée de farine.

Les cardons à la moelle se préparent aussi en les faisant mijoter dans le jus avec la moelle et se servent sans fromage.

Cardons à la sauce tomate.

Préparez et faites cuire les cardons comme ceux au blanc, puis faites-les mijoter ensuite dans une sauce tomate peu liée et fortifiée avec deux pochées de bon jus.

Bettes ou côtes.

Les bettes que l'on connaît le plus ordinairement sous la dénomination de côtes, se préparent et se font cuire à l'eau avec du sel, comme les cardons, coupées de la longueur du doigt; elles doivent être très-blanches et aussitôt qu'elles seront égouttées, il ne faut pas les laisser dans la passoire en fer, car elles deviendraient noires et prendraient le goût de fer.

Les bettes s'accommodent le plus souvent en gratin exactement comme les cardons ou bien en sauce blanche ou rousse ou simplement sautées dans le beurre.

Les bettes ainsi préparées sont un légume bien goutté.

Céleri au blanc.

Choisissez plusieurs pieds de céleri ; enlevez les feuilles qui sont trop vertes et dures en ayant soin de laisser la pomme; coupez-les ensuite de la longueur de quinze centimètres ; liez-les par paquets et procédez pour leur cuisson exactement comme pour celle des cardons.

Le céleri se fait cuire, se dresse et s'accommode de toutes les mêmes manières que celles des cardons.

Le céleri-rave dont on n'accommode que la tête, se prépare et se fait cuire comme le céleri ordinaire.

Navets et raves au beurre.

Pelez des navets ou des raves, coupés en petits carrés ; ensuite mettez fondre du beurre dans une casserole émaillée, lorsqu'il est un peu chaud, mettez les navets avec du sel et du poivre ; faites-les cuire à l'étouffée sur un feu bien allumé afin qu'ils ne fassent pas l'eau. Dressez-les lorsqu'ils seront d'une belle coloration dorée.

Navets et raves aux petites saucises.

Préparez et faites cuire les navets comme les précédents. Faites aussi cuire à part dans du beurre quelques bouts de petites saucisses sans les arroser ; dressez les navets lorsqu'ils sont cuits et les petites saucisses en forme de couronne, puis versez par-dessus le jus-graisse des saucisses que vous aurez détaché avec une cuillerée à bouche d'eau.

Les navets garnis de petites saucisses sont un mets très-apprécié.

Navets ou raves au jambon.

Coupez en petits carrés ou en tranches du jambon cru, gras et maigre ; mettez-le revenir dans une casserole ; lorsqu'il aura rendu un peu de sa graisse, ajoutez les navets coupés en petits carrés avec un peu ou pas de sel à cause du jambon et un peu de poivre et un bouquet garni ; laissez rissoler le tout ensemble sur un feu bien allumé. Dressez ensuite lorsque les navets seront cuits et de belle couleur.

Vous pouvez, pour rendre ce mets plus augmenté, le saupoudrer d'une cuillerée de farine et le mouiller avec de l'eau, une goutte de colorant, pour donner la couleur qui convient et le laisser mijoter pendant une heure.

Navets à la sauce blanche.

Coupez les navets de la forme qu'il vous plaira, puis mettez-les revenir dans du beurre avec du sel sans leur laisser prendre couleur, puis saupoudrez-les d'une pincée de farine ; mouillez-les avec de l'eau ou du bouillon ; liez-les ensuite au moment de servir avec deux jaunes d'œufs, du beurre extra-frais et relevez-les avec un peu de poivre ou de la noix muscade.

Vous pouvez ajouter dans les navets à la sauce blanche une gousse d'ail écrasée ou un peu de gruyère rapé, si c'est votre goût.

Navets au gratin.

Coupez les navets par tranches émincées, puis faites-les cuire à moitié dans l'eau bouillante avec du sel, ensuite préparez-les dans un plat à gratin comme il est indiqué dans ce chapitre et avec les mêmes assaisonnements que ceux des cardons au gratin.

Navets au sucre.

Coupez les navets comme il vous conviendra ; faites-les cuire dans du beurre et peu de sel ; lorsqu'ils seront cuits et légèrement colorés vous ajouterez une ou deux cuillerées à café de sucre en poudre et vous les dressez aussitôt.

Navets pour garniture.

Coupez les navets en forme de quartiers d'oranges ; parez les angles, puis faites-les cuire dans le beurre avec du sel et du poivre sans les arroser et servez-vous de ces navets pour garnir les volailles et les viandes que nous avons indiquées.

Topinambours ou poires de terre à la maître-d'hôtel,

Ce tubercule qui ne craint pas le froid, ressemble un peu à des pommes de terre violacées et difformes ; son goût quoique étant un peu plus fade et plus sucré se rapproche de celui des artichauts et des salsifis et peut être employé dans les mêmes garnitures des poulets, vol-au-vent, matelotte, etc., lorsqu'il est coupé en petits carrés et échaudé un instant à l'eau bouillante.

Pour le préparer, il faut le laver très-proprement afin d'en enlever toute la terre ; vous le pelez, ensuite vous le coupez en tranches émincées et vous les mettez cuire dans de l'eau et du sel jusqu'à ce qu'elles soient cuites, puis vous les accommodez comme il est indiqué dans ce chapitre pour les pommes de terre à la maître-d'hôtel.

Salsifis et scorsonères à la sauce blanche.

Les salsifis, que l'on confond généralement avec les scorsonères, sont cependant assez distincts ; les premiers sont fades, un peu sucrés et ont la peau blanche et les scorsonères sont d'un goût savoureux, ont la peau noire et sont un précieux légume qui peut être aussi employé comme garniture dans les volailles, les vol-au-vent, les matelottes, etc.

Les salsifis et les scorsonères doivent toujours être cuits, auparavant de les apprêter, dans de l'eau ou du lait avec du sel et dans lequel vous pouvez joindre une cuillerée de farine délayée afin que les salsifis ou les scorsonères soient très-blancs, chose essentielle.

Pour les préparer, il faut les gratter à l'aide d'un couteau et ne pas laisser le plus petit point noir ; coupez-les de la longueur du doigt, puis vous les jetez à mesure dans de l'eau vinaigrée.

Il est essentiel aussi qu'ils soient blanchis comme les autres légumes du même genre dans une marmite en terre ou en fonte émaillée et non pas dans celle en fer qui altère leur goût et les rend noirs.

Mettez dans une casserole du beurre ou de la graisse bien préparé ; lorsqu'il est fondu, ajoutez une cuillerée de farine ; laissez-la revenir sans prendre couleur, puis mouillez avec le bouillon où ont cuites les scorsonères ; laissez mijoter un quart d'heure ; ensuite liez-les au moment de les dresser avec deux jaunes d'œufs, un morceau de beurre extra-frais que vous relevez avec une pincée de poivre blanc, un filet de vinaigre et un peu de noix muscade, si c'est votre goût.

Les salsifis ou les scorsonères ainsi apprêtés sont une des meilleures manières et sont très-appréciés.

Salsifis ou scorsonères au jus.

Préparez et faites cuire les scorsonères ; ensuite faites un roux que vous mouillez avec du jus, du bouillon ou avec l'eau où elles ont cuit ; ajoutez une goutte de colorant pour donner la couleur qui convient, du poivre et une petite feuille de laurier, si c'est votre goût ; laissez mijoter pendant un quart d'heure et au bout de ce temps dressez-les.

Les salsifis ainsi apprêtés peuvent être, comme ceux à la sauce blanche, servis comme légumes ou comme garnitures.

Salsifis ou scorsonères frits.

Lorsque les salsifis ou les scorsonères sont cuits dans de l'eau et du sel comme il est dit ci-dessus, vous les égouttez ; ensuite vous mettez chaque morceau de scorsonère dans une pâte à frire, comme il est indiqué à la page 231, puis faites-les frire dans la friture chaude de belle couleur comme les beignets ; saupoudrez-les de sel fin ou de sucre, selon votre volonté.

Potiron, citrouille ou courge, au beurre.

Epluchez le potiron ; enlevez tous les filaments intérieurs et les pepins ; ensuite coupez-le par tranches pas trop minces ayant la forme d'un carré long ; humectez chaque morceau dans une cuillerée à bouche de lait ; farinez-les et faites-les cuire dans le beurre jauni d'une belle coloration dorée des deux côtés pendant dix minutes ; dressez-les en couronne et saupoudrez-les d'un peu de sel ou du sucre fin, selon votre goût.

Potiron en gratin.

Préparez le potiron ; coupez-le par morceaux et faites-le cuire dans de l'eau avec du sel ; lorsqu'il est cuit, égouttez-le, puis passez-le au tamis, à la passoire ou écrasez-le simplement. Cette opération terminée, ajoutez une cuillerée de farine, deux ou trois œufs pour donner de la consistance, du sel, assez de poivre, du fromage rapé et une gousse d'ail écrasée, si c'est votre goût ; éclaircissez le tout avec du lait, de manière à en faire une bouillie pas trop épaisse et de bon goût ; ensuite mettez cette purée dans un plat à gratin avec des morceaux de beurre au-dessus, puis faites gratiner de belle coloration dorée pendant une demi-heure dans un four médiocre.

Vous pouvez aussi accommoder le potiron en purée en le mettant simplement dans une casserole avec un morceau de beurre frais, une pincée de farine et un peu de sucre en poudre ou écrasé, l'éclaircir avec de la crême ou une tasse de bon lait ; laissez mijoter le tout ensemble et ajoutez au moment de servir une liaison de deux jaunes d'œufs pour en faire une purée ordinaire ou bien l'apprêter en timbale comme il est dit dans ce chapitre pour la purée de carottes en timbale.

Potiron ou courge frit.

Préparez et coupez en filets assez longs, gros comme le petit doigt, un potiron ; ensuite, mettez mariner ces filets pour leur faire rendre leur eau et leur donner un bon goût dans un linge avec du sel et un peu de sucre en poudre ; laissez-les dans cet état pendant deux heures environ, puis mettez-les frire morceau par morceau dans une pâte à frire dans la friture bouillante comme si c'était pour des beignets ; dressez-les, puis saupoudrez-les de sel ou de sucre fin selon votre volonté.

Ainsi préparé en filets, le potiron ou la courge forme un mets peu coûteux, très-apprécié et qui fait bon profit.

Soufflés de potiron.

Voyez au chapitre des mets sucrés comme il est indiqué.

Artichauts à la vinaigrette.

L'artichaut est un légume qui est très-apprécié, d'un goût agréable et savoureux. Pour le préparer, vous coupez à ras du fond la queue et les feuilles puis celles du sommet, presque à moitié, avec un couteau très-tranchant ; vous enlevez ensuite le foin à l'aide d'une cuillère à bouche, en ayant la précaution de ne pas percer le fond de l'artichaut ; mettez-les à mesure dans de l'eau vinaigrée afin qu'ils restent blancs. Ensuite mettez-les blanchir dans de l'eau avec du sel dans une marmite en terre ou en fonte émaillée et non pas en fer, car l'artichaut est très-délicat ; laissez-les cuire pendant dix minutes environ afin qu'ils soient, comme tous les légumes de cette nature, très-blancs et craquants, car s'ils cuisent trop de temps, ils perdent de leur goût, sont mous, diminuent beaucoup et ne conservent pas leur blancheur, qualité essentielle. Dressez-les bien égouttés sur un plat et versez intérieurement une sauce printanière (voyez page 210).

Pour les artichauts qui sont jeunes et tendres, il n'est pas utile de les faire blanchir comme ceux qui sont vieux ; il suffit pour les préparer, de leur couper la queue et le bout des feuilles au sommet, de ne pas ôter l'intérieur, parce qu'il n'y a pas encore de foin et les feuilles blanches qui s'y trouvent sont très-bonnes.

Vous préparez pour les manger une salade ordinaire que chaque convive fait sur son assiette.

Artichauts à la sauce blanche.

Préparez et faites cuire les artichauts comme les précédents, dans de l'eau et du sel, puis dressez les artichauts bien égouttés et accompagnez-les d'une bonne sauce blanche comme il est indiqué à la page 193, que vous servez dans une saucière à part, mais il ne faut pas la mouiller avec l'eau des artichauts parce qu'elle serait immangeable.

Quelques personnes mettent la sauce blanche dans chaque artichaut lorsqu'ils sont dressés.

Artichauts au jus.

Préparez les artichauts pas trop gros et faites-les seulement blanchir à l'eau bouillante pendant cinq minutes, juste pour enlever l'âcreté des feuilles; ensuite faites un roux avec du beurre ou de la graisse et du lard salé coupé en petits carrés; mouillez avec du bouillon ou avec de l'eau; ajoutez peu de sel, du poivre, un peu de colorant pour donner la couleur qui convient, un bouquet de thym et de laurier attachés et une échalote hachée; laissez mijoter cette sauce dans laquelle vous aurez mis les artichauts pendant une demi-heure ou plus tôt jusqu'à ce qu'elle soit consistante et courte; dressez les artichauts; ôtez le bouquet et versez par-dessus cette sauce de bon goût.

Les artichauts ainsi préparés sont un bon mets de famille.

Artichauts à l'italienne.

Préparez les artichauts comme les précédents, puis mettez dans une casserole assez d'huile d'o-live; lorsqu'elle est bien chauffée, ajoutez les artichauts blanchis, puis jetez en pluie par-dessus une farce composée de quelques champignons, une poignée d'oignons, de la mie de pain, du gruyère rapé, sel et poivre, le tout haché ensemble ; ajoutez un peu de chapelure ; laissez-les gratiner une demi-heure dans le four en les arrosant de temps en temps avec le jus qu'ils ont rendu afin qu'ils ne soient pas secs.

Au bout de ce temps, dressez les artichauts et versez par-dessus l'huile et la garniture qui est restée au fond de la casserole.

Vous pouvez, selon votre volonté, détacher le fond de la casserole avec deux cuillerées à bouche d'eau ou du jus de préférence et le verser sur les artichauts.

Artichauts à la lyonnaise.

Préparez et partagez les artichauts en deux parties ; mettez-les cuire dans moitié huile et moitié beurre avec du sel ; lorsqu'ils sont bien rissolés, dressez-les sur le plat et tenez-les au chaud, puis mettez dans le beurre qui reste dans la casserole une petite pincée de farine que vous laissez jaunir sans excès, puis mouillez avec du jus ou du bouillon ; ajoutez dans cette sauce des fines herbes et de l'estragon hachés, un peu de poivre et du sel, s'il est nécessaire ; laissez mijoter un instant et versez cette petite sauce peu liée et relevée avec un filet de vinaigre ou un jus de citron sur les artichauts.

Artichauts sautés.

Coupez les artichauts en six ou huit morceaux gros comme des quartiers d'orange en ne laissant que quelques feuilles les plus tendres et coupées aussi très-courtes; ensuite faites-les simplement rissoler de belle couleur dans du beurre frais avec du sel pendant dix minutes, seulement afin que les artichauts soient craquants. Dressez-les au bout de ce temps avec tout le beurre dans lequel ils ont cuit.

Artichauts frits.

Préparez les artichauts comme pour être sautés au beurre; ensuite mettez-les mariner pendant une heure dans une goutte d'huile, un filet de vinaigre de vin, un peu de fines herbes hachées avec du sel et du poivre, puis faites frire chaque morceau d'artichauts comme si c'était pour faire des beignets dans la friture bouillante en les trempant dans une pâte à frire comme il est indiqué à la page 231.

Les artichauts frits font un plat de légumes peu coûteux, abondant et très-apprécié.

Artichauts farcis au gras.

Préparez les artichauts pas trop gros comme il est indiqué pour ceux à la vinaigrette; échaudez-les à l'eau bouillante pendant une minute, juste le temps pour enlever l'âcreté des feuilles ; ensuite vous préparez une farce composée avec de la mie de pain que vous aurez mis tremper dans le bouillon, ensuite bien pressée ; pilez-la dans le mortier; ajoutez quelques champignons, du persil et une gousse d'ail hachée ainsi que des restes de viandes cuites ; mêlez ce que vous venez de hacher avec de la mie de pain ; ajoutez du sel, du poivre, deux œufs pour donner de la consistance à la farce ; amalgamez le tout ensemble, puis remplissez-en chaque artichaut et faites-les cuire dans le four avec du beurre placé au-dessus pendant vingt minutes en ayant soin de les arroser de temps en temps avec le jus qu'ils ont rendu. Dressez les artichauts de belle coloration dorée et non roussie et encore moins noire ou brûlée.

Vous pouvez joindre à la farce pour la fortifier des rognons de viandes crues ou bien un peu de chair à saucisse.

Vous pouvez aussi, pour rendre les artichauts plus augmentés, faire un petit roux que vous mouillez avec du jus ou, à défaut, avec de l'eau ou du bouillon et une goutte de colorant pour donner la couleur naturelle dans lequel vous mettez cuire les artichauts.

Artichauts farcis au maigre.

Faites cuire quelques œufs durs ; lorsqu'ils seront décoquillés, hachez-les très-fins mêlés avec quelques petits champignons, du persil, une truffe, si vous en avez, et le fond d'un artichaut cru si vous le voulez ; lorsque le tout est bien haché, ajoutez du sel et un peu de poivre ainsi que deux œufs pour consolider ; amalgamez le tout ensemble, puis remplissez-en chaque artichaut ; faites-les gratiner et dressez-les comme les précédents.

Vous pouvez, pour rendre les artichauts plus augmentés, faire une sauce blanche dans laquelle vous mettrez cuire les artichauts avec ou sans une garniture de quelques petits oignons. Au moment de dresser les artichauts vous lierez la sauce avec du beurre, un ou deux jaunes d'œufs relevés avec un filet de vinaigre.

Les artichauts ainsi préparés sont un légume peu connu et bien estimé.

Artichauts à la barigoule.

Préparez les artichauts comme précédemment ; ensuite faites une farce composée de chair à petites saucisses, du jambon fumé gras et maigre, des champignons, le fond de deux artichauts, une échalote, une truffe, hachez le tout ensemble finement. Cette opération terminée, ajoutez peu de sel, du poivre ainsi que deux œufs pour rendre la farce plus ferme ; amalgamez le tout ensemble, puis remplissez-en chaque artichaut ; ensuite mettez dans une casserole assez de beurre ; laissez-le jaunir ; ajoutez les artichauts ; faites-les mijoter à petit feu et à l'étouffée en ne les arrosant qu'avec le beurre dans lequel ils cuisent ; dressez-les ensuite au bout d'une demi-heure lorsqu'ils seront d'une belle coloration dorée et versez au-dessus tout le beurre pour qu'ils ne soient pas secs. Vous pouvez aussi détacher le fond de la casserole avec une ou deux cuillerées à bouche d'eau ; laissez bouillir un tour et versez ce petit jus de bon goût sur les artichauts.

Les artichauts à la barigoule, ainsi apprêtés, peuvent être servis dans les grands dîners.

Artichauts à la provençale.

Préparez les artichauts comme ceux qui sont farcis ; ensuite faites une farce composée d'une poignée de petits oignons, de quelques gousses d'ail, de six anchois pour faire six artichauts et un peu de mie de pain ; hachez le tout ensemble très-fin ou pilez de préférence, puis ajoutez un morceau de beurre, peu de sel à cause des anchois et du poivre ; repilez de nouveau pour bien amalgamer, puis remplissez-en chaque artichaut que vous faites cuire avec de la bonne huile d'olive comme ceux à la barigoule ; dressez-les de même.

Artichauts en fonds.

Enlevez toutes les feuilles de gros artichauts coupées près du fond en ne laissant que le blanc que vous arrondissez et parez avec soin, puis mettez-les à mesure dans de l'eau vinaigrée afin de les empêcher de noircir ; cela fait, vous délayez au fond d'une casserole émaillée une cuillerée de farine avec de l'eau froide ; ajoutez les fonds de manière à ce qu'ils baignent, du sel, un peu de beurre et un filet de vinaigre ; couvrez le tout d'une feuille de

papier pour que les fonds conservent leur blancheur;
laissez-les cuire pendant vingt minutes environ.
Pendant ce temps, préparez une sauce suprême
peu liée comme il est indiqué à la page 196. Dressez ensuite les fonds d'artichauts en couronne ;
versez au-dessus la sauce suprême ; mettez-les
cinq minutes à la porte du four et servez-les bouillants.

Vous pouvez lier légèrement la sauce suprême
avec du beurre d'écrevisse.

Ainsi préparés, les artichauts en fonds peuvent
être présentés dans les dîners de cérémonie.

Aubergines frites.

Les aubergines ne doivent pas avoir atteint
toute leur maturité parce qu'elles deviennent cotonneuses; les graines sont dures et sont tellement
épicées qu'elles sont immangeables.

Pour les préparer, il faut couper les aubergines
par tranches assez épaisses sans les éplucher ; vous
humectez chaque tranche d'une goutte de lait pour
leur donner une couleur dorée et croustillante;
ensuite vous les farinez, puis vous les faites frire
dans le beurre frais de belle coloration dorée des
deux côtés ; saupoudrez-les de sel fin et servez-les.

Aubergines sur le gril.

Coupez les aubergines en deux dans toute leur
longueur ; n'en ôtez pas la peau ; supprimez-en la

queue, puis mettez-les mariner pendant une demi-heure dans une goutte d'huile surfine avec du sel et du poivre ; ensuite mettez-les sur le gril bien chauffé à l'avance en ayant soin de les arroser avec la marinade pour qu'elles ne soient pas sèches ; dressez-les lorsqu'elles seront de belle couleur des deux côtés et entourez-les d'un citron, d'une sauce tomate ou simplement avec une sauce à l'huile et au vinaigre très-épicée.

Aubergines à la méridionale.

Préparez et faites cuire dans l'huile bien chauffée les aubergines comme celles au beurre ; lorsqu'elles seront cuites et de belle coloration, dressez les aubergines en couronne, puis disséminez au-dessus du persil et de l'ail hachés et versez l'huile bouillante. Vous pouvez ajouter dans l'huile qui reste quelques petits champignons que vous faites lestement sauter pendant cinq minutes avec du sel et du poivre.

Aubergines farcies au gras.

Fendez les aubergines en deux parties égales dans toute leur longueur ; sortez-en l'intérieur que vous mêlez avec la même farce qu'il est indiqué dans ce chapitre pour les artichauts farcis au gras et procédez de même pour la cuisson.

Aubergines farcies au maigre.

Préparez les aubergines comme ci-dessus et mettez la même farce que celle des artichauts au maigre, puis faites-les cuire et dressez-les de même.

Aubergines à la provençale.

Préparez les aubergines comme les précédentes et faites-les cuire comme il est dit dans ce chapitre pour les artichauts à la provençale et avec la même farce.

Concombres à la maître-d'hôtel.

Les concombres blancs sont meilleurs que ceux qui ont la peau bigarrée que vous enlevez parce qu'elle est amère ainsi que les graines.

Coupez les concombres par tranches émincées et laissez-les de la longueur du doigt, puis faites-les cuire pendant sept à huit minutes dans de l'eau en ébullition avec du sel et une goutte de vinaigre; au bout de ce temps écoulez-les dans la passoire et laissez-les jusqu'à ce qu'ils soient bien égouttés; ensuite remettez-les dans une casserole ; faites-les chauffer, puis ajoutez du beurre, des fines herbes hachées, du sel et assez de poivre parce que le concombre est fade ; faites-les sauter et dressez-les lorsque le beurre est à peine fondu.

Concombres à la sauce blanche.

Epluchez, puis coupez les concombres comme il vous plaira ; faites-les lestement revenir dans du beurre avec du sel sans les laisser prendre couleur, puis saupoudrez-les d'un peu de farine et mouillez-les ensuite avec de l'eau ou du bouillon ; laissez-les mijoter, puis liez la sauce avec deux jaunes d'œufs ; relevez-la avec du poivre et un filet de vinaigre.

Les concombres en sauce blanche peuvent aussi se faire gratiner avec une couche de fromage rapé et des morceaux de beurre placés au-dessus et vous les dressez lorsqu'ils sont de belle coloration dorée.

Concombres farcis.

Coupez le bout du côté de la queue ; videz-les jusqu'au fond à l'aide du manche d'une cuillère en bois ; pelez-les ensuite ; remplissez-les d'une farce à quenelle ou de toute autre farce à votre choix, comme il est indiqué pour les artichauts. Lorsque cette opération est faite, replacez le bout du concombre qui sert de couvercle que vous faites tenir au moyen de petites brochettes en bois et que vous enlèverez au moment de servir.

Vous faites aussi revenir dans une casserole du jambon ou du lard salé gras et maigre coupé en tranches minces ; lorsqu'il a rendu toute sa graisse, ajoutez un peu de farine ; laissez-la roussir sans excès, puis ajoutez les concombres ; mouillez avec très-peu d'eau parce que le concombre en rend beaucoup ; ajoutez du sel, du poivre, un peu de colorant pour donner une couleur naturelle, un bouquet de thym et de laurier attachés, une petite garniture de tomate, de petites carottes nouvelles ou des petits oignons, si c'est votre goût ; laissez mijoter et réduire la sauce ; dressez les concombres entourés de la garniture dans une courte-sauce et à bon goût.

Concombres frits.

Coupez les concombres par filets et préparez-les exactement comme il est indiqué dans ce chapitre pour le potiron et la courge frits.

Concombres en salade.

Préparez et coupez les concombres en tranches très-minces, puis mettez-les macérer avec une poignée de sel fin pendant une heure au moins dans un linge suspendu pour leur faire rendre l'eau qu'ils contiennent ; ensuite procédez de la manière ordinaire pour faire la salade.

Vous pouvez ajouter dans cette salade une tomate crue coupée en tranches ainsi que des petits oignons.

Tomates farcies.

Voyez au chapitre des conserves à la page 104, les notions sur les tomates.

Pour les farcir, il faut les choisir d'une grosseur moyenne, rondes, lisses et bien rouges.

Coupez les tomates au sommet pour en faire un petit couvercle ; ensuite vous les tassez au milieu pour former un petit creux et vous en sortez tous les pepins puis remplissez-les selon votre goût d'une farce à quenelle, à petites saucisses ou comme celle des artichauts, grasse, maigre ou à la barigoule ou à la provençale dans laquelle vous pouvez joindre une tomate crue et hachée, puis vous les mettez cuire indistinctement dans le beurre, la graisse ou l'huile que vous laissez chauffer ; faites-les cuire lestement sur un bon feu pendant cinq minutes, puis mettez-les dans le four pour achever leur cuisson et leur faire prendre une belle coloration en ayant soin de les arroser de temps en temps avec leur jus.

Dans le cas où le jus des tomates serait trop abondant, il faudrait les dresser sur un plat que vous tenez au chaud, puis faire réduire le jus jusqu'à ce qu'il soit onctueux et de bon goût que vous versez ensuite par-dessus les tomates.

Quelques personnes ajoutent au-dessus des tomates farcies, pour les relever et les faire gratiner, du fromage rapé ainsi qu'un peu de chapelure ; d'autres y placent leur couvercle.

La durée de cuisson des tomates farcies est d'environ une petite demi-heure et elles doivent se faire gratiner dans un four chaud.

Tomates à la provençale.

Mettez dans une poêle assez d'huile d'olive que vous laissez fortement chauffer ; ensuite jetez des tomates coupées en tranches ; ajoutez du sel, du poivre, une gousse d'ail écrasée ; faites cuire le tout sur un feu bien allumé pendant dix minutes ;

dressez les tomates de belle couleur et veillez à ce qu'elles soient un peu grasses.

Tomates en sauce.

Voyez comme il est indiqué au chapitre des sauces à la page 200.

Tomates en salade.

Coupez des tomates crues comme il vous conviendra ; ôtez-en les pepins ; ajoutez des oignons et du thon mariné aussi coupés ou bien un hareng-saur grillé ainsi que des anchois, puis procédez comme pour faire une salade ordinaire.

Champignons préparés.

Voyez dans le chapitre des conserves les notions et les connaissances sur les champignons comme il est indiqué à la page 107.

Les champignons préparés sont tout simplement des champignons qui se mettent cuire le jour même de leur cueillette afin qu'ils restent blancs, fermes, craquants, pour qu'ils n'occasionnent pas des accidents et qu'ils ne soient pas baveux, condition absolue.

Pour les préparer, vous les épluchez de manière à ce qu'il ne reste pas de terre autour; vous les coupez ensuite par morceaux et vous les jetez dans de l'eau claire ; cela fait, vous les mettez, bien égouttés, cuire pendant dix minutes sur un feu bien allumé dans une casserole étamée ou émaillée avec un morceau de beurre frais et un peu de sel, puis vous les redressez ensuite au frais dans plusieurs petits pots couverts d'un papier avec tout le jus qu'ils ont rendu.

Les champignons ainsi préparés, se conservent pendant une semaine sans altération et peuvent être employés à tous les usages comme garniture, comme légumes ou en sauces rousse ou blanche, etc.

Les pelures des champignons peuvent aussi être utilisées et conservées de la même manière pour être associées dans les hachis, les farces, les ragoûts.

Champignons au naturel.

Coupez par tranches des champignons sans les éplucher, très-proprement essuyés et surtout ayez soin qu'il n'y ait pas de terre autour du pied, puis mettez-les cuire avec du sel pendant dix minutes dans du beurre ou de l'huile d'olive de préférence que vous laissez fortement chauffer ; dressez-les lorsqu'ils seront de belle coloration.

Ainsi apprêtés, les champignons au naturel sont vite préparés et sont très-estimés.

Vous pouvez, selon votre volonté, les éplucher mais à notre avis, il est préférable qu'ils ne soient pas pelés car la pelure des champignons est très-parfumée et très-délicate et les champignons se trouvent par le fait augmentés.

Vous pouvez encore vous servir des champignons cuits ci-dessus.

Champignons à l'italienne.

Préparez et faites cuire les champignons à l'italienne comme ceux au naturel dans lesquels vous ajouterez, lorsqu'ils seront cuits, des anchois hachés.

Champignons à la provençale.

Préparez et procédez exactement comme pour les champignons au naturel ; disséminez au-dessus lorsqu'ils seront dressés, de l'ail et du persil hachés et versez de tous les côtés l'huile bouillante qui reste dans la poêle.

Champignons à la sauce tomate.

Pelez les champignons, puis lavez-les ; ensuite faites-les lestement sauter dans le beurre bien chaud comme les précédents, puis saupoudrez-les légèrement d'une couche de farine ; ajoutez les tomates en purée avec un ail écrasé ; laissez mijoter le tout ensemble pendant dix minutes.

Les champignons à la sauce tomate se servent le plus ordinairement en garniture.

Vous pouvez aussi mettre, selon votre goût, les tomates coupées en petits carrés.

Champignons à la crême.

Epluchez avec soin des petits champignons qui soient fermes, blancs et non baveux ; jetez-les à mesure dans l'eau froide ; ensuite mettez-les bien égouttés, dans une casserole émaillée ou étamée avec du sel et assez de beurre extra-frais ; laissez-les cuire sur un feu vif jusqu'à ce que l'eau qu'ils ont rendu soit toute absorbée ; alors saupoudrez-les d'une demi-cuillerée de farine pour faire un plat ordinaire ; laissez-la un instant perdre son goût sur la plaque du fourneau sans prendre couleur, puis mouillez le tout avec de la crême ou du bon lait de manière à en faire une béchamelle peu liée, épaisse ; laissez cuire dix minutes en ayant soin de remuer la sauce avec la pochette en bois pour la rendre lisse et compacte. Au bout de **ce** temps, liez les champignons avec deux jaunes d'œufs, un morceau de beurre extra-frais et relevez cette sauce, qui doit être onctueuse et d'un bon arôme, avec un filet de vinaigre ou un jus de citron ainsi qu'une pincée de poivre blanc.

Dressez les champignons ornés de croûtes de pain frites dans le beurre comme il est indiqué à la page 69.

Les champignons à la crême sont une des meilleures manières de les accommoder et peuvent être servis dans les dîners de cérémonie.

Croûte aux champignons.

Coupez une tranche de mie de pain en forme de carré long, de l'épaisseur de deux doigts et de la largeur de la main ; ciselez-la autour, puis faites-la frire de belle couleur des deux côtés dans du beurre très-frais. Cela étant fait, dressez-la sur un plat, puis mettez au-dessus les champignons accommodés comme ceux à la crême que vous lierez seulement avec du beurre très-frais et dans lesquels vous aurez ajouté très-peu de carmin, qui se vend chez les confiseurs, juste pour donner aux champignons une légère teinte vermeille ou à défaut de carmin, colorez-les avec une ou deux cuillerées à bouche de sauce tomate.

Ainsi préparée, la croûte aux champignons peut également se servir, comme ceux à la crême, dans les grands dîners.

Champignons farcis.

Ayez des champignons d'une moyenne grosseur auxquels vous en aurez détaché le pied pour ne garder que le pavillon ou le chapeau des champignons; ôtez la barbe s'il y en a et si elle est d'une couleur jaunâtre ; essuyez-les très-proprement, mais n'épluchez pas le pavillon ; ensuite vous mettez dans un sautoir ou un plat à gratin, du beurre ou de l'huile d'olive surfine de préférence que vous laissez chauffer, puis rangez-y chaque pavillon que vous aurez rempli auparavant de la même farce que celle des artichauts farcis au maigre, au gras ou à la barigoule ou bien de celle que vous composerez avec du jambon ou du lard salé, quelques pieds de champignons, une échalote, du persil, une gousse d'ail, le tout haché ensemble. Faites ensuite revenir ce hachis dans du beurre ou de l'huile d'olive ; ajoutez une petite pincée de farine, peu de sel et du poivre ; laissez mijoter dix minutes, puis faites gratiner les pavillons à un four chaud pendant une demi-heure en ne les arrosant qu'avec le jus qu'ils ont rendu et dressez-les lorsqu'ils seront de belle coloration dorée.

Champignons en coquille.

Coupez une fine tranche de jambon cru ou cuit ; mettez-la au fond de chaque coquille ; ensuite ajoutez au-dessus des champignons préparés au jus ou à la sauce tomate comme il est indiqué ; ajoutez un peu de chapelure et un petit morceau de beurre au-dessus ; faites cuire dans le four chaud pendant dix minutes.

Les champignons en coquille sont un excellent mets de déjeuner

Essence de champignons.

Voyez comme il est indiqué au chapitre des sauces à la page 185.

Oignons farcis.

Les oignons farcis doivent être d'une moyenne grosseur ; ils s'accommodent avec les mêmes farces que celles des artichauts et se font cuire de même, mais il ne faut pas qu'ils soient blanchis avant dans l'eau.

Oignons sautés.

Hachez grossièrement plusieurs oignons ; faites-les jaunir dans le beurre ou la graisse avec du sel et du poivre, puis servez ces oignons pour accompagner les viandes bouillies, rôties ou du jambon et autre charcuterie.

Petits oignons glacés.

Les petits oignons glacés se préparent en les mettant avant de les éplucher, tremper à peine une minute dans de l'eau bien chaude afin d'avoir plus de facilité pour les peler et éviter par ce moyen de faire pleurer. Cela étant fait, vous les mettez cuire sur un petit feu simplement dans le beurre frais avec du sel, puis vous les dressez lorsqu'ils sont d'une belle coloration dorée et non pas roussi ni brûlé.

Vous pouvez ajouter dans les petits oignons un petit morceau de sucre pour les rendre plus doux.

Ces oignons, ainsi préparés, font une très-bonne garniture autour des volailles et des viandes bouillies ou rôties.

Soubise d'oignons.

La soubise n'est autre chose qu'une purée faite avec de gros oignons coupés par morceaux dans lesquels vous ajoutez une ou deux pommes de terre avec du sel et du poivre; ensuite vous faites cuire à l'étouffée le tout ensemble dans le beurre frais ou la graisse, sans arroser. Lorsqu'ils sont bien cuits vous les passez au tamis, puis vous mettez dans le beurre qui reste dans la casserole où ils ont cuits une petite pincée de farine que vous laissez jaunir; ajoutez-y la purée d'oignons ; éclaircissez-la avec un peu de jus ou du bouillon et un peu de colorant pour lui donner une couleur un peu jaunie.

La soubise se sert avec des croûtons autour, frits dans le beurre ou pour accompagner les volailles, les viandes bouillies ou rôties.

Carottes au beurre.

La carotte est un des légumes les plus rafraîchissants et les plus précieux dans la cuisine ; elle est d'un goût peu savoureux et légèrement sucré.

La carotte peut être employée partout, dans les potages, les ragoûts, les purées et les garnitures. Pour la préparer il faut qu'elle soit ratissée à l'aide d'un couteau et que la tête et la queue soient coupées et bien lavées avant et après.

Pour les carottes que vous voulez conserver pendant l'hiver, il est utile que le collet vert en soit retranché afin d'éviter qu'elles ne prennent un goût de fort et qu'elles ne deviennent en bois.

Coupez en tranches des carottes crues ; mettez-les cuire à l'étouffée dans une casserole émaillée, avec du sel et un morceau de beurre frais que vous aurez laissé un peu jaunir. Vous pouvez ajouter à moitié cuisson quelques petits oignons. Dressez-les ensuite lorsqu'elles sont cuites et de belle coloration avec tout le beurre où elles ont cuit pour qu'elles ne soient pas sèches. Vous pouvez aussi les relever avec un filet de vinaigre et un peu de poivre.

Carottes à la maître-d'hôtel.

Faites cuire les carottes à l'eau de sel ou à la vapeur comme les pommes de terre ; coupez-les en tranches émincées, puis mettez-les dans une casserole avec du sel, du poivre ; laissez-les bien chauffer et liez-les ensuite avec du beurre que vous laissez à peine fondre et que vous relevez avec du persil haché et un filet de vinaigre.

Carottes à la sauce poulette.

Faites revenir des petites carottes nouvelles laissées entières ou coupées en tranches ou en petits carrés si elles sont vieilles et trop grosses, avec du sel dans du beurre frais sans leur laisser prendre couleur ; ajoutez ensuite une petite pincée de farine ; mouillez-les avec du lait ou du bouillon et laissez mijoter jusqu'à ce qu'elles soient cuites, puis liez-les au moment de servir avec deux jaunes d'œufs, un morceau de beurre de table et re-levez-les avec un filet de vinaigre et un peu de poi-vre blanc.

Vous pouvez remplacer le poivre et le vinaigre par une pincée de sucre en poudre. Dans ce dernier cas elles ne peuvent pas être employées comme garniture.

Carottes en purée.

Faites-les cuire proprement ratissées et lavées à l'eau avec du sel, comme il est indiqué pour celles

à la maître-d'hôtel ; ensuite vous les passez au tamis, puis vous faites un roux blanc avec une demi-
cuillerée de farine comme il est indiqué à la page
193 ; ajoutez-y la purée ; éclaircissez-la avec de
l'eau, du bouillon ou du jus pour en faire une purée
ordinaire que vous relevez avec un peu de poivre et
de la noix muscade. Dressez cette purée ornée des
croûtons de pain frits dans le beurre. Cette purée
peut aussi être employée comme garniture des viandes bouillies ou rôties.

Vous pouvez aussi ajouter dans la purée de carottes trois à quatre œufs pour la tenir ferme et en
faire une timbale en la mettant dans un moule uni
que vous aurez beurré auparavant avec du beurre
fondu ; ensuite vous placez au-dessus assez de
beurre frais et faites-la cuire pendant trois quarts
d'heure dans le four ; puis un petit instant après
qu'elle est sortie du four, vous la renversez avec
précaution et dressez sur un plat rond. Versez au-
dessus un jus-coulis très-concentré.

Vous pouvez également, si vous voulez rendre
cette timbale plus légère, y ajouter un blanc d'œuf
monté en neige.

Gratin de poireaux.

Ayez une certaine quantité de poireaux ; lorsqu'ils sont choisis coupez-les par morceaux de la
longueur du pouce, puis échaudez-les à l'eau bouillante pendant cinq minutes pour diminuer leur
force ; ensuite faites-les revenir dans le beurre
avec du sel et du poivre, puis saupoudrez-les d'une

pincée de farine ; mouillez-les avec de l'eau pour en faire une petite sauce ; couvrez-les d'une couche de fromage rapé, un peu de chapelure et un morceau de beurre frais et faites gratiner le tout ensemble.

Haricots blancs à la maître-d'hôtel.

Les haricots se mettent toujours cuire dans l'eau bouillante s'ils sont frais, mais s'ils sont secs, il faut au contraire les mettre tremper dès la veille dans de l'eau tiède, puis les faire cuire le lendemain dans assez d'eau, pour qu'ils baignent, avec du sel, une gousse d'ail et un bouquet de thym et de laurier attachés, si c'est votre goût. Il est bien entendu que les haricots doivent être choisis, triés et proprement lavés avant que de les mettre tremper dans l'eau tiède.

Mettez dans une casserole des haricots blancs ; laissez-les bien chauffer, puis mettez du persil haché, une pincée de poivre, un filet de vinaigre et un morceau de beurre extra frais ; sautez le tout ensemble et dressez les haricots aussitôt que le beurre est à peine fondu.

Haricots à la sauce blanche.

Mettez dans une casserole un peu de beurre ou de la graisse ; ajoutez, lorsqu'il est fondu, une cuillerée de farine que vous faites revenir sans la laisser prendre couleur ; mouillez ensuite avec l'eau des haricots en remuant toujours avec la pochette en bois de manière à en faire une sauce lisse et peu épaisse ; ajoutez les haricots avec ou sans une échalote et des fines herbes hachées ; laissez mijoter un quart d'heure ; liez cette sauce au moment de la servir avec deux jaunes d'œufs relevés par du poivre et un filet de vinaigre.

Cette manière d'accommoder les haricots est celle qui se sert le plus ordinairement pour accompagner les viandes grillées, braisées ou rôties.

Haricots au jus.

Préparez et faites cuire les haricots comme les précédents, mais il faut laisser prendre de la couleur à la farine, puis mouillez les haricots avec la moitié de l'eau où ils ont cuits et autant de jus que vous mettez au moment de servir afin que les haricots ne prennent pas le goût de trop fort.

Les haricots au jus se servent comme les précédents pour accompagner les viandes bouillies, braisées et rôties.

Haricots en salade.

Les haricots en salade se préparent et se servent comme il est indiqué dans ce chapitre pour la salade de pommes de terre.

Haricots au jambon.

Mettez dans une coquelle des tranches de jambon coupées minces et assez larges ; laissez-les un instant rendre un peu de leur graisse, ensuite ajoutez-y une petite cuillerée de farine ; laissez-la jaunir sans excès ; mouillez avec l'eau où ont cuit les haricots ; ajoutez les haricots ainsi que quelques petites carottes nouvelles ou, si elles sont vieilles, il faut les couper en petits carrés ; laissez mijoter jusqu'à parfaite cuisson. Dressez ensuite les haricots et les tranches de jambon placées au-dessus.

Dans le cas où l'eau des haricots et le jambon rendraient les haricots trop forts, il faudrait employer de l'eau qui ne soit pas salée.

Soissons.

Les soissons sont des haricots blancs beaucoup plus gros que les flageolets et les autres espèces ordinaires. Ils se préparent, se font cuire et s'apprêtent comme les haricots et peuvent être employés dans les mêmes garnitures et les entremets de légumes.

Lentilles au beurre.

Les meilleures lentilles sont rebondies, d'un beau blond et la peau lisse.

Préparez et faites cuire à l'eau avec du sel les lentilles exactement comme les haricots blancs avec l'exception qu'il sera prudent de jeter la première eau lorsqu'elle est en ébullition et de la remplacer par une autre eau bouillante afin que les lentilles soient de couleur moins noire ; ensuite metiez dans une poêle étamée un fort morceau de beurre ; laissez-le jaunir ; ajoutez les lentilles bien égouttées avec du sel et du poivre ; faites-les sauter quelques tours et servez-les.

Les lentilles, ainsi apprêtées, peuvent être servies comme légume et comme garniture des viandes bouillies, braisées ou rôties.

Lentilles au jambon.

Voyez comme il est dit ci-dessus pour les haricots blancs accommodés au jambon et préparez-les de même.

Lentilles en salade.

Préparez et faites une salade de lentilles comme il est indiqué dans ce chapitre pour la salade de pommes de terre.

Marrons ou châtaignes en garniture et en purée.

Pelez des marrons ou des châtaignes ; mettez-les ensuite chauffer dans l'eau pour leur enlever la seconde peau ; faites-les cuire à l'eau avec du sel et lorsqu'ils sont à point de cuisson, égouttez l'eau, puis passez-les au tamis comme les pommes de terre et procédez exactement de la même manière que pour faire la purée. Si les marrons sont destinés pour garniture, il faut les mettre aussitôt qu'ils sont échaudés dans les jus ou les sauces, comme il est indiqué pour le poulet, le filet, etc., à la chipolata.

Notions sur les purées de légumes en général.

Les purées de légumes secs, telles que celles de pois verts concassés, de lentilles, de haricots blancs, etc., se préparent et s'accommodent comme les purées ordinaires de pommes de terre ou autres et elles se servent de la même manière soit comme garnitures, soit comme légumes ou en timbales, comme il est indiqué dans ce chapitre pour la timbale de carottes en ajoutant dans celles de lentilles ou de pois verts, une ou deux pommes de terre pour les rendre plus compactes et plus lisses.

CHAPITRE XXXI.

SALADES EN GÉNÉRAL

Observations pour faire les salades.

Pour procéder à faire bien une salade, il est essentiel que les assaisonnements soient combinés de manière à ce qu'ils soient parfaitement fondus, c'est-à-dire qu'ils soient mis avec modération dans une bonne proportion et non pas d'une façon dominante. Car il n'est pas rare de manger des salades qui sont, ou trop fortes en sel, en poivre ou en vinaigre ou bien trop fades et quelquefois trop grasses. Pour parvenir à réussir à faire une bonne sauce de salade, il est essentiel d'avoir du vinaigre de vin comme il est indiqué à la page 121, puis vous mettez dans un saladier ordinaire le fond d'une cuillerée à café de sel fin et autant de poivre, ensuite une cuillerée à salade pleine de vinaigre et deux ou trois petites cuillerées d'huile d'olive ou de bonne huile de noix. Vous battez un instant avec la fourchette de manière à en former une sauce onctueuse, puis vous ajoutez la salade. Vous la fatiguez à l'aide de la cuillère et de la fourchette en bois ou en ivoire, mais non en fer ni en argent, en ayant la précaution de ne pas la tasser ni de faire tomber aucune feuille sur la table.

Vous pouvez joindre dans la sauce de la salade, selon votre goût, de la moutarde.

Les salades doivent toujours être agrémentées de petites fournitures, telles que : estragon, civette, cerfeuil ou des queues d'oignons, etc., ou bien de l'ail, selon la nature des salades, comme il sera décrit ci-après. Que la sauce de la salade soit toute absorbée et que cette dernière soit à peine humectée, ce qui les rend plus soignées et meilleures au goût.

Il n'est pas inutile de dire que la salade ne doit être fatiguée qu'au moment de la servir parce qu'autrement elle serait trop cuite et par conséquent moins craquante.

Cresson.

L'on distingue deux espèces de cresson, le cresson de fontaine et le cresson alénois qui est une espèce de cresson qui ressemble un peu au persil double.

L'un et l'autre peuvent être employés pour le même usage, pour garnir un rôti de volaille ou des côtelettes et des biftecks.

Le cresson en salade se sert rarement seul ; il doit autant que possible être mêlé avec d'autres espèces de salade

Laitue.

La laitue est une salade des plus délicates et celle qui demande le moins d'assaisonnements. Elle peut se préparer avec de la bonne crême douce à la place de l'huile.

Pour la choisir, il faut commencer par en ôter les feuilles trop vertes et si la laitue est bien pommée, les limaces ni aucun autre corps étranger n'ont pu pénétrer dans le cœur ; alors il est suffisant d'essuyer, et non pas de laver, chaque feuille avec un linge très-blanc. Par cette méthode, la laitue conserve sa fraîcheur veloutée, son craquant et son goût savoureux.

Vous pouvez ajouter dans la salade de laitue avec les fines herbes, des œufs, ce qui en fait une salade qui peut être présentée dans les dîners ordinaires et de cérémonie, mais elle exige un peu plus d'assaisonnements.

Romaine ou chicon.

Retirez toutes les feuilles vertes jusqu'à ce que vous arriviez à celles qui sont d'un beau jaune tendre ; fendez les feuilles en deux en enlevant les plus grosses côtes, puis procédez comme pour la salade de laitue.

La romaine, quoique étant moins délicate que la laitue, est cependant préférée par certaines personnes.

Maches.

Les mâches, connues aussi sous la dénomination de raiponce, ramponnets ou doucettes, s'épluchent en coupant la queue de manière à faire tomber toutes les feuilles grosses et flétries. Cette salade d'hiver se prépare comme celle ordinaire dans laquelle vous pouvez joindre des œufs, de la betterave et un hareng-saur.

Dents de lion ou pissenlis.

Cette salade, qui annonce le printemps, doit être choisie d'un blanc un peu jaune, ce qui est l'indice qu'elle est tendre ; vous la préparez comme celle des mâches et à votre volonté garnie d'œufs, de betteraves ou d'un hareng-saur.

Chicorée amère.

La chicorée amère doit être coupée aussi fine qu'une aiguille à tricoter, c'est une qualité essentielle ; ensuite vous la mettez aussitôt dans l'eau fraîche et vous la servez bien égouttée, pressée dans un linge et accommodée de la manière indiquée.

Cette salade accompagne le bœuf bouilli ou bien rôti.

Chicorée frisée.

Prenez des chicorées dont le cœur soit bien jaune et les feuilles bien fines qui sont préférables à celles

qui ont les feuilles grosses ; retirez tout le vert ;
lavez-les très-proprement ; ensuite essuyez-les dans
un linge ; faites ensuite la salade dans laquelle
vous mettrez une gousse d'ail écrasée et non coupée ou, si vous le préférez, vous pouvez faire ce
que l'on appelle un chapon qui consiste en une
croûte de pain frottée avec un ail.

Escarolle.

Prenez les feuilles bien jaunes, ce qui est l'indice
que l'escarole est tendre ; ôtez les plus grosses côtes, puis procédez pour faire la salade comme pour
la chicorée frisée.

Barbe de capucin.

La salade dite *barbe de capucin*, est une salade
d'hiver ; pour la préparer il faut, après l'avoir seulement essuyée, car il n'est pas utile de la laver, la
couper pas trop longue, puis la faire comme une
salade ordinaire en y joignant quelques betteraves.

Betteraves.

La betterave se met cuire dans le four après la
sortie des pains ou dans les cendres chaudes ou le
plus ordinairement comme les pommes de terre
rondes, avec de l'eau.

La betterave qui est une espèce de racine doit se
faire cuire pendant deux heures au moins ; elle doit

être très-tendre et d'un beau rouge violacé. Vous pouvez la préparer à l'avance et la garder tout l'hiver pourvu qu'elle soit coupée en tranches très-minces, ensuite placées dans un plat en terre avec une pincée de sel, du poivre et de l'huile de noix ou de celle d'olive ; elle peut être mangée seule, avec les viandes bouillies ou être associée dans les salades vertes ou de légumes cuits.

Quelques personnes mettent la betterave dans le vinaigre pour la conserver, mais à notre avis il est préférable de la conserver dans l'huile, parce qu'elle n'offre pas l'inconvénient de rendre la salade trop vinaigrée ; du reste, l'huile dans laquelle la betterave est conservée peut très-bien être utilisée pour faire la salade ou autre chose.

Salade à la parisienne.

La salade parisienne se compose de toutes espèces de légumes verts et secs, tels que : haricots verts, petits pois, lentilles, haricots blancs, choux-fleurs ainsi que des carottes jaunes et des betteraves, truffes, champignons en boîte ou en hors-d'œuvre. Tous ces légumes doivent être cuits séparément, selon la durée de leur cuisson plus ou moins prolongée.

Lorsque cette opération est terminée, vous mêlez tous ces légumes ensemble, puis vous les assaisonnez avec une sauce mayonnaise un peu relevée ; ensuite vous placez cette salade dans un saladier rempli jusqu'au rebord ; vous décorez le dessus premièrement avec un bouquet de chou-fleur, placé au milieu et, successivement avec une rangée de truffes, puis des carottes coupées en tranches émincées que vous alternez tantôt avec un cordon de petits pois, de champignons et d'autres légumes qui sont contenus dans la salade, de manière à en former un ornement qui ait un coup d'œil flatteur et appétissant.

Au moment de fatiguer la salade, vous mettez au-dessus un peu de bonne huile d'olive et un peu de vinaigre, puis vous la servez.

La salade parisienne, ainsi préparée, fait merveille dans un dîner et une soirée.

Vous pouvez ajouter dans la salade parisienne, pour la rendre plus finie et meilleure au goût, des blancs et des foies de volailles coupés en tranches émincées ou en petits dés, selon votre volonté, ainsi que des queues d'écrevisses ou de crevettes.

Salade à l'italienne.

La salade italienne se prépare exactement comme la salade parisienne, seulement vous ajoutez en plus du thon mariné coupé en tranches, des anchois, des olives et des câpres et même des tomates aussi coupées en tranches.

Salade russe.

Préparez exactement la salade russe comme celle à la parisienne dans laquelle vous ajouterez des cervelas, du saucisson et des blancs de perdreau.

CHAPIRE XXXII.

ENTREMETS SUCRES EN GENERAL

Les entremets sucrés sont si nombreux que nous avons cru qu'il serait superflu d'en faire une trop grande énumération ; nous nous sommes borné à donner les recettes pratiques et peu compliquées de ceux qui sont les plus à la portée et les plus en usage pour les dîners de tous les jours et les mieux reçus dans les dîners de cérémonie.

Bouillie à la fleur d'oranger.

Faites bouillir dans une casserole un litre de lait avec du sucre ; délayez pendant ce temps quatre cuillerées de farine, première qualité, avec du lait froid parce que si la farine était délayée avec du lait bouillant elle serait en grumeaux ; lorsqu'elle est un peu claire, ajoutez le lait bouilli ; mettez cette crême cuire sur un feu modéré en la tournant sans la quitter afin qu'elle soit lisse et qu'elle ne s'attache pas à la casserole, ce qui la ferait brûler. Laissez-la cuire pendant une demi-heure ou plutôt jusqu'à ce qu'elle ait pris de la consistance et qu'elle ait perdu son goût de farine ; ajoutez au moment de servir une liaison de deux jaunes d'œufs et parfumez-la avec de la fleur d'oranger, puis dressez-la entourée de quelques biscuits coupés en cœur.

Vous pouvez aussi parfumer cette bouillie avec un demi-bâton de vanille que vous mettez cuire avec la farine ou bien avec l'écorce jaune d'un citron ou d'une orange rapée ou hachée très-finement que vous mettez en même temps que la liaison de jaunes d'œufs.

Vous pouvez encore, pour rendre la bouillie plus finie, ajouter au moment de la servir, des cerises et des abricots confits coupés en petits carrés ou bien des macarons brisés.

La bouillie, ainsi préparée, convient très-bien aux enfants ; elle est un mets peu coûteux et qui fait bon profit.

Bouillie à la crême.

Préparez et faites cuire la bouillie comme la précédente ; mettez-la ensuite refroidir sur un grand plat uni, puis vous la coupez en forme de carrés longs ou en losanges et vous versez au-dessus une crême anglaise comme il sera décrit dans ce chapitre.

Il est essentiel que la crême soit préparée avec le même parfum que la bouillie.

Beignets à la crême.

Préparez des carrés ou des losanges comme ci-dessus avec la bouillie; ensuite trempez chaque carré dans un œuf bien battu, puis roulez-les dans de la mie de pain et faites-les frire dans la friture bien chaude; dressez-les lorsqu'ils seront de belle coloration dorée, puis saupoudrez-les légèrement de sucre en poudre.

Veus pouvez également faire les beignets sans qu'ils soient panés en les enveloppant dans une pâte à beignets comme il est décrit ci-après et les faire frire à grande friture bien chauffée.

Pâte à beignets.

Mettez dans un plat creux trois ou quatre cuillerées de belle farine, une petite pincée de sel et une cuillerée de sucre en poudre ainsi que trois jaunes d'œufs et un peu d'eau-de-vie, si vous le voulez; délayez le tout avec de l'eau ou, de préférence, avec du lait froid de manière à en faire une pâte ni trop claire, ni trop épaisse, c'est-à-dire qu'il reste une couche de pâte d'une certaine épaisseur autour des objets que vous avez à faire trire; laissez-la reposer un instant avant que de vous en servir, puis, au moment, vous mettrez les trois blancs d'œufs en neige que vous mêlerez doucement dans la pâte à beignets pour ne pas les briser.

La pâte à beignets ainsi préparée, peut être employée à tous les usages et à toutes espèces de beignets, de pommes bouillies, frangipane, etc.

Beignets de pommes.

Ayez une demi-douzaine de belles pommes rainettes, de préférence aux autres qualités ; enlevez-en le cœur à l'aide d'un emporte-pièce que l'on appelle vide-pomme qui ressemble au goulot droit d'une cafetière ; vous l'enfoncez d'un côté jusqu'à moitié de la pomme, puis vous en faites autant de l'autre afin d'éviter que la pomme ne se fende ; vous retirez alors le cœur et les pepins avec facilité ; ensuite pelez chaque pomme après cette opération, car si les pommes étaient pelées auparavant elles seraient plus sujettes à se fendre ; coupez-les par tranches de l'épaisseur du petit doigt à peine ; mettez-les macérer pendant une heure avec une pincée de sucre en poudre et une goutte de cognac. Faites ensuite les beignets en les trempant légèrement dans la pâte à beignets et faites-les frire dans la friture bouillante ; sortez-les avec l'écumoire lorsqu'ils seront d'une belle coloration dorée des deux côtés ; saupoudrez-les légèrement de sucre en poudre ou, si vous le préférez, humectez-les avec une goutte de cognac sucré dans lequel ont macéré les pommes.

Les beignets de pommes ainsi apprêtés, sont un mets peu coûteux, vite préparé et toujours bien accueilli.

Beignets à la confiture.

Coupez en rond des tranches de pain rassis de la grosseur d'un verre à vin ordinaire et de l'épaisseur du petit doigt; mettez-les tremper pendant une demi-heure dans du lait sucré avec un zeste ou l'écorce d'un citron; au bout de ce temps sortez-les et laissez-les égoutter. Etendez sur la moitié des tranches de pain une couche de gelée de groseilles ou autres marmelades à votre choix, telles que : celles de pommes, abricots, prunes, pêches, etc. ; couvrez ensuite cette confiture d'une autre tranche de pain

Cela fait, vous trempez avec adresse chaque croûte de pain dans de la pâte à beignets, de manière à ce qu'elle soit bien enveloppée et surtout sans la rompre, car la confiture sortirait et pétillerait dans la friture, puis faites frire ces beignets à grande friture bouillante sur un feu bien allumé ; tournez-les avec la spatule et avec précaution; sortez-les de la friture à l'aide de l'écumoire lorsqu'ils seront de belle coloration dorée des deux côtés ; dressez-les ensuite saupoudrés |légèrement de sucre fin.

Les beignets à la confiture peuvent encore se préparer d'une manière plus simplifiée en trempant les tranches de pain dans le lait comme il est dit ci-dessus, puis vous les farinez ensuite et vous les faites frire dans du beurre frais que vous laissez un peu jaunir; dressez-les sur un plat rond lorsqu'elles seront d'une belle coloration dorée des deux côtés; étendez ensuite sur chaque croûte de pain une couche de confiture de groseille et si vous avez de la marmelade d'abricots, de pommes, etc.; vous pouvez aussi en faire une couche sur quelques croûtes de pain de façon à ce que ces beignets soient entremêlés de confiture et de différentes marmelades où chaque convive peut choisir selon son goût, ce qui, du reste, en fait un plat plus soigné.

Les beignets à la confiture ainsi préparés sont aussi un mets peu coûteux, peu connu et qui fait très-bon effet.

Beignets soufflés dits pets de nonne.

Mettez dans une casserole un verre ordinaire d'eau, très-peu de sel, un peu de sucre et gros comme un œuf de beurre frais, ainsi que le zeste ou l'écorce d'un citron ; laissez bouillir le tout ensemble pendant cinq minutes, puis mettez vivement deux petites cuillerées de farine que vous remuez continuellement avec la pochette en bois pour en faire une pâte compacte, lisse et non en grumeaux et aussi empêcher qu'elle ne prenne pas au fond de la casserole ; laissez-la cuire pendant dix minutes ou plutôt jusqu'à ce que la pâte devienne un peu ferme et qu'elle soit assez cuite, ce que l'on reconnaît lorsqu'elle ne s'attache plus à la cuillère, en ayant soin de ne pas la quitter un instant en tenant le manche de la casserole d'une main et en la battant fortement de l'autre main avec la pochette en bois.

Cette opération étant terminée, retirez-la du feu ; laissez-la un peu refroidir, puis cassez, lorsque la pâte est encore tiède, un ou deux œufs ; tournez le tout ensemble de manière que les œufs soient incorporés et tout absorbés par la pâte ; continuez successivement à mettre des œufs par intervalle d'environ dix minutes entre chaque œuf pour en faire une pâte maniable et qui quitte lentement la cuillère. Enlevez ensuite le zeste du citron, puis faites frire à grande friture tiède ces beignets gros comme une noix que vous formez avec la cuillère à café, que vous aurez trempée avant de faire chaque beignet, dans la friture pour que la pâte se détache pour ainsi dire toute seule de la cuillère ; laissez-les frire à petit feu sur la plaque du fourneau afin qu'ils aient le temps de monter dans la cuisson et de prendre insensiblement une coloration dorée ; sortez-les ensuite de la poêle avec l'écumoire ; dressez-les saupoudrés légèrement d'un peu de sucre fin.

Il est à remarquer que si vous mettez les beignets dans la friture trop chaude, ils sont surpris, ce qui les empêche d'enfler. Il est prudent aussi de ne pas trop en mettre à la fois parce qu'ils seraient gênés pour être boursouflés.

Les beignets, ainsi préparés, doivent, lorsqu'ils sont à point de cuisson, être de la grosseur d'un œuf au moins, ce qui est l'indice qu'ils sont légers et en font un plat sucré plus augmenté et bien apprécié.

La quantité d'œufs pour faire cette préparation est environ de six à sept. Vous pouvez également, selon votre volonté, hacher ou raper l'écorce du citron, puis parfumer la pâte à beignets, lorsqu'elle est finie, avec une goutte de rhum ou avec de la fine champagne et y ajouter au moment de les mettre frire, deux blancs d'œufs fouettés en neige afin de les rendre plus légers. Dans ce dernier cas il faut que la friture soit chaude.

Il n'est pas inutile de dire que lorsqu'il reste de la pâte à beignets, il est nécessaire, pour la conserver, de la redresser sur une assiette creuse et de verser au-dessus une couche de beurre fondu pour empêcher qu'il ne se forme une croûte à sa surface, puis de la couvrir d'une autre assiette afin de la tenir au frais.

Vous pouvez encore la conserver plus longtemps en mettant un morceau de beurre dans la poêle étamée et aussitôt qu'il est fondu, vous mettez la pâte que vous unissez de l'épaisseur d'un doigt, puis vous la faites prendre sur un feu doux sans qu'elle ait de la couleur ; ensuite vous la tournez avec précaution et lorsqu'elle est bien cuite des deux côtés et que la chaleur a pénétré jusque dans l'intérieur, vous la retirez au frais sur une assiette recouverte d'une autre assiette afin qu'elle soit privée d'air. Cela étant fait, vous formez avec une partie de cette pâte, des losanges ou d'autres dessins festonnés que vous mettez frire à la friture un peu plus chaude que les beignets à pâte fraîche.

Ainsi préparée, la pâte à beignets peut se conserver toute une semaine, ce qui en fait un plat sucré peu coûteux, peu connu, vite préparé et très-bon.

Croûte aux pêches.

Taillez en rond des petites tranches émincées de pain auxquelles vous faites prendre un peu de couleur en les mettant dans une tourtière ou dans un lat à gratin que vous humectez légèrement avec du beurre bien frais ; ensuite partagez en deux parties égales des pêches, mettez la peau du côté des tranches de pain et l'intérieur formant coquille audessus, puis saupoudrez-les avec assez de sucre en poudre, arrosez le tout de deux ou trois verres de vin rouge selon la quantité, faites-les gratiner à un four chaud pendant dix minutes et servez-les lorsqu'elles auront pris un peu de couleur.

Vous pouvez, pour rendre cet entremets plus fini et plus augmenté, ajouter dans chaque pêche avant de les mettre gratiner, un peu de marmelade d'abricots, de pommes ou de toute autre espèce, et les parfumer au sortir du four avec du kirch, du rhum ou de la fine champagne.

Les pêches, ainsi préparées, font un entremets qui plait beaucoup, qui est peu coûteux et ne donne pas d'embarras.

Crêpes.

Mettez dans un plat creux une forte cuillerée de farine, deux cuillerées à bouche d'eau-de-vie, autant de fleur d'oranger ou bien l'écorce d'un citron hachée très-finement, un peu de sel et une cuillerée de sucre en poudre ; délayez le tout ensemble peu à peu avec six œufs de manière que la farine ne reste pas en grumeaux ; éclaircissez-la avec du lait pour en faire une pâte qui ressemble à une crème, puis laissez-la reposer un instant.

Procédez ensuite pour faire les crêpes en mettant dans la poêle étamée gros comme une noix de beurre frais ; ajoutez, lorsqu'il est fondu, deux ou trois cuillerées à bouche de cette pâte pour chaque crêpe ; faites-la vivement courir dans le fond de la poêle pour faire la crêpe aussi mince que du papier s'il est possible, c'est une qualité absolue ; tournez-la ensuite et dressez-la lorsque la crêpe est d'une belle coloration dorée des deux côtés et saupoudrez-la légèrement de sucre fin.

Les crêpes ne doivent se faire qu'au moment de les servir afin qu'elles soient très-chaudes et être dressées sur des assiettes chauffées qui sont présentées à chaque convive ; vous pouvez néanmoins mettre deux ou trois crêpes sur chaque assiette ; il serait prudent aussi de faire les crêpes dans deux poêles afin de ne pas faire attendre trop longtemps les convives.

Vous pouvez faire les crêpes selon votre goût avec de l'huile, de la graisse ou du lard. Pour les crêpes faites avec le lard, il suffit de frotter chaque fois la poêle. Vous pouvez également mettre dans la pâte moins d'œufs, mais alors les crêpes sont moins croustillantes, moins savoureuses et moins dorées, et y ajouter à la place quelques tranches de pommes coupées très-minces.

Gauffres.

Pour faire des gauffres, il faut avoir un moule destiné à cet usage que l'on nomme gauffrier. Vous le faites chauffer fortement des deux côtés, puis vous frottez chaque fois le gauffrier, toujours des deux côtés, avec du lard ou bien vous l'humectez à l'aide d'un pinceau ou d'une plume que vous trempez indistinctement dans le beurre fondu clarifié, c'est-à-dire un peu jaune, dans la graisse ou dans l'huile surfine ; ensuite vous étendez lestement sur un côté du gauffrier deux ou trois cuillerées à bouche de la même pâte que celle des crêpes ci-dessus ; vous fermez aussitôt le gauffrier en serrant fortement les deux manches avec la main, puis vous faites cuire la gauffre des deux côtés pendant une minute à peine ; ensuite vous la roulez toute brûlante autour d'un petit moule en bois ayant la forme d'un petit pain de sucre.

Les gauffres connues aussi sous le nom d'oublis peuvent se garder plusieurs jours et font un entremets très-agréable, peu coûteux et qui plaît bien aux enfants.

Beignets à la Marie-Louise.

Les beignets à la Marie-Louise appelés le plus ordinairement le *plaisir des dames* se préparent avec la même pâte que celle des crêpes et des gauffres, mais pour cela il faut encore avoir un moule festoné qui se vend dans les maisons spéciales qui tiennent les ustensiles de ménage ; ensuite vous mettez dans une casserole peu large et profonde, indistinctement et en assez grande quantité de l'huile, de la graisse ou du beurre cuit de manière à ce que le moule soit entièrement couvert ; cela étant fait, vous mettez chauffer un petit instant le moule dans la friture, puis vous le trempez dans la pâte et vous faites frire chaque beignet jusqu'à ce qu'il ait une coloration dorée et croustillante ; lorsqu'il est à point de cuisson, vous le sortez et vous donnez un coup au-dessous du manche du moule pour faire descendre le beignet ; saupoudrez-le ensuite légèrement d'un peu de sucre fin.

Il est essentiel que le moule soit d'une extrême propreté, sans quoi le beignet resterait adhéré au moule, et qu'il soit chauffé à l'avance afin qu'il prenne assez de pâte pour en faire un beignet mince il est vrai, mais uni et consistant, c'est-à-dire ayant assez de force pour se tenir.

Les beignets à la Marie-Louise peuvent être comme les gauffres, préparés à l'avance et se conservent aussi plusieurs jours.

Beignets merveille.

Les beignets *merveille* ainsi dénommés, ne sont ni plus ni moins que des beignets à la ridelle. Pour les préparer, mettez sur une table une livre de belle farine, la moitié de beurre frais avec un peu de sel, une cuillerée à bouche de sucre en poudre l'écorce d'un citron rapée ou hachée très-finement ou bien de la fleur d'oranger ; détrempez cette pâte avec quatre ou cinq œufs de manière à en faire une pâte ferme ; ensuite, lorsqu'elle est bien pétrie, laissez-la reposer une demi-heure ; au bout de ce temps, coupez-la par petits morceaux gros comme la moitié d'un œuf que vous étendez très-mince avec le rouleau à pâtisserie d'une manière un peu allongée, c'est-à-dire que chaque morceau soit long et large comme la main, puis à l'aide de la ridelle, vous formez quatre lignes au milieu en coupant la *merveille* sans séparer les deux extrémités ; ensuite vous les entrelacez et vous les mettez cuire dans de l'huile, de la graisse ou du beurre cuit de préférence, que vous laissez bien chauffer parce qu'il communique' aux beignets un goût plus naturel et plus savoureux ; sortez-les de la friture lorsqu'ils seront de belle coloration dorée et saupoudrez-les légèrement d'un peu de sucre en poudre.

Quelques personnes ne mettent dans les beignets que des blancs d'œufs au lieu des œufs entiers et ne mettent pas de beurre, mais alors ces beignets sont secs et blancs et n'ont pas la délicatesse de ceux qui sont confectionnés avec du beurre et des œufs entiers.

Ces espèces de beignets peuvent se faire à l'avance et se garder pendant toute une semaine.

Pommes sautées au beurre.

Pelez quatre à cinq pommes, des rainettes de préférence ; coupez-les en huit morceaux ; enlevez les pepins et le cœur. Cela fait, mettez dans la poêle étamée ou émaillée, du beurre frais que vous laissez jaunir pour lui donner un goût de noisette ; ensuite jetez-y les pommes ; faites-les cuire à belle couleur dorée pendant dix minutes en ayant soin que les quartiers restent entiers ; saupoudrez-les, lorsqu'ils sont cuits, de quelques cuillerées à bouche de sucre en poudre, puis dressez-les aussitôt.

Vous pouvez ensuite les servir telles avec une couronne de biscuits coupés en morceaux ou bien les parfumer avec du rhum, du kirsch ou du bon cognac et mettre le feu de manière à ce qu'il flambe encore lorsque les pommes seront présentées sur la table.

Les pommes au beurre sont un entremets qui est vite préparé, peu coûteux et bien accueilli.

Pommes en surprise.

Pelez des pommes rainettes pas trop grosses auxquelles vous aurez eu soin de laisser quelques feuilles attachées à leur queue si c'est dans le moment de la saison ; enlevez les pépins et le cœur de chaque pomme avec un emporte-pièce comme il est dit dans ce chapitre pour les beignets de pommes. Cette opération terminée, faites-les mariner entières pendant deux heures au moins dans une goutte de cognac avec un peu de sucre en poudre. Ensuite mettez, au moment de les faire cuire, à la place des pépins que vous enlevez une marmelade d'abricots ou de cerises en confiture ; bouchez parfaitement chaque pomme de part et d'autre avec un morceau de pomme que vous aurez trempé dans un œuf afin qu'il soit bien collé, puis entourez chaque pomme dans la pâte à beignets indiquée précédemment et faites-les frire à pleine friture bouillante pour les surprendre ; retirez-les ensuite sur la plaque du fourneau parce que leur cuisson doit être plus prolongée que pour celle des beignets de pommes ; sortez-les de la friture lorsqu'elles seront de belle coloration de tous les côtés. Cela étant fait, vous remettez sur chaque pomme

les queues où vous aurez laissé quelques feuilles ;
saupoudrez-les de sucre fin ou bien trempez-les
dans le cognac dans lequel les pommes ont macéré.

Les pommes en surprise sont un entremets
sucré, peu coûteux, peu connu et qui fait un joli
effet.

Abricots en surprise.

Partagez en deux parties égales quelques abricots ; ôtez-en les noyaux ; ensuite faites-les macérer
comme les pommes dans du sucre et du cognac,
puis au moment de les faire cuire, remplissez chaque abricot d'une marmelade de pommes ou autres
confitures à votre choix ; rejoignez les deux parties
des abricots et procédez pour leur cuisson comme
pour les pommes en surprise. Dressez-les de
même.

Pêches en surprise.

Procédez exactement comme pour les abricots.

Prunes en surprise.

Les prunes en surprise se préparent de la même
manière que les abricots.

Marmelade de pommes.

Pour faire la marmelade, les pommes rainettes
sont assurément celles qui sont choisies ; cepen-

dant vous pouvez la préparer avec toutes les autres espèces de pommes qui se fondent en purée.

Pelez-les, coupez-les en plusieurs quartiers auxquels vous aurez enlevé le cœur et les pépins ; mettez-les cuire sur un bon feu, simplement avec un verre d'eau et un peu de cannelle en ayant bien soin de les couvrir d'un couvercle qui bouche parfaitement afin que la chaleur soit concentrée et surtout sans les remuer.

Lorsque l'eau est toute absorbée, laissez-les jaunir légèrement au fond ; ensuite écrasez-les avec la fourchette ou le pilon de manière à en faire une marmelade très-lisse et compacte. Cela étant fait, vous mettrez assez de sucre ; laissez cuire le tout ensemble à petit feu pendant un instant jusqu'à ce que le sucre soit bien fondu et, au moment d'enlever les pommes, vous ajouterez le zeste soit l'écorce d'un citron hachée très-finement.

La marmelade de pommes doit avoir une teinte dorée et non pas être d'une couleur pâle ni noire. Il est à remarquer que les marmelades en général, étant sucrées dans une bonne proportion, sont meilleures au goût et sont plus économiques parce qu'il n'est pas utile d'en mettre une si grande quantité dans les rissoles, tartelettes, tourtes, etc. Il est aussi à remarquer que l'écorce de citron n'ayant pas cuit avec les pommes, donne à la marmelade un goût bien plus fin et ne la rend pas amère.

Vous pouvez encore, si vous le jugez nécessaire, mettre dans les pommes un morceau de beurre extra-frais au moment de les faire cuire.

Quelques cuisinières ajoutent dans les pommes

des raisins de Corinthe ou autres fruits confits, mais nous croyons que la marmelade préparée seule est d'un goût plus naturel.

Vous pouvez aussi passer au tamis la marmelade de pommes pour la rendre plus finie. Dans ce cas, il ne faut la parfumer avec le citron qu'après qu'elle aura été passée.

Charlotte de pommes.

Ayez un moule à charlotte, c'est-à-dire un moule uni, ou, à défaut de moule, prenez une petite casserole ; beurrez le fond et les parois du moule avec assez de beurre frais, puis coupez pas trop minces des croûtes avec la mie d'un pain rassis en forme de cerf-volant et couvrez-en parfaitement le fond du moule ; puis, vous coupez encore d'autres croûtes de pain bien égales en forme carrée de la largeur de trois doigts et de la hauteur du moule que vous placez tout autour du moule en les faisant tenir légèrement les unes sur les autres. Cela étant fait, vous remplissez le moule de marmelade de pommes ; vous couvrez de nouveau la marmelade avec quelques croûtes de pain pour la cacher entièrement ; vous ajoutez au-dessus quelques petits morceaux de beurre frais, puis vous mettez cuire la charlotte dans le four chaud du fourneau pendant une demi-heure au moins ou bien entourée d'un peu de cendres chaudes. Au sortir du four, laissez-la refroidir cinq minutes ; passez autour du moule une lame de couteau pour la détacher ; puis, renversez-la avec adresse sur un plat rond.

La charlotte de pommes doit être d'une coloration dorée et ne doit être ni pâle ni brûlée, ce qui en fait un entremets très-estimé.

Pommes meringuées.

Mettez sur un plat qui aille sur le feu une couche de marmelade de pommes, comme il est indiqué dans ce chapitre.

Montez en neige quatre blancs d'œufs ; ajoutez, lorsqu'ils sont montés, quatre cuillerées de sucre en poudre et l'écorce d'un citron râpée ; étendez ensuite les blancs sur la marmelade en leur donnant une forme bombée à l'aide d'une lame de couteau, puis faites-les cuire dans un four doux pendant une heure. Servez aussitôt que le meringué sera d'une belle coloration dorée.

Les pommes meringuées sont un entremets peu coûteux qui utilise les blancs d'œufs que l'on a parfois de reste, ce qui en fait un plat très-augmenté.

Rissoles de pommes.

Préparez et faites cuire les rissoles comme celles de viandes indiquées à la page 244, dans lesquelles vous mettez, bien entendu, la même quantité de marmelade de pommes. Il est à remarquer que si les rissoles sont préparées avec de la pâte feuilletée, vous pouvez les faire cuire dans le four chaud, pourvu qu'elles soient dorées au-dessus avec un jaune d'œuf, comme si c'était pour les petits pâtés, et coupées avec le couteau et non pas avec la ridelle; mais si elles sont confectionnées avec de la pâte brisée, comme il est indiqué au chapitre des pâtisseries — c'est, du reste, la pâte qui est le plus ordinairement employée, — il faut les faire frire dans la friture bouillante et les couper avec la ridelle.

Dressez-les lorsqu'elles seront de belle coloration dorée et saupoudrez-les d'un peu de sucre fin.

Les rissoles de pommes sont un entremets toujours bien accueilli et qui peut être servi soit au milieu soit à la fin du repas. Les rissoles de pommes peuvent être préparées à l'avance et se garder plusieurs jours, pourvu qu'elles soient placées par lits sur un linge sec ou sur une planche farinée pour empêcher qu'elles ne s'attachent.

Pommes au sirop.

Ayez des pommes de moyenne grosseur; ôtez-en les cœurs et les pépins, comme il est indiqué dans ce chapitre pour les beignets de pommes, ensuite mettez-les cuire entières dans une casserole avec un peu d'eau et quelques morceaux de sucre; tournez-les lorsqu'elles seront cuites d'un côté; ensuite dressez-les, puis faites réduire le sirop jusqu'à ce qu'il soit très-concentré et versez-le sur les pommes.

Vous pouvez parfumer ce sirop, lorsqu'il est fini, avec du kirsch, du rhum ou de la fine champagne, ou bien de la vanille, de l'écorce d'orange ou de citron, etc., que vous faites cuire en même temps que les pommes.

Les pommes au sirop peuvent encore se préparer avec du sirop de gomme à la place du sucre.

Pommes à la Sully.

Lavez-bien dans l'eau quelques poignées de riz ; mettez-le cuire dans du lait, avec du sucre, très-peu de sel et le zeste ou l'écorce d'un citron ou d'une orange que vous enlèverez au moment de servir, et gros comme un œuf de beurre, si vous le voulez.

Lorsque le riz est à son point de cuisson et que le lait est tout absorbé, dressez-le sur un plat en forme de couronne,'puis placez au milieu, en pyramide, les pommes cuites au sirop comme ci-dessus ; versez le sirop très-concentré par-dessus, et servez.

Les pommes à la Sully sont un entremets peu coûteux et très-apprécié. Vous pouvez, pour rendre cet entremets plus fini, mettre dans l'intérieur de chaque pomme, quand elles sont dressées, un peu de gelée de groseilles ou de la confiture de cerises.

Charlotte de pommes à la russe.

Procédez pour les pommes à la russe comme il est indiqué pour la charlotte de pommes ; seulement vous ne beurrerez pas le moule, et au lieu de pain vous entourerez le moule de biscuits à la cuiller dits pèlerines ; vous remplirez ensuite le moule de marmelade de pommes chaude ou froide, selon votre volonté, dans laquelle vous aurez mis un ou deux abricots confits coupés en morceaux, ensuite renversez le moule avec adresse.

Il est inutile de dire que la charlotte russe se prépare peu de temps à l'avance et qu'on ne doit pas la faire cuire dans le four.

Riz à la Condé.

Faites cuire du riz comme il est indiqué pour les pommes à la Sully, puis dressez-le en forme de couronne sur un plat qui aille sur le feu ; couvrez-le ensuite avec une marmelade d'abricots ; faites prendre couleur dans le four pendant dix minutes et servez. Vous pouvez, pour rendre le riz à la Condé plus parfumé et d'un meilleur effet, verser au-dessus au moment de servir un peu de kirsch et y mettre le feu.

Croquettes de riz.

Lorsqu'il reste un peu de riz qui n'a pu être employé, vous pouvez l'utiliser en le mettant chauffer puis y ajouter une liaison de deux à trois jaunes d'œufs pour le tenir ferme, ensuite le mettre refroidir sur un plat et procéder pour faire les croquettes et leur cuisson comme il est indiqué à la page 237. Saupoudrez-les d'un peu de sucre fin lorsqu'elles sont cuites.

Soufflé de riz.

Préparez et faites cuire le riz comme il est indiqué pour celui des pommes à la Sully, sans y mettre de sucre. Lorsqu'il est cuit, mettez-le refroidir sur un plat, en ayant soin d'y passer une couche de beurre frais pour empêcher qu'il ne se forme une croûte à la surface. Cela étant fait, choisissez quatre ou cinq jaunes d'œufs pour faire un soufflé ordinaire, mettez autant de cuillerées à bouche de sucre en poudre que vous avez de jaunes d'œufs, tournez le tout ensemble avec la spatule en bois jusqu'à ce que les jaunes soient épaissis et pour ainsi dire blancs ; ensuite, ajoutez autant de cuillerées de riz que vous avez de jaunes ; puis montez les blancs en neige et mêlez très-doucement en versant les jaunes dans les blancs ; mettez le tout dans un plat creux que vous aurez préalablement beurré, rempli à moitié, parce que les blancs montent dans la cuisson, et faites-le cuire dans le four du boulanger après la sortie des pains ou dans le four du fourneau ayant une chaleur analogue.

La durée de la cuisson, pour les soufflés en général, est d'environ trois quarts d'heure, et ils doivent être servis aussitôt, saupoudrés d'un peu de sucre en poudre.

Soufflé à la semoule.

Faites cuire la semoule avec du lait et l'écorce d'un citron ou d'une orange comme il est indiqué pour le soufflé de riz, avec une cuisson moins prolongée, et procédez exactement de la même manière.

Soufflé à la fécule.

Faites bouillir un demi-litre de lait avec un demi-bâton de vanille ; laissez-le refroidir un peu lorsqu'il aura bouilli, puis délayez peu à peu avec le lait deux cuillerées à bouche de fécule et une petite pincée de sel ; ensuite faites cuire le tout sur un feu modéré jusqu'à ce que cette crême soit épaissie, en ayant soin de la tourner avec la spatule en bois pour qu'elle ne brûle pas. Lorsqu'elle est à point de cuisson retirez-la dans un plat pour la laisser refroidir, en ayant soin de passer au-dessus ue peu de beurre frais pour empêcher qu'il ne se forme une croûte à sa surface. Procédez ensuite de la même manière qu'il est indiqué pour le soufflé de riz, mais la cuisson dans le four doit être un peu moins prolongée, soit vingt minutes, une demi-heure au plus.

Vous pouvez ajouter dans la crême à la fécule des débris de massepains, macarons, etc., et la parfumer, si vous voulez la faire d'une façon plus économique, avec de l'eau de fleur d'oranger ou avec de l'écorce de citron ou d'orange.

Soufflé au café.

Mettez un peu de café moka vert dans une petite casserole en fonte non émaillée ou dans un grilloir, faites-le griller un peu plus que si c'était pour le café, jetez-le ensuite dans le lait bouillant, laissez-le infuser un instant puis passez le lait au tamis fin ou dans un linge mouillé pour faire perdre à ce dernier son goût de lessive. Cela fait, vous préparez avec ce lait une crême à la fécule comme ci-dessus et vous procédez pour le soufflé comme il est indiqué pour celui au riz.

Le café peut être utilisé en le lavant proprement dans l'eau, ensuite vous le faites sécher et vous l'employez de la manière ordinaire.

Soufflé au chocolat.

Faites réduire ou plutôt dissoudre dans un peu d'eau ou de lait une plaque de chocolat brisée grossièrement; lorsqu'elle est bien dissoute ajoutez une cuillerée à bouche de fécule que vous aurez délayée auparavant dans un verre de lait froid. Laissez cuire le tout ensemble pendant dix minutes en tournant toujours avec la spatule en bois, puis faites-la ensuite refroidir comme il est indiqué et procédez exactement comme précédemment.

Soufflé de pommes de terre.

Préparez une purée de pommes de terre comme il est dit à la page 644. Procédez ensuite pour la cuisson de la même manière que pour les autres soufflés, seulement il faut parfumer la purée de pommes de terre avec du sucre vanillé comme il est indiqué dans le chapitre des pâtisseries, de préférence aux autres parfums, et parfumer le soufflé au moment de le servir avec du kirsch que vous versez par-dessus et auquel vous mettez le feu, ou simplement avec du sucre caramélisé.

Soufflé de marrons ou de châtaignes.

Préparez une purée de châtaignes comme il est dit au chapitre Légumes. Procédez exactement comme pour les autres soufflés et toujours au parfum vanillé comme pour le soufflé de pommes de terre.

Soufflé à la courge.

Préparez la courge en purée comme il est dit à la page 687, et procédez exactement comme pour les autres soufflés.

Soufflé de maïs.

Faites une espèce de bouillie comme il est indiqué avec deux cuillerées à bouche de farine de maïs délayée avec du lait, parfumez-la avec du sucre comme le soufflé aux pommes de terre, et procédez exactement de la même manière.

Gâteau de riz à la crème.

Préparez et faites un soufflé de riz comme il est indiqué, puis mettez-le cuire dans un moule à charlotte ou dans une casserole que vous aurez auparavant beurrée et saupoudrée de sucre fin; puis faites-le cuire de la même manière que le soufflé ou bien au bain-marie si vous le préférez. Lorsqu'il est cuit, passez une lame de couteau autour du moule pour le détacher; renversez-le ensuite avec adresse sur un plat rond, puis versez par-dessus une crème anglaise comme il est indiqué dans ce chapitre, parfumée avec le même parfum que le riz.

Le gâteau de riz peut se servir chaud si vous le voulez, ou bien froid, mais la crème doit toujours être froide. Vous pouvez également ajouter dans le gâteau de riz, pour le rendre plus fini, et lorsqu'il est prêt à être mis dans le moule, quelques abricots confits coupés en filets.

Gâteau de semoule à la crème.

Faites cuire et préparez le gâteau à la semoule comme le soufflé et dressez-le comme celui au riz.

Notions sur les crèmes en général.

Les crèmes sont des entremets auxquels on a souvent recours dans la cuisine bourgeoise.

Elles peuvent être préparées d'une façon plus ou moins délicate et économique, c'est-à-dire lorsqu'elles sont additionnées d'un peu de belle farine afin d'épargner les œufs. L'on distingue deux espèces de crèmes : les crèmes renversées qui sont des crèmes caramélisées ou des espèces de flans, et les crèmes anglaises désignées sous la dénomination de crèmes tournées, c'est-à-dire claires.

Les crèmes anglaises peuvent être converties en crèmes panachées ainsi que pour faire des glaces, fromages glacés, granits, etc., comme il sera décrit ci-après.

Œufs au lait, ou flan.

Faites bouillir un litre de lait avec du sucre, parfumez-le à l'essence qu'il vous plaira. Cassez ensuite six œufs dans un plat creux ; battez-les bien comme pour faire une omelette; délayez-les peu à peu avec le lait; passez ensuite le tout au tamis, si vous le voulez, dans un plat creux. Cette opération faite, placez le plat au-dessus d'une casserole remplie à moitié d'eau de manière à ce qu'il forme couvercle et qu'il bouche parfaitement la casserole afin que la vapeur sorte le moins possible; recouvrez également les œufs au lait d'un couvercle, puis faites bouillir l'eau sur un feu modéré.

Par ce procédé la vapeur cuit les œufs au lait, ce qui en fait une crème ferme au bout d'un quart d'heure ou vingt minutes; servez-les dans le plat où ils ont cuit, saupoudrez-les d'un peu de sucre avec lequel vous décorerez cette crème en y passant la pointe du pique-feu rougie pour en faire une espèce de sucre caramélisé.

On peut aussi faire cuire simplement les œufs au lait dans le four modéré du fourneau au moment de servir; parfumez cette crème avec du kirsch, du rhum ou du bon cognac, puis mettez-y le feu qui doit brûler lorsque le plat est présenté sur la table, ce qui le rend non seulement d'un goût fin et agréable, mais encore en fait un entremets merveilleux, car on rehausse surtout un plat sucré en le plaçant tout enflammé sur la table. On voit par là qu'avec peu de chose et à peu de frais on apprête des mets véritablement princiers.

Il est à remarquer que cette crème doit être lisse et ne pas être piquée de petits trous, ce qui est désagréable à la vue et indique qu'elle est trop cuite.

Les œufs au lait peuvent se servir indistinctement chauds ou froids.

Crême renversée.

Mettez dans un moule uni ou dans une petite casserole six morceaux de sucre avec deux cuillerées d'eau; laissez cuire jusqu'à ce que le sucre prenne une couleur légèrement jaunie et non roussie; c'est alors qu'il faut vivement le faire parcourir jusqu'à moitié de la casserole et mettre aussitôt le fond de la casserole dans l'eau fraîche, ce qui fait attacher instantanément le sucre à la casserole et l'empêche de cuire plus longtemps.

Cela fait, vous préparez la même crême que pour les œufs au lait en y ajoutant deux œufs de plus pour tenir la crême plus ferme et afin qu'elle ne s'écrase pas étant renversée. Ensuite faites-la cuire au bain-marie, et aussitôt qu'elle commence à bouillir mettez le bain-marie avec la crême dans le four médiocrement chauffé, en ayant soin de la couvrir d'un couvercle pour qu'elle ne prenne pas de couleur. Lorsqu'elle est à point de cuisson, chose qu'il est facile de reconnaître au toucher ou en la piquant avec une aiguille, sortez-la du four et laissez-la refroidir.

Au moment de la servir, passez tout autour du moule une lame de couteau pour la détacher; puis renversez-la sur un plat rond avec adresse et précaution. Servez-la telle que, avec le sucre caramélisé qui doit être abondant, ou, si vous le préférez, parfumez-la aussi, comme les œufs au lait, avec du kirsch, du rhum ou du cognac, et mettez du feu au-dessus.

Il arrive parfois que le cognac ou le kirsch ne s'enflamment point; il est prudent alors d'en verser un peu dans la poêle étamée, pour le chauffer, d'y mettre ensuite le feu et de le verser tout enflammé sur la crême.

Crême anglaise à la vanille.

Mettez dans une casserole un litre de lait avec du sucre et un demi-bâton de vanille; laissez bouillir. Vous aurez choisi huit à dix jaunes d'œufs très frais, condition absolue, selon que vous voulez la crême plus ou moins épaisse, et une cuillerée à café de belle farine si c'est votre goût. Cela fait, vous délayez bien les jaunes et la farine s'il y en a, ensuite vous versez peu à peu le lait; puis vous mettez cuire cette crême sur un feu peu ardent en remuant surtout au fond de la casserole sans la quitter, avec la pochette en bois. On reconnaît que la crême est à son point lorsqu'elle est prête à bouillir. Lorsqu'il se forme une couche assez épaisse autour du dos de la pochette que vous soulevez de temps en temps, il faut la passer lestement sur un tamis que vous aurez placé sur un plat creux, et continuer à remuer jusqu'à ce que la crême ait perdu sa trop forte chaleur.

Il est de toute rigueur que la crême ne bouille pas, car autrement elle serait grenée; les œufs se tourneraient en eau et elle serait immangeable. Dans le cas où un pareil accident arriverait, il faudrait y ajouter quelques jaunes d'œufs et la faire cuire de nouveau.

Vous pouvez aussi préparer la crême à l'anglaise en mettant autant de cuillerées à bouche de sucre en poudre qu'il y a de jaunes d'œufs, ensuite les tourner avec la pochette en bois pour rendre la crême plus blanche et plus mousseuse. Mais alors il ne faut pas mettre de sucre dans le lait.

Le demi-bâton de vanille peut être redressé, entouré d'une couche de sucre fin, pour parfumer encore une ou deux fois des crêmes ou autres plats sucrés. Il est essentiel aussi de vanner de temps en temps la crême à mesure qu'elle se refroidit pour empêcher qu'il ne se forme une peau à sa surface.

La crême à l'anglaise se dresse dans un compotier destiné à cet usage et est servie accompagnée de biscuits ou d'un gâteau de Savoie, d'amandes, etc.

Œufs à la neige.

Faites bouillir du lait sucré et vanillé comme il est dit précédemment, mais en plus grande quantité, c'est-à-dire un demi-litre de plus.

Mettez lorsqu'il est en ébullition les blancs d'œufs que vous aurez montés en neige d'une manière très ferme, en formant à l'aide de la cuiller plusieurs petites meringues que vous laissez cuire par fractions des deux côtés pendant deux minutes ; au bout de ce temps sortez-les avec l'écumoire et mettez-les égoutter sur un tamis ; continuez cette même opération jusqu'à ce qu'il ne reste plus de blancs d'œufs. Puis dressez-les dans un grand compotier et versez par-dessus la crême à l'anglaise que vous faites aussitôt après que les blancs en neige sont cuits.

Les œufs à la neige sont un entremets peu coûteux, qui fait bon profit et est très-estimé.

Crême au café.

La crême au café se prépare comme celle à la vanille, seulement il faut la parfumer avec du café moka grillé de la manière indiquée dans ce chapitre pour le soufflé au café que vous mettez ensuite dans le lait, ou bien parfumer la crême avec de l'essence de café ou du café très fort, mais cette dernière méthode de parfumer la crême est moins reçue.

Crême au chocolat.

Procédez pour la crême au chocolat de la même manière que pour la crême à la vanille, et pour la dissolution du chocolat même opération que pour le soufflé au chocolat.

Crême au citron.

Faites bouillir l'écorce d'un citron dans le lait et procédez ensuite comme pour la crême à la vanille.

Crême à la fleur d'oranger.

Préparez et faites la crême comme celle à la vanille, puis, lorsqu'elle est finie et un peu refroidie, parfumez-la avec de la fleur d'oranger.

Crême à l'orange.

Frottez l'écorce d'une orange avec quelques morceaux de sucre, ensuite ajoutez-les lorsque les jaunes d'œufs sont mêlés avec le lait, puis procédez de la même manière pour faire la crême que pour celle à la vanille.

Crêmes aux amandes et aux pistaches.

Échaudez et épluchez une poignée d'amandes douces et quelques-unes d'amères, ensuite pilez-les dans un mortier ; quand cela est fait, délayez-les dans du lait que vous aurez auparavant fait bouillir avec du sucre et l'écorce d'un citron ; procédez ensuite pour faire cette crême comme pour celle à la vanille.

Procédez exactement pour les pistaches comme pour les amandes, et de la même manière pour faire la crême.

Crême glacée ou panachée.

Mettez dissoudre dans un verre d'eau que vous laissez tiédir une once environ de belle gélatine claire et blanche pour un moule ordinaire ; lorsqu'elle est bien dissoute, vous la laissez un peu refroidir et vous l'incorporez ensuite dans la crême à l'anglaise préparée au parfum indiqué ci-dessus qu'il vous plaira, en la remuant un peu pour bien mélanger le tout ensemble, puis vous mettez vivement cette préparation dans |un moule à gelée, c'est-à-dire festonné, et ensuite placez ce moule sur la glace ou à défaut dans de l'eau fraîche jusqu'au moment de servir. Pour démouler cette crème il est essentiel de tremper le moule dans l'eau tiède puis de dresser en renversant le moule appuyé contre le plat sur lequel vous aurez mis une serviette pliée. Dans le cas où la gelée serait trop ferme, il conviendrait de diminuer la quantité de gélatine, ce qui du reste rendrait la crème plus délicate et meilleure au goût.

Vous pouvez panacher cette crème d'une crème bavaroise Chantilly préparée comme il est indiqué ci-après ; vous remplissez premièrement jusqu'à moitié le moule avec la crème ci-dessus parfumée au chocolat, aux pistaches, etc., puis vous finissez lorsqu'elle est prise de remplir le moule avec la crème bavaroise, ce qui en fait un entremets sucré très-varié et très estimé.

Crême à la Chantilly.

La crême prise sur le lait que l'on désigne sous le nom de crême fouettée ou à la Chantilly lorsqu'elle est en mousse, est une crème d'un goût agréable, savoureux, friand, fin et délicat. Cette crême peut être employée seule, elle se mélange et s'associe parfaitement avec celles qui sont cuites, ainsi que pour garnir une infinité de gâteaux meringués, plats sucrés, glaces, bombes, etc., ce qui les rend plus légers et d'un meilleur goût.

Pour préparer la crême fouettée il faut qu'elle soit épaisse, c'est-à-dire sans lait, car autrement elle ne pourrait pas monter ; ensuite qu'elle soit extra-fraîche, ce qui revient à dire que la crème n'ait pas même deux jours, car la crème fouettée est comme le beurre : exquise lorsqu'elle est fraiche, exécrable lorsqu'elle est forte.

Mettez-la ensuite dans une bassine de cuivre non étamée ou de préférence dans un grand saladier ou un plat creux en terre, puis fouettez-la comme si c'était pour monter des blancs d'œufs en neige avec un fouet en fil de fer ou un petit balai d'osier.

La bonne crème épaisse doit être montée dans un quart d'heure et être placée dans un endroit frais ; on reconnaît qu'elle est montée à point lorsqu'elle est ferme et qu'elle reste adhérée au fouet. Il est prudent de ne pas trop la fouetter, car elle tournerait en beurre. Sucrez-la ensuite avec du sucre fin et parfumez-la avec de la fleur d'oranger ou du sucre vanillé comme il est indiqué, ou bien avec du kirsch, du marasquin ou de l'alkermès de Florence et joignez à la crème, si c'est votre goût, quelques abricots ou autres fruits confits coupés en filets. Dressez-la ensuite en pyramide dans un compotier.

La crème fouettée ainsi préparée est un entremets peu coûteux et très-estimé.

Il arrive quelquefois que la crème est d'une qualité inférieure, c'est-à-dire qu'elle est trop claire et qu'on éprouve trop de difficulté pour la monter malgré la précaution même de la mettre sur la glace; prenez dans ce cas 10 à 15 gr. de gomme adragante pulvérisée et que vous mettez dans un litre de crème. Fouettez la crème à mesure qu'elle mousse, enle-

vez-la avec une écumoire pour la mettre sur un tamis sous lequel vous placez un plat pour recevoir
ce qui en dégoutte et que vous pouvez refouetter.

Quelques personnes ajoutent dans la crême,
lorsqu'elle est montée, des blancs d'œufs en neige
afin de la rendre plus augmentée ; mais la crême,
comme on le pense bien, est de beaucoup inférieure sous tous les rapports à celle qui est préparée d'une manière naturelle.

Il n'est pas inutile de dire que la crême employée seule ne doit être fouettée qu'au moment
de s'en servir, quoique pourtant elle puisse se conserver toute une journée, étant, bien entendu, placée au frais afin qu'elle n'aigrisse pas.

Bavaroise à la vanille.

Préparez et faites une crême à l'anglaise, comme
il est indiqué, avec quatre jaunes d'œufs et un
quart de litre de lait assez sucré et vanillé, ce qui
est suffisant pour un moule ordinaire. Ensuite
ayez de la crême fouettée comme il est dit ci-dessus,
mais sans être sucrée, de quoi remplir le moule
que vous avez choisi. D'un autre côté, vous aurez
fait dissoudre dans un demi-verre d'eau froide que
vous laissez tiédir, trois ou quatre feuilles de gélatine première qualité, c'est-à-dire blanche et
claire comme une vitre ; lorsqu'elle est dissoute,
laissez-la refroidir sans qu'elle soit prise, ensuite
versez la crême anglaise dans la crême fouettée;
remuez très doucement pour bien amalgamer le
tout ensemble, joignez-y la gélatine, puis mettez

vivement cette préparation dans le moule et laissez-la prendre sur la glace ou dans un endroit
frais. Vous pouvez remplacer selon votre choix la
vanille par un parfum de marasquin, d'alkermès
ou de kirsch, mais lorsque la crême est fouettée, et
y ajouter des fruits confits.

Pour démouler la bavaroise, vous trempez le
moule dans l'eau chaude et vous le renversez
comme il est dit pour la crême panachée sur un
plat avec une serviette pliée.

La crême bavaroise ainsi préparée est un entremets qui peut être servi dans les dîners de cérémonie.

Vous pouvez préparer la bavaroise d'une manière plus simplifiée en faisant dissoudre la même
quantité de gélatine et l'incorporer tout simplement dans la crême fouettée que vous aurez eu
soin de sucrer et de vaniller.

Bavaroise au café.

Préparez une crême anglaise au café comme il
est indiqué et procédez comme pour la bavaroise à
la vanille ou bien mettez tout simplement du café
très-fort préparé de la façon ordinaire dans la
crême fouettée.

Bavaroise au chocolat.

Pour préparer la bavaroise au chocolat, il n'est
pas utile de faire une crême anglaise; il suffit de
faire dissoudre le chocolat dans de l'eau ou du lait

jusqu'à ce qu'il soit assez épaissi, et lorsqu'il est un peu refroidi vous l'incorporez dans la crême avec la gélatine et vous procédez ensuite de la même manière que ci-dessus.

Bavaroise aux pistaches.

Faites une crême anglaise aux pistaches puis préparez-la comme les précédentes. Dans le cas où la bavaroise aux pistaches ne serait pas d'une coloration légèrement verdâtre, il faudrait y ajouter un peu de vert d'épinards comme il est indiqué à la page 185.

Charlotte russe.

Mettez dans un moule uni, au fond et autour, des biscuits bien serrés les uns contre les autres. Cela étant fait, mettez dans un saladier deux ou trois jaunes d'œufs, avec autant de cuillerées à bouche de sucre en poudre ; tournez-les avec la pochette en bois jusqu'à ce qu'ils soient épaissis et devenus pour ainsi dire blancs, puis versez-les dans la crême fouettée un peu sucrée et parfumée avec du sucre vanillé ou autres parfums indiqués ci-dessus pour la bavaroise ; amalgamez bien le tout ensemble et mettez cette préparation dans le moule ; couvrez-le tout de quelques biscuits, ensuite démoulez un petit instant après cette charlotte russe que vous dressez avec adresse en la renversant sur une serviette pliée.

Vous pouvez ajouter dans la charlotte russe, pour

la rendre plus finie, des abricots ou autres fruits confits coupés en filets très réguliers.

Quelques personnes préparent la charlotte russe sans y mettre de jaunes d'œufs, mais à notre avis nous croyons qu'il est préférable qu'il y en ait afin de rendre la crême plus onctueuse et plus fortifiée.

Riz à la Chantilly.

Préparez et faites cuire du riz comme il est indiqué dans ce chapitre pour le soufflé de riz, ensuite formez-en une couronne sur un plat rond ; couvrez-le ensuite lorsqu'il est refroidi d'une crême fouettée préparée comme ci-dessus ou comme celle à la charlotte russe, avec ou sans fruits confits, et servez aussitôt.

Blanc-manger.

Mondez, c'est-à-dire enlevez la peau d'une demi-livre d'amandes douces, et de douze amandes amères en les mettant premièrement dans l'eau froide ; faites-la chauffer insensiblement jusqu'à ce que la peau des amandes s'enlève avec facilité ; pilez-les dans le mortier en les mouillant peu à peu avec une demi-cuillerée de lait chaque fois pour les empêcher de faire l'huile ; lorsqu'elles sont réduites en une pâte très-fine, mettez-les dans une terrine et délayez-les avec un litre de lait bouillant que vous aurez sucré et un peu vanillé, si vous le voulez, pour donner au blanc-manger un goût plus fin ; laissez infuser un petit instant, ensuite passez ce lait d'amandes dans un torchon mouillé dans l'eau fraîche, puis tordu pour lui faire perdre son goût de lessive. Cela fait, vous ferez fondre dans un verre d'eau une once environ de belle gélatine pour un moule ordinaire que vous mêlez lorsqu'elle est bien dissoute au lait d'amandes ; versez le tout dans un moule et faites prendre dans un lieu frais ou sur la glace, ce qui vaut mieux.

Démoulez ce blanc-manger comme il est indiqué pour la bavaroise et dressez-le de même.

Ainsi préparé, le blanc-manger est un entremets qui est d'un goût savoureux, et très-estimé.

Vous pouvez aussi parfumer le blanc-manger avec du kirsch, du rhum ou de l'anisette de Bordeaux que vous mettez au moment de le mouler.

Vous pouvez utiliser la pâte d'amandes en la mélangeant avec un peu de sucre en poudre et en faire une boisson rafraîchissante avec de l'eau et un peu de fleur d'oranger ou bien en faire un potage semblable au potage à la reine, ou encore une tourte aux amandes ou un gâteau napolitain, etc., comme il est dit au chapitre des pâtisseries.

Gelée au marasquin.

Les gelées en général sont les entremets sucrés les mieux reçus ; elles remplacent les entremets glacés et sont d'un effet charmant, surtout lorsqu'elles sont agrémentées de fruits frais ou confits.

Mettez dans une casserole une once environ de belle gélatine blanche pour un moule ordinaire ;

emplissez d'eau froide le moule que vous avez choisi pour votre gelée, ajoutez-y assez de sucre et le jus de trois citrons pour faire disparaître celui de la gélatine. Cela fait, clarifiez cette gelée avec deux ou trois blancs d'œufs comme il est indiqué pour la gelée de viande à la page 269. Lorsqu'elle commence à être en ébullition, elle doit être limpide ; si elle ne l'est pas assez, laissez-la boutonner sur la plaque au coin du fourneau jusqu'à ce qu'elle se soit éclaircie, passez-la ensuite dans un linge mouillé comme il est dit pour le blanc-manger ou de préférence dans la chausse.

La gelée doit être claire comme de l'eau de roche ; si elle ne réunit pas cette condition absolue, il faut la clarifier de nouveau.

Lorsqu'elle est entièrement refroidie parfumez-la avec deux verres de marasquin, ensuite mettez-la dans un moule et laissez-la prendre sur la glace ou dans l'eau très-fraîche.

Démoulez-la au moment de la servir comme il est indiqué pour la bavaroise et dressez-la de même.

Nous conseillons de mettre toujours dans la gelée des fraises, des fruits confits, tels que : cerises, prunes, abricots ou des oranges glacées ; pour cela il faut mettre une couche de gelée de l'épaisseur d'un doigt dans le fond du moule, puis former une couronne de fruits placée au-dessus lorsqu'elle est prise ; remettez ensuite un peu de gelée et continuez la même opération jusqu'à ce que le moule soit entièrement rempli.

La gelée peut encore être parfumée avec du

kirsch, du rhum, de l'anisette de Bordeaux ou de l'alkermès de Florence.

Vous pouvez aussi vous exempter de mettre la gelée dans un moule et remplir de petits verres en cristal destinés à cet usage.

Dans ce cas, vous pouvez supprimer une ou deux feuilles de gélatine parce que la gelée qui se sert dans les verres n'a pas besoin, par conséquent, d'être aussi ferme que celle qui est moulée.

S'il vous reste de la gelée, vous pouvez le lendemain en faire un entremets nouveau à peu de frais en la faisant fondre à peine, puis la fouetter comme si c'était des blancs d'œufs en neige. Vous ajoutez, lorsqu'elle est bien montée, un peu de jus de groseilles, de fraises ou de framboises que vous avez pressées dans un linge mouillé et vous la faites prendre de nouveau sans autre préparation.

Gelée en macédoine de fruits.

Mettez macérer ensemble pendant une matinée, dans du sucre fin, toutes espèces de fruits, tels que fraises, framboises, cerises et abricots, sans leurs noyaux, des groseilles, des poires tendres coupées et autres fruits. Ensuite, lorsque les fruits seront bien macérés dans le sucre, mettez-les sur un tamis pour bien les faire égoutter, en ayant soin de placer un plat au-dessous pour en recevoir le sirop qui doit être couleur cerise. Cette opération terminée, mettez dans le sirop une once environ de gélatine avec un peu d'eau, si le sirop n'est pas assez abondant, puis clarifiez le tout ensemble sur le feu comme il est indiqué ci-dessus pour la gelée ; passez-la dans un linge mouillé ou à la chausse, et lorsqu'elle est refroidie, parfumez cette gelée avec du kirsch c'est un des parfums qui lui conviennent le mieux ; ensuite procédez comme pour la gelée ci-dessus, en ayant soin de laisser prendre la gelée chaque fois, pour qu'elle ne soit pas mêlée avec les fruits, ce qui lui enlèverait de sa force et la troublerait.

Dans la macédoine de fruits, il faut mettre le plus de fruits possible, c'est ce qui en forme un entremets d'été très bon et bien accueilli.

Plum-Pudding anglais.

Préparez une demi-livre de raisins de Malaga auxquels vous enlèverez les pépins, ou bien de ceux de Smyrne qui n'ont point de pépins ; prenez autant de raisins de Corinthe préparés, c'est-à-dire roulés dans la farine, puis mis dans une passoire pour en faire passer les petites branches. Quand cela est fait vous aurez préparé une livre de graisse de rognon de bœuf à laquelle vous aurez enlevé les nerfs en la brisant dans vos doigts et que vous hachez ensuite très-finement. D'un autre côté, vous aurez mis tremper dans du lait une demi-livre de mie de pain. Cette opération terminée, mettez dans un grand plat creux les raisins de Malaga et de Corinthe avec la graisse de rognon de bœuf, puis la mie de pain trempée et bien égouttée ; ajoutez encore une poignée de belle farine, deux hectogrammes de sucre en poudre, une petite pincée de sel, un peu de cédrat ou de l'écorce d'orange et d'angélique confite que vous coupez par petits morceaux, ainsi que l'écorce d'un citron râpée ou hachée très-finement; mélangez le tout ensemble, ensuite ajoutez-y quatre ou cinq œufs pour rendre cette préparation plus adoucie sous le rapport du goût et plus ferme comme consistance; parfumez cette pâte avec un bon verre de rhum et relevez-la, si vous le voulez, avec de la cannelle et un peu de gingembre pulvérisés; amalgamez de nouveau le tout ensemble pour en faire une pâte compacte et assez épaisse pour que les raisins n'aillent pas au fond du plat.

Beurrez ensuite un moule uni ou cannelé, remplissez-le de votre appareil et faites en sorte que le moule soit comble, c'est essentiel, afin que l'eau ne puisse pas pénétrer pendant la cuisson; beurrez aussi un linge au milieu, de la grandeur de la partie qui doit être appliquée contre le plum-pudding; saupoudrez de farine et puis enveloppez entièrement avec ce linge le moule que vous attachez fortement vers le fond. Vous aurez mis de l'eau dans une marmite assez profonde pour que le moule y baigne entièrement, et lorsqu'elle commence à bouillir, vous y mettez le plum-pudding. Laissez-le cuire comme le pot-au-feu sans que l'eau ne cesse un seul instant de bouillir, pendant quatre heures au moins, en ayant soin de remettre de l'eau bouillante à mesure que l'eau où cuit le plum-pudding diminue. Au moment de servir, démoulez et dressez le plum-pudding sur un plat rond, puis versez par-dessus une bonne dose de rhum, mettez-y le feu et servez ce plum-pudding enflammé, pour rendre cet entremets plus fini et plus princier, accompagnez-le d'une des sauces ci-après, mise dans une saucière à part.

Ainsi préparé, le plum-pudding anglais est un des entremets chauds les mieux présentés dans un dîner de cérémonie.

Quelques personnes mettent cuire le plum-pudding dans un torchon beurré et saupoudré de farine et lui donnent la forme d'une boule. Assurément cette méthode se pratique dans beaucoup de pays, surtout en Angleterre, mais il est préférable, croyons-nous, de le mettre dans un moule, parce que d'abord l'eau ne peut pas y pénétrer, ensuite le moule offre un aspect plus engageant. Le plum-pudding se prépare aussi sans mettre de farine ; dans ce cas, il faut y ajouter un peu plus de mie de pain ainsi que deux ou trois jaunes d'œufs de plus.

Enfin, d'autres personnes servent la sauce sur le plum-pudding. Dans ce cas encore le plum-pudding est un entremets secondaire et inférieur comme goût.

Sauce du Plum-Pudding.

Mettez dans une casserole du beurre extra-frais. Lorsqu'il est fondu, ajoutez une cuillerée de belle farine ; laissez-la un instant perdre son goût sans la laisser prendre couleur, puis mouillez-la avec du madère ; ajoutez deux cuillerées à bouche de sucre en poudre, une toute petite pincée de sel ; laissez cuire un moment pour en faire une sauce blanche pas trop liée, ensuite liez cette sauce avec deux ou trois jaunes d'œufs et relevez-la avec un bon verre de rhum. Dressez-la dans une saucière à part.

Sambayon ou autre sauce pour le Plum-Pudding.

Choisissez douze œufs très frais ; mettez de côté les blancs, puis mettez les jaunes dans un saladier avec autant de cuillerées à bouche de sucre que vous avez de jaunes d'œufs ; tournez-les avec la pochette en bois jusqu'à ce qu'ils soient bien épaissis et devenus pour ainsi dire blancs ; éclaircissez-les ensuite avec un demi-litre de vin blanc sec et ordinaire, puis mettez cuire le sambayon dans une casserole ou une bassine en cuivre sur un feu modéré, en ayant soin de le remuer continuellement avec un fouet en fil de fer, en faisant attention surtout à ce qu'il ne s'attache pas au fond de la bassine ; au moment où il commence à s'épaissir, retirez-le du feu ; parfumez-le avec assez de rhum ; fouettez-le encore un petit instant pour bien mélanger, en ayant soin de ne pas le laisser bouillir, car autrement les œufs trancheraient et le sambayon serait manqué. Versez-le dans un compotier et servez-le un petit instant après.

Le sambayon est une crème mousseuse au vin qui doit être mangée plutôt chaude que trop froide et n'être pas préparée trop longtemps à l'avance parce qu'elle diminue et devient liquide. Vous pouvez faire le sambayon d'une façon plus économique en remplaçant quelques jaunes d'œufs par une cuillerée à café de belle farine que vous délayez dans les jaunes d'œufs.

Quelques personnes emploient du vin bouché pour faire le sambayon et le mettent infuser sur le feu avec des aromates tels que : la cannelle, la coriandre, clous de girofle, etc., et le passent ensuite au tamis ; assurément, c'est une bonne méthode, mais nous croyons qu'il est préférable de le faire simplement comme nous l'avons indiqué, parce qu'il est plus économique et d'un goût plus relevé et plus naturel.

Pudding au pain.

Prenez de la mie d'un pain rassis ; coupez-la en forme de carré long et en tranches très-émincées ; rangez-les en une couche dans un moule uni que vous aurez bien enduit de beurre ; placez au-dessus de cette couche des raisins de Malaga épépinés, des raisins de Corinthe et du cédrat ou de l'écorce d'orange ou d'angélique confite, le tout préparé comme il est dit pour le plum-pudding anglais ; continuez à remplir le moule jusqu'aux trois quarts parce que le pudding monte dans la cuisson, en répétant la même opération. Cela étant fait, cassez dans un plat creux quatre œufs ; ajoutez-y deux ou trois cuillerées à bouche de sucre en poudre ainsi qu'une petite pincée de sel ; battez bien le tout ensemble en y ajoutant un grand verre de lait bouilli et versez le tout sur le pudding de manière à ce que le pain baigne, puis faites cuire le pudding au bain-marie pendant une heure, ou plutôt jusqu'à ce que la crême soit prise et qu'il puisse acquérir assez de consistance pour se tenir ferme lorsqu'il sera démoulé. Dressez-le ensuite et servez-le comme le plum-pudding avec du rhum au-dessus et accompagnez-le des mêmes sauces.

Diplomate-Pudding.

Préparez le diplomate-pudding comme celui au pain ; seulement, à la place de pain, il faut y mettre des biscuits et ajouter avec les raisins des fruits confits, tels que : abricots, cerises, prunes, etc., et le faire cuire au bain-marie. Dressez-le lorsqu'il est cuit ; versez du rhum au-dessus, mettez-y le feu, et servez-le avec les mêmes sauces que le plum-pudding.

Ainsi préparé, le diplomate-pudding est un entremets chaud qui peut être présenté dans les diners de cérémonie.

Pudding aux fruits.

Beurrez un plat creux qui aille sur le feu ; couvrez-le entièrement d'une abaisse de pâte feuilletée ou brisée en la laissant dépasser un peu le rebord, puis piquez-la au fond çà et là avec la pointe d'un couteau pour que la vapeur ne la soulève pas. Cela étant fait, mettez dans ce plat, selon la saison, des fraises, des cerises, des groseilles rouges ou même celles dites à maquereaux, des pommes, des poires coupées, des pêches, des abricots, etc., le tout mélangé ou non que vous saupoudrez ensuite d'assez de sucre en poudre ; recouvrez ce pudding d'une autre abaisse de pâte de l'épaisseur du petit doigt ; collez-la avec l'autre abaisse en la festonnant un peu avec le couteau ou la pince à pâtisserie, puis faites un trou au milieu, mettez-y une carte à jouer pour faciliter à la vapeur le temps de se dégager plus facilement ; dorez ensuite avec l'œuf comme si c'était pour un pâté et faites cuire ce pudding dans le four chaud pendant une demi-heure ou trois quarts d'heure. Parfumez-le au sortir du four, si vous le voulez, avec du kirsch, du rhum ou de la fine champagne.

Le pudding aux fruits est un entremets sucré, peu coûteux et très estimé. Il est prudent de ne remplir le plat qu'aux trois quarts, parce que dans la cuisson il rend, selon la nature des fruits que l'on a employés, beaucoup de jus qui pourrait se répandre, pendant la cuisson, hors du plat s'il était trop plein.

Notions sur les glaces, bombes et sorbets.

Les glaces, les bombes, les sorbets, etc., sont des préparations de liquides sucrés, parfumés avec des liqueurs, des fruits, ou bien elles sont composées de crêmes anglaises, parfumées à la vanille, au moka ou à d'autres divers parfums, qui sont ensuite transformés en une pâte ferme et onctueuse par le moyen de la forte congélation de la glace, du sel et du salpêtre. Les glaces ne sont pas plus difficiles à faire que les autres entremets sucrés ; l'on pourrait même avancer le contraire.

Les glaces en général sont tellement devenues à la mode, qu'elles peuvent être classées au premier rang dans les entremets sucrés, et non seulement elles plaisent à tout le monde, mais encore elles complètent et rehaussent à merveille un dîner de cérémonie. Elles sont en outre toujours bien accueillies dans les soirées, et quoiqu'elles soient acceptées comme rafraîchissantes, elles n'en sont pas moins échauffantes ; c'est pour ce motif qu'elles doivent être toujours accompagnées d'une carafe d'eau fraîche.

Manière de glacer.

Pour congeler les liquides, le jus des fruits et les crêmes, et pour les transformer en glaces ou en sorbets, vous les mettez d'abord dans un vase cylindrique en fer blanc, en étain ou en argent dans l'intérieur, que l'on désigne sous le nom de sorbetière ; vous fermerez soigneusement la sorbetière, vous la placerez ensuite dans un seau en bois ayant un espace de trois doigts environ entre le seau et la sorbetière ; puis vous pilerez un peu grossièrement de la glace et en étendrez une première couche que vous couvrirez d'une couche de gros sel ; vous répéterez la même opération en mettant toujours assez de sel, parce que c'est le sel qui hâte la congélation, jusqu'à ce que le seau soit rempli, en tassant le tout pour que la sorbetière soit bien serrée. Cela fait, vous tournerez et remuerez sans cesse la sorbetière pour en faire glacer plus promptement le contenu.

Quand elle commencera à se glacer, vous aurez soin de la remuer de temps en temps avec une

longue spatule en bois jusqu'à ce qu'elle soit prise,
parce que si vous ne la remuiez pas, les bords
seraient trop glacés et le milieu ne le serait pas,
ce qui demanderait un temps plus prolongé. Quand
elle sera prise, sans être trop ferme, vous la bat-
trez fortement avec la spatule afin de la lisser ;
vous continuerez à la glacer un petit instant et
vous la dresserez ensuite en rocher dans des verres
à glaces ou dans des sous-tasses destinées à cet
usage.

Il est essentiel de ne remplir la sorbetière qu'aux
trois quarts, parce que d'abord le liquide est moins
sujet à sortir en tournant, et que d'un autre côté il
est moins sujet au contact de l'air, ce qui empêcherait de faire prendre la glace.

Il est à remarquer aussi que le trou qui se
trouve au bas du seau doit être parfaitement bouché avant que de sangler, comme l'on dit en terme
glacier, c'est-à-dire avant de mettre la glace et
le sel.

Il arrive parfois que la glace ne prend pas ou
qu'elle est plus longue à se solidifier. Cela provient souvent de ce que l'air pénètre dans le seau où
se trouve la glace. Pour prévenir cet inconvénient
il faut mettre dans la glace un peu d'eau afin que
la sorbetière soit entièrement privée d'air, et
vous verrez aussitôt après que la glace prendra.
La glace dans la sorbetière ordinaire à la main
doit être obtenue au bout de demi-heure ou trois
quarts d'heure ; celle à la mécanique n'exige pas
un temps aussi long.

Vous pouvez encore, pour hâter la congélation,

mêler avec le sel un peu de salpêtre ou à volonté un peu de chlorure de calcium qui se vend chez les droguistes et pharmaciens. Dans le cas où vous seriez dépourvu de sorbetière, vous pourriez vous servir d'un moule qui est de mon invention et faire des glaces, comme je l'ai dit dans la préface, qui soient à la portée des cuisinières les moins initiées. Ce moule, dont le prix n'excédera pas six francs, sera livré au commerce en même temps que ce traité de cuisine et d'office paraîtra.

Au moyen de ce moule, vous pourrez obtenir un litre de glace pour le prix de 2 fr. à 2 fr. 50 c., en hiver surtout, où la glace ne coûte rien que la peine d'aller la chercher.

Nous indiquerons dans ce chapitre, en son lieu, la manière de procéder pour opérer la congélation.

Glaces à la vanille.

Préparez et faites une crême anglaise exactement comme il est indiqué dans ce chapitre, seulement vous ne mettrez que quatre hectogrammes de sucre par litre de lait et sept jaunes d'œufs ; ensuite vous procéderez pour la faire glacer comme il est indiqué ci-dessus, en ayant soin de ne mettre la glace dans la sorbetière que quand elle est entièrement refroidie.

La glace à la vanille est une des glaces les plus estimées.

Il est à remarquer que la crême doit plutôt être moins cuite que trop, et que la quantité de sucre indiquée est suffisante, parce que s'il y en a davantage, les glaces sont ce que l'on appelle trop *grasses*, ne prennent pas avec autant de rapidité, et sont moins fermes et grenées.

Glaces au moka.

Procédez exactement pour la glace au moka et dans la même proportion que pour celle à la vanille, et opérez comme il est indiqué dans ce chapitre pour la crême au café moka.

Vous pouvez procéder pour faire les autres glaces à la crême comme il est indiqué pour les glaces à la vanille et au moka ; il n'y a absolument que le parfum à changer.

Glaces au citron.

Faites un sirop avec une livre de sucre cuit au lissé comme il est indiqué à la fin de ce chapitre; lorsqu'il est refroidi mettez le jus de quatre ou cinq citrons que vous passez au travers d'un linge pour empêcher les pépins d'aller dans le sirop; vous mettez également infuser dans le sirop pendant une heure le zeste, soit l'écorce jaune de trois citrons afin que la glace soit bien parfumée ; retirez ensuite l'écorce de citron, puis mettez cette composition dans la sorbetière et procédez pour glacer comme il est indiqué précédemment.

Au moment de servir, dressez la glace en rocher et parfumez-la si vous le voulez avec une goutte de rhum ou de kirsch.

Vous pouvez également faire la glace au citron d'une manière plus simplifiée en mettant un litre d'eau dans un saladier avec trois quarts d'une livre de sucre ; puis vous frottez avec une partie du sucre l'écorce de deux ou trois citrons dont vous passez le jus dans un linge, et lorsque le tout est bien fondu vous glacez comme il est indiqué.

Il n'est pas inutile de dire que lorsque les glaces, quelles qu'elles soient, sont grenées, il faut y ajouter un peu de la même composition et puis les travailler fortement avec la spatule et continuer à les glacer.

Vous pouvez aussi, si vous avez une grande quantité de glaces à faire, en glacer peu à la fois. Par ce moyen vous les glacerez plus promptement, avec moins de peine, et vous les rendrez plus fermes et plus lisses. Il est bien entendu qu'aussitôt qu'elles seront glacées à point vous les sortirez de la sorbetière pour les mettre dans une autre, en verre de préférence, préparée, c'est-à-dire sanglée autour avec de la glace et du sel.

Glaces à l'orange.

Procédez exactement comme pour les glaces au citron en remplaçant les citrons par les oranges.

Glaces aux fraises.

Prenez des fraises fraîchement cueillies, bien mûres et d'un bon parfum ; vous les passerez au tamis un peu serré pour que les grains ne puis-

:sent pas passer au travers ou, à défaut de tamis,
exprimez le jus dans un linge mouillé. Cela étant
fait vous préparez un sirop cuit au lissé, comme il
est dit à la fin de ce chapitre, avec une livre de
sucre ; lorsqu'il est refroidi ajoutez le jus de deux
citrons si vous le voulez, mélangez ensuite autant
de jus de fraises que vous avez de sirop, puis faites les glaces comme précédemment.

Vous pouvez préparer les glaces aux fraises
d'une manière plus simplifiée en ajoutant dans la
pulpe, soit le jus des fraises, autant d'eau que vous
avez de jus, c'est-à-dire que si vous avez un demi-
litre de jus il faut y joindre un demi-litre d'eau et
les trois quarts d'une livre de sucre ; laissez fondre
le sucre à froid, puis glacez cette composition
comme il est indiqué.

Vous pouvez, pour donner à la glace aux fraises
une couleur plus vive, y ajouter très-peu de carmin. Le carmin se vend chez les confiseurs.

Glaces aux framboises.

Procédez comme pour la glace aux fraises ou
bien exprimez le jus des frambroises et ajoutez
simplement par livre de jus trois quarts de livre de
sucre.

Lorsqu'il est fondu mettez cette composition
dans la sorbetière, puis glacez comme il est indiqué.

Vous pouvez mêler avec les framboises quelques fraises et quelques groseilles.

Glaces aux groseilles.

Procédez exactement pour les glaces aux groseilles comme pour les glaces aux framboises.

Glaces aux abricots.

Prenez des abricots bien mûrs, ôtez les noyaux, puis passez les abricots au tamis ; ensuite procédez pour faire le sirop comme pour celui des fraises ; lorsqu'il est refroidi versez-le dans la pulpe des abricots dont le poids sera le même que le sirop, et glacez ensuite.

Vous pouvez toujours préparer les glaces aux abricots d'une manière plus simplifiée en mettant la moitié d'eau dans la pulpe des abricots et trois quarts de livre de sucre, et lorsqu'il est fondu mettez-le dans la sorbetière.

Vous pouvez, pour rendre les glaces aux abricots plus parfumées et plus relevées, faire cuire ou simplement infuser quelques noyaux d'abricots concassés et presser le jus de deux citrons.

Glaces aux pêches.

Prenez des pêches bien mûres, passez-les au tamis comme les abricots, puis procédez exactement de la même manière.

Bombe glacée à la vanille.

Faites une crème anglaise à la vanille très épaisse, composée de six jaunes d'œufs et deux verres de lait sucré et vanillé comme il est dit dans ce chapitre ; puis lorsque cette crême est refroidie mélangez-la avec un demi-litre de crême fouettée comme il est aussi indiqué dans ce chapitre ; ensuite mettez cette préparation dans une bombe qui est un moule rond en étain, en ayant soin de ne pas trop la remplir parce que la crême en se glaçant augmente un peu, puis mettez cette bombe dans un seau avec de la glace pilée et du sel comme pour les glaces ordinaires, de manière que la bombe soit entièrement cachée par la glace et le sel, et laissez-la dans cet état glacer pendant cinq heures.

Au bout de ce temps, trempez la bombe dans l'eau bouillante pour la démouler, puis dévissez le milieu de la bombe et dressez-la sur une serviette pliée.

Vous pouvez mettre au sommet de la bombe, lorsqu'elle est dressée, une espèce de mèche destinée à cet usage et qui produit une petite explosion lorsqu'elle est présentée sur la table.

La bombe ainsi préparée est un entremets glacé qui est toujours bien accueilli dans les dîners de cérémonie.

La composition de la bombe peut encore être préparée en faisant un sirop au lissé.

Comme il est indiqué dans ce chapitre, prenez une livre de beau sucre, un verre d'eau et un demi-bâton de vanille, ensuite délayez ce sirop tout bouillant, lorsqu'il est fait, avec six jaunes d'œufs en ayant soin d'en verser très peu à la fois afin de ne pas faire tourner les œufs et d'en former au contraire une crême qui ait du corps ; puis versez cette préparation dans un demi-litre de crême fouettée ; ensuite mettez le tout dans la bombe et glacez comme ci-dessus.

D'autres personnes préparent la composition de la bombe en faisant un sirop comme ci-dessus et, lorsqu'il est refroidi, délayent huit jaunes d'œufs très frais avec ce sirop, puis remettent le tout sur le feu pour en faire une crême en remuant toujours avec le fouet ou une cuiller de bois, en ayant bien soin de ne pas laisser bouillir comme si s'était pour faire un sambayon ; ensuite vous passez cette crême à l'étamine ou dans un linge mouillé peu serré afin de la rendre plus lisse ; puis lorsqu'elle est refroidie vous la mélangez avec un demi-litre de crême fouettée et vous la faites glacer comme il est indiqué.

Enfin, d'autres personnes préparent simplement la composition de la bombe comme il est dit dans ce chapitre pour la charlotte russe et y ajoutent même des fruits confits.

Bombe au marasquin.

Préparez la bombe comme il est dit ci-dessus et remplacez la vanille par deux verres à liqueur de marasquin que vous mêlez en même temps que la crême fouettée.

Fromage glacé.

Le fromage glacé est tout simplement une crême anglaise ou une glace aux fruits qui est mise dans un moule à fromage glacé.

Ainsi, au moment où la glace est prise, vous la sortez de la sorbetière pour la mettre dans le moule bien fermé avec son couvercle et la remettez ensuite à la glace pour la *frapper*, c'est-à-dire que vous la laissez dans le sel et la glace jusqu'au moment de la servir. Pour démouler la glace il faut avoir de l'eau chaude placée dans un seau et enfoncer entièrement le moule afin que la glace le quitte aisément.

Le fromage glacé se dresse sur un plat rond ou sur un compotier avec une serviette pliée ou à franges.

Fromage glacé panaché.

Le fromage glacé panaché se fait dans un moule à fromage dans lequel il y a quatre compartiments séparés avec quatre feuilles de fer blanc soudées ensemble. Par ce moyen vous pouvez mettre dans chaque compartiment une glace à la vanille, aux fruits, et, au moment de démouler, vous retirez ces feuilles de fer blanc et vous procédez de la manière ordinaire.

Glaces sans sorbetière.

Les glaces sans sorbetière se préparent de la manière indiquée dans ce chapitre ; seulement, pour les glaces à la crême, il est prudent d y ajouter trois ou quatre jaunes d'œufs et un peu plus de sucre afin de les rendre plus onctueuses et empêcher qu'elles ne forment des glaçons. Vous pouvez aussi, si vous le voulez, les faire d'une manière plus ménagère et joindre dans la crême une cuillerée à café de belle farine. Cela étant fait, vous mettrez la crême, lorsqu'elle sera refroidie, dans le moule dont nous avons parlé au commencement de ce chapitre, que vous remplirez aux trois quarts, ensuite vous pilerez finement de la glace et vous formerez un lit de glace et de sel tout autour et intérieurement dans le cornet ; puis vous laisserez glacer le tout sans vous en occuper pendant trois ou quatre heures. Vous démoulerez ensuite au moment de servir ce fromage glacé comme il est dit pour la bombe, et le servirez de même.

Il arrive parfois que la glace, dans les fortes chaleurs, et bien qu'elle soit mise au frais, est fondue au bout de deux heures. Dans ce cas il faut égoutter l'eau et recommencer la même opération, c'est-à-dire remettre de la glace et du sel autour du moule et forcer en sel afin que la glace se conserve plus longtemps.

La quantité de glace et de sel nécessaire pour faire un fromage glacé est d'environ quatre kilogrammes de glace et un kilogramme de gros sel.

Il n'est pas inutile de faire remarquer que s'il reste une partie du fromage glacé après qu'il aura été présenté sur la table, vous le remettez glacer, puis vous pourrez servir dans la soirée des glaces mises dans les verres ou sur des sous-tasses destinées à cet usage. Vous pouvez également faire glacer dans ce moule la même composition qu'il est indiqué pour les bombes ainsi que pour les glaces aux fruits.

Différentes manières pour la cuisson du sucre.

Le sucre qu'on emploie dans l'office doit être de premier choix, c'est-à-dire qu'il doit être très-blanc, dur, sonnant, léger, formant des brillants, et être d'un goût agréable. Le sucre qui ne réunit pas toutes ces conditions est un sucre d'une qualité inférieure, et n'est par conséquent pas propice pour faire des gelées, sirops et autres substances de même nature.

Clarification du sucre.

Mettez dans un quart de litre d'eau deux ou trois kilogrammes de sucre que vous faites fondre à froid ; lorsqu'il est fondu, fouettez très peu un blanc d'œuf et mettez-le dans le sirop : faites ensuite bouillir le tout sur un feu modéré jusqu'à ce que le sirop ait monté à trois reprises différentes, en calmant l'ébullition par un peu d'eau froide que vous mettrez à mesure qu'il montera. Ensuite, lorsqu'il sera d'une transparence parfaite, retirez-le du feu, écumez et laissez-le reposer, puis passez-le à la chausse ou dans un linge très fin que vous aurez mouillé.

Sucre à la nappe.

Pour faire cuire le sucre à la nappe, il faut y mettre une goutte d'eau avec le sucre, le clarifier comme il est dit, si vous le voulez, ensuite le faire bouillir, et lorsque l'écumoire est plongée dans le sirop et qu'elle en conserve une couche mince qui s'étend autour d'elle, le sucre est cuit à la nappe.

Sucre au petit lissé.

Faites-le bouillir comme le précédent jusqu'à ce qu'il forme le fil entre le pouce et l'index entre lesquels on le presse ; arrivé à ce degré de cuisson, le sucre est cuit au petit lissé.

Sucre au perlé.

Faites-le bouillir jusqu'à ce que le sirop forme des espèces de perles rondes et élevées.

Sucre à la plume.

Pour connaître si le sucre est cuit à la plume, il faut le faire bouillir comme le précédent, puis tremper l'écumoire dans le sirop et souffler à travers ; si le sucre s'envole par feuilles et qu'il forme de petites boules, il est au degré de cuisson ; s'il coule encore, il n'est pas suffisamment cuit.

Sucre au boulé.

Pour connaître si le sucre est cuit au boulé, prenez un gobelet que vous emplissez d'eau fraîche et dans lequel vous trempez vos doigts pour prendre ensuite du sucre ; replongez-les ensuite vivement dans l'eau, et si le sucre, en se refroidissant, se coule et se manie comme de la pâte, c'est qu'il est cuit au boulé.

Sucre au cassé.

Procédez pour le sucre au cassé comme pour le sucre au boulé, mais il faut que le sucre que vous roulerez dans vos doigts se casse net. C'est le sucre que l'on emploie ordinairement pour candir les oranges glacées et tous autres fruits.

Sucre au caramel.

Le sucre au caramel est produit par la cuisson du sucre qui succède au sucre au cassé. Lorsqu'il a pris une légère teinte dorée, il faut le retirer vivement du feu et tremper le fond du moule dans l'eau fraîche, sans quoi il brûlerait. Cette opération est nécessaire lorsque le sucre caramélisé est destiné à une crême renversée ou à d'autres préparations analogues. Mais s'il est destiné au nougat ou à la décoration de choux ou autres pièces montées, il faut le placer sur les cendres chaudes ou dans une casserole d'eau en ébullition.

Sucre brûlé.

La cuisson du sucre brûlé arrive après celle du sucre caramélisé. Il faut faire attention qu'il soit assez noir pour qu'il ne soit ni doux ni trop amer ; on reconnaît qu'il est à ce degré de cuisson lorsqu'il forme ce qu'on pourrait appeler des nids de fourmis. C'est à ce moment qu'il faut verser vivement de l'eau fraîche, faute de quoi il brûlerait et ne serait pas noir.

Le sucre brûlé s'emploie pour la cuisine et pour les alcools ; il donne en effet aux sauces, au bouillon et aux alcools une teinte légèrement dorée.

CHAPITRE XXXIII

NOTIONS SUR LA PATISSERIE EN GÉNÉRAL

Pâtes, brioches, gâteaux, biscuits, etc.

La pâtisserie, qui est un art difficile tout à fait distinct de l'art culinaire, est cependant nécessaire à une cuisinière, car les maîtres exigent avec raison que leurs cuisinières connaissent un peu de pâtisserie. Aussi nous sommes-nous bornés à ne donner que les recettes des pâtisseries peu coûteuses et faciles à faire dans un ménage et qui souvent ne sont pas inférieures à celles que confectionnent les pâtissiers.

Ce qui présente surtout le plus de difficulté dans la pâtisserie, c'est la cuisson qui ne s'acquiert que par la grande habitude et dont dépend surtout le succès de l'opération.

Mais ces difficultés sont vite vaincues. Ainsi, lorsque le four n'est pas assez chaud, si la pâtisserie se fait dans le four du fourneau économique,

il faut activer le feu ; si au contraire on la fait
cuire dans le four du boulanger, il est essentiel de
faire flamber un peu de menu bois à la porte du
four. Et si, par contre, le feu est trop chaud, il est
prudent de couvrir la pâtisserie d'un papier et
d'ouvrir au bout d'un certain temps la porte du
foyer.

Pâte brisée.

Prenez un kilogramme de belle farine que vous
mettez sur la table ou sur un tour à pâte si vous
en avez un ; faites un creux dans le milieu et
cassez-y deux ou trois œufs ; ajoutez une pincée de
sel fin ainsi qu'un demi-kilogramme de beurre
extra-frais que vous aurez d'abord pétri dans
l'eau fraîche pour l'adoucir, si c'est pendant
l'hiver, et lui faire rendre le petit lait qu'il contient ; ajoutez-y encore un bon verre de lait froid.
Cela fait, vous pétrissez lestement le tout ensemble pour ne pas la brûler, terme technique employé dans la pâtisserie, pour en faire une pâte
assez ferme et lisse ; battez ensuite quelque peu la
pâte avec le rouleau à pâtisserie et laissez-la reposer, si vous voulez, une demi-heure avant de
vous en servir.

La pâte brisée, ainsi préparée, est la pâte qui
convient aux pâtés, aux tourtes, aux rissoles, aux
timbales et autres pâtisseries.

Quelques personnes détrempent la pâte brisée
avec de l'eau et ne mettent point d'œufs. Mais, à
notre avis, il est préférable qu'elle soit détrempée

avec du lait et qu'il y ait des œufs, parce que la pâte est plus légère et qu'elle ne fait pas la cire, comme on dit en terme de pâtisserie ; elle est d'ailleurs d'un goût plus fin, plus croustillante, a plus de saveur et est en outre plus économique, en ce sens qu'elle a plus de consistance et qu'il est plus facile de faire les abaisses plus minces car les œufs montent dans la cuisson.

Pâte feuilletée.

Pour bien réussir la pâte feuilletée, plusieurs précautions sont indispensables. En hiver, le feuilletage est un amusement, mais en été ce n'est pas précisément aussi agréable. En hiver vous pétrissez premièrement le beurre à l'aide du rouleau à pâtisserie et en y ajoutant un peu d'eau froide pour qu'il ne s'attache pas à la table en le battant fortement pour l'adoucir. Dans l'été il faut au contraire mettre le beurre après qu'il est pétri dans l'eau glacée afin qu'il soit très-ferme, car sans cette précaution il n'est guère possible d'obtenir un feuilletage léger, bien monté, et mettre sur une table ou sur un tour à pâte une livre de farine au milieu de laquelle vous faites un creux ; ajoutez-y une petite pincée de sel fin, puis détrempez cette pâte avec de l'eau froide de manière à ce qu'elle soit un peu molle. Laissez-la reposer un instant, ensuite étendez-la de l'épaisseur de deux doigts, puis placez au milieu trois quarts ou une livre de beurre pétri comme il est dit. Recouvrez le beurre avec les quatre coins de la pâte de manière à ce qu'il soit bien enveloppé, puis aplatissez légèrement la pâte en appuyant le rouleau à pâtisserie en long et en travers. Cela fait, saupoudrez la table d'un peu de farine et étendez la pâte en long avec le rouleau : quand elle n'a plus que l'épaisseur d'un doigt, vous la repliez en trois comme une serviette et vous lui faites faire un quart de tour, de manière que ce qui était à l'un des côtés soit ramené devant vous. Laissez reposer votre pâte ; au bout de dix minutes ou un quart d'heure, repliez-la en trois comme la première fois et continuez cette même opération pendant six fois en mettant dix minutes d'intervalle entre chaque tour et en ayant bien soin surtout que le beurre ne sorte pas. Pour obtenir un feuilletage bien réussi, il faut, si c'est l'été, le faire de grand matin et vous placer dans un endroit ni trop sec ni trop frais... Il est essentiel aussi que le beurre et la pâte aient à peu près la même consistance, pour qu'ils puissent s'étendre également ensemble, et le faire avec précaution.

Vous pouvez mettre dans la farine, en la détrempant, un blanc d'œuf et autant de beurre que de farine, et donner un tour ou deux de plus, c'est-à-dire replier huit fois la pâte, ce qui en fait un feuilletage plus fin ; mais ordinairement on ne donne au feuilletage que de six tours à six tours et demi.

La pâte feuilletée ainsi préparée peut servir pour faire toute espèce de tourtes, vol-au-vent, petits pâtés et une infinité d'autres pâtisseries et de gâteaux.

Croûte de vol-au-vent.

Faites une pâte feuilletée comme ci-dessus en lui donnant une forme allongée de l'épaisseur d'un doigt. Cela fait, vous coupez une bande de la largeur de deux doigts, ensuite vous coupez aussi le vol-au-vent en vous servant comme moule d'une assiette plus ou moins grande selon la grosseur que vous voulez donner au vol-au-vent ; mettez-le sur la plaque en tôle, puis mouillez avec de l'eau ce rond tout autour et placez au-dessus, de manière à ce qu'elle soit bien ajustée, la bande de pâte en forme de cercle de sorte que le vol-au-vent ait sur les bords deux doigts d'épaisseur faites ensuite au milieu, avec la pointe du couteau, une raie circulaire pour former le couvercle ; dorez le vol-au-vent au-dessus avec un œuf bien battu en ayant bien soin que les bords du vol-au-vent n'en soient pas enduits, ce qui l'empêcherait de monter dans la cuisson ; faites-le cuire dans le four du boulanger en même temps que les pains ou dans le four chaud du fourneau pendant une demi-heure au moins. Au sortir du four enlevez le couvercle et ôtez intérieurement la pâte qui n'est pas cuite. Garnissez ce vol-au-vent d'un râgoût à la financière comme il est indiqué à la page 260, ou bien d'autres garnitures de poulet à la Marengo ou à la béchamel, ou bien encore d'une garniture de poissons, etc.

Il est utile de dire que la croûte du vol-au-vent doit toujours être mise un instant dans le four du fourneau avant de servir, pour qu'elle soit très-chaude, ce qui rend le vol-au-vent bien meilleur au goût. Pour utiliser les rognures du feuilletage, faut les repêtrir et en faire des tartelettes à la frangipane ou des tourtes aux fruits ou autres petites pâtisseries, à votre choix.

Petits pâtés à la béchamel.

Préparez une pâte feuilletée et faites les petits pâtés à la béchamel comme il est dit à la page 238.

Tourte aux cerises à la ménagère.

Prenez de la pâte brisée ou des rognures de feuilletage, formez-en une abaisse ronde et mince que vous placez sur une plaqué en tôle, et autour de laquelle vous faites un rebord avec la pince à pâtisserie ou à défaut avec le pouce et l'index ; piquez aussi en plusieurs endroits le fond de votre abaisse avec la pointe du couteau pour que la tourte reste égale et ne se soulève pas. Cela fait, mettez simplement des cerises entières auxquelles vous aurez enlevé les queues et les noyaux ; saupoudrez-les d'un peu de sucre fin. Dorez ensuite les bords de la tourte avec un œuf et faites cuire cette tourte pendant une demi-heure dans le four chaud comme pour le vol-au-vent. Au sortir du four, saupoudrez-la également avec du sucre fin et servez-la chaude ou froide, selon votre gré.

Vous pouvez, pour rendre la tourte aux cerises

plus soignée et meilleure au goût, faire un petit sirop avec quelques morceaux de sucre et une goutte d'eau et le parfumer si vous voulez, lorsqu'il est refroidi, avec une goutte de kirsch, puis vous versez ce sirop sur les cerises au moment de servir la tourte.

Ainsi préparée, la tourte aux cerises est un dessert peu coûteux et qui plaît à tout le monde.

Tourte aux abricots.

La tourte aux abricots se prépare et se fait cuire comme celle aux cerises, seulement vous partagez les abricots en deux, vous ôtez le noyau puis vous rangez sur le fond de la pâte chaque moitié d'une manière égale et serrée; saupoudrez le tout d'une pincée de sucre en poudre, puis faites cuire dans le four pendant une demi-heure. Au sortir du four faites un petit sirop avec quelques morceaux de sucre et une goutte d'eau dans lequel vous ajoutez si vous le voulez quelques noyaux d'abricots coupés en filets très-fins. Vous pouvez encore parfumer ce sirop, lorsqu'il est refroidi, avec du kirsch ou du marasquin, ensuite vous le versez sur la tourte au moment de la servir.

Tourte aux pêches.

La tourte aux pêches se prépare et se cuit exactement comme celle aux abricots et elle peut être parfumée avec un sirop au vin, toujours avec une partie des noyaux de pêches coupés en filets.

Tourte aux pommes.

Coupez des pommes en quatre, ôtez les cœurs et les pépins, coupez chaque quartier en plusieurs petites tranches très minces que vous rangez ensuite en couronne sur le fond de la pâte d'une manière bien égalisée. Cela fait, saupoudrez légèrement les pommes de sucre fin; procédez pour la cuisson comme ci-dessus. Au sortir du four, glacez les pommes avec une marmelade d'abricots que vous aurez légèrement éclaircie avec de l'eau et dont vous dorez la tourte d'une bonne couche à l'aide d'un pinceau ou à défaut avec quelques grandes plumes attachées ensemble.

Vous pouvez aussi vous dispenser de mettre de la marmelade d'abricots, et faire un petit sirop comme il est indiqué ci-dessus dans lequel vous mettrez quelques filets d'écorce de citron, ou simplement un peu de gelée de groseilles, ou bien encore du sirop de gomme.

Tourte de fruits mêlés.

La tourte de fruits mêlés se prépare comme précédemment. Vous formez au fond plusieurs compartiment séparés avec une petite bandelette de pâte, que vous garnissez des fruits qu'il vous conviendra, tels que pêches, abricots, cerises, prunes, poires, pommes, etc., et vous procédez pour la cuisson comme il est indiqué plus haut.

Tourte aux prunes.

Partagez des prunes en deux ; ôtez-en les noyaux, puis placez-les, bien serrées, sur le fond de la pâte ; saupoudrez-les de sucre fin et procédez ensuite pour leur préparation et leur cuisson comme il est dit ci-dessus.

Tourte aux fraises.

Faites une tourte avec la pâte de la manière ci-dessus spécifiée, puis faites cuire cette croûte seule dans le four. Au sortir du four, ajoutez dans cette croûte de pâte les fraises que vous aurez préparées en faisant un sirop très-fort, et en petite quantité.

Jetez-y les fraises lorsqu'il est à point ; laissez-les bouillir un tour, puis versez le tout sur la croûte, et servez la tourte tiède ou froide, selon votre goût.

Tourte aux poires.

La tourte aux poires se prépare en mettant les poires coupées de la même manière que pour la tourte aux pommes ; procédez de même pour la cuisson et l'accommodement. Il est essentiel de ne prendre que des poires fondantes, c'est-à-dire tendres, de préférence aux autres espèces.

Tourte aux épinards.

Procédez pour faire la tourte aux épinards comme précédemment, et mettez les épinards préparés au sucre selon le mode prescrit au chapitre Légumes. Il est essentiel que les épinards soient abondants, c'est-à-dire de l'épaisseur du doigt, afin que la tourte ne soit pas desséchée, ce qui la rend bien meilleure au goût. Au sortir du four, saupoudrez cette tourte d'une bonne couche de sucre fin.

Tourte au potiron ou à la courge.

Préparez le potiron en purée comme il est dit dans ce chapitre pour le soufflé, mais au lieu d'y mettre des œufs ajoutez-y un peu de beurre extra-frais, puis faites cette tourte comme celle aux épinards et dressez-la de même.

Tourte à la marmelade de pommes.

La tourte à la marmelade de pommes se prépare avec de la pâte feuilletée. Vous formez une abaisse ronde de l'épaisseur d'une pièce de cinq francs ; vous piquez toujours le fond avec la pointe d'un couteau, afin qu'il ne se soulève pas, puis vous étendez par-dessus une couche de marmelade de pommes comme il est indiqué, en laissant tout autour de la pâte une largeur de deux doigts sans y mettre de la marmelade. Cela fait, vous formez une nouvelle abaisse ronde de la même grandeur que la première, mais de l'épaisseur du petit doigt environ. Vous mouillez ensuite avec de l'eau tout le tour de la tourte, l'abaisse de dessous, et placez la seconde d'une manière juste et bien égalisée, puis la festonnez autour et au-dessus selon votre idée ; dorez-la ensuite comme il est indiqué pour le vol-au-vent et faites-la cuire de même.

Vous pouvez aussi former au-dessus de la tourte, selon votre goût, un grillage avec des filets de feuilletage pour remplacer la couverture. Dans ce cas, il est nécessaire de l'entourer d'une bande de pâte comme il est indiqué pour le vol-au-vent.

Tourte à la marmelade d'abricots.

Procédez exactement comme pour la tourte à la marmelade de pommes. La tourte à la marmelade d'abricots est, comme celle à la marmelade de pommes, d'un goût fin et est toujours bien reçue.

Tourte à la marmelade de pêches.

Même préparation que précédemment.

Tourte à la marmelade de prunes.

La tourte à la marmelade de prunes se prépare exactement comme celle à la marmelade de pommes, mais sans parfum, seulement avec du sucre.

Tourte aux raisins.

Épépinez des raisins de Malaga ou bien employez ceux de Smyrne qui n'ont pas de pépins. Epluchez-les avec soin, formez-en ensuite une couche épaisse puis procédez comme il est indiqué pour la tourte à la marmelade de pommes.

Tourte aux amandes.

Pilez très-finement dans le mortier des amandes après qu'elles auront été dépouillées de leur peau dans l'eau chaude, ajoutez-y du sucre fin et deux ou trois œufs mis à mesure pour en faire une farce peu épaisse, ainsi que quelques amandes amères. Etendez ensuite cette pâte comme si c'était de la marmelade.

Vous pouvez joindre aux amandes, lorsqu'elles sont pilées, deux jaunes d'œufs et une demi-cuillerée à café de fécule ou de farine, deux cuillerées à bouche de lait, et un peu d'eau de fleur d'oranger; amalgamez le tout ensemble.

Croûte aux fruits.

Fendez un ou plusieurs petits pains de cinq centimes en deux parties égales dans le sens de longueur ; enlevez-en toute la mie, coupez un peu au-dessous pour que chaque moitié puisse s'équilibrer ; ensuite placez-les dans une tourtière ; remplissez chaque moitié d'abricots mélangés avec des prunes, cerises, fraises, poires, framboises, etc., ou tous autres fruits, à votre choix ; saupoudrez-les d'un peu de sucre fin et enduisez-les d'un peu de beurre extra-frais ; laissez cuire dans le four chaud pendant un quart d'heure ou vingt minutes ; puis dressez les croûtes lorsqu'elles seront cuites à point, ensuite vous mettez dans votre casserole quelques morceaux de sucre avec deux cuillerées à bouche d'eau pour faire un petit sirop que vous versez sur les croûtes aux fruits et que vous parfumez, si vous le voulez, avec une goutte de kirsch ou d'anisette.

Les croûtes aux fruits sont un entremets peu coûteux, vite préparé et fort apprécié.

Tourte à la frangipane.

Opérez pour faire la tourte à la frangipane comme précédemment, et faites la frangipane comme il est décrit ci-après.

Frangipane.

Délayez peu à peu dans une casserole une cuillerée de belle farine, avec un demi-litre de lait froid, de manière que la farine ne reste pas en grumeaux ; ajoutez-y assez de sucre en poudre pour que la frangipane soit suffisamment sucrée ; puis mettez cuire cette crême sur un feu modéré en ayant soin de la tourner sans la quitter avec la pochette en bois, pour qu'elle soit bien lisse, et qu'elle ne s'attache pas à la casserole, puis liez-la lorsqu'elle est cuite avec trois jaunes d'œufs comme si c'était une sauce blanche ; parfumez-la avec un peu d'eau de fleur d'oranger ou bien l'écorce râpée d'un citron ou celle d'une orange, de préférence.

Quelques personnes préparent la frangipane comme ci-dessus en délayant la farine avec des œufs entiers, puis l'éclaircissent avec assez de lait froid pour en faire une bouillie très-claire, afin qu'étant cuite elle ressemble à une crême qui ait de la consistance sans être trop épaissie.

Vous pouvez ajouter aussi, selon votre volonté, lorsqu'elle est finie, des amandes pilées ou des macarons écrasés. Cette dernière méthode est préférable.

Tartelettes en général.

Ayez de petits moules en fer blanc ou de préférence en cuivre étamé ; beurrez-les, puis foncez-les entièrement avec des rognures de pâte brisée ou feuilletée coupées de l'épaisseur d'un sou ; remplissez ensuite ces tartelettes de frangipane, de marmelade, d'abricots, de pommes ou bien d'autres fruits crus, à votre choix, tels que cerises, pêches, pommes, poires, prunes, etc., puis vous saupoudrez légèrement de sucre fin.

Vous formez ensuite un grillage au-dessus de chaque tartelette comme il est indiqué pour les tourtes grillées, que vous dorez de même, et vous les faites cuire pendant vingt minutes dans le four, lorsque les pains sont à leur demi-cuisson, ou dans le four tempéré du fourneau.

Au sortir du four, démoulez les tartelettes, saupoudrez-les de sucre fin, ou bien faites un sirop comme il est indiqué pour les tourtes aux fruits.

Bâtons fourrés.

Formez avec du feuilletage plusieurs bandes de la longueur d'un manche de couteau de table, de la largeur de deux doigts et de l'épaisseur d'une pièce de cinq francs au moins ; cela fait, vous mettez sur la moitié de ces bandes, placées sur une plaque à pâtisserie, de la marmelade à votre choix ou bien un peu de gelée de groseillés, en laissant un petit espace tout autour où vous n'en mettez pas et que vous mouillez avec de l'eau ; puis couvrez au-dessus avec une bande, de sorte qu'elle soit bien soudée et bien ajustée ; dorez ensuite chaque bâton avec un œuf bien battu sans en faire couler autour ; puis faites-les cuire comme le vol-au-vent dans un four chaud pendant vingt minutes au plus.

Vous pouvez saupoudrer les bâtons fourrés avant de les mettre au four avec du sucre pilé pas trop fin, c'est-à-dire gros comme de petits anis, ce qui les rends plus craquants, meilleurs au goût et plus agréables à la vue.

Bâtons de Hollande.

Formez avec la pâte feuilletée une seule bande longue et large, comme les bâtons fourrés, de l'épaisseur de la moitié du petit doigt ; mettez ces bandes sur la plaque à pâtisserie, puis étendez ou plutôt glacez chaque bâton avec une couche de glace au sucre composée comme il est indiqué dans ce chapitre, et laissez cuire comme les bâtons fourrés. Sortez-les du four lorsque la glace sera d'une belle coloration dorée et croustillante et que le feuilletage sera bien monté.

Vous pouvez comme nous l'avons dit faire avec la pâte feuilletée une infinité d'excellentes petites pâtisseries selon votre idée en vous basant d'une manière approximative, soit pour la cuisson, soit pour la confection, sur celles que nous avons indiquées.

Glace de sucre pour glacer toute espèce de gâteaux et de pâtisseries.

Ayez du sucre passé au tamis de soie que l'on appelle tambour, pour qu'il soit aussi fin que de la farine, ou à défaut prenez du sucre en poudre très fin, ensuite mettez dans un bol un blanc d'œuf; puis ajoutez-y du sucre autant que le blanc d'œuf pourra en boire, tournez fortement le tout ensemble avec une cuiller, de manière à en faire une pâte épaisse qui ait de la consistance ; ajoutez-y le jus de deux ou trois citrons pour la blanchir et l'aciduler, puis servez-vous de cette glace pour parfumer, orner et décorer toute espèce de pâtisseries et de gâteaux, à l'aide d'un petit cornet en papier ou de préférence avec une poche en toile destinée à cet usage. Vous pouvez aussi la parfumer avec du rhum, du kirsch, du marasquin, etc., selon la nature des gâteaux que vous avez à glacer.

Gâteau de Savoie.

Choisissez dans un plat creux six jaunes d'œufs très frais, mettez dans ces jaunes six cuillerées à bouche de sucre en poudre, puis tournez le tout avec une pochette en bois jusqu'à ce que les jaunes soient blanchis et épaissis. Cela étant fait, hachez très finement le zeste, soit l'écorce jaune d'un citron que vous ajoutez dans les jaunes d'œufs ainsi que trois cuillerées à bouche de belle farine ; amalgamez le tout ensemble, puis montez en neige les six blancs d'œufs d'une manière très ferme comme il est indiqué au chapitre des termes de cuisine ; versez ensuite les jaunes dans les blancs en mélangeant doucement pour ne pas briser les blancs et en faire une pâte compacte et corsée, puis versez cette préparation dans un moule à gâteau que vous aurez auparavant enduit d'un peu de beurre fondu et que vous aurez saupoudré de sucre fin, afin que le gâteau soit glacé et se démoule avec facilité, ensuite mettez-le cuire pendant trois quarts d'heure dans le four du boulanger, aussitôt après la sortie des pains, ou bien dans le four tempéré du fourneau. Au sortir du four, démoulez le gâteau avec prudence. Il est essentiel que le moule ne soit rempli qu'aux trois quarts parce que la pâte du gâteau de Savoie monte beaucoup dans la cuisson.

Si le gâteau, une fois démoulé, ne vous paraissait pas suffisamment cuit, ce qui arrive quelquefois, il faudrait le remettre tel quel dans le four et le laisser achever sa cuisson. Vous pouvez, si vous le voulez, ajouter aussi dans le gâteau de Savoie une petite pincée d'amandes ou de noisettes dépouillées de leur peau, que vous hachez en même temps que l'écorce de citron, et remplacer la farine par la moitié moins de fécule, c'est-à-dire une cuillerée et demie.

Vous pouvez encore le glacer au-dessus entièrement ou le décorer en partie avec la glace au sucre, parfumée avec du rhum ou d'autres parfums.

Le gâteau de Savoie qui est un des gâteaux les plus volumineux et le moins coûteux, est très-bon et peut être conservé frais pendant toute une semaine.

Il peut se servir seul comme dessert ou accompagner les crêmes ou autres entremets du même genre.

Gâteau de plomb.

Le gâteau de plomb n'est autre chose qu'une pâte brisée préparée comme il est indiqué dans ce chapitre que vous faites un peu moins ferme et dans laquelle vous mettez deux cuillerées à bouche de sucre en poudre par livre de farine; ensuite vous formez une abaisse ronde de l'épaisseur de deux doigts à peine, vous le festonnez au-dessus avec la lame du couteau en faisant de petits losanges; vous le dorez ensuite et vous le mettez cuire sur la plaque à pâtisserie en même temps que les pains.

Le gâteau de plomb est un gâteau qui a un bon goût et qui se sert ordinairement avec le thé, mais il est essentiel qu'il soit mis un instant dans le four pour le faire chauffer avant que de le servir.

Gâteau de sable.

Pesez une livre de beurre extra-frais et ferme, autant de sucre en poudre et autant de farine; choisissez aussi douze jaunes d'œufs. Cela étant fait, vous mettez premièrement le beurre que vous tournez avec le pilon pour l'adoucir, et peu à peu le sucre et la farine, puis successivement les jaunes, en ayant bien soin de travailler fortement le tout ensemble, car c'est de cette opération que dépend en grande partie la réussite du gâteau; parfumez-le avec un peu de fleur d'oranger ou l'écorce d'un citron tranchée très-finement ; beurrez ensuite une tourtière ou un moule à gâteau, montez en neige la moitié des blancs que vous mêlez comme ci-devant, mettez cette préparation dans le moule et faites cuire ce gâteau dans un four tempéré comme pour le gâteau de Savoie, mais un peu plus longtemps.

Gâteau royal.

Pesez une demi-livre de beurre frais, autant de sucre et autant de farine, pétrissez le tout ensemble avec six œufs entiers ; ajoutez, lorsque le tout est bien amalgamé, un quart de livre de raisins de Malaga sans les pépins, parfumez le tout avec un peu de rhum, puis faites-le cuire dans une tourtière beurrée à un four tempéré pendant trois quarts d'heure.

Au sortir du four, couvrez le gâteau entièrement avec de la marmelade d'abricots et décorez-le ensuite avec une glace parfumée au rhum.

Gâteau à la portugaise.

Préparez un quart de livre d'amandes dépouillées de leur peau que vous pilez finement dans le

mortier; cela étant fait, ajoutez une demi-livre de
sucre en poudre, deux onces de fécule, six jaunes
d'œufs, le jus de deux oranges et leur zeste, soit
l'écorce hachée aussi très-fin ; battez ensuite les
blancs d'une manière très-ferme, amalgamez le
tout ensemble comme il est dit pour le gâteau de
Savoie et procédez exactement de même pour la
confection et la cuisson.

Le gâteau à la portugaise est peu coûteux et est
très-apprécié.

Vous pouvez également, lorsqu'il vous reste des
blancs d'œufs, les utiliser en procédant exactement
de la même manière, sans y mettre de jaunes ou
seulement un ou deux.

Gâteau Crémone.

Beurrez une tourtière, foncez-la ensuite d'une
abaisse de pâte feuilletée ou brisée comme il est dit
pour les tourtes, mettez sur cette pâte la moitié de la
préparation employée pour le gâteau de Savoie,
formez au-dessus une couche de chocolat que vous
aurez réduit en poudre, puis finissez votre gâteau
en couvrant le chocolat avec l'autre moitié de votre
appareil, de sorte que le chocolat se trouve au
milieu du gâteau ; procédez ensuite pour la cuisson comme il est indiqué pour le gâteau de Savoie.

Au sortir du four démoulez-le avec précaution.

Le gâteau de Crémone est très-estimé.

Gâteau mille-feuilles.

Faites avec des rognures de feuilletage plusieurs

abaisses rondes très-minces et de la même grandeur, puis faites-les cuire sur la plaque à pâtisserie pendant un quart d'heure dans un four chaud comme pour le vol-au-vent.

Lorsque ces abaisses sont cuites, mettez sur chaque abaisse une légère couche de confiture de groseilles ou à votre choix une marmelade d'abricots ou de pommes.

Cela étant fait, vous montez votre gâteau, en mettant les abaisses superposées les unes sur les autres, de manière à en faire un gâteau ordinaire ; puis vous glacez le tout avec une glace au sucre comme il est indiqué dans ce chapitre.

Le gâteau mille-feuilles est un gâteau délicieux.

Vous pouvez également faire des bâtons de Hollande en procédant de la même manière.

Gâteau napolitain.

Pesez une livre de farine, une demi-livre de beurre très-frais, une demi-livre de sucre, un œuf, le zeste soit l'écorce d'un citron haché, un peu de sel; détrempez bien le tout avec de l'eau ou du lait, de manière à en faire une pâte ordinaire.

Cela étant fait, formez plusieurs abaisses très-minces, comme ci-dessus, en faisant un trou au milieu de la grandeur d'un petit pâté, et faites-les cuire de belle couleur blonde dans un four médiocre. Au sortir du four laissez-les un peu refroidir, puis montez le gâteau napolitain comme le précédent, en alternant un lit de confiture et de marmelade d'abricots; couvrez ensuite ce gâteau avec une glace au sucre ou, à votre choix, d'une marmelade d'abricots, en y ajoutant par-dessus des fruits confits ou bien des pistaches ou des amandes hachées.

Gâteau viennois.

Pesez une demi-livre de sucre en poudre, une petite poignée d'amandes échaudées et pilées, quatre onces de farine; délayez le tout ensemble avec huit jaunes d'œufs. Ajoutez ensuite du citron ou du cédrat confit coupé en petits morceaux ainsi qu'un peu d'eau de fleur d'oranger; ensuite montez les blancs d'une manière très-ferme, mélangez-les avec les jaunes et procédez pour la cuisson et la confection comme pour le gâteau de Savoie.

Gâteau turc.

Pesez une livre de farine, autant d'amandes préparées et pilées très-finement, trois quarts de beurre fondu, autant de sucre en poudre, un peu de sel et une pincée de safran; délayez le tout ensemble avec six œufs que vous mettez successivement; puis placez cette préparation dans une tourtière beurrée ou bien dans de petits moules à tartelettes et faites cuire dans un four tempéré.

Gâteau génois.

Pesez six onces de sucre, un quart de livre d'amandes préparées et pilées très-finement, auttan de farine et autant de beurre frais que vous faites fondre, un peu de sel; délayez le tout ensemble en y ajoutant six œufs. Mettez cette préparation dans une tourtière ou dans de petits moules à tartelettes. Faites cuire après la sortie des pains ou dans un four tempéré. Glacez le gâteau si vous le voulez.

Gâteau à la fécule.

Mettez dans un saladier six beaux jaunes d'œufs et huit onces de sucre en poudre; tournez les jaunes jusqu'à ce qu'ils soient épaissis, ajoutez-y ensuite deux onces de fécule; montez les blancs en neige, mélangez très-doucement le tout ensemble; puis procédez comme il est indiqué pour le gâteau de Savoie pour la cuisson et la confection du gâteau.

Gâteau Madeleine.

Pesez une livre de farine, autant de sucré, autant de beurre extra-frais que vous faites tiédir, un peu de sel, le zeste ou l'écorce d'un citron haché ou bien de l'eau de fleur d'oranger; mêlez le tout ensemble en le délayant avec six œufs que vous cassez successivement, puis procédez pour la confection et la cuisson comme pour le gâteau génois.

Gâteau Savarin.

Pesez une livre de farine que vous mettez dans une casserole; faites un creux au milieu dans lequel vous mettrez une petite pincée de sel fin et gros comme une petite noix de levure française que l'on achète toute préparée, ou à défaut prenez la même quantité de levure de bière. Délayez cette levure avec un peu de lait tiédi et ensuite avec de la farine, et cassez-y huit ou dix œufs ainsi que trois quarts de beurre frais que vous aurez fait aussi tiédir; ajoutez-y une poignée de sucre en poudre et un peu d'orange confite coupée en petits dés; amalgamez le tout ensemble pour en faire une pâte molle. Cela fait, vous mettez cette préparation dans plusieurs petits moules ou dans un seul en ayant eu soin de les enduire d'un peu de beurre fondu, de les saupoudrer d'un peu d'amandes hachées et de ne les remplir qu'aux trois quarts. Vous mettez ensuite lever cette pâte dans l'étuve du fourneau pendant deux heures, ou plutôt jusqu'à ce que la pâte ait rempli le moule, pour rendre le Savarin plus léger; puis enfournez dans le four du boulanger lorsque les pains sont arrivés à leur demi-cuisson ou dans le four médiocre du fourneau, et laissez cuire pendant une heure. Au sortir du four, démoulez-le et imbibez-le du sirop ci-après.

Mettez dans un poêlon une demi-livre de sucre et un peu d'eau, une petite pincée d'amandes pilées si vous le voulez; laissez cuire pour en faire un sirop; lorsqu'il est cuit, laissez-le refroidir, puis parfumez-le avec du kirsch, du rhum ou du marasquin, et sirotez entièrement le gâteau.

Le Savarin ainsi préparé est un gâteau qui est très-estimé, mais il faut avoir soin de ne pas trop

employer de levure de bière car cela le rendrait
amer.

Baba.

Préparez le baba comme le Savarin. Ajoutez en
plus une poignée de raisins de Corinthe bien lavés et
essuyés, ainsi qu'une poignée de raisins de Malaga
épépinés et, à votre goût, gros comme une noisette
de safran délayé avec la levure de bière ; laissez
gonfler la pâte à l'étuve dans de petits moules
seulement beurrés et faites cuire comme le Savarin. Ensuite sirotez-les si vous le voulez avec le
même sirop que le précédent.

Brioche.

Pesez une livre de farine, autant de beurre frais
que vous pétrissez pour l'adoucir, un peu de sel
fin, et deux cuillerées de sucre ; détrempez le tout
ensemble, c'est-à-dire avec le levain ci-après et
huit à dix œufs, de manière à en faire une pâte
molle comme le pain. Faites un levain en plus
avec un quart de farine et gros comme une noix de
la levure employée pour le Savarin ; délayez avec
de l'eau tiède, mettez ensuite le levain dans l'eau
chaude et, lorsqu'il sera à la surface, incorporez le
tout pour en faire une pâte ordinaire que vous
pétrirez promptement ; ensuite mettez votre brioche
dans une terrine un peu chauffée saupoudrée de
farine, couverte d'un linge aussi enfariné, et placez
le tout dans une température modérée.

Il est à remarquer que si vous préparez la pâte à brioche le soir, à sept heures par exemple, il faut la rompre à dix heures en la pétrissant légèrement, c'est-à-dire en lui donnant deux tours de main.

Le lendemain vous placez votre brioche dans de petits moules cannelés et beurrés, ou à défaut vous lui donnez la forme d'une couronne de pain et vous l'enfournez en même temps que les pains. Il est bien entendu que cette brioche sera placée sur une plaque à pâtisserie ou sur une feuille de papier beurrée et que vous la dorerez ensuite avec un œuf battu.

Victoria.

Pesez une livre et demie de farine, cinq onces de beurre bien frais, autant de sucre en poudre, un peu de sel ; détrempez le tout ensemble avec du lait froid pour en faire une pâte dure comme le feuilletage ; étendez votre pâte de l'épaisseur d'un demi-doigt, coupez-la en carrés ou en d'autres formes, piquez-la de sorte que la pâte forme des yeux, dorez et faites cuire dans le four médiocre sur la plaque à pâtisserie ou sur des feuilles de papier légèrement beurrées. Les gâteaux Victoria se servent le plus ordinairement avec le thé.

Consolation.

Choisissez quatre jaunes d'œufs, mettez dans ces jaunes quatre cuillerées à bouche de sucre en poudre, remuez bien les jaunes et le sucre jusqu'à ce qu'ils soient épaissis et blanchis ; ensuite incorporez-y un quart de livre d'amandes pilées, l'écorce d'une orange hachée très-finement ainsi qu'une petite poignée de bonne farine ; montez les blancs en neige, et lorsqu'ils sont montés ajoutez dans les jaunes gros comme un œuf au moins de beurre frais que vous aurez fait tiédir et mélangez le tout ensemble en versant les jaunes dans les blancs ; mettez cette préparation dans un grand moule ou plusieurs petits, beurrés et glacés comme pour le gâteau de Savoie, et faites cuire de même.

Plombquets.

Pesez une livre de farine, autant de sucre en poudre et autant de beurre que vous faites fondre, huit œufs, une demi-livre de raisins de Malaga épépinés, quelques raisins de Corinthe, une once de cédrat et du rhum ; amalgamez le tout ensemble. Beurrez les moules et faites cuire à la demi-cuisson des pains ou dans un four médiocre.

Gâteau aux résidus de beurre cuit.

Lorsque vous avez fait fondre du beurre, il reste au fond de la marmite les résidus. Préparez alors une pâte brisée comme il est indiqué dans ce chapitre, et au lieu de mettre du beurre frais vous le remplacez par les résidus du beurre cuit et vous procédez de même pour la confection et pour la cuisson. Vous pouvez également le faire d'une manière plus simplifiée en mélangeant simplement les résidus du beurre dans un peu de la même pâte que celle des pains.

Choux grillés aux amandes.

Préparez une pâte à choux de la même manière que celle indiquée pour les beignets soufflés ou pets de nonne (voyez au chapitre précédent) ; formez-en sur la plaque beurrée plusieurs petits choux ayant la forme d'une boule de la grosseur de la moitié d'un œuf, en les espaçant sur la plaque, sans quoi ils se colleraient dans la cuisson ; dorez-les avec un œuf, saupoudrez-les d'amandes pilées et faites-les cuire à moitié cuisson des pains ou dans le four médiocre. Sortez-les du four lorsqu'ils seront gonflés et d'une couleur dorée.

Vous pouvez mettre dans les choux grillés, lorsqu'ils sont refroidis, de la crême fouettée comme il est indiqué à la page 756, ou bien une crême à la frangipane ou une marmelade, à votre choix.

Pour cela il faut pratiquer une ouverture au bas de chaque chou et en remplir la moitié à peine.

Pièce montée aux choux.

Pour bien réussir une pièce montée aux choux et la préparer sans embarras, vous commencez par faire une pâte aux choux comme la précédente et vous formez aussi plusieurs petits choux de la grosseur d'une belle noix que vous placez sur la plaque à pâtisserie légèrement beurrée, et procédez pour leur cuisson comme précédemment.

Ensuite vous huilez à peine, avec de l'huile d'amandes douces ou de la bonne huile d'olive, un moule uni, ou, à défaut de moule, servez-vous d'un arrosoir.

Cela étant fait, préparez du sucre légèrement caramélisé comme il est indiqué à la page 785.

Lorsque ce sucre est à point de cuisson, vous le retirez du feu et vous le mettez sur les cendres chaudes afin qu'il ne cuise pas davantage et qu'il se maintienne liquide.

Vous procédez ensuite au montage de votre pièce en trempant d'un côté chaque chou, puis vous le placez vivement dans le moule et vous continuez cette même opération jusqu'à ce que le moule soit rempli d'une façon bien égale en faisant adhérer tous les choux les uns aux autres avec le sucre.

Au bout d'un petit instant vous démoulez avec précaution votre pièce montée et vous la dressez sur un plat ou une coupe de préférence, avec un rond de papier frisé placé au-dessous.

Vous pouvez, pour orner cette pièce montée, placer au-dessus de chaque chou des dragées, des pastilles ou des amandes, toujours trempées d'un côté dans le sucre pour les faire tenir, et placer au sommet de la pièce une mariée si c'est un jour de noce ou bien d'autres sujets appropriés à la circonstance, tels que de petits anges si c'est un jour de baptême, etc. Tous ces petits ornements se vendent tout préparés chez les confiseurs.

Vous pouvez orner cette pièce montée en filant

le sucre ; c'est-à-dire que vous trempez les pointes d'une fourchette dans le sucre caramélisé, et au moyen d'un couteau que vous tenez d'une main, vous promenez de part et d'autre la fourchette qui laisse couler des fils de sucre très-fins; vous er. couvrez la pièce montée pendant qu'ils sont encore flexibles.

Il est bien entendu que les choux peuvent, selon votre volonté, être garnis intérieurement d'une frangipane, ou d'autres marmelades à votre choix, pour rendre la pièce plus fine et de meilleur goût.

Pièce montée de croquettes d'oranges.

Prenez douze oranges, dépouillez-les de leur écorce, divisez ensuite chaque orange par quartiers en ayant soin de bien éplucher la peau blanche qui la recouvre et surtout sans écorcher la peau fine, sans quoi le jus sortirait et il serait impossible de glacer l'orange.

Cela étant fait, vous piquez chaque quartier que vous placez aux deux bouts de plusieurs petites brochettes en bois de la longueur du doigt et pointues comme une aiguille ; puis vous ferez cuire du sucre au cassé, comme il est expliqué à la page 785, et vous y trempez entièrement les deux quartiers d'oranges que vous mettez aussitôt dans un moule huilé comme il est dit ci-dessus; vous procédez de même pour la confection, puis vous ornez cette croquette d'oranges comme la précédente, mais il ne faut pas mettre de dragées, ni d'amandes.

Nougat.

Prenez une livre d'amandes, mondez-les, c'est-à-dire dépouillez-les de leur peau dans l'eau chaude, puis coupez chaque amande en quatre ou cinq filets dans le sens de leur longueur.

Cela fait, faites-les sécher dans un four très doux jusqu'à ce qu'elles aient pris une légère teinte d'un blond peu foncé, puis vous préparez dans un poêlon d'office une livre de sucre caramélisé comme il est indiqué à la page 785, et lorsqu'il est arrivé à ce point de cuisson vous jetez vos amandes, mêlez le tout promptement, ensuite retirez le poêlon pour le placer sur les cendres chaudes ou au bain-marie dans l'eau en ébullition, afin que cette préparation ne durcisse pas en refroidissant.

Vous aurez tenu prêt un moule uni ou, à défaut, un arrosoir bien graissé intérieurement avec de l'huile d'amandes douces, ou bien encore avec de l'huile d'olive.

Procédez ensuite à la confection du nougat en versant au fond du moule une partie du nougat que vous étendez en une couche très-mince en vous servant d'un citron ou d'une pomme de terre et non d'une cuiller qui s'attache au sucre caramélisé.

Lorsque le fond du moule est couvert, vous versez peu à peu le surplus que vous étendez de la même manière autour du moule avec assez de célérité pour que le sucre ne durcisse pas trop et que le nougat soit bien lié, lisse et uni.

Lorsqu'il est monté et qu'il est ferme, vous renversez le moule pour le démouler, et vous le dressez comme la pièce montée aux choux.

Il arrive parfois que le nougat ne se démoule pas, alors il faut frapper légèrement sur le fond pour le détacher.

Si cependant il adhérait encore, vous présenteriez le moule devant le feu pour chauffer le sucre, le nougat en sortirait.

Il se prépare aussi en faisant cuire le sucre au cassé, comme il est indiqué plus haut, et en mettant les amandes sans être passées au four ; mais pour cela il faut que les amandes soient mises à la demi-cuisson du sucre, afin qu'elles cuisent avec ce dernier pour en faire un nougat blanc.

Le nougat peut être décoré de la même manière que la pièce montée aux choux. Vous pouvez également le décorer en formant selon votre idée un socle avec des consoles.

Pour cela il faut en prendre une partie que vous étendez vivement sur une plaque en marbre légèrement huilée, que vous abaissez à l'aide du rouleau à pâtisserie et que vous coupez avec de petits moules festonnés.

Vous trempez ensuite le bout de ces découpures dans le nougat chaud et vous les collez contre le nougat, de manière à faire une pièce montée qui ait un coup d'œil flatteur.

Gâteau meringué.

Choisissez huit blancs d'œufs que vous battez en

neige assez ferme pour qu'elle puisse porter un œuf entier sans qu'il enfonce ; lorsqu'ils sont montés, mêlez-y vivement une demi-livre de sucre en poudre très-fin.

Le mélange bien opéré, prenez cette préparation que vous placez sur une feuille de papier et formez-en un gâteau rond et creux au milieu à l'aide d'un couteau en le festonnant selon votre idée.

Puis mettez-le au four un instant après que les pains en ont été retirés, ou dans le four doux du fourneau.

Le gâteau meringué peut être servi seul ou bien avec une crême fouettée ou une crême à la frangipane que vous placez au milieu comme si c'était pour une meringue.

Meringues.

Pour préparer douze meringues, il faut que vous battiez six blancs d'œufs en neige très-fermes comme les précédents et que vous mettiez, lorsqu'ils sont montés en neige, six fortes cuillerées à bouche de sucre en poudre ; amalgamez très-doucement pour ne pas briser, ensuite faites avec la cuiller, sur une feuille de papier assez grande, vingt-quatre petits tas assez espacés ayant la forme ovale de la grosseur et de la longueur d'un œuf, saupoudrez-les de sucre et faites-les cuire au four à une chaleur très-douce. Lorsque les meringues seront légèrement colorées, sortez-les du four, retirez-les de dessus le papier, et tassez-les avec une cuiller pour en faire un petit creux, du côté où elles ont été mises sur le papier, et remettez-les au four placées à la renverse pour achever la cuisson ; retirez-les alors et laissez-les refroidir. Au moment de servir garnissez l'intérieur d'une crème fouettée ou d'une crème à la frangipane, et rejoignez les deux moitiés pour en former une meringue.

Il est essentiel d'employer les blancs aussitôt qu'ils sont battus et de faire vivement les meringues, sans cela ils retomberaient en eau et les meringues seraient manquées.

Les meringues peuvent aussi se préparer à l'avance lorsqu'il reste des blancs d'œufs ; il faut les placer ensuite dans un endroit sec.

Les meringues à la crème sont un dessert toujours bien accueilli, peu coûteux, qui remplace ou dispense de faire un plat sucré.

Massepains.

Mondez, c'est-à-dire enlevez la peau d'une livre d'amandes, ensuite mettez-les sécher dans le four doux ou dans l'étuve du fourneau ; puis pilez-les très-finement dans le mortier, c'est-à-dire en les mouillant à mesure avec un peu de blanc d'œuf pour qu'elles ne tournent pas en huile. Cela fait, ajoutez aux amandes une livre de sucre en poudre ainsi que l'écorce d'un citron râpé ou haché, ou bien parfumez les massepains avec de la vanille pulvérisée. Ajoutez aussi trois ou quatre blancs d'œufs pour faire de cette préparation une pâte consistante. Ensuite procédez pour la confection des massepains en faisant des petits pains de la rondeur d'une pièce de cinq francs, que vous placez sur des feuilles de papier et que vous faites cuire d'un beau blond dans un four doux pendant un quart d'heure environ.

Il est à remarquer que si vous voulez obtenir des massepains plus fermes, il suffit de mettre 350 grammes de sucre pour une livre d'amandes.

Millasson bagnerais.

Mettez dans un plat creux 100 grammes de farine de millet, 20 grammes de farine ordinaire, un quart de livre de sucre en poudre. Délayez le tout avec trois œufs, puis ajoutez-y peu à peu un litre de lait bouillant ; délayez bien le tout ensemble, ensuite mettez cette composition dans de petits moules profonds que vous aurez beurrés auparavant, et faites cuire dans un four chaud comme pour le feuilletage. Cette sorte de pâtisserie est très-bonne et peu coûteuse.

Millasson bordelais.

Mettez dans un plat creux un hectogramme de farine et deux hectogrammes de sucre en poudre, un peu d'écorce de citron râpé, que vous délayez avec quatre œufs, ensuite vous mélangez le tout ensemble en mettant peu à peu un litre de lait bouillant. Après quoi, vous mettez cette espèce de crême dans de petits moules que vous aurez beurrés et foncés auparavant avec une abaisse de pâte feuilletée ou brisée ; faites-les cuire au four au moment de la demi-cuisson des pains, pendant un quart d'heure ou vingt minutes au plus.

Tresses sèches.

Mettez sur un tour à pâte une livre de farine avec une demi-livre de sucre fin et autant de beurre, l'écorce d'un citron râpé et un peu de sel ; détrempez cette pâte avec trois ou quatre œufs, ensuite coupez-la en plusieurs petits morceaux, que vous roulez comme pour faire une baguette et que vous tressez ensuite comme une natte. Dorez-les et faites-les cuire au four, après la sortie des pains, sur une plaque légèrement beurrée.

Princes.

Pilez dans le mortier une demi-livre d'amandes après qu'elles auront été dépouillées de leur peau dans l'eau chaude ; ajoutez-y à mesure quatre œufs. Lorsque les amandes sont bien pilées, ajoutez encore une demi-livre de sucre en poudre et autant de beurre frais ; amalgamez le tout ensemble pour en faire une pâte compacte. Beurrez ensuite de petits moules ou une tourtière ; foncez les moules d'une abaisse de pâte feuilletée ou brisée, puis versez cette composition dans chaque moule et faites cuire au même four et comme les tresses ci-dessus.

Pâte d'amandes pour mettre dans les gâteaux, tourtes, etc.

Dépouillez une demi-livre d'amandes de leur peau dans l'eau chaude comme il est indiqué ; pilez-les très-finement dans le mortier en y ajoutant peu à peu quatre œufs ; lorsque les amandes sont bien pilées, ajoutez encore un petit morceau de beurre et une demi-livre de sucre en poudre ; pilez de nouveau pour bien amalgamer le tout ensemble.

Si vous voulez faire la pâte d'amandes plus économique et plus abondante, faites une frangipane comme il est indiqué plus haut et ajoutez même les amandes en moins grande quantité et sans mettre ni œufs ni sucre, parce qu'il y en a déjà dans la frangipane.

CHAPITRE XXXIV

GELÉES, CONFITURES, COMPOTES, MARMELADES, SIROPS,
FRUITS A L'EAU-DE-VIE, LIQUEURS, PUNCH, VIN
CHAUD, CAFÉ, THÉ, ETC.

NOTIONS SUR LES GELEES ET LES CONFITURES EN GENERAL

Les gelées et les confitures varient agréablement
l'alimentation, sont faciles à faire et ne sont pas
plus coûteuses que les autres desserts. Elles plaisent beaucoup aux enfants, et combien de grandes
personnes sont enfants sur ce point !

Pour bien réussir les gelées et les confitures, il
est essentiel d'avoir du sucre de première qualité,
et c'est une économie déplacée de ne pas mettre
une proportion de sucre égale à celle des fruits,
car leur cuisson est plus prolongée, ce qui fait
que la gelée et la confiture perdent non seulement
le parfum des fruits et leur belle couleur, mais
encore contractent un goût de recuit qui prend

à la gorge, sont sujettes à se cristalliser au bout d'un certain temps, diminuent beaucoup plus dans leur cuisson, ce qui les rend plus coûteuses ; elles ont, en outre, le désagrément d'être moins délicates et par conséquent moins bonnes.

Les gelées et les confitures doivent toujours être faites dans des bassines en cuivre non étamé; c'est là une condition absolue, parce qu'elles sont plus transparentes et ne sont pas d'une couleur violacée.

Il n'est pas inutile de faire une remarque au sujet de toutes les gelées, confitures et autres préparations de même nature. Dans le cas où elles fermenteraient ou auraient des tendances à se cristalliser, il faudrait les faire recuire sur-le-champ pendant cinq minutes et y ajouter un peu d'eau et de sucre, ou bien du même jus, si c'est la saison, pour les rafraîchir.

Gelée de coings.

Prenez deux douzaines de coings bien mûrs et bien sains; pelez-en six, coupez-les en plusieurs quartiers; préparez les angles de chaque quartier, si vous voulez, pour leur donner une forme plus arrondie, et jetez-les à mesure dans l'eau fraîche pour qu'ils ne noircissent pas, en ayant soin d'ôter les pépins et les cœurs qui rendraient la gelée moins ferme et filante.

Mettez ensuite sur un feu bien allumé une bassine en cuivre non étamé, avec une nouvelle eau, ainsi que les quartiers de coings; laissez-les bouillir pendant dix minutes ou plutôt jusqu'à ce qu'ils fléchissent sous le doigt, ce qui indique qu'ils sont à point de cuisson, puis sortez-les à l'aide d'une écumoire aussi en cuivre non étamé, si vous en avez une, ou, à défaut, avec une écumoire ordinaire ; mettez-les dans une terrine en terre avec une livre environ de sucre brisé assez finement et laissez-les macérer toute une matinée en les remuant de temps en temps afin de leur faire rendre l'eau qu'ils contiennent, car autrement la gelée fermenterait.

Quand cette première opération est terminée, pelez les coings qui vous restent ; coupez-les en petits morceaux toujours sans mettre ni les cœurs ni les pépins, puis faites-les cuire dans l'eau où ont blanchi les quartiers, en ayant mis assez d'eau pour qu'ils puissent baigner aisément. Laissez cuire pendant deux heures ; au bout de ce temps, passez le tout sous la presse à fruits pour en extraire le jus ou, à défaut, pressez-les dans un linge fort et peu serré que vous aurez mouillé dans l'eau fraîche et puis tordu pour lui enlever son goût de lessive. Il importe de presser fortement les coings afin qu'ils rendent bien leur jus gélatineux qui donne le parfum et le corsé à la gelée pour la rendre ferme. Pesez ensuite le jus et mettez le même poids de sucre première qualité ; remettez le tout dans la bassine, laissez un instant fondre le sucre, puis faites cuire la gelée jusqu'à ce qu'elle fasse la goutte ou la nappe, c'est-à-dire lorsqu'elle s'étend autour de l'écumoire et retombe en goutte nettement coupée ou en forme de nappe ; la durée de cuisson peut être d'un quart d'heure, vingt minutes au plus.

La gelée doit être écumée à sa surface et être d'une transparence parfaite, c'est-à-dire aussi claire que de l'eau de roche, et avoir une teinte légèrement rosée. Lorsque la gelée est finie, retirez-la du feu, mettez-la un quart d'heure après dans les petits pots à gelée ou dans des bocaux remplis seulement aux trois quarts pour laisser la place aux quartiers de coings. Ensuite procédez pour les quartiers de coings en les mettant avec tout le sirop qu'ils ont rendu dans la même bassine, sans la laver bien entendu; placez cette bassine sur un feu modéré, puis faites réduire le tout ensemble de manière que le sirop soit tout absorbé, c'est-à-dire que le sirop forme la gelée autour des quartiers, ce qui est un indice que les quartiers ne contiennent plus d'eau, condition absolue pour que la gelée se conserve et ne se cristallise pas.

Il est essentiel de remuer avec précaution les quartiers de coings avec l'écumoire, afin de les préserver de l'action trop ardente du feu, ce qui les ferait brûler. Mettez-les ensuite refroidir sur un plat et incorporez-les dans la gelée lorsqu'elle est sur le point d'être prise.

Couvrez ensuite chaque pot d'un rond de papier humecté dans du cognac de bon goût et recouvert lui-même d'un autre; entourez-le d'une ficelle et placez les pots dans un endroit sec.

La gelée de coings peut être préparée seule, mais, à notre avis, de préférence avec les quartiers, parce qu'elle coûte moins cher, et est de meilleur goût et plus stomachique. Vous pouvez toutefois en réserver quelques pots sans quartiers.

Il n'est pas inutile de faire remarquer que les quartiers de coings cuits dans la gelée sont durs et que celle-ci ne garde pas une teinte aussi transparente et aussi rosée et exige une cuisson plus longue. Quelques personnes ne pèlent pas les coings sous prétexte de rendre la gelée plus parfumée. Mais c'est là une erreur, parce que le coing est assez parfumé par lui-même sans avoir recours à la pelure qui donne à la gelée un goût d'amer et de trop fort.

Vous pouvez utiliser les pépins, qui sont la base de la bandoline, en les faisant sécher et en les vendant à un parfumeur.

Pâte de coings.

Vous pouvez, lorsque la gelée est faite, tirer un bon parti de la pulpe des coings en la passant soit à la passoire, soit au tamis, ou simplement en l'écrasant avec le pilon ou avec une fourchette ; puis vous y ajoutez du sucre ou de la cassonnade qui donne un goût plus fin, ainsi que l'écorce hachée ou râpée d'une orange ou d'un citron. Cette marmelade peut être employée à tous les usages des autres marmelades, pour des tourtes, rissoles et autres pâtisseries.

Si vous voulez en faire une pâte de conserve, mettez une livre au moins de beau sucre par kilogramme de pulpe, puis faites-la réduire sur le feu en la remuant sans la quitter avec la spatule en bois, pour qu'elle ne s'attache pas au fond de la bassine ou de la casserole et qu'elle prenne la consistance d'une pâte ferme. Lorsqu'elle est arrivée à ce point de cuisson, versez cette pâte sur les assiettes, unissez-la avec la lame d'un couteau pour en faire des couches de l'épaisseur d'un doigt environ ; mettez les assiettes dans l'étuve du fourneau ou dans un four doux et laissez sécher des deux côtés pendant cinq à six jours pour que cette pâte soit bien ferme à l'extérieur. Au bout de ce temps, coupez-la en forme de losanges. Roulez ensuite chaque morceau dans le sucre demi-fin. Il serait préférable encore de les candir. Pour cela vous mettez quelques morceaux de sucre dans une casserole avec un peu d'eau et vous faites un sirop très-épais, soit au cassé, comme il est expliqué dans le chapitre précédent à la page 785, puis vous enduisez bien chaque morceau de ce sirop et vous remettez sécher dans l'étuve les morceaux de pâte de coings pendant deux jours au moins. Enfermez-les ensuite dans des boîtes entre des feuilles de papier et dans une armoire sèche.

Cette pâte de coings ainsi préparée se conserve très-bien et fait un dessert peu coûteux, toujours bien accueilli et très-bon à l'estomac.

Vous pouvez, si vous voulez en faire un dessert plus distingué, acheter chez les confiseurs du papier à papillotes.

Gelée de pommes.

Pour faire de la gelée de pommes, on emploie la

rainette de préférence ; cependant beaucoup d'autres espèces de pommes qui ne sont pas cotonneuses peuvent servir pour faire de la gelée.

Pelez et coupez trente pommes par quartiers assez minces, ôtez les cœurs et les pépins, jetez-les à mesure dans l'eau pour qu'elles ne jaunissent pas, puis procédez pour faire la gelée de pommes exactement comme il est indiqué pour le gelée de coings, en ayant eu soin de presser le jus de deux citrons pour la relever.

Vous pouvez également faire des quartiers, en choisissant les plus belles pommes, et vous opérez comme pour ceux de coings. Vous pouvez encore joindre dans la gelée de pommes, pour la parfumer, au moment de la mettre dans les pots, quelques filets d'écorce de citron trempés pendant cinq minutes dans l'eau bouillante, et coupés très-finement.

Pâte de pommes.

Même préparation et même cuisson que pour la pâte de coings.

Gelée d'abricots.

Ayez des abricots bien mûrs, partagez-les en deux sans les peler, ôtez les noyaux et procédez exactement comme pour la gelée de coings. Si vous voulez faire des quartiers d'abricots, il n'est pas utile de les faire blanchir avant dans l'eau comme ceux de coings, il suffit de les mettre simplement au sucre comme il est indiqué pour leur faire rendre leur eau, puis vous les faites cuire dans leur sirop comme ceux de coings, et vous procédez de même. Vous pouvez également ajouter dans la gelée d'abricots, lorsqu'elle est finie, quelques noyaux concassés, coupés en filets très-fins et dépouillés de leur peau.

Pâte d'abricots.

Préparez la pâte d'abricots exactement comme celle de coings, que vous passez selon votre loisir au tamis, ou simplement écrasée.

Gelée de groseilles.

Prenez des groseilles bien mûres, mais non tournées ; ôtez les grappes, pour ne garder que les graines, ensuite écrasez-les et passez le jus dans une presse à fruits ou à défaut dans un torchon en toile forte et peu serré que vous aurez mouillé puis tordu pour lui enlever son goût de lessive. Cela fait, vous pesez le jus des groseilles et vous mettez le même poids de beau sucre première qualité. Placez la bassine sur un feu bien allumé; laissez bouillir la gelée en ayant bien soin de l'écumer pendant dix minutes ou un quart d'heure, c'est-à-dire jusqu'à ce qu'elle fasse la goutte et la nappe comme il est dit pour la gelée de coings, et redressez-la de même dans des pots à gelée ou dans des bocaux.

La gelée de groseilles peut encore se préparer

en mettant un tiers de blanches et deux tiers de rouges, ce qui rend la gelée plus transparente. Vous pouvez aussi, pour la rendre de meilleur goût, y joindre un quart de framboises sur la totalité.

Vous pouvez encore selon votre volonté faire cuire ou plutôt fondre dans la bassine les groseilles sur un feu modéré, en ayant eu soin de mettre une goutte d'eau pour empêcher qu'elles ne s'attachent à la bassine et de les tasser avec la spatule en bois; puis les presser comme ci-dessus, après un tour de bouillon.

Cette méthode est bonne parce que les groseilles rendent plus de jus, mais la gelée se trouve plus adoucie, ayant en quelque sorte un parfum de fruit moins prononcé parce qu'elle a subi préalablement l'action du feu.

Il est de toute rigueur que les grappes des groseilles soient ôtées, car sans cela la gelée prendrait un goût d'amertume.

Si vous mêlez des framboises à la gelée de groseilles, elles doivent être pressées à froid parce qu'elles sont moins acides que les groseilles.

Gelée de groseilles blanches.

Procédez pour faire la gelée de groseilles blanches comme pour les rouges. Vous pouvez, selon votre volonté, y joindre, lorsqu'elle est finie, comme dans la gelée de pommes, quelques filets d'écorce de citron.

Gelée de framboises.

La gelée de framboises se prépare exactement comme la gelée de groseilles.

Confiture de cerises.

Retirez les queues et les noyaux, en ayant soin de ne pas abîmer les cerises, autant que possible. Cela fait, vous préparez un jus de groseilles rouges ou blanches de préférence, comme il est indiqué dans ce chapitre pour la gelée, pour obtenir un kilogramme de jus que vous ajoutez à trois kilogrammes environ de cerises ; mettez-y autant de beau sucre, soit quatre kilogrammes, et faites cuire le tout ensemble dans une bassine non étamée, sur un feu bien allumé, pendant vingt minutes, en ayant soin d'enlever l'écume qui vient à la surface.

La confiture de cerises, mélangée avec du jus de groseilles dans la proportion indiquée, se transforme en gelée ; elle est agréable au goût et ne se cristallise pas. Mettez-la ensuite dans des pots et couvrez-la comme toutes les autres espèces de confitures.

La confiture de cerises peut encore se faire d'une manière plus ménagère, en mettant par tiers des cerises, des framboises et des groseilles égrenées avec le même poids de sucre, le tout cuit ensemble pendant une demi-heure environ, et ensuite mis dans les pots à confitures.

Confiture de fraises.

Choisissez de belles fraises ananas, ou de toute autre espèce, auxquelles vous enlevez la queue ; pesez ensuite une quantité égale de sucre et de fraises ; cela fait, mettez dans une bassine le sucre avec un verre d'eau par kilogramme ; faites cuire le sirop au grand boulé comme il est expliqué dans le chapitre précédent, puis mettez les fraises. Lorsqu'elles sont cuites sans être écrasées, c'est-à-dire après avoir bouilli un peu, vous enlevez les fraises avec précaution à l'aide de l'écumoire et vous remplissez les pots jusqu'à moitié au moins. Puis vous remettez le sirop sur le feu et, lorsqu'il est cuit de nouveau au grand boulé, retirez-le, laissez-le refroidir et remplissez les pots en ayant soin de soulever les fraises pour que le sirop pénètre partout.

Confiture de framboises.

Même préparation et même cuisson que pour les fraises.

Confiture de poires.

Toutes les espèces de poires sont propices pour faire de la confiture ; cependant vous pouvez choisir de préférence des poires fondantes et sucrées qui n'aient aucune âcreté. Les confitures sont rouges ou blanches selon l'espèce que vous avez choisie, car il y a des poires qui prennent une teinte rouge en cuisant.

Pelez les poires, coupez-les en quartiers, et enlevez les pépins et les parties qui pourraient être pierreuses : ensuite pesez-les et mettez-les dans une terrine en y ajoutant trois kilogrammes de sucre concassé grossièrement pour quatre kilogrammes de fruits : laissez macérer toute une matinée les poires avec le sucre en les remuant de temps en temps pour leur faire rendre l'eau qu'elles contiennent. Procédez ensuite à la préparation de la confiture en mettant le tout sur un feu modéré et en ayant soin de remuer très fréquemment pour éviter que la confiture ne s'attache au fond de la bassine, et laissez-la cuire environ une heure.

Si vous employez de petites poires, vous pouvez les laisser entières.

La confiture de poires ne se prend pas ordinairement en gelée. Alors, pour éviter qu'elle ne se cristallise au bout d'un certain temps, il serait prudent d'y ajouter une once de gélatine ; vous la clarifiez à part comme il est indiqué pour la gelée douce et la mêlez ensuite dans la confiture de poires ; puis vous faites cuire le tout ensemble. Si vous voulez que la confiture soit d'un goût plus fin et plus délicat, vous y ajouterez de la vanille coupée en morceaux.

Confiture de courge.

Même procédé et même préparation que pour la confiture de poires.

Confiture de prunes mirabelles.

Les prunes mirabelles sont de toutes petites prunes jaunes qui donnent une excellente confiture. Pour la préparer, il faut en enlever le noyau en les fendant avec soin d'un côté, ensuite employer autant de sucre que de fruits ; vous faites macérer les fruits avec le sucre brisé grossièrement toute une matinée. Cela ｜fait, mettez le tout dans une bassine placée sur un feu modéré et faites cuire pendant une demi-heure, c'est-à-dire jusqu'à ce que la gelée fasse la nappe et la goutte comme pour la gelée de coings.

La confiture de mirabelles peut encore se préparer en faisant un sirop comme pour les fraises ; après les avoir fait bouillir légèrement, vous les retirez du feu et les mettez dans une terrine jusqu'au lendemain, en y ajoutant le sirop que vous laissez refroidir. Le lendemain vous faites de nouveau bouillir le sirop au gros boulé ; vous plongez encore les mirabelles dans le sirop et vous les laissez bouillir un instant.

Vous les retirez ensuite avec l'écumoire et vous les mettez dans des pots comme les fraises, en y versant le sirop cuit au gros boulé lorsqu'il est refroidi.

Cette manière de préparer les prunes mirabelles exige qu'elles ne soient pas trop mûres. Il ne faut pas non plus en extraire les noyaux.

Confiture de prunes reine-claude entières.

La confiture de prunes reine-claude entières se prépare exactement comme celle de prunes mirabelles : mais il est prudent de les remettre trois jours de suite dans le sirop, parce qu'elles sont plus grosses et plus aqueuses. Il faut les choisir peu mûres, bien lisses, ne pas en ôter les noyaux, leur couper la moitié de la queue et les piquer de tous côtés jusqu'au noyau au moyen d'une épingle, puis faire dans une bassine non étamée un fort sirop concentré afin qu'il soit moins sujet à se cristalliser.

Confiture de cassis.

La confiture de cassis se prépare rarement seule parce qu'elle est trop noire et a un goût moins fin que lorsqu'elle est associée dans la proportion d'un tiers de cerises et un tiers de groseilles rouges ou de préférence blanches, préparées comme pour les confitures ; ensuite vous mettez trois quarts de sucre par kilogramme de fruits et vous |faites cuire le tout ensemble comme pour la gelée, puis vous la placez dans des pots comme les autres confitures. Cette confiture, toute ménagère, mêlée avec les cerises et les groseilles, est très appréciée.

Confiture de campagne, ou raisiné.

Prenez sous le pressoir du vin doux blanc ou rouge que l'on désigne sous le nom de moût. Vous pouvez en prendre un seau, plus ou moins, selon la quantité de confiture que vous voulez faire.

A défaut de vin doux, prenez des raisins très-mûrs que vous écrasez pour en extraire le jus que vous exprimez fortement dans un linge mouillé. Mettez-le dans un chaudron ou une bassine, faites-le cuire sur un feu bien allumé, jusqu'à ce qu'il soit réduit des deux tiers, afin qu'il prenne consistance et puisse confire et conserver les fruits. Pendant ce temps vous aurez pelé des poires que vous coupez en quartiers en ayant soin d'ôter les pépins et les cœurs ; vous y ajoutez encore quelques coings préparés comme les poires, de manière à ce que le tout baigne dans le moût de raisin.

Lorsque les poires commencent à cuire et que le raisiné s'épaissit, il faut le remuer sans le quitter avec une spatule en bois pour que la confiture ne s'attache pas au fond, ce qui lui ferait contracter le goût de brûlé.

Lorsque les confitures sont parfaitement cuites, chose que l'on reconnaît en en versant un peu sur une assiette, le moût de raisin forme autour des poires un sirop-gelée ; alors la confiture est cuite, et vous pouvez la déposer dans des pots comme les autres confitures.

Vous pouvez encore ajouter dans le raisiné, selon votre goût, des carottes, de la courge, des betteraves, et toute espèce de fruits.

Dans le cas où le moût de raisin ne contiendrait pas suffisamment de parties sucrées, vous pourriez ajouter un kilogramme de sucre pour dix litres de jus.

Cette confiture, toute ménagère et peu coûteuse, convient beaucoup aux enfants et est très stomachique pour les personnes malades.

Confiture d'abricots entiers.

La confiture d'abricots entiers se conserve de la même façon que les prunes mirabelles.

Les abricots doivent être choisis beaux, bien lisses, fermes et peu mûrs.

Notions sur la compote de fruits en bouteille.

La compote de fruits en bouteille est une espèce de confiture qui doit être moins sucrée que les confitures ordinaires parce qu'elle est conservée par le procédé Appert. Il est préférable d'employer des bouteilles d'un demi-litre à large goulot et d'excellents bouchons, parce que c'est à cela que tient la réussite de la conserve de fruits. Voyez pour de plus amples détails à la page 103.

Cerises conservées en bouteille.

Toutes les espèces de cerises sont bonnes pour être conservées en bouteille ; mais les grosses cerises nacrées sont préférables. Coupez les queues à moitié, remplissez chaque demi-bouteille qui est suffisante pour un compotier ; ajoutez environ deux hectogrammes de sucre en poudre, bouchez parfaitement, ficelez-les ensuite puis faites-les cuire à l'ébullition du bain-marie pendant vingt minutes, comme il est dit au chapitre des conserves.

Vous pouvez aussi conserver les cerises en faisant un sirop un peu épais, puis vous le versez sur les cerises lorsqu'il est refroidi, de manière à couvrir les cerises, et vous opérez comme ci-dessus. Vous pouvez encore mettre sur ces fruits, au moment de les servir, du kirsch, du rhum, du marasquin, de l'anisette, etc., pour les parfumer, ce qui les rend d'un goût exquis.

Abricots conservés en bouteille.

Ayez des abricots pas trop gros, bien lisses, fermes et pas trop mûrs; fendez-les un peu pour ôter les noyaux et préparez-les exactement comme les cerises en les laissant une demi-heure dans l'ébullition du bain-marie.

Prunes mirabelles en bouteille.

Les prunes mirabelles se conservent exactement comme les abricots, mais il ne faut pas enlever les noyaux.

Pêches en bouteille.

Procédez exactement pour les pêches comme pour les abricots.

Fraises et framboises en bouteille.

Choiissez des belles fraises et framboises peu

mûres, procédez ensuite comme pour les compotes précédentes et ne les laissez bouillir au bain-marie que pendant sept ou huit minutes.

Poires en bouteille.

Prenez des poires pas trop grosses, sucrées et fondantes, pelez-les avec goût, en ayant soin de ne couper les queues qu'à moitié, et procédez pour leur conservation de la même manière que précédemment en les laissant trois quarts d'heure à l'ébullition du bain-marie.

Compote de pruneaux.

Procurez-vous de beaux pruneaux, lavez-les dans de l'eau un peu tiède, jetez ensuite cette eau et mettez cuire les pruneaux avec de l'eau, du sucre et un bâton de cannelle. Lorsqu'ils sont cuits, sortez avec précaution les pruneaux à l'aide de l'écumoire, faites réduire le sirop afin qu'il soit bien concentré, parce qu'il s'éclaircit entre temps, et versez-le sur les pruneaux.

Vous pouvez ajouter dans le sirop un verre de bon vin rouge et parfumer le sirop avec la moitié d'une écorce de citron ou un demi-bâton de vanille à la place de la cannelle.

Les pruneaux se servent indistinctement chauds ou froids ; c'est un dessert excellent et très-rafraîchissant.

Compote de poires.

La compote de poires se prépare comme il est dit pour la compote de poires en bouteille ; vous y ajoutez si vous le voulez un peu de vin et vous parfumez les poires avec de la cannelle ou de la vanille. Mais il est utile de faire remarquer que toutes les espèces de poires sont bonnes pour faire la compote et que leur cuisson est plus ou moins prolongée selon la nature des poires. Il n'est pas inutile de rappeler que les fruits en compote ne doivent pas se faire cuire dans des casseroles en fer battu, parce que le fer noircit les fruits, mais dans les poêlons d'office ou à défaut dans des casseroles en terre ou en cuivre étamé.

Compote de pommes.

Voyez pommes au sirop, au chapitre des entremets sucrés, à la page   .

Compote de coings.

Préparez les coings en quartiers comme il est dit dans ce chapitre pour la gelée et procédez pour la cuisson exactement comme pour la compote de poires.

Compote d'abricots.

Ayez des abricots bien lisses, mettez-les simplement dans une casserole avec un verre d'eau et du sucre, laissez-les cuire peu de temps de tous les côtés pour qu'ils restent entiers, ensuite dressez-les sur un compotier ; faites réduire le sirop jusqu'à ce qu'il devienne très-épais et versez-le ensuite sur les abricots.

Il n'est pas nécessaire de parfumer la compote d'abricots ; cependant vous pouvez le faire en y ajoutant un verre de kirsch ou un peu de vanille cuite avec les abricots.

Compote de pêches.

Prenez des pêches pas trop grosses, mettez-les cuire entières comme les abricots avec du sucre et de l'eau, ainsi qu'un verre de vin si c'est votre goût, puis dressez-les dans un compotier et versez ce sirop concentré sur les pêches.

Vous pouvez parfumer les pêches avec un zeste de citron ou de la cannelle.

Compote de marrons.

Pelez de beaux marrons, ensuite échaudez-les pour leur enlever la seconde peau. Cela fait, lavez-les bien et mettez-les dans une casserole avec de l'eau et du sucre de manière à ce qu'ils baignent. Lorsqu'ils sont cuits, sortez-les avec précaution pour ne pas les briser ; faites ensuite réduire le sirop et ajoutez-y deux cuillerées à bouche de marmelade de pommes ou de celle d'abricots de préférence, puis versez ce sirop peu lié sur les marrons.

Les marrons ainsi préparés forment une compote peu coûteuse et très-estimée.

Compote de cerises.

Coupez les queues à moitié sans enlever les noyaux et faites-les cuire comme les compotes précédentes ; seulement il ne faut les laisser bouillir que peu de temps, puis vous les dressez et faites réduire le sirop jusqu'à ce qu'il soit devenu très-épais, parce qu'il redevient liquide avec les cerises.

Vous pouvez parfumer le sirop avec une goutte de kirsch.

Compote de fraises et de framboises.

Même préparation et même cuisson que pour les cerises.

Salade de pêches pour dessert.

Coupez les pêches épluchées avec soin en tranches très-émincées, dressez-les en couronne, saupoudrez-les d'un peu de sucre tamisé et parfumez cette salade avec du rhum, fine champagne, cognac, kirsch, alkermès, marasquin ou autres parfums, à votre choix. Il est bien entendu que cette salade ne doit être préparée qu'au moment de servir.

Salade de poires.

Pelez et coupez en tranches très-émincées de

belles et bonnes poires que vous sucrez et parfumez comme les pêches.

Salade d'oranges.

Coupez les oranges sans les peler et procédez pour cette salade comme pour celle de pêches.

Salade de pommes.

Même préparation et mêmes parfums que pour les poires, mais il est bien entendu qu'il ne faut mettre ni les pépins ni les cœurs.

Salade macédoine de fruits.

La salade macédoine de fruits est préparée, comme l'indique son nom, de toutes les espèces de fruits citées précédemment, en y joignant encore des fraises et des framboises. Pour la préparer vous prenez un compotier dans le milieu duquel vous mettez une certaine quantité de fraises seules ou mêlées avec des framboises pour en faire un petit monticule; vous les sucrez avec du sucre en poudre, ensuite vous formez au-dessus une couronne de tranches d'oranges, puis une seconde couronne de pommes; viennent ensuite les pêches, les poires et au sommet un bouquet de fraises et de framboises. Saupoudrez cette ornementation de sucre fin et parfumez de toutes parts avec du kirsch, c'est le parfum qui convient le mieux.

La macédoine de fruits ainsi présentée est un

dessert bien accueilli, qui est relativement peu coûteux et facile à faire.

Groseilles perlées.

Ayez de belles grappes de groseilles rouges ou blanches, trempez-les dans l'eau, puis saupoudrez-les de beaucoup de sucre en poudre. Dressez-les sur des compotiers. Cette manière de glacer les groseilles en fait un dessert charmant et peu coûteux; seulement il n'est pas nécessaire de le préparer trop d'avance parce que le sucre pourrait se fondre.

Marrons glacés.

Pelez de beaux marrons que vous faites blanchir dans l'eau bouillante pendant une minute pour leur enlever la seconde peau, ensuite faites-les cuire dans l'eau jusqu'à ce qu'en les piquant avec une épingle, celle-ci les pénètre très-facilement. Lorsqu'ils sont à point de cuisson, égouttez-les avec précaution pour ne pas les briser. Cela fait, vous faites un sirop pas trop fort et vous le versez bouillant sur les marrons que vous aurez mis dans une terrine; laissez-les macérer dans ce sirop jusqu'au lendemain. Puis égouttez-les et faites de nouveau bouillir le sirop que vous versez encore tout bouillant, dans lequel vous les laisserez de nouveau jusqu'au lendemain. Répétez la même opération jusqu'à trois reprises, mais la dernière fois laissez cuire le sirop à la plume (voyez page 784 ; puis vous y mettrez les marrons pour les faire bouillir légèrement, et vous les laisserez encore jusqu'au lendemain.

Pour les glacer vous égoutterez les marrons puis vous ferez cuire le sirop très épais ; prenez ensuite un à un les marrons avec une fourchette ou une grosse aiguille, et trempez-les dans ce sucre candi ; mettez-les égoutter sur une grille, puis faites-les sécher à l'étuve pendant un jour.

La méthode de mettre les marrons pendant trois jours dans le sucre a pour but de les en bien pénétrer, afin qu'ils soient non seulement meilleurs et plus fins, mais encore puissent mieux se conserver.

Marrons au sucre.

Préparez les marrons comme il dit pour les marrons glacés ; faites-les cuire avec très-peu de sel, de l'eau et un peu d'anis verts. Quand ils sont cuits, égouttez-les, faites un petit sirop, mettez les marrons les uns après les autres et roulez-les ensuite dans le sucre en poudre. Servez-les chauds ou froids à votre volonté. Les marrons ainsi préparés plaisent beaucoup et font un dessert peu coûteux.

Marrons au caramel.

Préparez les marrons comme précédemment et faites-les cuire de même, ensuite égouttez-les sur un linge pour bien les essuyer ; cela fait, vous ferez un sucre caramélisé comme il est dit à la page 785. Mettez-y les marrons un à un, retournez-les avec une fourchette, puis sortez-les à l'aide d'une aiguille à tricoter ; placez-les sur un tamis ou bien montez-les immédiatement sur un compotier en forme de dôme, c'est-à-dire superposés, comme il est dit pour la pièce montée aux choux.

Prunes reine-claude confites.

Choisissez des prunes reine-claude peu mûres, c'est-à-dire un peu vertes, piquez-les avec une épingle jusqu'au noyau sans leur enlever les queues. Jetez-les ensuite dans de l'eau bouillante contenue dans une bassine en cuivre rouge non étamé, chose essentielle si vous voulez que les prunes restent vertes. Vous les retirez lorsqu'elles montent à la surface de l'eau, mais seulement après les avoir tâtées avec les doigts et vous être assuré qu'elles sont molettes. Cela fait, vous sortez les prunes et les remettez dans la même eau lorsqu'elle est refroidie. Vous replacez le lendemain la bassine sur le feu modéré et vous y mettez les prunes avec leur eau ; laissez-les-y jusqu'à ce qu'elles soient devenues vertes. Ensuite vous les mettez dans de l'eau très-fraîche. Egouttez-les au bout d'un moment pour les placer dans une terrine, puis faites un sirop très-léger et versez-le sur les prunes lorsqu'il sera refroidi, de manière à ce qu'elles baignent.

La seconde façon se donne le lendemain ; elle consiste à retirer les prunes du sirop et à répéter la même opération pendant quatre ou cinq jours en faisant chaque fois réduire le sirop pour le rendre plus concentré.

A la dernière façon vous faites légèrement passer les prunes sur le feu, pnis vous les mettez sécher à l'étuve pendant deux ou trois jours. Vous pouvez les servir sèches ou bien dans leur sirop. Dans ce dernier cas, il n'est pas nécessaire de les faire sécher à l'étuve.

Quelques personnes mettent dans l'eau, pour faire reverdir les prunes plus promptement, une pincée d'alun ou bien une poignée de feuilles ou de vert d'épinards. Vous pouvez aussi par ce procédé confire les abricots, les cerises, les oranges, les citrons, les pêches, etc.

Marmelade d'abricots.

Prenez des abricots bien mûrs, ôtez-leur les noyaux, puis mettez-les dans une bassine avec le même poids ou un peu moins de sucre première qualité ; laissez-les cuire sur un feu modéré jusqu'à ce que la marmelade devienne transparente et qu'elle fasse la nappe comme si c'était de la gelée. Sa cuisson peut durer une demi-heure environ, en ayant soin de la remuer, sans la quitter, avec la spatule en bois et d'écraser les abricots pour les réduire en marmelade. Au bout de ce temps, placez-la dans les pots et couvrez-la comme les confitures. La marmelade d'abricots ne se congèle pas, mais elle se conserve parfaitement et est d'un goût exquis. Vous pouvez aussi y ajouter lorsqu'elle est finie quelques noyaux coupés en petits filets et la passer au tamis avant que de mettre le sucre.

Marmelade de pommes.

Voyez comme il est indiqué dans le chapitre des entremets sucrés à la page 738.

Marmelade de poires.

Même préparation que pour la marmelade de pommes.

Marmelade de pêches.

Préparez la marmelade de pêches comme la marmelade d'abricots.

Marmelade de prunes.

Toutes les espèces de prunes peuvent être employées pour la marmelade. Vous les prenez bien mûres, en ôtez tous les noyaux, puis les mettez cuire dans une casserole sur un feu modéré, après quoi vous les écrasez et y ajoutez trois quarts de sucre par kilogramme de fruits ; faites-les cuire au même degré que la marmelade d'abricots. Vous pouvez également, pour rendre cette marmelade plus finie, la passer au tamis avant que de mettre le sucre.

Ratafia de cassis.

Mettez dans un bocal ou une cruche deux kilo-grammes de cassis bien égrenés et écrasés avec une livre de framboises, quatre clous de girofle, un bâton de cannelle, quelques feuilles de cassis si vous en avez et quatre litres d'eau-de-vie ; bouchez parfaitement, laissez infuser pendant un mois. Au bout de ce temps, décantez le tout et pressez si vous voulez, pour en extraire le jus, les framboises et les cassis sous une presse à fruits ou dans un linge mouillé puis tordu pour lui enlever le goût de les-sive. Ajoutez dans le ratafia un kilogramme de sucre mis tel quel ou que vous aurez fait fondre dans un peu d'eau ou du vin rouge couvert de pré-férence. Filtrez-le dans la chausse pour lui donner une transparence parfaite et parfumez-le avec deux verres à liqueur de kirsch.

Le ratafia de cassis ainsi préparé est d'un goût extra-fin.

Vous pouvez laisser les graines de cassis dans le ratafia et les servir, suivant l'expression culinaire, en guise de *battandiere.*

Ratafia de coings.

Prenez des coings qui soient bien mûrs, râpez-les jusqu'au cœur, ensuite pressez-les comme il est dit ci-dessus pour les cassis. Mêlez ce jus avec une égale quantité d'eau-de-vie, et deux hecto-grammes de sucre par litre ainsi qu'un morceau de cannelle.

Ratafia de groseilles et de framboises.

Mettez dans une cruche deux litres de jus de groseilles et un demi-litre de jus de framboises, un kilogramme de sucre, un peu de cannelle si vous le voulez, et quatre litres d'eau-de-vie ; mêlez bien la tout et vous pourrez le boire au bout de quatre ou cinq jours.

Ratafia de mûres noires.

Même préparation que pour le ratafia de cassis.

Ratafia de brou de noix.

Prenez le nombre que vous jugerez à propos de noix vertes peu avancées, écrasez-les et faites-les infuser pendant un mois au moins dans deux litres d'eau-de-vie avec une livre de sucre, un bâton de cannelle, quelques clous de girofle, un peu de noix muscade râpée ainsi que de la coriandre. Au bout de ce temps, filtrez si vous le voulez.

Ratafia de genièvre.

Prenez un demi-litre de graines de genièvre, que vous écrasez faites-les infuser pendant un mois environ dans quatre litres d'eau-de-vie ; ajoutez une livre au moins de sucre; filtrez si vous le voulez ou décantez

Ratafia de raisins.

Égrenez des raisins noirs bien mûrs ; faites-les bouillir une demi-minute en les remuant avec une spatule en bois. Lorsqu'ils laissent échapper leur jus, versez le tout sur un tamis ou bien exprimez-le dans un linge mouillé ou sous la presse à fruits. Mêlez-le ensuite lorsqu'il est refroidi avec le quart d'un litre de forte eau-de-vie ou de l'alcool de vin, ainsi que deux hectogrammes de sucre par litre de jus de raisin.

Ratafia d'oranges.

Mettez dans quatre litres d'eau-de-vie l'écorce de douze oranges avec un kilogramme de sucre ; laissez infuser un mois ; filtrez ensuite et mettez ce ratafia en bouteille. Vous pouvez ajouter dans ce ratafia, si vous le voulez, le jus de quelques oranges.

Ratafia de merises.

Mettez un kilogramme de merises bien mûres, dont vous aurez enlevé les queues, dans un bocal de verre avec quatre litres d'eau-de-vie ainsi qu'une livre de sucre, et servez ce ratafia passé dans la chausse, ou bien avec les merises qui sont du reste excellentes.

Notions sur les liqueurs et les ratafias.

Les liqueurs de ménage se faisant par infusion,

il est facultatif d'augmenter ou de diminuer la dose de sucre selon que l'on désire avoir une liqueur plus moins forte. Il est bien entendu aussi qu'il est facile de faire une quantité de liqueur plus grande ou moindre en gardant les proportions indiquées ; cependant il est utile d'en avoir une provision pour plusieurs années, car les liqueurs nouvellement faites sont bien inférieures à celles que l'on conserve quelques années. Les liqueurs doivent être placées dans des armoires et non à la cave.

On a tout intérêt à fabriquer soi-même ses liqueurs, car le prix de revient en est bien moins élevé.

Anisette.

Faites infuser pendant un mois dans six litres d'esprit-de-vin trois hectogrammes d'anis verts concassés et même plus, l'écorce de quatre citrons, un bâton de cannelle. Au bout de ce temps passez le tout dans un linge fin, ensuite ajoutez quatre kilogrammes de beau sucre que vous aurez fait fondre dans quatre litres d'eau. Vous pouvez ajouter dans l'anisette, selon votre goût, de la coriandre, des clous de girofle, de l'écorce d'orange ou de la vanille.

Chartreuse.

Faites un sirop pas trop épais avec un kilogramme de sucre et un peu d'eau ; lorsqu'il est refroidi, joignez-le à un litre d'alcool pur, soit d'esprit-de-vin ; puis parfumez le tout avec un flacon d'élixir de la Grande-Chartreuse, qui coûte trois francs.

Par ce procédé vous imitez à s'y méprendre la chartreuse verte, surtout si vous la laissez vieillir, et vous pouvez en obtenir environ deux litres et demi.

Liqueur de noyaux de pêches.

Cassez très-finement avec un marteau cinquante noyaux de pêches ou même davantage, faites infuser ensemble les coquilles et les noyaux dépouillés de leur peau si vous le voulez pendant deux ou trois jours dans deux litres d'alcool, passez-les dans un linge ou au tamis, faites ensuite un sirop avec deux litres et demi d'eau et deux livres de sucre que vous mêlez à l'alcool quand il est refroidi.

Liqueur de noyaux d'abricots.

Cassez deux cents noyaux d'abricots, jetez cent coquilles et conservez les autres. Mettez infuser les noyaux quelques instants dans l'eau bouillante. Cela fait, pilez le tout très-finement avec un marteau. Procédez ensuite comme ci-dessus pour la liqueur de noyaux de pêches.

Liqueur d'oranges.

Faites un sirop de sucre assez épais avec un kilogramme environ de sucre et de l'eau. Lorsque le sirop est refroidi, ajoutez un litre d'alcool, mélangez bien et versez cette préparation dans un bocal dans lequel vous aurez placé préalablement deux oranges partagées et un demi-bâton de vanille fendu en deux. Laissez infuser jusqu'à ce que la liqueur soit assez parfumée.

Cette liqueur est d'un goût très-fin et très-agréable.

Crème de café.

Mettez dans un bocal une demi-livre de café moka cru concassé avec deux litres d'alcool, laissez infuser deux ou trois jours ou plutôt jusqu'à ce que l'alcool soit bien parfumé, ensuite passez au tamis fin, puis faites un sirop très-léger avec trois kilogrammes de sucre et deux litres d'eau, et mêlez-y le sirop lorsqu'il est refroidi.

Si vous voulez que cette liqueur ait un parfum de café plus prononcé, il est essentiel que le café soit légèrement brûlé.

Crème de fleur d'oranger.

Épluchez une demi-livre environ de fleurs d'oranger, c'est-à-dire que vous séparez les calices des pétales que vous faites infuser dans deux litres d'alcool pendant un jour ou deux seulement, parce que le parfum des fleurs d'oranger se répand promptement. Ensuite vous ferez un sirop très-léger avec trois kilogrammes de sucre et deux litres d'eau. Passez l'infusion et mêlez le sirop lorsqu'il est refroidi.

Crême de thé.

Faites infuser toute une matinée 150 grammes de thé noir et vert mélangé dans deux litres d'alcool, puis faites le même sirop que pour la crême de fleur d'oranger et procédez de même.

Crême de kirsch.

Faites un sirop léger avec un kilogramme de sucre et un peu d'eau ; lorsqu'il est refroidi, versez-le dans un litre de kirsch.

Cette liqueur est d'un goût très-fin. Vous pouvez vous dispenser de mettre autant de kirsch et le remplacer par quelques noyaux de merises ou de pêches que vous pilez si vous le voulez.

Crême de vanille.

Mettez infuser un bâton de vanille coupé en plusieurs morceaux dans deux litres d'alcool. Ensuite faites un sirop avec trois kilogrammes de sucre et deux litres d'eau, puis mélangez ce sirop lorsqu'il est refroidi.

La vanille peut être laissée dans l'infusion à votre volonté, parce qu'elle rend la liqueur plus parfumée.

Crême de genièvre.

Prenez un demi-litre de graines de genièvre bien mûres, faites-les infuser dans quatre litres d'alcool jusqu'à ce que cette liqueur soit assez parfumée ; remuez le tout ensemble, puis faites un sirop avec trois kilogrammes de sucre et deux litres d'eau. Mêlez ce sirop, lorsqu'il est refroidi, avec l'alcool passé au tamis.

Fruits à l'eau-de-vie. — Abricots.

Choisissez cent abricots de moyenne grosseur peu mûrs et ayant la peau lisse. Piquez-les jusqu'au noyau avec une épingle. Cette opération terminée, faites un sirop composé de deux kilogrammes de sucre et d'un litre d'eau, puis jetez-le bouillant sur les abricots placés dans une terrine et laissez-les macérer toute une matinée ; ensuite répétez la même opération en laissant réduire le sirop pour le rendre plus concentré, et lorsque les abricots et le sirop sont refroidis, versez par-dessus un litre d'alcool pur. Mettez le tout dans un ou plusieurs bocaux que vous bouchez parfaitement.

Quelques personnes préparent le sirop comme il est dit ci-dessus, le versent ensuite simplement sur les abricots lorsqu'il est refroidi et y ajoutent l'alcool deux ou trois jours après. Par ce procédé les abricots sont plus fermes.

Prunes reine-claude à l'eau-de-vie.

Les prunes reine-claude conservées à l'eau-de-vie demandent un soin tout particulier, surtout pour réussir à leur faire conserver leur verdeur.

Prenez une centaine de prunes reine-claude dures, c'est-à-dire encore vertes, ayant la peau lisse, auxquelles vous laisserez la queue ; essuyez-les, ensuite piquez-les avec une épingle que vous enfoncez jusqu'au noyau, et jetez ce fruit dans de l'eau fraîche. Cela fait, mettez fondre dans une bassine de cuivre rouge non étamé — c'est essentiel si vous voulez que les prunes restent vertes — deux kilogrammes de sucre première qualité avec un litre d'eau. Lorsque le sirop est cuit, jetez-y les prunes et laissez-les jusqu'à ce qu'elles commencent à jaunir, soit pendant cinq minutes. Lorsqu'elles sont arrivées à ce point, sortez-les vivement du sirop à l'aide de l'écumoire, puis versez ce sirop dans une terrine, et, lorsqu'il est un peu moins chaud, ajoutez-y les prunes ; ensuite couvrez bien le tout avec une large assiette afin de forcer les prunes à rester dans le sirop, car autrement elles deviendraient noires, et laissez-les macérer dans cet état toute une journée ; au bout de ce temps, finissez les prunes en les mettant de nouveau dans la bassine avec leur sirop sur un feu bien allumé, et aussitôt qu'elles reverdissent enlevez-les encore de l'écumoire pour les mettre dans un bocal.

Laissez cuire le sirop au petit boulé comme il est indiqué à la page 784, puis versez-le sur les prunes lorsqu'il est refroidi. Vous laissez bien imbiber les fruits dans le sirop pendant trois ou quatre jours et vous y ajoutez un litre d'alcool pur qui suffit pour la quantité de prunes indiquée.

Toutes les autres espèces de prunes peuvent se

conserver en les piquant comme les prunes reine-claude ; vous les mettez ensuite macérer toute une journée dans du sucre pilé, après quoi vous les mettez dans un bocal avec de l'eau-de-vie ou de l'alcool, à votre choix, sans les faire bouillir.

Pêches à l'eau-de-vie.

Même préparation et même procédé que pour les abricots à l'eau-de-vie.

Cerises à l'eau-de-vie.

Toutes les espèces de cerises sont bonnes pour faire les confitures ; mais lorsqu'on veut les mettre à l'eau-de-vie, il est plus avantageux de choisir les belles cerises nacrées, qui ont le noyau très-petit, sont très-fermes et meilleures.

Coupez à moitié les queues de vos cerises, puis mettez-les dans du cognac de manière à ce quelles baignent avec quelques morceaux de sucre, sans autres parfums, parce que la cerise a un très-bon goût et qu'il n'est pas nécessaire de dénaturer.

Ainsi préparées, les cerises à l'eau-de-vie sont excellentes et d'un goût fin. Elles peuvent être servies en hors-d'œuvre ou simplement comme fruits à l'eau-de-vie.

Poires à l'eau-de-vie.

Toutes les espèces de poires choisies d'une moyenne grosseur peuvent être conservées ; vous

les cueillez avant leur complète maturité, ensuite
vous les pelez en leur donnant une forme bien
arrondie sans enlever la queue que vous coupez à
moitié. Jetez-les à mesure dans de l'eau fraîche
acidulée d'un jus de citron. Cela fait, vous placez
une bassine sur un bon feu avec les poires et
une nouvelle eau en assez grande quantité pour
qu'elles y baignent.

Vous aurez eu soin de peser avant les poires et de
mettre trois hectogrammes environ de sucre par
livre de poires. Faites cuire le tout ensemble, puis,
lorsque les poires sont assez cuites, retirez le tout
avec précaution dans une terrine ; laissez refroidir
le sirop et rangez les poires dans un bocal. Ensuite
remettez le sirop sur le feu pour le faire épaissir
un peu et versez-le sur les poires lorsqu'il est refroidi ; ajoutez un demi-litre d'alcool pur qui soit
très blanc pour un kilogramme et demi de poires.

Si vous voulez que les poires soient d'un goût
exquis, vous pouvez leur joindre dans le bocal ou
pendant leur cuisson un demi-bâton de vanille.

Macédoine de fruits à l'eau-de-vie.

Mettez dans un bocal une livre et demie de cerises dépouillées de leurs queues et de leurs noyaux,
des fraises et autant de framboises avec le même
poids de sucre en poudre et ajoutez-y autant de
cognac ordinaire qu'il en faut pour que le tout
baigne. Lorsque le temps des abricots, des pêches
et des poires est venu, coupez-les en tranches et
vous en faites autant que pour les fruits ci-dessus ;

mélangez le tout ensemble avec précaution au moyen d'une spatule de bois pour ne pas trop écraser les fruits. Ces fruits crus, préparés de cette façon, conservent leur fraîcheur et sont d'une finesse toute particulière ; ils peuvent en outre se conserver toute une année.

Raisins à l'eau-de-vie.

Prenez des grappes de raisins rouges ou blancs, de ceux qui sont craquants de préférence, de moyenne grosseur et qui ne soient pas encore à l'état de complète maturité. Mettez simplement ces grappes dans un bocal avec du cognac ordinaire et quelque morceaux de sucre si vous voulez.

Ces raisins, ainsi préparés, peuvent être servis comme hors-d'œuvre dans un dîner ou comme fruits à l'eau-de-vie.

Absinthe.

Prenez environ un hectogramme d'absinthe verte, ou, ce qui est préférable, des fleurs d'absinthe fraîches que vous faites infuser pendant huit ou dix jours et même plus dans six litres d'alcool pur avec une poignée d'anis verts. Au bout de ce temps passez-la au tamis fin ou filtrez-la à la chausse et enfermez-la dans un barillet en bois, parce que l'absinthe en bouteille vieillit très-peu, tandis que si on la laisse dans le bois elle gagne beaucoup.

Si vous voulez ajouter à l'absinthe un sirop de

sucre dans la proportion d'un tiers, ce mélange, dont le prix de revient est peu élevé, prend le nom de crême d'absinthe.

Curaçao.

Mettez macérer pendant quinze jours dans un endroit un peu chaud, dans une bouteille bien bouchée, un hectogramme d'écorce sèche d'orange avec un litre de cognac ordinaire, en ayant soin d'agiter la bouteille chaque jour ; faites ensuite un sucre légèrement caramélisé comme il est indiqué à la page 785, avec une livre de sucre et un peu d'eau ; lorsqu'il est arrivé à son point de cuisson, mettez dans le sucre un peu d'eau froide pour empêcher qu'il ne prenne trop de couleur, puis versez le tout sur l'eau-de-vie que vous aurez eu la précaution de passer auparavant au tamis de soie.

Sirop pour glacer les fruits.

Mettez dans un poêlon d'office ou à défaut dans une casserole en cuivre étamé un kilogramme environ de beau sucre avec un verre d'eau et laissez cuire jusqu'à ce que, mettant une cuiller dans le sirop et la retirant lentement, il se forme de grands fils que vous cassez avec les doigts.

Jus de groseilles conservé.

Préparez et faites fondre sur le feu, dans la bassine, les groseilles comme il est indiqué à la page 831 ; ensuite mettez ce jus en bouteille lorsqu'il est refroidi. Ayez soin de boucher parfaitement les bouteilles, ficelez-les et mettez-les à l'ébullition du bain-marie pendant cinq minutes. Voyez, pour de plus amples détails, au chapitre des conserves.

Ce jus ainsi conservé peut être employé pour des boissons rafraîchissantes, des sirops ou bien des glaces.

Sirop de groseilles.

Préparez et égrenez les groseilles comme il est dit ci-dessus pour faire la gelée, puis pesez le jus que vous aurez laissé fermenter à la cave pendant quatre ou cinq jours pour empêcher que votre sirop ne tourne en gelée. Cela fait, vous mettez le même poids de sucre dans une bassine en cuivre non étamé avec de l'eau, puis vous le laissez cuire à la plume comme il est indiqué à la page 784.

Lorsqu'il est arrivé à ce point de cuisson, vous y mettez le jus de groseilles que vous laissez bouillir pendant cinq minutes à peine, après quoi vous le retirez du feu et le filtrez à la chausse, ce qui donne au sirop une transparence parfaite et une couleur rouge vif.

Vous pouvez préparer le sirop d'une manière plus simplifiée, en mettant au moment de le faire le même poids de sucre ou bien neuf hectogrammes par kilogramme de jus ce qui est suffisant et faire bouillir le tout ensemble un tour ou deux.

Vous pouvez ajouter si vous voulez un quart de cerises aigres par kilogramme, ce qui rend le sirop d'un meilleur goût.

Quelques personnes mettent dans le sirop de groseilles une quantité double ou à peu près de sucre de plus qu'il n'y a de jus ; dans ce cas le sirop est trop sucré et revient plus cher.

Sirop de vinaigre framboisé.

Mettez un kilogramme de framboises très-mûres dans du vinaigre ordinaire de manière à ce qu'elles baignent. Laissez-les macérer dans cet état pendant quatre ou cinq jours, ensuite pressez le tout sous la presse à fruits ou dans un linge mouillé; mettez un kilogramme et quart de sucre par kilogramme de jus, placez ce mélange sur un feu modéré, faites fondre le sucre en remuant de temps en temps ; laissez bouillir le sirop un instant, puis passez-le à la chausse pour le clarifier et, dès qu'il est refroidi, mettez-le en bouteille. Vous pouvez aussi faire du vinaigre seulement framboisé en opérant comme ci-dessus sans mettre de sucre, et le laisser infuser pendant un mois avec les framboises. Servez-vous de ce vinaigre pour parfumer l'eau sucrée, dans la proportion d'une cuillerée à bouche par verre.

Sirop de mûres.

Prenez des mûres noires dont vous extrayez le jus sur le feu comme pour les groseilles ; pesez ce 28 jus, ajoutez-y le même poids de sucre de première qualité, puis, après quelques secondes d'ébullition, mettez ce sirop en bouteille dès qu'il est refroidi.

Sirop de gomme.

Achetez cent cinquante grammes de gomme arabique blanche que vous concassez, ensuite lavez-la à l'eau froide, puis mettez-la dans une bassine placée sur un feu doux avec trois quarts de litre d'eau; laissez fondre, passez ensuite cette solution à travers un linge mouillé en le tordant, ajoutez un kilogramme de beau sucre cassé en petits morceaux ainsi qu'un peu de fleur d'oranger pour parfumer le sirop, ensuite mettez-le en bouteille sans le faire cuire lorsque le sucre est fondu.

Sirop d'orange.

Enlevez l'écorce jaune de deux ou trois oranges, faites un sirop avec un kilogramme de sucre et de l'eau, un peu épais, soit au boulé, puis mettez simplement infuser jusqu'au lendemain l'écorce des oranges, après quoi vous les retirez du sirop pour mettre ce dernier en bouteille.

Quelques personnes pressent dans le sirop d'orange le jus de deux citrons pour l'aciduler. D'autres le font en mettant une proportion de huit hectogrammes de sucre par cinq cents grammes de jus d'orange que vous obtenez en écrasant la pulpe de plusieurs oranges que vous aurez eu soin ensuite d'exprimer dans un linge mouillé ou sous une presse à fruits. Cette dernière manière de procéder est très-bonne, mais le sirop revient plus cher parce qu'il exige une plus grande quantité d'oranges.

Il est bien entendu qu'il faut néanmoins procéder comme ci-dessus, c'est-à-dire faire infuser dans le sirop l'écorce de deux ou trois oranges.

Sirop de limon ou de citron.

Même préparation que pour le sirop d'orange.

Sirop de fleur d'oranger.

Mettez fondre un kilogramme de beau sucre dans trois quarts de litre de fleur d'oranger triple ; lorsque le sucre est fondu, filtrez le sirop si vous le voulez, puis mettez en bouteille, et placez ce sirop dans un endroit frais.

Sirop d'orgeat.

Échaudez et pelez trois quarts de livre d'amandes douces et quelques amandes amères ; pelez-les finement dans le mortier en les arrosant de temps en temps avec un verre d'eau, ensuite pressez fortement dans un linge mouillé, pour en extraire le lait d'amandes. Cela fait, faites un sirop un peu épais, soit au petit cassé avec trois kilogrammes de beau sucre et de l'eau ; lorsqu'il est arrivé à ce point de cuisson, mettez-y le lait d'amandes, faites-le cuire et retirez-le dès qu'il commence à bouillir.

Ajoutez pour le parfumer, lorsqu'il est refroidi, un peu de fleur d'oranger. Il est essentiel d'agiter la bouteille chaque fois que l'on veut s'en servir, car les amandes et le sucre se séparent facilement. Un moyen efficace pour prévenir cette séparation, c'est de faire infuser dans l'eau une once de gomme arabique et passer ensuite comme il est dit pour le sirop de gomme, puis ajouter cette décoction que vous faites cuire avec le sirop.

Vin chaud.

PREMIÈRE MANIÈRE.

Mettez simplement un litre de vin rouge dans une casserole avec un bout de cannelle et du sucre, selon que vous voulez le vin plus ou moins sucré, soit une demi-livre, ainsi que l'écorce jaune d'un citron; retirez-le du feu lorsqu'il commence à bouillir. Versez-le dans un bol dans lequel vous aurez coupé le citron en plusieurs tranches très-minces, que vous servez à chaque personne.

Il est bien entendu que la cannelle et le zeste du citron ne se servent pas avec le vin chaud.

DEUXIÈME MANIÈRE.

Mettez un quart de kilogramme de sucre par litre de vin avec un peu de coriandre et de cannelle, deux clous de girofle si vous voulez, ainsi que le quart d'un zeste de citron. Faites bouillir le tout pendant deux minutes, ensuite passez ce vin chaud au tamis fin. Ajoutez par litre de vin, lorsqu'il est refroidi, un verre à vin de fine champagne ou du bon cognac ainsi qu'un verre à liqueur de rhum.

Ce vin chaud peut être conservé en bouteille pendant des années, et peut être servi froid ou chauffé dans une cruche en grès placée au bain-marie.

Punch au vin, dit Marquise.

Mettez à froid une bouteille de bon vin blanc dans un bol, ajoutez-y selon sa douceur une livre ou une demi-livre de sucre, ainsi qu'un citron coupé en tranches très-émincées dont vous servez une tranche dans le verre de chaque personne.

Punch au rhum.

Prenez une proportion de cinq litres de cognac ordinaire et un litre de rhum ; puis faites un sirop épais avec un kilogramme et demi de beau sucre et un peu d'eau ; ensuite mélangez ce sirop, lorsqu'il est refroidi, avec le cognac et le rhum ; puis mettez ce punch en bouteille, pour le conserver le temps qu'il vous plaira.

Vous pouvez selon votre goût augmenter ou diminuer la quantité de sucre et y joindre une infusion de thé un peu fort et de coriandre, ainsi que le zeste d'un citron ; vous passez ensuite au tamis de soie.

Vous pouvez encore vous dispenser de faire un sirop, y mettre simplement du sucre à votre guise, et le servir sur la table tout enflammé.

Le punch au rhum se boit ordinairement chaud. Cette liqueur est très-agréable et très-fortifiante.

Punch au thé.

Prenez de préférence du thé noir pur, c'est-à-dire sans le mélanger avec du thé vert.

Faites-le un peu fort de la manière indiquée dans ce chapitre ; ensuite mettez dans un bol la même quantité de cognac que vous avez de thé, ajoutez du sucre à votre goût, et mettez-y le feu, puis versez-y le thé en remuant toujours avec la poche pour que le punch brûle encore, et versez-le aussitôt.

Il est utile de dire qu'il n'est pas nécessaire de laisser brûler le punch trop longtemps, car il perd beaucoup de sa force si l'alcool est trop brûlé.

Punch à la romaine.

Préparez et faites une glace au citron comme il est indiqué à la page 775, puis, lorsque la glace est prise, montez trois blancs d'œufs en neige pour un litre de glace, et incorporez-les dans la glace au citron au moment de servir le punch en y ajoutant un demi-verre de rhum.

Dressez aussitôt ce punch dans des verres à glaces ou à pied. Le punch à la romaine doit ressembler à une crème fouettée un peu liquide, et se sert le plus ordinairement au milieu d'un grand dîner, après le premier service ou bien comme rafraîchissement dans les soirées.

Grog au rhum.

Mettez dans un verre une tranche de citron et du sucre, versez du rhum jusqu'au quart du verre que vous emplissez d'eau bouillante ; c'est là une chose essentielle, car si le grog est tiède il devient écœurant.

Vous pouvez remplacer le rhum par de la fine champagne ou du bon cognac.

Grog au vin.

Mettez dans un verre une tranche de citron et du sucre, et remplissez le verre avec du vin rouge froid ; parfumez-le si vous le voulez avec une goutte de vrai kirsch.

Thé.

Prenez une pincée de thé noir et autant de thé vert ; mettez ensemble ces deux espèces de thé dans une théière en argent ou en métal après l'avoir passé auparavant dans de l'eau bouillante ; mettez ensuite sur le thé un peu d'eau bouillante, laissez-le infuser pendant dix à quinze minutes. Au bout de ce temps, remettez de l'eau bouillante pour en faire du thé plus ou moins chargé, selon votre goût.

Le thé se sert le matin à déjeuner avec des gâteaux, du pain grillé, du beurre extra-frais, de la crème ou du bon lait, ou bien avec du rhum. Il se sert également le soir longtemps après le dîner.

Café.

Le café a atteint un degré de consommation très-élevé ; on peut dire qu'il plaît à presque tout le monde, et que les personnes qui en ont l'habitude éprouvent une véritable souffrance lorsqu'elles en sont privées.

Les espèces de café les plus estimées sont : le moka, le martinique ou café vert et le bourbon, ainsi que les autres espèces de café qui ont une certaine analogie avec le café vert, tels que le porto-rico, etc. Ces trois sortes de café, associées dans la proportion d'un tiers, donnent une finesse et un arome exceptionnels.

Pour les torréfier, il est essentiel de mettre le martinique et le bourbon ensemble dans le grilloir, et de placer ensuite le grilloir sur un feu égal et modéré et le tourner sans le quitter un instant en l'agitant de temps en temps. Lorsque le café a atteint la couleur blond foncé et qu'il s'en échappe une fumée abondante et blanche, c'est une preuve qu'il est à point ; alors vous le secouez plusieurs fois, puis vous le versez vivement sur une table ou sur une grande feuille de papier en ayant soin de l'étendre afin qu'il ne cuise pas davantage. Cette opération terminée, vous faites griller le moka seul parce que cette espèce de café, qui donne l'arome, ne doit pas être aussi torréfiée que les précédentes. Elle doit être au contraire d'un blond légèrement foncé.

Pour préparer le café quand il est moulu, vous

le mettez dans la cafetière dite dubelloir, en fer ou en terre de préférence, ensuite vous versez un peu d'eau bouillante juste de quoi humecter le café pour le dissoudre et lui faire rendre ses huiles essentielles et son parfum, puis vous continuez à verser de l'eau bouillante par intervalle, selon que vous voulez obtenir un café plus ou moins fort.

Dans les établissements ou le café se prépare en grande quantité, on l'obtient au moyen d'une cafetière à vapeur destinée à cet usage.

Le café doit être servi très-chaud, mais il faut bien se garder de le laisser bouillir, car il deviendrait âcre et amer et perdrait tout son parfum.

Il n'est pas inutile de faire remarquer que le café peut être préparé deux ou trois jours d'avance sans perdre aucune de ses qualités, pourvu qu'il soit gardé dans une bouteille parfaitement bouchée.

Il est aussi utile de dire que le café ne doit pas séjourner dans le fer, et encore moins dans le cuivre, parce que non seulement il contracterait un mauvais goût qui le déprécierait totalement, mais encore pourrait occasionner des indispositions.

Les personnes qui ont l'habitude de faire bouillir le marc de café sous prétexte d'économie pour le mélanger avec du café nouveau, n'en retirent aucun avantage ; elles ne font que diminuer la finesse et le parfum du café.

La chicorée dans le café peut être employée avec efficacité dans celui qui est pris avec du lait.

Chocolat.

Le chocolat bien préparé est un aliment salutaire, agréable, fort nourrissant, stomachique et de facile digestion. Vous pouvez le préparer à l'eau ou au lait. Pour cela vous coupez une tablette en petits morceaux que vous mettez dans une casserole bien étamée ; puis vous ajoutez de l'eau ou du lait en ébullition juste pour couvrir le chocolat ; laissez infuser quatre ou cinq minutes, ensuite délayez le tout avec la pochette en bois ou une chocolatière, en écrasant jusqu'à ce que le chocolat soit parfaitement dissous ; vous finissez d'éclaircir toujours avec de l'eau ou du lait bouillant de manière à en faire une tasse par tablette, et vous le laissez ensuite bouillir cinq minutes sur le feu.

Vous pouvez aussi préparer le chocolat en le râpant ou bien en le coupant finement et le mettre bouillir sur le feu en ayant soin de le remuer pour le faire dissoudre complètement.

Beaucoup de personnes font usage du cacao qui se vend en boîte et qui est la base du chocolat. On le prépare comme le chocolat, mais alors on y ajoute du sucre selon sa volonté.

Limonade.

Mettez dans un litre d'eau un quart de livre de sucre en ayant eu soin de frotter le sucre sur l'écorce de deux citrons pour parfumer la limonade, puis fendez les citrons en deux parties pour en exprimer le jus que vous ajoutez à votre limonade.

Vous pouvez, pour rendre cette limonade plus rafraîchissante, y ajouter quelques feuilles de chicorée amère. Vous pouvez encore y joindre de l'eau de Seltz pour lui donner du montant et la faire mousser.

CHAPITRE XXXV.

NOTIONS SUR LA BASE DES DIFFERENTES CUISINES EN GÉNÉRAL

Cuisine italienne.

La cuisine italienne apprête ses mets d'un goût épicé et emploie le plus souvent de l'huile, du saindoux et moins de beurre. La consommation de pâtes, de riz, de *polenta*, en Piémont surtout, de fromage de gruyère et de parmesan, tient une grande place dans son alimentation, et elle excelle dans leur accommodement. Il se consomme peu de mouton, mais beaucoup de charcuterie très-estimée, ainsi que des viandes panées et en friture.

Cuisine espagnole.

La cuisine espagnole produit des mets d'une saveur forte et piquante, aussi voit-on figurer dans ses préparations le piment, l'ail, l'oignon, ainsi que l'huile et le saindoux.

L'olla podrida, connu, aussi sous le nom de *puchero*, est le pot-au-feu national. Aussi les Espagnols disent-ils : « Après Dieu, *l'olla podrida!* »

Ce pot-au-feu se compose d'un mélange de légumes, de viandes à votre choix, de garnitures, d'assaisonnements, de gibier, de poulets et poulardes, de jambon, andouille, petit salé et surtout de pois chiches appelés *garbanzos*.

Tous ces légumes et ces viandes sont mis ensemble selon leur durée de cuisson dans un pot-au-feu avec de l'eau, et sont cuits de la manière indiquée pour le pot-au-feu ordinaire.

Lorsque le tout est cuit vous dressez le potage avec des croûtes de pain grillées.

Le bœuf sera servi sur les pois garni de carottes et accompagné en même temps d'une sauce tomates mise dans une saucière à part ; vient ensuite le mouton, le petit salé ou le jambon garnis de choux laissés entiers, ensuite les perdreaux préparés en salmis très-relevé que vous faites avec le gibier ; pour la fin du dîner, la volaille comme rôti que vous aurez mise à la broche entourée de jaunes d'œufs battus, puis vous faites découler sur la volaille du lard enflammé que vous tenez au moyen de pincettes pour lui faire prendre une belle couleur de tous les côtés et lui faire une espèce de cuirasse dorée et croustillante.

Cuisine anglaise.

La base de la cuisine anglaise est le beurre frais, le beurre salé, les biftecks, les rosbifs et le mouton garni de pommes de terre bouillies, et accompagnés à votre choix de sauces très-fortes aux anchois ou autres sauces pimentées, ou bien avec des confitures, et puis d'une infinité de plum-pudding.

Cuisine allemande.

En Allemagne il se consomme peu de viandes rôties, mais des viandes apprêtées en sauce aigre-douce, c'est-à-dire avec du vinaigre, du sucre, quelquefois du vin et de la bière, fort souvent des jaunes d'œufs, un peu d'oignon et d'ail, force poivre, cannelle, muscade, citron.

L'usage des farineux, des pâtes bouillies, des sauces jaunes, des soupes de farine mêlées avec des amandes pilées et liées avec des jaunes d'œufs, le tout agrémenté de beurre et de saindoux, est aussi très répandu.

La choucroute, le bœuf salé et la charcuterie y sont excellents.

Cuisine russe.

Le peuple russe consomme beaucoup de porc et d'oie fumée ainsi que des substances confites au vinaigre telles que betteraves, concombres, choucroute, soupes de farine fermentée aigre.

Le pot-au-feu russe, appelé *tstchi*, est composé de poitrine de mouton, d'un peu de fenouil en branches longues comme la main, et est assaisonné de poivre en grains et de sel.

Lorsque le pot-au-feu est écumé, vous ajoutez

des carottes, des oignons coupés en petits carrés, de l'orge ou des gruaux de blé, puis, à moitié cuisson, vous y ajoutez encore une livre de pruneaux et servez ce potage, le mouton à part.

Cuisine française.

En France, la cuisine peut être divisée en trois catégories :

La cuisine méridionale, qui est une cuisine épicée avec force ail et oignon, toute préparée à l'huile.

La bouillabaisse, l'aïoli et la morue en brandade sont les plats favoris des Méridionaux.

La cuisine languedocienne, qui est préparée avec la graisse d'oie et de canard, le saindoux, est une cuisine très renommée par ses quartiers d'oies et de canards confits, ses pâtés exquis de foie gras truffé et sa charcuterie excellente.

Vient ensuite la vraie cuisine française, qui plaît à tout le monde, parce qu'elle est préparée au beurre frais et qu'elle est d'un bon goût naturel et relevé, sans que pour cela les assaisonnements y dominent.

La Savoie peut être classée à juste titre au premier rang pour la bonne cuisine française.

Les causes de cette bonne cuisine sont les suivantes :

Premièrement, parce que la Savoie, par sa position topographique est voisine avec Genève et d'autres cantons de la Suisse où elle a pu prendre des leçons pour la finesse de la pâtisserie et de la confiserie, ainsi que pour la charcuterie, les jambons fumés; d'autre part la Savoie est contiguë à l'Italie et a fait partie pendant bon nombre d'années des Etats-Sardes, où elle a pu choisir et retenir les mets qui étaient le plus en harmonie avec ses mœurs et ses goûts.

En second lieu, parce que la plupart des cuisiniers de la Savoie ont, comme l'on dit, fait leur tour de France et de l'étranger, et lorsqu'ils reviennent dans leur pays diriger leurs établissements, ils tiennent à cœur et à honneur de s'adjoindre les *gros bonnets*, nom technique donné aux cuisiniers-chefs perfectionnés dans l'art culinaire, surtout dans les nombreuses villes d'eaux que possède la Savoie et dans les hôtels de Chamonix où le touriste va pendant l'été respirer au pied du Mont-Blanc l'air frais et pur de cette riante vallée si renommée pour les pruneaux de Passy et pour son miel blanc.

Troisièmement parce que les produits de la Savoie sont très variés et d'une supériorité incontestée ; en effet ses beurres et ses fromages peuvent rivaliser avec ceux de la Bretagne et de la Normandie, aux pâturages desquelles ceux de la Savoie ne sont pas inférieurs ; ses viandes de toute nature, ses huiles surfines de noix vierge, ses châtaignes et ses pommes de terre si savoureuses ainsi que ses légumes et ses fruits exquis, ses escargots, ses champignons et ses truffes noires, aussi parfumées que celles du Périgord, la délicatesse de ses poissons de toute espèce, soit ceux de rivière, soit ceux des lacs, ainsi que le lavaret, sans oublier la quantité prodigieuse d'écrevisses, ses volailles grasses et toutes ses espèces de gibiers à plumes qui ont la chair si fine et sont d'un goût si friand, ses grives genevrières dites pattes-noires et à collerettes ainsi que celles dites vendangeuses, ses lièvres exquis, tous ces produits réunis donnent à la Savoie une réputation méritée.

Si l'on joint à tout cela ses excellents vins rouges, ses vins blancs, mousseux, son kirsch qui se récolte dans les vallées de Thônes et d'Evian et qui peut avantageusement soutenir la comparaison avec les premières qualités de kirsch connues, la beauté des sites et la richesse de ses montagnes si boisées, à l'exception d'une faible partie de celles qui se trouvent dans la Maurienne, le tout abrité sous une zone tempérée, on ne peut que s'accorder à dire que la Savoie est un pays privilégié sous tous les rapports.

CHAPITRE XXXVI

SERVICE DE LA TABLE

MANIÈRE DE DÉCOUPER, QUELQUES MENUS
DE DÉJEUNERS ET DE DINERS.

En hiver, la salle à manger doit être chauffée
d'une manière modérée, car une salle à manger
qui est trop chauffée est aussi désagréable que
celles qui sont glaciales. Il est aussi de bon ton de
mettre des tabourets et des chaufferettes s'il y a
des dames ou des personnes âgées, surtout si la
salle est carrelée et dépourvue de natte ou de tapis.
Il est très important aussi que la table soit parfaitement éclairée, car, selon le dicton, « mieux vaut
une bougie de plus et un plat de moins. » En effet,
il n'y a rien qui anime et qui donne de l'apparat
à un dîner comme une table éclairée *a giorno*. Vous
procédez ensuite au dressage de la table. Pour
cela, vous commencez par établir les rallonges en
proportion des convives, puis vous étendez sur la
table une ou deux couvertures en laine, ce qui
donne à la table de l'étoffe et de la souplesse.
Au-dessus, vous placez la nappe en ayant soin de

ne pas la plisser, ainsi qu'un ou deux napperons. Cela fait, vous mettez les assiettes, ensuite vous placez le couteau à gauche de chaque assiette, la fourchette et la cuiller à droite, puis, devant chaque assiette, le petit couteau à dessert, à côté, le verre à vin ordinaire, et autour, les verres à madère, à vins fins et celui à champagne s'il y en a, le tout arrangé symétriquement. Disposez ensuite sur chaque assiette une serviette pliée selon votre idée et au milieu de laquelle vous mettrez un petit pain, puis vous placez huit supports et autant de carafons de vins pour une table de seize convives ainsi que deux carafes à eau, ou des siphons d'eau de Seltz, et deux salières, le tout placé de manière à ce que chaque convive puisse en user commodément.

Le dessert se place également sur la table, ce qui l'orne et la rend plus princière et facilite le service, ainsi que les pièces froides, c'est-à-dire le poisson s'il est servi froid, la galantine, le pâté, le homard ou autres pièces du même genre, en ayant soin toutefois de laisser une place au milieu de la table pour placer les mets du repas.

Le dessert se compose selon votre volonté de plusieurs petites assiettes de confiserie et de pâtisserie, ainsi que de gâteaux meringués ou bien d'une ou plusieurs pièces montées, ainsi que de fruits, de raisins, d'oranges, de gelées, de confitures, de fruits confits, etc. Les pièces montées ou les gâteaux et les fruits seront dressés dans des coupes à pied de préférence.

Les compotiers de fruits seront, si c'est pendant

l'été, montés avec des feuilles de vigne. Les fruits confits et confitures seront mis dans des coupes en cristal.

Tous ces desserts seront placés de manière à ce que les petittes assiettes soient échelonnées en face les unes des autres et que les compotiers de fruits soient mis à chaque bout de la table.

Il est bien entendu que les fromages ne doivent paraître sur la table qu'au moment de les servir, c'est-à-dire à la fin du dîner, ou simplement les faire passer. Les fromages seront choisis dans deux espèces au moins et de première qualité. Car il ne convient pas d'oublier que Brillat-Savarin a dit qu'un dîner sans fromage était une belle à qui il manquait un œil. Vous pouvez servir le traditionnel fromage de gruyère et une autre espèce à votre choix. Ces fromages seront dressés ou sur des feuilles de vigne ou sur des serviettes pliées et un couteau au-dessus. Il est essentiel aussi d'orner la table de quatre vases de fleurs naturelles, mais de moyenne grosseur, afin que les convives ne soient pas masqués derrière. Ces vases, entourés de cache-pots et de mousse, seront placés aux deux bouts de la table. Vous pouvez également remplacer les vases par des bouquets.

Il est aussi d'usage, dans les dîners de cérémonie, de placer sur chaque assiette une carte où il y a d'un côté le nom des personnes invitées et de l'autre côté le menu du dîner. Cette manière de procéder offre à chaque convive l'avantage de trouver immédiatement sa place et fait connaître le nom des invités.

Le maître et la maîtresse de maison doivent se placer en face au milieu de la table, et près d'eux, à leur droite, seront placées les personnes les plus distinguées.

Si le dîner est préparé pour une noce, les couverts de la mariée et du mari seront également mis au milieu de la table, en face l'un de l'autre, et le bouquet offert à la mariée sera placé devant elle. Inutile de faire remarquer que les couverts doivent être espacés au moins de 50 à 60 centimètres, car il n'y a rien de plus incommode et qui provoque une plus légitime impatience chez les convives que de se sentir trop serrés à table.

Service des vins.

Avant de mettre les couverts il est utile de monter dans la salle à manger indistinctement les vins fins blancs et rouges et ceux de dessert pour qu'ils puissent acquérir un certain degré de chaleur nécessaire afin que leur bouquet soit entièrement développé. Certains vins rouges exigent même d'être débouchés un peu d'avance. Vous les placez sur un buffet voisin de la table, dans l'ordre où ils doivent être servis. Il faut avoir soin d'ôter le sable qui est adhérent aux bouteilles, mais il est indispensable de leur conserver leur cachet de vieillesse.

Voyez, ci-après, pour de plus amples détails, les indications contenues au chapitre de la cave.

Avertissement pour le dîner.

Lorsque tous les convives sont arrivés, la cuisinière dresse le potage ainsi que le premier plat qui est placé sur un réchaud mis au milieu de la table. Alors le domestique très-proprement vêtu, ayant des gants blancs en coton et non en peau, ou la femme de chambre en tablier blanc, entre au salon et dit à haute voix : « Monsieur est servi, » ou : « Madame est servie. »

Aussitôt la personne qui est chargée du service de la table sert vivement le potage en mettant dans chaque assiette à soupe deux fois plein la cuiller de potage, de sorte que les assiettes ne soient remplies qu'à moitié. Les dames doivent toujours être servies les premières et successivement les personnes les plus distinguées, en commençant tantôt à droite tantôt à gauche de la place d'honneur, c'est-à-dire du milieu de la table.

Dans les dîners qui se font à midi, l'on sert rarement le potage qui est remplacé par des hors-d'œuvre indiqués à la page 220. Mais dans les dîners du soir il est essentiel qu'il y ait un potage, car le potage prédispose et ouvre l'appétit. Dans ce cas les hors-d'œuvre sont écartés. Vous pouvez cependant, selon votre volonté, offrir des huîtres.

Service des domestiques avant et pendant le repas.

Un bon domestique doit veiller à ce que la salle à manger soit rangée avec méthode et propreté. L'argenterie, les cristaux, la vaisselle seront nets et brillants. Rien ne dispose mieux à trouver les mets bons et bien préparés que la vue d'un couvert mis avec goût et élégance.

Pendant la durée du repas les domestiques doivent veiller à ce que rien ne manque sur la table ; ainsi ils remplaceront les bouteilles dès qu'elles seront vides. Ils présenteront successivement à chaque convive, en faisant deux fois le tour de la table, les mets lorsqu'ils seront découpés, en se plaçant une serviette sur le bras gauche avec laquelle ils présenteront les plats. Ils auront aussi le soin de les présenter à gauche des convives, pour que ceux-ci puissent se servir avec aisance de la main droite.

Un bon domestique ne doit jamais rien offrir sans le présenter sur une assiette ou sur une serviette. Chaque fois qu'un domestique offre des vins fins il doit nommer ceux contenus dans les bouteilles qu'il porte et ne verser que lorsque le convive a désigné celui qu'il désire. Le domestique aura aussi le soin de changer les assiettes aussitôt après chaque mets et de changer aussi les couteaux et les fourchettes qui auront servi à manger le poisson. Dans certaines maisons les services sont changés après chaque plat. Il est nécessaire de ne pas oublier les petites cuillers à dessert pour les crèmes et les confitures. Il est essentiel aussi, en hiver, que les plats et les assiettes soient chauffés comme il est indiqué dans le chapitre des généralités culinaires.

L'usage de servir des rince-bouche à la fin du dîner à chaque convive est une mesure d'utilité que nous comprenons. Le rince-bouche est un bol dans lequel se trouve un petit verre rempli d'eau tiède parfumée avec de la menthe ou de l'anisette. Les convives doivent se rincer la bouche avec cette eau qu'ils rejettent ensuite dans le bol. Pour notre part nous croyons que beaucoup de personnes préféreraient se rincer la bouche avec des vins de dessert, du champagne ou d'autres vins mousseux.

C'est à la maîtresse de maison qu'incombe la charge, en arrivant à table, de faire placer les convives; c'est elle aussi qui doit s'asseoir et se lever la première de table. La maîtresse doit s'assurer, avant de se lever de table, si les bougies ou les lampes du salon sont éclairées. Si le temps est froid, elle devra faire allumer de nouveau du feu. Il est très-important que les convives n'aient pas froid en arrivant, ce qui pourrait leur occasionner une fausse digestion.

Aussitôt que les convives sont entrés au salon, le domestique doit apporter sur un plateau les tasses à café, avec le café bien chaud et le sucrier plein de sucre dans lequel on aura eu soin de placer un pince-sucre.

Le plus ordinairement la maîtresse se charge du soin d'offrir les liqueurs, telles que la fine champagne, le rhum, le kirsch, etc.

Le thé se sert ensuite beaucoup plus tard, c'est-à-dire un instant avant le départ des convives. Voyez la manière de faire le café et le thé aux pages 871 et 872.

Déjeuner.

Le déjeuner est naturellement plus simple qu'un dîner. Il se prend en général en petit comité ou en famille. Dans la plupart des maisons il n'est pas d'usage de mettre de nappe sur la table. Le dessert est placé avant sur la table, comme dans les dîners. Le fromage est mis à part.

Le café et les liqueurs complètent le déjeuner et sont servis sur la table. Quelquefois on termine ce repas par un bol de café au lait ou une tasse de chocolat, ou bien du thé.

Manière de découper les viandes, les volailles, le gibier, les poissons, etc.

L'art de découper n'est ni aussi facile ni aussi commun que l'on se l'imagine. Il faut en outre le pratiquer avec adresse et promptitude, car il n'y a rien dans un dîner d'aussi désagréable pour les invités que de voir découper longuement et avec maladresse une belle pièce qui perd toute sa bonne mine.

La première des conditions est d'avoir un couteau bien aiguisé qui soit très-tranchant. Nous recommandons d'une manière toute spéciale de ne pas trop découper à la fois; mieux vaut y revenir et ne pas faire les morceaux trop gros, car il n'y a rien de si peu ordonné que lorsqu'il reste des débris en grande quantité que l'on ne peut utiliser, ce qui cause un véritable gâchis et des dépenses inutiles.

Bœuf bouilli.

Si le bœuf bouilli n'est pas trop cuit, on reconnaît le fil de la chair et on le coupe à l'aide de la fourchette en tranches transversales afin que la viande ne soit pas filandreuse. Les morceaux découpés sont placés symétriquement dans un plat que l'on fait passer aùx convives qui choisissent et prennent avec la fourchette qui l'accompagne les morceaux à leur convenance.

Rosbif.

Lorsque le rosbif n'est pas désossé, vous commencez à l'aide de la fourchette par enlever tout ou partie du filet qui se trouve au-dessous de l'aloyau que vous coupez très-près des os pour laisser le moins de viande possible. Lorsqu'il est entièrement détaché vous découpez des tranches en travers aussi égales que possible, puis vous en faites autant de l'aloyau.

Il n'est pas inutile de faire remarquer que si le rosbif est servi en entrée, c'est-à-dire avec une garniture, il faut découper les tranches très-minces, et s'il est servi comme rôti, les tranches pourront, selon votre volonté, être coupées un peu épaisses.

Filet.

Le filet seul se coupe toujours en tranches transversales d'une médiocre épaisseur et aussi égales que possible. La partie du milieu est toujours la plus tendre et la plus délicate. Il faut autant que possible que le filet soit découpé sans rien déranger, c'est-à-dire qu'il paraisse entier, ce qui le rend appétissant et le maintient plus chaud.

Entre-côte et poitrine de bœuf.

L'entre-côte et la poitrine se servent accompagnées d'un os, c'est-à-dire en ayant soin de les découper avant leur cuisson suivant la séparation des côtes dont les jonctions ont été brisées soit par le boucher soit par la cuisinière.

Bœuf à la mode ou braisé.

Le bœuf à la mode ou braisé est un bœuf qui est toujours désossé et lardé. Il faut observer le fil en le coupant, de manière à ce que les lardons de chaque morceau offrent une division transversale.

Langue de bœuf.

Vous commencez par couper et détacher de la langue la partie grasse, ensuite vous coupez en travers la langue du côté le plus charnu, qui est le plus délicat, et vous formez plusieurs tranches d'une épaisseur modérée. Cela fait, vous coupez en petits morceaux la partie grasse, dont chaque convive peut user à sa convenance.

Carré, longe, rouelle, noix, ris et foie de veau.

Vous procédez, pour découper le carré et la longe, en détachant complètement le rognon, que vous coupez en petits morceaux entourés d'un peu de sa graisse, puis vous opérez comme il est indiqué ci-dessus pour l'entre-côte et la poitrine de bœuf ou, selon votre volonté, comme pour le rosbif.

La rouelle ou la noix sont coupées en tranches transversales afin d'obtenir que la viande soit courte et non filandreuse. Quelquefois, lorsque la noix est bien cuite, les convives se servent avec la cuiller, qui remplace¹alors l'instrument tranchant. Le ris de veau se découpe de la même manière. Le foie se coupe en tranches minces et transversalement aux lardons dont la cuisinière le pique.

Tête de veau.

Pour bien découper une tête de veau, si elle n'est pas désossée, vous commencez par couper les bajoues en tranches longues comme deux doigts ; vous coupez ensuite successivement et de la même grosseur tout autour de la tête, s'il est nécessaire, en traçant une ou deux lignes de chaque côté de la tête et dans toute sa longueur avec la pointe du couteau, puis vous coupez en travers et vous détachez facilement chaque morceau. La cervelle, la langue et les oreilles doivent aussi être découpées afin que chaque convive puisse en avoir une partie. Les yeux sont aussi une des parties les plus estimées par les gastronomes.

Pour découper la tête de veau farcie, voyez comme il est indiqué à la page 275.

Gigot, épaule, carré et longe de mouton.

Lorsque le gigot est préparé comme il est dit au chapitre des rôtis, c'est-à-dire que l'os qui est à l'extrémité opposée au manche est ôté, vous tenez le gigot par le manche, ensuite vous coupez à partir du manche le gigot dans toute sa longueur, à ras l'os du côté de la noix, c'est-à-dire de la partie la plus charnue pour la séparer entièrement de l'autre partie du gigot ; ensuite vous découpez en plusieurs tranches transversales et égales.

Cette méthode de découper offre l'avantage que le gigot est coupé en tranches plus régulières et que chaque convive peut choisir au milieu la partie saignante et aux extrémités la viande plus cuite. L'autre moitié de gigot qui reste peut être représentée le lendemain sur la table d'une façon très convenable, tandis que si l'os du gigot n'est pas ôté, le gigot ne peut être découpé de la façon indiquée ; il fait moins de profit et la dissection est plus difficile.

Vous pouvez encore le découper en commençant par le bout du gigot et suivre insensiblement. Cette manière est assurément très-bonne quoique inférieure à la première, et permet que le gigot ne soit pas trop abîmé.

Quelques personnes découpent en effleurant des tranches émincées au-dessus du gigot, c'est-à-dire du côté où il est le plus large. Cette méthode est aussi très-appréciée, parce que chaque convive peut avoir dans la même tranche une partie saignante et l'autre bien cuite, ou bien, selon son goût, entièrement saignante ou entièrement cuite.

L'épaule de mouton destinée à être rôtie doit avoir l'os de la palette ou omoplate enlevé ou bien brisé avec le couperet sans que cela se connaisse du côté où elle sera présentée. Par ce moyen le découpage se pratique comme celui du gigot et offre une grande facilité. Dans le cas où l'épaule serait désossée et roulée, il faudrait la couper par tranches comme si c'était un saucisson. La longe et le carré se découpent comme ceux du carré de veau.

Quartier d'agneau rôti.

Le quartier d'agneau se prépare, avant de le mettre rôtir, en coupant au-dessous de la jonction des os sans que cela paraisse, du côté ou il doit être présenté ; puis vous procédez pour le découper comme il est indiqué pour la longe de veau ainsi que pour le gigot de mouton.

Pièces froides, galantine, hure de cochon, jambon, pâtés, etc.

La galantine se découpe en tranches très-minces puis partagées d'un seul coup de couteau en deux parties si la galantine est grosse. Il faut faire en sorte que les tranches ne soient pas dérangées les unes près des autres, afin que la galantine présente un joli aspect quoique étant découpée.

La hure de cochon se découpe exactement comme la tête de veau en galantine. Voyez page 275. Le jambon se sert indistinctement chaud ou froid avec ou sans la couenne, et paré dans tout son contour. Prenez le jambon par le manche ou bien piquez-le avec la fourchette pour le tenir, coupez-le en tranches très-minces, c'est une qualité essentielle, en commençant par le bout de l'autre côté du manche. Il est à remarquer que les tranches doivent être toujours coupées jusqu'à l'os, ensuite partagées en plusieurs parties, en ayant soin de laisser à chaque tranche du gras et du maigre.

Les pâtés ordinaires se découpent avec un couteau bien tranchant et à lame fine ; les tranches doivent être un peu épaisses, ensuite partagées en deux parties.

La croûte des pâtés de foie gras ne doit guère se manger. On se borne à enlever l'intérieur par tranches suffisamment épaisses au moyen d'un couteau-cuiller ou, à défaut, avec une simple cuiller en argent.

Vous commencez par ôter le couvercle du pâté en passant la pointe du couteau tout autour de sa circonférence, puis vous enlevez et mettez en réserve la graisse figée qui couvre intérieurement la surface du pâté. Quand cela est fait, vous levez des tranches de foie avec la cuiller de manière à ce que chaque tranche contienne un peu de truffes. Vous placez symétriquement les tranches sur un plat en couvrant d'une parcelle de truffes celles qui en seraient dépourvues complètement.

Lorsqu'on a enlevé une quantité suffisante de tranches de foie gras, on remet la graisse comme la première fois de façon que le pâté soit parfaitement couvert pour le priver d'air, alors le pâté peut encore se conserver plusieurs jours et reparaître de nouveau sur la table.

Les terrines de foie gras se servent de la même manière.

Les pâtés d'alouettes et autres petits oiseaux sont servis avec la cuiller et offerts dans leur entier; mais on en mange souvent la croûte.

Dissection des volailles et du gibier.

Il existe plusieurs manières de découper la volaille, selon sa grosseur. Ainsi, pour découper un jeune poulet de grain, vous commencez par le piquer dans l'estomac avec la fourchette, ensuite vous séparez le cou du corps de la volaille et vous fendez entièrement le poulet en deux parties, puis vous séparez les cuisses des ailes et vous coupez ces dernières en quatre parties, c'est-à-dire que le poulet forme six morceaux, dont les deux cuisses et quatre morceaux avec les ailes; et, en plus, le cou et le gésier.

Si c'est un chapon, une poularde ou une dinde, pour bien faire cette opération il faut se munir d'un couteau bien affilé. Vous commencez toujours par ôter le cou; puis vous mettez la volaille sur le côté et vous la piquez fortement dans le dos pour la tenir solidement dans cette position. Cela fait, vous enlevez entièrement la cuisse avec laquelle vous faites trois morceaux en commençant par séparer le pilon à la jointure, puis vous divisez encore l'autre partie de la cuisse en deux morceaux parallèles et égaux coupés dans le sens de leur longueur. Vous dégagez ensuite l'aile en la coupant dans la jointure et vous la séparez des blancs en la tirant sans effort avec la fourchette, puis vous la divisez en deux ou trois parties. Vous en faites autant de l'autre aile s'il est nécessaire.

Vous continuez à enlever les blancs qui se servent entiers ; vous faites ensuite avec la carcasse et le croupion au moins quatre ou cinq morceaux. Vous arrangez le tout symétriquement et en couronne, et si la pièce de volaille est farcie ou truffée, il faut couper la farce par tranches que vous mettez au milieu du plat.

Il serait plus facile de bien découper une pièce quelconque de volaille ou de gibier sur une petite planche à découper ; les morceaux seraient plus réguliers.

Pour découper une dinde il y a deux manières différentes : la première consiste à lever séparément les cuisses et les ailes ; puis vous coupez comme il est dit ci-dessus les cuisses en plusieurs morceaux. Vous levez ensuite les ailes dans la jointure et vous en faites plusieurs tranches minces, puis vous coupez les blancs de la même manière. La seconde manière consiste à briser le corps au-dessus du croupion pour faire deux parties de la dinde, les ailes ensemble et les cuisses restées adhérentes au croupion, qui forment une espèce de capuchon ou bonnet d'évêque. Vous procédez ensuite comme ci-dessus.

Toutes les espèces de gibier et les pigeons se découpent comme la volaille, mais on ne coupe pas les cuisses en plusieurs morceaux comme celles des grosses pièces de volaille. Il faut au contraire les laisser entières. Si la pièce de gibier est ornée de son plumage, il est prudent de la rapporter à la cuisinière afin qu'elle ôte le plumage et le remplace par le jus qu'elle n'a pu mettre par précaution à cause des plumes qui auraient pu toucher ou tomber dans le jus du gibier.

L'oie, le canard et la sarcelle se découpent aussi comme les autres pièces de volaille, en établissant le long de l'estomac des tranches le plus minces possible.

La caille et la grive se servent ordinairement entières ou bien partagées en deux parties égales dans le sens de leur longueur.

Les autres petits oiseaux se servent entiers.

Chevreuil, lièvre et lapin.

Le gigot de chevreuil se découpe exactement comme le gigot de mouton.

Le filet se découpe et se prépare comme celui de lièvre.

Pour bien dépecer un quartier ou râble de lièvre, il est essentiel que la cuisinière ait brisé les os du râble et ceux des cuisses sans que cela paraisse sur la table.

Cette opération se fait avec facilité à l'aide d'un gros couteau à abattre.

Par ce moyen le quartier de lièvre est vite découpé.

Dans le cas où les os ne seraient pas brisés, il faudrait lever la chair des filets comme pour le

rosbif et les découper ensuite en tranches émincées.

Le lapin se découpe de la même manière que le
lièvre.

Dissection des poissons. — Truite, saumon, carpe, brochet.

Pour découper une truite il faut avoir une truelle
d'argent; à défaut, servez-vous d'un couteau bien
tranchant.

Vous tirez avec la pointe du couteau une ligne
au milieu, depuis ou près de la tête jusqu'à moitié
de la truite si elle est grosse, afin de conserver
une bonne partie de la queue.

Vous coupez ensuite par côté la même longueur
que la ligne du milieu, puis vous détachez le tronçon de la truite en ayant bien soin de ne pas lais-
ser |de chair autour de l'arête; vous placez ce
tronçon sur un plat ou de préférence sur une planche à découper, très-proprement lavée, et vous le
divisez en plusieurs morceaux pas trop gros en les
coupant avec adresse et sans enlever la peau; vous
continuez la même opération pour les morceaux
du côté du ventre, ensuite vous coupez l'arête et
vous répétez ainsi de suite pour le dessous comme
pour le dessus.

Les autres espèces de poissons longs analogues
à la truite, tels que le saumon, la carpe, le barbot
le brochet, se découpent de la même manière.

Turbot, sole et limande.

Tirez avec la truelle ou avec un couteau tranchant une ligne longitudinale de la tête jusque vers la queue qui divise le poisson en deux jusque vers l'arête, puis tirez-en plusieurs en travers qui aillent rejoindre celle du milieu et formez ainsi plusieurs morceaux pas trop gros soit du côté du dos soit du côté du ventre.

Quand cela est fait, s'il n'y a pas assez de turbot de découpé vous enlevez l'arête et vous continuez la même opération dessous que dessus.

Dans le cas où le turbot serait très gros, il serait prudent, pour que les morceaux ne soient pas énormes, de tirer trois lignes, une au milieu comme il est dit, et deux autres parallèles.

Pour découper la sole et la limande vous tirez une ligne de toute la longueur de la sole avec la pointe d'un couteau ou de la cuiller, puis vous ôtez les filets que vous servez entiers ou partagés ; vous enlevez ensuite l'arête et vous procédez exactement pour ceux de dessous comme pour ceux de dessus, ou bien vous retournez simplement l'autre moitié de la sole.

Les autres espèces de poissons qui ressemblent au turbot et à la sole se découpent de la même manière.

Homard et langouste.

Avant de servir sur la table ces deux crustacés ou écrevisses de mer, vous les fendez sur toute leur longueur et vous les ornez à l'intérieur de persil.

Vous divisez la chair blanche qui se trouve dans la queue en plusieurs morceaux.

Les œufs et l'intérieur de la carapace entrent le plus souvent dans la composition de la sauce ; si le homard ou la langouste ont été servis entiers, vous pouvez encore les découper en séparant la queue de la carapace, puis briser la coquille pour en apercevoir la chair intérieure que vous coupez ensuite par tranches émincées. On n'offre ni les pattes ni la tête, à moins qu'un convive ne les demande.

Notions sur les menus.

Les dîners se servent, selon les maisons, de plusieurs manières différentes.

On peut les diviser en trois catégories très-distinctes :

1° Les dîners où le potage, les relevés et les entrées sont servis sur la table et placés, bien entendu, sur des réchauds.

C'est ce qui compose le premier service.

Vient en second lieu le rôti, la salade, puis les légumes, les pâtés, la langue à l'écarlate, ainsi que les entremets sucrés ; c'est ce qui forme le second service. Ensuite les desserts, ce qui finit le dîner et comprend le troisième service.

2° Les dîners où rien ne paraît sur la table que les desserts et les pièces froides, c'est-à-dire où les mets qui sont présentés aux convives sont découpés à l'avance.

3° Les dîners où chaque plat est présenté sur la table et aussitôt remplacé par un autre.

C'est la méthode préférée, parce que d'abord les mets sont chauds et sont d'un aspect plus engageant que ceux qui ne paraissent pas sur la table.

Il est aussi d'usage dans les dîners de cérémonie de servir les légumes et les pâtés ou autres choses du même genre à la fin du dîner, c'est-à-dire juste avant les plats sucrés, mais c'est là, selon nous, une composition de menu qui pourrait être abandonnée.

En effet n'est-il pas préférable, lorsque les entrées sont servies, de présenter aux convives les pâtés, les homards ou les autres pièces froides et de les accompagner de ce que l'on appelle le « coup du milieu, » qui se compose ou d'un punch à la romaine, ou bien d'un verre de madère ou de kirsch ? On peut continuer ainsi le second service par des mets rafraîchissants tels que les légumes et terminer le repas par un rôti splendide et des entremets sucrés qui rehaussent et complètent à merveille un grand dîner.

Nous donnons ci-après un aperçu de quelques menus, mais nous conseillons de choisir de bons mets qui fassent époque, plutôt que des mets nombreux et médiocres, car les bons restes sont très-goûtés. En outre, non seulement la trop grande quantité de plats rend un dîner trop coûteux, mais incommode les convives. Nous recommandons également de ne pas composer les menus avec deux espèces de poissons ou de volaille.

Inutile de faire remarquer qu'il est facultatif dans les menus ci-après de supprimer, augmenter ou remplacer les mets selon sa volonté.

Déjeuner d'hiver pour huit ou dix convives

Premier Menu.

Hors-d'œuvre assortis : Olives, salade d'anchois
aux œufs, saucisson et beurre frais.
Escargots à la Bourguignonne.
Biftecks garnis d'un côté de cresson, avec sel,
poivre et vinaigre, et de l'autre côté de pommes de
terre sautées dans le beurre frais.
Truites frites.
Poulet à la Marengo.
Dessert.

Deuxième Menu.

Huîtres, thon mariné, jambon à la gelée,
Beurre frais.
Omelette aux fines herbes.
Biftecks au beurre d'anchois.
Pommes de terre en beignets soufflés.
Rognons sautés aux champignons.
Dessert.

Troisième Menu.

Ecrevisses, sardines, beurre frais et saucisson.
Œufs brouillés aux truffes.
Côtelettes de mouton à la Maître d'hôtel.
Pommes de terre frites.
Foie de veau sauté.
Dessert.

Quatrième Menu.

Champignons en hors-d'œuvre, beurre frais,
charcuterie et raisins à l'eau-de-vie.
Omelette au naturel.
Châteaubriand garni de pommes de terre soufflées.
Sole au beurre.
Volaille froide, sauce tartare.
Dessert.

Déjeuner d'été.

Premier Menu.

Beurre frais, jambon à la gelée, radis, cornichons.
Poissons frits.
Côtelettes de veau panées sauce mayonnaise.
Pommes de terre en purée.
Cervelles au beurre.
Dessert.

Deuxième Menu.

Beurre frais, radis, melon et saucisson.
Œufs à la coque.
Châteaubriand à la Financière.
Lottes frites.
Asperges à la vinaigrette.

TROISIÈME MENU.

Beurre frais, radis, sardines, pieds de veau
ou de mouton à la vinaigrette.
Œufs au beurre noir.
Rognons de mouton en brochette.
Beignets soufflés de pommes de terre.
Épaule d'agneau au jus.

QUATRIÈME MENU.

Artichauts à la vinaigrette, beurre frais,
Tranches de veau à la gelée, olives.
Côtelettes en papillotes.
Pommes de terre en gratin.
Truites aux fines herbes.
Gigot froid.

Dîner de cérémonie (hiver) de seize à vingt couverts.

PREMIER MENU.

Potage gras au tapioca et carottes coupées
en petits pois.
Turbot deux sauces : hollandaise, savoisienne.
Filet de bœuf sauce aux truffes.
Salmis de bécasses.

Coup du milieu.
Pâté de foie gras.
Homard sauce tartare.
Haricots verts à l'anglaise.
Dinde truffée rôtie.
Salade.
Fromage glacé au moka.
Dessert.
Madère. — Bordeaux. — Champagne.
Vins de dessert.

DEUXIÈME MENU.

Potage gras aux œufs pochés.
Petits pâtés à la Béchamel.
Filet de bœuf aux champignons.
Perdreaux en chartreuse.
Truite garnie d'écrevisses sauce mayonnaise.
Petits pois à la Française.
Faisan truffé rôti.
Salade.
Gelée au marasquin.
Dessert.

TROISIÈME MENU.

Soupe à la bécasse.
Truite sauce aux câpres.
Filet de bœuf Régence.

Risotto à l'Italienne aux alouettes et aux truffes
de Piémont.
Galantine truffée à la gelée.
Chou-fleur en gratin.
Poulardes truffées rôties.
Salade.
Plum-pudding anglais.
Dessert.

QUATRIÈME MENU.

Potage julienne.
Pieds de cochon truffés.
Saumon sauce aux huîtres.
Quartier de chevreuil sauce chevreuil.
Poulardes demi-deuil.
Langouste sauce nature aux truffes.
Cardons à la moelle.
Bécasses rôties.
Bombe glacée à la vanille.

CINQUIÈME MENU.

Potage bisques.
Filet de bœuf aux olives.
Poulardes à la Pompadour.
Civet à la Saint-Hubert.
Ombre-chevalier sauce mayonnaise.
Pain de foie à la gelée.

Fonds d'artichauts.
Perdreaux truffés rôtis.
Salade.
Bavaroise au chocolat.

Sixième Menu.

Potage aux quenelles.
Dinde truffée au gros sel.
Salmis de grives.
Filets de sole en turban.
Tête de veau truffée à la gelée.
Épinards à la Eugène Suë.
Râble de lièvre sauce chevreuil.
Salade.
Fromage glacé à la vanille.

Dîners de cérémonie (été).

Premier Menu.

Potage printanier.
Bouchées à la reine.
Saumon sauce suprême.
Tête de veau à la financière.
Galantine à la gelée.
Asperges à l'Italienne.
Poulardes truffées rôties.
Salade.
Fromage glacé.

Deuxième Menu.

Potage au consommé.
Filet de bœuf à l'Alsacienne.
Poulardes au riz.
Sole normande.
Pâté à la gelée.
Ecrevisses à la Bordelaise.
Petits pois à l'Anglaise.
Pigeons rôtis truffés.
Salade.
Gelée aux fruits.

Troisième Menu.

Potage à la reine.
Truite sauce aux queues d'écrevisses.
Bœuf à la mode.
Ris de veau aux petits pois.
Croûte aux champignons.
Poulets de grain truffés.
Salade.
Bombe glacée à la vanille.

Quatrième Menu.

Potage julienne.
Boudins à la Richelieu.
Bœuf braisé aux champignons.
Sole au gratin.

Aspic de volaille.
Ecrevisses ou crevettes en buisson.
Artichauts à la barigoule.
Canard truffé rôti.
Salade.
Charlotte de pommes.

CINQUIÈME MENU.

Potage Saint-Germain.
Filet de bœuf aux fonds d'artichauts.
Poularde en matelote.
Vol-au-vent à la financière.
Homard sauce mayonnaise.
Tomates farcies.
Oie truffée rôtie.
Salade.
Plum-pudding diplomate.

SIXIÈME MENU.

Potage à la Renaissance.
Croquettes de volaille.
Truite saumonée sauce au beurre.
Filet de bœuf aux laitues.
Tête de veau sauce printanière.
Ecrevisses en buisson.
Petits pois au jambon.
Canetons truffés rôtis.
Salade.
Charlotte russe.

CHAPITRE XXXVII.

NOTICE SUR LA CAVE ET LES VINS

Une des bases fondamentales d'un établissement, d'une maison bourgeoise ou d'une maison de campagne pour conserver dans une température égale les vins, c'est-à-dire les préserver des intempéries, ainsi que certains légumes, tels que les pommes de terre, les carottes et autres légumes du même genre, est sans contredit une bonne cave.

Pour l'obtenir dans ces conditions, il faut qu'elle soit placée au Nord ou bien qu'elle soit souterraine, ayant un grand courant d'air afin que les fûts ne moisissent pas. Les caves qui n'ont pas de courant d'air sont trop humides, l'air y est vicié, ce qui est une des causes principales que les vins se gâtent, s'aigrissent, deviennent huileux, sont troubles et contractent la maladie.

On reconnaît qu'une cave est bonne lorsque la température y est toujours la même, c'est-à-dire qu'elle marque au thermomètre de douze à treize degrés. C'est ce qui établit que la bonne cave est, comme il convient, fraîche l'été et chaude l'hiver.

Ce contraste de transition, que beaucoup de personnes croient devoir attribuer à n'importe quelle cave, provient de l'air extérieur; c'est encore ce qui explique pourquoi, selon la saison, il faut avoir la précaution de placer en été, devant les soupiraux, un feuillage ou un abat-jour pour empêcher les ardeurs du soleil, et d'y placer en hiver de la paille pour préserver les vins ou autres denrées du gel, car le froid rend les vins louches.

La cave doit être tenue toujours très-propre et en ordre, ayant de gros chantiers en bois pour supporter les fûts qui tiennent en place au moyen de cales ; il faut aussi que la bonde soit placée un peu de côté, pour prévenir l'accès de l'air.

Les fûts seront mouillés chaque fois qu'il y aura nécessité, et autant que possible avec du même vin ou d'autre vin de bonne qualité, car autrement le vin serait affaibli et altéré.

Les vins mis dans les grands fûts acquièrent de la maturité et de la vinosité, se bonifient et sont bien supérieurs, quoique étant de la même qualité, à ceux qui sont mis dans les fûts ordinaires.

Les vins, de quelque nature qu'ils soient, ne peuvent rester trop longtemps en vidange parce qu'ils deviennent plats et les vins blancs sont roux; mieux vaut les mettre en bouteille.

Il est de toute nécessité de visiter souvent les vins en fûts, de constater et remédier à l'état de certains fûts qui souvent ont besoin d'être dépotés.

Règle générale, les gros vins demandent à être

mis en bouteille après quatre ou cinq ans d'âge, les gros ordinaires deux ans à trois ans, les ordinaires un an. Tout ces vins gagnent à être en bouteille aux époques fixées, surtout pour le vin ordinaire.

Si les fûts sont cerclés en fer, les cercles seront passés au goudron ou au minium pour les empêcher de se rouiller et par le fait leur donner plus de durée, de force et de coup d'œil.

Enfin un certain espace sera laissé entre les fûts et la muraille afin de pouvoir les lever et les visiter avec plus d'aisance ; ils seront placés de manière à se trouver plus élevés du côté opposé au robinet pour avoir la facilité de tirer le vin clair jusqu'à la dernière goutte, et seront également placés à une distance assez haute du sol pour avoir la faculté d'ôter la bouteille aussitôt remplie et de mettre un récipient au-dessous du robinet pour ne pas perdre le vin.

Pour mettre le robinet au fût, si c'est un bouchon en liège il n'y a qu'à couper le saillant du bouchon et enfoncer simplement le robinet à sa place ; si au contraire c'est un bouchon en bois ou bien encore si le fût n'est pas percé, il faut avoir recours au vilebrequin en tournant avec prudence, et aussitôt que l'on aperçoit que la pointe du vilebrequin amène le liquide, il ne faut plus continuer. Présentez ensuite le robinet, faites-le entrer à l'aide d'un marteau en bois en le frappant de quelques coups secs, et si le robinet est en cuivre ou en métal, donnez quelques tours pour le visser dans le bois ; vous pouvez aussi par précaution avoir un seau placé au-dessous du fût en cas d'accident. Les robinets sont indistinctement en bois, en métal ou en cuivre ; quand il y a quelque temps que ceux en bois n'ont pas servi, on les met tremper dans l'eau bouillante pour resserrer le bois et prévenir les fuites.

Les robinets seront adaptés au fût lorsque le vin sera collé, afin d'éviter qu'il ne soit troublé, et au moment de le mettre en bouteille, il est essentiel de soulever légèrement la bonde ou de pratiquer une ouverture avec une percerette pour donner de l'air, sans cela le vin ne pourrait se tirer, puis reboucher le trou aussitôt le vin tiré avec une cheville de bois.

Ustensiles de la cave.

Dans une cave bien ordonnée, les ustensiles ci-après indiqués, qui coûtent si peu et qui sont très-utiles pour le service, seront redressés pour les avoir toujours sous la main lorsqu'il y a nécessité de s'en servir : une chaîne pour le rinçage des fûts, une chaînette pour celui des bouteilles, une pince ou tire-bouchon, une brosse à bouteilles, un dégoudronnoir qui est un petit ustensile en fonte, très-commode pour retirer d'un seul trait la cire qui est restée adhérée au goulot des bouteilles, un foret ou petite percerette, un vilebrequin, une chaise, un petit marteau en bois, une presse, une planche à bouteilles ou un hérisson en fer dit égouttoir, des bouchons de liège et en bois de toutes dimensions, une chandelle de suif, du coton ou de la toile neuve dans le cas où un fût répandrait, des tenailles, un marteau en fer, un ciseau, ou bien un tire-bonde, des chevilles en bois, des cales en bois ou en pierre, un grand entonnoir en bois pour le transvasage des vins, et un |autre plus petit en fer blanc, plusieurs robinets de toutes les dimensions, dont un d'une forme très-grosse pour soutirer les vins, deux petites terrines en fonte, contenant de la cire à goudronner de plusieurs nuances que vous faites fondre mélangée avec du suif.

Il est nécessaire de disposer le caveau pour les vins en bouteille du côté opposé à la route, car le tremblotement continu influe sur la limpidité des vins.

Vous pouvez aussi réserver un coin dans la cave pour y établir un caveau fermé avec une porte grillée et construire des cases-étagères en bois ou en maçonnerie pour y placer les vins bouchés, ou bien encore avoir tout simplement dans la cave des casiers portatifs en fer et qui au besoin ferment à clef.

Collage et soutirage des vins.

Tous les vins blancs et rouges doivent en général être d'abord soutirés puis collés pour leur donner de la limpidité, une teinte brillante, les dégager de la lie qu'ils contiennent et qui, parfois, les fait graisser et rend aux vins rouges le tannin moins chargé.

La méthode pour coller les vins se pratique de différentes façons. Une des plus usitées est le collage aux œufs. On colle les vins blancs avec la gélatine ou colle de poisson de première qualité, qui est tout à fait transparente. Il en faut environ trois grammes par hectolitre de vin.

Pour la préparer vous commencez par la briser et vous la mettez dissoudre dans deux litres de vin blanc, et si, après quelques instants, la dissolution n'est pas complète, mettez-la sur le feu pour l'achever plus promptement en ayant soin de tourner toujours le liquide et de le laisser à peine tiédir.

Vous aurez eu soin avant le collage d'agiter bien le vin en tous sens, avec un bâton fendu en quatre jusqu'à la moitié [de sa longueur, puis introduisez par la bonde la colle froide à laquelle vous aurez donné quelques coups de fourchette pour la rendre plus soluble et un peu en neige; remuez ensuite fortement avec le bâton en tous sens, remettez la bonde et laissez reposer le vin pendant dix à douze jours au plus avant que de le mettre en bouteille, car la colle de poisson remonterait à la surface. Beaucoup de personnes emploient aussi pour coller les vins blancs de quatre à cinq blancs d'œufs par hectolitre mêlés à deux litres de vin et une petite poignée de sel fin pour que les blancs d'œufs, battus deux ou trois coups seulement pour les alléger, aient une action plus forte et plus vive pour clarifier le vin.

Les vins rouges se collent de préférence avec les blancs d'œufs. Vous procédez de la même manière que pour les vins blancs, en y ajoutant aussi une poignée de gros sel, le tout délayé avec deux litres de vin rouge.

Mise des vins en bouteille.

Il n'est pas indifférent de mettre le vin en bouteille dans tous les temps. Il est essentiel de choisir un temps de bise beau et sec ; le mois de mars peut être choisi de préférence. En raison de l'altitude, on peut mettre en bouteille en avril.

Le vin doit être limpide comme de l'eau de roche; on reconnaît que sa limpidité est parfaite en examinant le vin dans un verre à pied mis en face d'une lumière, dans une demi-obscurité, si par hasard, en mettant le vin en bouteille, il n'était pas parfaitement clair. Il dépose beaucoup, devient quelquefois âcre ou amer à cause de la lie qui reste, et le vin blanc est sujet à faire l'huile, ce qui le déprécie totalement.

Pour bien boucher les vins, il est nécessaire de se servir d'une presse en bois ou en fer. Il s'en fabrique actuellement qui coûtent peu et au moyen desquelles on obtient un bouchage immédiat et hermétique, qui a en outre l'avantage de préserver les bouteilles de la casse.

Il importe que chaque bouteille soit goudronnée, car cette opération a pour but de donner non seulement un cachet spécial aux vins fins mais encore d'empêcher que les bouchons ne s'usent et sèchent, ce qui occasionnerait l'accès de l'air qui détériore et aigrit les vins.

Vous pouvez aussi remplacer la cire à cacheter par une capsule en étain que vous achetez toute prête et que vous adaptez au goulot de chaque bouteille.

Les bouchons seront toujours achetés de premier choix, car en pareil cas le bon marché est assurément trop cher, puis vous les ferez tremper un petit instant dans du vin ou du cognac au moment du bouchage.

Dans certains pays les vins fins se bouchent avec de la bonne huile d'olive mise à moitié goulot de la bouteille et que l'on enlève au moment de boire le vin.

Empilage des bouteilles.

Les bouteilles peuvent à volonté être étiquetées ainsi que les casiers, avec indication de chaque cru. Pour empiler les bouteilles, il faut avoir la précaution de mettre sous le premier rang du sable ou de la paille afin que le tas de bouteilles soit solidement établi et bien d'aplomb, puis entre chaque rang mettez trois liteaux entourés de paille dont un au milieu et les deux autres à chaque bout, pour alléger le poids des bouteilles, les équilibrer et les tenir en ordre ; elles présentent en outre un aspect plus agréable et sont plus faciles à compter lorsqu'elles sont rangées symétriquement et risquent moins de dégringoler.

Dans les caveaux exposés aux intempéries, c'est-à-dire qui sont chauds l'été et froids l'hiver, il est prudent de couvrir les bouteilles de sable de rivière, ce qui contribue à les maintenir au frais.

Précautions à prendre pour déboucher les vins.

Lorsque vous allez dans le caveau prendre une bouteille [de vin, il faut avoir soin de la soulever, très-doucement afin de laisser au vin sa limpidité. Cette précaution sera également prise au moment de déboucher la bouteille.

Le tire-bouchon à bascule ou ceux à vis ayant une petite brosse du côté de la poignée, sont préférables aux ordinaires, parce que les bouteilles se débouchent sans secousse et sans peine. Les bouchons ne doivent être tirés qu'aux trois quarts, puis vous enlevez le tire-bouchon et vous brossez la cire qui est adhérente à la bouteille, afin qu'elle ne tombe pas dans les verres quand vous versez le vin.

Les bouteilles de vins fins doivent être montées et débouchées dans la salle à manger deux heures avant le repas, afin que les vins puissent se mettre à une température modérée.

Si le vin est rouge, il faut, en hiver, sitôt débouché, le présenter cinq minutes devant le feu pour qu'il puisse développer son fumet. Ce procédé s'applique aussi aux vins blancs mousseux, mais avant de les déboucher, et les bouchons seront, contrairement à ceux des vins rouges, tirés d'un seul trait afin de provoquer la mousse.

Si vous craignez que le vin dépose, il faut le décanter dans un carafon ou de préférence placer la bouteille dans un panier à ce destiné.

Nous ne pouvons énumérer tous les soins minu-
tieux qu'exigent les vins. Nous avons mentionné
les principaux, notre traité ayant surtout pour but
l'étude de l'art culinaire et cette notice sur la cave
n'en étant que le complément.

TABLE DES MATIÈRES

CHAPITRE II.

GÉNÉRALITÉS CULINAIRES.

CHAPITRE III.

TERMES DE CUISINE.

CHAPITRE IV.

NOTIONS SUR LES CONSERVES EN GÉNÉRAL.

CHAPITRE V.

CHAPITRE VI.

NOTIONS SUR LE POT-AU-FEU, LES POTAGES ET LES SOUPES.

CHAPITRE VII.

NOTIONS SUR LES JUS COULIS.

CHAPITRE VIII.

HORS-D'ŒUVRE FROIDS.

CHAPITRE IX.

HORS-D'ŒUVRE CHAUDS.

CHAPITRE X.

NOTIONS SUR LE MACARONI A LA NAPOLITAINE

ET LES PATES EN GÉNÉRAL.

CHAPITRE XI.

QUENELLES, CROUSTADES, VOL-AU-VENT ;
DIVERSES ENTRÉES ET RAGOUTS.

CHAPITRE XII.

PIÈCES FROIDES EN GÉNÉRAL.

CHAPITRE XIII.

CHAPITRE XIV.

CHAPITRE XV.

CHAPITRE XVI.

CHAPITRE XVII.

CHAPITRE XVIII.

CHARCUTERIE EN GÉNÉRAL.

CHAPITRE XIX.

CHAPITRE XX.

CHAPITRE XXI.

CHAPITRE XXII.

CHAPITRE XXIII.

NOTIONS SUR LE PIGEON.

CHAPITRE XXIV.

NOTIONS SUR LE GIBIER A PLUMES.

CHAPITRE XXV.

CHAPITRE XXVI.

CHAPITRE XXVII.

CHAPITRE XXVIII.

POISSONS DE MER ET D'EAU DOUCE.

CHAPITRE XXIX.

NOTIONS SUR LES ŒUFS.

CHAPITRE XXX.

NOTIONS SUR LES LÉGUMES VERTS ET SECS EN GÉNÉRAL.

CHAPITRE XXXI.

SALADES EN GÉNÉRAL.

CHAPITRE XXXII.

ENTREMETS SUCRÉS EN GÉNÉRAL.

CHAPITRE XXXIII.

NOTIONS SUR LA PATISSERIE EN GÉNÉRAL.

CHAPITRE XXXIV.

NOTIONS SUR LES GELÉES ET LES CONFITURES EN GÉNÉRAL.

CHAPITRE XXXV.

NOTIONS SUR LES DIFFÉRENTES CUISINES EN GÉNÉRAL.

CHAPITRE XXXVI.

SERVICE DE LA TABLE.

CHAPITRE XXXVII.

NOTICE SUR LA CAVE ET LES VINS.

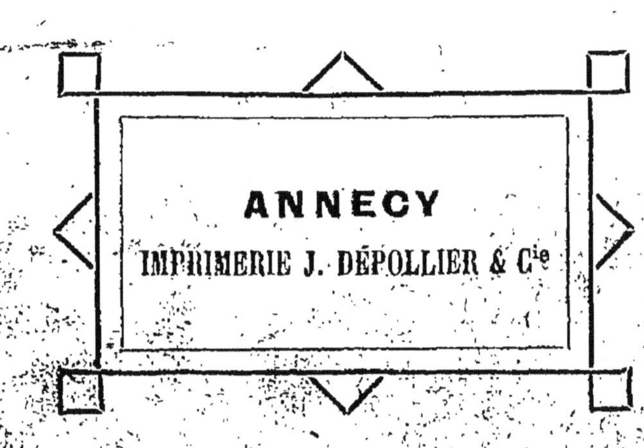

ANNECY
IMPRIMERIE J. DÉPOLLIER & Cie